누구를 위하여 종은 울리나

홍   신
세 계 문 학
0   1   7

누구를 위하여 종은 울리나
For Whom the Bell Tolls

어니스트 헤밍웨이 지음
김남제 옮김

홍
신
문
화
사

어느 누구도 하나의 섬은 아니다. 스스로가 완전한 하나의 섬이니.
사랑은 모두가 대지의 한 조각, 이 땅의 한 부분.
한 덩이 흙이 파도에 씻기면 유럽이 줄어든다.
곶[岬]이 줄어들 듯이……. 친구의 땅, 또한 그대의 땅이 줄어들 듯이…….
어떤 사람의 죽음이건 나의 생명을 줄이는 것,
나 스스로 인류의 하나이기에…….
그러므로 묻지를 마라, 누구를 위하여 종은 울리느냐고…….
종은 그대를 위하여 울리는 것이므로…….
존 던

차례

로버트 조던   스페인식으로 로베르토라 불리는 미국 청년. 대학에서 스페인어 강의를 하다가,
            스페인 내란이 일어나자 자유와 정의가 위협당하는 것을 보고만 있을 수 없어,
            의용군에 몸을 던져 파르티잔에 들어가 산중 교량 폭파에 목숨을 던진다.

마리아   아버지가 공화파의 촌장인 스페인 처녀. 폭도에게 머리를 깎이고 능욕당하나 집
            시에게 구출되어 산중에 숨어 있다가, 로버트에게 애틋한 사랑을 바친다.

파블로   산중 동굴에 숨어 있는 집시 두목. 전에 파르티잔으로 활약했으나 나이가 들자
            차츰 약해져 자신의 안전만을 생각한다. 로버트와 반목한다.

필라르   파블로의 아내. 열렬한 공화파 지지자로 고집 센 집시 여자. 자진해 총을 들고 게
            릴라전에 참가한다. 겁쟁이 남편 파블로를 경멸하고 그 대신 집시 두목이 된다.

안셀모   글을 모르는 늙은 집시. 로버트를 도와 교량 폭파에 몸을 던진다.

귀머거리 영감 파블로와 가까운 산중에 숨어 있는 집시 두목. 공화파의 게릴라로 활약한다.

1

그는 포개 놓은 두 팔에 턱을 괴고 갈색 솔잎이 수북이 쌓인 바닥에 납작 엎드려 있었다. 머리 위 높다란 소나무 가지 끝으로 바람이 스쳐 갔다. 그가 엎드려 있는 산허리는 완만한 경사였지만 거기서부터 아래쪽은 가팔랐으며, 재를 따라 구불구불 돌아 나간 기름 묻은 꺼먼 길이 내려다보였다. 냇물이 길을 따라 흐르고, 저만큼 재 아래쪽에는 개울가의 제재소와 둑에서 떨어지는 물이 여름 햇살을 받아 하얗게 빛나고 있었다.

"저게 제재소인가요?" 그가 물었다.

"그렇지요."

"기억이 나지 않는군."

"당신이 여기 다녀간 후에 지은 거지요. 예전 것은 더 아래쪽에 있습죠. 재의 훨씬 아래쪽에 말입니다."

그는 사진으로 복사한 군사 지도를 숲의 땅바닥에 펼쳐 놓고 자세히 들여다보았다. 늙은이는 그의 어깨너머로 들여다보았다. 농군들이 입는 검정색 웃옷에 쇠처럼 뻣뻣한 회색 바지를 입고 줄무늬 밑창을 댄 구두를 신은 작달막하고 당차 보이는 노인이었다. 그는 산을 올라온 뒤여서 거친 숨을 몰아쉬며 가지고 온 두 개의 묵직한 짐 가운데 하나에 한쪽 손을 얹어 놓고 쉬는 중이었다.

"그럼 여기선 다리를 볼 수 없겠군요?"

"그렇죠." 늙은이가 말했다. "여긴 냇물이 조용히 흐르는, 재가 완만한 지대지요. 숲에 가려 길이 보이지 않는 저 아래에는 갑자기 땅이 꺼지고 깎아지른 듯한 골짜기가 있는데……."

"기억이 나는군요."

"그 골짜기에 다리가 하나 걸려 있지요."

"놈들의 초소는 어디 있나요?"

"저기 보이는 제재소에 초소가 하나 있습니다."

부근을 살피던 젊은 사나이는 빛바랜 카키색 플란넬 셔츠 주머니에서 망원경을 꺼내 들고 손수건으로 렌즈를 닦았다. 접안렌즈를 이리저리 돌리자 갑자기 제재소의 나무판자들이 뚜렷하게 드러났다. 문 옆에 나무 벤치가 보이고 둥근 회전 톱이 있는 탁 트인 광 뒤로, 산더미처럼 솟아오른 톱밥과 건너편 개울둑의 산허리에서 통나무를 떠내려 보내는 한 줄기 용수로用水路가 보였다. 망원경 속의 개울은 밝고 매끈하게 보였으며, 굽어 떨어지는 물 아래로 둑에서 튀는 물보라가 바람에 흩날리고 있었다.

"보초는 안 보이는데요."

"제재소에서 연기가 올라오고 있네요." 늙은이가 말했다.

"빨랫줄에 옷도 걸려 있군요."

"그건 보이는데 보초가 하나도 안 보입니다."

"아마 그늘 속에 있나 보죠." 늙은이가 말했다. "저긴 지금 더울 테니까, 우리에겐 보이지 않아도 그늘 속에 들어가 있을 겁니다."

"그럴지도 모르겠군. 다음 초소는 어디지요?"

"다리 아래쪽입죠. 재 꼭대기에서 5킬로미터 떨어진 지점에 있는 도로 수리반의 오두막에 있지요."

"저긴 몇 명이나 있나요?" 그는 제재소를 가리켰다.

"아마 네 명하고 하사가 한 명 있을 겁니다."

"저 아래쪽은?"

"더 있습니다. 내가 알아보지요."

"그리고 다리 쪽에는?"

"늘 둘이 있지요. 양쪽 끝에 한 놈씩."

"우리도 얼마간 병력이 필요하겠는걸." 그가 말했다. "얼마나 동원할 수 있겠습니까?"

"당신이 원하는 대로 동원할 수 있지요." 늙은이가 말했다. "이젠 이 산 속에도 사람이 많으니까요."

"얼마나요?"

"백 명이 넘지요, 소부대로 분산돼 있지만. 얼마나 필요하죠?"

"다리를 조사하고 나서 알려 드리겠습니다."

"지금 조사하시겠어요?"

"아뇨, 지금은 시간이 될 때까지 이 폭약을 숨길 장소를 찾아야겠습니다. 되도록 다리에서 30분 이상 걸리지 않는 극히 안전한 장소에 숨기고 싶군요."

"그거야 간단하지요." 늙은이가 말했다. "지금 우리가 가려고 하는 데서 다리까지는 계속 내리막이니까요. 한데 이제부턴 땀깨나 흘리면서 거기까지는 기어올라가야 할 텐데. 시장하시죠?"

"네." 젊은이가 말했다. "하지만 나중에 먹읍시다. 영감님 이름이 뭐더라? 잊어버렸군요." 잊었다는 말이 노인에게는 불쾌하게 들리는 모양이었다.

"안셀모." 늙은이가 말했다. "안셀모라 부르오. 바르코 데아빌라가 고향이오. 그 짐은 내가 져 드리지."

젊은이는 키가 크고 후리후리하며 아름다운 머리카락이 햇빛에 비쳐 줄무늬를 이루었다. 얼굴은 바람과 햇볕에 그을렸으며 햇볕에 빛바랜 플란넬 셔츠에 농군 바지, 로프 창을 댄 구두 차림이었다. 그는 허리를 굽혀 가죽 멜빵 한쪽에 팔을 끼고는 묵직한 짐을 어깨 위로 추슬러 올렸다. 한쪽 팔을 나머지 멜빵에 끼고 짐의 무게를 등에 고정시켰다. 짐이 닿았던 부분의 셔츠는 아직도 축축이 젖어 있었다.

"이제 됐다." 그가 말했다. "어떻게 가지요?"

"올라갑시다." 안셀모가 말했다.

그들은 짐의 무게에 눌려 허리를 구부리고 땀을 흘리면서 산허리를 덮은 소나무 숲 속을 꾸준히 기어올라갔다.

젊은이가 알아볼 수 있을 만한 길 따위는 없었지만 그들은 계속 올라가서 산 앞면을 돌아 조그만 개울을 건넜다. 늙은이는 개울의 가장자리를 따라 앞장서서 꾸준히 올라갔다. 오르막길은 더욱 가파르고 힘들었다. 마침내 그들의 머리 위로 매끄러운 화강암이 선반처럼 내걸린 곳에서 물줄기가 흘러 떨어지는 듯한 곳에 이르렀다. 늙은이는 그 선반 바위 밑에서 젊은이가 올라오기를 기다렸다.

"어때요?"

"괜찮습니다." 젊은이가 말했다. 가파른 길을 올라왔기 때문에 땀을 비 오듯 흘렸으며, 넓적다리의 근육이 떨렸다.

"여기서 좀 기다리십쇼. 먼저 가서 그들에게 주의시키고 올 테니까. 그런 짐을 진 채 총알을 맞고 싶진 않으실 테지."

"농담이라도 싫습니다." 젊은이가 말했다. "먼가요?"

"아주 가깝소. 사람들이 당신을 뭐라고 부르오?"

"로베르토." 젊은이가 대답했다. 그는 짐을 벗어서 개울가에 있는 두 개의 둥그런 돌 사이에 살며시 내려놓았다.

"그럼 로베르토, 여기서 기다리시오. 곧 돌아올 테니까."

"좋습니다." 젊은이가 말했다. "그런데 이 길로 해서 다리로 내려갈 작정인가요?"

"아뇨, 다리로 갈 땐 다른 길로 갈 거요. 좀 더 가깝고 쉬운 길로."

"이 물건을 다리에서 너무 먼 장소에 두고 싶지 않은데."

"곧 알게 될 거요. 마음에 들지 않는다면 다른 장소를 고르죠."

"어디 두고 봅시다." 젊은이가 말했다.

그는 짐 옆에 앉아서 늙은이가 선반 바위를 기어오르는 것을 지켜보았다. 오르기 힘든 곳은 아니었지만 손으로 짚을 곳을 보지 않고도 찾는 것으로 보아 전에도 여러 번 기어오른 적이 있다는 것을 젊은이는 알 수 있었다. 그런데 누가 올라가든 아주 조심했는지 아무런 흔적도 남아 있지 않았다.

로버트 조던이라는 이름의 젊은이는 무척 배가 고프고 불안했다. 배고 팠던 일은 가끔 있었지만 이렇게 불안을 느낀 적은 없었다. 자신에게 닥친 일을 크게 중요시하지 않은 데다 이 나라에서는 어디서나 적의 전선 후방에서의 행동이 얼마나 간단한가를 경험으로 알고 있었기 때문이다. 좋은 안내자만 있다면 적 후방에서의 활동도 적의 전선을 통과하는 것만큼 간단한 일이었다. 만일 활동하기 어려운 지경에 빠진다고 하더라도 그것은 자신에게 닥쳐온 일 그 자체의 중요성이 더해질 뿐이었다. 이것과 누구를 믿느냐를 결정하는 것도 중요한 문제였다. 함께 일할 사람을 전적으로 믿거나 믿지 않거나 해야만 했다. 그 믿고 안 믿고는 스스로 결정해야 했다. 그런 문제에 대해서 그가 걱정하고 있는 것은 아니었다. 다른 문제가 있었던 것이다.

이 안셀모란 사람은 훌륭한 안내자였으며 놀랄 만큼 산속을 잘 다녔다. 로버트 조던도 잘 걷는 편이었지만 새벽부터 늙은이를 따라 다녀 본 결과 마냥 따라다니다간 지쳐 죽겠다는 것을 깨달았다. 로버트 조던은 지금까지 이 안셀모라는 사람의 판단력을 제외하고는 모든 것을 믿고 있었다. 그의 판단력을 시험해 볼 기회가 아직 없었는데 어차피 판단은 자기 자신의 책임이었다. 아니, 그는 안셀모에 대해서는 걱정도 하지 않았다. 다리 문제만 하더라도 이젠 다른 여러 가지 문제보다 어려운 일이 아니었다. 그는 누가 명령하든 간에 모든 다리를 폭파하는 방법을 알고 있었으며, 온갖 크기, 갖가지 구조의 다리를 폭파시켜 왔다. 두 개의 짐 속에는 다리를 흡족할 만큼 폭파시키는 데 충분한 폭약과 장비가 들어 있었다. 안셀모가 알려 준 두 배 이상의 크기라고 하더라도 말이다. 그는 1933년 라그랑하로 도보 여행을 하면서 이 다리를 건넌 적이 있었기에 기억하고 있었다. 게다가 엊그제 밤에는 골즈 장군이 에스코리알 궁(宮) 밖의 그 집 이 층 방에서 다리에 관한 사항을 읽어 주어 잘 알고 있었다.

"그 다리의 폭파는 아무것도 아니다." 흉터가 있는 빡빡 민 머리를 램프 불빛에 번들거리며, 골즈 장군이 커다란 지도를 연필로 가리키면서 말했다. "알겠나?"

"네, 알겠습니다."

"아무것도 아니야. 단순히 다리를 폭파시키는 것만으로는 실패다."

"알겠습니다, 장군 동지."

"다리는 결정된 공격 개시 시간에 입각해서 지정된 바로 그 시각에 폭파해야 한다. 자네도 그것은 알겠지. 그것은 자네의 권한이자 임무 수행의 방법이다."

골즈는 연필을 바라보다가 그것으로 자기 이를 톡톡 두드렸다. 로버트 조던은 아무 말도 하지 않았다.

"자네는 그게 자네의 권한이자 임무 수행의 방법임을 알고 있다네." 골즈는 그를 바라보고 고개를 끄덕이면서 말을 이었다. 이번에는 연필로 지도를 두드렸다.

"그건 내가 해야 하는 방법이기도 하네. 또한 여기서 우리가 멋대로 할 수 없는 것이기도 하고."

"어째서입니까, 장군 동지?"

"어째서냐고?" 골즈는 화를 내며 내뱉었다. "그 많은 공격을 보아 오고도 어째서냐고? 내 명령이 변경되지 않는다고 무엇이 보장하나? 공격 예정 여섯 시간 이내에 공격이 개시된다고 무엇이 보장하냔 말이냐! 어떤 공격이고 제대로 이루어진 적이 있었나?"

"장군께서 하시는 공격이라면 제 시간에 시작되겠지요." 로버트 조던이 말했다.

"결코 내 공격이라고는 할 수 없지." 골즈가 말했다. "내가 공격은 하지만 내 것은 아니다. 대포도 내 것이 아니다. 포는 내가 요구해야 준다. 그러나 그들은 여유가 있을 때도 내 요구를 들어준 적이 없다. 이런 건 극히 사소한 일이지. 또 다른 문제들이 있다. 일일이 말할 필요도 없지. 항상 누군가가 간섭하려 들거든. 그러니 이젠 똑똑히 알아 두어야 한다."

"그렇다면 다리는 언제 폭파되어야 합니까?" 로버트 조던이 물었다.

"공격이 시작된 후에 해야 한다. 공격이 시작되자마자 곧, 일러도 안 돼. 그래야만 증원 부대가 그 길을 올라오지 못할 테니까." 그는 연필을 들고 가리켰다.

"그쪽 길로는 아무것도 올라오지 못한다는 것을 알고 있어야 돼."

"그럼 공격은 언제 시작됩니까?"

"나중에 알려 주지. 하지만 날짜와 시간은 단지 가능성의 표시로서만 염두에 두게. 그때를 위해 준비를 해야 하니. 자넨 공격이 시작된 후에 다리를 폭파하는 거야, 알겠나?" 그는 연필로 가리켰다. "저게 놈들이 증원 부대를 투입시킬 수 있는 유일한 길이야. 저건 우리가 공격할 재 쪽으로 놈들이 탱크와 포를 가져오거나 트럭을 몰고 올 수 있는 유일한 길이란 말일세. 나는 다리가 없어진 걸 꼭 알아야 해. 일러선 안 돼. 공격이 연기된다면 다리는 다시 복구될 수 있을 테니까 말이야. 안 되지. 공격이 시작될 때 폭파돼야 하고, 나는 다리가 없어진 걸 알고 있어야 해. 초소는 두 군데밖에 없어. 자네와 동행할 사람은 바로 그 지방에서 왔지. 아주 믿을 만한 사람이라더군. 자네도 알게 되겠지. 산속에 그의 동지들이 있어. 필요한 만큼 동원하게. 가능한 한 적은 인원을 쓰도록. 그러나 필요한 만큼은 써야 해. 이런 것까지는 말할 필요가 없겠지?"

"그런데 공격이 시작됐다는 것을 저는 무엇으로 판단합니까?"

"공격은 사단 규모로 감행돼. 예비 조치로 공중 폭격이 있을 거야. 자넨 귀머거리가 아닐 테지?"

"그럼, 비행기가 폭탄을 투하할 때 공격이 시작됐다고 생각해도 좋겠습니까?"

"언제나 그렇게 생각할 수야 없지." 골즈는 이렇게 말하고 머리를 흔들었다. "그러나 이번 경우는 그렇게 생각해도 좋아. 내 공격이니까 말이야."

"알겠습니다." 로버트 조던은 말했다. "썩 마음에 든다고 말씀드릴 수는 없습니다만."

"나도 썩 마음에 들진 않아. 맡고 싶지 않거든 지금 말하게. 할 수 없을 것 같거든 지금 말하란 말이야."

"하겠습니다." 로버트 조던은 말했다. "잘해 낼 겁니다."

"내가 알고 싶은 건 이거야." 골즈가 말했다. "그 다리 위로 아무것도 건너와선 안 된다는 것, 그건 절대적이야."

"알겠습니다."

"나는 자네에게 이 일을 하라고 명령할 순 없다네. 그래서 내가 이런 조건을 붙임으로써 자네가 어떤 일을 강요당해야 하는지 알고 있어. 자네가 있을 수 있는 모든 난관과 중요성을 이해하도록 내가 이처럼 세밀하게 설명하는 거라네."

"그런데 그 다리가 폭파되면 어떻게 라그랑하로 진군하실 겁니까?"

"우리는 그 재를 급습한 후에 다리를 수리할 준비를 갖추고 진군할 거야. 그건 매우 복잡하고 멋있는 작전이지. 종전에 못지않게 복잡하고 멋있는 작전이란 말이야. 이 계획은 마드리드에서 세워졌지. 그건 빈센트 반 고흐의 또 하나의 걸작이라고나 할까? 그 불우했던 교수의 걸작 말일세. 내가 공격하는 것이네. 언제나 그랬듯이 충분하지 못한 병력으로 공격을 하는 것이란 말일세. 그런데도 그건 매우 가능성 있는 작전이지. 그 일에 대해선 여느 때보다 훨씬 더 기대를 가지고 있네. 다리만 제거되면 작전은 성공적일 거야. 우린 세고비아를 점령할 수 있단 말이야. 두고 보게, 그게 어떻게 진행되는가 보여 주지. 알겠나? 우리가 공격하는 곳은 산골짜기의 꼭대기가 아냐. 여기를 확보하는 거지. 훨씬 넘어서 말이야. 봐! 여기…… 이렇게……."

"오히려 모르는 편이 나을 것 같군요." 로버트 조던이 말했다.

"하긴 그래." 골즈가 말했다. "하지만 관계없는 일도 알아 두게. 짐을 더는 거란 말일세. 그렇잖나?"

"전 항상 모르는 편이 좋았습니다. 그러면 무슨 일이 일어나든 제가 누설했다는 말은 듣지 않을 테니까요."

"모르는 편이 더 낫겠지." 골즈는 연필로 이마를 건드렸다. "나도 별로 알기를 원치 않았지. 그런데 자네, 다리에 대해 알아야 할 일만은 알고 있겠지?"

"네, 알고 있습니다."

"알고 있으리라 믿네." 골즈가 말했다. "자네에게 설교 따윈 않겠네. 자, 한잔하지. 너무 많이 지껄였더니 목이 몹시 마르군, 호르단 동지. 자넨 스페인 발음으로 재미난 이름을 가졌군, 호르단 동지."

"장군님의 존함 골즈는 스페인 발음으로 어떻게 부릅니까?"

"호체." 골즈는 싱긋 웃으며 마치 심한 감기로 쉬어 버린 듯 목구멍 깊숙한 곳에서 나오는 소리로 말했다. "호체." 그는 쉰 목소리로 말했다. "헤네랄(장군) 호체 동지라네. 골즈를 스페인어로 어떻게 발음하는지 알았더라면 이 전선에 오기 전에 더 좋은 이름을 골랐을 걸세. 사단을 지휘하러 오면서 원하는 이름은 무엇이건 고를 수 있었을 때 하필이면 호체를 골랐단 말이야. 헤네랄 호체, 이젠 너무 늦어서 바꿀 수가 없어. 파르티잔 임무를 좋아하는 편인가?" 그것은 적 후방의 게릴라 작전을 뜻하는 러시아어였다.

"아주 좋아합니다." 로버트 조던이 말하며 싱긋 웃었다. "야외에서 하는 일이라 건강에도 매우 좋습니다."

"나도 자네 나이만 할 때 매우 좋아했지." 골즈가 말했다. "자넨 다리 폭파를 잘한다더구먼, 아주 과학적으로 말이야. 물론 뜬소문에 불과하겠지. 내가 직접 자네가 하는 걸 본 적은 없으니까. 아마 실제로는 아무 일도 못 했을지도 모르지. 정말 다리들을 폭파시켰나?" 그가 조롱하는 투로 말했다. "마시게." 그는 스페인 브랜디 잔을 로버트 조던에게 넘겨주었다. "정말 그 다리들을 폭파시켰나?"

"가끔 그랬습니다."

"이 다리에 대해서는 가끔이란 관념을 지니지 않는 게 좋을 걸세. 아니지, 다리에 대해서는 더 이상 말 않기로 하세. 이젠 다리에 대해선 충분히 납득하고 있을 테니까. 사태가 몹시 심각해. 그러니까 지독한 농지거리를 할 수도 있겠지. 이보게, 자네 아군 후방에서 여자들과 재미 좀 봤나?"

"아닙니다. 여자와 놀 시간이 없었습니다."

"인정할 수 없는걸. 군무가 불규칙할수록 생산도 불규칙한 법이지. 자넨 매우 불규칙한 군대 생활을 하고 있어. 머리도 좀 깎아야겠구먼."

"깎아야 한다면 깎아야죠." 로버트 조던이 말했다. 그는 골즈처럼 머리를 빡빡 깎는 날이면 볼장 다 본 것이라고 생각했다. "여자 말고도 생각해야 할 일은 많습니다." 그는 퉁명스럽게 말했다.

"군복을 입어야 합니까?" 로버트 조던이 물었다.

"상관없네." 골즈가 말했다. "자네 머린 괜찮아. 그냥 농담한 거라네. 자넨 나하곤 아주 종류가 다른 사람이로군." 골즈는 말한 다음 다시 잔을 채웠다.

"자넨 여자만 생각하진 않겠지. 난 전혀 생각 않는 편이지만. 왜냐고? 난 소비에트 사회주의 장군이니까. 난 절대 생각지 않지. 날 그런 부류로 포함하지 말게."

의자에 앉아 제도판 위에 지도를 펴 놓고 일하던 그의 참모 하나가 로버트 조던이 알아들을 수 없는 언어로 불평을 해 댔다.

"닥쳐!" 골즈가 영어로 말했다. "하고 싶으면 농담도 할 수 있어. 심각하기 때문에 농담도 하는 거야. 자! 이걸 들고 가게. 알겠나?"

"네, 알겠습니다." 로버트 조던이 대답했다.

그들은 악수를 했다. 로버트 조던은 경례를 하고 나와 늙은이가 졸면서 기다리고 있는 참모 차 쪽으로 갔다. 그들은 차를 타고 과다라마를 통과하는 길을 달렸다. 늙은이가 여전히 조는 동안 나바세라다 거리를 알파인 클럽의 오두막집까지 달린 다음, 거기서 로버트 조던이 세 시간 동안을 자고 나자 다시 그들은 출발했던 것이다.

그것이 햇볕에 절대 타지 않는 이상스럽게 흰 얼굴과 독수리 같은 눈,

커다란 코와 짧은 입술, 그리고 가로지른 주름살들과 흉터가 있는 빡빡민 머리의 골즈를 보았던 최후였다. 내일 밤이면 그들은 에스코리알 궁밖의 도로를 따라 어둠 속을 진군하리라. 보병을 실은 트럭의 어둠 속 긴 대열들, 중무장하고 트럭에 오르는 군인들, 트럭에 기관총을 실어 올리는 기관총 소대, 긴 트럭에 널빤지를 대 놓고 기어오르는 탱크들, 통로를 공격하기 위해 밤에 그들을 몰고 진군해 가는 사단, 그는 그런 일을 생각하고 싶지 않았다. 그런 것은 그가 관여할 일이 아닌 것이다. 그것은 골즈가 할 일이다. 그가 해야 할 일은 단 한 가지, 그것이 그가 생각해야 할 일인 것이다. 그것을 똑똑하게 판단해 낸 다음엔 만사를 되어 가는 대로 맡기고 근심할 필요가 없는 것이다. 근심이란 두려움과 마찬가지로 어리석은 것이다. 그것은 단지 일을 더 곤란하게 만들 뿐이다.

그는 이제 바위 사이를 흐르는 맑은 물을 바라보면서 개울가에 앉아 있었다. 개울 건너편에 물냉이 덤불이 있었다. 그는 개울을 건너가서 두 손 가득히 그것을 뽑아 들고 흙 묻은 뿌리를 물에 깨끗이 씻은 다음, 그의 짐 옆으로 돌아와 앉아서 그 깨끗하고 신선한 푸른 잎과 바삭바삭하고 후추 맛이 나는 줄기를 씹었다. 그러고는 개울가에 꿇어앉아 허리띠에 찬 자동권총을 물에 젖지 않도록 허리 뒤로 돌린 다음 돌 두 개에 손을 받치고는 몸을 굽혀 냇물을 마셨다. 물은 이가 시릴 정도로 차가웠다.

그는 손을 짚고 몸을 일으키더니 고개를 들어 늙은이가 암초를 내려오는 모습을 보았다. 또 한 사나이가 함께 내려오고 있었는데, 그 역시 이 지방에선 거의 제복처럼 되어 버린 듯한 농군의 검정색 웃옷과 짙은 회색 바지를 입고 줄무늬 밑창이 달린 구두를 신었으며 등 뒤로 카빈을 걸쳐 메고 있었다. 그 사나이는 모자를 쓰지 않았다. 두 사람 다 산양처럼 바위를 내려오고 있었다.

그들이 다가오자 로버트 조던은 일어섰다.

"안녕하시오, 동지."

그는 카빈을 멘 사나이에게 말을 걸며 미소 지었다.

"안녕하슈." 상대방이 마지못한 듯 대꾸했다. 로버트 조던은 우둔해 보이는 수염이 뒤덮인 그 사나이의 얼굴을 바라보았다. 거의 동그란 얼굴이 었는데 둥근 머리는 어깨에 바싹 얹혀져 있었다. 눈은 작았고 두 눈 사이가 너무 벌어져 있었다. 귀는 작은 데다 머리에 바짝 들러붙어 있었다. 그는 180센티미터가량의 육중한 체구에 손발이 모두 컸다. 코는 납작하고 입은 한쪽 귀퉁이가 찢어졌으며, 윗입술에서 아래턱까지 난 상처의 선이 무성한 수염 사이로 내다보였다.

늙은이는 그 사나이에게 머리를 끄덕여 보이고는 미소를 지었다.

"두목이라오." 그는 히죽 웃은 다음 알통을 만들어 보이듯이 팔을 굽히고는 반 조롱하듯 경탄조로 카빈을 멘 사나이를 바라보았다.

"아주 힘센 사람이오."

"알겠습니다." 로버트 조던이 말하며 다시 미소를 지어 보였다. 그는 이 사나이의 용모가 마음에 들지 않았다. 마음속으로는 전혀 미소를 짓지 않고 있었다.

"당신 신분을 증명할 만한 걸 가지고 있소?" 카빈을 멘 사나이가 물었다.

로버트 조던이 주머니 뚜껑에 꽂힌 안전핀 하나를 뽑아내고 플란넬 웃옷 왼쪽 주머니에서 접은 종이를 꺼내어 그 사나이에게 건네주자, 그는 의심스런 눈초리로 그것을 들여다보고는 뒤집어 보았다.

글을 읽을 줄 모른다는 사실을 로버트 조던은 눈치챘다.

"이 인장을 보시오."

그가 말했다.

늙은이가 인장을 가리키자 카빈을 멘 사나이는 손가락으로 들척거리면서 열심히 들여다보았다.

"이건 무슨 인장이오?"

"그런 걸 본 일이 없소?"

"없는데."

"두 개가 있죠." 로버트 조던이 말했다. "하나는 육군 정보기관인 S.I.M., 또 하나는 참모 본부의 인장이오."

"그래, 이런 인장을 본 적이 있어. 하지만 여기선 지휘관이 나밖에 없소." 상대방은 퉁명스럽게 말했다. "저 짐 속엔 뭐가 들었소?"

"다이너마이트지요." 늙은이가 자랑스럽게 말했다. "어젯밤엔 어둠 속에서 전선을 횡단했고 대낮 내내 이 다이너마이트를 산으로 운반해 왔지."

"다이너마이트는 나도 사용할 줄 알지." 카빈을 멘 사나이가 말했다. 그는 증명서를 로버트 조던에게 돌려주고는 그를 쳐다보았다. "그렇지, 다이너마이트는 쓸모가 있어. 나한테 얼마나 가지고 왔소?"

"당신 주려고 가지고 온 다이너마이트는 없소." 로버트 조던이 그에게 조용히 말했다. "이 다이너마이트는 다른 목적을 위해서요. 성함이 뭡니까?"

"당신이 내 이름을 알아서 뭐하려고?"

"파블로라 하오." 늙은이가 말했다. 카빈을 멘 사나이는 그들 두 사람을 못마땅하게 쳐다보았다.

"알겠소, 당신에 대해선 여러 가지로 많이 들어 알고 있소." 로버트 조던이 말했다.

"내 소문이라니, 어떤 거요?" 파블로가 물었다.

"우수한 게릴라 지도자이며, 공화파에 충성스럽고, 행동으로 충성을 증명했으며, 진지하고 용감한 사람이라고 들었소. 참모부로부터의 문안을 전해 드리오."

"그런 걸 어디서 들었소?" 파블로가 물었다. 로버트 조던은 아첨을 하는 것은 아니라는 표정을 지어 보였다.

"뷰트라고로부터 에스코리알까지 소문이 자자합니다." 그는 전선 후방 일대의 이름을 들어 가며 말했다.

"난 뷰트라고에도 에스코리알에도 아는 사람이 없소." 파블로가 그에게 말했다.

"산 저쪽엔 예전에 없었던 사람들이 많이 살고 있소. 고향은 어디입니까?"

"아빌라. 다이너마이트로 무얼 하려는 거요?"

"다리를 폭파할 거요."

"어떤 다리를?"

"그건 내 일이오."

"이 지역에서의 일이라면 내 일이지. 당신도 당신 사는 곳의 다리를 폭파할 수는 없을 거요. 당신 사는 곳과 작전하는 곳은 달라야 한단 말이오. 난 내가 해야 할 일을 알고 있소. 1년을 견디고도 지금까지 살아남았으니 자기가 할 일쯤이야 모를 리 있나."

"이건 내 일이오." 로버트 조던이 말했다. "하지만 함께 상의할 수는 있소. 짐 운반을 좀 도와주시겠소?"

"싫소." 파블로는 말하면서 머리를 흔들었다.

늙은이는 갑자기 그에게로 돌아서더니 로버트 조던이 겨우 알아들을 수 있는 사투리로 빠르고 격렬하게 지껄여 댔다. 그것은 케베도(스페인의 풍자 작가)의 시를 읽고 있는 게 아닌가 싶었다. 안셀모는 옛 카스티야어로 지껄이고 있었던 것이다. 그것은 이런 뜻이었다. "자네 야수인가? 자네 짐 승이냔 말이야! 그렇지, 한두 번은 그랬을 거야. 자네 분별이 있나? 암, 있을 리가 없지. 지금 우린 자네를 위해, 절대적으로 중요한 일을 위해 온 거란 말이야. 자네가 사는 곳은 건드리지 않아. 자네의 여우 굴을 인도주의의 관심 앞에 보여 주려는 거야. 자네 인민들 앞에다 말일세. 난 자네 아비의 일이라면 이것저것 안 해 준 게 없어. 자네의 일이라면 이것저것 안 해 준 게 없단 말이야. 이 짐 들어!"

파블로는 고개를 떨구었다.

"사람은 누구나 실제 형편에 따라 가능한 일만 해야 하는 거요." 그가 말했다. "나는 여기 살고 있고 작전은 세고비아 저쪽에서 하고 있소. 당신이 여기를 어지럽힌다면 우리는 이 산에서 도망쳐야 할 판이지. 우리가 이 산속에서 살 수 있는 길은 여기를 조용히 놔두는 것뿐이야. 그게 여우의 행동 방법이란 말이오."

"암." 안셀모가 매섭게 쏘아붙였다. "늑대를 잡으려 할 때의 여우의 신조겠지."

"난 당신보다 더 사나운 늑대란 말이오." 파블로가 말했다. 로버트 조던은 그가 짐을 들 생각임을 알았다.

"흥……." 안셀모가 그를 쳐다보았다. "나보다 더 사나운 늑대겠지. 내 나이 예순여덟이니."

그는 땅바닥에 침을 뱉고는 머리를 저었다.

"그렇게 연세가 드셨소?" 그 순간의 화해 기미를 알아채고 좀 더 완화해 보려고 로버트 조던이 물었다.

"7월이면 만 예순여덟이 되지."

"그때까지 살아 있을지 의문이지만……." 파블로가 말했다. "당신 짐을 들어 드리겠소." 그가 로버트 조던에게 말했다. "또 하나는 늙은이에게 맡기시오." 그는 이제 퉁명스러운 게 아니라 거의 측은할 지경으로 말했다. "굉장히 힘이 센 늙은이라오."

"그 짐은 내가 지겠습니다." 로버트 조던이 말했다.

"아니요." 늙은이가 말했다. "이건 이 장사한테 맡기시구려."

"내가 그걸 지겠소." 파블로가 그에게 말했다. 그의 퉁명스러움 속에는 로버트 조던의 마음을 어수선하게 하는 비애가 있었다. 그는 그 비애가 무엇인지를 알았으며, 또한 그것을 여기서 느끼게 된 것이 불안했다.

"그럼 그 카빈을 내게 주시오." 그가 말했다. 파블로가 총을 건네자 그는 등에 걸머졌다. 두 사람이 앞장을 섰다. 그들은 화강암의 모서리를 붙들고 몸을 끌어올리며 힘겹게 바위 꼭대기를 넘어가 푸른 개간지가 보이는 숲 속으로 나섰다.

그들은 조그만 목초지 가장자리를 돌아갔다. 무겁고 땀이 밴 짐을 덜어내고 가뿐한 카빈을 어깨에 멘 로버트 조던은 이제 짐이 없어 힘들이지 않고 성큼성큼 걸으면서 풀밭 여기저기를 깎은 자리와 땅에 박았던 말뚝 자국을 보았다. 풀밭 속에는 물을 먹이기 위해 말들을 냇가로 몰고 간 자취가 보였고, 금방 내갈린 말똥들이 널려 있었다. 밤이면 여물을 주기 위해 말들을 말뚝에 매어 놓았다가 낮이 되면 보이지 않는 숲 속에 숨겨 둘 거라고 그는 생각했다. 이 파블로란 사내는 대체 말을 몇 마리나 가지고 있는 것일까?

그는 파블로의 바지가 무릎과 허벅지 부분에서 반들반들하게 닳아 있던 이유를 깨닫지 못하고 바라보던 일이 생각났다. 장화를 가지고 있을까, 아니면 그 줄무늬 창 구두를 신은 채 말을 타는 것일까, 어쩌면 훌륭한 안장을 가지고 있을지도 모른다. 그러나 그는 그 비애가 어딘지 마음에 걸린다고 생각했다. 비애란 좋은 게 아니다. 그건 절교나 배반에 앞서 느끼는 것이다. 동지를 팔아먹기 전에 느끼는 비애란 말이다.

그들 앞쪽의 숲에서 말이 울었다. 그는 가지 끝과 끝이 거의 닿다시피한 소나무 숲을 뚫고 몇 줄기 햇빛이 새어 들고 있는 부근에서 소나무의 갈색 줄기들 사이로 나무줄기 주위에 줄을 둘러쳐 만든 울타리를 보았다. 말들은 그들이 가까이 가자 머리를 쳐들었다. 울타리 밖 나무 밑에는 안장들이 쌓인 채 방수포로 덮여 있었다.

짐을 진 두 사람은 거기까지 다가가서 멈춰 섰다. 로버트 조던은 말을 칭찬해 주어야 한다는 것을 알았다.

"정말 훌륭한 말들이군." 그는 파블로에게로 돌아섰다. "당신에게는 기마대까지 있군요."

울타리 안에는 밤색 말이 세 필, 적갈색과 사슴 가죽 빛의 말이 한 필씩, 모두 다섯 마리가 있었다. 로버트 조던은 처음에는 말들을 대강 훑어본 다음 세밀히 분류해 가며 한 마리 한 마리 살펴보았다. 파블로와 안셀모는 말들이 얼마나 훌륭한가를 알고 있었다. 파블로가 사랑스럽다는 듯이 말들을 바라보았다. 그는 이제 덜 침울해져서 자랑스럽게 서 있었다. 늙은이는 마치 그 말들이, 갑자기 자기가 만들어 낸 위대한 경이驚異이기라도 한 것 같은 몸짓을 해 보였다.

"말들이 어떻소?" 그가 물었다.

"이건 전부 내가 빼앗아 온 거야." 파블로가 말했다. 로버트 조던은 그가 자랑스럽게 지껄이는 말을 듣고 마음이 유쾌해졌다.

"저건." 로버트 조던이 이마에 흰 점이 박히고 왼쪽 앞다리가 하얀 커다란 밤색 종마를 가리키며 말했다. "훌륭한 놈이로군요."

그것은 벨라스케스의 그림에서 빼낸 듯싶은 아름다운 말이었다.

"모두 훌륭한 말들이지." 파블로가 말했다. "알아보겠소?"

"알고말고."

"다행이군." 파블로가 말했다. "이 말들 중 흠 있는 놈 한 마리가 어떤 건지 알아보겠소?"

로버트 조던은 글도 못 읽는 놈에게 시험을 당하는 격이라는 생각이 들었다.

말들은 아직도 머리를 쳐든 채 사람들을 바라보고 있었다. 로버트 조던은 이중으로 줄을 친 울타리 사이로 슬쩍 들어가 사슴 가죽 빛의 말 엉덩이를 철썩 때렸다. 그는 울타리 줄에 등을 기대고 서서 말들이 울타리 속에서 원을 그리며 돌아가는 광경을 지켜보았다. 그들이 멈춰서고 나서도 조금 더 지켜보다가 허리를 굽혀 울타리 줄 사이로 빠져나왔다.

"저 적갈색 말은 오른쪽 뒷다리가 절름발이로군." 그가 쳐다보지도 않고 파블로에게 말했다. "굽이 갈라져 있소. 적당히 손질해 주면 더 나빠지지는 않을 테지만 딱딱한 땅을 걸으면 아주 못 쓰게 될 거요."

"굽은 우리가 빼앗아 왔을 때도 그랬소." 파블로가 말했다.

"이마가 하얀 밤색 종마가 당신의 말 중에서 가장 좋은 말인 모양인데 불행히도 말굽뼈 윗부분이 부어 있군요."

"중요하지 않소!" 파블로가 말했다. "사흘 전에 다쳤지. 그게 대단한 상처였다면 벌써 드러났을 거야."

그는 방수포를 벗기고 안장들을 보여 주었다. 아메리카 목동들의 안장과 비슷한 흔해 빠진 바케로 가축 몰이꾼의 안장이 두 개, 가죽과 뚜껑에 묵직한 동자가 달린 야단스럽게 꾸민 수공手工 바케로 안장이 하나, 그리고 검정 가죽으로 만든 군용 안장이 두 개 있었다.

"우린 의용군 두 놈을 죽였소." 그가 군용 안장을 가리키며 말했다.

"큼직한 노획물이었군요."

"놈들은 세고비아와 산타마리아 델레알 중간 도로에서 말을 내리고 있었지. 마차꾼의 신분을 조사하려고 말을 내렸던 거요. 우린 말들이 다치지 않게 놈들을 죽일 수 있었소."

"당신은 의용군을 많이 죽였소?" 로버트 조던이 물었다.

"몇 놈 되지." 파블로가 말했다. "한데 말을 다치지 않게 하고 죽인 건 이 두 놈뿐이오."

"아레발로에서 열차를 폭파시킨 게 파블로라오." 안셀모가 말했다. "그게 바로 파블로란 말이야."

"폭파 장치를 한 외국인 한 명이 우리와 함께 있었지." 파블로가 말했다. "그를 아시오?"

"이름이 뭐요?"

"기억나진 않소. 아주 드문 이름이었는데."

"어떻게 생겼소?"

"당신처럼 미남이지. 크지 않은 키에 팔이 길고 납작코지만."

"카시킨이로군." 로버트 조던이 말했다. "카시킨일 거야."

"맞아." 파블로가 말했다. "아주 드문 이름이었어. 그것과 비슷한 이름이었지. 그 사람 어떻게 됐소?"

"지난 4월에 죽었습니다."

"누구나 다 그러게 마련이야." 파블로가 침울하게 말했다. "그게 우리의 최후란 말이야."

"사나이들의 최후란 다 그런 거지." 안셀모가 말했다. "사나이들의 최후란 항상 그런 거란 말이야. 이 사람 왜 그래? 뱃속에 대체 뭐가 들어 있나?"

"놈들은 아주 강하오." 파블로가 말했다. 그것은 혼잣말처럼 들렸다. 그는 말들을 침울하게 바라보았다. "당신은 놈들이 얼마나 강한지 모르고 있어. 내가 본 놈들은 언제나 우리보다 강하고 장비도 훌륭했어. 항상 물자가 더 많았으니까. 그런데 난 이런 곳에서 고작 이렇게 말들이나 데리고 있거든. 그러니 내가 어떻게 앞날을 기대할 수 있겠어. 쫓겨 다니다가 죽는 거지. 그 이상 아무것도 없어."

"자넨 쫓겨 다닌 만큼 쫓기도 했잖나." 안셀모가 말했다.

"아니." 파블로가 말했다. "이젠 그럴 수도 없어. 이제 우리가 이 산을 떠난다면 어디로 간단 말이오? 대답 좀 해 보시구려. 이제 어디로 간단 말이오?"

"스페인엔 산이 많아. 여길 떠나면 시에라데그레도스 산이 있어."

"내겐 소용없어." 파블로가 말했다. "난 쫓겨 다니기에 지쳤어. 여기 있으면 우린 안전해. 그런데 이제 다리를 폭파시킨다면 우린 달아나야 하겠지. 놈들이 우리가 여기 있는 줄을 눈치채고 비행기로 정찰한다면 우린 발견되고 말 거야. 그래서 놈들이 무어인들을 보내 우릴 뒤지게 할 거고 우린 발견될 테니 떠나야 할 거야. 나는 그런 일엔 지쳐 버렸소. 알아듣겠소?" 그는 로버트 조던에게로 돌아섰다. "외국인인 당신이 내게로 와서 나더러 이래라저래라 할 권리가 있소?"

"난 당신에게 뭘 하라고 지시한 적은 없습니다." 로버트 조던이 그에게 말했다.

"그렇긴 하지만……." 파블로가 말했다. "저게, 저것이 좋지 않은 거란 말이오."

그는 그들이 말을 보고 있는 동안 내려놓았던 두 개의 묵직한 짐을 가리켰다. 말을 보고 있는 동안에 그런 생각이 머리에 떠오른 모양이었다.

말을 보고 있는 동안 놈의 입이 가벼워졌을 거라고 로버트 조던은 생각했다. 그들 세 사람은 이제 울타리 줄 옆에 서 있었다. 햇빛이 종마의 갈기 위에 반점으로 비치고 있었다. 파블로는 그를 쳐다보고는 그 묵직한 짐을 발로 걷어차 버렸다. "이게 좋지 않은 거란 말이오."

"나는 단지 내 임무를 수행하러 왔을 뿐입니다." 로버트 조던이 그에게 말했다. "나는 이 전쟁을 지휘하는 사람의 명령을 받고 온 거요. 내가 도움을 청하더라도 거절하는 건 당신 마음대로요. 그럼 난 나를 도와줄 다른 사람들을 찾으면 그만이오. 한데 난 아직 당신한테 도움을 청하지도 않았소. 나는 명령받은 일을 해야만 하오. 그 중대성을 자신 있게 말해 드릴 수도 있소. 난 오히려 내가 스페인 태생이었으면 싶소."

"지금 나로서 가장 중요한 일은 여길 어지럽히지 않는 것이오." 파블로가 말했다. "지금 내 임무는 함께 있는 사람들과 나 자신에 대한 것뿐이란 말이오."

"자네 자신뿐이라고? 그렇지." 안셀모가 말했다. "옛날부터 자네 자신뿐이었지. 자네 자신과 자네의 말 말이야. 그 말을 손에 넣기 전까지는 자네도 우리와 마찬가지였어. 그런데 자네는 이제 자본주의자의 한 사람이 되었군."

"그건 틀린 생각이야." 파블로가 말했다. "난 대의명분을 위해 말을 기르고 있는 거요."

"조금도 그렇지 않아." 안셀모가 경멸하듯이 말했다. "내 판단으로는 조금도 그렇지 않아. 훔치는 것, 잘했지. 잘 먹는 것, 그것도 잘했지. 죽이는 것, 그것도 잘했지. 한데 싸우는 것, 그건 못한단 말이야."

"당신은 입 때문에 신세 망칠 늙은이구려."

"난 누구도 두려워하지 않는 늙은이지." 안셀모가 그에게 말했다. "그리고 말을 갖지 못한 늙은이란 말이야."

"당신은 오래 살지 못할 늙은이야."

"난 목숨이 붙어 있을 때까지 살 늙은이지." 안셀모가 말했다. "그리고 난 여우 따윈 두려워하지 않아."

파블로는 말없이 짐을 집어 들었다.

"늑대라도 마찬가지지." 안셀모가 또 한쪽 짐을 집어 들면서 말했다.

"자네가 늑대라면 말일세."

"입 닥쳐요." 파블로가 그에게 말했다. "당신은 항상 말이 참 많은 늙은이야."

"그리고 한다고 한 일은 무엇이건 하는 늙은이지." 안셀모가 짐을 지고 나서 허리를 구부린 채 말했다. "그리고 이젠 배가 고픈 늙은이지, 목도 마르고. 가세, 슬픈 얼굴의 게릴라 두목님. 먹을 것이 있는 데로 우리를 인도하란 말이야."

사정이 몹시 악화돼 가는군, 하고 로버트 조던은 생각했다. 그러나 안셀모는 사나이다. 좋을 때는 기막히게 좋은 사람들일 것이라고 그는 생각을 고쳤다. 좋을 땐 그들만큼 좋은 사람이 없다. 그러나 나빠질 땐 그들만큼 나쁜 사람들도 없을 것이다. 안셀모는 여기로 나를 데리고 올 때 어떻게 해야 한다는 것을 알고 있었음에 틀림없다. 그러나 나는 그런 짓은 싫다. 절대 좋아할 수가 없다.

단 하나 좋은 징조라면, 짐은 파블로가 지고 카빈은 내게 맡긴 것뿐이다. 아마 이자는 늘 이런지도 몰라, 하고 로버트 조던은 생각했다. 아마 그는 단지 침울한 사람 중의 하나일 뿐인지도 모른다.

아니야, 속아서는 안 돼, 라고 그는 자신에게 말했다. 너는 그가 어떤 인간인지 모르고 있다. 하지만 그가 쉽게 악해지고 또 그걸 숨기려 하지도 않는다는 걸 너는 안다. 그가 그걸 숨기기 시작할 땐 무언가 계책을 꾸밀 때이다. 그걸 잊지 마라, 하고 그는 자신에게 말했다. 그가 친절해지기 시작할 때 무언가 계책을 꾸미는 거겠지. 하지만 굉장히 훌륭한 말들이야. 아름다운 말들이야, 하고 그는 생각했다. 그 말들이 파블로에게 그런 감정을 일으키게 한 것임을 내가 어떻게 알았을까. 늙은이의 말이 옳았어, 말들이 그를 부자로 만들었고 그자는 부자가 되자마자 인생을 즐기길 원했던 거야. 오래잖아 그는 경마 클럽에 가입할 수 없어 상심하고 말 거야, 라고 그는 생각했다. 가엾은 파블로, 기사가 못되다니.

이런 생각이 그의 마음을 한결 가볍게 해 주었다. 그는 나무들 사이로 앞서 가는 구부린 두 개의 등과 커다란 짐을 바라보면서 싱긋 웃었다. 그는 하루 종일 스스로에게 농담을 해 보지 않았다. 이제 그런 생각을 하니까 마음이 훨씬 가벼워졌다. 너도 다른 사람들처럼 되어 가고 있군. 그는 스스로에게 말했다. 너 역시 우울해져 가고 있어. 골즈와 같이 있었을 때 확실히 로버트 조던은 딱딱하고 우울했다. 임무가 그를 얼마간 위축시켜 놓았던 것이다. 조금은 위축이 됐어, 하고 그는 생각했다. 어쩌면 꽤 위축이 됐을지도. 골즈는 쾌활했고, 떠나기 전에 그 역시 쾌활해지기를 바랐지만 그는 그렇게 되지 못했던 것이다.

생각해 보면 우수한 놈들은 모두 쾌활했지. 쾌활하다는 것은 더 나은 일이고, 또 무엇인가를 증명해 주는 것. 그건 네가 생명이나 부지하는 동안 불멸성을 지니고 있는 거지. 정말 복잡 미묘한 거야. 하지만 그런 자들은 그렇게 많이 남아 있질 않아. 정말이야. 쾌활한 자들은 많이 남아 있질 않단 말이다. 지긋지긋한 놈들 몇 놈만 남아 있는 거야. 그런데 야, 이놈아! 그런 생각만 자꾸 하다간, 넌 이것도 저것도 아닌 놈이 돼 버릴 거야. 자, 이젠 생각을 돌려. 오랜 친구여, 오랜 동지여, 넌 사색가가 아니라 다리를 폭파해야 할 사람이다. 아, 난 배가 고파 죽겠어, 하고 그는 생각했다. 파블로가 잘 먹고사는 놈이면 좋겠어.

<h1 style="text-align:center">2</h1>

그들은 빽빽한 숲을 지나 컵 모양으로 된 조그만 골짜기 끝에 이르렀다. 그들 앞에 나무들 사이로 솟아오른 너럭바위가 보였다. 그 아래쪽으로 틀림없이 캠프가 있을 것 같은 장소가 있었다.

생각대로 그곳은 캠프였는데, 아주 훌륭했다. 누구든 가까이 올라가 보지 않고는 전혀 알아챌 수 없을 것이다. 공중에서도 발견할 수 없을 거라고 로버트 조던은 생각했다. 위에서는 아무것도 보이지 않을 것이다. 그것은 곰의 굴처럼 교묘하게 숨겨져 있었다. 그러나 경계 근무는 확실히 해야 할 것 같았다. 그곳에 가까워지면서 그는 세심하게 관찰해 보았다.

너럭바위 암벽에 커다란 동굴이 뚫려 있었다. 한 사나이가 바위에 등을 기댄 채 입구 옆에 앉아 있었다. 다리는 땅바닥으로 쭉 뻗고, 카빈은 바위 벽에 비스듬히 기댄 채였다. 그는 칼로 막대기를 깎고 있었는데 그들이 다가가자 한 번 쳐다보고 나서 칼질을 계속했다.

"어이!" 앉아 있는 사나이가 말했다. "저기 같이 오는 사람은 누구요?"

"늙은이와 폭파 기술자지." 파블로가 말하며 짐을 동굴 입구 안쪽에 내려놓았다. 안셀모도 짐을 내려놓았으며, 로버트 조던도 총을 벗어 바위에 기대어 놓았다.

"그걸 그렇게 굴 가까이 놓지 마시오." 연기에 그을린 가죽 색깔처럼 거무칙칙하고 사람 좋아 보이는 게으른 집시형의 얼굴에 푸른 눈을 가진 칼질하던 사나이가 말했다. "안에 불이 있소."

"일어서서 네가 옮겨 놔." 파블로가 말했다. "저 나무 옆에 세워 놔." 집시는 움직이지도 않고 뭔가 상소리를 지껄인 다음, "내버려 둬. 폭발해서 날아가 버리게." 느릿느릿 말했다. "그게 당신 병을 고쳐 줄 테니."

"무얼 만들고 있소?" 로버트 조던이 집시 옆에 앉았다. 집시가 그것을 보여 주었다. 그것은 네모난 덫이었는데 그는 빗장을 깎고 있는 중이었다.

"여우 덫이지." 그가 말했다. "함정에 통나무를 떨어뜨리면 그게 여우 놈의 등을 박살 내게 하는 거지." 그는 조던을 보고 성긋 웃었다. "이렇게 말이오. 알겠소?" 그는 덫의 틀이 튀어 통나무가 떨어지는 시늉을 해 보이고는 머리를 흔들었다. 그러고는 손가락을 오그리고 팔을 벌려 등이 박살 난 여우의 시늉을 해 보였다. "아주 실용적이지." 그가 말했다.

"그잔 토끼나 잡는 거지." 안셀모가 말했다. "그잔 집시요. 토끼를 잡으면 여우를 잡았다고 하지. 여우를 잡으면 코끼리를 잡았다고 할 거야."

"그럼 코끼리를 잡았을 땐?" 집시가 묻고는 다시 하얀 이를 드러내 보이면서 로버트 조던에게 눈을 찡긋해 보였다.

"탱크를 잡았다고 하겠지." 안셀모가 그에게 말했다.

"난 탱크를 잡고 말 테야." 집시가 그에게 말했다. "난 탱크를 잡을 거라고. 그땐 당신 좋을 대로 지껄여도 괜찮아."

"집시 놈들은 말만 많지 아무것도 잡질 못하거든." 안셀모가 그에게 말했다.

집시는 로버트 조던에게 또 눈을 찡긋해 보이고는 칼질을 계속했다. 파블로는 동굴 안으로 들어가 보이지 않았다. 로버트 조던은 그가 먹을 것을 가지러 들어간 것이었으면 했다. 그는 집시 옆 땅바닥에 주저앉았다. 오후의 햇볕이 나무를 따뜻하게 해 주었다. 그는 이제 기름 냄새며 양파 냄새, 기름에 튀긴 고기 냄새 등 동굴 속의 음식 냄새를 맡을 수 있었는데 그의 위는 허기 때문에 배 속에서 뒤틀리고 있었다.

"우린 탱크를 잡을 수 있을 거요." 그는 집시에게 말했다. "그건 그렇게 어려운 일도 아니야."

"이걸로요?" 집시는 두 개의 짐을 가리켰다.

"그렇소." 로버트 조던이 그에게 말했다. "당신에게도 방법을 가르쳐 주지. 당신은 덫을 만드는 거야. 그렇게 어렵지도 않아."

"당신과 내가?"

"그렇소." 로버트 조던이 말했다. "안 될 거 없잖소?"

"이봐요." 집시가 안셀모에게 말했다. "이 짐 두 개를 안전한 장소로 옮겨 주시지 않겠소? 귀중한 거니까."

안셀모는 툴툴거렸다. "술을 가져오겠소." 그가 로버트 조던에게 말했다. 로버트 조던이 일어나서 짐을 들고 걸어가 동굴에서 떨어져 있는 나무 둥지 양쪽에다 하나씩 세워 놓았다. 그 속에 무엇이 들어 있는가를 알고 있었기 때문에 두 개가 함께 붙어 있는 게 안심할 수 없었던 것이다.

"나한테도 컵 하나 갖다 주구려." 집시가 늙은이에게 말했다.

"술은 있소?" 로버트 조던이 다시 집시 곁에 앉으며 물었다.

"술 말이오? 술이 왜 없겠소? 가죽 부대에 가득 있지. 암만 없어도 반 부대는 있을걸."

"그럼 먹을 건 뭐가 있소?"

"없는 게 없어, 이 양반아." 집시가 말했다.

"우리는 장군들처럼 호화판이지."

"한데 집시는 전쟁에서 무얼 하오?" 로버트 조던이 그에게 물었다.

"그냥 집시지."

"그거 참 팔자가 좋군."

"상팔자지." 집시가 말했다. "사람들이 당신을 뭐라 부르오?"

"로베르토. 당신은?"

"라파엘. 한데 그 탱크 얘긴 진짜요?"

"정말이지요. 거짓말 같소?"

빨간 포도주가 가득 들어 있는 움푹 팬 술 단지를 들고 세 개의 컵 손잡이를 손가락에 낀 안셀모가 동굴 입구에서 나왔다. "봐요." 그가 말했다. "술잔이고 뭐고 없는 게 없잖소." 파블로가 그 뒤를 따라 나왔다.

"식사는 곧 될 거요." 그가 말했다. "담배 있소?"

로버트 조던은 짐 있는 데로 가서 하나를 열고 안주머니를 뒤져 골즈의 사령부에서 얻었던 러시아궐련을 꺼냈다. 담뱃갑이 납작해져 있었다. 그는 담뱃갑 가장자리를 엄지손가락 끝으로 돌아가며 뜯어내어 뚜껑을 열고는 파블로에게 건넸다. 파블로는 여섯 개비나 뽑아 들었다. 파블로는 그 큼지막한 손으로 쥔 후 한 개비 뽑아 들고는 햇빛에 비추어 보았다. 그것은 입 닿는 부분이 두꺼운 종이로 된 길고 가는 궐련이었다.

"텅 빈 게 담배는 조금밖에 안 들었군." 그가 말했다. "난 이 담배를 알아. 그 이름이 괴상한 사내가 가지고 있었지."

"카시킨이로군." 로버트 조던은 집시와 안셀모에게도 궐련을 권했다.

그들은 한 개비씩 뽑아 들었다.

"더 뽑으시오." 그가 권하자 그들은 한 개비씩 더 뽑았다. 그는 그들에게 네 개비씩 더 주었다. 그들은 궐련을 쥐고 있는 손을 두 번 흔들어 감사를 표시했는데 궐련이 끄덕거리는 게 마치 군도로 경례하듯이 보였다.

"그렇지." 파블로가 말했다. "그건 드문 이름이었어."

"술 드시오?" 안셀모가 단지에서 술을 떠 로버트 조던에게 건네고 자기와 집시가 마실 술을 떠냈다.

"내가 마실 술은 없나?" 파블로가 물었다. 그들 모두가 동굴 입구 옆에 함께 앉아 있었다.

안셀모가 자기 술잔을 그에게 건네주고 또 다른 술잔을 가지러 동굴로 들어갔다. 잔을 들고 나온 그는 단지를 기울여 술잔 가득히 퍼냈다. 그들은 술잔을 부딪쳐 건배했다.

술은 훌륭했다. 가죽 부대에 담겨 있어서 송진 냄새가 약간 났지만 혀에 닿는 맛이 독하지 않고 산뜻한 게 아주 일품이었다. 로버트 조던은 천천히 마시면서 술기운이 따뜻하게 지친 몸으로 퍼져 가는 것을 느꼈다.

"식사는 곧 올 거요." 파블로가 말했다. "그런데 그 희귀한 이름을 가진 외국인은 어떻게 죽었소?"

"잡히자 자살했소."

"어쩌다 그렇게 됐지?"

"부상을 당했는데 그는 죄수가 되길 원치 않았지."

"자세한 건 모르시오?"

"모르겠소." 그는 거짓말을 했다. 그는 자세한 것을 잘 알고 있었지만 그들이 좋은 말은 하지 않으리라는 것을 알고 있었던 것이다.

"그 사람은 열차 작전에서 부상을 당해 도망칠 수 없게 될 경우엔 쏴 달라고 부탁을 했었지." 파블로가 말했다.

"그 사람 말하는 게 참 이상했었지."

그는 그때 틀림없이 신경질적이었을 거야, 하고 로버트 조던은 생각했다. '가엾은 카시킨.'

"그 사람은 자살에 대해 어떤 편견을 가지고 있었어." 파블로가 말했다. "그가 그런 걸 말하더군. 또 고문당하는 걸 꽹장히 두려워하고 있었어."

"그것도 말합디까?" 로버트 조던이 그에게 물었다.

"그랬지요." 집시가 말했다.

"그 사람은 그런 걸 우리 모두에게 말했습죠."

"당신도 열차 작전에 참가했었소?"

"물론이지요. 우리 모두가 열차 작전에 참가했거든요."

"그 사람 말하는 태도가 참 이상했어." 파블로가 말했다. "하지만 매우 용감했지."

가엾은 카시킨이라고 로버트 조던은 생각했다. 그는 이런 곳에선 이롭기보다 해로운 존재일지 모른다. 그가 신경과민이 된 줄 그때 알았으면 좋았을걸. 그를 작전으로부터 물러나도록 했어야 할 일이었다. 그런 종류의 일을 할 때나 그 같은 이야기를 지껄일 때 주위에 사람들이 있어선 안 된다. 그건 이야기할 게 못 된다. 임무를 완수했을 경우에도, 그따위가 이야깃거리가 되면 이롭기보다는 해가 된다.

"좀 이상했지." 로버트 조던이 말했다. "나는 그가 좀 돈 것 같았소."

"그러나 폭파 솜씨는 좋았지요." 집시가 말했다. "그리고 아주 용감했고."

"그러나 돌았었지." 로버트 조던이 말했다. "이런 일을 할 때는 머리도 좋아야 하고 아주 냉정하지 않으면 안 돼. 이런 건 얘기할 게 못 돼요."

"그럼 당신은." 파블로가 말했다. "이 다리 폭파와 같은 일을 하다가 부상당한다면 뒤에 남아 있겠단 말이오?"

"이봐요." 로버트 조던은 몸을 앞으로 기울여 또 술을 한 잔 폈다. "내 말 잘 들어 봐요. 내가 누구에겐가 조금이라도 부탁하고 싶은 게 있을 땐 난 그때 가서 부탁할 거란 말이오."

"근사한 말이야." 집시가 그럴 거라는 듯이 말했다. "훌륭한 사람의 말투는 이런 법이야. 아! 오는군."

"자넨 식사가 끝나지 않았던가?" 파블로가 말했다.

"그래도 난 두 번이라도 더 먹을 수가 있는걸." 집시가 그에게 말했다. "자, 식사를 날라 오는 사람을 좀 보시우."

커다란 쇠 쟁반을 든 여자가 동굴 입구로부터 허리를 굽히고 나왔다. 로버트 조던은 모퉁이께서 뒤를 돌아본 여자의 얼굴을 보았다. 순간 그녀에게서 무언가 이상한 것을 알아챘다. 그녀는 미소 지으며 말했다. "안녕하세요, 동지." 로버트 조던도 "안녕하시오."라고 인사한 다음, 빤히 쳐다보는 것도 아니고 딴 데를 보는 것도 아닌 눈빛을 지으려고 조심했다. 그녀가 납작한 쇠 쟁반을 그의 앞에 내려놓았다. 그는 그녀의 아름다운 갈색 손을 바라보았다. 이제 그녀는 정면으로 그를 바라보며 미소 지었다. 그녀의 치아는 갈색 피부의 얼굴에서 하얗게 드러나 보였다. 피부와 눈은 똑같이 황금 빛깔이 도는 갈색이었다. 그녀는 광대뼈가 드러나 보였고 쾌활한 눈에 탐스런 입술을 일자로 꾹 다물고 있었다. 그녀의 머리는 햇볕에 탄 논밭의 황금빛 갈색이었지만 머리를 온통 짧게 깎아서 바다삵의 털 정도밖에 안 되는 길이였다. 그녀는 로버트 조던의 얼굴을 보며 미소 짓고는 갈색 손을 들어 머리를 쓸어 넘겼는데, 그녀의 손이 지나고 나면 눕힌 머리카락이 다시 곤두서곤 했다. 아름다운 얼굴이라고 로버트 조던은 생각했다. 머리만 짧게 깎지 않았으면 미인일 거야.

"이것이 내가 머리 빗는 방법이에요. 그녀는 로버트 조던에게 말하고 웃었다. "어서 드세요. 나를 빤히 쳐다보지 말아요. 발라돌리드에서 사람들이 이렇게 머리를 잘라 버렸어요. 이제 이만큼이라도 자랐지만요."

그녀는 맞은편에 앉아서 그를 바라보았다. 그가 다시 그녀를 쳐다보자 그녀는 미소 짓고는 무릎 위에 손을 겹치고 앉았다. 그러자 째진 바지 아랫단으로부터 길고 미끈한 다리가 비스듬히 드러나 보였고, 회색 셔츠의 아래쪽으로 조그맣게 볼록 튀어나온 젖가슴의 형태를 알아볼 수 있었다. 로버트 조던은 그녀를 쳐다볼 때마다 목구멍에 무슨 덩어리가 막힌 것처럼 느껴졌다.

"접시가 없소." 안셀모가 말했다. "당신 칼로 어떻게 먹어 보구려." 여자는 네 개의 포크를 끝을 아래로 해서 쇠 쟁반 한쪽에 기대어 놓았다.

그들은 스페인 관습대로 말없이 쟁반에 담긴 음식을 먹었다. 양파와 풋고추로 요리한 토끼고기였는데 붉은 포도주로 만든 소스에는 이집트 콩이 섞여 있었다. 요리 솜씨가 훌륭해서 토끼고기는 뼈에서 잘 떨어졌으며 소스는 맛이 좋았다. 로버트 조던은 먹으면서 또 술을 한 잔 마셨다. 여자는 식사하는 동안 줄곧 그를 쳐다보고 있었다. 다른 사람들은 음식 먹는데 정신이 팔려 있었다. 로버트 조던은 빵 조각으로 자기 앞에 남은 소스를 말끔히 닦아 내고, 토끼 뼈를 한쪽으로 쌓아 놓고, 소스를 치기 위해 놓였던 데를 훔쳐 낸 후 다시 그 빵으로 포크를 깨끗이 닦아 내고, 칼을 훔쳐 치워 놓은 다음 빵을 먹었다. 그는 몸을 구부려 컵에 가득 술을 폈다. 여자는 여전히 그를 바라보고 있었다.

로버트 조던은 술을 반쯤 마셨지만 여자에게 말을 건넸을 때는 여전히 목이 막힐 듯했다.

"이름이 뭐죠?" 그가 물었다. 그의 어조가 갑자기 달라진 것을 알아챈 파블로가 힐끗 그를 바라보았다. 그런 다음 그는 일어나서 가 버렸다.

"마리아예요. 당신은요?"

"로베르토. 산속에 오래 있었소?"

"석 달 동안요."

"석 달?" 그는 그녀의 머리를 바라보았다. 그 숱 많고 짧은 머리는 당황한 그녀가 손으로 쓸어 넘기자 바람 부는 언덕 위의 무성한 보리밭처럼 잔물결을 이루었다.

"면도로 밀어 버렸어요." 그녀가 말했다. "발라돌리드의 감옥에선 정기적으로 머리를 밀어 버려요. 이만큼 자라기까지 석 달이나 걸렸어요. 나는 열차에 타고 있었거든요. 그 사람들이 나를 데리고 남쪽으로 이송 중이었지요. 열차가 폭파된 후에 많은 죄수들이 잡혔지만 난 안 잡혔어요. 난 이 사람들하고 여기로 온 거예요."

"난 그 여자가 바위틈에 숨어 있는 걸 발견했지요." 집시가 말했다. "우리가 떠나려 할 때였지. 이봐요, 한데 이 여잔 정말 너무 보기 흉했어요. 우리는 이 여잘 데리고 왔지만 몇 번이나 내버려 두고 올걸 하고 생각했다오."

"그 열차 사건 때 이 사람들하고 같이 있던 사람은 어떻게 되었지요?" 마리아가 물었다. "금발머리의 또 다른 한 분 말이에요. 외국인이었어요. 그분 어디 있죠?"

"죽었소." 로버트 조던이 말했다. "4월에."

"4월에요? 하지만 열차 사건도 4월에 있었는데요."

"그렇지." 로버트 조던이 말했다.

"열차 사건이 있은 지 열흘 후에 죽었소."

"가엾은 양반." 그녀가 말했다. "그분 아주 용감했어요. 그런데 당신도 똑같은 일을 하세요?"

"그렇소."

"열차 폭파를 해 보셨어요?"

"세 번 했지요."

"여기서요?"

"에스트레마두라에서요." 그가 말했다. "여기 오기 전에 에스트레마두라에 있었죠. 우린 거기에서 많은 활약을 하고 있소."

"한데 이 산엔 무슨 일로 오셨어요?"

"그 금발의 친구를 대신하러 왔소. 난 이 작전에 참가하기 전에 이 지방에 대해 알고 있기도 했으니까요."

"잘 아세요?"

"아니, 그렇게 잘은 모르오. 그러나 빨리 알게 될 거요. 내겐 좋은 지도가 있고 훌륭한 안내자가 있으니까."

"이 노인 말이군요." 그녀는 머리를 끄덕였다.

"그분 아주 좋은 분이에요."

"고맙군." 안셀모가 그녀에게 말했다. 그때 로버트 조던은 그녀와 단둘이 있었던 게 아니라는 것을, 그리고 목소리까지 그렇게 변해서는 그녀를 똑바로 쳐다보기가 민망하다는 것을 알았다. 그는 스페인어를 하는 사람들과 사귀는 데 필요한 두 가지 규칙 중에 두 번째 규칙을 범하고 있었다. 즉 남자에게는 담배를 권하고 여자에게는 손을 대지 않는 것 말이다. 한데 그는 갑자기 그런 점들을 염두에 두고 있지 않음을 깨달았던 것이다. 그가 신경을 쓰지 않았던 일들이 많았다. 그런데 왜 그가 그런 일에 신경을 써야만 하는가?

"당신은 아주 미인이군." 그가 마리아에게 말했다. "머리 깎이기 전의 당신을 볼 수 있는 행운을 가졌더라면 좋았을 걸 그랬소."

"곧 자랄 거예요." 그녀가 말했다. "6개월 내에 충분히 자랄 거예요."

"우리가 그 여자를 기차에서 데려올 때 보았더라면 좋았을 걸 그랬지. 어찌나 추했는지 병에 걸릴 뻔했어."

"당신은 누구의 부인입니까?" 로버트 조던은 이제 그 점을 캐고 싶어 하는 눈치로 물었다. "파블로의 부인인가요?"

그녀는 그를 바라보더니 깔깔 웃고는 그의 무릎을 찰싹 때렸다.

"파블로의 부인이라고요? 당신은 파블로가 어떤 사나이인지 알고 있잖아요."

"그럼 라파엘의 부인인가요? 난 라파엘도 알지만."

"라파엘도 아녜요."

"누구의 것도 아니오." 집시가 말했다. "이 여잔 아주 이상한 여자지. 누구의 것도 아니란 말이오. 한데 요리는 잘하지."

"정말 누구의 것도 아니오?" 로버트 조던이 그녀에게 물었다.

"누구의 것도 아녜요, 누구의 것도. 농담도 아니고 진담도 아녜요. 당신 것도 아니란 말이에요."

"아니라고?" 로버트 조던이 말했다. 그는 다시 목구멍이 막혀 오는 것을 느낄 수 있었다. "좋아, 난 여자하고 놀 틈이 없어. 정말이야."

"단 15분도?" 집시가 놀리듯이 물었다. "한 시간의 4분의 1도 말이오?"

로버트 조던은 대답하지 않았다. 그는 마리아라는 그 여자를 쳐다보았다. 목구멍이 너무 막힌 것같이 느껴져 무슨 말이 나올지 의문이었다.

마리아는 그를 쳐다보고 깔깔 웃었다. 그런 다음 갑자기 얼굴을 붉혔지만 계속해서 그를 쳐다보았다.

"당신 얼굴이 빨개졌군요." 로버트 조던이 그녀에게 말했다. "얼굴은 붉히는 편이오?"

"아니에요."

"한데 지금은 빨개졌군."

"그럼 난 동굴로 들어갈래요."

"앉아 있어요, 마리아."

"싫어요." 그녀가 대답했다. 그녀는 그에게 미소 짓지 않았다. "이제 동굴로 들어갈래요." 그녀는 그들이 먹고 비운 쇠 쟁반과 네 개의 포크를 집어 들었다. 그녀는 망아지처럼 어설프게 걸어갔다. 그러나 어린 동물처럼 귀여움이 넘쳐흘렀다.

"컵은 놓고 갈까요?" 그녀가 물었다. 로버트 조던은 여전히 그녀를 쳐다보고 있었고 그녀는 다시 얼굴을 붉혔다.

"날 그렇게 쳐다보지 마요." 그녀가 말했다. "전 그런 걸 싫어해요."

"두고 가구려." 집시가 그녀에게 말했다. "자!" 그는 술 단지에서 술을 떠내어 무거운 쇠 쟁반을 든 여자가 머리를 숙이고 동굴 안으로 들어가는 모습을 지켜보고 있는 로버트 조던에게 가득 찬 잔을 권했다.

"고맙소." 로버트 조던이 말했다. 그의 목소리는 다시 본래의 목소리로 돌아와 있었다. 이제 그녀는 보이지 않았다. "이 잔으로 끝냅시다. 실컷 마셨으니까."

"단지에 있는 걸 다 마셔야죠." 집시가 말했다. "가죽 부대엔 반 이상이나 남아 있는 걸요. 우리가 말에다 싣고 온 거요."

"그건 파블로의 마지막 공격 때였지." 안셀모가 말했다.

"그 후론 그 사람 아무 일도 하질 않아."

"당신들은 몇 명이나 되오?" 로버트 조던이 물었다.

"일곱에 여자 두 명이지."

"여자 둘?"

"그렇소, 파블로의 마누라까지."

"그럼 아까 그 여잔?"

"동굴 속에 있지. 그 처녀는 요리를 조금 할 줄 알지. 잘한다고 한 건 그녀를 기쁘게 해 주기 위해서야. 대부분 파블로의 마누라를 돕고 있는 편이지."

"그럼 그 파블로의 마누라란 어떤 여자요?"

"야만적인 구석이 있죠." 집시가 싱긋 웃었다. "아주 거친 여자요. 파블로를 추하다고 생각한다면 그의 마누라도 한번 봐야 될 거요. 그러나 용감한 여자지. 파블로보다 백배는 더 용감할걸. 그렇지만 어딘가 좀 야만적이지요."

"파블로도 처음엔 용감했지." 안셀모가 말했다. "파블로도 처음엔 진지한 데가 있었어."

"그는 콜레라보다 더 많은 사람을 죽였지." 집시가 말했다. "이 내전이 시작될 무렵 파블로는 티푸스보다도 더 많은 사람을 죽였어."

"하지만 오래전부터 기가 죽어 버렸지." 안셀모가 말했다. "그잔 아주 무기력해져 버렸어. 그잔 죽는 걸 아주 두려워하고 있지."

"처음에 너무 많은 사람을 죽였기 때문이라고도 할 수 있겠지." 집시가 철학자처럼 지껄였다. "파블로는 페스트보다 더 많은 사람을 죽였으니까."

"게다가 부자가 됐거든." 안셀모가 말했다. "또 술을 무지하게 마시고, 이젠 투우사처럼 은퇴하고 싶어 하지. 투우사 말이야. 그러나 그잔 은퇴할 수 없어."

"그자가 전선 저쪽으로 가면 놈들은 그의 말을 빼앗고 군대에 처넣고 말걸." 집시가 말했다. "나도 군대라면 영 질색인데."

"그렇지 않은 집시는 한 놈도 없지." 안셀모가 말했다.

"있을 리 있소?" 집시가 물었다. "어떤 놈이 군대에 가길 원해? 군대에서 혁명을 일으키란 말이오? 난 기꺼이 싸울 수 있지만 군대에 가긴 싫어."

"다른 사람들은 어디 있소?" 로버트 조던이 물었다. 그는 이제 술기운이 돌아 얼큰해져 졸음이 왔다. 숲의 바닥에 드러누워 조그만 구름덩이들이 드높은 스페인의 하늘을 천천히 움직여 가는 오후의 산속 광경을 나뭇가지 끝 너머로 쳐다보았다.

"둘은 동굴 속에서 잠을 자고 있고." 집시가 말했다. "둘은 총이 있는 데서 감시를 하고 있지. 하나는 저 아래서 보초를 서고 있고. 그자들은 아마 모두 자고 있을걸."

로버트 조던은 한쪽으로 돌아누웠다. "어떤 총이오?"

"아주 드문 이름이오." 집시가 말했다. "난 그 이름을 금방 잊어버렸는데. 기관총 종류예요."

자동 소총이 틀림없을 거라고 로버트 조던은 생각했다. "무게가 어느 정도요?" 그가 물었다.

"혼자서 가지고 다닐 수 있지만 무겁소. 접는 발이 세 개 달렸어요. 우린 그걸 그 위험했던 마지막 공격 때 얻었지. 술을 빼앗아 온 그 공격전의 습격 때 말이오."

"그 총에 쓸 탄알을 얼마나 가지고 있소?"

"엄청 많소." 집시가 말했다.

"믿을 수 없을 만큼 무거운 상자 가득 말이야."

500발쯤 되는 모양이라고 로버트 조던은 생각했다.

"탄환은 똬리 같은 데서 나오나요? 아니면 탄창에서?"

"총 위에 둥근 쇠 깡통이 달렸더군요."

'뭐야, 그러면 루이스 총이 아닌가.' 하고 로버트 조던은 생각했다.

"기관총에 대해서 좀 아시오?" 그는 늙은이에게 물었다.

"모르겠소." 안셀모가 말했다. "아무것도 몰라."

"당신은?" 이번엔 집시에게 물었다.

"기관총이란 놈은 총알이 빠르게 발사되고, 실수하여 총신에 손이 닿기만 하면 데어 버릴 정도로 뜨거워진다는 것만은 알고 있지요." 집시가 자랑스럽게 말했다.

"그 정도는 누구든지 알아." 안셀모가 경멸하듯 말했다.

"그야 그렇겠지만." 집시가 말했다. "하지만 이 사람이 기관총에 대해 아느냐고 물었기에 난 대답했을 뿐이야." 그러고는 덧붙여 말했다. "그리고 또 다른 소총들하고는 달라서 방아쇠를 누르고 있는 동안 계속해서 발사되는 거지."

"막혀서 고장이 나거나 너무 뜨거워져서 녹아 버리지 않는 한 탄알이 다 떨어질 때까지 나가지." 로버트 조던이 영어로 말했다.

"뭐라고 했소?" 안셀모가 그에게 물었다.

"아무것도 아니오." 로버트 조던이 말했다. "그저 영어로 장래를 점쳐 봤을 뿐이지요."

"그것 참 보기 드문 일이로구면." 집시가 말했다. "영어로 장래를 점친다. 당신 손금 볼 줄 아시오?"

"모르는데." 로버트 조던은 또 한 잔의 술을 퍼냈다. "볼 줄 안다면 내 손금 좀 봐줬으면 좋겠는걸. 그리고 앞으로 사흘 동안 일이 어떻게 돼 갈지 좀 알려 주구려."

"파블로의 마누라는 손금 볼 줄 안답니다." 집시가 말했다. "그러나 그 여자 성깔이 사납고 야만스런 여자라 보아 줄지 모르겠소."

로버트 조던은 일어나서 단번에 술을 들이켰다.

"자, 파블로의 마누라를 보러 갑시다." 그가 말했다. "그렇게 나쁘다면 기를 꺾어 놓지."

"난 그 여잘 건드리고 싶지 않소." 라파엘이 말했다. "그 여자는 나를 지독하게 미워하고 있지."

"왜요?"

"날 시간 낭비자로 취급하거든."

"저런, 건방진 여자 같으니!"

안셀모가 비난했다.

"그 여잔 집시에게 반감을 갖고 있어요."

"당치않아!" 안셀모가 말했다.

"그 여자에겐 집시의 피가 섞여 있어요." 라파엘이 말했다. "그 여자는 자기가 무슨 말을 지껄이는지를 알고 있어." 그는 씁쓸하게 웃었다. "그런데도 그 여자의 혓바닥은 욕질하고 물어뜯는, 마치 채찍 같다고나 할까? 그 혓바닥으로 누구건 가죽을 벗겨 내지. 그러고는 부숴 버린답니다. 그 여잔 정말 믿을 수 없을 정도로 야만적이오."

"그래 가지고도 마리아라는 그 여자하고 사이가 좋은가요?" 로버트 조던이 물었다.

"사이가 좋지요. 그 여잔 그 처녀를 좋아하오. 그래서 누구든 엉뚱한 마음을 먹고 그 처녀에게 접근하다간……." 그는 머리를 흔들며 혀를 내둘렀다.

"그 여잔 그 처녀하고 사이가 무척 좋아." 안셀모가 말했다. "그 여잔 그 처녀를 썩 잘 돌봐 주고 있어."

"우리가 열차 사건 당시 그 처녀를 데리고 왔을 땐 그 처녀꼴이 괴상망

측했지." 라파엘이 말했다. "그 처녀는 아무 말도 않고 온종일 울기만 했어요. 누가 어쩌다 건드리기라도 하면 물에 빠진 강아지처럼 발발 떨곤 했지. 요즘에 와서야 좀 나아진 거예요. 요즘엔 훨씬 좋아진 편이지요. 오늘은 아주 명랑하던데요. 조금 아까 당신하고 얘기할 땐 아주 기분이 좋았잖소. 우린 그 처녀를 열차에 내버려 두고 오려고 했어요. 그런 처량하고 추하고 하잘것없는 것 때문에 우물쭈물 늑장을 부린 일 따위는 전혀 없었거든요. 그런데 그 늙은 여자가 처녀를 밧줄로 묶고, 그 처녀가 지쳐서 더 이상 걸을 수 없다고 할 때면 밧줄 끝으로 때리면서 걷게 했지요. 그리고 그 처녀가 정말로 더 이상 걸을 수 없게 되자 어깨에 짊어졌어요. 그 늙은 여자가 메고 갈 수 없을 땐 내가 멨어요. 우린 히스와 가시금작화가 가슴까지 차는 덤불을 헤치며 산으로 올라갔지요. 그리고 내가 더 이상 그 여자를 데리고 갈 수 없게 되자 파블로가 멨지. 한데 그 늙은 여자가 우리에게 그 일을 시키기 위해 지껄였던 말투란!"

그는 지긋지긋한 기억에 머리를 흔들었다. "사실 그 처녀는 다리가 길기는 길었지만 무겁지는 않았어요. 뼈도 가볍고 몸무게도 덜 나갔거든. 그렇지만 메고 가다 사격하기 위해 멈추고 다시 메고 가야 하니 무겁더군요. 그 늙은 여자는 파블로를 밧줄로 때리며 총은 자기가 들고 갔어요. 파블로가 그 처녀를 내려놓으면 총을 다시 돌려주었고, 그러나 다시 그녀를 짊어지게 만들고 그에게 욕지거릴 하며 그를 위해 탄알을 재 주었어요. 놈의 탄알 주머니에서 탄알을 꺼내 탄창에다 쑤셔 넣었고요. 그러고는 또 욕질이었어요. 그러다가 마침 날이 저물기 시작했지요. 밤이 됐을 때에야 겨우 숨을 돌렸어요. 하지만 적들이 기병대를 갖지 않은 게 무척 다행이었지요."

"그 열차 습격은 꽤 힘들었을걸." 안셀모가 말했다. "난 거기 없었거든."

그가 로버트 조던에게 설명해 주었다. "파블로 부대와 귀머거리 영감 부대가 참가했지요. 오늘 밤에 그잘 만나기로 했어요. 그리고 이 산속의 다른 두 부대가 참가했지. 난 전선 저쪽에 가 있었고."

"그 희귀한 이름의 금발 사나이 외에……." 집시가 말을 꺼냈다.

"카시킨 말이오?"

"그렇소, 난 도무지 알 수가 없는 이름이거든. 그 사람 외에 기관총을 가진 사람이 두 사람 더 있었죠. 그들 역시 군대에서 파견된 사람들이었어요. 그자들은 기관총을 갖고 갈 수가 없어서 내버렸지요. 그 기관총은 확실히 저 처녀보다 무거웠지만, 저 늙은 여자가 그들을 휘둘렀다면 그것을 버리고는 도망치지 못했을 거요." 그는 기억을 더듬느라 머리를 흔들고는 계속해서 말했다. "내 평생을 통해, 폭발할 때의 그런 굉장한 광경은 본 적이 없었소. 열차는 차츰차츰 다가오고 있었어요. 우린 멀리서 그걸 봤는데 난 너무 흥분해서 말도 못 할 정도였지요. 우리는 기차에서 뿜어내는 수증기를 보았는데 좀 지나서 기적 소리가 들렸소. 그리고는 치익치익, 치익치익 하며 다가와 점점 더 크게 보이더군요. 그다음 폭발 순간엔 기관차의 앞바퀴들이 튀어 오르고 굉장히 큰 시커먼 연기와 폭음 속에 온 땅이 솟아오르는 것 같았어요. 그리고 기관차가 마치 꿈속인 양 먼지와 침목들과 함께 공중으로 높다랗게 튀어 오르더니, 부상당한 거대한 짐승처럼 옆으로 나가떨어지고 잇단 폭발로 일어난 온갖 파편들이 우리 머리 위에 채 떨어지기도 전에 먼저 하얀 수증기가 폭발했지요. 그러자 기관총 소리가 탓! 탓! 탓! 하고 들리기 시작했어요."

집시는 기관총이라도 있는 듯이 엄지손가락을 올리고 그의 앞에 두 주먹을 올렸다 내렸다 흔들어 대며 말을 계속했다. "타! 타! 타! 타! 타! 타!" 그는 외쳤다. "그런 광경은 난생처음이었지요. 군인들이 열차에서 튀어나오고 기관총이 그들을 향해 발사되고 놈들이 죽어 가더군요. 내가 흥분해서 기관총에 손을 대고 총신이 뜨겁게 달아오른 걸 발견한 것은 바로 그때였어요. 그 순간 그 늙은 여자는 내 한쪽 뺨을 후려갈기고는 '쏘란 말이야, 이 멍청아! 쏴! 그렇잖으면 네 골통을 부숴 버릴 테야!' 하고 외치더군요. 그래서 나는 쏘기 시작했지만 총을 꼭 붙들고 있기도 매우 힘들더군요. 적들은 자꾸 저쪽 언덕 위로 뛰어 올라가고 말이에요. 좀 지나서 우리가 노획할 게 없나 하고 열차 있는 데로 내려갔더니 장교 하나가 권총을 겨누고는 몇 명 안 되는 군인들을 우리 쪽으로 돌려세우려 애쓰고 있더군요. 그는 권총을 휘두르며 고래고래 소리치고 있었는데 모두가 그놈을 향해 발사했지요. 아무도 맞히질 못했어. 그러자 몇몇 군인이 엎드려 사격해 오더군요. 장교 놈은 권총을 들고 쏘아 맞힐 수가 없었어요. 기차의 위치 때문에 그에게 기관총을 쏠 수도 없었지요. 이 장교 놈이 엎드려 있는 놈

둘을 쏘아 죽였는데도 놈들이 일어나질 않자 장교가 욕설을 퍼부었어요. 그러자 마침내 한꺼번에 두세 놈씩 일어나더니 우리와 기차 있는 데로 돌진해 오더군요. 그런 다음 다시 납작 엎드리더니 또 발사해 오는 거예요. 그래서 우린 떠나려 했는데 우리가 떠날 때는 여전히 기관총알이 우리 머리 위로 날아오더군요. 우리가 기차로부터 도망쳐서 바위틈에 숨어 있는 처녀를 발견한 건 바로 그때였어요. 그 여잔 우리와 함께 도망치더군요. 밤중까지 우릴 잡으려고 헤맨 게 그 군대들이었어요."

"어지간히 힘들었겠구먼." 안셀모가 말했다. "조마조마했을걸."

"우리가 한 일 중 훌륭했던 건 그것 하나뿐이야." 굵고 나직한 목소리가 말했다. "넌 지금 뭘 하고 있는 거야, 이 게으름뱅이, 술주정뱅이, 바람둥이, 엉뚱한 총각 놈, 집시의 음란한 사기꾼아!"

로버트 조던은 키나 몸집이 파블로와 거의 맞먹을 정도로 거대한 체구를 가진 50세가량의 여인을 보았다. 농군의 아낙네가 입는 검은 옷옷을 입고 굵은 다리에는 두꺼운 털양말을 신었으며 줄무늬 밑창의 검은 구두를 신은, 화강암으로 만든 기념비 모델처럼 보이는 갈색 얼굴이었다. 그녀는 크지만 모양 좋은 손을 가지고 있었다. 검고 숱 많은 곱슬머리는 그녀의 머리 위에 한 다발로 말아 올려져 있었다.

"대답해 봐." 그녀는 다른 사람을 전적으로 무시하고 집시에게만 말했다.

"난 이 동지들에게 이야기하고 있었어. 이분은 폭파 임무를 띠고 오셨지."

"그런 건 다 알아." 파블로의 마누라가 말했다. "냉큼 가서 위에서 보초를 서고 있는 안드레와 교대해."

"아, 그렇군." 집시가 말했다. "가야지." 그는 로버트 조던에게로 돌아섰다. "식사 때 만납시다."

"농담이라도 그런 소린 말라고." 여자가 그에게 말했다. "내 계산으론 넌 오늘 세 번이나 처먹었단 말이야. 냉큼 안드레를 내게로 보내."

"안녕하슈?" 그녀는 로버트 조던에게 인사하고 손을 내밀며 미소 지었다. "안녕하슈, 공화국 일도 잘돼 가고?"

"잘돼 갑니다." 그는 대답하면서 그녀의 힘센 손을 쥐었다. "나나, 공화국이나."

"다행이로군요." 그녀가 그에게 말했다. 그녀는 그의 얼굴을 뻔히 쳐다보더니 미소 지었다. 그는 그녀가 아름다운 잿빛 눈을 가지고 있음을 알았다. "당신도 열차 폭파 일로 오셨수?"

"아니요." 로버트 조던은 순간적으로 그녀에게 신뢰감을 느끼며 말했다. "이번에는 다리지요."

"그런 건 없어도 대단치 않아요." 그녀가 말했다. "다리 하나쯤 없어져도 대수로울 것 없어요. 이제 말도 생겼는데, 열차 폭파는 또 언제 하게 되우?"

"그건 나중 일이오. 이 다린 아주 중요한 것이지요."

"그 처녀 애가 우리와 같이 열차 폭파에 참가했던 당신의 동지가 있다는 얘기를 해 주더군요."

"죽었소."

"가엾은 일이군. 난 그런 폭발은 난생처음 보았지. 재주 있는 사람이었어. 무척 재미있는 사람이기도 했고. 지금 또 열차 폭파 일을 할 수는 없겠수? 지금 이 산엔 사람들이 많이 있다우. 너무 많을 정도지. 식량 구하기가 힘들 지경이야. 여길 빠져나가는 게 더 좋겠어. 우린 말도 가지고 있으니까."

"우린 다리를 폭파해야만 합니다."

"어디 있는 다리 말이우?"

"아주 가까운 데 있소."

"그럼 더 잘됐군." 파블로의 마누라가 말했다. "여기 있는 다리를 모조리 폭파시키고 여길 빠져나가자고. 난 여기가 아주 싫증이 났어. 여긴 너무 많은 사람이 몰려 있어. 그래 가지곤 뾰족한 수가 생길 리 없지. 여긴 구역질 나는 침체 상태라우."

그녀는 나무 사이로 파블로를 보았다.

"이 주정뱅이 양반아!" 그녀는 그를 불렀다. "이 주정뱅이, 썩어 빠진 주정뱅이야!" 그녀는 쾌활한 얼굴로 로버트 조던에게 돌아섰다. "저 작자는 술을 부대째 들고 가 숲 속에서 혼자 마시고 있다우." 그녀가 말했다. "하루 종일 술이야. 이런 생활이 저이를 망쳐 버릴 거라우. 젊은 양반, 당신이 와서 매우 기쁘구려." 그녀는 그의 등을 가볍게 두드려 주었다. "아니," 그녀가 말했다. "당신은 보기보단 살이 많이 붙어 있구먼." 그러고는 손으로 그의 어깨를 훑으면서 플란넬 셔츠 속의 근육을 만져 보았다. "훌륭한 체격이로군. 당신이 와서 매우 기쁘구려."

"나도 기쁘오."

"우린 서로 이해하게 될 거요." 그녀가 말했다. "술 한잔 들구려."

"벌써 꽤 들었는데요." 로버트 조던이 말했다. "한데 아주머니는?"

"저녁식사 때나 하지." 그녀가 말했다. "술을 먹으면 속이 타서." 그러고는 다시 파블로를 쳐다보았다. "이 술주정뱅이야!" 그녀가 고함쳤다. "술주정뱅이야!" 그녀는 로버트 조던에게로 돌아서더니 머리를 흔들었다. "예전엔 참 좋은 사내였다우." 여자가 그에게 말했다. "그러나 이젠 끝장이야. 그건 그렇고, 내 얘기 좀 들어 보우. 그 처녀에게 잘 좀 대해 주고 돌봐 주시구려. 마리아 말이에요, 그 앤 고생을 많이 했다우. 아시겠수?"

"네, 그런데 왜 그런 말씀을 하시죠?"

"난 그 애가 동굴로 들어와 당신에게 눈길을 던지고 있는 것을 보고, 그 애 마음속이 어떤가를 알 수 있었지. 그 앤 동굴을 나가기 전에도 당신을 내다보고 있었다우."

"그 여자하고 농담을 좀 했지요."

"그 앤 건강이 매우 나빴다우." 파블로의 마누라가 말했다. "지금은 좀 나아진 편이니까 여길 빠져나갈 수 있을 거예요."

"그 여잔 안셀모와 같이라면 틀림없이 전선을 통과할 수 있을 겁니다."

"일이 끝나면 당신하고 안셀모하고 그 앨 데려갈 수 있을 거예요."

로버트 조던은 목구멍이 따끔거리며 목소리가 답답해지는 것을 느꼈다. "그렇게 될 수 있을지……." 그가 말했다.

파블로의 마누라는 그를 바라보더니 머리를 흔들었다. "아니, 그래. 남자들이란 모두 그 모양이우?"

"난 아무 말도 안 했습니다. 그 여잔 아름답더군요, 당신도 아시다시피."

"아니, 지금은 아름답지 않아요. 그러나 이제 아름다워지겠지, 당신 말대로 말이우." 파블로의 마누라가 말했다. "남자들이란, 참…… 우리 여자들이 남자들을 만들어 놓다니. 우스갯소리가 아니라우. 그래, 공화국에는 그 처녀 애와 같은 여자를 돌봐 줄 집이 없단 말이우?"

"있지요." 로버트 조던이 말했다. "좋은 장소들이 있지요. 발렌시아 부근의 해안에도 있고 다른 데도 있지요. 거기 가면 그녀를 잘 돌봐 줄 거고, 아이들을 상대로 일할 수도 있어요. 철수한 마을에서 온 아이들이 있지요. 일도 가르쳐 줄 겁니다."

"내가 바라는 대로군." 파블로의 마누라가 말했다. "파블로는 그녀 때문에 벌써부터 병이 들었다우. 그게 그 작자를 망하게 하는 또 하나의 요소지. 그 작자가 그 애 얼굴만 보면 병든 사람처럼 돼 버린다우. 지금 그 애가 떠나 버리면 그것이 제일 좋겠는데."

"일이 끝나면 그 여자를 데려가지요."

"내가 당신에게 그 앨 맡기면 잘 돌봐 줄 수 있겠수? 난 당신을 오래전부터 알고 있는 거로 치고 말하는 거라우."

"그런 법이죠." 로버트 조던이 말했다. "사람들이 남하고 마음이 통할 때는 말이오."

"앉으시우." 파블로의 마누라가 말했다. "일이란 꼭 될 대로 되고 마는 것이니까, 난 약속 같은 건 받지 않겠어요. 그러나 당신이 그 앨 데리고 갈 마음이 없다면 약속을 받아야지."

"내가 그녀를 데려가지 않는다면 무슨 일이라도 생깁니까?"

"난 당신이 떠난 후에 그 애가 발광하는 걸 보고 싶지는 않아요. 전에도 그 애가 발광하는 걸 본 적이 있다우. 그 이상 더 그 꼴을 어떻게 보겠수. 그렇지 않더라도 할 일이 태산 같은데."

"다리 일이 끝나면 그녀를 데려가지요." 로버트 조던이 말했다. "다리를 부수고 우리가 살아남게 된다면 그 여자를 데려가겠소."

"난 그런 투의 말은 듣고 싶지 않다우. 그런 말을 하면 될 것도 안 돼."

"난 단지 약속을 할 작정으로 그렇게 말했을 뿐입니다." 로버트 조던이 말했다. "난 흐릿하게 말하는 사람은 아닙니다."

"당신 손 좀 보여 주구려." 여자가 말했다. 로버트 조던은 손을 내밀었다. 여자는 그 손을 펴더니 커다란 손에 쥐고 엄지손가락으로 문질러 대고는 주의 깊게 들여다본 다음 내려놓았다. 그녀가 일어섰다. 그도 일어섰다. 그녀는 전혀 싱글거리지도 않고 그를 들여다보고 있었다.

"손금이 어떻습니까?" 로버트 조던이 그녀에게 물었다. "난 손금을 믿지 않으니까 무슨 소릴 들어도 겁나지 않습니다."

"아무것도." 그녀가 그에게 말했다. "아무것도 안 나와 있어."

"아니, 나와 있을 것입니다. 난 단지 호기심으로 알고 싶을 뿐이지요. 그 따위 것을 믿진 않습니다."

"그럼 당신이 믿는 게 뭐요?"

"여러 가지지요. 하지만 그것만은 별도지요."

"그것이라니?"

"내가 할 일 말입니다."

"그래요, 난 그걸 봤다우."

"그 밖에 뭘 봤나 말해 주시오."

"그 밖엔 아무것도 못 봤어." 그녀가 쌀쌀하게 말했다. "당신은 다리 일이 매우 힘들 거라고 말했지?"

"아닙니다. 매우 중요하다고 말했지요."

"하지만 힘들 거라우."

"그럴 겁니다. 난 지금 다리를 보러 가렵니다. 여긴 몇 명이나 있습니까?"

"쓸 만한 건 다섯이지. 그 집시는 기개는 대단하지만 쓸모가 없다우, 마음은 착한데. 그리고 파블로는 이제 더 이상 믿을 수가 없다우."

"귀머거리 영감에겐 쓸 만한 사람이 몇이나 있습니까?"

"여덟쯤 될 거예요. 오늘 밤에 만나기로 했다우. 그 영감이 이리로 올 거요. 그 영감은 아주 실제적인 사람이라우. 다이너마이트도 좀 가지고 있고, 많지는 않지만. 그이하고 의논할 수 있을 거요."

"그를 부르러 사람을 보냈나요?"

"매일 밤 온다우, 가까운 이웃이니까. 동지이기도 하고 친구이기도 한 사이라서."

"그 사람을 어떻게 생각하십니까?"

"아주 훌륭한 사내라우. 실제적이기도 하구. 열차 사건 땐 굉장한 활약을 했다우."

"그리고 다른 부대는?"

"미리 지시만 해 두면 꽤 쓸 만한 소총 50정쯤은 모을 수가 있을 거요."

"쓸 만한 것이라니, 어느 정도죠?"

"글쎄, 기껏해야 사태를 악화시키지 않을 정도로나 사용할 수 있을까?"

"소총 하나 몫으로 탄알이 몇 발이나 있습니까?"

"20발쯤. 이 작전에 그들이 얼마나 가져오느냐에 달려 있지만. 그것도 이 작전에 그들이 참가한다는 조건 아래서 말이우. 이번 다리 일은 돈도 안 나오고 노획물도 없지. 또 당신은 입을 다물고 있지만 상당히 위험한 것 같고. 일이 끝나면 이 산에서 어딘가 다른 곳으로 옮기지 않으면 안 될 거란 말이우. 그러니 이번 다리 일은 반대할 사람이 많을 거요."

"그럴 겁니다."

"그러니까 쓸데없는 말은 않는 게 좋을 거요."

"동감입니다."

"다리의 조사가 끝나거든 오늘 밤 귀머거리 영감과 함께 의논하자구."

"안셀모하고 내려가 보겠소."

"그럼 그를 깨우시우." 그녀가 말했다. "카빈은 필요없수?"

"고맙습니다." 그는 그녀에게 말했다. "가져가는 게 좋겠지만 쓸 데가 없어요. 난 조사하러 가는 거지 소동을 일으키러 가는 건 아니니까. 여러 가지 일러 주어서 감사합니다. 아주머니 말투가 아주 마음에 듭니다."

"난 솔직하게 말하려고 애쓴다우."

"그럼 내 손금도 솔직히 말해 주시죠."

"안 돼." 그녀는 머리를 흔들었다. "난 아무것도 못 봤어. 자, 다리로 가 보구려. 난 당신 물건을 봐줄 테니까."

"덮개를 씌워서 아무도 못 만지게 해 주세요. 동굴보다는 거기다 두는 게 좋을 겁니다."

"덮개를 씌워 아무도 못 만지게 하겠수." 파블로의 마누라가 말했다. "자, 이제 다리로 가 보우."

"안셀모." 팔베개를 하고 자고 있는 늙은이의 어깨를 흔들며 로버트 조던이 말했다.

늙은이가 눈을 뜨고 쳐다보았다. "알겠습니다." 그가 말했다. "물론입니다. 갑시다."

3

그들은 나무 그늘 속을 이 나무에서 저 나무로 조심스럽게 옮겨 가며 마지막 약 180미터를 내려갔다. 가파른 산허리의 소나무 숲이 끝난 곳을 지나자 이제 46미터밖에 안 되는 눈앞에 다리가 보였다. 갈색 산등성이 너머로 아직도 비치고 있는 늦은 오후의 햇빛은 텅 비고 가파른 골짜기를 배경으로 다리를 꺼멓게 드러나게 했다. 그것은 한 교각 사이의 강철 다리였는데 양쪽 끝에 초소가 하나씩 있었다. 다리 폭은 자동차 두 대가 지나다니기에 충분했고, 탄력성 있는 강철의 아름다움을 지닌 채 깊은 골짜기 위에 걸려 있었다. 훨씬 아래 골짜기 밑바닥에는 바위와 돌멩이들 사이로 하얀 물거품을 일으키며 흐르는 개울 하나가 골짜기의 본류와 합류하고 있었다.

햇빛이 로버트 조던의 눈을 부시게 했으므로, 다리의 윤곽밖에는 보이지 않았다. 문득 햇빛이 흐려지더니 사라져 버렸다. 해가 넘어간 갈색의 둥근 산봉우리를 나무 사이로 올려다보니 이젠 햇빛의 섬광 같은 것은 보이지 않았다. 산허리는 부드러운 신록을 띠고 산꼭대기 밑에 잔설이 군데군데 남아 있었다.

그런 다음 그는 아주 짧은 순간이기는 하지만 환한 빛을 받고 갑자기 확 밝아진 다리를 다시 바라보며 그 구조를 조사했다. 다리를 파괴하는 문제는 어렵지 않았다. 다리를 바라보면서 그는 상의 주머니에서 수첩을 꺼내 재빠르게 스케치했다. 그는 도면을 그리면서도 폭약의 양을 계산하지는 않았다. 나중에 할 생각이었다. 지금은 교각을 절단하고 그 파편을 골짜기로 쏟아지게 하기에 알맞은 폭약의 장치 장소를 찾고 있었다. 여섯 개의 폭약을 한데 묶어 장치해서 동시에 폭발하게 만들어, 천천히 과학적으로 정확하게 목적을 달성시킬 수도 있고, 커다란 폭약 두 개로 크게 해치우는 방법도 있었다. 후자일 경우는 굉장히 큰 폭약이어야 하며, 또한 저쪽과 이쪽 양편에 장치하여 동시에 폭발하도록 해야만 한다. 그는 행복감을 느끼며 재빠르게 스케치했다. 끝내 문제를 자기의 손아귀에 넣었다고 생각하니 기뻤던 것이다. 그리고 나서 그는 수첩을 덮고 주머니 덮개 안의 가죽 연필꽂이에 연필을 꽂고는 수첩을 주머니에 넣은 다음 단추를 채웠다.

그가 스케치하는 동안 안셀모는 도로와 다리와 초소들을 바라보고 있었다. 그는 그들이 안전 지역을 벗어나 다리에 너무 접근했다고 생각했기 때문에 스케치가 끝나자 상당히 마음이 놓였다.

로버트 조던이 주머니 덮개의 단추를 채우고 소나무 줄기 뒤에 납작 엎드려 앞을 살펴보자 안셀모가 그의 팔꿈치에 손을 대며 손가락으로 가리켰다.

그들 쪽을 향해 길 위에 서 있는 초소에는 보초가 대검을 꽂은 소총을 무릎 사이에 세우고 앉아 있었다. 그는 실로 뜬 모자와 담요 같은 케이프를 두르고 담배를 피우고 있었다. 46미터나 떨어져 있어 얼굴 생김새는 잘 알아볼 수 없었다. 더 이상 눈이 부실 만한 햇빛은 없었지만 로버트 조던은 손을 컵 모양으로 구부려 조심스럽게 렌즈를 가리면서 망원경을 들었다.

다리의 난간은 손을 뻗으면 만질 수 있을 것처럼 가깝게 보였고, 보초의 얼굴이 아주 분명하게 드러났다. 움푹 들어간 뺨이 보였고 담뱃재와 반짝거리는 총검이 보였다. 보초는 농부의 얼굴 같은 생김새였는데, 톡 불거진 광대뼈 아래로 뺨이 움푹 들어갔고 손질을 안 한 턱수염이 더부룩했다. 짙은 눈썹은 눈을 가렸으며, 큼직한 손에는 소총을 들고 있었다. 케이프 자락 아래로 무거운 장화를 신고 있는 발이 보였다. 초소 벽에는 낡고 시커멓게 된 가죽 술부대가 걸려 있었다. 신문지가 몇 장 놓여 있고, 전화는 안 보였다. 물론 전화는 보이지 않는 곳에 있을 것이다. 그리고 초소에서 나온 전화선 같은 것은 눈에 띄지도 않았다. 전화선은 도로를 따라 뻗어 있었고 전선은 다리 너머로 연결돼 있었다. 오래되어 낡은 석유통 꼭대기를 잘라 내고 구멍을 군데군데 뚫어 놓은 숯 화로가 초소 밖에 돌 두 개로 받쳐져 있었는데 불은 들어 있지 않았다. 화로 안의 재 속에는 불에 그을려 시꺼매진 빈 깡통이 몇 개 들어 있을 뿐이었다.

로버트 조던은 그의 옆에 납작 엎드려 있는 안셀모에게 망원경을 건네주었다. 늙은이는 히죽 웃고는 머리를 흔들었다. 그러고는 한쪽 눈 옆의 머리를 손가락으로 톡톡 쳤다.

"본 놈이로군." 그는 스페인어로 이야기했다. 어떤 속삭임도 그보다 작을 수 없을 정도로 거의 입술을 움직이지 않고 한 말이었다. 그는 로버트 조던이 빙그레 웃어 보이자 초소 쪽을 바라보며 한 손가락으로는 가리키고 다른 쪽 손가락으로는 목을 자르는 시늉을 해 보였다. 로버트 조던은 고개를 끄덕였으나 웃지는 않았다.

다리 건너편 초소는 마주 보고 서 있었는데 길 아래쪽이어서 그 안을 들여다볼 수가 없었다. 길은 넓고 기름이 묻었으며 포장이 잘돼 있었는데, 다리 건너편 쪽에서 왼쪽으로 구부러졌다가 오른쪽으로 커브를 그리며 없어져 버렸다. 그 지점에서 건너편 골짜기 위의 암반을 능보형으로 깎아 옛 도로를 현재의 폭으로 넓혀 놓은 것이다. 골짜기와 다리로부터 내려다보이는 왼쪽과 서쪽 끝에는 정사각형으로 깎은 돌덩이들이 한 줄 세워져 있어 깎아 세운 듯 곧장 산골짜기로 떨어지는 낭떠러지를 표시해서 사고를 방지해 주고 있었다. 다리가 걸린 골짜기는 거의 대협곡이라 할 만했고 거기에서 개울은 골짜기의 본류와 합류하고 있었다.

"또 하나의 초소는 어디 있지요?" 로버트 조던이 안셀모에게 물었다.

"저 모퉁이에서 500미터쯤 아래쪽에 있지요. 암벽을 뚫고 지은 도로 수선공의 오두막에 말이오."

"거긴 몇 명이나 됩니까?" 로버트 조던이 물었다.

그는 망원경을 들고 다시 초소를 바라보았다. 보초는 초소 벽에 담배를 비벼 끈 다음 주머니에서 가죽 담배쌈지를 꺼내어 꽁초의 종이를 뜯어내고는 쌈지에다 피우다 남은 담뱃가루를 모조리 털어 넣었다. 그는 초소 벽에 소총을 기대 놓은 채 기지개를 하며 일어서더니 총을 들어 올려 어깨에다 메고 다리 위로 걸어 나왔다. 안셀모는 땅바닥에 납작 엎드렸고, 로버트 조던은 웃옷 주머니에 망원경을 쓸어 넣고는 소나무 뒤에 머리를 숨겼다.

"하사 하나와 병졸이 일곱 있소." 안셀모가 그의 귀에 가까이 대고 말했다. "집시에게 들어서 알고 있죠."

"저놈이 안으로 들어가거든 돌아갑시다." 로버트 조던이 말했다. "우린 너무 접근했소."

"볼 건 다 보셨수?"

"네, 다 봤습니다."

해가 지자 갑자기 싸늘해졌고, 마지막 햇빛을 받던 저녁놀이 그들 뒤의 산머리로 사라지자 주위는 어두워졌다.

"어떻소?" 안셀모가 속삭이듯 물었다. 그들은 보초가 다리를 지나 건너편 초소 쪽으로 걸어가는 모습을 바라보고 있었다. 그의 총검은 저녁놀의 마지막 빛을 받아 빛나고 있었다. 담요 케이프를 두른 그는 보기 흉한 모습이었다.

"아주 좋습니다." 로버트 조던이 말했다. "정말 아주 좋습니다."

"나도 기쁘오." 안셀모가 말했다. "가시겠수? 이젠 놈에게 들킬 염려는 없죠."

보초는 그들 쪽으로 등을 돌린 채 다리 건너편 끝에 서 있었다. 골짜기로부터 돌 틈으로 흐르는 개울물 소리가 들려왔다. 바로 그때 그 소리에 섞여 길고 둔한 소음이 들려오자 실로 뜬 모자를 뒤로 젖혀 쓴 보초가 위를 쳐다보는 게 보였다. 그들도 시선을 돌려 위를 쳐다보았다. 저녁 하늘 높이 세 대의 단발비행기가 V자 형의 편대를 짓고 날아가고 있었다. 아직 저녁놀이 가시지 않은 하늘에 엔진을 우르릉거리며 믿을 수 없을 만큼 빠른 속도로 조그만 은빛 기체를 남기며 날아갔다.

"우리 편이오?" 안셀모가 물었다.

"그런 것 같은데요." 로버트 조던은 이렇게 말했지만 그런 고도라면 누구도 확실히 알아볼 수가 없으리라 생각했다. 어느 쪽의 비행기든 저녁 정찰임에는 틀림없었다. 그러나 사람들은 마음을 놓기 위해 추격기를 보면 항상 자기 편이라고 말하는 법이다. 폭격기일 때는 별문제이지만.

안셀모도 분명히 똑같이 느끼고 있는 것 같다. "우리 편이로군." 그가 말했다. "알아보겠는데. 저건 모스카예요."

"맞았소." 로버트 조던이 말했다. "내게도 모스카처럼 보여요."

"모스카가 맞아요." 안셀모가 말했다.

로버트 조던은 망원경을 꺼내 보면 곧 알 수 있었지만 그러고 싶지가 않았다. 그들이 어느 편이든 오늘 밤엔 별일 없을 것이며, 노인이 자기 편이라고 좋아하는데 아니라고 부인하고 싶지도 않았던 것이다. 이제 비행기들은 세고비아를 향해 시야에서 사라져 버렸다. 그 비행기들은 스페인 사람들이 모스카라고 부르는 초록빛 몸체에 날개 끝이 빨갛고 날개가 낮은 보잉 P32의 소련형 개조기로는 보이지 않았다. 색깔이야 어떻든 그 기체 모양이 달랐던 것이다. 그렇다, 그것은 기지로 향하는 파시스트의 정찰기임이 분명했다.

보초는 이쪽으로 등을 돌린 채 건너편 초소에 서 있었다. "갑시다." 로버트 조던이 말했다.

그는 적의 눈에 띄지 않을 때까지 조심조심 은폐물을 이용하여 산 위로 올라가기 시작했다. 안셀모는 약 90미터의 거리를 두고 그를 뒤따랐다. 그들이 다리에서 보이지 않는 장소에 이르렀을 때 그는 걸음을 멈추었다. 늙은이는 뒤따라오더니 앞장을 서서 어둠에 싸인 가파른 산비탈을 열심히 올라갔다.

"우린 무서운 공군력을 보유하고 있어요." 늙은이가 즐거운 듯 말했다.

"그렇지요."

"우린 이길 거야."

"우린 반드시 이겨야만 합니다."

"그렇지, 그리고 우리가 이긴 다음엔 꼭 사냥을 하러 오시구려."

"무슨 사냥 말입니까?"

"멧돼지, 곰, 여우, 산양……."

"사냥을 좋아하십니까?"

"좋아하지. 무엇보다도. 우리 마을에선 모두 사냥을 한다오. 사냥을 좋아하지 않으시오?"

"좋아하지 않습니다." 로버트 조던이 말했다. "짐승 죽이는 걸 좋아하지 않지요."

"난 그 반대라오." 늙은이가 말했다. "난 사람 죽이는 건 좋아하지 않지."

"머리가 돌지 않고서야 좋아할 사람이 있겠습니까." 로버트 조던이 말했다. "그러나 필요할 경우라면 반대는 하지 않습니다. 대의명분을 위해서라면 말입니다."

"하지만 그건 다른 문제지." 안셀모가 말했다. "지금은 집이 없지만 내가 집을 갖고 있을 땐 말이오, 저 아래 숲 속에서 총으로 쏘아 잡은 멧돼지 어금니가 있었지. 내가 총으로 쏘아 잡은 늑대 가죽도 있었고. 겨울이면 눈 속에서 사냥을 하지. 그중 하나는 무척 큰 것이었는데, 어느 11월 밤에 집으로 돌아오는 도중이었다오. 어두컴컴한 마을 근처에서 그걸 잡았거든. 내 집 마루에는 네 장의 늑대 가죽이 깔려 있었다오. 밟고 다녀서 닳긴 했어도 역시 늑대 가죽의 값어치는 단단히 하더군요. 또 내가 높다란 시에라산 속에서 잡은 산양 뿔도 있었고, 아빌라의 박제사가 박제한 독수리도 한 마리 있었지. 날개를 쭉 펴고 눈알이 노란 게 꼭 살아 있는 독수리의 눈 같았소. 아주 아름다운 것이었지요. 이런 것들이 생각만 해도 나를 기쁘게 해 준다오."

"그럴 겁니다." 로버트 조던이 말했다.

"우리 마을 교회당 문에는 내가 어느 봄날 잡은 곰의 손바닥이 못 박혀 있었지요. 눈이 쌓인 산에서 그놈을 발견했는데 바로 그 손바닥으로 통나무를 굴리고 있더군요."

"그게 언제죠?"

"6년 전이지. 꼭 사람 손같이 생긴 데다 긴 손톱이 달려 있었는데, 말라빠진 채 교회당 문에 못 박혀 있는 그 손바닥을 볼 때마다 나는 기쁨을 느낀다오."

"자랑스러워서요?"

"이른 봄에 그 산속에서 곰과 우연히 마주친 걸 기억하면 자랑스럽기도 하지요. 그러나 사람을 죽이고서야 어디 기분이 좋을 리 있겠수."

"사람 손바닥이야 교회당에 못 박아 놓을 수도 없겠죠." 로버트 조던이 말했다.

"없고말고. 생각조차 할 수 없는 야만적인 짓이지요. 하지만 사람 손과 곰의 손은 비슷하지."

"사람 가슴과 곰의 가슴도 역시 비슷합니다." 로버트 조던이 말했다. "곰의 가죽을 벗기고 보면 근육이 비슷한 데가 많습니다."

"맞아." 안셀모가 말했다. "집시는 곰이 인간의 형제라고 믿고 있다오."

"아메리카 인디언들도 그렇게 믿고 있습니다." 로버트 조던이 말했다.

"그래서 곰을 죽였을 땐 그 곰에게 사과를 하고 용서를 빌지요. 그들은 곰 대가리를 나무에 매달아 놓고 떠나기 전에 용서를 빈답니다."

"집시는, 곰이 가죽을 벗기면 똑같은 육체인 데다 맥주를 마시고 음악을 즐기고 춤추는 걸 좋아하니까 인간과 형제가 된다고 믿는 거라오."

"인디언들도 역시 그렇게 믿고 있지요."

"그럼 인디언들도 집시인가?"

"아니죠, 그러나 곰에 대해서는 믿는 것 같습니다."

"확실히 그럴 거요. 집시는 또 곰이란 놈이 오락으로 도둑질을 하기 때문에 형제라고 믿는 거야."

"집시의 혈통이신가요?"

"아니요, 그러나 난 집시들을 많이 알죠. 이 내전이 일어난 이후엔 더욱 똑똑히 알게 되었다오. 이 산속에도 많아. 그자들에겐 종족 이외의 사람을 죽여도 죄가 되지 않는다오. 그들은 부정하지만 그건 사실인걸."

"무어인들 같군요."

"그렇지, 집시들은 그들이 부인하는 많은 규칙을 가지고 있다오. 이번 전쟁엔 많은 집시가 예전에 그랬던 것처럼 다시 성질이 나빠졌지."

"그들은 전쟁이 왜 일어났는지 이해하지 못하고 있어요. 우리가 무엇을 위해 싸우는지를 알지 못해요."

"모르고말고." 안셀모가 말했다. "그자들은 단지 지금 전쟁을 하고 있으며, 다시 옛날처럼 벌받을 염려 없이 사람을 죽여도 좋다고 생각하고 있을 뿐입니다."

"사람을 죽여 본 일이 있습니까?" 로버트 조던은 어둠의 아늑함과 낮 동안 함께 보냈다는 친밀감 속에서 물었다.

"있다오, 몇 번. 그러나 즐거움을 느끼며 한 건 아니오. 내겐 사람을 죽인다는 것이 죄악이오. 마땅히 죽여야 할 파시스트를 죽이더라도 말이오. 나에겐 곰과 인간 사이에 엄청난 차이가 있어. 난 동물과의 형제 관계에 대한 집시들의 미신을 믿지 않는다오. 믿지 않고말고. 난 어떤 살인이건 반대야."

"하지만 사람을 죽이셨다면서요?"

"죽였소, 그리고 또 죽일 테죠. 그러나 나중까지 내가 살아 있게 된다면 아무도 해치지 않는 방식으로 살아갈 거요. 그럼 용서받을 날이 있겠지."

"누구에게 말입니까?"

"알 사람이 누가 있겠소? 이젠 세상에 성신이 없소. 게다가 성자도 성령도 없으니 누가 용서를 해 줄 수 있겠소? 난들 알 수 있나?"

"그럼 이제 하느님을 안 믿는단 말인가요?"

"믿지 않소. 확실히 신은 없어요. 하느님이 있다면 내 눈으로 봐 온 일들을 결코 용납하지는 않았을걸. 딴 놈들이나 믿으라지."

"모두들 하느님을 바라고 있지요."

"신앙 속에서 자라 온 나인데 하느님이 떠나 버린 걸 슬퍼하지 않을 수 있겠소? 그러나 이제 사람들은 제각기 스스로에 대해 책임을 져야만 할 거요."

"그러면 노인의 살인죄를 용서하는 것도 노인 자신이겠군요?"

"난 그렇게 믿소." 안셀모가 말했다. "당신이 그런 식으로 딱 잘라 얘기할 땐 틀림없이 그러리라 믿는다고 얘기할 수밖에 없죠. 그러나 하느님이 계시든 안 계시든 사람 죽이는 건 죄악이라고 생각하오. 남의 생명을 빼앗는다는 것은 내겐 매우 중대한 일이오. 필요할 땐 죽이지만 파블로와 같은 종류의 인간은 아니오."

"전쟁에 이기기 위해서는 적을 죽여야만 합니다. 이건 예전부터의 진리지요."

"그건 분명하오. 전쟁에서는 죽이지 않으면 안 되지. 그러나 난 아주 신기한 생각을 가지고 있다오." 안셀모가 말했다. 그들은 이제 바짝 붙어 서서 어둠 속을 걷고 있었다. 늙은이는 올라가며 때때로 고개를 돌려 나직이 말했다.

"난 상대방이 성직자일지라도 죽이긴 싫소. 난 어떤 종류의 착취자라도 죽이고 싶지는 않아. 우리가 들판에서 일하듯이, 그리고 산에서 나무를 베듯이, 그들도 남은 여생을 매일매일 일하며 살게 만들고 싶을 뿐이오. 그러면 그자들도 인간이 무엇을 위해 태어났는지 알게 될 테지. 그자들도 우리가 자는 곳에서 잠을 자 봐야 돼. 우리가 먹는 걸 먹어 봐야 한단 말이오. 하지만 무엇보다도 먼저 그자들은 일을 해 봐야 한단 말이오. 그럼 그자들도 알게 되겠지."

"그렇게 돼도 그자들은 살아남아서 당신을 다시 노예로 만들걸요."

"그자들을 죽인다고 교훈이 될 것도 없겠지." 안셀모가 말했다. "그자들을 근절시킬 수는 없소. 그들의 씨는 더 큰 증오감을 지니고 태어날 테니까, 감옥도 소용없소. 감옥은 증오감을 심어 줄 뿐이오. 우리들의 적은 스스로 깨우쳐야만 한단 말이오."

"그렇지만 당신은 이제까지 그자들을 죽였지요."

"그건 그렇지." 안셀모가 말했다. "여러 번이죠. 그리고 앞으로도 또 그럴 테죠. 하지만 즐기기 위한 것은 아니었소. 죄악으로 생각하고 죽인 거지."

"그러면 그 보초 말이오. 아까 당신은 보초 죽이는 시늉을 장난스레 해 보이지 않았소."

"그건 우스개로 한 소리죠. 죽여야 한다면 죽여야지. 암, 죽이고말고. 우리의 임무만을 생각해서 말이오. 그러나 즐기기 위해서는 아니오."

"사람 죽이길 좋아하는 사람들에게 그들을 맡기지요." 로버트 조던이 말했다. "여덟 명에다 다섯 명이 있다고 하던데, 그럼 사람 죽이길 좋아하는 게 열세 명이로군."

"사람 죽이길 좋아하는 놈은 많지." 안셀모가 어둠 속에서 말했다. "우리에겐 그런 자들이 많소. 전투에 참가하겠다는 사람들보다 훨씬 많지."

"전투에 참가해 보셨소?"

"아니요." 늙은이가 말했다. "이 전쟁 초기에 세고비아에서 싸운 적은 있지만 패하여 도망쳤지. 나도 다른 사람들과 같이 도망쳤소. 우린 우리가 무얼 하고 있는지, 그리고 어떻게 해야 하는 건지 잘 몰랐던 거죠. 게다가 난 고작 노루 사냥용 탄알이 든 엽총이었는데 의용군들은 모제르총이었으니까. 노루 사냥총으로는 90미터 거리에서도 그자들을 쏘아 맞힐 수가 없었는데 그자들은 280미터 거리에서도 우리들이 마치 토끼나 되는 것처럼 마음대로 쏘아 맞혔단 말이오. 그자들은 많은 사람들을 정확히 쏘아 맞혔지. 우린 그들 앞에선 양이나 마찬가지였단 말이오." 그는 말을 멈추고 가만히 있더니 잠시 후에 물었다. "다리에서 전투가 벌어질 것 같소?"

"우연이라는 게 있지요."

"난 전투만 벌어지면 도망쳤지." 안셀모가 말했다. "난 어떻게 행동해야 좋을지 모르겠소. 난 늙은이고 이것저것 많이 생각해 왔소."

"내가 도와드리죠." 로버트 조던이 그에게 말했다.

"그럼 전투에 많이 참가해 봤소?"

"몇 번 되지요."

"그럼 이 다리에 대해선 무슨 생각을 가지고 있소?"

"무엇보다 다리를 생각하죠. 그게 내 임무니까요. 다리를 파괴하는 건 어려운 일이 아닙니다. 나머지 일에 대해선 그때 가서 처리하도록 하지요, 준비를 위해서 말입니다. 그걸 모두 적어 놓지요."

"여긴 읽을 줄 아는 사람이 거의 없소." 안셀모가 말했다.

"모두가 알 수 있는 방법으로 적어 놓지요. 그럼 모두 알 수 있을 겁니다. 하지만 설명도 분명하게 해 놓겠습니다."

"난 내가 할당받은 일을 해내겠소." 안셀모가 말했다. "그러나 세고비아에서의 총질을 생각해 볼 때 전투나 그보다 더한 총질이 있을 경우, 도망치지 않고 그런 상황 아래서 어떻게 행동해야 할지를 명백히 알아 두어야 할 것 같소. 세고비아 전투 때 자꾸 도망만 치고 싶던 게 기억나오."

"함께 행동하지요." 로버트 조던이 말했다. "그때그때 무엇을 해야 할 지 가르쳐 드리지요."

"그럼 문제없겠군." 안셀모가 말했다. "명령받은 일이면 무엇이든 할 수 있지."

"우리에겐 우선 다리요. 그리고 전투죠. 만일 전투가 벌어진다면 말이오." 로버트 조던이 말했다. 어둠 속에서 그 말을 하면서 그는 다소 연극조 같은 느낌이 들었지만 스페인어로 하니까 괜찮게 들렸다.

"어지간히 재미있는 일이 될걸." 안셀모가 말했다. 그가 정직하게, 그리고 분명하게 영국식의 은근한 말투나 라틴식으로 과장 없이 솔직히 말하자 로버트 조던은 이 늙은이를 얻게 된 것을 무척이나 다행으로 생각했다. 그리고 다리를 조사하고 문제를 이것저것 생각한 뒤, 결국 문제는 단순히 초소를 기습해서 보통 방법으로 다리를 폭파시킬 뿐이라는 것을 깨닫자 골즈의 명령과 명령의 필요성 등에 이만저만 화가 치미는 게 아니었다. 명령 덕택에 자기가 어떤 변을 당할까, 또 이 노인이 어떤 변을 당할까를 생각하자 견딜 수 없이 화가 치밀어 올랐다. 명령을 수행해야 할 사람들에게는 좋지 않은 명령인 것이다.

그런 식으로 생각하는 것은 빗나간 일이다, 라고 그는 스스로에게 말했다. 자기에게 국한된 것만은 아니다. 누구에게든 무슨 일이고 일어나는 법이다. 자기도 이 노인도 실은 아무것도 아니다. 단지 임무를 완수하기 위한 도구에 불과하다. 꼭 내려야 할 명령도 있다. 그건 누구의 잘못도 아니다. 다리가 하나 있다. 그 다리는 인류의 미래를 바꿀 전환점이 될 수도 있다. 마치 이 전쟁에서 일어나는 모든 일들이 그런 것처럼 네가 할 일은 오직 한 가지, 너는 그것을 해내야만 한다. 다만 한 가지다. 제기랄, 하고 그는 생각했다. 그게 정말 한 가지라면 쉬운 일이다. 걱정하지 마, 이 수다스런 놈아, 그는 스스로에게 말했다. 딴 일을 생각해라.

그래서 마리아라는 여자를 생각했다. 그녀의 피부를, 머리를, 똑같이 황금빛을 띤 갈색 눈을, 다른 부분보다 짙은 편이지만 피부가 햇볕에 타서 점점 검어져 덜 짙어 보이는 머리카락을, 거무스름한 바탕에 표면이 금빛으로 빛나는 그 부드러운 피부를─정말 부드러운 피부였다. 그녀의 몸은 구석구석이 미끈했다. 그녀는 그녀 자신과 그녀 주의에 자기를 난처하게 하는 무엇이라도 있는 듯이, 그리고 그것은 실제로는 존재하지 않고 단지 혼자서 그렇게 생각할 뿐이며, 더구나 분명히 남의 눈에 비치고 있기라도 하듯이 겁먹은 듯 걸었다. 그리고 그녀는 그가 쳐다보았을 때 얼굴을 붉혔다. 그녀는 앉아 있을 때 손으로 무릎을 싸안았고 셔츠는 목 언저리가 패었으며, 젖가슴은 셔츠 속에서 봉긋하게 솟아 있었다. 그녀를 생각하니 목구멍이 막혀 와서 걷는 데 힘이 들었다. 그와 안셀모는 더 이상 말이 없다가 마침내 늙은이가 말했다. "자, 이 바위들 사이를 내려가면 캠프요."

그들이 어둠 속에서 바위 사이를 걷고 있을 때, 한 사나이가 그들에게 소리쳤다. "정지, 누구야?" 노리쇠가 당겨지는 듯한 소리가 들리고 노리쇠가 앞으로 밀려나 총신에 부딪치는 소리가 들렸다.

"동지야." 안셀모가 말했다.

"어느 쪽 동지야?"

"파블로의 동지." 늙은이가 그에게 말했다. "우릴 모르겠나?"

"알아." 목소리가 말했다. "그러나 명령이야, 암호를 아나?"

"몰라. 우린 아래에서 오는 길이니까."

"그건 알고 있어." 사나이가 어둠 속에서 말했다. "당신들은 다리에서 오는 길이지? 다 알고 있어, 하지만 명령은 내가 내린 게 아냐. 응답하는 암호쯤은 알아야 하는 것 아닌가?"

"그럼 묻는 암호는 뭐요?" 로버트 조던이 말했다.

"잊어버렸소." 어둠 속에서 사나이가 말하고는 껄껄 웃었다. "그 × 같은 다이너마이트나 갖고 어서 캠프 파이어로 뛰어가시오."

"저것이 이른바 게릴라의 규칙이죠." 안셀모가 말했다. "안전장치를 잠 그게."

"잠갔소." 사나이가 어둠 속에서 말했다. "엄지손가락과 집게손가락으로 그걸 당겨 놨지."

"당신들은 노리쇠에 손잡이가 없는 모제르총을 갖고 있어도 가끔 그런 짓을 하니까 실수를 하는 거야."

"이게 바로 모제르총이지." 사나이가 말했다. "하지만 난 엄지손가락과 집게손가락으로 잡을 줄 알아. 설명할 수는 없지만 난 항상 그런 식으로 그걸 잠그지."

"총구는 어딜 향하고 있나?" 안셀모가 어둠 속에서 물었다.

"당신 쪽이지." 사나이가 말했다. "노리쇠를 내렸을 땐 언제나 그랬소. 캠 프에 가거든 날 누구하고 교대시켜 주시오. 우라질 놈의 배가 어찌나 고 픈지 암호도 잊어버렸어."

"이름이 뭐요?" 로버트 조던이 물었다.

"아구스틴." 사나이가 말했다. "난 아구스틴이라고 하오. 이런 곳에 있으 니 지루해서 죽을 지경이오."

"전달해 주겠소." 로버트 조던이 말했다. 그리고 그는 스페인어로 지루 함을 의미하는 아부르미엔토(aburmiento)란 말은, 어느 나라의 국어든 농부들이 보통 사용하는 말은 아니잖나, 하고 생각했다. 그러나 그 말은 모든 계급의 스페인 사람들이 사용하는 가장 흔한 말 중의 하나였다.

"내 말 좀 들어 보쇼." 아구스틴이 말했다. 그러고는 가까이 다가와서 로 버트 조던의 어깨에 손을 얹었다. 이어 부싯돌과 강철을 부딪쳐서 코르크 끝에 불을 붙여 들고는 그 불빛으로 젊은이의 얼굴을 비춰 보았다.

"누구하고 좀 닮았는걸." 그가 말했다. "그러나 좀 다른 곳이 있는 것 같 군. 하여간 들어 보쇼." 그는 불을 내려놓고 총을 쥐고 섰다. "가르쳐 주시 오. 다리에 대한 건 사실이오?"

"다리에 대해서라니, 뭘 말이오?"

"그 ×같은 다리를 흩날려 버리고 정말 ×같이 이 산을 버리고 도망쳐야만 할 거라지 않았소?"

"난 모르겠소."

"당신이 모른다고?" 아구스틴이 말했다. "무슨 뻔뻔스런 소리요! 그럼 다이너마이트는 누구 거요?"

"내 거요."

"그런데도 그걸 어디다 쓰는지 모르겠다는 거요? 시치미 떼지 마쇼."

"뭣에 쓸 건지는 알지만 그때 가서 알아도 돼요." 로버트 조던이 말했다. "지금 우리는 우선 캠프로 가는 길이오."

"그 ×할 놈들한테 가라구." 아구스틴이 말했다. "그래서 당신도 ×할 놈이 돼 버리는 것이 좋을 거야, 하지만 도움이 될 말을 듣고 싶지 않소?"

"듣고 싶소." 로버트 조던이 말했다. "×할 것이 아니라면 말요." 그는 대화 속에 자주 나온 그 가장 상스런 말을 인용해서 말했다. 이 아구스틴이라는 사나이는 명사마다 상스런 말을 형용사로 붙여 쓰고 동사에도 똑같이 상스런 말을 붙여 말마다 상스럽게 함으로써 로버트 조던으로 하여금 그가 정말 올바른 말을 할 수 없는 게 아닌가 의심하게 했다. 아구스틴은 그가 입에 올린 그 상소리를 듣고는 껄껄 웃어 젖혔다. "그건 나만 가진 말투요. 상스럽게 들릴지도 모르오. 하지만 어떻소? 각자가 다 자기 방식에 따라 말하는 거지. 내 말 좀 들어 보시오. 다리 같은 건 내겐 아무래도 좋아, 딴 일이나 마찬가지지. 게다가 난 이 산속이 따분해졌어. 어쩔 수 없을 때는 우리도 떠나야만 할 거요. 이놈의 산들은 나한테 아무 말도 해 주질 않거든. 우린 이놈의 산을 떠나야 한단 말이오. 그러나 한마디 해 두고 싶은 말이 있소. 당신 폭약을 잘 감시하란 말이오."

"고맙소." 로버트 조던이 말했다. "당신을 조심하란 말이오?"

"천만에." 아구스틴이 말했다. "나보다 ×같이 장비가 덜 된 사람들을 말이오."

"그런가?" 로버트 조던이 물었다.

"스페인어를 잘하시는군." 아구스틴은 좀 진지해진 어조로 말했다. "당신의 그 ×같은 폭약을 잘 돌보란 말이오."

"고맙소."

"천만에, 내게 감사할 건 없소. 당신 물건이나 잘 살피란 말이오."

"무슨 일이라도 생겼소?"

"아니. 그렇다면 이따위 식으로 얘길 해서 당신의 시간을 낭비하는 짓을 뭐하러 하겠소."

"정말 고맙소. 우린 이제 캠프로 가겠소."

"좋소." 아구스틴이 말했다. "그리고 암호를 아는 놈을 이리로 좀 보내 주도록 해 주구려."

"캠프에서 만날 수 있겠소?"

"있고말고, 조금 있다 곧 말이오."

"갑시다." 로버트 조던이 안셀모에게 말했다.

그들은 목장 변두리를 따라 내려가고 있었다. 잿빛 안개가 자욱이 내려 앉았다. 숲에서 솔잎을 밟고 온 뒤라 발밑의 풀은 부드러웠고 풀잎에 맺힌 이슬은 줄무늬 밑창 구두의 캔버스 천을 축축이 적셔 왔다. 로버트 조던은 머리 위 나무들 사이로 동굴의 입구가 틀림없으리라 생각되는 곳의 불빛을 볼 수 있었다.

"아구스틴은 아주 좋은 사내지요." 안셀모가 말했다. "말을 더럽게 하고 항상 농담이나 하는 것 같지만 아주 진지한 사람이랍니다."

"그를 잘 아십니까?"

"알죠. 오래전부터. 난 그를 대단히 신임하고 있소."

"한데 그 사람 말은?"

"사실이지요, 이제 파블로란 작자는 아주 나빠졌으니까. 당신도 알다시피 말이오."

"어떻게 하는 게 제일 좋겠습니까?"

"누군가에게 언제나 감시하게 해야지요."

"누구에게 말이오?"

"당신, 나, 그 마누라하고 아구스틴. 아구스틴도 위험을 눈치채고 있으니 말이오."

"당신은 전에도 지금처럼 사태가 나빴다고 생각하고 있습니까?"

"아니요." 안셀모가 말했다. "갑작스럽게 나빠졌어요. 하지만 이리로 올 수밖에 없는 거요. 여긴 파블로와 귀머거리 영감의 관할 구역이오. 그들 구역 안에선 혼자 해낼 수 있는 일이 아닌 한 그들과 협력하는 수밖에 없지."

"한데 그 귀머거리 영감이란 사람은?"

"좋은 사람이죠." 안셀모가 말했다. "다른 한 사람이 나쁜 그만큼은 좋은 사람이지."

"당신은 지금도 그가 정말 나쁘다고 믿습니까?"

"오후 내내 그 일만 생각했는데 지금까지 듣던 소리와 똑같은 소리를 다시 듣게 되니까 지금도 그렇게 생각되는군. 정말이오."

"그렇다면 다른 다리를 폭파한다고 말해 놓고 여길 떠나는 게 더 좋을 것 같군요. 그리고 다른 패들한테서 사람을 모으는 편이."

"안 될 말이오." 안셀모가 말했다. "이 지방은 그의 관할 구역이오. 그 자에게 알리지 않고는 꼼짝할 수 없다오. 아주 주의해서 행동해야 하오."

4

그들이 동굴 입구로 내려오자 입구에 걸쳐진 담요 자락 사이로 불빛이 새어 나왔다. 두 개의 짐은 나무 밑에 캔버스 천으로 덮여 있었다. 무릎을 구부리고 앉은 로버트 조던은 캔버스 천이 습기에 젖어 뻣뻣해진 줄 알았다. 그는 어둠 속에서 캔버스 천을 들치고 짐 거죽에 붙은 주머니를 더듬어 가죽 커버를 씌운 물병을 꺼내 주머니에 밀어 넣었다. 그는 짐의 입을 쥔 고리에 연결된 기다란 자물쇠를 열었다. 양쪽 짐 위의 졸라 맨 끈을 풀어 그 속을 더듬어 보고 손으로 내용물을 확인해 보았다. 한쪽 짐 속엔 한 뭉치의 덩어리가 자루 속에 들어 있었고 자루는 잠옷으로 싸여 있었다. 줄을 졸라매고 다시 자물쇠를 채운 다음 다른 쪽 짐에 손을 집어넣고 낡은 뇌관이 든 네모난 나무 상자와 뚜껑 달린 담뱃갑을 더듬어 보았다. 그 조그만 둥근 통은 둘 다 두 개의 전선으로 감겨 있었다(그것들 모두 그가 어렸을 때 들새 알을 모아 포장했을 때처럼 조심스럽게 포장이 돼 있었다). 총신에서 떼어 내 가죽 재킷으로 싸 둔 기관 단총의 개머리판, 커다란 자루 안주머니 하나엔 탄지彈池 두 개와 클립 다섯 개, 그리고 또 하나의 주머니엔 조그만 강선鋼線 코일과 가벼운 절연선의 커다란 뭉치가 들어 있었다. 동선이 들어 있는 주머니에 든 펜치들과 폭약 덩어리 끝에 구멍을 뚫기 위한 나무 송곳을 만져 보고 마지막 안주머니에서 골즈 사령부로부터 그의 몫으로 받은 커다란 러시아궐련 상자를 꺼낸 후, 그는 짐 뚜껑을 졸라매고 자물쇠를 채운 뒤 버클로 죄고 나서 다시 캔버스 천으로 짐을 덮어놓았다. 안셀모는 동굴 속으로 들어가고 없었다.

로버트 조던은 일어나서 그를 뒤따르려다가 생각을 고쳤다. 그는 두 개의 짐에 씌운 캔버스 천을 벗겨 내 짐을 양쪽 손에 하나씩 집어 들고는 동굴 입구를 향해 가까스로 운반해 갔다. 이어 짐 하나를 내려놓고 담요를 쳐든 다음 머리를 숙이고 양손에 하나씩, 짐의 가죽 멜빵을 쥐고 동굴 안으로 들어갔다.

동굴 안은 훈훈했고 연기가 자욱했다. 병에 꽂은 촛불이 놓인 테이블 하나가 벽 쪽에 놓여 있었고, 테이블에 파블로와 안면이 없는 세 사람의 사내와 집시 라파엘이 앉아 있었다. 촛불은 그들 뒤의 벽에 그림자를 던지고 안셀모는 테이블 오른쪽에 서 있었다. 파블로의 마누라는 동굴 구석의 화로에 든 숯불 쪽에 몸을 구부리고 있었다. 처녀는 무릎을 굽히고 앉아 쇠 냄비 속을 휘젓고 있었다. 그녀는 나무 숟가락을 손에 든 채 동굴 입구에 서 있는 로버트 조던을 쳐다보았다. 파블로의 마누라가 풀무질을 하고 있는 숯불의 강한 불빛에 처녀의 얼굴과 팔, 그리고 숟가락에서 쇠 냄비로 굴러떨어지는 국물이 보였다.

"뭘 들고 있소?" 파블로가 물었다.

"내 짐이지요." 로버트 조던이 말했다. 그러고는 동굴이 입을 벌리고 있는 곳에서 좀 떨어진 테이블 옆에다 두 개의 짐을 내려놓았다.

"밖에다 두는 게 좋지 않겠소?" 파블로가 말했다.

"어둔 데다 두면 누가 걸려 넘어지거나 할까 봐서요." 로버트 조던이 말했다. 그리고 테이블로 다가가 테이블 위에 담뱃갑을 놓았다.

"난 다이너마이트를 동굴 안에다 두고 싶지 않소." 파블로가 말했다.

"불하고는 멀리 떨어져 있으니까." 로버트 조던이 말했다. "궐련을 피워 보시죠." 그는 뚜껑에 군함 그림이 원색으로 그려져 있는 담뱃갑의 한쪽 테를 엄지손가락 손톱으로 죽 뜯어내고 파블로에게 내밀었다.

안셀모가 생가죽으로 커버를 씌운 의자를 갖다 주자 그는 테이블 옆에 앉았다. 파블로는 다시 말을 하고 싶다는 표정으로 그를 쳐다본 다음 담뱃갑에 손을 뻗쳤다.

로버트 조던은 다른 사람들에게도 담배를 권했다. 그는 아직 다른 사람들의 얼굴을 쳐다보지 않았으나, 한 사람은 담배를 뽑고 다른 두 사람은 뽑지 않은 것을 알고 있었다. 그의 온 신경은 파블로에게 집중되어 있었던 것이다.

"어떤가, 집시?" 그는 라파엘에게 물었다.

"원기 왕성하지요." 집시가 말했다. 로버트 조던은 그가 들어올 때 그들이 자기 이야기를 하고 있었다는 것을 알 수 있었다. 집시까지도 침착하지 않았다.

"그 여자가 또 먹으라고 그러던가?" 로버트 조던이 집시에게 물었다.

"그럼, 먹지 말란 법 있어요?" 집시가 말했다. 그들이 함께 있었던 오후의 다정한 농담과는 거리가 먼 어조였다.

파블로의 마누라는 아무 말도 않고 숯불에 풀무질만 계속했다.

"아구스틴이란 자가 지루해 죽겠다고 저 위에서 말하더군." 로버트 조던이 말했다.

"지루하다고 해서 죽지는 않소." 파블로가 말했다. "그런 놈 따윈 조금쯤 죽게 내버려 두는 것이 좋아."

"술 있소?" 로버트 조던이 테이블 위에 손을 대고 몸을 앞으로 굽히면서 누구에게랄 것 없이 물었다.

"거의 남아 있질 않아요." 파블로가 퉁명스레 말했다. 로버트 조던은 다른 세 사람에게 눈을 돌리고 자신의 입장을 분명히 해 두는 게 좋겠다고 생각했다.

"그렇다면 물이나 한 잔 마시게 해 주구려." 그가 처녀를 불렀다. "내게 물 한 잔 갖다 주시오."

처녀는 파블로의 마누라를 쳐다보았으나 그녀는 아무 말도 하지 않았고 들었다는 표시도 없었다. 그래서 그녀는 물 항아리 있는 데로 가서 컵에 가득 차게 물을 떠냈다. 그녀는 그것을 테이블로 가져와 그의 앞에 내려놓았다. 로버트 조던은 그녀에게 미소 지었다. 그와 동시에 그는 배 근육에다 힘을 주고 의자에 앉은 채 왼쪽으로 몸을 약간 비틀었다. 그러자 권총이 혁대에서 미끄러져 그가 원하는 장소에 가까워졌다. 그는 손을 엉덩이 주머니로 가져갔다. 파블로가 그를 바라보고 있었다. 그는 그들 모두가 자신을 주시하고 있다는 것을 알았지만 파블로만을 바라보았다. 가죽 커버를 씌운 물병을 든 그의 손이 엉덩이 주머니에서 올라왔다. 그는 꼭대기의 마개를 튼 다음 컵을 집어 들고 물을 절반쯤 마신 후 아주 천천히 물병에 든 것을 컵에 따랐다.

"너무 독해서. 그렇지 않으면 당신에게도 좀 주겠는데." 그는 처녀에게 말하고는 다시 미소를 지어 보였다. "거의 남질 않았군. 그렇잖음 당신에게도 좀 주겠는데." 그가 파블로에게 말했다.

"아니스주酒는 좋아하질 않소." 파블로가 말했다.

코를 찌르는 매운 냄새가 테이블 건너편에서 풍겨 왔다. 그는 전부터 좋아하던 성분을 그 냄새 속에서 맡을 수 있었다.

"잘됐군." 로버트 조던이 말했다. "거의 남은 게 없으니까 말이야."

"마시고 있는 게 뭐요?"

"약이요." 로버트 조던이 말했다. "만병통치약이지. 어디 잘못된 데라도 있으면 이걸로 고칠 수가 있소."

"그것 맛 좀 봅시다." 집시가 말했다.

로버트 조던은 컵을 그에게 내밀었다. 물을 타서 지금은 우유같이 노란빛이 되어 있었다. 그는 집시가 한 모금 이상 마시지 않기를 바랐다. 아주 조금밖에 남아 있지 않았는데, 그 한 잔은 석간신문을 대신할 수 있는 것이었다. 옛날 카페에서 보내던 저녁들을 대신할 수 있는 것이었으며, 지금쯤 꽃이 피었을 밤나무들, 시내 외곽 도로를 천천히 달리는 커다란 말들, 책방들, 음악감상실, 화랑畵廊들, 몽슬리 공원, 투우장, 그리고 쇼몽 동산. 보증 신탁 회사와 일 드라시테. 페요의 오래된 호텔, 그리고 저녁에 책을 읽으며 쉴 수 있는 것과 같은 것이었다. 또, 잊혀졌지만 즐기던 모든 것, 그리고 이 불투명하고 씁쓸하고, 혀끝이 얼얼하고, 머리를 달아오르게 하고, 배 속을 뜨겁게 하고 기분을 바꿔 주는 액체의 연금술을 그가 맛볼 때 되살아나는 모든 것을 대신할 수 있는 것이었으니까.

집시는 얼굴을 찌푸리며 잔을 돌려주었다. "아니스 냄새는 나는데 쓸 개처럼 쓰군." 그가 말했다. "그런 약을 먹느니보다 않는 편이 낫겠어."

"그건 쑥이야." 로버트 조던이 그에게 말했다. "이건 진짜 압생트 술인데 쑥이 들었어. 사람들은 곧잘 골을 썩인다고 말하지만 난 그렇게 생각지 않아. 기분의 차이일 뿐이야. 술에다 물을 한 번에 몇 방울씩 아주 천천히 넣어야 하는 거야. 그런데 난 그걸 물에다 몽땅 쏟아 넣었거든."

"무슨 말을 지껄이고 있는 거야?" 파블로가 조롱받고 있음을 느끼고 화를 내며 말했다.

"약에 대한 설명이오." 로버트 조던이 그에게 말하고 히죽 웃었다.

"마드리드에서 샀지. 이게 마지막 병인데 나는 3주일 동안이나 먹을 수 있었지." 한입 쭉 들이켜자 미묘하고 짜릿한 맛이 혀끝으로 미끄러져 가는 것을 느꼈다. 그는 파블로를 바라보며 다시 히죽 웃었다.

"일은 잘돼 가오?" 그가 물었다.

파블로는 대답하지 않았다. 로버트 조던은 테이블에 앉은 다른 세 사나이들을 주의 깊게 바라보았다. 한 사람은 얼굴이 크고 넓적했다. 납작하게 짜부라진 코에 세라노 햄같이 넓적한 갈색 얼굴로, 소련제의 긴 궐련을 가로물고 있어서 그 얼굴은 더 평평하게 보였다. 이 사나이는 잿빛 머리를 짧게 잘랐고 수염이 더부룩했는데 흔히 입는 검정 작업복 단추를 목까지 채우고 있었다. 로버트 조던이 그를 바라보자 그는 테이블을 내려다봤지만 눈빛은 침착했고 깜박거리지 않았다. 다른 두 사람은 분명 형제인 것 같았다. 그들은 닮은 점이 많았는데, 둘 다 작은 키에 억센 체격, 까만 머리, 이마엔 머리숱이 적고, 까만 눈, 갈색 피부였다. 한쪽은 왼쪽 눈 위 이마에 가로지른 상처 자국이 있었다. 그가 그들을 바라보자 그들도 침착한 눈으로 마주 보았다. 한쪽은 스물여섯 혹은 여덟쯤 돼 보였고, 다른 쪽은 아마 두 살쯤 더 되어 보였다.

"뭘 보고 있소?" 상처 자국이 있는, 형제 중의 한 사람이 물었다.

"당신을."

"뭐 진기한 거라도 보이나?"

"아니." 로버트 조던이 말했다. "담배 피우겠소?"

"피우지." 형제 중의 한 명이 말했다. 그는 아직 담배를 피우지 않고 있었다. "이건 그 사람 것하고 같군. 열차 사건 때의 사나이 말이야."

"열차 사건 때 당신도 있었소?"

"우린 모두 열차 사건에 참가했지." 형제 중의 하나가 조용히 말했다. "늙은이만 빼놓고 모두 말이오."

"우리가 할 일은 바로 그거야." 파블로가 말했다.

"또 다른 열차 습격 말이야."

"할 수 있을 거요." 로버트 조던이 말했다.

"다리 일이 끝난 뒤에."

그는 파블로의 마누라가 이젠 불 쪽에서 얼굴을 돌리고 듣고 있다는 것을 알았다. 그가 다리라는 말을 하자 모두들 잠잠해졌다.

"다리 일이 끝난 후에 말이오." 그는 다시 신중히 되풀이하고는 압생트 주를 한 모금 마셨다. 다 말해 버리는 게 좋을 거라고 그는 생각했다. 결국 말해야 할 것이 아닌가.

"난 다리 일로는 안 가겠어." 파블로가 테이블을 내려다보며 말했다. "나도, 내 부하들도 안 가."

로버트 조던은 아무 말도 하지 않았다. 그는 안셀모를 바라보며 컵을 들었다. "그럼 우리 둘이만 해야겠습니다, 노인." 그는 말하며 미소 지었다.

"이 겁쟁이만 빼고 말이야." 안셀모가 말했다.

"뭐라고 했소?" 파블로가 늙은이에게 말했다.

"네겐 아무 말 안 했어, 너한테 한 말이 아니야." 안셀모가 그에게 말했다.

로버트 조던은 테이블에서 불 옆에 서 있는 파블로의 마누라 쪽으로 시선을 옮겨 갔다. 그녀는 아무 말도 아무런 표시도 하지 않았다. 그러자 그녀는 그에게 들리지 않는 말로 처녀에게 무슨 말인가를 했고, 처녀는 요리 화로에서 일어나 벽을 따라 살금살금 걸어 동굴 입구에 처진 담요를 들치고는 밖으로 나갔다. 이제 올 것이 오는가 보라고 로버트 조던은 생각했다. '난 이게 바로 그거라고 생각해. 난 이런 식으로 일이 되어 가길 원치 않았지만 이렇게 되는 수밖에 없는 것 같군.'

"그렇다면 당신 도움 없이 다리 일을 해 보겠소." 로버트 조던이 파블로에게 말했다.

"안 돼." 파블로가 말했다. 로버트 조던은 그의 얼굴에 땀이 흐르는 것을 보았다. "이 지역의 어떤 다리건 파괴할 수 없어."

"안 된다고?"

"어떤 다리건 안 된단 말이야." 파블로가 격렬하게 말했다.

"그럼 당신은?" 로버트 조던은 불 옆에 꿈쩍도 않고 버티고 선 파블로의 마누라에게 말했다. 그녀는 사람들을 향해 돌아섰다.

"난 다리 일을 찬성해요." 그녀의 얼굴은 불빛에 비쳐 빛나고 있었다.

그 얼굴은 불빛 속에서 달아올라 뜨겁고 아름답게 빛나고 있었다. 마치 결의를 표시하듯이.

"뭐라고 했소?" 파블로가 그녀에게 말했다. 로버트 조던은 그의 얼굴에서 배신당한 표정을 보았고, 그가 머리를 돌렸을 때 이마에 맺힌 땀을 보았다.

"난 다리 일을 찬성해요. 당신 생각엔 반대야." 파블로의 마누라가 말했다. "그 이상 말할 것도 없어."

"나도 다리 일엔 찬성이야." 얼굴이 넓적하고 코가 짜부라진 사나이가 테이블에 담뱃불을 비벼 끄면서 말했다.

"내겐 다리 같은 건 아무것도 아니야." 형제 중에 하나가 말했다. "난 파블로 아주머니 말에 찬성이야."

"동감이야." 형제 중의 또 하나가 말했다.

"나도 동감이에요." 집시가 말했다.

로버트 조던은 파블로를 바라보고 있었다. 그리고 필요할 경우에 대비해서, 반쯤은 그렇게 되기를 바라면서, 오른손을 점점 아래쪽으로 내리며 (그것이 가장 간단하고 쉬운 일이지만 이제까지 잘되어 온 일을 망치고 싶지 않다고 느끼면서, 또 한편으로는 가족이든, 일족이든, 부대이든 싸움이 시작되면 모두가 얼마나 쉽사리 돌아서서 낯선 자에게 대항하게 되는가 알면서도, 그러나 사태가 이렇게 된 이상 손으로 해치우는 것이 가장 간단하고 좋은 방법이며 외과적으로도 가장 건전한 것이라 생각하면서) 화로 곁에 서 있는 파블로의 마누라 쪽을 바라보았다. 그러자 그녀는 당당하면서도 늠름하고 건강한 얼굴을 붉히며 충성을 나타냈다.

"난 공화정치 편이야." 파블로의 마누라가 행복한 표정으로 말했다.

"저 다리는 공화국에 속한 일이야. 그 뒤에라도 새로운 계획을 세울 틈쯤은 있어.”

“그럼, 네 년은.” 파블로가 비통하게 말했다. “황소 머리에 갈보의 심장 같은 년아, 넌 다리 일이 끝난 후에 틈이 있을 줄 알아? 네 년이 그걸 무사히 넘기리라 생각하냐 말이야.”

“넘겨야만 하지.” 파블로의 마누라가 말했다. “넘겨야만 할 것이고, 넘기게 될 거란 말이야.”

“그럼, 네겐 아무 이익도 없는 이 일이 끝난 후에 짐승처럼 쫓겨 다니는 게 아무것도 아니란 말이야? 그 일을 하다 죽는 게 아무것도 아니란 말이야?”

“아무것도 아니지.” 파블로의 마누라가 말했다. “나를 겁나게 하려고 해도 소용없어. 이 겁쟁이야.”

“겁쟁이라고?” 파블로가 비통하게 외쳤다.

“네 년은 전략적인 재치를 겁쟁이로 취급하는구나. 어리석음의 결과가 어찌 될까를 환히 내다본다고 해서 말이야. 무엇이 어리석은지를 아는 것은 비겁한 게 아니란 말이야.”

“어리석다면 뭐가 비겁한 건지 알 수나 있겠나.” 안셀모가 한마디 하지 않을 수 없다는 듯이 말했다.

“영감은 죽고 싶어?” 파블로가 늙은이에게 정색을 하며 말했다. 로버트 조던은 그 질문이 얼마나 단도직입적인 말인가를 알았다.

“죽고 싶진 않지.”

“그렇다면 말조심해. 영감은 알지도 못하는 일을 너무 지껄여. 영감은 그래 이 문제가 중대하다고 보지 않는단 말이오?” 그는 가엾다는 듯이 말했다. “그래 이 일의 중대성을 아는 것이 나 하나뿐이란 말인가?”

확실히 그렇다고 로버트 조던은 생각했다. 파블로 영감, 정말 영감의 말씀대로야, 나만은 예외지만. 영감은 그걸 알고 있을 것 같군. 나도 알고 있어. 이 여자는 내 손금을 보고 알았을 텐데도 아직 그것에 대해서는 모르는 모양이야. 지금 현재로서는 이 여자는 아직 모르고 있단 말이야.

“나는 어떤 지휘자도 아니란 말인가?” 파블로가 물었다. “난 내가 하는 말이 무엇인가를 알고 하는 거야. 너희들 딴 놈들은 모른단 말이야. 이 늙은이는 되지도 않을 소릴 지껄이고 있어. 늙은이는 저 외국 놈을 위한 심부름꾼이고 안내자에 불과하단 말이야. 저자를 잘되게 해 주면 우린 희생돼야 한단 말이야. 난 모두의 안전과 이익을 위해서 하는 말이야."

"안전이라고?" 파블로의 마누라가 말했다.

"안전은 무슨 빌어먹을 안전이야. 여긴 안전을 찾는 자들이 너무 많아 위험을 자초할 지경이란 말이야. 이제 와서 안전을 찾다간 모든 걸 다 잃고 말아."

그녀는 커다란 숟가락을 손에 틀고 테이블 옆에 서 있었다.

"안전이란 게 왜 없소" 파블로가 말했다. "위험 속에도 어떤 기회를 잡을 것인가를 구별할 수 있는 안전이란 게 있단 말이오. 마치 투우사가 자기가 하고 있는 일이 무엇인가를 알고 때를 기다려도 안전한 것과 마찬가지야."

"뿔로 떠받힐 때까지 말이지." 파블로의 마누라가 쓰디쓰게 말했다.

"투우사들도 뿔로 떠받히기 전까지는 그따위 소릴 잘들 지껄이지. 그런 말은 숱하게 들었어. 누구나 다 아는 사실이지만 황소는 절대로 사람을 떠받지 않아. 피니토가 그런 소릴 하는 걸 숱하게 들어왔어. 오히려 사람이 황소의 뿔에다 스스로를 떠받는다고 말이야. 건방지게 그따위 식으로 지껄여 대다가 끝내는 곶감 꽂이가 돼 버리는 거지. 그러고 나서는 우리들이 문병을 가게 되는 거야." 이제 그녀는 침대 곁으로 병문안 가는 시늉을 하기 시작했다. "좀 어떠세요, 늙은 용사님!" 그녀가 외쳤다. 그러고 나서 "오, 반갑구려. 별고 없소, 필라르?" 하며 부상당한 투우사의 기운 없는 목소리를 흉내 냈다. "어쩌다가 이런 일을 당했소? 피니토. 어쩌다 당신이 이런 끔찍한 재난을 당하셨어요?" 자신의 목소리로 말했다. 그런 다음 죽어가는 목소리로 "아무렇지도 않아, 필라르. 이건 아무것도 아니야. 이런 일은 일어나지 않을 건데 그랬어. 난 그놈을 멋지게 죽였거든. 알겠소, 누구도 그놈을 그렇게 멋지게 죽일 수는 없었을 거야. 난 만에 하나의 어긋남도 없이 그놈을 해치웠고, 틀림없이 숨통을 끊어 버렸소. 다리를 휘청거리더니 제 몸무게에 눌려 넘어가더란 말이야. 난 좀 의기양양해서 뽐내며 황소한테서 물러났소. 한데 그놈이 뒤에서 뿔로 내 엉덩이 사이를 들이받아 내 간을 찌르고 만 거라오." 가냘플 정도의 투우사 목소리를 흉내내고 있던 그녀는 큰소리로 웃기 시작하더니 다시 외쳐 댔다. "네 놈과 네

놈의 안전이라고! 내가 아홉 해나 세상에서 가장 수입이 적은 투우사 녀석과 살았으면서 두려움이 뭐고 안전이 뭔지 모를 줄 알아. 내 앞에서 무슨 얘길 해도 좋지만 안전이란 말만은 하지 마. 한데 이봐, 내가 당신한테 얼마나 환상적인 마음을 품었는지 알아? 그게 어떤 꼴로 드러났느냔 말이야! 전쟁이 일어난 다음 해부터 게을러지고 술주정뱅이가 되고 겁쟁이가 되어 버렸단 말이야!"

"넌 그런 말을 할 자격이 없어." 파블로가 말했다.

"앞으로도 난 얼마든지 그렇게 말할 테야." 파블로의 마누라가 계속해서 말했다. "당신은 아직 몰라? 당신은 아직 여기에서 지휘를 하고 있다고 정말로 생각해?"

"생각하고말고." 파블로가 말했다. "여기선 내가 대장이야."

"농담이라도 그런 소린 마." 파블로의 마누라가 말했다. "여기선 내가 대장이란 말이야! 모두들 얘기하는 걸 못 들었어? 나 외엔 여기선 누구도 지휘 못해. 원한다면 여기 있어도 좋아. 먹을 것도 줄 테고 술도 마실 수 있어, 곤드레만드레가 될 정도가 아니면 말이야. 하지만 여기선 내가 지휘하는 거야."

"너하고 저 외국 놈을 둘 다 죽이고 싶지만." 파블로가 험상궂게 말했다.

"죽여 보지." 파블로의 마누라가 말했다. "그럼 어떤 일이 일어날지 알게 될 거요."

"물 한 컵 주시오." 로버트 조던은 험상궂은 커다란 머리통의 사내와 마치 지휘용이나 되듯 위엄을 부리며 커다란 숟가락을 자신만만하게 들고 서 있는 여자에게 시선을 떼지 않고 말했다.

"마리아." 파블로의 마누라가 불렀다. 그러자 처녀가 입구에서 들어왔다. 그의 마누라가 말했다. "이 동지께 물을 갖다 드려."

로버트 조던은 수통으로 손을 뻗쳐 그것을 끄집어내면서 권총집의 권총을 늦추어 옆구리 있는 데까지 돌려놓았다. 그는 컵에 다시 압생트 술을 따르고 처녀가 가져온 물컵을 들어 한 번에 조금씩 컵에다 떨어뜨리기 시작했다. 처녀는 그를 쳐다보며 그의 팔꿈치 가까이 서 있었다.

"밖으로 나가 있어." 파블로의 마누라가 숟가락으로 손짓을 하며 그녀에게 말했다.

"밖은 추워요." 처녀는 액체가 흐려져 가고 있는 컵 안에 무슨 일이 일어나는가 보려고 뺨을 로버트 조던의 뺨 가까이 가져가며 말했다.

"춥겠지." 파블로의 마누라가 말했다. "그러나 여긴 너무 더워." 그러고는 상냥하게 말했다. "잠깐이니까."

처녀는 머리를 흔들고 밖으로 나갔다.

'저놈은 더 이상 이 문제를 잡고 늘어지지 않을 것 같군.' 하고 로버트 조던은 마음속으로 생각했다. 그는 한쪽 손으로 컵을 들고 다른 손은 권총에다 대고 있었다. 그는 안전장치를 풀고 반질반질하게 꿇은 손잡이에서 손에 익은 안온함을, 둥글고 싸늘한 방아쇠에서 정다움을 느꼈다. 파블로는 더 이상 그를 쳐다보지 않고 다만 마누라만을 쳐다보고 있었다. 그녀는 말을 계속했다. "들어 봐, 주정뱅이야. 여기선 누가 지휘하는지 알고 있냐 말이야?"

"내가 지휘한다."

"아니지, 들어 봐. 그 털투성이 귓속에 왁스 칠이나 좀 하고 잘 들으란 말이야. 지휘는 내가 하는 거야."

파블로는 여자를 쳐다보았다. 그 얼굴로 봐서는 누구도 그가 무슨 생각을 하고 있는지 모를 것이다. 그는 아주 신중히 여자를 바라보다가는 테이블 건너편의 로버트 조던을 바라보았다. 그는 비교적 오랫동안 그를 쳐다보더니 다시 여자에게로 시선을 돌렸다.

"좋아, 네가 두목이다!" 그가 말했다. "그리고 네가 원한다면 그자도 대장이 되는 것이 좋겠지. 그래서 너희들 둘 다 지옥으로 가는 것이 좋을 거야." 그는 여자의 얼굴을 똑바로 쏘아보고 있었다. 그녀에게 굴복한 것도, 심한 마음의 상처를 받은 것도 아닌 듯 보였다. "하긴 나는 게으름뱅이일지도 몰라. 술고래인지도 몰라. 나를 겁쟁이라고 생각해도 좋아. 그러나 너는 잘못 생각하고 있는 거야. 난 바보가 아니란 말이야." 그는 잠시 말을 멈추었다. "네가 명령하고 싶다면 하란 말이야. 너 좋을 대로 하란 말이야. 하지만 네가 지휘자라도 역시 여자인 이상 우리에게 먹을 걸 줘야 된단 말이야."

"마리아!" 파블로의 마누라가 불렀다.

처녀가 동굴 입구에서 담요 안으로 머리를 들이밀었다. "이젠 들어와서 저녁을 차려."

처녀는 들어와서 화롯가의 낮은 테이블로 걸어가 에나멜을 칠한 그릇을 들어 테이블로 가져왔다.

"술은 모두에게 돌아갈 만큼 충분해요." 파블로의 마누라가 로버트 조던에게 말했다. "저 주정뱅이가 뭐라든 신경 쓰지 말아요. 이걸 다 마시면 더 가져오겠어요. 당신이 마시는 그 이상한 걸 마셔 버리고 포도주를 한잔 들어요."

로버트 조던은 남은 압생트 주를 꿀쩍 들이켰다. 목구멍으로 술이 넘어가는 것을 느끼며, 단숨에 비워 버렸다. 뜨끈하면서 검이 오르는 것 같은 축축한 느낌이 화학적 변화를 일으키는 듯한 훈훈함이 온몸 안에 확 돌았다. 그는 포도주를 받기 위해 잔을 건넸다. 처녀가 컵에 찰랑찰랑 채워 주며 미소 지었다.

"한데 다리는 구경했소?" 집시가 물었다. 다른 사람들은 충성의 대상이 바뀐 후로는 입을 다물었는데 이제 모두가 몸을 앞으로 기울여 귀를 모으고 있었다.

"했지." 로버트 조던이 말했다. "해치우기에는 문제없는 놈이더군. 얘기해 줄까?"

"음, 꼭 듣고 싶어."

로버트 조던은 웃옷 주머니에서 수첩을 꺼내 스케치한 것을 그들에게 보여 주었다. "어떤가 좀 봐." 프리미티보라고 부르는 얼굴이 넓적한 사나이가 말했다. "그 다리하고 꼭 같구면."

로버트 조던은 연필 끝으로 어떻게 다리를 폭파시킬 것인가와 화약을 장치할 장소와 이유를 설명했다.

"정말 간단하구면." 안드레라 부르는 얼굴에 상처가 난 동생 쪽이 말했다. "그럼 어떻게 폭파시킬 거요?"

그는 그것도 설명했다. 그는 그들에게 설명을 하면서 처녀의 팔이 그의 어깨에 놓이는 것을 느끼며 돌아보았다. 파블로의 마누라도 역시 바라보고 있었다. 파블로만이 아무 관심도 없이 마리아가 동굴 입구 왼쪽에 걸린 가죽 술부대에서 따라 채워 놓은 커다란 술 단지에서 떠낸 술잔을 들고 혼자 앉아 있었다.

"당신은 이런 일을 많이 해 보았어요?" 처녀가 로버트 조던에게 부드럽게 물었다.

"해 봤지."

"그럼, 다리를 폭파시키는 것을 우리도 볼 수 있나요?"

"있지. 볼 수 있고말고."

"알게 될 거야." 파블로는 그가 앉은 테이블 끝에서 말했다. "알게 될 거라고 생각해."

"입 닥쳐." 파블로의 마누라가 그에게 말했다. 그리고는 갑자기 오후에 손금에서 본 것이 생각나자 이성을 잃은 듯 사납게 화를 냈다. "닥쳐. 겁쟁이야. 닥쳐. 이 까마귀야. 입 닥치란 말이야, 이 살인자."

"좋아." 파블로가 말했다. "입 다물지, 이제 지휘하는 건 너니까. 그 아름다운 그림이나 들여다보고 있는 게 좋을 거야. 하지만 내가 바보가 아니란 걸 잊지 말라고."

파블로의 마누라는 분노가 슬픔으로 바뀌어 가는 것을 느낄 수 있었다.

모든 희망과 기대가 허물어져 가는 것 같은 마음으로 바뀌어 가는 것이었다. 그녀는 이런 기분을 처녀 시절부터 알고 있었고, 그녀가 살아온 인생을 통해 그런 기분이 일어나는 원인이 되는 여러 가지를 알고 있었다. 그것이 갑자기 찾아온 것이다. 그녀는 그런 기분을 자신에게서 몰아내어 두 번 다시 자기 마음을 건드리지 못하게 했다. 자신도, 공화주의도 건드리지 못하게 하려고 했다. 그러고는 그녀가 말했다. "자, 식사를 시작하겠어. 마리아, 냄비에 있는 걸 그릇에다 분배해."

5

로버트 조던은 동굴 입구에 쳐진 안장용 담요를 젖히고 밖으로 걸어 나오며 밤의 찬 공기를 깊이 들이마셨다. 안개는 말끔히 가셨고 별이 보였다. 바람은 없었다. 동굴 안은 찔 만큼 더웠다. 담배와 숯불로 잔뜩 낀 연기, 고기와 사프란, 피멘토를 넣고 요리한 쌀밥 냄새, 그리고 기름 냄새, 입구 옆에 목과 네 다리를 벌리고 걸려 있는 커다란 가죽 부대에서 흘러나

온 포도주가 타르와 혼합된 냄새, 마개를 한 한쪽 다리에서 스며 나오는 포도주 냄새, 그리고 바닥에 조금씩 흘러내린 포도주 냄새가 먼지 냄새를 없애 주고 있었다. 천장에 줄로 길게 매단 마늘 다발과 함께 매달린 여러 가지 이름 모를 약초들의 냄새, 페니 동전처럼 붉은 빛깔을 가진 마늘을 넣은 포도주 냄새, 테이블에 앉은 사람들의 옷 속에서 말라 버린 말과 사람의 땀 냄새(시큼하고 잿빛이 연상되는 사람의 땀 냄새, 솔질한 말가죽에서 나온 달콤하고 메스꺼운 말의 땀 냄새)들로부터 벗어난 로버트 조던은, 소나무와 냇가 풀밭의 풀잎에 맺힌 이슬 냄새가 풍기는 산의 맑은 밤공기를 깊이 들이마셨다. 바람이 잦아들자 이슬이 흠뻑 내렸던 것이다. 그는 거기서서 아침에는 서리가 내리리라 생각했다.

심호흡을 하고 서서 밤의 소리를 들었다. 처음엔 멀리서부터 총소리가 들려왔고, 그런 다음 말 울타리가 있는 아래쪽 숲 속에서 부엉이 우는 소리가 들려왔다. 그러자 동굴 안에서 집시의 노랫소리가 들려왔고, 기타 줄을 부드럽게 퉁기는 소리가 들려왔다.

"아버지가 남겨 준 유산이 있지." 일부러 딱딱하게 꾸민 목소리가 거칠게 일어났다간 그 자리에 머물러 있었다. 그들은 계속했다.

그건 해와 달
온 세상을 떠돌아다녀도
그건 조금도 닳지 않는 것.

기타가 노래하는 자의 흥을 돋우려는 듯 세차게 울렸다. "좋아!" 로버트 조던은 누군가가 말하는 소리를 들었다.

"카탈란을 불러 봐, 집시."
"싫어."
"그래, 카탈란을 불러."
"좋아." 집시가 말하고 구슬프게 노래했다.

내 코는 납작코
내 얼굴은 검다오,

그래도 나는 사내대장부

"좋다!" 누군가가 외쳤다. "계속해, 집시."
집시의 목소리가 비극적이고 조롱조로 들려왔다.

고마워라, 난 깜둥이
카탈란 사람은 아니라네.

"시끄러워!" 파블로의 목소리가 들렸다. "입 닥쳐, 집시 놈아!"
"맞아." 마누라의 목소리가 들려왔다. "참 시끄럽군. 그따위 목소리로는
경관들이 달려올 거야. 게다가 질이 좋지 못한 노래로구면."
"난 다른 노래도 알고 있어." 집시가 말했다. 그리고 기타 소리가 울리기
시작했다.
"그만둬." 마누라가 그에게 말했다. 기타 소리가 멈추었다.
"오늘 밤엔 목소리가 좋질 않아, 그러니 손해 볼 것도 없지." 집시가 말
했다. 그러고는 담요를 밀어젖히고 밖의 어둠 속으로 나왔다.
로버트 조던은 나무 있는 데로 걸어가다가 그를 향해 다가오는 모습을
바라보고 있었다.
"로베르토." 집시가 나직이 불렀다.
"여기야, 라파엘." 그가 말했다. 목소리로 보아 집시가 술에 취했음을 알
수 있었다. 그 자신은 압생트 두 잔에다 포도주까지 마셨지만 파블로와의
긴장된 갈등으로 인해 정신은 말짱하고 냉정했다.
"왜 파블로를 죽이지 않았소?" 집시가 속삭이듯이 말했다. "그를 왜 죽
여?"
"조만간 그잘 죽여야 할 거요. 그런데도 왜 그때를 그냥 흘려버렸소?"
"진정으로 하는 말인가?"
"모두가 무얼 기다리고 있었다고 생각하슈? 그 여자가 왜 처녀를 밖으
로 내보냈다고 생각해? 그런 말다툼이 있고도 지금대로 계속될 거라고 생
각하오?"
"자네들이나 그잘 죽여 보란 말이야."

"천만에." 집시가 조용히 말했다. "그건 당신 일이야. 몇 번이나 우린 당신이 그잘 죽이길 기다렸소. 파블로는 친구가 없단 말이야."

"나도 그런 생각은 했지." 로버트 조던이 말했다. "하지만 그만뒀어."

"확실히 그건 모두가 알고 있었어. 모두들 당신의 준비 동작을 주시하고 있었어. 한데 왜 그렇게 하지 않은 거요?"

"난 자네들과 마누라가 적의를 갖게 될지 모를 거라 생각했지."

"천만에, 마누라도 그 커다란 새가 날아가기를 갈보처럼 기다리고 있었는걸. 당신은 보기보단 풋내기로구면."

"그럴지도 모르지."

"지금 당장 그놈을 죽여 버려." 집시가 재촉했다. "그건 암살이야."

"그편이 좋지." 집시가 속삭이듯이 말했다. "덜 위험하기도 해. 해 버려. 당장 그잘 죽여 버려."

"그런 식으론 난 죽일 수 없어. 그건 내 비위에 맞지 않고, 대의명분을 위해 할 짓이 아냐."

"그럼 화를 돋워 놓으면 돼." 집시가 말했다. "당신은 어차피 그잘 죽여야 한단 말이야. 다른 방도는 없어."

그들이 이야기하고 있자니까 부엉이가 부드러운 정적 속의 나무들 사이를 날아갔다. 날개를 재빨리 움직이며 그들 머리 위를 스치고 날아올랐지만 쫓기는 새처럼 날갯짓하는 소리는 들리지 않았다.

"저놈을 봐요." 집시가 어둠 속에서 말했다. "사람도 저렇게 움직여야 하는 거요."

"한데 대낮엔 까마귀들한테 둘러싸여 나무속에서 장님이 되는 거지." 로버트 조던이 말했다.

"드문 기회야." 집시가 말했다. "운수에 내맡겨 보란 말이야. 그잘 죽여 버려." 그는 계속해서 말했다. "어렵게 생각할 것 없어."

"이젠 때를 놓쳤어."

"화를 돋워 보란 말이야." 집시가 말했다.

"아니면 조용한 곳을 이용하든지."

동굴 입구를 막고 있던 담요가 열리고 불빛이 새어 나왔다. 누군가가 그들이 서 있는 곳을 향해 다가왔다.

"아름다운 밤이로군." 사나이가 무겁고 투박한 목소리로 말했다. "날씨가 좋아지겠군."

파블로였다.

그는 러시아 궐련을 피우고 있었는데 담배를 빨 때마다 담뱃불에 그의 둥근 얼굴이 드러났다. 그들은 별빛 속에서 그의 육중하고 팔이 긴 체구를 볼 수 있었다.

"그 여편네 말에 신경 쓰지 마시오." 그가 로버트 조던에게 말했다. 어둠 속에서 담뱃불이 반짝 빛을 발했다. 그리고 담배를 아래로 내리자 손안의 담뱃불이 보였다. "그 여잔 때로는 까다로워져. 좋은 여잔데 말이야. 공화국엔 아주 충성스럽고 말이야." 담뱃불은 그가 말할 때마다 조금씩 흔들렸다. 입 한쪽에 담배를 물고 얘기하고 있음에 틀림없다고 로버트 조던은 생각했다. "우린 아무런 말썽이 없을 거요. 우린 마음이 맞거든. 난 당신이 오게 된 걸 기뻐하오." 담뱃불이 빛을 발했다. "말다툼엔 신경 쓰지 마시오." 그가 말했다. "참 잘 오셨소."

"자, 잠깐 실례하겠소." 그가 말했다. "나는 말을 어떻게 매 났나 가 봐야겠소."

그는 나무 밑으로 해서 풀밭가로 걸어갔다. 그들은 아래쪽에서 말들이 우는 소리를 들었다.

"아시오?" 집시가 말했다. "이제 알겠냐 말이오? 이런 식으로 해서 기회는 다 놓쳐 버리고 말거든."

로버트 조던은 아무 말도 하지 않았다.

"나는 저리로 내려가 보겠소." 집시가 화를 내며 말했다. "무슨 짓을 하려고?"

"천만에, 무슨 짓을 하려는 게 아니야. 단지 놈이 도망치지 못하게 하려는 거지."

"그자가 저 아래서 말을 타고 도망칠 것 같은가?"

"글쎄."

"그럼 그잘 막을 수 있는 장소로 가."

"거긴 아구스틴이 있지."

"그러면 가서 아구스틴하고 의논해. 그에게 무슨 일이 일어났는지 얘기해 줘.”

“그러고 나서?”

“난 저 아래 풀밭으로 감시하러 가지.”

“그거 좋군 좋아.” 그는 어두워서 라파엘의 얼굴을 볼 수 없었지만 그가 웃고 있는 것을 느낄 수 있었다. “자, 당신은 양말 끈을 단단히 잡아 댔겠지.” 집시가 만족한 듯이 말했다.

“아구스틴에게 가 봐.” 로버트 조던이 그에게 말했다. “그러지, 로베르토. 그러겠어.” 집시가 대답했다.

로버트 조던은 소나무 밑을 이 나무 저 나무 더듬어 가며 풀밭가로 갔다. 풀밭을 둘러보니 별빛이 비쳐 좀 더 훤해졌는데 말뚝에 매 놓은 말들의 거무스름한 모습이 보였다. 그는 자기가 서 있는 자리와 냇물 사이에 흩어져 있는 말의 수를 헤아려 보았다. 다섯 필이 있었다. 로버트 조던은 소나무 밑에 앉아 풀밭을 둘러보았다.

피곤하군, 하고 그는 생각했다.

아마 내 판단이 잘못된 것인지도 몰라. 그러나 내 임무는 다리야. 그리고 그걸 해내려면 내 임무를 완수할 때까지는 쓸데없는 모험은 삼가야 해. 물론 꼭 택해야 할 기회를 지나쳐 버리면 더욱 위험해질 경우가 있어. 하지만 난 돼 가는 대로 내버려 두려다 이 지경이 된 게 아닌가. 집시가 말한 것처럼 그들이 내가 파블로를 죽이길 기다린 게 사실이라면 그렇게 할 걸 그랬는지도 몰라. 그러나 그들이 그걸 기다리고 있는 줄을 확실히 알 수가 없었던 거야. 손잡고 일해야 할 장소에서 살인을 한다는 건 외국인으로서는 아주 좋지 않은 일이야. 전투에서라면 해낼 수 있을지도 몰라. 그리고 충분한 규율의 뒷받침을 받는다면 해낼 수 있겠지. 하지만 이번 경우는 마음도 끌렸고 잠깐 동안에 간단하게 해치울 것 같기도 했어. 그러나 좋지 않은 짓일 거야. 게다가 난 이런 데서 그렇게 손쉽고 간단하게 일을 해치울 수 있으리라고는 생각되지 않아. 그리고 난 그 마누라를 절대적으로 믿고 있지만 그 여자가 그런 격렬한 사건에 어떻게 대처할지 알 수 없었어. 이런 장소에서 사람이 죽는다는 것은 몹시 추하고, 더럽고 불쾌한 일이 될 수도 있어. 그 여자가 어떻게 나올지 모른단 말이야. 그 여자 아니면 여기선 조직도 규율도 없어. 그 여자가 도와줘야만 일이 잘될 수 있을 거란 말이야. 그 여자가 그 자를 죽이거나, 집시나(그러나 그는 그런 일은 못해낼걸.) 혹은 보초 아구스틴이 죽인다면 이상적일 거야. 안셀모는 내가 부탁하면 해치울 테지. 살인을 반대한다고 말하고 있지만 말이야. 그는 그잘 미워하고 있다고 난 믿어. 그는 벌써부터 나를 신뢰할 만한 대상의 표본인 양 믿고 있다고. 내가 보기엔 그와 그 여자만이 진정으로 공화국을 믿고 있어. 하지만 그걸 알아내기엔 너무 일러.

그의 눈이 별빛에 익숙해지자 파블로가 한 필의 말 곁에 서 있는 게 보였다. 말이 풀을 뜯다가 머리를 들었다. 그리고는 귀찮은 듯 고개를 떨구었다. 파블로는 말 옆에 서서 기대기도 하고, 줄이 팽팽해지도록 말이 움직이자 따라 움직이기도 하고, 말의 목덜미를 가볍게 두드려 주기도 했다. 말은 풀을 뜯어 먹으면서 그 애무가 귀찮은 모양이었다. 로버트 조던은 파블로가 무엇을 하고 있는지, 말에게 무슨 소리를 지껄이고 있는지 알 수 없었지만 말고삐를 풀거나 안장을 얹거나 하지는 않는다는 것을 알 수 있었다. 그는 그를 바라보며 앉아서 문제를 명백하게 생각해 보려 했다.

"넌 큼직하고 훌륭한 귀염둥이 망아지야." 파블로가 어둠 속에서 말에게 얘기하고 있었다. 그가 얘기하고 있는 말은 커다란 밤색 종마였다. "넌 사랑스럽고 하얀 얼굴을 가진 굉장한 미남이란 말이야. 네 큼직한 목덜미는 우리 마을의 다리처럼 굽어져 있어." 그는 말을 멈추었다. "하지만 굽을수록 더 훌륭한 거야." 고삐를 당기자 말은 그 사내와 그의 얘기가 귀찮은 듯 머리를 옆으로 돌리며 풀을 뜯었다. "넌 계집도 바보도 아니야." 파블로가 그 밤색 말에게 말했다. "넌, 어이, 넌, 어이 어이, 큼지막한 귀염둥이 망아지야. 불붙은 바위 같은 계집은 아니야. 넌 머리털이 깎이고 젖이 덜 떨어진 새끼 망아지의 동작을 하는 계집애 같은 망아지는 아니야. 넌 사람한테 대들거나 거짓말하거나 몰상식하지 않아 넌, 어이, 어이, 훌륭하고 큼지막한 귀여운 망아지야."

로버트 조던은 파블로가 밤색 말에게 하는 얘기를 듣는 게 아주 재미있는 일이었지만 그의 얘기를 듣지 않았다. 이제 파블로가 단지 말을 돌보러 온 것임을 확인했고, 이런 때 그를 죽인다는 것은 쓸데없는 행동이라고 단정했기 때문에 그는 일어서서 동굴로 되돌아왔다. 파블로는 말에게 얘기하면서 오랫동안 풀밭에 머물러 있었다. 말은 그가 하는 얘기를 이해하지 못했다. 단지 그 어조로 미루어 그것이 사랑의 표시라는 걸 아는 모양이었지만 하루 종일 울타리 속에 갇혀 있어 배가 고픈지 고삐가 팽팽하도록 돌아다니며 성급히 풀을 뜯었다. 말은 오히려 그 사내가 귀찮은 모양이었다. 파블로는 마지막으로 말뚝을 옮겨 놓고는 아무 얘기도 하지 않고 말 곁에 서 있었다. 말은 계속 풀을 뜯어먹고 있었는데, 사람이 더 이상 자신을 괴롭히지 않아서 마음을 놓은 것 같았다.

6

동굴 안에는 로버트 조던이 화로 옆의 한쪽 구석에 놓여 있는 생가죽을 씌운 의자에 앉아 파블로 마누라의 얘기에 귀를 기울이고 있었다. 그녀는 접시를 닦고 있었고 마리아라는 처녀는 접시를 마른 행주로 훔친 뒤, 선반 대신 사용하고 있는 뚫린 구멍 벽에 무릎을 꿇고 쌓아 놓는 중이었다.

"이상하군." 그녀가 말했다. "귀머거리 영감이 아직도 안 오다니, 한 시간 전엔 와 있어야 했을 텐데."

"오라고 그랬나요?"

"아니, 매일 밤 오는걸?"

"아마 무슨 일이 있을 겁니다. 무슨 일인가."

"그럴지도 몰라." 그녀가 말했다. "오지 않으면 내일 우리가 만나러 가야겠구먼."

"그렇지요, 여기서 먼가요?"

"아니, 산책하기 딱 알맞지. 난 요즘 운동 부족이야."

"나도 갈 수 있나요?" 마리아가 물었다. "제가 가도 괜찮아요, 아주머니?"

"괜찮아, 요 예쁜아." 마누라가 말했다. 그러고는 커다란 얼굴을 돌리며 "이 애 예쁘잖우?" 로버트 조던에게 물었다. "그 애가 당신한테 어떻게 보이우? 좀 마른 것 같수?"

"내겐 아주 훌륭해 보이는데요." 로버트 조던이 말했다. 마리아는 그의 잔에 술을 채워 주었다.

"드세요." 그녀가 말했다. "이걸 마시면 제가 좀 더 훌륭해 보일 거예요. 절 미인으로 보시려면 그걸 많이 드셔야 돼요."

"그럼 그만 마시는 게 좋겠는데." 로버트 조던이 말했다. "당신은 더 이상 아름다울 수가 없게 보이니 말이야."

"말솜씨가 보통이 아니구먼." 마누라가 말했다. "마치 명사들처럼 말하는구먼. 그 이상 더 아름다울 수 없다나. 어떻게 보인단 말이우?"

"영리하단 말이오." 로버트 조던이 어설프게 말했다. 마리아는 킬킬 웃어 댔고 마누라는 안 됐다는 듯이 머리를 흔들었다. "시작은 좋았는데 끝이 왜 그 모양이우, 돈 로베르토."

"날 돈 로베르토라고 부르지 말아 주시오."

"그건 농담이야, 여기선 농으로 돈 파블로라 부르기도 한다우. 우리들이 농으로 세뇨리타 마리아라 부르듯이 말이우."

"난 그런 식의 농담은 안 합니다." 로버트 조던이 말했다.

"이런 전쟁을 하는 마당엔 동지라고 신중히 부르는 것이 적합합니다. 농담 속에서 부패가 시작되는 겁니다."

"당신의 정치관은 아주 종교적이로구먼." 마누라가 그에게 빈정댔다.

"그래, 농담을 전혀 안 하시우?"

"안 합니다. 난 농담을 꽤 좋아하지만 사람을 부를 때는 농담을 안 합니다. 그건 마치 국기와 같은 거니까요."

"난 국기에 대해서도 농담을 할 수 있다우. 어떤 나라 국기라도 말이우." 마누라가 깔깔 웃었다. "농담이라면 내게 당해낼 자가 없다우. 그 노랑과 황금빛 국기를 우린 고름과 피라고 불렀다우. 자주색이 가미된 공화국 국기를 우린 피와 고름, 그리고 과망간산염이라 부르고 말이우. 그건 농담이지."

"이분은 공산주의자예요." 마리아가 말했다. "그 사람들은 아주 진지하거든요."

"당신 공산주의자요?"

"아니, 난 반 파시스트요."

"오래전부터?"

"내가 파시즘을 알고부터죠."

"그게 얼마나 됐수?"

"10년 가까이 됐죠."

"얼마 안 됐구먼." 마누라가 말했다. "난 20년간이나 공화파였다우."

"우리 아버진 일생 동안 공화주의자였어요." 마리아가 말했다. "그래서 그 사람들이 쏘아 죽인 거예요."

"저의 아버지도 일생 동안 공화주의자였습니다. 할아버지도 역시." 로버트 조던이 말했다.

"어떤 나라에서요?"

"미국에서."

"그래서 사람들이 그분들을 싹 죽였수?" 마누라가 물었다.

"천만에요." 마리아가 말했다. "미국은 공화국이에요. 거기선 공화주의자라고 쏘아 죽이진 않아요."

"어쨌든 공화주의자인 할아버지를 가졌다는 건 좋은 일이야." 마누라가 말했다. "혈통이 좋다는 표시거든."

"우리 할아버진 공화당 전국 위원회 위원이었죠." 로버트 조던이 말했다. 그 말은 마리아까지 감동시켰다.

"한데 당신 아버진 아직도 공화국에서 활약하고 계시오?" 마누라가 물었다.

"아닙니다. 돌아가셨죠."

"어떻게 돌아가셨는지 물어도 괜찮겠수?"

"총으로 자살하셨죠."

"고문을 피하기 위해서?" 마누라가 물었다.

"그렇죠." 로버트 조던이 말했다. "고문을 피하기 위해서였죠."

마리아는 눈물을 글썽거리며 그를 쳐다보았다. "우리 아버진……." 그녀가 말했다. "무기를 구할 수가 없었어요. 당신 아버지는 무기를 얻을 수 있는 행운을 가지셨다니 정말 기뻐요."

"그렇지, 그건 행운이었어." 로버트 조던이 말했다. "다른 걸 얘기하는 게 어떻습니까?"

"그럼 당신하고 난 꼭 같군요." 마리아가 말했다. 그녀는 손을 그의 팔 위에 얹고 그의 얼굴을 들여다보았다. 그는 그녀의 갈색 얼굴을 들여다보왔다. 그 눈은 그가 처음 보았을 때부터 얼굴의 다른 부분과 마찬가지로 젊음을 찾아볼 수가 없었는데, 지금은 갑자기 굶주리고, 젊고, 갈망하는 듯한 눈이 되어 있었다.

"생김새가 오누이 같군." 마누라가 말했다. "오누이가 아닌 게 천만다행 이지만."

"이제 전 제가 왜 그런 감정에 사로잡혔었는지를 알겠어요." 마리아가 말했다. "이제야 분명히 알겠어요."

"무슨 말이오." 로버트 조던이 말했다. 그러고는 손을 뻗어 그녀의 머리를 쓰다듬었다. 하루 종일 원하던 것이었다. 그리고 이제 그걸 해 보니 목구멍이 부풀어 오르는 것 같았다. 그녀는 그의 손 밑에서 머리를 들어 쳐다보며 미소 지었고, 그는 그의 손가락 사이로 물결치는 짧은 머리칼의 뻣뻣하면서도 매끄러운 감촉을 느꼈다. 그런 다음 그의 손은 목덜미를 만지고 손을 내렸다.

"다시 한 번 지금처럼 해 줘요." 그녀가 말했다. "난 하루 종일 당신이 그렇게 해 주었으면 좋겠어요."

"나중에." 로버트 조던이 말했다. 그의 목소리는 탁해져 있었다.

"그럼 난." 파블로의 마누라가 목소리를 높이며 말했다. "난 그저 그걸 바라보고 있으란 말인가? 마음이 동하지 않고 가만히 앉아 기다리란 말이야? 사람이라면 그러고 있을 수 없지. 더 이상 좋은 일이라곤 없을 테니 파블로나 와 주었으면 좋겠군."

마리아는 이제 더 이상 마누라에게도, 촛불 옆에 두고 테이블에서 카드놀이를 하는 패들에게도 관심을 두지 않았다.

"술 한 잔 또 드시겠어요, 로베르토?" 그녀가 물었다. "들지." 그가 말했다. "물론 들고말고."

"이제 너도 나처럼 주정뱅이 남자를 갖게 되겠구나." 파블로의 마누라가 말했다. "그 이상한 걸 컵으로 전부 마셔 버렸잖아. 들어 봐요, 영국 양반."

"영국이 아니라 미국인이오."

"그럼 들어 봐요, 미국 양반. 어디서 잘 생각이우?" "밖에서 자죠, 난 침낭이 있으니까."

"잘됐군." 그녀가 말했다. "오늘 밤은 개었나?"

"쌀쌀해지겠는데."

"그럼 밖에서 자구려." 그녀가 말했다. "당신 물건은 내가 가지고 자도 될 테니까."

"그러죠." 로버트 조던이 말했다.

"잠깐 우리 둘만." 로버트 조던이 처녀에게 말하고 그녀의 어깨에 손을 얹었다.

"왜요?"

"아주머니께 말할 게 있어."

"내가 비켜야만 해요?"

"응."

"뭔데?" 파블로의 마누라가 말했다. 처녀는 동굴 입구로 걸어가 커다란 가죽 술부대 옆에 서서 카드놀이 하는 사람들을 쳐다보았다.

"집시 말은 내가……." 그가 말하기 시작했다.

"안될 소리야." 마누라가 말을 막았다. "그 녀석 잘못 생각하고 있어."

"내가 꼭 해야 한다면." 로버트 조던이 난처한 듯 나지막한 소리로 말했다.

"그럴 생각이었다면 당신이 해치웠으리라고 난 생각해." 마누라가 말했다. "하지만 그럴 필요는 없어. 난 당신을 지켜보고 있었지. 당신의 판단이 옳았어."

"그러나 만일 필요하다면."

"아니야." 마누라가 말했다. "그럴 필요가 없단 말이야. 집시 놈 마음이 더러운 거야."

"그러나 남자란 궁지에 몰리면 대단히 위험한 거요."

"아니야, 당신은 모르고 있어. 여긴 모두가 소동을 일으킬 만한 힘을 잃어버렸어."

"모르겠는데요."

"당신은 아직도 풋내기구면." 그녀가 말했다. "알게 될 거요." 그리고는 처녀에게 "이리 좀 와, 마리아. 우리 얘긴 끝났어." 처녀가 다가왔다. 로버트 조던은 손을 뻗어 그녀의 머리를 매만져 주었다. 그녀는 고양이 새끼처럼 그의 애무를 받고 있었다. 그러자 그는 그녀가 울려고 하는 게 아닌가 생각했다. 그러나 그녀의 입술은 다시 꼭 다물어져 있었다. 그녀는 그를 쳐다보며 미소 지었다.

"이제 자러 가는 게 좋겠수." 마누라가 로버트 조던에게 말했다. "긴 여행을 했으니까."

"그러죠." 로버트 조던이 말했다. "짐을 가지고 오겠습니다."

7

그는 침낭 속에서 자고 있었다. 그는 한참을 잤다고 생각했다. 침낭은 동굴 입구 건너편 바위 그늘 속의 솔밭 바닥에 펴 놓았었다. 자면서 그는 돌아눕기도 하고, 한쪽 손목에 줄로 잡아맨 권총 위를 뒹굴기도 했다. 권총은 그가 자기 전에 덮개 밑에 넣어 두었던 것이다. 피로로 인해 어깨와 등이 뻐근하고 다리가 저리고 근육이 뻣뻣해졌기 때문에 오히려 땅이 부드러울 정도였다. 플란넬 천으로 안을 댄 침낭 속에 사지를 쭉 뻗고 누워 있는 것만으로도 상쾌했다. 그만큼 그는 지쳐 있었다. 깨어나서 그는 자기가 어디 있는가 생각하고는 곧바로 옆구리 밑의 권총 위치를 바꾸어 놓고 줄무늬 밑창의 구두 근처에 가지런히 개 놓은 옷 베개 위에 팔베개를 하고 기분 좋게 사지를 쭉 뻗은 후 다시 자려 했다.

그러자 그는 어깨에 손이 닿음을 느꼈다. 재빨리 돌아누우며 오른손으로 침낭 속의 권총을 쥐었다.

"아, 당신이군." 그가 말했다. 그리고는 권총을 놓고 두 팔을 위로 뻗쳐 그녀를 끌어당겼다. 팔로 그녀를 껴안았을 때 그녀가 떨고 있음을 느낄 수 있었다.

"들어와." 그가 부드럽게 말했다. "밖은 추워."

"아녜요, 안 돼요."

"들어와." 그가 말했다. "그건 나중에 얘기할 수도 있잖아."

그녀는 떨고 있었다. 그는 한 손으로 그녀의 손목을 쥐고 다른 손으로 그녀를 가볍게 껴안았다. 그녀는 머리를 돌렸다.

"들어와, 귀여운 토끼." 그가 말했다. 그리고 그녀의 목덜미 뒤에 입을 맞추었다.

"무서워요."

"괜찮아, 무서워할 것 없어. 들어와."

"어떻게요?"

"그냥 밀고 들어와. 자리는 충분해. 내가 도와줄까?"

"아네요." 그녀가 말했다. 그리고는 침낭 속으로 들어왔다. 그는 그녀를 바짝 끌어안고 입을 맞추려 했다. 그녀는 옷 베개에 얼굴을 파묻었지만 팔은 그의 목을 끌어안고 있었다. 그러자 그녀의 팔이 풀리는 걸 느꼈고 그가 그녀를 끌어안자 다시 몸을 떨었다.

"괜찮아." 그는 말하고 웃었다. "무서워하지 마. 그건 권총이야." 그는 권총을 잡아 등 뒤로 밀어 넣었다.

"부끄러워요." 그녀가 그에게서 얼굴을 돌리고 말했다.

"안 돼, 그러면 안 돼. 이리, 자."

"싫어요, 그럼 안 돼요. 부끄럽고 무서워요."

"괜찮아, 나의 토끼야, 제발."

"안 돼요, 당신이 날 사랑하지 않는다면."

"사랑해."

"나도 사랑해요. 정말 사랑해요. 당신 손으로 머릴 만져 줘요." 그녀가 그에게서 떨어지며 말했다. 그녀는 여전히 얼굴을 베개에 파묻고 있었다. 그는 손을 그녀의 머리에 대고 쓰다듬어 주었다. 그러자 갑자기 그녀가 베개에서 얼굴을 들었다. 그녀는 그에게 몸을 바짝 붙이며 그의 팔에 안겼다. 그러고는 그에게서 얼굴을 돌린 채 울었다.

그는 가만히 그녀를 붙들었다. 늘씬하고 젊은 육체를 느끼며 끌어안고 머리를 쓰다듬어 주며 눈물로 짭짤한 눈에 입을 맞추었다. 입고 있는 셔츠를 통해 둥글고 탄력 있게 솟아난 젖가슴의 감촉을 느낄 수 있었다.

"난 키스를 못해요." 그녀가 말했다. "어떻게 하는 건지 모르겠어요."

"입 따윈 안 맞춰도 돼."

"그래요, 하지만 난 입을 맞추지 않으면 개운치 않아요. 난 무슨 일이든 다 해야만 해요."

"무슨 일이든 하지 않아도 괜찮아. 걱정할 것 없어. 하지만 당신은 옷을 너무 많이 입었군."

"어떻게 하는 거죠?"

"도와줄게."

"이렇게 하는 게 더 좋아요?"

"응, 아주 좋아. 당신한테는 어때?"

"아주 좋아요. 아주머니가 말한 것처럼 난 당신하고 같이 갈 수 있죠?"

"응."

"집으론 아니지만 말이에요. 당신과 함께요."

"아냐, 집으로 가는 거야."

"아니, 아니에요. 당신과 함께 가요. 난 당신 부인이 되겠어요."

이렇게 하여 두 사람은 함께 누웠다. 이제까지 그들을 가로막던 모든 것이 사라져 버렸다. 지금까지 두 사람 사이에 막혔던 꺼칠한 옷감의 촉감은 사라지고 모두가 매끈매끈 보드라웠으며, 찰싹 동그랗게 달라붙어 있었다. 오랫동안 따뜻하면서도 서늘했는데, 바깥쪽은 서늘했고 안쪽은 따뜻했다. 오랫동안 꿈처럼 찰싹 끌어안고, 몸을 붙인 채 포옹했다. 외형만의 쓸쓸하고 텅 빈 듯한 마음, 행복을 만들어 내는 젊음과 사랑, 따뜻하고 부드러운 살갗을 대고 있는데도 공허하고 가슴이 두근거리는 듯했으며, 꽉 껴안고 있는 고독한 상태였기 때문에 로버트 조던은 더 이상 견딜 수 없을 것 같은 마음이 들었다.

"지금까지 누굴 사랑해 본 적이 있어?"

"없어요, 단 한 번도."

그녀는 갑자기 그의 품 안에서 죽을상이 되었다. "하지만 나는 지독한 변을 당했어요."

"누구에게?"

"여러 사람에게요."

그녀는 말없이 누워 있었다. 죽은 듯이 그에게서 머리를 돌리고 있었다. "이제 당신은 날 사랑하지 않을 거예요."

"사랑해." 그가 말했다.

그러자 무엇인가 그의 마음속에서 변화가 일어났다. 그녀도 그 점을 눈치챘다.

"거짓말이에요." 그녀가 말했다. 그녀의 목소리는 생기가 없고 감정이 없었다. "당신은 날 사랑하지 않을 거예요. 그렇지만 날 집으로 데려다는 주시겠죠. 그래서 난 그리로 따라가겠어요. 그러나 당신의 아내도 아무것도 되지는 않겠어요."

"사랑해, 마리아."

"아니에요, 거짓말이에요." 그녀가 말했다. 그리고는 단 한마디 애원하듯이, 그리고 희망에 찬 투로 말했다.

"하지만 난 아무하고도 키스는 안 했어요."

"그럼 이제 나한테 키스해 줘."

"나도 하고 싶었어요." 그녀가 말했다. "하지만 난 어떻게 하는지 몰라요. 내게 그 일이 일어난 곳에서 난 기절할 때까지 싸웠어요, 난 싸웠어요…… 끝까지…… 끝까지…… 누가 내 머리에 올라앉을 때까지 말이에요…… 그래서 난 그잘 물었어요. 그러자 그자들이 내 입을 막고 머리 뒤에서 팔을 잡았어요. 그리고 다른 자들이 그 짓을 한 거예요."

"사랑해, 마리아." 그가 말했다. "그럼 아무도 당신한테 손을 안 댄 거야. 그자들이 손을 댔을 리 없어. 아무도 당신한텐 손을 안 댔어. 귀여운 토끼."

"그렇게 믿어 주시겠어요?"

"난 다 이해해."

"그럼 날 사랑해 줄 수 있어요?" 다시 그에게 포근함이 느껴졌다.

"더욱더 당신을 사랑할 수 있겠어."

"당신에게 멋지게 키스해 보겠어요."

"조금만 키스해 봐."

"난 어떻게 하는지 몰라요."

"입에다 키스하면 되는 거야."

그녀는 그의 뺨에 키스했다.

"틀렸어."

"코는 어디로 가죠? 난 항상 코가 어디로 가는지 의문이었어요."

"머리를 돌려 봐." 이렇게 해서 두 사람의 입이 맞닿았다. 그녀는 옆으로 누운 채 그에게 바싹 몸을 붙여 왔다. 그리고 차츰 조금씩 입을 벌려 갔다. 그는 갑자기 그녀를 꽉 끌어안고 아직 한 번도 느껴 보지 못한 행복감을 느꼈다. 마음이 들떠서 견딜 수 없을 정도로 사랑스럽게, 가슴이 뛸 만큼 속 깊이 행복하기만 하여 아무 생각 없이 피로도 근심도 잊어버리고 말았다. 그리고 그는 말했다. "내 귀여운 토끼! 오오, 마리아, 귀여운 마리아. 영원히 사랑스러운……."

"그 뒤는요?" 그녀는 마치 멀리 떨어져 말을 건네듯 물었다.

"나의 사랑스런 사람이지." 그가 말했다.

그들은 그렇게 누워 있었다. 그는 그녀의 심장이 뛰고 있음을 가슴으로 느꼈고 발로 그녀의 발을 가볍게 애무해 주었다.

"맨발로 왔군." 그가 말했다.

"네."

"그럼 처음부터 이 속으로 파고들 작정이었군."

"그래요."

"그럼 조금도 무서워할 것 없었잖아."

"아뇨, 아주 무서웠어요. 그러나 신을 벗는다는 것이 어떤 마음인지 그쪽이 훨씬 더 무서웠어요."

"한데 지금 몇 시지? 당신 알겠소?"

"몰라요. 시계 없으세요?"

"아니, 당신 등 뒤에 있어서."

"거기서 집으세요."

"안 돼."

"그럼 내 어깨너머로 들여다보세요."

새벽 1시였다. 담요에 가려 깜깜한 속에 글자판이 환하게 빛을 냈다.

"당신 수염이 내 어깨에 닿아 따끔따끔해요."

"미안해, 면도기가 없어."

"난 수염이 좋은데요. 당신 수염은 금발이에요?"

"응."

"기를 거예요?"

"다리 일을 해치울 때까지만 깎지 않을 셈이야. 마리아. 들어 봐. 할래……?"

"내가 뭘 해요?"

"하고 싶나?"

"하고 싶어요. 이것저것 전부를 해 주세요, 제발. 우리가 모든 걸 다 해 버리면 다른 사람들이 다시 할 게 아무것도 없을 거예요."

"그런 걸 스스로 생각했나?"

"아니에요, 나도 그걸 생각했지만 필라르가 나에게 말해 줬어요."

"그 여잔 매우 현명해."

"그리고 또 하나 가르쳐 준 것이 있어요." 마리아가 부드러운 목소리로 말했다. "내가 병이 없다는 걸 당신에게 말하라고 했어요. 아줌마는 그런 일에 대해서 잘 알아요. 그러니까 그런 말을 당신에게 하라고 했을 거예요."

"그 여자가 당신한테 말하라고 했나?"

"네, 아줌마한테 당신을 좋아한다고 고백했어요. 난 오늘 처음으로 당신을 보았을 때부터 당신이 좋았어요. 그러고도 줄곧 좋았지만. 그러나 당신을 만난 것은 이번이 처음 아니에요? 그래서 난 필라르에게 얘기했어요. 그랬더니 아줌마가 그런 일에 대해 그러그러한 얘기를 할 생각이 라면 병에 걸리지 않았다는 걸 얘기하라고 말해 줬어요. 아주 오래전에도 나한테 말해 준 적이 있어요, 열차 사건 뒤에 바로 말이에요."

"그 여자가 무슨 얘길했는데?"

"할 수 없이 당한 일이라면 아무 일도 없었던 거나 마찬가지라고요. 그리고 만약 내가 누구를 사랑하게 되면 그런 것은 모두 깨끗이 사라져 버리는 거라고요. 난 죽고만 싶었어요. 아시겠죠?"

"그 여자가 한 말은 진실이야."

"하지만 이제 보니 죽지 않은 게 행복해요. 난 내가 죽지 않은 게 너무 행복해요. 정말 날 사랑해 주실 수 있어요?"

"사랑할 수 있고말고, 지금도 사랑하고 있어."

"그럼 당신의 아내도 될 수 있고요?"

"난 지금 같은 일을 하는 동안은 아내를 가질 수가 없어. 그러나 이제 당신은 내 아내야."

"그렇다면 난 변치 않아요. 난 이제 당신의 아내죠?"

"암, 그렇고말고. 귀여운 토끼."

그녀는 그에게로 폼을 바싹 붙여 왔다. 그녀의 입술은 그의 입술을 더듬어 찾았고 마침내 찾아내자 입술을 밀어붙였다. 그는 포근하면서도 짜릿

한 냉기 속에서 새삼 생생하면서도 부드럽고 싱싱하며 사랑스런 그녀의 몸을 느꼈다. 그리고 그의 옷이나 구두나 그의 임무처럼, 몸에 익은 담요 속에 있다는 것이 믿을 수 없을 지경이었다. 그러자 그녀가 겁먹은 듯한 목소리로 말했다. "그럼 지금 빨리 해 버려요. 우리가 할 일을요. 그럼 다른 건 다 사라져 버리잖아요."

"하고 싶어?"

"그래요." 그녀는 거의 미친 듯이 말했다. "그래요, 그래요, 그래요."

8

추운 밤이었다. 로버트 조던은 깊은 잠에서 깨어났다. 잠이 깨자 그는 기지개를 켜면서 여자가 담요 아래쪽에 새우등을 하고 가볍게 규칙적인 숨을 쉬고 있음을 알았다. 그러고는 어둠 속에서 느껴지는 냉기로 인해 머리를 움츠렸다. 하늘에는 별들이 싸늘하고 날카롭게 빛나고 있었으며 찬 공기에 코가 시렸다. 그는 머리를 따뜻한 담요 밑에 넣고 그녀의 부드러운 어깨에 입을 맞추었다. 그녀는 깨어나지 않았다. 그는 그녀에게서 돌아누워 다시금 담요 바깥 한기로 머리를 내밀고 피로에서 오는 느긋한 쾌감과 두 몸이 닿는 부드러운 촉감을 잠깐 동안 맛보면서 눈을 뜨고 있다가 이윽고 담요 속에서 다리를 뻗을 수 있는 데까지 쭉 뻗고 곧 잠에 빠져들었다.

동이 틀 무렵에야 그는 잠에서 깨어났다. 그녀는 가고 없었다. 잠이 깼을 때 그는 그 사실을 깨달았다. 팔을 뻗어 보니 그녀가 있던 자리의 담요가 따뜻한 것을 느낄 수 있었다. 그는 서리가 긴 담요가 쳐진 동굴 입구를 바라보았다. 그리고 바위 틈새로 잿빛의 짧은 연기가 솟아오르는 것을 보았다. 그것은 부엌에서 불을 때고 있음을 의미하는 것이다.

한 사나이가 숲에서 나오고 있었다. 그는 판초 같은 담요를 머리에 쓰고 있었다. 로버트 조던은 그가 파블로라는 것을 알았다. 그는 궐련을 피우고 있었다. 그는 파블로가 아마 밑으로 내려가서 말들을 매어 놓고 있었으리라고 생각했다. 파블로는 담요를 젖히고는 로버트 조던 쪽을 쳐다보지도 않고 동굴 속으로 들어가 버렸다.

로버트 조던은 5년 동안이나 써서 낡아 빠진 침낭 바깥 부분의 손때가 낀 녹색 기구용氣球用 비단에 밟게 낀 서리를 만져 보았다. 그런 다음 다시 손을 움츠렸다. 다리를 쫙 벌리고 몸에 익은 플란넬 안쪽의 보들보들한 촉감을 느끼면서 에라, 하고 중얼거렸다. 그런 다음 다리를 움츠리고 돌아누워 버렸다. 그래서 해가 떠오르리라 짐작되는 방향과 반대방향으로 돌아누웠다. 에라, 모르겠다. 조금 더 잔다고 안 될 게 있겠는가.

그는 비행기 엔진 소리가 그를 깨울 때까지 잤다. 누운 채로 그는 파시스트의 피아트 정찰기 세 대가 날아가는 걸 바라보았다. 조그맣고 빛나는 물체가 산 위 하늘을 빠른 속도로 날아가고 있었다. 안셀모와 그가 어제 왔던 그 방향으로 기수를 향하고 있었다. 그 세 대의 비행기가 사라져 버리자 다시 아홉 대의 비행기가 훨씬 더 높은 고도에서 세 대씩 삼각형의 편대를 지어 날아왔다.

파블로와 집시는 동굴 입구 그늘진 곳에 서서 하늘을 바라보고 있었다. 로버트 조던은 아직도 누워 있었다. 하늘은 엔진 소리로 가득하게 요동을 치고 있었고, 다시 새로운 폭음이 들리더니 세 대의 비행기가 개간지 위 약 300미터 될까 말까 한 높이를 날아갔다. 이 세 대는 1-11형 쌍발식 하인켈 폭격기였다. 바위 그늘에 폼을 숨긴 로버트 조던은 적이 그를 알아보지 못하리라 생각했다. 또 발견되어도 상관없으리라고 생각했다. 그는 그들이 이 산속에서 무엇인가를 찾으려면 말 울타리 속의 말들을 발견해 낼 수 있을지도 모른다고 생각했다. 으레 자기들의 기마대 말들로 생각해 버릴 테지만 말들을 보게 될지 모른다. 더 요란스러운 폭음이 들리더니 또다시 1-11형 하인켈 세 대가 당당하게 아까보다는 조금 더 저공으로 정확한 편대를 짓고 날아왔다. 접근해 올수록 폭음은 더 요란하게 들렸다. 끝내는 굉장한 굉음으로 들렸는가 싶자, 이윽고 공지 위를 날아 멀어져 갔다.

로버트 조던은 베개로 삼았던 옷 뭉치를 풀고 상의를 꺼내 입기 시작했다. 머리부터 뒤집어쓰고 옷을 아래로 잡아당기는데 또다시 비행기들이 다가오는 소리가 들렸다. 그는 담요 속에서 바지를 입고 새로 나타난 세 대의 쌍발 하인켈 폭격기가 지나갈 때까지 그대로 누워 있었다. 그 비행기들이 산등성이를 넘어가기 전에 그는 권총을 허리에 차고 침낭을 둘둘 말아 바위 옆에다 놓았다. 그리고 바위에 바싹 붙어 앉아 줄무늬 밑창 구두를 신었다. 그러자 전보다 더 요란한 폭음이 가까워 왔다. 하인켈 경폭격기 아홉 대가 사다리형 편대를 짓고 날아오는 것이었다. 이윽고 그들도 하늘을 두 쪽으로 갈라놓듯 요란한 폭음을 남기며 사라져 갔다.

로버트 조던은 바위를 따라 동굴 입구 쪽으로 미끄러지듯 내려갔다.

형제 중 한 사람과 파블로, 집시, 안셀모, 아구스틴, 그리고 파블로의 마누라가 입구에 서서 밖을 내다보고 있었다.

"전에도 이렇게 많은 비행기들이 온 일이 있소?" 그가 물었다.

"한 번도 없어." 파블로가 말했다. "들어오라고. 놈들이 당신을 보겠어." 동굴 입구에는 아직 햇빛이 들지 않았다. 햇빛은 지금 막 개울 옆에 있는 풀밭 위를 비치고 있었다. 로버트 조던은 이른 아침의 나무 그늘과 바위에 가려져 깜깜한 이곳에 있으면 발견될 염려가 없음을 알았지만 다른 사람들의 신경을 건드리지 않기 위해서 동굴 속으로 들어갔다.

"굉장히 많구먼." 파블로의 마누라가 말했다. "더 올걸요." 로버트 조던이 말했다.

"어떻게 알아?" 파블로가 의심스럽다는 듯이 물었다.

"지금 지나간 놈들 뒤에는 추격기가 반드시 따를 테니까 말이오."

바로 그때 요란스런 비행기 소리가 들렸다. 비행기들은 1,500미터의 고도로 날아갔다. 로버트 조던은 세 마리씩 V자 형으로 날아오르는 들오리처럼 사다리형 편대를 이루며 날아가는 열다섯 대의 피아트들을 세어 보았다.

동굴 입구에 있는 그들 모두의 얼굴은 몹시 심각했다. 로버트 조던이 말했다. "당신들은 이렇게 많은 비행기를 지금까지 본 적이 없군."

"없어." 파블로가 말했다.

"세고비아에는 많이 왔겠지?"

"많지는 않았어. 우린 항상 세 대 정도밖에 보지 못했소. 어떤 때는 추격기 여섯 대가 있는 것도 봤지만, 아마 그중의 세 대는 융키라는 놈이었을 거야. 커다란 몸뚱이에 발동기가 셋 달린 놈이야. 추격기들을 달고 왔지. 이렇게 많은 비행기를 보긴 처음이야."

좋지 않은 징조인걸, 하고 로버트 조던은 생각했다. 이건 정말 나쁜 징조다. 비행기들이 몰려든다는 건 무언가 아주 나쁜 징조를 의미하는 거다. 나는 놈들이 폭격하는 소리를 들어 두어야만 해. 그러나 아직은 공격을 위해 병력을 투입시키지는 못했을 거야. 오늘 밤이나 내일 밤 전에는 못할 게 틀림없어. 확실히 아직은 투입시키지 못 했을 거다. 확실히 지금 이 시간까지는 어떤 행동도 없었을 거야.

그는 아직도 사라져 가는 비행기 폭음을 들을 수가 있었다. 시계를 들여다보았다. 지금쯤은 그들이 전선을 횡단하고 있을 거다. 적어도 먼저 날아간 비행기는 말이다. 그는 초침을 재깍거리게 하는 단추를 누르고 그것이 돌아가는 걸 들여다보았다. 아니야, 아직은 이를지도 몰라. 지금쯤은 그래, 지금쯤은 횡단하고 있을 거다. 그 1-11형은 적어도 한 시간에 250마일은 날 수 있으니까 5분이면 거길 갈 수 있을 거다. 지금쯤 그들은 산골짜기를 끼고, 아침 햇빛에 누렇고 밝은 갈색을 띤 카스티야 평원을 내려다보며 날고 있겠지. 하얀 길이 그 누런색 위를 가로지르고, 조그만 마을들이 점점이 보이고, 하인켈의 그림자들이 땅 위를 움직여 가고, 마치 대양의 물밑 모래 바닥을 상어의 그림자들이 움직여 가듯이. 폭탄이 땅을 울리면서 작렬하는 소리는 전혀 들리지 않는다. 그의 시계가 재깍거리고 있을 뿐이었다.

그들은 콜미나르나 에스코리알, 혹은 만자나레스 엘리알 공군 기지로 향하고 있을 것이라고 그는 생각했다. 갈대밭 속에 물오리가 떠 있는 호수 위에 옛 성이 있고, 진짜 비행장 뒤에는 가짜 비행장이 있어 은폐도 하지 않는 가짜 비행기들의 프로펠러가 바람에 돌아가고 있을 것이다. 그곳이 그들이 기수를 향하고 있는 곳이 틀림없으리라. 그들은 아군의 공격을 알 리 없을 것이라고 그는 혼잣말을 했다. 그러자 그의 내부에서 무언가 속삭이는 게 있었다. 모를 리 있을까, 라고. 그들은 다른 일도 알고 있었지 않았는가.

"놈들이 말을 봤을까?" 파블로가 물었다.

"말 같은 걸 찾는 건 아닐걸." 로버트 조던이 말했다.

"그래도 눈에 띄지 않았을까?"

"말을 찾으란 명령을 받지 않은 한 봤을 리 없을 거요."

"볼 수도 있잖아?"

"아마 그렇지 않을걸." 로버트 조던이 말했다. "해가 나무 위로 뜨기 전까지는 말이오."

"거긴 아주 일찍부터 햇볕이 드는 곳인데." 파블로가 비참한 소리로 말했다.

"그들은 당신의 말 따위보다도 더 중대한 업무를 가지고 있을 거라고 생각되는걸." 로버트 조던이 말했다.

스톱 위치의 단추를 누른 지 7분이 지났다. 그러나 아직 폭격 소리는 들리지 않았다.

"그 시계로 뭘 하고 계시우?" 파블로의 마누라가 물었다.

"놈들이 어디까지 갔나 알아보고 있소."

"아!" 그녀가 소리쳤다.

10분이 지나자 이제 너무 멀리 가서 들을 수 없으리라는 것을 알고 그는 시계에서 눈을 뗐다. 소리가 되돌아올 수 있는 1분간의 여유를 주었으니 말이다. 그리고 그는 안셀모에게 말했다. "당신한테 할 말이 있는데요."

안셀모가 동굴 입구로부터 걸어 나왔다. 그들은 입구로부터 얼마간 걸어가 소나무 옆에 섰다.

"어떻습니까?" 로버트 조던이 그에게 물었다. "어떻게 돼 가죠?"

"잘돼 가고 있소."

"아침은 먹었소?"

"아니, 아직 아무도 안 먹었는걸."

"그럼 지금 식사하고 점심때 먹을 걸 준비해 두시오. 당신이 도로의 망을 좀 보러 가 주셨으면 좋겠소. 도로를 오르내리는 놈들을 전부 적어 주셔야겠소."

"쓸 줄 모르는데."

"적을 필요도 없소." 로버트 조던은 수첩에서 종이 두 장을 떼어 낸 후 칼로 연필을 1인치 정도로 깎았다. "이걸 갖고 탱크가 오거든 이렇게 표시를 해 주시오." 그는 탱크를 대강 그려 보였다. "마크는 한 대마다 하나씩, 그리고 다섯 번째마다 네 개의 선 위에 열십자를 그려 주시오."

"우리도 그런 식으로 수를 세고 있지."

"그렇군요. 또 하나 표시를 가르쳐 주겠소. 수레를 그리고 상자 하나를 그리시오. 그것이 트럭이오. 빈 트럭이면 동그라미를 그려 넣고, 군인들을 가득 실었다면 작대기 하나를 그려 넣고 대포 표시도 해 주시오. 큰놈은 이렇게, 작은놈은 이렇게, 자동차 표시는 이렇게, 앰뷸런스는 이렇게요. 바퀴 두 개에다 상자 하나, 그 위에 열십자를 그려서 말이오. 보병은 중대마다 이렇게 표시하시오. 아시겠어요? 조그만 네모꼴을 그리고 그 옆에 마크를 해두는 거요. 기마병은 이렇게, 아시겠죠? 말 모양으로 말이오. 네모 밑에다 다리 네 개를 그리시오. 이건 스무 필의 기마대를 말하는 거요. 아시겠소? 기마대 하나마다 표 하나씩 말이오."

"알겠소, 좋은 착상이로구먼."

"자." 그는 커다란 바퀴 두 개에다 원을 그리고 포신砲身을 표시하는 짧은 선을 그렸다. "이것이 대전차포요. 고무 타이어가 붙었죠. 그것들을 표시해 주시오. 이건 대공포요." 포신이 위로 향한 바퀴 두 개를 그렸다. "그것들도 역시 표시해 주시고. 알아보시겠소? 그런 대포들을 본 적이 있으시오?"

"봤지." 안셀모가 말했다. "물론이지. 아주 잘 알아."

"집시를 데리고 가서 당신이 망볼 지점을 알려 주시오. 나중에 교대할 수 있게 말이오. 안전한 장소를 택하시오. 너무 접근하지 말고 편하게 잘 볼 수 있는 장소로 말이오. 교대할 때까지 거기 있어 주시오."

"알겠소."

"좋소. 그럼 당신이 돌아오면 도로 위에서 일어난 걸 전부 알 수 있겠죠. 종이 한 장은 위로 올라가는 것, 또 한 장은 도로 아래로 내려가는 거요."

그들은 동굴을 향해서 걸어갔다.

"라파엘을 내게 보내 주시오." 로버트 조던이 말했다. 그러고는 나무 옆에서 기다렸다. 그는 안셀모가 동굴 속으로 들어가는 것을 보았다. 그가 들어가자 담요가 내려졌다. 집시가 손으로 입을 문지르며 어슬렁어슬렁 밖으로 나왔다.

"어땠어?" 집시가 말했다. "지난밤엔 재미 많이 봤어?"

"잤지."

"나쁘진 않았군." 집시가 말하며 히죽 웃었다. "담배 있어?"

"할 말이 있어." 로버트 조던은 말하며 담배를 찾으려고 주머니를 만져 보았다. "안셀모가 도로를 감시할 텐데 그리로 함께 가 줬으면 좋겠어. 나나 안셀모하고 교대할 사람을 안내할 수 있도록 거길 잘 살펴보고 와 줘. 그리고 당신은 제재소가 잘 보이는 데까지 가서 초소에 무슨 이상이 없나 살펴봐 줘."

"이상이라니?"

"지금 거기 몇 명이나 있나?"

"여덟 명이었지, 내가 마지막 본 게."

"그럼 지금 몇 명이 있는지 알아봐 줘. 그 다리의 보초들이 어느 정도의 시간 간격으로 교대하나 봐 줘."

"간격?"

"보초를 몇 시간 서고 교대는 몇 시에 하느냐 하는 거 말이야."

"난 시계가 없는데."

"내 걸 가져가." 그는 시계를 풀었다.

"아주 좋은 시계인데." 라파엘이 감탄하듯 말했다. "이것 봐, 굉장히 복잡하구먼. 이런 시계라면 원고 쓰는 것도 할 수 있을 거야. 이봐, 숫자판이 굉장히 복잡한데, 세상에 둘도 없는 시계로구먼."

"바보 같은 소리 그만해." 로버트 조던이 말했다. "시계 볼 줄 아나?"

"그걸 못 봐? 정오 12시. 그땐 배가 고프지. 하오 12시. 그땐 잠자고 있지. 아침 6시면 또 배고프고, 저녁 6시면 술 취해 있지. 운이 좋으면 말이야. 밤 10시엔……."

"그만둬." 로버트 조던이 말했다. "얼간이 노릇까지 할 필요는 없어. 내 말은 큰 다리에 있는 보초와 저 아래 도로에 있는 초소, 그리고 마찬가지로 제재소와 작은 다리에 있는 초소와 보초를 살펴보고 오란 말이야."

"어지간한 일이로군." 집시가 미소 지었다. "정말 나보다 더 보내고 싶은 놈이 없단 말인가?"

"그래, 라파엘. 그건 아주 중요한 일이야. 아주 조심하면서 행동하고 놈들에게 들키지 않아야 돼."

"염려 마, 들키지는 않을 거야." 집시가 말했다. "그런데 왜 일부러 들키지 말라고 하는 거지? 내가 탄환에 맞기를 바라고 있다고 생각하오?"

"좀 신중했으면 좋겠어." 로버트 조던이 말했다.

"이건 아주 진지한 문제야."

"좀 신중하라고? 그럼 당신은 어젯밤에 뭘 했지? 사람을 죽였어야 할 때에 그 대신 당신은 뭘 했나 말이야? 당신은 사람을 죽였어야 했지 인간을 만들 계제가 아니었잖아! 우린 하늘을 가득 채울 만큼 새까맣게 몰려온 비행기를 봤잖아. 조상대까지 거슬러 올라가고 자손대까지 내려가며 모든 고양이나 산양, 빈대까지 전부 죽이려고 온 거 말이야. 어머니 젖가슴의 젖이 다 굳어 버릴 지경으로 소리를 요란히 내면서 말이야. 사자처럼 으르렁거리면서 하늘을 새까맣게 덮듯 비행기가 날아왔는데도 당신은 나한테 진지해지라는 거야? 난 벌써 너무 진지해 버렸을 정도야."

"좋아." 로버트 조던이 말했다. 그리고 웃어 대며 집시의 어깨에 손을 얹었다. "그럼 지나치게 진지해지지는 말게. 이제 아침이나 먹고 가 보게."

"당신은?" 집시가 물었다. "당신은 뭘 하나?"

"귀머거리 영감을 만나러 가야지."

"비행기들이 지나간 뒤라 이 산속을 다 뒤져도 개미 새끼 한 마리 찾지 못할 게 십상이야." 집시가 말했다. "오늘 아침 놈들이 지나가는 바람에 숱한 사람들이 진땀깨나 났을 거야."

"하지만 놈들은 게릴라 소탕이 아니라 딴 임무를 띠고 있는 거야."

"그럴 테지." 집시가 말했다. 그러고는 머리를 흔들었다.

"한데 놈들이 언제 그 임무를 수행하려 할까?"

"모르지." 로버트 조던이 말했다. "그것들은 가장 성능이 좋은 독일제 경폭격기지. 놈들은 집시 따위나 잡으라고 그런 비행기를 보내지는 않아."

"놈들은 날 질겁하게 만들었어." 라파엘이 말했다. "그런 일이 있으면 나는 오싹한단 말이야."

"놈들은 비행장을 폭격하러 간 거지. 동굴로 들어가면서 로버트 조던이 그에게 말했다. "난 그들이 그리로 향하리라는 걸 거의 확신할 수 있지."

"무슨 얘길 하는 거요?" 파블로의 마누라가 물었다. 그녀는 잔에 커피를 따라 주고 그에게 콘멘스트 밀크(연유) 깡통을 넘겨주었다.

"밀크가 있나? 굉장한 사치로구먼!"

"없는 게 없다우." 그녀가 말했다. "비행기가 왔다 간 후엔 겁이 많아졌어. 놈들이 어디로 간다고 했지?"

로버트 조던은 깡통 구멍으로 커피에다 진한 밀크를 몇 방울 떨어뜨린 후, 컵 가장자리로 깡통을 훑고 커피가 열은 갈색이 될 때까지 저었다.

"내 생각엔 비행장을 폭격하러 가는 것 같소. 에스코리알과 콜미나르로 갔을 거요. 아마 세 패가 모두 말이오."

"아주 멀리 가서 여기엔 얼씬도 안 했으면 좋겠구먼." 파블로가 말했다.

"한데 무엇 하러 여길 왔지?" 파블로의 마누라가 물었다. "뭘 보고 여길 왔지? 우린 그런 비행기는 처음 봤구먼, 그렇게 많은 비행기는 놈들이 공격을 준비하는 게 아닐까?"

"어젯밤 도로에 무슨 움직임이 있었소?" 로버트 조던이 물었다. 마리아가 그에게 다가왔으나 그는 쳐다보지도 않았다.

"이봐." 마누라가 말했다. "페르난도, 당신 지난밤에 라그랑하에 갔다 왔지? 거기 상황이 어땠어?"

"별일 없었는데." 작달막하고 서른대여섯 살쯤 돼 보이는 데다가 한쪽 눈이 사팔뜨기인 순하게 생긴 사내가 대답했다. "보통 때처럼 화물차 몇 대가 지나갔을 뿐이지 승용차 몇 대하고 내가 거기 있는 동안에 군대는 안 지나갔어."

"매일 밤 라그랑하로 가나?" 로버트 조던이 그에게 물었다.

"나든가 다른 놈이든가 하여간 누군가가 꼭 가." 페르난도가 말했다.

"뉴스를 알아보고 담배도 구하고 자질구레한 물건을 구하러 가는 거야." 파블로의 마누라가 말했다.

"거기도 우리 편이 있나?"

"있지. 없을 리 있을라고. 발전소에서 일하는 사람들이지. 그 외에도 몇 사람 있고."

"뉴스는 무엇이었나?"

"아무것도 없었어. 북쪽은 전세가 정점 불리해지는 모양이더군. 그건 뉴스거리가 아니지, 북쪽은 처음부터 지금까지 그랬으니까."

"세고비아 방면의 소식은 들었나?"

"아니, 못 들었는데. 물어보지도 않았지만."

"당신은 세고비아에도 가나?"

"가끔 가지." 페르난도가 대답했다. "하지만 거긴 위험해. 단속이 심해서. 신분증도 조사하지."

"비행장을 아나?"

"아니, 모르겠는걸. 어디쯤 있는지 알지만 가 본 적은 없어. 거긴 단속이 심해서."

"어젯밤에, 오늘 그 비행기에 대해서 얘길 하던 사람이 없던가?"

"라그랑하에서 말인가? 아무도 없었어. 하지만 오늘 밤엔 틀림없이 얘기가 많을 거야. 어제는 퀴에포데라노 방송 얘기들을 하고 있더구면. 그뿐이야. 아, 그래, 공화파가 공격 준비를 하고 있는 것 같더구면."

"뭘 하고 있다고?"

"공화파가 공격 준비를 한단 말이야."

"어디서?"

"확실치는 않아, 아마 이 근처겠지. 혹은 시에라의 다른 지방일지도 모르고. 그런 소문 못 들었나?"

"라그랑하에서 그런 얘길 하던가?"

"그렇지, 난 그 얘길 잊어버렸어. 그러나 공격에 대한 얘기는 항상 많이들 하더구면."

"그 얘기가 어디서 흘러나왔지?"

"어디냐고? 그야 여러 사람 입에서지. 세고비아와 아빌라에선 장교 놈들이 카페에서 지껄여 대고 웨이터들이 엿듣지. 소문이란 건 빠른 거야. 이 지역에서 공화파가 공세로 나올 거라는 말들이 죽 나돌았었지."

"공화파에서 한단 말인가, 파시스트가 한단 말인가?"

"공화파지. 파시스트가 한다면야 모를 사람이 있겠나. 어쨌든 그건 상당한 규모의 공격이란 말이야. 어떤 사람은 두 군데서 공격이 있을 것이라고 말하더군. 하나는 이 근처고 또 하나는 에스코리알 부근의 알토텔 레온 쪽이라더구면. 그런 소문 못 들었나?"

"그 밖엔 들은 거 없나?"

"없는데, 없어. 아, 그래, 공화파에서 다리 폭파를 시도하고 있다는 얘기가 있더구면. 공격이 있을 경우에 말이야. 그러나 다리는 경계가 심해서."

"농담 아니겠지?" 로버트 조던이 커피를 마시면서 물었다.

"천만에." 페르난도가 말했다.

"이 사량은 농담을 안 한다우." 파블로의 마누라가 말했다. "농담을 안 해서 탈이지."

"그럼." 로버트 조던이 말했다. "뉴스를 알려 줘서 고맙네. 그 외에 들은 거 없나?"

"없는데, 항상 그렇지만 이 산으로 군대를 보내 소탕할 거라는 얘기를 하더구먼. 소탕 중에 있다고 지껄이는 자들도 있고, 발라돌리드에서 군대가 이미 파견되었다는 놈도 있었어. 하지만 놈들은 늘 그런 말만 지껄이지. 거기에 관심을 둘 필요는 없어."

"그럼, 여보." 파블로의 마누라가 파블로에게 심술궂게 말했다. "당신의 그 안전이니 뭐니 하던 얘길 들어 보자고."

파블로는 생각에 잠긴 눈으로 그녀를 쳐다보다가 턱을 긁으며 말했다.

"그럼, 당신은 다리 얘기나 해 봐."

"다리라니?" 페르난도가 밝은 표정으로 물었다.

"바보 같으니." 파블로의 마누라가 그에게 말했다. "돌대가리야. 커피 한 잔 더 마시고 뉴스나 생각해 봐."

"화내지 마시우, 필라르." 페르난도가 나직한 소리로 말했다. "소문 따위 듣고 놀랄 사람이 어디 있소? 난 내가 기억하는 모두를 당신하고 이 동지에게 다 말했는데."

"더 이상 기억나는 게 없는 모양이군." 로버트 조던이 물었다.

"없어." 페르난도가 위엄 있게 대답했다. "그만큼이라도 기억하고 있는 게 다행이지. 소문에 지나지 않는 거라 별로 신경을 쓰지 않았으니까 말이야."

"그럼 더 있을 수도 있단 말이군?"

"그렇지, 있을 수 있지. 하지만 난 관심을 갖지 않았어. 1년 동안 난 소문밖에 들은 게 없었거든."

로버트 조던은 마리아가 참다못해 터뜨린 웃음소리 같은 것을 들었다.

그녀는 그의 뒤에 서 있었다.

"한 가지 소문만 더 말해 봐, 페르난도." 그녀가 말했다. 그리고는 다시 어깨를 들먹였다.

"기억난다 해도 얘기하고 싶지 않아." 페르난도가 말했다. "뜬소문을 듣고 거기에 신경 쓰는 건 인간의 위엄을 떨어뜨리는 짓이 돼서 말이지." "하지만 그걸로 우린 공화국을 구할 수가 있단 말이야." 파블로의 마누라가 말했다.

"천만에. 당신은 다릴 폭파해야 공화국을 구할 수가 있을걸." 파블로가 그녀에게 말했다.

"가 보시오." 로버트 조던이 안셀모와 라파엘에게 말했다. "아침 먹었거든 말이오."

"지금 곧 떠나지." 늙은이가 말했다. 그리고 두 사람은 일어섰다. 로버트 조던은 어깨에 손이 닿는 것을 느꼈다. 마리아였다. "당신도 드셔야죠." 그녀가 말했다. 그는 그녀의 손을 그대로 내버려 두었다. "많이 드세요. 더 많은 소문을 듣고도 당신의 배가 끄떡도 않게 말이에요."

"소문이 식욕을 대신해 버렸어."

"안 돼요, 그래선 안 돼요. 소문이 더 들어오기 전에 지금 이걸 드세요." 그녀가 그에게 그릇을 내밀었다.

"날 놀리지 마." 페르난도가 그녀에게 말했다. "나와 당신은 다정한 사이였잖아, 마리아."

"당신을 놀린 게 아니에요, 페르난도. 난 이분하고 농담을 했을 뿐이에요. 먹지 않으면 배고파 할 테니까 말이에요."

"모두들 먹어야지." 페르난도가 말했다. "필라르, 우리에게 먹을 걸 주지 않는 까닭은 뭐요?"

"까닭은 무슨 까닭이야." 파블로의 마누라가 말했다. 그러고는 그릇에 고깃국을 가득 떠 주었다. "먹으라고. 그렇군, 당신이 할 줄 아는 일은 먹는 것뿐이었지. 자, 먹으라고."

"아주 맛이 좋은데, 필라르." 여전히 위엄을 갖춘 목소리로 그가 말했다.

"고마워." 그녀가 말했다. "감사해, 다시 한 번 더 고마워."

"나한테 화내는 거요?" 페르난도가 물었다.

"화는 무슨 화야. 먹어, 어서 들기나 하라고."

"먹겠소." 페르난도가 말했다. "고맙소."

로버트 조던은 마리아를 쳐다보았다. 그녀의 어깨가 다시 들썩이더니 이내 외면하고 말았다. 페르난도는 거만하고 위엄 있는 표정을 짓고 열심히 먹었다. 그가 먹고 있는 엄청나게 큰 숟가락도, 그의 입가로 조금씩 흘러내리는 국물도 그의 위엄을 손상시키지는 못했다.

"그 음식을 좋아하우?" 파블로의 마누라가 그에게 물었다.

"좋아하지, 필라르." 그는 음식을 입에 가득 넣은 채 말했다. "언제나 마찬가지지."

로버트 조던은 마리아의 손이 팔에 닿는 것을 느꼈다. 그리고 그녀의 손가락이 쥐어드는 것 또한 기분 좋게 느꼈다.

"언제나 좋아한단 말이겠지?" 파블로의 마누라가 페르난도에게 물었다.

"그럴 거야." 그녀가 말했다. "알겠어, 항상 고깃국이 좋단 말이지? 언제나 변함없이 북쪽에서 전세가 불리하단 말이고, 언제나 마찬가지로 이 근처에서 공세가 있을 것이고, 또 군대가 우릴 소탕하러 온단 말이렷다. 당신은 언제나 변함없는 기념비 노릇을 할 수 있겠구먼."

"하지만 나중 두 개는 뜬소문에 불과해, 필라르."

"그런 것이 스페인이야." 파블로의 마누라가 쓰디쓰게 말했다. 그러고는 로버트 조던에게로 돌아섰다. "다른 나라에도 이따위 위인들이 있수?"

"스페인 같은 나라도 없죠." 로버트 조던이 정중하게 말했다.

"당신 말이 맞아." 페르난도가 말했다.

"세상에는 스페인 같은 나라도 없지."

"딴 나라 구경이나 해 봤어?" 파블로의 마누라가 그에게 물었다.

"아니." 페르난도가 말했다. "보고 싶지도 않아."

"저 꼴 보셨소?" 파블로의 마누라가 로버트 조던에게 말했다.

"페르난도." 마리아가 그에게 말했다. "당신이 발렌시아에 갔을 때의 얘길 좀 해 줘요."

"난 발렌시아를 좋아하지 않아."

"왜요?" 마리아가 물었다. 그리고 로버트 조던의 팔을 다시 한 번 눌렀다. "왜 좋아하지 않으세요?"

"거기 놈들은 예의란 게 없어. 도저히 알 수 없을 지경이야. 서로 잘났다고 떠들어 대니 말이야."

"거기 사람들은 당신의 말을 알아듣고요?" 마리아가 물었다. "모르는 체하더구먼." 페르난도가 말했다.

"그럼 거기서 뭘 하셨어요?"

"바다 구경 한번 못 하고 돌아왔지." 페르난도가 말했다. "난 거기 놈들을 좋아하질 않았으니까 말이야."

"어머나, 어서 여길 꺼져 버려, 이 늙은 종놈아." 파블로의 마누라가 소리쳤다. "꺼져 버리란 말이야. 매스꺼워지기 전에. 발렌시아는 내 일생 중에 가장 좋은 생각이 들었던 곳이야. 아아, 발렌시아, 나한테 발렌시아 얘길 하지 마."

"거기서 뭘 했는데요?" 마리아가 물었다. 파블로의 마누라는 커피 잔과 빵 한 조각 그리고 고깃국 그릇을 앞에 놓고 테이블에 앉았다.

"뭐라고? 우리가 거기서 뭘 했느냐고? 피니토가 축제에 세 번이나 투우 계약을 맺었을 때 내가 거기 있었지. 난 그렇게 많은 사람은 생전 처음 봤어. 카페에 사람들이 그렇게 우글거리는 건 처음 봤어. 몇 시간을 기다려도 자리 하나 잡질 못했고, 전차도 탈 수가 없었어. 발렌시아에선 밤낮 없이 대소동이었지."

"그럼 아주머닌 뭘 하셨어요?"마리아가 물었다.

"안 한 거 없지." 파블로의 마누라가 말했다. "우리가 바닷가로 가서 물속에 잠겨 있으면 바다 쪽에서 소들이 돛단배를 끌어오지. 소란 놈은 바다 쪽으로 몰리고 몰려 마지막엔 싫어도 헤엄쳐야 할 곳까지 몰려가는 거야. 그곳에서 보트를 소에 비끄러매어 끌 수 있는 데까지 몰고 와서는 모래톱 위에까지 끌어올리게 하는 거야. 잔물결이 줄을 친 듯 해변으로 밀려오는 아침나절서부터, 멍에를 쓴 열 마리 소가 돛을 단 배를 바다에서 끌어올리는 거야. 그런 곳이 발렌시아지."

"하지만 황소 구경만 하신 건 아니겠죠? 달리 무슨 일을 하셨죠?"

"우린 모래 위 정자에서 식사를 했지. 잘게 썰어 끓인 생선에다 빨갛고 파란 고추, 그리고 쌀알만 한 호두를 넣어 만든 과자를 먹었어. 과자는 말로 표현할 수 없을 정도로 맛이 좋은 짧은 조각 과자였지. 그리고 생선이란 믿을 수 없을 만큼 맛이 좋아. 금방 바다에서 잡은 싱싱한 왕새우에다 라임주스를 친 것도 있지. 핑크 빛의 맛이 좋은 새우인데 한 마리를 네 입으로도 다 먹을 수 없을 정도야. 그런 놈을 우린 실컷 먹었지. 그리고 파엘라라고 하는 요리인데 껍질째인 조개, 방게, 아니 뱀장어 등 갓 바다에서 잡아 온 해산물과 같이 먹는 야채 요리가 있어. 그리고 아주 조그만 아기 뱀장어만 기름에 튀겨 먹었는데 마치 새 콩잎만한 귀여운 것들이 배배 꼬여 어쩌나 부드러운지 입에 넣기만 해도 사르르 녹아 버리는 거야. 게다가 항상 차갑고 산뜻한 백포도주를 마시고 말이야. 한 병에 30센티모나 하는 좋은 술이었어. 그리고 뭐니 뭐니 해도 맛 좋은 건 멜론이야. 거긴 멜론의 본고장이니까 말이야."

"멜론이라면 카스티야가 더 좋지." 페르난도가 말했다.

"천만에." 파블로의 마누라가 말했다. "카스티야의 멜론은 제 물건을 갖고서 장난질 치는 데나 쓰는 거야. 발렌시아 멜론이야말로 먹는 데 쓰지. 팔뚝만큼씩이나 굵고, 바다처럼 푸르고, 아삭아삭한 데다 자르면 단물이 나오고, 여름날 이른 아침보다 더 달콤한 그 멜론을 생각하면 못 견뎌. 고 조그맣고 아주 맛있는 뱀장어가 쟁반 위에 수북이 담겨 있던 걸 생각하면 말이야. 그리고 오후 내내 맥주를 마시지. 커다란 물병만한 조끼는 차가워서 곁에 물방울이 밴단 말이야."

"그럼 먹거나 마시지 않을 땐 뭘 해요?"

"우린 방 안에서 연애를 했지. 발코니에 발을 치고서 돌쩌귀로 움직이게 돼 있는 문틈으로 산들바람이 불어오는 방에서 말이야. 우린 거기서 연애를 했어. 방은 한낮인데도 발을 쳐서 어두컴컴했고, 거리에선 꽃 시장의 향내가 풍겨 왔지. 그리고 축제 기간 동안 정오 때마다 거리에 터뜨리는 불꽃의 화약 냄새가 풍기는 방에서 말이야. 불꽃은 밧줄에 쭉 달려 온 시내에 뻗쳐 있었어. 폭죽이 쭉 매달려 있어서 전주와 전차의 전선을 따라 연달아 폭발해 가는 거야. 이 전주에서 저 전주로 요란한 폭음을 내며 폭발해 간단 말이야. 그 날카롭고 찢어질 듯한 폭발 소린 정말 상상도 못 할걸. 우린 사랑을 하고 나서 유리잔에 차가운 물방울이 배는 맥주를 또 한 병 가져오게 한단 말이야. 계집애가 그걸 가져오면 내가 문턱에서 받아 그 차디찬 맥주병을 잠자고 있는 피니토의 등 뒤에다 갖다 놓거든. 그래도 눈을 뜨지 않은 채 그 사람은, '왜 이래, 필라르. 안 돼, 여보. 좀 더 자게 해 줘.' 하는 거야. 그럼 난 '아니에요. 일어나서 얼마나 차가운 가 마셔 봐요.' 하지. 그럼 그 사람은 눈도 뜨지 않은 채 마시고는 다시 자 버리는 거야. 그래서 난 침대 아래에 있는 베개에 등을 기대고 누워 조용히 자고 있는 그의 갈색 피부와 까만 머리칼과 젊은 모습을 바라보며 맥주를 다 마셔 버리곤 했지. 마침 지나가는 악대 소리에 귀를 기울이면서 말이야. 기분이 어때, 당신?" 그녀는 파블로에게 물었다. "이런 걸 당신은 몰랐을걸?"

"우리 둘이서도 여러 가지를 함께했었지." 파블로가 말했다.

"하긴 그래." 그녀가 말했다. "안 했을 리 없지. 당신도 한창때엔 피니토보다 더 남자다웠으니까 말이야. 하지만 당신하고는 한번도 발렌시아에 가 본 일이 없어. 발렌시아에서 함께 누워 지나가는 악대 소리에 귀를 기울인 적은 없지."

"그럴 수가 없었지." 파블로가 그녀에게 말했다. "우린 발렌시아에 갈 기회가 없었어. 당신도 사리 판단을 할 줄 안다면 그걸 알 거야. 하지만 피니토하곤 열차 폭파 같은 건 해 보지 못했을걸."

"그건 그래." 그녀가 말했다. "당신하곤 그 일밖엔 할 일이 없었지. 열차? 흥, 툭하면 열차 얘기구먼. 그것만큼은 아무도 부인하지 못 해. 제아무리 게을러지고 타락하고 실패해도 그건 남겠지. 바로 이 순간엔 비겁하더라도 그건 남을 거야. 그 밖에도 여러 가지 일이 많이 있긴 했어. 난 불공평하게 굴고 싶지는 않아. 그러나 발렌시아에 대해서도 부당한 소릴 듣고 싶지 않은 거야. 알아듣겠어?"

"난 그래도 싫었는걸." 페르난도가 조용히 말했다. "난 발렌시아를 좋아하지 않았어."

"고집통이를 당나귀라고들 말하지." 그녀가 말했다. "마리아, 상을 치워. 떠나야 할 테니까."

이렇게 그녀가 말했을 때 돌아오는 비행기의 첫 번째 소리가 들렸다.

9

그들은 동굴 입구에 서서 비행기를 쳐다보았다. 보기 흉한 화살 폭격기들이 엔진 소리로 하늘을 뒤흔들어 놓으면서 높은 고도를 취하고 쏜살같이 날아가고 있었다. 상어같이 생겼구먼, 하고 로버트 조던은 생각했다. 지느러미가 넓고 콧날이 날카로운 멕시코만의 상어 말이다. 한데 이놈들의 넓적한 은빛 지느러미와, 으르렁거리며 햇빛을 받고 빛나는, 이슬 같은 프로펠러 등은 상어처럼 움직이지는 않는다. 이놈들은 지금까지 세상에 없었던 동작으로 날고 있는 것이다. 이놈들은 기계화된 문명처럼 날고 있는 것이다.

편지를 써 둬야만 해, 그는 자기 자신에게 말했다. 언젠가 다시 쓸 기회가 있을지도 모르지만. 그는 마리아가 그의 팔을 잡는 것을 느꼈다. 그녀는 얼굴을 들고 쳐다보았다. 그가 그녀에게 말했다. "당신에겐 저놈들이 무엇처럼 보여?"

"모르겠어요." 그녀가 말했다. "죽음 같다는 생각이 들어요."

"내겐 비행기처럼 보일 뿐이야." 파블로의 마누라가 말했다. "한데 조그만 놈들은 지금 어디 있을까?"

"어딘가 딴 데를 날고 있을 테죠." 로버트 조던이 말했다. "저 폭격기들은 속력이 너무 빨라 기다릴 수가 없어서 혼자 돌아온 모양이오. 아군은 전선 이쪽으로 추격해 오는 일이 절대 없죠. 그런 모험을 할 만큼 비행기가 충분하지는 않으니까."

바로 그때 V자 모양을 이룬 하인켈 전투기 세 대가 빈터 위로 해서 저공으로 그들을 향해 날아왔다. 마치 시끄러운 소리를 내고 날개를 비스듬히 기울인 콧등이 꼬집힌 보기 싫은 장난감처럼 바로 나뭇가지 위를 스칠 듯이 날아오더니 갑자기 커져서 무시무시할 정도의 실물 크기를 드러내고는 울부짖는 듯한 폭음을 쏟아 놓고 날아가 버렸다. 아주 낮게 날아갔기 때문에 동굴 입구에 선 모든 사람들이 헬멧과 보호 안경을 쓴 파일럿과 정찰기 기장의 머리 뒤로 휘날리는 스카프를 볼 수 있었다.

파블로가 말했다. "놈들이 말을 보았겠는데."

"당신 담배꽁초도 보았을걸." 그의 마누라가 말했다. "담요를 내립시다."

비행기는 더 이상 날아오지 않았다. 다른 비행기들은 산맥 저 멀리로 날아갔음에 틀림없었다. 비행기 소리가 사라지자 그들은 동굴 밖으로 나왔다.

이제 하늘은 텅 비고 높은 데다 푸르렀으며 맑았다.

"마치 당신이 꾸다가 깨어난 꿈속 같군요." 마리아가 로버트 조던에게 말했다. 이제 소리가 거의 사라져 버려, 가만히 손가락을 비비다가는 잠잠해지고 다시 비벼 보는 듯 들릴락말락한 웅 소리조차도 들려오지 않았다.

"꿈은 아니야. 들어가서 설거지나 해." 필라르가 그녀에게 말했다. "어떻게 하시겠소?" 그녀가 로버트 조던에게 돌아섰다. "말을 타고 가야겠소, 걸어가야겠소?"

파블로가 그녀를 쳐다보고는 투덜댔다.

"좋으실 대로." 로버트 조던이 말했다.

"그럼 걸어서 갑시다." 그녀가 말했다. "내 간장을 위해선 그게 좋겠어."

"승마도 간장엔 좋지요."

"그렇지. 하지만 엉덩이가 아플 거야. 우린 걷기로 하고. 당신은……."

그녀는 파블로 쪽으로 돌아섰다. "내려가서 놈들을 세어 보고 어떤 놈이 타고 도망치지 않았나 보구려."

"말을 타고 싶나?" 파블로가 로버트 조던에게 물었다. "아니요, 고맙지만. 저 여잔 어떻게 하죠?"

"걷는 게 그 애한테 더 좋을 거야." 필라르가 말했다. "내버려 두면 몸이 굳어져 아무짝에도 쓸 수 없거든."

로버트 조던은 얼굴이 달아오름을 느꼈다.

"어젯밤 잘 잤소?" 필라르가 물었다. 그리고 이어서 말했다. "병이 없는 건 사실이야. 병에 걸릴 수도 있었는데, 왜 병이 없는지 모르겠어. 하느님께서는 역시 아직도 계시는 모양이야. 우리가 폐지시켜 버렸지만 말이우. 가 보우." 그녀가 파블로에게 말했다. "이 얘긴 당신이 상관할 바 아니야. 이건 당신보다 더 젊은 사람들에 관한 일이야. 우리와는 다르게 태어난 사람들 얘기지. 가 보우." 그러고는 로버트 조던에게 돌아섰다. "아구스틴이 당신 물건을 감시하고 있다우. 그가 오면 갑시다."

날씨는 맑고 따사로웠다. 로버트 조던은 그 커다란 갈색 얼굴의 여자를 쳐다보았다. 양미간이 넓고 친절하게 보이는 눈, 주름지고 못생겼지만 어딘지 호감 가는 네모나고 커다란 얼굴이었다. 그러나 그 얼굴은 말을 하지 않을 땐 왠지 슬퍼 보였다. 그는 그녀를 쳐다보다 나무 사이로 해서 말

울타리 쪽으로 걸어가고 있는 육중하고 둔한 사나이를 바라보았다. 마누라의 눈도 역시 그의 뒤를 쫓고 있었다.

"사랑을 했수?" 마누라가 물었다. "그녀가 뭐라고 하던가요?"

"내게 말하지 않더군."

"그럼 나도 말하지 않겠소."

"그럼 사랑을 했구면." 마누라가 말했다. "그 앨 잘 돌봐 주구려."

"어린애가 생기면 어떻게 하죠?"

"해로울 것도 없지." 마누라가 말했다. "조금도 해로울 건 없어."

"하지만 여긴 아이를 낳을 곳이 못 돼요."

"그 애는 여기에 머물 수 없잖우. 당신과 함께 갈 거 아니우?"

"그럼 어디로 갈지 아시오? 내가 가는 곳으로는 여자를 데리고 갈 수 없으니까."

"누가 알겠수. 당신이 가는 곳으로 둘을 데리고 가면 되잖우."

"그걸 말이라고 하오?"

"들어 보우." 마누라가 말했다. "내가 겁쟁이가 돼서 하는 소린 아니라우. 난 이른 아침엔 모든 걸 똑똑히 알아볼 수가 있거든. 지금은 살아 있지만 다음 일요일엔 못 보게 될 사람이 많이 있다고 생각돼."

"오늘은 무슨 요일이죠?"

"일요일이지."

"무슨 말이오?" 로버트 조던이 말했다. "다음 일요일이라면 아직 멀었잖소. 수요일까지만 살아 있다면 우린 괜찮은 거지. 그런 식으로 얘기 하는 건 듣고 싶진 않소."

"사람은 누구나 얘기할 상대가 필요한 거야." 마누라가 말했다. "예전에는 종교나 터무니없는 걸 믿었지만 말이우. 지금은 누구에게나 흉금을 털어놓고 얘기할 수 있는 상대가 있어야 해. 아무리 용기가 있는 자라도 몹시 외로워질 때가 있는 법이니까."

"우린 외롭진 않소. 모두 함께 있으니까."

"그 비행기들을 본 후론 여러 가지 생각이 떠오르는구려." 마누라가 말했다. "우린 그런 기계들에 비하면 아무것도 아니야."

"그러나 우린 그걸 떨어뜨릴 수가 있소."

"봐요." 마누라가 말했다. "고백하지만 난 슬픈 생각이 들어. 하지만 내 결심이 줄어들었다곤 생각하지 말우. 내 결심엔 변함이 없으니까."

"슬픔은 해가 뜸에 따라 안개처럼 가셔요. 틀림없이 그래." 마누라가 말했다. "그런 식으로 생각하는 사람에겐 말이우. 아마도 그건 발렌시아에 대한 어리석은 일을 지껄인 탓인지도 모르지. 게다가 지금 말을 보러 간 그 작자의 가련한 꼴 때문인지도 몰라. 난 그 얘길 해서 그 사람에게 너무 상처를 준 것 같아. 그를 죽여도 좋고, 욕해도 좋지. 그러나 상처를 줘선 안 되는데."

"그분하곤 어떻게 해서 같이 있게 됐소?"

"어떻게 해서 같이 살게 됐느냐 이 말이우? 이 전쟁 초기엔 전에도 물론 그랬겠지만 그 사람은 뭔가가 있었어. 뭔가 진지한 데가. 그러나 이젠 그 사람도 다 됐어. 마개가 빠져 술이 가죽 부대에서 다 쏟아져 버린 거지."

"나는 그를 좋아하지 않소."

"그 사람도 당신을 좋아하지 않지. 무리는 아니야. 난 어젯밤에 그와 함께 갔다우. 그녀는 미소 짓고 머리를 흔들었다. "아주 털어놓고 얘기해 버릴까?" 그녀가 말했다. "내가 그 사람에게 말했지. '파블로, 당신 왜 그 외국 놈을 죽여 버리지 않았수?' 그러자 그 작자는 말했다우. '그놈은 좋은 젊은이야.' 그래서 내가 말했지. '이제야 내가 지휘한다는 걸 이해했구려?' '그래, 필라르. 맞아.' 그가 말했다우. 난 밤늦게 그가 자지 않고 울고 있는 소릴 들었다우. 마치 뱃속에 짐승이라도 들어 있어 흔들기라도 하듯 흑흑 듣기 싫은 소리로 흐느껴 울더란 말이오. '왜 그러우, 파블로?' 이렇게 물으며 난 그이를 끌어안아 주었지. '아무것도 아냐, 필라르. 아무것도.' '그렇잖아. 무슨 생각이 떠올랐을 거야.' '부하 놈들 말이야.' 하고 그가 말하더군요. '그들이 나를 버린 태도 말이야. 그 부하 놈들이.' '그래요. 하지만 그자들은 날 따르고 있잖수.' 내가 말했지. '그리고 난 당신의 아내구요. 필라르.' 하고 그 사람은 말을 계속하더군요. '열차 일을 기억해 줘.' 그리고 이런 말도 하잖겠어요. '하느님이 당신을 돕길 빌겠소, 필라르.' 하고요. '하느님 얘긴 뭣 때문에 하는 거요?' 내가 그에게 물었지. '그런 말을 해도 괜찮우?'라고요. '그래.' 그가 말했어요. '하느님과 성모 마리아지.' '하느님과 성모 마리아라?' 내가 그에게 말했지. '그것도 말이라고 해?' 하고 말이야. 그러자 그는 '난 죽는 게 두려워. 당신은 이해하지 못하겠수?' '그러려면 이 침대에서 나가.' 내가 그이에게 말했지. '한 침대 속에 당신과 나와 당신의 공포, 셋이 함께 잘 자리는 없으니까.' 그러니까 그는 부끄러운지 잠잠해졌어. 그래서 난 잠을 자 버렸는데, 글쎄 그 사람은 다 망해 버린 모양이야."

로버트 조던은 아무 말도 하지 않았다.

"살아오는 동안 이런 슬픔을 때때로 느끼기도 했다우." 마누라가 말했다. "하지만 이건 파블로의 슬픔하곤 달라. 내 결심엔 조금도 영향을 주지 않는 거지."

"나도 그걸 믿소."

"아마 그건 여자의 멘스 같은 것인지도 모르지." 그녀가 말했다. "아무것도 아닌지 모르고." 그녀는 잠시 쉬었다가 다시 계속했다. "난 공화국에 대해 굉장한 환상을 가지고 있다우. 난 공화국에 대해 굳은 신념을 가지고 있어. 신앙을 가진 사람들이 신비스런 것을 믿듯이 난 공화국을 열렬히 믿고 있다우."

"난 당신을 믿고 있소."

"당신도 나 같은 신념을 가지고 있수?"

"공화국에 대해서 말이오?"

"그렇지."

"가지고 있소." 그는 그게 정말이기를 바라면서 대답했다. "아, 기쁘군." 마누라가 말했다. "한데 두렵지는 않수?"

"죽는 건 무섭지 않소."

그의 말은 진심이었다.

"하지만 달리 두려운 건 없수?"

"내가 해야 할 의무를 다하지 못할까 봐 염려될 뿐이오."

"다른 사람처럼 포로가 되는 게 두렵지 않수?"

"두렵지 않소." 그는 진심으로 말했다. "그런 것이 두려울 지경이면 그것만이 마음에 걸려 무용지물이 되고 말 거요."

"당신은 아주 냉정한 젊은이로군."

"아니지요." 그가 말했다. "나는 그렇게 생각하지는 않소."

"아니야. 당신 마음속은 아주 냉정해."

"그건 내가 내 임무에만 집착하니까 그럴 거요."

"그럼 당신은 인생을 즐기는 것 따윈 좋아하지 않는단 말이우?"

"아니오, 아주 좋아하는 편이지요. 그러나 내 임무를 방해하지 않는 범위 내에서죠."

"그럼 여자는?"

"무척 좋아하는 편이오. 그러나 나는 여자를 소중하게 생각하는 편은 아니오."

"그럼 여자에게 반하지 않수?"

"아니, 반하지. 하지만 나는 아직 여자들이 반하듯이 나를 반하게 만드는 여자를 만난 적이 없소."

"거짓말 같구먼."

"얼마쯤 거짓말이 섞였을지도 모르지."

"하지만 당신은 마리아한테 반했잖아."

"그렇소. 갑자기, 그리고 아주 몹시."

"나도 역시 그렇다우. 나도 그 애한테 몹시 반했다우. 암, 대단하지."

"나도 역시 그렇소." 로버트 조던이 말했다. 그러면서 그는 그의 목소리가 막혀 오는 것을 느꼈다. "나도 역시 그렇소." 이렇게 말하는 것이 그에겐 즐거웠다. 그리고 그는 무척 격식을 갖춘 스페인어로 말했다. "난 그 여자한테 아주 대단히 반했습니다." 라고.

"귀머거리 영감을 만난 다음에 그 애와 단둘이만 있게 해 드리겠어." 로버트 조던은 아무 말도 하지 않았다. 이윽고 그가 말했다.

"그럴 필요는 없소."

"아니지, 필요해. 시간도 많지 않으니 말이우."

"그걸 손금에서 보셨소?" 그가 물었다.

"아니 터무니없는 손금 따윈 잊어버려요."

그녀는 공화국에 불리하게 생각되는 일들과 함께 그 일을 생각지 않고 있었던 것이다.

로버트 조던은 아무 말도 하지 않았다. 그는 동굴 속에서 접시를 나르고 있는 마리아를 바라다보았다. 그녀는 손을 닦고 돌아서서 그에게 미소를 보냈다. 그녀에겐 필라르가 하는 얘기가 들리지 않았을 텐데도 로버트 조던에게 미소를 보내고 나서 밝은 갈색 피부를 빨갛게 물들인 후 다시 그에게 미소를 보냈다.

"낮에도 재미를 볼 수 있다우." 마누라가 말했다. "당신은 밤에 즐겼지만 낮에 즐기는 재미도 있는 거라우. 확실히 내가 한창때 발렌시아에 있던 시절처럼 즐거웠던 적은 없었소. 하지만 당신도 산딸기 같은 거는 따먹을 수 있었을 테지." 그녀가 웃었다.

로버트 조던은 그의 팔을 그녀의 커다란 어깨에 걸쳤다. "나는 당신에게도 역시 반했소." 그가 말했다. "당신에게도 홀딱 반했죠."

"당신은 돈 후안 테노리오(유명한 바람둥이)를 쏙 뺐구면." 마누라가 이제 정에 겨워 어쩔 줄 몰라 했다. "누구에게나 반할 땐 계기가 있는 법이라우. 아구스틴이 오는구면."

로버트 조던은 동굴 속으로 들어가 마리아가 서 있는 곳으로 다가갔다.

그녀는 그가 다가오는 광경을 바라보고 있었다. 그녀의 눈은 빛났고 뺨과 목덜미가 다시 빨개졌다.

"잘 있었나, 귀여운 토끼." 이렇게 말하고 그는 그녀의 입술에 키스했다. 그녀는 그를 꽉 껴안았다. 그러고는 그의 얼굴을 들여다보며 말했다. "안녕하세요. 아, 여보, 여보."

페르난도는 그때까지 테이블에 앉아 담배를 피우다가 일어나서 머리를 흔들더니 벽에 기대 놓은 카빈총을 집어 들고 밖으로 나가 버렸다.

"그야말로 제멋대로군." 그가 필라르에게 말했다. "저런 꼴은 질색이야. 당신도 저 처녀를 잘 감독하시우."

"감독하고 있어." 필라르가 말했다. "저 동지는 그 애의 신랑이 될 사람이야."

"오, 그래." 페르난도가 말했다. "약혼한 사이라니 나도 아주 정상적인 일로 인정해야겠구면."

"난 기쁘기까지 하지." 마누라가 말했다.

"동감이오." 페르난도가 위엄 있게 동의했다. "다녀오겠소, 필라르."

"어딜 가요?"

"위쪽 초소. 프리미티보와 교대하러."

"제기랄, 어딜 가는 거야?" 아구스틴이 올라오면서 그 엄숙하고 조그만 사내에게 물었다.

"임무를 위해서지." 페르난도가 위엄 있게 말했다.

"임무라." 아구스틴이 조롱조로 말했다. "임무는 무슨 썩어 빠질 임무야." 그러고는 마누라에게 돌아서면서 "내가 망을 봐야 한다는 그 뭔지 모를 ×같은 건 어디 있소?"

"동굴 안에." 필라르가 말했다. "두 개의 짐 속에 있지. 한데 난 당신의 그 상소리엔 질려 버렸어."

"난 당신이 질려 버린 그 물속에 내 것을 담그고 싶은데." 아구스틴이 말했다.

"그럼 가서 손수 자기 것으로 장난질 치면 돼." 필라르는 그에게 별로 화를 내지도 않고 말했다.

"당신 어머니에게 장난질 칠까?" 아구스틴이 응했다.

"네 녀석에겐 어미가 없잖아." 필라르가 말했다. 이런 상소리들은 행동을 표시하는 게 아니라 암시를 할 뿐인, 스페인어의 철저한 형식주의에까지 도달해 있었다.

"저 두 사람은 그곳에서 뭘 하고 있는 거야?" 아구스틴이 살그머니 물었다.

"아무것도 아냐." 필라르가 그에게 말했다. "아무것도 아니란 말이야. 우린 결국 봄을 맞이한 거지 뭐야, 이 짐승아."

"짐승이라고?" 아구스틴이 그 말을 음미하면서 말했다. "짐승이라고. 한데 당신은 갈보 중에도 상갈보의 딸년이로군. 난 봄의 정액 속에서 내 손으로 장난질을 치고 있어."

필라르가 그의 어깨를 철썩 갈겼다.

"네놈은." 그녀가 말하면서 그 우렁찬 소리로 웃어 댔다. "네놈의 상소린 밤낮 그게 그거야. 하지만 힘은 있구먼. 비행기는 봤어?"

"그놈의 ×같은 모터를 뭐라고 해야 할지." 아구스틴이 머리를 끄덕이고 아랫입술을 물며 말했다.

"굉장하더군." 필라르가 말했다. "정말 굉장했어. 그놈을 해치우긴 정말 힘들겠지만."

"그 높이로야 어쩔 수 없지." 아구스틴이 히죽 웃었다. "분명히 말하자면 그렇단 말이야. 차라리 농담이나 하고 있는 것이 더 좋을걸."

"하긴 그래." 파블로의 마누라가 말했다. "농으로 하는 게 훨씬 더 좋지. 당신은 좋은 남자야, 용감한 농담도 하고."

"들어 봐요, 필라르." 아구스틴이 진지하게 말했다. "뭔가 준비하고 있는 모양인데, 그렇지 않우?"

"그 이상 나쁜 일이 있을라구. 굉장히 많은 비행기였소. 무척 많은 비행기였어."

"그래서 당신도 그걸 보고 딴 사람들처럼 무서워졌어?"

"무슨 소리야." 아구스틴이 말했다. "놈들이 뭔가 준비하고 있는 것 같지 않소?"

"이봐." 필라르가 말했다. "다리를 폭파하러 온 그 젊은이로 보아 공화파는 공격 준비를 하고 있음이 분명해. 그리고 그 비행기들로 보아 파시스트들이 이 공격에 대항할 준비를 하고 있는 것도 분명하고. 한데 그 비행기들을 왜 날려 보내는 거지?"

"이번 전쟁엔 어리석은 짓들이 많으니까." 아구스틴이 말했다. "이번 전쟁엔 바보 같은 짓들이 한정 없구먼."

"확실히 그래." 필라르가 말했다. "그렇잖으면 여기 있을 까닭도 없지."

"그렇지." 아구스틴이 말했다. "우리 1년 동안이나 그 바보짓들 속을 헤엄쳐 왔지. 하지만 파블로는 눈치가 빠른 사람이야. 파블로는 아주 꾀가 많아."

"그런 말은 왜 하는 거야?"

"그저 말하는 거지."

"하지만 당신은 알아 둬야 해." 필라르가 말했다. "이젠 꾀 많은 걸로 구제받기에는 너무 늦었어. 그리고 그 사람은 그것 외엔 다 잃어버렸단 말이야."

"알겠소." 아구스틴이 말했다. "난 우리가 여길 떠나야 한다는 것도 알고 있어. 그리고 우리가 승리해서 최후까지 살아남고 싶은 이상, 다리를 폭파시킬 필요가 있다는 것도. 그러나 파블로는 이젠 저 꼴로 겁쟁이가 되어 버렸지만 매우 영리하단 말이야."

"나도 역시 영리하긴 하지."

"천만에, 필라르." 아구스틴이 말했다. "당신은 영리하질 못해. 용감은 하지. 충성스럽고, 결단력도 있어. 직관력도 있지. 결의도 대단하고 인정도 많아. 하지만 영리하지는 않아."

"그렇게 생각하시우?" 필라르가 생각에 잠긴 채 물었다.

"그렇소, 필라르."

"그 젊은이는 영리해." 필라르가 말했다. "영리하고 냉정해. 머릿속은 아주 냉정하단 말이야."

"그렇겠지." 아구스틴이 말했다. "그 친구는 자기 할 일을 잘 알고 있을 거야. 그렇잖으면 이런 일을 하러 그 친구를 보내지는 않았을 테니까. 그러나 난 그 친구가 영리한지 어떤지는 모르겠어. 파블로가 영리하다는 건 알고 있지만."

"하지만 그렇게 겁이 많고 싸움을 싫어하는데 무엇에 써먹겠어."

"그래도 영리한 건 영리한 거지."

"그러니깐 어떻다는 거야?"

"아무것도 아냐. 난 그걸 머릴 써서 생각하려 할 뿐이야. 이번 작전에 우리는 머리를 써서 행동할 필요가 있어. 다리 일이 끝나면 우린 즉시 떠나야 해. 모든 준비가 갖추어져야 하지. 우린 어딘가로 도망쳐야 한다는 걸 알아야만 한다고."

"그야 그렇지."

"이 일에 있어선…… 역시 파블로야. 영리하게 해치워야 하니까."

"난 파블로를 결코 신용할 수가 없어."

"이번 일은 신용해도 좋을 거요."

"안 돼, 당신은 그가 얼마나 쓸모없게 됐는지를 모르고 있어."

"하지만 아직은 원기 왕성하지 않소. 매우 영리하고. 이번 일을 영리하게 해내지 않다간 우린 개×이 돼 버려."

"생각해 보겠수." 필라르가 말했다. "생각해 볼 시간이 아직 하루는 있으니까."

"다리 일이라 하면 그 젊은이지만." 아구스틴이 말했다. "이 일은 그가 알아야 돼. 저 조직적인 열차 사건에서 보여 준 훌륭한 솜씨를 보시오."

"하긴 그래." 필라르가 말했다. "그걸 모두 계획한 건 그 사람이었던 것이 사실이지."

"정력이나 결단력에 있어서는 당신이지만." 아구스틴이 말했다. "파블로에겐 행동이 있지. 퇴각에 있어선 파블로야. 이제라도 그 일을 잘 연구해 보라 하시구려."

"당신도 머리가 좋은 사람이구먼."

"머리가 좋다고, 암." 아구스틴이 말했다. "하지만 난 교활하진 않소. 교활한 점에 있어선 파블로야."

"그 사람의 비겁한 점과 모든 걸 계산에 넣고서 말이야?"

"그자의 비겁함과 모든 걸 계산에 넣고서도 그렇지."

"한데 다리 일에 대해선 어떻게 생각하우?"

"필요가 있어. 그건 나도 알아. 우린 두 가지 일을 해야 해. 우린 여길 도망쳐야 하고 이겨야만 하지. 우리가 이기기 위해선 다리 일을 해야만 하고."

"파블로가 그렇게 영리하다면 왜 그 이치를 모를까?"

"그 사람은 의지가 약한 사람이라 만사를 있던 그대로 두고 싶은 거야. 약한 의지의 소용돌이 속에 머물러 있길 원하는 거지. 하지만 강물이 불어나고 있거든. 물줄기를 바꾸지 않을 수 없다면 그 사람은 바뀐 그때 아주 영리하게 움직일 거야. 더구나 활발하게 말이우."

"그 젊은이가 그이를 죽이지 않은 건 결국 잘한 일이로군."

"글쎄, 어떨까? 집시 놈이 어젯밤 나더러 그를 죽이라고 하던데. 집시 놈은 짐승이야."

"당신도 역시 짐승이야." 그녀가 말했다. "머리는 좋지만."

"우린 둘 다 머리가 좋지." 아구스틴이 말했다. "그러나 재능은 역시 파블로야!"

"하지만 참아 넘기기도 쉬운 노릇은 아냐. 당신은 그가 얼마나 쓸모없는 인간이 됐는지를 모른단 말이야."

"그건 그래. 하지만 재능이 있어. 이봐요, 필라르. 전쟁을 하는 데 필요한 건 머리밖에 없단 말이야. 이기기 위해선 재능과 물자가 필요하지만."

"잘 생각해 보지." 그녀가 말했다. "이제 떠나야겠소. 너무 늦었는데." 그러고 나서 목소리를 높여 "영국 양반!"이라고 불렀다. "영국 양반! 와요! 갑시다."

10

"좀 쉬자구." 필라르가 로버트 조던에게 말했다. "여기 앉아라, 마리아. 쉬었다 가자."

"곧장 가야 될걸요." 로버트 조던이 말했다. "가서 쉽시다. 난 그 사람을 만나야만 하니까요."

"만나게 될 텐데 뭘." 마누라가 그에게 말했다. "서두를 필요 없어요. 여기 앉아라, 마리아."

"어서 와요, 로버트 조던이 말했다. 마루턱에 가서 쉽시다."

"난 지금 쉬어야겠어." 마누라가 말했다. 그러고는 개울 옆에 앉았다.

마리아도 히스가 우거진 그녀의 옆에 앉았다. 햇빛이 그녀의 머리를 비쳤다. 로버트 조던만이 서서 골짜기의 시냇물이 흐르는 높은 산의 목초지를 건너다보고 있었다. 그가 서 있는 곳에도 히스가 무성하게 자라고 있었다. 목초지의 조금 더 낮은 부분에는 히스 대신 노란 고사리 덤불이 있고 그 사이사이로 잿빛 옥석들이 솟아 있었다. 그리고 그 아래쪽으로는 검푸른 소나무들이 줄지어 서 있었다.

"귀머거리 영감이 있는 곳까지는 얼마나 되죠?" 그가 물었다.

"멀지 않다우." 마누라가 말했다. "이 개간된 토지를 뚫고 빠져나가, 다음 골짜기를 내려가면 이 개울의 수원지가 되는 숲 바로 위로 나가게 되지. 그곳에 있어. 당신도 좀 앉아서 마음을 편히 가져 보우."

"난 빨리 그 사람을 만나 일을 해결 짓고 싶소."

"나는 발을 물에 담그고 싶어." 마누라가 말했다. 그러고는 줄무늬 밑창 구두를 벗고 두꺼운 털양말을 벗어 던지더니 오른발을 냇물에 담갔다. "아이 참, 차갑기도 해라."

"말을 타고 올 걸 그랬군." 로버트 조던이 그녀에게 말했다.

"이게 내겐 좋지." 마누라가 말했다. "정말 오랜만에 이렇게 해 보는군."

"당신은 좀 어떻게 된 게 아니우?"

"어떻게 되긴 뭐가 어떻게 됐겠소. 그저 서두르고 있을 뿐이지."

"그럼 마음을 좀 진정시키우. 시간은 많으니까. 참 날씨도 좋구먼. 그리고 그 소나무 숲 속에서 빠져나오니 얼마나 시원한지. 당신은 소나무 숲이란 얼마나 따분한 건지 상상도 못할 거야. 소나무 숲은 진절머리가 나지 않나, 아가씨?"

"난 소나무가 좋은걸요." 그녀가 대답했다. "어째서 그런 게 좋다는 거지?"

"전 그 향내하고 발밑에 밟히는 솔잎의 촉감이 좋아요. 나뭇가지 끝에서 바람이 불어 가고 잎들이 서로 비비적거리는 소리도 좋구요."

"넌 아무거나 좋은 모양이구먼." 필라르가 말했다. "거기다가 요리나 좀 잘할 줄 안다면 어떤 남자든 좋아할 거야. 하지만 소나무 숲이란 정말 따분한 곳이지. 넌 상수리나무 숲이라든가 참나무 숲이라든가 밤나무 숲 같은 걸 본 적이 없는 모양이구나. 그런 게 정말 숲이지. 그런 숲은 나무마다 생김새가 다르고 개성이 있고 아름다움이 있어. 소나무 숲이란 따분하기 짝이 없어. 당신은 어떻소, 영국 양반?"

"나도 역시 소나무 숲을 좋아하오."

"아니 이것 봐." 필라르가 말했다. "둘이 다 그런가? 하기사 나 역시도 소나무 숲을 좋아하긴 하지. 하지만 우린 이 소나무 숲 속에 너무 오래 있었어. 그래서 이 산에도 역시 지쳤어. 산에는 두 가지 방향이 있을 뿐이지 오르내리는 거 말이야. 게다가 내려가는 건 도로나 파시스트 마을로 가는 게 고작이거든."

"세고비아에 갈 일은 없소?"

"무슨 소리야, 이 얼굴로 말이우? 이 얼굴은 너무 잘 알려졌어. 넌들 못생긴 얼굴이 되고 싶지는 않겠지. 예쁜아?"

필라르는 마리아에게 물었다.

"아주머니 얼굴이 뭐가 못났어요?"

"내가 못나지 않다고? 난 태어나길 못나게 태어났어. 태어난 후 이 나이가 될 때까지 못난 사람으로 통해 왔어. 이봐요, 영국 양반. 당신은 여자에 대해서 아무것도 몰라. 못생긴 여자의 심정이 어떤 줄 아시우? 일생 동안 못생긴 얼굴로 살면서도 제 딴엔 속으로 미인인 줄 알고 사는 게 어떤 건지나 아시우? 아주 이상야릇한 거라우." 그녀는 다른 쪽 발을 냇물에 담갔다가 얼른 빼냈다. "어유, 차가워. 저 할미새 좀 보구려." 그녀는 개울 위로 솟은 바위를 오르내리며 날고 있는 잿빛 공만 한 새를 가리켰다. "저놈은 아무짝에도 쓸모가 없는 거야. 울 줄을 아나, 잡아먹을 수가 있나. 꼬랑지를 흔들 줄밖에 모르거든. 영국 양반, 담배 한 대 주구려." 그녀가 말했다. 그리고 담배를 받아 그녀의 상의 주머니에서 라이터를 꺼내 불을 붙였다. 그녀는 연기를 내뿜고는 마리아와 로버트 조던을 쳐다보았다.

"인생이란 참 묘한 거야." 그녀가 말했다. 그러고는 코로 연기를 내뿜었다. "난 아주 멋진 남자로 태어날 수도 있었을 텐데. 하지만 난 아무래도 여자인 데다가 추하기 짝이 없어. 그러나 많은 남자들이 날 사랑했고, 나도 많은 남자를 사랑했지. 재미있는 일이야. 들어 보우, 영국 양반. 재미있는 일 아니우. 날 좀 보오. 이렇게 못생겼다니까. 좀 더 가까이 쳐다보란 말이우, 영국 양반."

"당신은 못생기지 않았소."

"못생기지 않았다고? 거짓말 마. 그렇잖으면." 그녀는 속에서 우러나오는 소리로 웃었다. "이 추한 얼굴에 당신 마음이 쏠리기 시작하는 모양이구려? 아니야, 이건 농담이야. 아니지, 이 못생긴 얼굴 좀 보우. 하지만 여자란 남자가 자기를 사랑하는 동안 남자를 장님으로 만드는 감정을 내부에 지니고 있는 법이라우. 그런 감정이 있기 때문에 남자를 장님으로 만들고 스스로를 눈멀게도 한단 말이야. 그러다가 아무런 이유 없이 어느 날엔가는 남자가 추한 여자의 진짜 모습을 알게 되고 더 이상 눈이 멀지 않게 되지. 그렇게 되면 남자가 알게 되듯이 여자 스스로 추한 걸 느끼게 되지. 결국 여자는 남자를 잃게 되고 그 감정을 상실하게 되는 거라우. 알겠어, 아가씨?" 그녀는 마리아의 어깨를 두드려 주었다.

"모르겠어요." 마리아가 말했다.

"아주머닌 못생기지 않았으니까 말이에요."

"인정에 사로잡히지 말고 머릴 쓰도록 해. 그리고 들어 봐." 필라르가 말했다. "난 아주 재미있는 얘길 해 주고 있는 거란 말이야. 당신은 재미없

수, 영국 양반?"

"재미있소. 하지만 우린 가 봐야 하잖겠소?"

"무슨 소리야. 가 볼 테면 가 봐요. 난 여기가 아주 좋아." 그러고는 교실에 있는 학생들에게 말하듯이 로버트 조던을 향해 얘기를 계속했다. 마치 강의를 하는 듯한 모습이었다. "그리고 얼마 후에, 나처럼 추해지면 말이오. 정말 여자로서 그 이상 더 추할 수 없게 추해지면 말이우. 그렇게 되면 내가 아까 말했듯이 얼마쯤 지나 그 감정이, 즉 자기가 아름다운 줄 아는 그 어리석은 감정이 서서히 마음속에 다시 자라나기 시작한단 말이오. 마치 양배추처럼 자라나는 거지. 그래서 그 감정이 다 자라나면 또 다른 남자가 자기를 보게 되고, 아름답다고 생각하게 되지. 이렇게 해서 그것이 자꾸 되풀이되는 거야. 이제 난 그런 게 다 지나가 버린 걸로 알고 있지만 언제 또 그게 오는지 알 수 없단 말이야. 이 아가씨야, 넌 못생기지 않아 다행이야."

"하지만 전 지금 정말 못생겼는걸요." 마리아가 주장했다.

"저 사람한테 물어봐." 필라르가 말했다. "그리고 그 발 좀 물에 넣지 마. 발이 얼겠어."

"로베르토가 가자고 하니 우린 가야 될 것 같아요." 마리아가 말했다. "생각해 봐." 필라르가 말했다. "나도 너의 로베르토만큼이나 이 일에 성패를 걸고 있어. 내 말은 이 개울가에서 쉬고 있는 것이 기분도 좋고, 시간도 충분히 있지 않느냐 하는 거야. 더구나 난 얘길 좋아하잖아. 그게 우리가 할 수 있는 단 하나의 문화적인 일이란 말이야. 그것도 없다면 어떻게 기분을 풀 수 있겠어? 내가 하는 얘기가 재미없수, 영국 양반?"

"아주머니는 얘기를 아주 재미있게 잘하시는군요. 하지만 나에게는 미인이니 미인이 아니니 하는 얘기보다 더 재미있는 얘기가 있소."

"그렇다면 당신이 재미있다는 얘길 해 보우."

"이 전쟁 초기에는 어디 있었소?"

"우리 고향에 있었지."

"아빌라요?"

"글쎄, 아빌라인지 어딘지."

"파블로는 아빌라 태생이라더군요."

"거짓말이야. 그 사람은 큰 도회지를 자기 고향으로 갖고 싶어 하는 거야. 정말은 여기지." 그러면서 한 마을의 이름을 댔다.

"그래서 무슨 일이 있었소?"

"여러 가지 일이 있었지." 마누라가 말했다. "여러 가지 일이. 한데 모든 게 비참한 일이었어. 자랑스런 일도 있었지만."

"그걸 얘기해 보시오." 로버트 조던이 말했다.

"참혹한 얘기라우." 마누라가 말했다. "처녀 앞에서 그런 얘길 하고 싶지는 않아."

"얘기해 보시오." 로버트 조던이 말했다. 로버트 조던은 그녀의 손을 잡았다. "내가 못 들을 얘긴 아무것도 없어요."

"네가 들을 수 없느냐 있느냐의 문제가 아냐." 필라르가 말했다. "내가 그런 얘길 너한테 해서 네 꿈자리를 사납게 하지 않을까 하는 거야."

"얘기 같은 걸 듣고 꿈자리가 사나워지지는 않을 거예요." 마리아가 그녀에게 말했다. "그런 봉변을 당한 난데 얘기 같은 걸 듣고 꿈자리가 사나워지리라 생각하세요?"

"이 영국 양반은 꿈자리가 사나워질지도 모르지."

"얘기나 해 보시오. 그럼 알 게 아니오."

"안 돼. 영국 양반, 난 농담하는 게 아니라우. 이 전쟁 초기에 조그만 읍의 광경을 구경해 보셨수?"

"아니오." 로버트 조던이 말했다.

"그럼 아무것도 모르고 있겠군. 당신은 쓸모없이 돼 버린 파블로를 알 테지만 그 당시의 파블로를 봤으면 좋았을 걸 그랬수."

"얘기해 주시오."

"아니, 얘기하고 싶지 않아."

"얘기해 보시오."

"좋아. 그럼 있었던 그대로 한 번 말해 보지. 하지만 이 아가씨야, 듣기 거북한 얘기가 나오거든 말을 해."

"듣기 거북하면 듣지 않을 거예요." 마리아가 그녀에게 말했다. "다른 일에 비하면 그렇게 나쁘진 않겠죠."

"내 생각엔 더 나쁠 것 같군." 마누라가 말했다. "담배 한 대 더 주구려,

영국 양반."

　그녀는 히스가 우거진 개울둑에다 등을 기댔다. 로버트 조던은 등을 땅바닥에, 그리고 머리를 히스 덤불에 대고 드러누웠다. 그는 손을 뻗어 마리아의 손을 찾아내어 그의 손안에 쥐었다. 그녀는 히스가 그들의 손에 걸리적거리자 얘기를 들으면서 손을 펴 그의 손바닥 위에 겹쳤다.

　"병영兵營의 적이 항복한 것은 이른 아침이었다우." 필라르가 얘기하기 시작했다.

　"아주머니도 병영 공격에 참가했었소?" 로버트 조던이 물었다.

　"파블로는 어둑어둑한 새벽에 병영을 포위하여 전화선을 끊어 버리고 한쪽 담 아래 다이너마이트를 묻고는 적에게 항복하라고 했었지. 놈들은 꿈쩍도 안 했어. 그래서 날이 밝아오자 그이는 담벼락을 날려 버렸지. 전투가 벌어졌어. 적 두 명이 죽고 네 명은 부상을 입었으며 네 명은 항복했지. 우리들은 모두 이른 아침의 햇살과, 바람이 불어 대지 않기 때문에 하늘 높이 피어 오른 채 그냥 자욱이 서려 있는 폭발의 흙먼지 속에서 지붕 위나, 벽, 건물 옆에 엎드려 탄환을 장전해서는 박살 난 건물 안 연기 속으로 쏘아 댔어. 건물 안에서는 계속 소총의 섬광이 번쩍였지. 이윽고 연기 속에서 쏘지 말라는 외침소리가 들렸고 적군이 네 명, 두 손을 들고 나타났어. 지붕은 거의 무너져 내리고 벽은 흩날려 버렸지. 놈들은 엉금엉금 나와서 항복했어. '안에 더 있느냐?' 파블로가 외쳤어. '부상자가 있소.' '이놈들을 지키고 있어.' 파블로는 우리들이 사격하던 데서 뛰어나간 우리 편 사람에게 말했지. '거기 서 있어. 담을 뒤로 하고.' 그이는 놈들에게 말했어. 네 명의 적은 담을 등지고 섰는데 더럽고 먼지투성이인 데다 연기에 그을려 있었어. 네 사람이 놈들에게 총부리를 겨누고 감시한 채 말이야. 그리고 파블로와 다른 사람들은 부상당한 놈들을 해치우려고 안으로 들어갔지.

　그들을 해치우고 나니까 병영 안에선 부상자들의 신음 소리, 아우성치는 소리, 총 쏘는 소리가 뚝 그쳐 버리더구먼. 그러자 파블로와 다른 사람들이 나왔는데, 파블로는 그의 엽총을 등에 메고 손에는 모제르총을 들고 있었지.

　'이봐, 필라르.' 그이가 말했어. '이건 자살한 장교 놈 손에서 얻은 거야.

난 권총을 쏴 보질 못했어.' 그이는 감시병 한 사람에게 말했어. '어떻게 쏘는지 좀 가르쳐 줘. 아니야, 시범을 보여 줄 필요까진 없고 말로 해 봐.'

네 명의 적은 병영 안에서 총소리가 그치기까지 줄곧 땀을 흘려 가며 아무 말도 못하고 담을 등진 채 서 있고 말이야. 놈들은 모두 얄미운 쌍통을 가진 꺽다리들뿐이었어. 나처럼 못생긴 낯짝의 표본이었지. 그 밖의 놈들 얼굴은 그 전날 아침에 면도한 채 그대로 놔두어 짧은 수염이 얼굴을 덮고 있었지. 하여간 놈들은 벽을 등진 채 서서 아무 말도 못했어.

'인마.' 파블로가 가까이 서 있는 놈에게 말했지. '이걸 어떻게 쏘는지 말해 봐.'

'그 조그만 레버를 밑으로 당깁니다.' 그자가 맥 빠진 소리로 대답했어. 그리고 노리쇠를 당겼다가 앞으로 탁 놓아 버리면 되지요.'

'노리쇠가 뭐야?' 파블로가 물었지. 그리고 그 네 놈을 쳐다봤어. '노리쇠가 어떤 거야?'

'그 장치 위에 툭 튀어나온 것입니다.' 파블로는 그걸 뒤로 당겨 봤지만 꿈쩍도 않았어. '어떻게 된 거야?' 그이가 물었지. '꿈쩍도 않잖아. 이 새끼, 속였구나.'

'더 뒤로 잡아당겼다가 가볍게 앞으로 살짝 놔 보십시오.' 놈이 말했지. 한데 난 그런 목소린 난생처음이야. 해 뜨기 전의 새벽보다 더 음침한 소리야.

파블로는 놈이 말한 대로 잡아당겼다 놓았지. 그랬더니 그 톡 튀어나온 게 앞으로 철컥 나가면서 권총은 공이치기가 당겨졌어. 그건 손잡이가 둥글고 작았으며, 총신은 크고 넓적하고 다루기 힘든 꼴사나운 권총이었지. 그러는 동안 놈들은 죽 그를 쳐다보면서 아무 말도 안 했어. 이윽고 '우릴 어떻게 할 작정이오?' 한 놈이 그에게 묻더군.

'총살시킨다.' 파블로가 말했지.

'언제?' 놈이 아까처럼 음침한 소리로 묻더군.

'지금 당장.' 파블로가 말했어.

'어디서?' 그놈이 묻더군.

'여기서.' 파블로가 말했어. '여기서, 지금 여기서 말이다. 할 말 없나?'

'없다.' 놈이 말했지. '없어, 하지만 그건 너무하다.'

'너도 지독한 놈이야.' 파블로가 말했지. '네놈들은 농부를 학살한 놈이야. 네 어미라도 쏴 죽일 놈이란 말이야.'

'난 결코 누굴 죽인 일은 없소.' 놈이 말했지. '어머니까지 끌어다 대진 말라고.'

'우리에게 죽는 꼴이나 보여 줘. 네놈들은 늘 사람을 죽여 왔으니까 말이다.'

'우릴 모욕할 필요까지는 없어.' 또 한 놈이 말했지. '우리는 어떻게 죽어야 한다는 것쯤은 알고 있으니까.'

'머릴 담에다 대고 담 쪽으로 무릎을 꿇어.' 파블로가 놈들에게 말했지. 놈들은 서로 쳐다보더구먼.

'꿇으라고 했잖아.' 파블로가 말했지. '앉아서 무릎 꿇으란 말이야.'

'어떻게 할까, 파코?' 한 놈이 파블로와 권총에 대해 얘기를 나누었던 키가 제일 큰 놈에게 말하더군. 그잔 소매에 하사 계급장을 달고 있었는데 서늘한 이른 아침인데도 땀을 줄줄 흘리고 있더구먼.

'꿇어도 괜찮아.' 그가 대답했지. '그건 중요한 게 아냐.'

'그만큼 땅에 가까워진단 말이지.' 처음에 말한 자가 농을 하려고 애쓰며 말하더군. 하지만 모두 몹시 침울해서 한 놈도 웃질 않았어.

'그럼 꿇어앉지.' 첫 번째 놈이 말했지. 그러자 네 놈 다 무릎을 꿇더군. 머리를 담에 대고 손을 축 늘어뜨린, 보기 흉한 꼴로 말이야. 그러자 파블로는 놈들 뒤로 가서 뒤통수를 권총으로 차례차례 쏘았지. 이놈에게서 저놈에게로 옮겨 가며 총신을 놈들 뒤통수에 대고 말이야. 총을 쏘자 놈들은 하나씩 쓰러졌지. 난 아직도 그 날카로우면서도 덩어리진 듯한 총소리며, 총신이 번쩍 들리고 놈들의 머리가 앞으로 푹 고꾸라지던 꼴이 눈에 선해. 한 놈은 권총이 닿아도 그대로 머릴 들고 있더군. 한 놈은 머릴 앞으로 내밀어 이마를 돌에다 처박고, 한 놈은 온몸을 떨면서 대가릴 흔들어 대고, 한 놈만이 눈을 두 손으로 가리고 있었는데 그놈이 마지막 놈이었어. 파블로가 놈들에게서 돌아서서 아직도 권총을 손에 들고 우리들 쪽으로 올 때 그 네 개의 몸뚱이는 담에 기대어 축 늘어져 있더군.

'이걸 좀 들고 있어, 필라르.' 그이가 말했지. '방아쇠를 어떻게 내리는 줄 알아야지.' 그러고는 내게 권총을 건네주고 그 자리에 서서 병영의 담에 기대 쓰러져 있는 네 명의 적을 바라보고 있었어. 우리와 함께 거기 서 있던 사람들도 모두 그들을 바라보았는데 아무도 입을 여는 사람이 없었어.

우리들은 그 마을을 점령하고 만 거야. 아직 이른 아침이라 조반이나 커피를 든 사람이 없었지. 우린 서로 마주 쳐다보았어. 우린 담을 날려 버리는 바람에 모두 먼지를 흠뻑 뒤집어쓰고 있었지. 마치 타작마당에 있는 사람들처럼 말이야. 난 권총을 들고 서 있었는데 내게는 무거웠어. 그리고 거기 벽에 기대어 죽어 있는 네 놈을 보니까 배 속에 힘이 쭉 빠져나가는 것 같았지. 놈들은 우리들처럼 먼지를 뽀얗게 뒤집어쓰고 있었지. 한데 그땐 시체 하나하나가 피를 흘려 그들이 쓰러져 있는 담벼락 곁에 더럽게 말라붙은 흙을 적시고 있었지. 우리가 거기 서 있는 동안 저 멀리 나직한 산 위로 해가 떠오르기 시작했어. 그리고 우리가 서 있는 길과 병영의 하얀 벽을 비추기 시작했지. 공중에 떠 있는 먼지들은 첫 햇살을 받아 황금빛으로 반사되었어. 그리고 내 곁에 있던 농부가 병영의 담벼락을 쳐다보고 거기 쓰러져 있는 걸 보더니 우리를 쳐다보았지. 그리고 해를 바라보며 말했어. '자, 새 출발의 날이다.'

'자, 우리도 가서 커피나 들자고.' 내가 말했지. '좋아, 필라르. 좋아.' 그이가 말했지. 그리고 우리는 마을로 올라가서 광장으로 갔지. 그놈들이 그 마을에서 총살된 마지막 놈들이었으니까 말이우."

"다른 사람들은 어떻게 되었소?" 로버트 조던이 물었다. "마을엔 다른 파시스트들은 없었소?"

"다른 파시스트 놈들은 없었냐고? 스무 명 이상이나 있었지. 하지만 총살된 놈은 없었다우."

"그럼 어떻게 했소?"

"파블로가 그놈을 도리깨로 때려죽여 절벽 꼭대기에서 강물로 떨어뜨렸지."

"모두 스무 명뿐이었소?"

"차차 얘기하겠어. 얘기가 그렇게 간단한 게 아니라우. 내 일생 동안 나는 그 강물 위 절벽이 있는 광장에서 도리깨로 때려죽이던 그런 광경은 다시 보고 싶지 않아. 마을은 강둑 뒤에 있었는데 분수가 설치된 광장이 있고, 그곳의 벤치들을 그늘지게 하는 커다란 나무들이 서 있었지. 집집마다 발코니에서 그 광장이 내다보였다우. 여섯 개의 길이 광장으로 통했으며 주택에서부터 광장을 한 바퀴 휘감는 아케이드 덕분에 햇볕이 따가울 땐 아케이드의 그늘로 걸을 수가 있었지. 광장 삼면이 아케이드이고 나머지 한쪽은 훨씬 밑으로 강물이 흐르는 절벽이었는데, 나무들이 그늘을 지어 주는 산책길이었지. 병영 공격 때는 모든 걸 다 파블로가 계획했다우. 우선 광장을 아마추어 투우장으로나 만들려는 것처럼, 짐마차로 길의 입구를 막아 버렸지. 아마추어 투우 경기라도 벌일 듯이 말이우. 파시스트들은 모두 공회당에 가두어 두었는데 그게 가장 큰 건물로 광장 한쪽에 서 있었어. 공회당 벽엔 시계가 걸려 있었고 파시스트의 클럽이 있었던 곳은 바로 아케이드 밑의 건물이었다우. 아케이드 밑에 있는 클럽 앞의 길가에는 클럽에서 쓰던 의자와 테이블이 있었고, 이 전쟁이 일어나기 전에 그들이 아페리티프주를 들곤 하던 곳이 바로 그곳이었어. 의자나 테이블은 통나무로 만든 거였지. 꼭 카페 같았지. 좀 더 품위가 있었지만."

"하지만 놈들을 체포할 때 전투는 없었소?"

"파블로는 병영을 공격하기 전날, 밤이 깊어서 놈들을 체포했다우. 하기야 그때 벌써 병영을 포위하고 있었지만. 놈들은 모두 공격이 시작되자마자 집에 있다가 체포되었다우. 정말 지능적인 수법이었어. 파블로는 정말 책략가이지. 그렇지 않았다면 파블로는 놈들의 병영을 공격하고 있는 동안 좌우 양쪽에서 공격을 받았을지도 모르지.

파블로는 아주 지능적이지만 아주 잔인하기도 해. 그 마을에서의 일도 계획을 잘 짜서 질서정연하게 해냈지. 공격에 성공하여 마지막 네 놈이 항복해 오고 놈들을 벽 앞에서 사살해 버린 후 첫 번째 버스가 떠나는 길모퉁이, 언제나 새벽에 가장 먼저 가게 문을 여는 카페에서 커피를 마시고 나자 파블로는 광장 준비에 착수했다우. 마치 아마추어 투우장처럼 짐마차를 쌓았어. 단지 개울 쪽만은 막지 않고 터놓았지. 그러고 나서 파블로는 신부에게 명령하여 파시스트의 참회를 듣게 하고 상례적인 성찬식을 올리게 했지."

"어디에서?"

"내가 얘기한 그 공회당에서였지. 밖에는 사람들이 들끓었어. 안에서 신부가 그 일을 진행하는 동안 밖에선 와자지껄하며 상소리로 떠드는 자도 있었지만, 대부분의 사람들은 매우 엄숙하고 정중했어. 농지거릴 하는 자들은 병영 탈취를 축하한다고 벌써 술을 마셔 댄 자들뿐이었어. 무슨 일이 있으면 그 평계로 취하기만 하려는 쓸모없는 놈들이 있었다우.

신부가 그 임무들을 수행하고 있는 동안 파블로는 광장에 있는 사람들을 두 줄로 정돈 시켰다우.

그인 줄다리기 경기를 위해 사람들이 늘어서듯이, 혹은 도회지에서 자전거 경주의 결승전을 보려는 사람들이 자전거 선수들이 지나갈 만한 여유를 남기고 늘어서듯이, 또는 성상聖像의 행렬이 지날 만한 길을 남겨 놓고 서 있듯이 두 줄로 늘어서게 한 거라우. 두 대열 사이에 2미터의 간격을 두고 사람들이 공회당 문에서부터 곧장 광장을 가로질러 절벽 끝까지 뻗쳐 있었지. 그래서 광장을 건너다볼 수 있는 공회당 현관에서 나오는 인간들은 빽빽하게 두 줄로 늘어서서 기다리는 사람들을 볼 수 있었던 셈이지.

사람들은 곡식을 타작할 때 쓰는 도리깨로 무장을 했는데 도리깨 길이 정도의 간격을 두고 서 있었다우. 물론 모두가 도리깨를 가지고 있지는 않았지만. 도리깨를 숫자대로 충분히 구할 수가 없었으니 말이야. 그래도 거의 모두들 여러 종류의 농기구를 팔고 있는 파시스트 돈 귈레르모 마틴 상점에서 빼내 온 도리깨를 들고 있었지. 그리고 도리깨를 갖지 못한 사람은 목장에서 쓰는 묵직한 몽둥이나 소몰이 채찍을 들었고, 나무 갈퀴를 든 사람도 몇 있었지. 도리깨질한 후에 북데기와 지푸라기를 찍어서 공중에 날려 버리는 나무 갈퀴 말이우. 낫을 든 사람들도 몇 명 있었는데 파블로는 이 사람들을 줄이 끝나는 절벽 끝에 배치해 놓았지.

사람들의 대열은 조용했고 오늘처럼 날씨가 좋았어. 지금처럼 구름들이 하늘 높이 떠 있고 밤새 이슬이 흠뻑 내려 광장엔 그때까지 먼지가 일지 않았어. 나무들이 줄지어 선 사람들에게 그늘을 지어 주었고, 사자 아가리에 달린 놋쇠 파이프에서 흐르는 물이 아낙네들이 물동이를 들고 물을 길러 오곤 하던 분수 바닥에 떨어지는 소리를 들을 수 있었다우.

한데 신부가 파시스트들을 데리고 자기의 직분을 행하는 동안 공회당 근처에서 상소리가 들려왔지. 내가 아까 말했듯이 벌써부터 술에 취해 창가에 죽 늘어서서 쇠창살을 통해 안을 들여다보며 듣기 거북한 소리로 상소릴 하거나 농지거릴 외쳐 대는 그 쓸모없는 자들에게서 말이우. 줄을 선 대부분의 사람들이 조용히 기다리고 있었는데 얘길 주고받는 소리가 들려오더군. '여자도 있을까?'

그러자 다른 쪽이 말했지. '부디 없기를 주님께 비네.'

그러자 한쪽이 말했지. '저기 파블로의 마누라가 있군. 이봐요, 필라르. 여자도 있소?'

나는 그를 쳐다보았지. 주일에나 입는 재킷을 입은 농부였는데 땀을 비 오듯 흘리고 있었어. 그래서 내가 말했지. '없어, 호아킨. 여잔 없어. 우린 여자를 죽일 마음은 없으니까. 무엇 때문에 우리가 놈들의 마누라를 죽일 필요가 있겠수?'

그러니까 그 사람이 말하더군. '주님께 감사드리오, 여자가 없다니. 한데 언제 시작하는 거요?'

그래서 내가 말했지. '신부가 일을 마치는 대로.'

'그럼 신부 일은 언제 끝나지?'

'나도 몰라.' 내가 말했어. 그러자 나는 그 사람의 얼굴이 경련을 일으키고 이마에서 땀이 흐르는 걸 봤어. '난 남자도 죽여 본 일이 없어.' 그가 말하더군.

'그럼 이제 알게 되겠군.' 그 사람 옆에 있던 농부가 말했지. '그러나 이걸로 한 대쯤 때려선 죽이지 못할 거야.' 그리고 그는 그의 도리깨를 양손에 쥐고 의심스러운 듯 그걸 들여다봤지.

'그게 묘미야.' 다른 농부가 말했어. '많이 갈기지 않으면 속이 후련해지질 않아.'

'놈들은 발라돌리드를 빼앗았다더군. 아빌라도 빼앗고.' 누군가가 말했지. '난 우리가 이 마을에 들어오기 전에 그 얘길 들었어.'

'놈들은 이 마을을 결코 빼앗을 수 없을걸. 이 마을은 우리들의 것이야. 우린 놈들보다 선수를 친 거지.' 내가 말했지. '파블로는 놈들이 공격해 올 때까지 기다리고 있을 사람은 아니라우.' 하고.

'파블로는 유능해.' 또 다른 자가 말했지. '하지만 이번에 파수병을 해치운 일은 너무 제멋대로였어. 그렇게 생각지 않소, 필라르?'

'그렇긴 해.' 내가 말했어. '하지만 지금 모두가 이 일에 참가하고 있잖우.'

'하긴 그래.' 그가 말했어. '준비는 그만이야. 한데 우린 왜 이 운동에 대한 더 많은 소식을 들을 수 없지?'

'파블로가 병영을 공격하기 전에 전화선을 끊어 놓았다우. 아직 수리가 되지 않았어.'

'아.' 그가 말했지. '우리가 아무것도 듣지 못하고 있는 건 바로 그 때문이로구면. 난 오늘 아침 일찍이 도로 수리 인부 집합소에서 그 소식을 들었어.'

'한데 뭣 때문에 이래야 하는 거요, 필라르?' 그가 나에게 물었지. 총알을 아끼기 위해서라우.' 내가 말했지. '그리고 각자가 책임을 분담하기 위해서지.'

'그럼 시작해야 될 거 아니오. 어서 시작해야 되잖소.' 내가 그 사람을 쳐다보았더니 울고 있더군.

'왜 울어, 호아킨?' 내가 그에게 물었지. '이건 울 일이 아니야.'

'울지 않고는 배길 수가 없구려, 필라르.' 그가 말했지. '난 누굴 죽여 본 적이 없단 말이야.'

모두들 서로 알고 지내던 조그만 읍에서 일어난 혁명의 날을 구경하지 못했다면 당신은 아무것도 못 본 거나 마찬가지야. 한데 이날 광장을 가로질러 두 줄로 늘어선 사람들의 대부분은 서둘러 거리로 나왔기 때문에 들에서 일할 때 입던 옷을 그대로 입고 있었지. 몇몇 사람만이 이 전쟁 첫날에 어떤 차림을 해야 하는지 몰라서 주일이나 공휴일에 입는 옷을 입고 왔지만, 병영 공격을 한 사람들은 물론 다른 사람들도 가장 낡은 옷을 입고 있는 걸 보고는 잘못 입고 온 걸 부끄러워했지. 하지만 그 사람들은 잃어버리거나 불한당 놈들에게 도둑맞을까 봐 재킷을 벗으려 하질 않았어. 그러고는 태양 아래 땀을 흘리고 서서 그 일이 시작되기를 기다리고 있었지.

그러자 광장에 바람이 일어나, 사람들이 걷고 서성거리고 발을 질질 끄는 통에 바싹 말라 버린 땅에 먼지가 일기 시작했지. 그런데 주일날 입은 검푸른 재킷을 입은 사내가 '물! 물!' 하고 소리쳤어. 그러자 매일 아침 광장에 호스로 물을 뿌리는 게 일이었던 광장 관리인이 나와서 호스의 꼭지를 틀어 물을 뿜어 광장 끝에서부터 중앙으로 먼지를 가라앉히기 시작했지. 그러자 두 줄로 늘어선 사람들은 뒤로 물러서서 그가 광장 중앙의 먼지를 가라앉히도록 했어. 호스는 커다랗게 꿈틀꿈틀 땅 위를 기었고 물이 햇빛에 반짝였지. 사람들은 도리깨며 몽둥이며 하얀 나무 갈퀴에 기대어 서서 물줄기로 청소하는 걸 바라보았지. 그리고 나서 광장에 깨끗이 물이 뿌려지고 먼지가 가라앉을 때 다시 본래대로 사람의 울타리가 쳐졌지. 농부 하나가 소리쳤어. 첫 번째 파시스트 놈은 언제나 오는 거야? 첫 번째 놈은 언제 저 상자 속에서 나오는 거야?'

'곧 나온다.' 파블로가 공회당 입구에서 소리쳤지. '이제 곧 첫 번째 놈이 나올 거야.' 그의 목소리는 공격할 때 고함을 질러 대고 병영에서 연기를 마셨기 때문에 쉬어 있었다우.

'뭣 땜에 지체하는 거야?' 누군가가 물었지.

'놈들은 아직 죄를 벗질 못했어.' 파블로가 소리쳤어.

'그럴 거야. 모두 스무 명이나 되니까.' 사나이 하나가 말했어.

'더 될걸.' 다른 사람이 말했지.

'그렇지. 하지만 그건 시간을 끌려는 수작일지도 몰라. 위급한 지경에 닥치면 사람이란 가장 큰 죄밖에 생각나질 않으니까 말이야.'

'그렇다면 참고 기다릴 수밖에 없지. 스무 명 이상이라니 가장 큰 죄 만으로도 상당한 시간이 걸릴 거야.'

'참을 수밖에 없군.' 다른 사람이 말했지. '하지만 빨리 해치우는 게 더 좋을 거야. 놈들을 위해서나 우리들을 위해서나. 지금 7월이니 할 일도 많아, 추수는 끝났지만 마당질을 해야 하잖아. 아직 명절날이나 축제일은 멀었어.'

'하지만 오늘은 이 일이 명절이나 축제가 될 거란 말이야.' 또 한 사람이 말했지.

'자유의 기념일로 말이야. 그리고 이놈들을 처치해 버린 오늘 이후로는 마을과 땅이 우리들의 것이 된단 말이야.'

'우리들은 오늘 파시스트 놈들을 타작하는 거야.' 누군가가 말했지.

'그러면 그 껍질 속에서 이 마을의 자유가 튀어나오는 거란 말이야.'

'우린 거기에 부끄럼이 없도록 잘 다스려야만 할 거야.'

또 한 사람이 말했지. '필라르.' 그가 나에게 말했어. '조직 회의는 언제 가지게 될 거요?'

'이 일이 완수되면 즉시.' 내가 그에게 말했지. '공회당 건물에서.' 난 장난으로 에나멜을 칠한 적병의 세모난 가죽 모자를 쓰고 있었다우.

그러고는 권총의 안전장치를 풀고 자연스럽게 방아쇠에 손을 건 채 엄지손가락으로 안전장치를 누르고 있었지. 권총을 허리에 두른 줄에 매달고 기다란 총신을 줄 밑에다 꽂고 말이우. 내가 장난으로 그 모자를 썼을 땐 내 딴엔 아주 근사한 것 같았어. 나중엔 모자 대신 가죽으로 만든 권총집을 빼앗을걸, 하는 생각도 들었지만. 그런데 옆에 선 사람 중 하나가 내게 말하더군. '필라르 아주머니, 그따위 모잘 쓰다니 악취미로밖에 보이지 않는구려. 우린 벌써 적병의 그런 물건 따위는 없애 버린 지 오랜데 말이오.'

'그럼.' 내가 말했지. '벗겠어.' 그러고는 벗었지.

'그걸 내게 주구려.' 그가 말했다우. '이런 건 찢어 버려야 해.'

그러고는 우리가 강 옆 절벽을 따라 산책길이 뻗어 있는 대열의 맨 끝에 서자, 그 사내는 모자를 받아 들고 목동들이 소를 몰기 위해 돌맹이를 밑으로 던지는 동작으로 절벽 아래로 모자를 날려 버렸지. 모자는 공중에서 멀리 날아갔고, 우리는 맑은 대기 중에 에나멜 칠한 가죽이 반짝이다가 점점 작아지며 강물로 떨어지는 걸 보았지. 나는 광장 쪽을 돌아다봤어. 창문이며 발코니며 할 것 없이 모두 사람들이 꽉 들어차 두 줄로 광장에서부터 공회당 현관까지 쭉 늘어서 있었지. 그 건물 창문 밖엔 사람들이 들끓으며 떠들어 대서 시끄러웠지. 그러자 함성이 들리더군. '첫째 놈이 나온다.' 읍장인 돈 베니토 가르시아였어. 그는 모자도 안 쓰고 천천히 문에서 걸어 나와 현관을 내려오더군. 아무 일도 일어나질 않았어. 그가 도리깨를 들고 있는 사람들의 줄 사이를 걸어와도 아무 일도 일어나질 않았지. 두 사람째를 지나고, 네 사람, 여덟 사람, 열 사람째를 지나도 아무 일도 일어나질 않았어. 그는 머리를 쳐들고, 살찐 얼굴이 창백해진 채 위를 쳐다보며 사람들의 대열 사이를 걸어오고 있었지. 좌우를 흘긋흘긋 쳐다보기도 하며 꿋꿋하게 걸어오더군. 그런데도 아무 일도 일어나지 않았어.

발코니에서 누군가가 소리치더군. '어떻게 된 거야? 이 겁쟁이들아, 어떻게 된 거냐구. 이 겁쟁이들아!' 그런데도 여전히 돈 베니토는 사람들 사이를 걸어왔고 아무 일도 일어나지 않았지. 그때 내가 서 있는 곳에서 세 번째로 서 있던 사내의 모습이 문득 눈에 띄었어. 얼굴을 실룩거리고 입술을 깨물었는데, 도리깨를 쥔 손이 새하얗더구먼. 나는 그가 돈 베니토를 바라보며 다가오기를 기다리는 걸 봤어. 그래도 여전히 아무 일도 일어나지 않았지. 그러나 돈 베니토가 그 사내 바로 앞에 이르기 직전에, 그 사내는 도리깨를 높이 치켜들었지. 그 바람에 옆에 선 사람들까지 건드려 놓고는 돈 베니토를 한 대 내리쳤지. 옆머리를 때렸는데 돈 베니토가 그를 쳐다보더군. '한번 맞아 봐, 이 비겁한 놈아.' 베니토의 얼굴을 갈겼지. 그러자 손을 들어 얼굴을 가리더군. 사람들이 그를 두들겨 패 쓰러뜨렸지. 처음에 그를 때렸던 사나이는 돈 베니토의 상의 칼라를 움켜쥐고 다른 사람들의 도움을 청해서 그의 팔을 잡게 한 뒤 얼굴을 광장의 먼지에 처박고는 산책길을 건너 벼랑 끝까지 질질 끌고 가 강물에 던져 버렸다우. 그런데 처음 그를 때렸던 사내는 벼랑 끝에 무릎을 꿇고 앉아 그가 떨어져 가는 걸 바라보고 있었지. 그러고는 중얼거렸어. '이 비겁한 놈아, 비겁한 놈아. 에이, 비겁한 놈아.' 그는 돈 베니토의 소작인이었는데 사이가 좋았던 적이 없었다는구먼. 강가에 있는 조각 때문에 싸움이 있었다는 거야. 베니토가 그 땅을 그 사내한테서 빼앗아 다른 사람에게 주었다는 거지. 그래서 그 사내는 오랫동안 그에게 원한을 품어 왔다는구먼. 그 사내는 다시 대열에 참가하지 않고 벼랑에 앉아 돈 베니토가 떨어져 간 부근을 내려다보고 있었어.

돈 베니토 다음엔 아무도 나오질 않더군. 광장에는 이번에 누가 나올 것인가 기다리는지 잠음 하나 없었어. 그러자 주정뱅이 하나가 굉장한 소리로 외쳐 대더군. '소를 내보내!'

그러자 공회당 창문 옆에서 누가 외쳐 댔지. '놈들이 움직이질 않아! 모두들 기도를 드리고 있어!'

또 다른 주정뱅이가 고함쳤지. '놈들을 끌어내. 자, 놈들을 끌어내. 기도 시간은 끝났단 말이야.'

그러나 아무도 나오질 않았지. 그러자 나는 한 사내가 문에서 나오는 걸 보았어.

그건 돈 페데리코 곤살레스라는 제분공장과 식료품 상점을 하는 제일 급의 파시스트였지. 키가 크고 여위었는데 대머리를 감추기 위하여 윗머리를 한쪽으로 빗어 넘겼고, 잠옷을 입었는데 바지 속으로 걷어 올리고 있었지. 그는 집에서 잡혀 올 때와 마찬가지로 맨발이었는데 손을 머리 위로 올려 쥐고 파블로 앞에 서서 걸어왔지. 파블로는 그의 뒤에서 엽총의 총신을 쥐고 돈 페데리코가 두 줄로 된 대열 속으로 들어설 때까지 돈 페데리코 곤살레스의 등에 총구를 들이대고 걸어왔지. 그러나 파블로가 그를 내버려두고 공회당 문으로 돌아가자, 돈 페데리코는 더 이상 앞으로 나아가지를 못하고 그 자리에 서서 눈길을 하늘로 향한 채 허공이라도 잡으려는 듯이 두 손을 쳐들고 서 버렸어.

'이놈아! 걸을 다리가 없나?' 누군가가 말했지.

'어찌 된 거야, 페데리코? 걷질 못하나?' 누군가가 그에게 외쳐 대더구면. 그러나 돈 페데리코는 두 손을 든 채 그대로 서 있었지. 입술만 실룩거리더군. '걸어가.' 파블로가 계단 있는 데서 그에게 소리지르더군. '걸으란 말이야.'

돈 페데리코는 그 자리에 서서 움직이질 못했지. 주정뱅이 하나가 도리깨 손잡이로 그의 등덜미를 푹 찌르자 돈 페데리코는 자꾸 서는 버릇이 있는 말이 흔히 그러하듯 펄쩍 뛰었지만, 여전히 똑같은 자리에 서서 손을 쳐든 채 눈은 하늘을 향하고 있는 거야.

그러자 내 옆에 서 있던 농부가 말했지. '무슨 꼴이야! 나는 저놈에게 아무 원한도 없지만 저런 꼴은 더 볼 수가 없어.' 그러자 그는 대열 아래로 걸어 내려가 돈 페데리코가 서 있는 곳으로 밀고 들어가더니 '용서하게.' 하면서 몽둥이로 따귀를 냅다 후려갈기더구먼.

그러자 돈 페데리코는 손을 떨어뜨려 머리 꼭대기의 대머리 진 데를 가리고 있더군. 그리고 냅다 두 줄로 된 대열 사이로 달려 나갔어. 도리깨들이 그의 등과 어깨를 내려치는 바람에 마침내 놈은 쓰러지고 말았지. 그리고 대열 끝에 있는 사람들이 그를 들어 올려 절벽 아래로 던져 버린 거야. 그는 파블로의 엽총에 떠밀려 나오던 순간부터 시종 입을 열지 않았던 거라우. 다만 앞으로 나가기가 힘들었던 모양이야. 마치 발이 뜻대로 움직여 주지 않는 것처럼 말이우.

돈 페데리코가 끝나자 벼랑가로 늘어선 줄의 맨 끝 쪽으로 단단하게 생긴 자들이 몰려들더군. 난 거길 떠나 공회당의 아케이드 쪽으로 가서 주정뱅이 두 놈을 밀어젖히고 창문 안을 들여다보았지. 공회당의 홀 안에는 놈들이 무릎을 꿇고 반원형으로 둘러앉아 기도를 드리고 있었어. 신부도 무릎을 꿇고 그들과 함께 기도를 드리고 있더군. 파블로와 '네 손가락'이라는 별명으로 통하는 구두 수선공—그 사람은 그때 파블로와 같이 한몫 단단히 하고 있었는데—그리고 다른 두 사람이 엽총을 들고 서 있었는데 파블로가 신부에게 말하더군. '이번엔 누가 나갈 차례요?' 그러나 신부는 기도를 계속할 뿐 대답하질 않았어.

'여보시오.' 파블로가 신부에게 목쉰 소리로 말하더군. '이제 누가 나갈 거요? 나갈 준비가 된 놈이 누구냔 말이야?'

신부는 파블로에게 아무 말도 않고 안하무인으로 행동하더군. 난 파블로가 몹시 성이 난 걸 알 수 있었지.

'우리 모두 함께 내보내 주오.' 지주인 돈 리카르도 몬탈보가 그때 기도를 멈추고는 파블로에게 말했지.

'안 돼.' 파블로가 말했지.

'준비가 된 놈부터 한 번에 한 놈씩이란 말이야.'

'그럼 이번엔 내가 가겠소.' 돈 리카르도가 말했지. '더 이상 준비고 뭐고 없을 테니까.' 그가 말할 때 신부가 그를 축복해 주더구먼. 그리고 그가 일어났을 때도, 다른 무리들의 기도에 방해되지 않도록 다시 축복을 하고선 돈 리카르도가 입맞추도록 십자가를 쳐들었지. 돈 리카르도는 거기에 입맞추고는 돌아서서 파블로에게 말하더구먼. '더 이상 준비고 뭐고 없어. 이 썩어 빠진 우유처럼 비겁한 놈아. 자, 가자.'

돈 리카르도는 잿빛 머리에 목이 받고 작달막한 키에 칼라 없는 상의를 입고 있었지. 그는 너무 말을 타고 다녀서 다리가 휘었어. '잘들 계시오.' 그가 무릎을 꿇고 있는 사람들에게 말하더구먼. '슬퍼할 건 없어. 죽는 건 아무것도 아니야. 단지 이따위 불한당 놈들의 손에 죽는다는 것이 한스러울 뿐이지. 날 건드리지 마.' 그가 파블로에게 말하더군. '그놈의 엽총으로 날 건드리지 말란 말이야.'

재빛 머리에 조그만 잿빛 눈, 그리고 목이 밭은 그가 공회당 현관으로 나오니 아주 난쟁이로 보이는 데다 몹시 성이 난 듯이 보이더군. 그는 두 줄로 늘어선 농부들의 대열을 보고는 땅바닥에 침을 뱉더란 말이오. 그러고는 이렇게 말했어. '스페인 만세! 이 엉터리 같은 공화국을 타도하라. 이 우라질 놈들아!'

 그러니까 그 욕설에 흥분한 사람들이 그에게 몽둥이세례를 퍼부어 순식간에 죽여 놓았지. 첫 번째 사람 앞에 이르자마자 두들겨 맞았지. 머리를 치켜들고 걸으려 하자마자 두들겨 팬 격이었어. 패고 또 패어 드디어 쓰러지자, 갈고리와 낫으로 난도질해서 여러 사람이 절벽 끝으로 끌고 가던져 버렸지. 그때부터는 손이며 옷이며 피투성이가 되어, 나오는 놈은 정말 원수처럼 보여 죽여 버려야 한다는 느낌이 들기 시작했다우.

 돈 리카르도가 그렇게 도도한 기세로 그런 욕설을 퍼붓기 전까지만 해도 대열에 낀 많은 사람은 이제 실컷 됐으니 대열에 끼어 있기가 싫다고 생각했던 게 틀림없었어. 만약 누군가가 대열에서 '자, 나머지 놈들은 용서해 줍시다. 이젠 놈들에게 교훈이 됐을 테니까.'라고 소리만 쳤더라면 대부분 그 말에 따랐을 게 틀림없어.

 하지만 돈 리카르도가 너무나 당당하게 나와 다른 동료들에게 굉장한 해를 끼치고 만 거라우. 왜냐하면 그가 대열에 선 사람들을 자극했으니까 말이우. 그전까지만 해도 사람들은 별 흥미도 없이 그저 임무를 맡을 작정으로 참가했는데 이젠 분노에 차 상황이 확 달라져 버렸어.

 '신부를 끌어내. 그래야 일이 훨씬 빨리 될 거야.' 누군가가 소리쳤지.

 '신부를 끌어내.'

 '도둑놈을 세 놈 처치해 버렸으나 이젠 신부를 처치해 버려.'

 '아니, 도둑놈은 두 놈이야.' 작달막한 농부가 고함치던 사내에게 말하더군. '두 명의 도둑놈과 우리의 주인이다.'

 '누구의 주인이라고?' 그 사내가 얼굴이 시뻘겋게 되도록 화가 나서 말했지.

 '보통 우리들의 주인이라고 부르게 돼 있잖나.'

 '놈은 나의 주인이 아니란 말이야. 농담이라도 그런 소린 말아 줘.' 다른 사람이 말했지.

'이 대열 사이를 걷고 싶지 않거든 입조심 좀 단단히 해야 할 거야.'

'나도 당신만큼 훌륭한 자유 공화파야.' 작달막한 농부가 말했지. '난 돈 리카르도의 주둥아릴 후려갈겼어. 돈 페데리코의 등도 후려갈겼단 말이야. 돈 베니토는 헛 때렸지만, 내 말은 우리들의 주인이란 그 사내를 두고 말할 때, 사람들이 공식적으로 쓰는 말이다 이거야. 그리고 도둑놈은 두 놈이었다 그 말이야.'

'무슨 ×같은 공화주의가 그래. 넌 돈 누구니, 돈 누구니 했었지?'

'여기선 그렇게들 부르잖나.'

'난 그렇게 안 불러, 비겁한 놈이라고 부르지. 그리고 네놈의 주인이란…… 아! 저기 새로운 놈이 나온다!'

내가 창피스런 광경을 본 것은 바로 그때였지. 공회당 현관으로부터 걸어 나온 사내는 돈 파우스티노 리베로였거든. 지주인 그의 아버지 돈 셀레스티노 리베로의 장남이었지. 키가 크고 머리는 노란빛이었는데 그걸 이마에서부터 뒤로 산뜻하게 빗어 넘겼더군. 항상 주머니에 빗을 넣어 가지고 다녔으니 말이야. 그때도 밖으로 나오기 전에 머릴 빗었던 거라우. 여자들을 몹시 못살게 구는 녀석이었지. 게다가 겁쟁이였어. 그러고도 항상 아마추어 투우사가 되길 원했지. 집시니 투우사니 목동들과 자주 어울려 다니고 안달루시아풍의 복장을 좋아했지. 하지만 담력이란 손톱 끝만큼도 없어서 웃음거리로 취급되었거든. 언젠가는 아빌라에 있는 양로원의 자선 아마추어 투우 경기에 출전해서 안달루시아식으로 말을 타고 소를 죽인다고 떠벌렸지. 연습을 하느라고 시간도 꽤 보냈는데 그가 골라둔 조그맣고 다리가 약한 소 대신에 그의 상대로 나온 소의 크기를 보고는 몸이 편치 않다고 말했다는 거야. 누군가의 말은 일부러 구역질을 하기 위해 세 손가락을 목구멍에다 처넣었다더군.

대열의 사람들이 그를 보자 소리쳐 대기 시작했지. '어이, 돈 파우스티노. 토하지 않도록 조심해.'

'내 말 좀 들어, 돈 파우스티노. 절벽 아래엔 예쁜 여자들이 있어.'

'돈 파우스티노. 잠깐 기다려. 더 큰 소를 끌어내 올게.'

그리고 또 한 사람이 소리쳤지. '내 말 좀 들어 봐, 돈 파우스티노. 자네 송장이 말하는 거 들어 봤나?'

돈 파우스티노는 그 자리에 여전히 용감한 듯한 꼴로 버티고 서 있었지. 그때까지 아직도 나가겠다고 다른 사람들에게 용감하게 선언할 수 있게 한 그 허세의 여운 속에 있었던 거야. 그건 투우를 하겠다고 떠벌리게 한 것과 똑같은 충동이었을 거야. 그 충동이 그에게 아마추어 투우사가 될 수 있다고 믿게 했고 또 바라게 한 것이라우. 그때도 돈 리카르도가 보여 준 모범에 고취되어 당당하고 용감한 모습으로 그 자리에 서 있었던 거야. 경멸하는 듯한 표정을 지어 가며 말이야. 그러나 그는 말을 할 수가 없었어.

'이리 와, 돈 파우스티노.' 대열에서 누군가가 부르더구먼. '이리 와, 돈 파우스티노. 여기 제일 큰 소가 있어.'

돈 파우스티노는 앞을 내다보며 서 있더군. 그도 봤겠지만 내 생각엔 대열 양쪽의 누구도 그를 동정하고 있지는 않았어. 그래도 여전히 그는 당당하고 훌륭한 태도였지. 그러나 시간은 자꾸 가고, 걸어갈 방향은 오직 하나뿐이란 말이야.

'돈 파우스티노.' 누군가가 부르더군. '뭘 기다리고 있는 거야, 돈 파우스티노?'

'토할 준비를 하고 있는 거야.' 누군가가 말하자 대열의 사람들이 웃어 대더군.

'돈 파우스티노.' 농부 하나가 불렀지. '그걸로 기분이 좋아진다면 토해. 내겐 이러나저러나 마찬가지야.'

그러고 나서 우리가 지켜보고 있자니까 돈 파우스티노는 눈으로 대열을 훑어 나가더군. 광장을 지나 절벽까지. 그러다가 절벽과 그 너머 텅 빈 공간을 보더니 후딱 돌아서서 허리를 굽히고 공회당 문을 향해 되돌아가는 거야.

대열이 모두 노호하고 누군가 큰소리로 고함을 치더군. '어디로 가는 거야, 돈 파우스티노? 어디로 가는 거야?'

'토하러 가는 거지 뭐야.' 또 다른 사람이 소리치자 모두들 한바탕 웃어 댔지.

그때 우린 돈 파우스티노가 엽총을 든 파블로에게 떠밀려 다시 나오는 걸 봤지. 그땐 스타일이고 뭐고 다 구겼어. 대열의 사람들을 보자 체면이고 스타일이고 다 사라져 버린 거야. 파블로가 도로 청소를 하고 있다면 마치 돈 파우스티노는 파블로가 밀고 있는 청소 도구 같은 꼴이었지. 돈 파우스티노는 밖으로 나와 십자가를 긋고 기도를 올린 후, 두 손으로 눈 앞을 가리고 대열을 향해 계단을 내려왔지.

'내버려 둬.' 누군가 소리쳤어.

'그에게 손대지 마.'

대열 속의 사람들은 곧 그 의미를 깨달았어. 그래서 아무도 돈 파우스티노에게 손을 대려고 하지 않았어. 벌벌 떨리는 손으로 눈을 가리고 입을 실룩거리면서 그는 대열 사이를 걸어오더군.

말을 하는 사람도 없었고 그를 건드리는 자도 없었다우. 그런데 그는 대열 사이를 절반쯤 걷더니 더 이상 걸을 수가 없었어. 주저앉아 무릎을 꿇더군.

아무도 그를 때리지 않았어. 난 그에게 무슨 일이 일어났는지 알아보려고 대열을 따라 걷고 있었어. 농부 하나가 몸을 굽혀 그를 일으켜 세우며 말하더군. '일어나, 돈 파우스티노. 걸어 봐. 소는 아직 나오지 않았어.'

돈 파우스티노는 혼자선 걸을 수가 없었어. 검정 작업복을 입은 그 농부가 한쪽에서 그를 도와주고 검정 작업복에 목동의 장화를 신은 또 다른 농부가 다른 쪽에서 팔을 부축했지. 돈 파우스티노는 손으로 눈을 가리고 대열 사이를 걸었는데 입술은 연방 실룩거리고 노란 머리만 반들반들 햇빛에 반짝이고 있었지. 그가 지날 때마다 농부들은 한마디씩 했어. '파우스티노, 웬일이야. 돈 파우스티노, 이제 식욕이 좀 날 거야.' 또 다른 자가 말했지. '돈 파우스티노, 자네 주문대로 갖다 드리겠네.' 그러자 투우에서 진 적이 있는 자가 말하더군. '투우사 돈 파우스티노, 주문하시지.' 그리고 또 다른 사람이 말했지. '돈 파우스티노, 천당에 예쁜 여자들이 있어. 돈 파우스티노.' 그렇게 그들은 돈 파우스티노를 양쪽에서 바짝 부축하고 걸을 때마다 들어 올리고 해서 손으로 눈을 가린 그를 대열 사이로 걷게 했다우. 한데 그는 손가락 사이로 보고 있었던 모양이야. 왜냐하면 그들이 그를 데리고 절벽 끝에 이르자 다시 무릎을 꿇는 게 아니겠수. 그러면서 그는 땅바닥에 바짝 엎드려 풀포기를 잡아당기며 외쳐 대는 거야. '싫어, 싫어. 싫어, 제발 싫단 말이야. 제발, 제발, 싫어, 싫어.'

그러자 그를 데리고 간 농부들과 대열 끝에 서 있던 든든하게 생긴 자들이 그가 무릎을 꿇자 재빨리 그의 뒤에 쪼그리고 앉아 밀어 버렸다우. 그래서 그는 맞지도 않고 절벽 밑으로 떨어졌지. 그가 떨어져 갈 때 울부짖는 소리가 들립디다.

대열의 사람들이 잔인해진 것을 내가 알아챈 것은 바로 그때였다우.

그들을 그렇게 만든 건 처음엔 돈 리카르도의 모욕이었고, 두 번째는 돈 파우스티노의 비겁이었지.

'딴 놈을 처치합시다.' 한 농부가 소리치더군. '돈 파우스티노! 무슨 꼴이야! 돈 파우스티노.'

'놈도 이번엔 커다란 소를 봤을 거야. 이번엔 게워 봤자 소용없을걸.'

'내 평생에.' 또 다른 농부가 말했지. '내 평생에 돈 파우스티노와 같은 꼴을 보기는 처음이야.'

'딴 놈들이 또 있어.' 또 다른 농부가 말하더군. '잠자코 기다려. 우리가 또 어떤 꼴을 보게 될지 알 수 없잖아?'

'거인이나 난쟁이가 있을지도 모르지.' 첫 번째 농부가 말하더군. '검둥이나 아프리카의 진귀한 짐승이 튀어나올지도 모르지. 하지만 내겐 결코, 결단코 돈 파우스티노와 같은 놈은 없을 거라고 생각돼. 어쨌든 딴 놈을 처치합시다! 어서 딴 놈을 처치하잔 말이야!'

주정뱅이들은 파시스트 클럽의 바에서 약탈해 온 아니스술과 코냑 병을 돌려 가며 마치 포도주라도 마시듯이 마시고 있더군. 그리고 대열에 선 많은 사람들 역시 돈 베니토, 돈 페데리코, 돈 라카르도, 그리고 특별히 돈 파우스티노에게서 강렬한 흥분을 맛본 뒤 술을 마셨기 때문에 약간 취기가 돌기 시작했다. 병술을 못 마신 자들은 여기저기 돌려지던 가죽 술부대에 있는 걸 마시고 있었지. 누군가 내게 가죽 술부대를 건네주기에 나도 한 잔 쭉 들이켰어. 나 역시 몹시 목이 말랐던 터라 가죽 술부대가 시원하게 목구멍으로 흘러들어 가더구먼.

'사람 죽이기란 지독히 목이 타는 일이야.' 가죽 술부대를 들고 있던 사내가 내게 말했어.

'그래요.' 내가 말했지. '당신도 죽였수?'

'우린 네 놈이나 죽였지.' 그가 자랑스럽게 말했지. '파수병은 계산에 넣

지 않고 말이야. 당신이 파수병 하나를 죽였다는데 정말이오, 필라르?'

'한 놈이 뭐야.' 내가 말했지. '다른 사람들처럼 담이 무너질 때 연기 속에다 총질을 해 댄 거지. 그것뿐이야.'

'그 권총은 어디서 났수, 필라르?'

'파블로한테서. 파블로가 파수병들을 죽이고 나서 내게 줍디다.'

'그 권총으로 그가 놈들을 죽였소?'

'물론이지.' 내가 말했어. '그러고 나서 그걸로 무장을 시켜 준 거지.'

'그걸 좀 볼 수 없소, 필라르? 잠깐 쥐어 보면 안 되겠소?'

'안될 거 없지.' 내가 말했지. 그러고는 그걸 끈 밑에서 빼내어 그에게 건네주었지. 하지만 난 돈 길레르모 마르틴이 어째서 아직 나오지 않는지 이상하게 생각했고, 이번엔 꼭 나오리라고 생각하고 있었다우. 도리깨며 소 모는 채찍이며 나무 갈퀴들은 그 사람 가게에서 빼앗아 온 것이었거든. 돈 길레르모는 파시스트였지만, 그것만 아니라면 반감을 살 일이 하나도 없는 사람이었지.

도리깨 만드는 사람들에게 임금을 적게 준 것도 사실이지만 그걸 헐 값으로 팔았던 것도 사실이거든. 사람들이 돈 길레르모에게서 도리깨를 사고 싶지 않았다면 나무나 가죽을 사는 비용 이상을 들이지 않고도 능히 도리깨를 만들 수가 있었단 말이우. 그는 입이 거칠고, 의심할 바 없는 파시스트였으며, 그들 클럽의 멤버였지. 그래서 그는 점심때와 저녁때는 클럽의 등의자에 앉아 〈엘 데바테〉를 읽거나 구두를 닦거나 백포도주와 소다수를 마시고, 구운 살구며 말린 새우며 멸치를 먹었지. 그러나 그런 걸로 사람을 죽일 수는 없거든. 확신하건대 돈 리카르도 몬 탈보의 모욕이나 돈 파우스티노의 가련한 꼴, 그리고 그들 등등에게서 받은 흥분의 결과로 술을 마시지 않았던들 누군가 이렇게 소리쳤을지도 몰라. '돈 길레르모는 그냥 내버려 둡시다. 우린 그의 도리깨를 들고 있는 거야. 그냥 보냅시다.'

왜냐하면 이 마을 사람들은 잔인해질 수 있는 그만큼 마음도 순했으니까. 그들은 천성적으로 정의감을 지닌 데다 옳은 일을 하려는 의욕을 가지고 있었던 거라우. 그러나 잔인성이 대열을 사로잡았고, 또 술이 취했거나 취하기 시작했기 때문에 대열은 돈 베니토가 나올 때와는 딴판이었지. 나는 다른 나라에선 어떤지 모르겠고, 나처럼 술에 대한 기호가 대단한 사람도 없겠지만 스페인에선 술 이외의 다른 요소에 의해서 취하게 될 때는 굉장히 보기 흉한 꼴이 돼 버린다우. 그래서 사람들은 전혀 해 보지도 못한 일들을 해내거든. 당신 나라에선 그렇지 않소, 영국 양반?"

"마찬가지죠." 로버트 조던이 말했다. "내가 일곱 살 때였소. 오하이오 주에서 열린 결혼식에 어머니를 따라갔었지. 결혼식에서는 사내애와 여자애가 나란히 꽃을 들고 가지 않소? 그중 사내애 역할을 내가 맡게 됐지."

"어머! 당신이?" 마리아가 말했다. "얼마나 근사했을까!"

"그 마을에선 검둥이를 가로등에 매달아 놓고 나중에 불태워 죽였지. 그건 아크등이었소. 전주에서 보도로 내릴 수 있는 등 말이오. 처음에는 그가 아크등을 끌어올리곤 하던 기계에 매달려 올라갔는데 그만 부서져서."

"검둥이를요?" 마리아가 말했다. "어쩌면 그렇게 야만적이에요!"

"사람들은 취해 있었나?" 필라르가 물었다. "검둥이를 태워 죽일 만큼 그렇게 취해 있었나?"

"모르겠소." 로버트 조던이 말했다. "나는 아크등이 있는 모퉁이에 서 있는 집의 유리창 덧문 아래를 보았을 뿐이니까. 거리에는 사람들이 꽉 차 있고 두 번째로 검둥이를 매달아 올렸을 땐……."

"겨우 일곱 살이었고, 게다가 집 안에 있었다니 사람들이 취했는지 어떤지 알 수 없었겠구먼." 필라르가 말했다.

"이제 얘기한 것처럼 두 번째로 검둥이를 끌어올렸을 때 어머니가 창문에서 나를 떼어 놓아 더 이상 보질 못했소." 로버트 조던이 말했다. "하지만 그 후로 나는 우리나라에서도 술에 취하면 똑같은 짓들을 한다는 여러 가지 실례를 경험했소. 그건 흉악하고 잔인한 일이죠."

"일곱 살이라니 너무 어렸어요." 마리아가 말했다. "그런 일을 당하기엔 너무 어렸어요. 난 서커스에서밖에 검둥이를 본 적이 없어요. 무어인도 검둥이로 친다면 모르지만."

"검둥이도 있고 아닌 자도 있지." 필라르가 말했다. "무어인이라면 내가 더 잘 알걸."

"저만큼은 모르실 거예요." 마리아가 말했다. "정말로 제가 더 잘 알 거예요."

"그따위 얘긴 그만둬." 필라르가 말했다. "건강에 좋질 않아. 한데 내가 어디까지 얘길 했지?"

"줄지어 선 사람들이 술에 취했다는 데까지 얘기했지요." 로버트 조던이 말했다. "계속하시오."

"술이 취했다는 건 당치않은 말이야." 필라르가 말했다. "왜냐하면 모두들 취할 정도는 아니었으니까. 그러나 그들의 마음도 그땐 이미 달라져 있었어. 그러자 돈 길레르모가 나왔지. 근시에다 잿빛 머리, 중키의 그가 칼라 단추는 있어도 칼라를 달지 않은 상의를 입고 꼿꼿한 자세로 서 있는 거야. 그 자리에 서서 십자를 한 번 긋고는 눈을 들었지. 안경이 없어서 거의 볼 수가 없었지만 의젓하고 조용하게 앞으로 걸어 나오더군. 동정심을 일으키게 하는 태도였어. 그러자 대열에서 누군가가 소리치질 않겠나. '여기야, 돈 길레르모. 이리 와, 돈 길레르모. 이쪽이야. 여기 우리들 모두가 자네 물건을 가지고 있단 말이야.'

사람들은 돈 파우스티노를 놀리는 데 재미를 본 뒤라 돈 길레르모는 다른 인물이라는 것과 또 돈 길레르모를 죽이더라도 빠른 방법으로 인간답게 죽여야 한다는 분별을 잃었던 것이지.

'돈 길레르모.' 또 다른 자가 소리칩디다. '안경을 가져오게 사람을 집으로 보낼까?'

돈 길레르모의 집은 집이라 할 수도 없었지. 왜냐하면 그는 돈도 많지 않으면서 단지 신사인 체하고 싶어했거든. 게다가 목제기구상을 경영하면서 얼마 안 되는 벌이를 위해 일하지 않으면 안 되는 자신을 위로하기 위해 파시스트가 된 것이니까 말이지. 아내의 신앙심 역시 그를 파시스트로 만들게 했다우. 아내에 대한 사랑으로 인해 그 신앙심을 자신의 당연한 의무로 받아들인 거지. 그는 광장 아래쪽 세 번째 집의 한 방에서 살고 있었는데, 돈 길레르모가 그 자리에 서서 자기가 들어가지 않으면 안될 두 줄로 선 사람들의 울타리를 근시안으로 바라보고 있을 때, 그가 사는 집의 발코니로부터 한 여자가 날카로운 소리를 질렀어. 발코니에서 그 사나이의 모습이 보였겠지. 그 여잔 바로 그의 아내였어.

'길레르모.' 그녀는 소리쳤지. '길레르모, 기다려요. 나도 같이 갈래요.' 돈 길레르모는 고함소리가 들려오는 곳으로 얼굴을 돌립디다. 그는 그 여자를 볼 수가 없었지. 그는 무언가 말하려고 애를 썼지만 말을 할 수가 없었어. 그러자 그는 여자가 부르는 쪽을 향해 손을 흔들고는 대열 사이를 걷기 시작했지.

'길레르모!' 그녀가 소리쳤어. '길레르모! 오, 길레르모!' 그녀는 손으로 발코니 난간을 잡고 몸을 앞뒤로 흔들어 대고 있더구먼. '길레르모!'

돈 길레르모는 소리 나는 쪽을 향해 다시 손을 흔들어 주고는 얼굴을 들고 대열 사이를 걸었지. 얼굴빛만 아니라면 그가 무엇을 느끼고 있는지 알아볼 수가 없었을 거야.

그러자 주정뱅이 하나가 대열에서 그의 아내의 높고 째지는 듯한 소리를 흉내 내어 '길레르모!' 하고 외치더구먼. 그러자 돈 길레르모는 눈물을 줄줄 흘려 가며 장님처럼 그 사내를 향해 달려들었고, 그 사내는 도리깨로 그의 얼굴을 세차게 후려갈겼어. 돈 길레르모는 얻어맞은 여세로 주저앉아 버리더니 울어 대는 거야. 하지만 무서워서가 아니었지. 그러는 동안 주정뱅이들이 그를 두들겨 팼는데 주정뱅이 하나는 그의 몸 위로 뛰어오르더니 어깨에 걸터앉아 병으로 그를 치더구먼. 이런 일이 있은 후에 많은 사람들이 대열을 떠나 버렸지. 그 대신 그 자리를 공회당 창문 너머로 불량한 말을 지껄이고 조롱하던 그 주정뱅이 패들이 차지했지.

나 자신도 파블로가 파수병을 쏴 죽였을 땐 굉장히 흥분했었어." 필라르가 말했다. "그건 너무나 흉측한 짓이었지만 나는 그렇게 하지 않을 수 없는 일이라면 그렇게 해야만 한다고 생각했었어. 그리고 적어도 잔인한 짓은 아니라고, 단지 생명을 빼앗을 뿐이라고 말이지. 이 몇 해 동안 우리 모두가 보아 온 것처럼 생명을 빼앗는다는 건 흉한 일이지만, 우리가 이기기 위해서 그리고 공화국을 유지시키기 위해서는 필요불가결한 일이라고 말이우.

광장이 차단되고 대열이 이루어졌을 때 나는 파블로의 생각에 경탄하고 이해도 했었지. 어쩐지 좀 환상적인 기분이 들기는 했지만. 그리고 반감을 사지 않는 한 행해져야 할 일은 재미있는 방법으로 행해져야 할 필요가 있다고 생각했던 거야. 확실히 파시스트들이 인민의 손에 의해 처형될 거라면 모든 사람이 거기에 참가하는 게 더 좋을 것 같았거든. 그래서 난 마을이 우리들의 것이 될 때 이익을 분배 받으려는 것과 마찬가지로 남들만큼은 죄의 분배도 받기를 원했던 거야. 그러나 돈 길레르모의 일이 있은 후에 나는 수치스러운 생각이 들고 입맛이 딱 떨어졌어. 게다가 주정뱅이들이며 쓸모없는 자들이 대열에 섞여 들고 돈 길레르모를 죽인 데 대한 항의로 대열을 떠나는 사람들이 기권해 버리는 것을 보자 나도 대열에서 떠나고 싶어졌던 거야. 그래서 나는 광장을 가로질러 걸어가 그늘을 지어 주는 커다란 나무 밑의 벤치에 가 앉았어.

그러자 농부 두 사람이 대열을 떠나 서로 얘길 하면서 걸어오더니 그중 하나가 나를 부르더구먼. '어쩐 일이우, 필라르?'

'아무것도 아냐.' 내가 그에게 말했지. '천만에.' 그가 말했지. '말해 봐요. 무슨 일이우?'

'난 이제 배가 부르다고 생각하고 있다우.' 내가 그에게 말했지.

'우리들도 그래.' 그가 말했어. 그러고는 둘 다 벤치에 앉더구먼. 그중 하나가 가죽 술부대를 가지고 있었는데 내게 건네주더군.

'입이라도 축이시구려.' 그가 말했어. 그러자 또 한 사람은 이제까지 하던 얘길 다시 계속하더군. '가장 나쁜 건 그런 짓을 하면 악운이 덮쳐 온다는 거야. 돈 길레르모를 그따위로 죽여 가지고서 악운이 오지 않으리라고 장담할 사람은 아무도 없단 말이야.'

그러자 다른 자가 말하더군. '놈들을 모두 꼭 죽일 필요가 있다면, 내 생각엔 그럴 필요가 없다고 생각하지만, 조롱거리로 삼지 말고 훌륭하게 죽도록 해 줘야 해.'

'조롱도 파우스티노의 경우엔 정당한 거지.' 다른 자가 말하더구먼.

'그놈은 항상 익살꾼처럼 굴 뿐 진지하질 못했던 놈이니까 말이야. 그러나 돈 길레르모처럼 진지한 사람을 조롱한다는 건 결코 옳지 못한 짓이야.'

'난 배가 불러.' 내가 그에게 말했어. 그건 글자 그대로 사실이었지. 왜냐하면 난 실제로 내 몸속이 온통 편칠 않았고 땀이 비 오듯 하는 데다 상한 해산물을 먹은 것처럼 구역질이 났으니까 말이야.

'그렇다면 쓸데없는 짓이로구먼.' 농부 하나가 말했지.

'우린 더 이상 거기에 참가할 필요가 없어. 한데 다른 마을에선 어떤 일이 일어나고 있는지 의문이구먼.'

'아직 전화선을 수리하지 않았다우.' 내가 말했지. '고쳐야 할 물건이라

면 없는 거나 마찬가지야.'

'그렇고말고.' 그가 말하더군. '이렇게 능장을 부려 가며 무자비하게 사람들을 학살하느니 마을을 방위 태세로 들어가게 하는 게 우리에게 더 나은 일일지도 몰라.'

'내가 가서 파블로에게 말해 봐야겠군.' 내가 그들에게 말했어. 나는 벤치에서 일어나 대열이 광장을 가로질러 뻗어 간 공회당 문으로 통하는 아케이드를 향해 걷기 시작했어. 이제 대열은 바르지도 않고 질서도 없이 온통 취기로 가득하더구먼. 사내 녀석들이 자빠져서 광장 한가운데 누워 서로 술병을 돌리고 있는 거야. 한 녀석이 술을 마시더니 외쳐 댑다. '무정부주의 만세!' 벌렁 드러누워 미친놈처럼 외쳐 대는 거야. 그 녀석은 빨갛고 까만 손수건을 목에다 감고 있더구먼. 또 한 녀석은 '자유주의 만세!' 하고 외치더니 허공에 발길질을 해 대고 다시 짖어 대는 거야. '자유주의 만세!' 그 녀석 역시 빨갛고 까만 손수건을 가지고 있었는데, 한 손으론 그걸 흔들어 대고 다른 손으론 술병을 흔들더군.

대열을 떠나 아케이드의 그늘에 서 있던 농부 하나가 혐오하듯이 그들을 쳐다보다가 말하더군. '저놈들은 술기운 만세!'라고 외쳐야 어울릴 거야. 그게 놈들이 믿는 전부란 말이야.'

'그거나 믿으면 괜찮게.' 또 다른 농부가 말합디다. '저놈들은 이해할 줄도 모르고 믿는 것도 없어.'

바로 그때 주정뱅이 중 하나가 벌떡 일어서더니 주먹을 꽉 쥔 두 팔을 머리 위로 들고 외치더군. '무정부주의와 자유주의 만세! 그리고 공화국 같은 건 ×먹어라!'

또 다른 주정뱅이 놈은 여전히 벌렁 자빠져서 소리 지르고 있는 주정뱅이의 발목을 쥐고 뒹굴었지. 그러니까 소리 지르던 주정뱅이 놈이 쓰러지고 두 놈이 함께 뒹굴더군. 그러고 나서 일어나 앉더니 끌어당겨 쓰러뜨린 놈이 고함치던 자의 목을 두 팔로 끌어안고 술병을 건네주고는 그자의 목에 맨 흑적색의 손수건에다 입을 맞춘 후에 둘이 함께 술을 마시더군.

바로 그때 대열에서 함성이 들리기에 아케이드 쪽을 쳐다보았으나 공회당 입구에서 들끓는 사람들 때문에 가려서 얼굴이 보이지 않아 누가 나왔는지 알 수가 없더군. 내가 알 수 있었던 것은 다만 누군가가 엽총을 든 파블로와 '네 손가락'에 떠밀려 나오고 있다는 것뿐이었어. 하지만 그게 누군지는 알 수 없었어. 그래서 나는 사람들이 문 쪽을 보려고 들끓고 있는 대열을 향해 나아갔지.

그냥 밀고 야단들이었는데, 파시스트 카페에서 가져온 의자며 테이블은 모두 나자빠져 있더군. 주정뱅이 하나가 입을 딱 벌리고 머리를 늘어뜨린 채 누워 있는 테이블 하나만 남겨 놓고 말이야. 난 의자 하나를 끄집어내어 기둥에 받쳐 세워 놓곤 그 위에 올라섰지. 그러니까 들끓는 사람 머리 너머로 볼 수가 있더군.

파블로와 '네 손가락'에게 떠밀려 나온 자는 돈 아나스타시오 리바스였는데, 그는 의심할 바 없는 파시스트로 마을에서 가장 뚱뚱한 사내였지. 그는 곡물상을 하며 몇 개의 보험회사 대리점도 갖고 있었고, 고리대금도 하고 있었어. 의자 위에 서서 봤더니 그가 계단을 내려서 대열로 향하더군. 살찐 목덜미가 상의 칼라 뒤로 불룩 튀어나와 있고, 대머리를 햇빛에 반짝이면서 말이야. 하지만 대열 속으로는 막무가내로 들어서려 하질 않더군. 왜냐하면 고함치는 소리가 들렸거든. 그것도 각자가 지르는 고함이 아니라 모두 한꺼번에 외치는 고함이었으니까 말이야. 그건 몹시 귀에 거슬리는 소리였지. 술에 취한 대열이 모두 함께 질러 대는 소리였으니까. 그러자 사람들이 그를 향해 달려들어 대열이 무너져 버리고, 돈 아나스타시오가 몸을 내던지며 손으로 머리를 가리는 게 보였는데 사람들이 그의 몸 위로 덮치자 보이질 않더군. 사람들이 그에게서 물러났을 땐 돈 아나스타시오는 아케이드의 포석에 머리가 짓이겨져 죽어 있더군. 그땐 대열이 아니라 폭도들의 집단이었지.

'들어가자.' 그들은 외치기 시작했어. '들어가서 놈들을 붙잡자.'

'이놈 너무 무거워 쳐들 수가 없군.' 한 사나이가 돈 아나스타시오의 시체를 걷어 갔는데 얼굴을 처박고 자빠져 있더군. '내버려 둬야겠어.'

'그따위 똥집을 낭떠러지까지 끌고 갈 필요가 뭐 있어. 거기 그냥 내버려 둬.'

'들어가서 놈들을 안에서 처치해 버립시다.' 한 사나이가 외치더군.

'들어갑시다.'

'이 햇볕 속에서 하루 종일 기다릴 필요가 뭐 있어?' 또 다른 자가 고함

치더군. '자, 갑시다.'

폭도들은 이제 아케이드로 몰려들었지. 그들은 소리 지르고 밀쳐 내는 등 마치 짐승처럼 으르렁거렸어. 그러자 모두가 한꺼번에 소릴 지르는 거야. '열어라! 열어라! 열어라!' 대열이 무너지자 보초들이 재빨리 공회당 문을 닫아 버렸기 때문이야.

의자 위에 서 있었기 때문에 쇠창살을 단 창문을 통해 공회당 안의 넓은 홀 안을 들여다볼 수 있었는데 전과 마찬가지더군. 신부는 서 있고 나머지 사람들은 신부 주위에 반원형으로 무릎을 꿇고 앉아 모두들 기도를 드리고 있더군. 파블로는 읍장이 앉는 의자 앞 커다란 테이블 위의 엽총을 등에 메고 앉아 있었지. 다리를 테이블 아래로 축 내려뜨린 채 담배를 말고 있었어. '네 손가락'은 발을 테이블 위에 걸치고 읍장이 앉는 의자에 앉아 담배를 피우고 있었고, 보초들은 총을 든 채 모두들 의원들의 의자에 앉아 있고 말이우. 큰 문 열쇠는 테이블 위 파블로 옆에 놓여 있더군.

폭도들은 마치 성가를 부르는 것처럼 소릴 지르고 있더군. '열어라! 열어라! 열어라!' 파블로는 그 소리가 들리지 않는 것처럼 앉아 있더군, 그러다 그인 뭔가를 신부에게 말했는데 폭도들이 떠드는 소리 때문에 알아들을 수가 없었어.

신부는 아까처럼 그에게 아무 대답도 않고 기도를 계속하더구먼. 많은 사람이 떠밀기에 나는 의자를 벽에다 바짝 붙여놓았지. 뒤에서 나를 밀어 젖히기에 나도 밀어젖히고 갖다 놓았단 말이우. 나는 의자 위에 서서 창문의 쇠창살에 얼굴을 바짝 갖다 대고 쇠창살을 잡고 있었지. 어떤 녀석이 내 의자에 올라서더니 나의 활에다 두 팔을 감고는 더 넓게 쇠창살을 잡는 게 아니겠수.

'의자가 부서지겠수.' 하고 내가 그에게 말했지.

'그게 무슨 상관이야?' 하고 그가 말하더군. '저놈들을 봐요. 놈들이 기도하고 있는 걸 봐요.'

내 목에 느껴지는 녀석의 입김은 꼭 폭도의 냄새 그대로더구먼. 포석 위에 토해 놓은 것 같은 시큼한 술 냄새가 푹푹 풍기더군. 그러자 녀석은 내 어깨 위로 해서 쇠창살 구멍에 입을 갖다 대고는 소리치는 거야. '열어라! 열어라!' 마치 꿈속에서 악마가 등을 덮어씌우듯이 폭도가 내 등을 타고 오르는 듯한 기분이었어.

이젠 폭도들이 문 쪽으로 빽빽이 밀리고 있어 앞에 있는 자들은 밀어 대는 사람들한테 짓눌릴 판이었지. 그러자 광장으로부터 검은 작업복에 빨갛고 까만 손수건을 목에다 두른, 몸집이 큰 주정뱅이 하나가 달려와 밀리는 폭도들을 향해 몸을 던져 꽉 들어찬 사람들 위로 넘어졌지. 그러 다 다시 일어나서 본래 위치로 되돌아가더니 또 한 번 달려가서 '나의 만 세, 무정부주의 만세!' 하고 외쳐 대며 밀어 대고 있는 사람들 등 뒤로 몸 을 부딪쳤어.

내가 보고 있자니까 이 녀석이 군중으로부터 돌아서서 걸어 나오더니 주저앉아 병술을 마셔 대는 거야. 그 주정뱅이 녀석은 앉아 있는 동안, 숱 한 사람들한테 짓밟혀 그때까지 뒷골을 포석에 처박고 자빠져 있는 돈 아 나스타시오가 눈에 띄자, 그에게 걸어가 몸을 굽히고 그의 머리며 옷에 병술을 쏟더군. 그러더니 녀석은 주머니에서 성냥갑을 꺼내 돈 아나스타 시오에게 불을 붙이려고 성냥 몇 개비를 켜 댔지만 바람 때문에 성냥불은 꺼졌어. 그 몸집 큰 주정뱅이는 돈 아나스타시오 옆에 잠시 앉아 머리를 흔들어 대다가 병술을 마셔 대고 가끔 가다 몸을 굽혀 돈 아나 스타시오 의 어깨 부분을 톡톡 두드리는 거야.

이러는 동안 쭉 폭도들은 문을 열라고 소리쳤으며, 내 의자에 함께 서 있던 녀석은 창문의 쇠창살을 꽉 붙잡고는 그 울부짖는 듯한 목소리로 내 귀가 멍멍해질 지경으로 문을 열라고 소리쳐 댔어. 그의 입김은 정말 못 견딜 정도였지. 난 돈 아나스타시오에게 불을 지르려던 주정뱅이에게서 시선을 떼고 다시 공회당의 홀 안을 들여다보았지. 전과 마찬가지였어. 전 과 마찬가지로 그들은 기도를 드리고 있더군. 모두들 무릎을 꿇고 앉아 있는데 웃옷 앞가슴을 풀어 헤쳤더군. 어떤 자들은 머리를 숙이고, 어떤 자들은 머리를 들고 신부 쪽을 바라보며 신부가 들고 있는 십자가에 시 선을 주더군. 신부는 딱딱한 목소리로 빠르게 기도를 올리면서 그들 머리 너머로 밖을 내다보고 있었어. 그리고 그들 뒤엔 파블로가 불이 붙은 담 배를 들고 엽총을 등에 멘 채 다리를 흔들어 대며 테이블 위에 앉아 열쇠 로 장난을 하고 있었지.

난 파블로가 다시 테이블에서 몸을 앞으로 기울이고 신부에게 말하는 걸 봤지만 고함 때문에 그가 뭐라고 말하는지 알아들을 수가 없었어. 그러나 신부는 그에게 대답도 않고 기도를 계속하더군. 그러자 한 사내가 반원형으로 기도를 올리고 있는 사람들 가운데서 일어났는데 나가려고 한다는 건 나도 알 수 있었지. 돈 호세 카스트로로서 사람들은 그를 돈 페페라고 불렀어. 그는 철저한 파시스트이자 말 장수였지. 조그만 몸집의 그가 일어난 걸 보니, 수염도 깎지 않고 회색 줄무늬 양복바지 밑에 아래 자락을 걷어 올린 파자마를 입고 있었는데도 아주 말쑥하게 보이더구먼. 그가 십자가에 입 맞추자 신부는 그를 축복해 주었지. 그는 일어서서 파블로를 보더니 문 쪽을 향해 머리를 끄덕이는 거야.

파블로는 머리를 흔들고 계속 담배만 피워 댔지. 난 돈 페페가 파블로에게 무엇인가 말하는 걸 봤지만 알아들을 수가 없었어. 파블로는 대답을 않더군. 다만 다시 머리를 흔들다간 문 쪽을 향해 끄덕여 보였을 뿐이야.

그러자 돈 페페가 문 쪽을 똑바로 쳐다보았는데 문이 잠겨 있는 줄을 그때까지도 모르고 있었던 모양이야. 파블로가 열쇠를 보여 주자 그는 일어서서 흘끗 쳐다보더니 돌아서서 걸어가 다시 무릎을 꿇고 앉는 거야. 신부가 파블로의 주위를 훑어보자 파블로가 그에게 싱긋 웃어 보이고는 열쇠를 보여 주는 게 보이더군. 신부는 처음으로 문이 잠겨 있는 걸 알아챈 것 같더구먼. 그리고는 머리를 흔드는 듯했으나 그저 약간 머리를 숙였을 뿐 다시 기도를 올리기 시작하는 거야.

자기들의 기도와 자신의 생각에만 몰두해 있는 사람들이 문이 잠긴 걸 알 리가 없잖아. 하지만 이제 그들은 확실히 알았고 고함도 알아챈 거야. 모든 것이 변해 버린 줄을 알아챈 게 틀림없었지. 그러나 그들은 전과 마찬가지로 그대로들 남아 있었지.

이미 그때는 고함 때문에 아무것도 들을 수가 없었지. 나와 함께 의자에서 있던 주정뱅이가 쇠창살에 대고 손을 흔들어 대며 소리치더군. '열어라! 열어라!' 목이 쉴 때까지 말이야.

난 파블로가 다시 신부에게 말하는 걸 봤는데 신부는 대답을 않더군.

그러자 파블로가 엽총을 벗어 들고 신부의 어깨를 두들기더구먼. 신부가 그를 거들떠보지도 않자 파블로는 머리를 흔들어 댔어. 그리고 그가 어깨너머로 '네 손가락'에게 말했지. '네 손가락'이 다른 보초들에게 뭐라고 말하자 모두들 일어나서 뒤돌아 방 저쪽 구석으로 걸어가더니 엽총을 들고 서더구먼.

파블로가 '네 손가락'에게 무엇인가 말하자 그는 두 개의 테이블과 몇 개의 벤치를 옮겨 놓았지. 문지기들이 엽총을 들고 그 벤치 뒤에 서더군. 그렇게 해서 방구석에다 바리케이드를 쳐 놓은 셈이지. 파블로는 몸을 굽히고 다시 신부의 어깨를 엽총으로 툭툭 건드렸고 신부는 여전히 거들떠보지도 않는 거야. 그러나 다른 사람들이 거들떠보지도 않고 기도만 드리고 있는 동안 돈 페페가 그를 바라보더군. 파블로는 머리를 흔들어 대다가 돈 페페가 그를 쳐다보고 있는 걸 알아채고는 돈 페페에게 머리를 흔들어 대며 열쇠를 쳐들어 보여 주더군. 돈 페페는 그 뜻을 알아채고 머리를 떨구더니 아주 빠르게 기도를 올리기 시작하더구먼.

파블로는 테이블 아래로 껑충 뛰어내려 서더니 그 주위를 돌아 긴 회의용 테이블 뒤 한 단 높은 데 있는 읍장이 앉는 커다란 의자로 걸어가더구먼. 그는 그 의자에 앉아 담배를 말더군. 계속해서 신부와 함께 기도를 올리고 있던 파시스트들을 바라보면서 말이야. 그의 얼굴에서는 전혀 아무런 표정도 찾아볼 수 없더구먼. 열쇠는 그의 앞 테이블에 놓여 있었지. 그건 30센티미터는 족히 되는 커다란 쇠열쇠였지. 그러자 파블로가 무언지 알아들을 수 없는 말로 보초들에게 소리치자 문지기 하나가 문 있는 데로 걸어왔어. 난 그들이 전보다 훨씬 더 빨리 기도를 올리고 있음을 알았으며, 그들이 그제야 알아챈 모양이라고 생각했지.

파블로가 신부에게 무엇인가 말했지만 그는 대답을 하지 않았어. 그러자 파블로는 몸을 앞으로 기울여 열쇠를 집어 들더니 문에 서 있는 문지기에게 밑으로 던져 주더구먼. 문지기가 그것을 받아 쥐자 파블로는 미소를 보내더군. 그리고는 문지기가 열쇠를 문에다 꽂고 돌렸지. 그리고 문을 자기 쪽으로 잡아당기면서 폭도들이 쏟아져 들어오자 문 뒤로 숨어 버렸어.

나는 사람들이 몰려들어 가는 걸 봤지. 바로 그때 나와 함께 의자에 서 있던 주정뱅이가 소리치기 시작하는 거야. '잘한다! 잘한다! 잘한다!' 그리고 머리를 앞으로 쑥 내밀자 나는 아무것도 보이질 않았지. 그 녀석은 또 소리치는 거야. '죽여라! 죽여라! 두들겨 패라! 죽여라!' 그러고는 두 팔로 나를 밀어 버려서 난 아무것도 볼 수가 없었어.

나는 팔꿈치로 그놈의 배때기를 치고 나서 말했지. '이 주정뱅이 놈아! 이 의자가 누구 건지 알아? 나도 좀 봐야겠다.'

그러나 그 녀석은 여전히 손을 흔들어 대며 쇠창살에다 팔을 대고는 고함을 치는 거야. '죽여라! 두들겨 패라! 두들겨 패라! 옳지, 두들겨 패라! 죽여라! 비겁한 놈들! 비겁한 놈들! 비겁한 놈들!'

난 팔꿈치로 그 녀석을 세게 치고 나서 말해 주었지. '이 비겁한 녀석아! 주정뱅이 놈아! 내가 좀 봐야겠다.'

그러자 그놈은 두 손을 내 머리 위에 대고 막 눌러 대는 거야. 더 잘 보려고 말이야. 몸무게를 다해 나를 누르려고 몸을 굽히고는 계속해서 소리쳐 대는 거지. '두들겨 패라! 옳지, 두들겨 패!'

'너나 두들겨 맞아라.' 내가 말했지. 그리고 내가 급소라고 생각되는 곳을 세게 쳤더니 좀 뜨끔했던지 내 머리에서 손을 내리고 자기 머리를 움켜쥐며 지껄이더군. '이 마누라야, 너한테 이럴 권리는 없어.' 그 순간 쇠창살 틈으로 바라보니 홀 안은 꽉 들어찬 사람들이 몽둥이를 휘둘러 대고 도리깨로 때리고, 하얀 나무 갈퀴로 찌르고, 두들겨 패거나 떠밀고 난리더군. 그 하얀 나무 갈퀴는 피로 빨갛게 물들었고 살도 부러졌지. 이런 일이 온 홀 안에서 계속되는 동안 파블로는 무릎 위에 엽총을 놓고 커다란 의자에 앉아 바라보고 있었지. 사람들이 고함쳐 대고, 몽둥이를 휘둘러 대며 찌르고 하는 걸 말이야. 놈들은 꼭 불 속에서 말들이 소리지르듯 비명을 지르더군. 그러자 신부가 셔츠를 걷어붙이고 벤치로 기어올라가려 했어. 그런데 그를 쫓던 자들이 낫이며 갈고리로 그를 찔러 대는 거야. 그러자 어떤 자가 신부의 옷자락을 잡더군. 다시 비명소리가 들리는가 싶더니 이어서 또 들려오더군. 내가 보니까 한 녀석이 신부의 옷자락을 쥐고 있는 동안 두 녀석이 낫으로 그의 등을 찍어 대는 거야. 신부는 팔을 쳐들고 의자 등에 달라붙어 있더군. 그러자 내가 서 있던 의자가 부서졌어. 고 주정뱅이 놈과 나는 토해 낸 술 냄새가 나는 포도 위에 나동그라졌지. 그러니까 주정뱅이 놈은 나한테 손가락질을 해 가며 지껄여 대는 거야.

'이놈의 마누라야, 뭣 때문에 이러는 거야. 뭣 때문에. 너 때문에 다칠 뻔했잖아.' 그러자 사람들이 우리들을 짓밟고 공회당 홀 안으로 들어가는 바람에 내 눈엔 현관으로 뛰어들어가는 사람들의 다리만 보였어. 주정뱅이 놈은 나와 얼굴을 맞대고 앉아서 내가 때린 부위를 움켜쥐고 있더군.

그게 우리 마을에서 있었던 파시스트 학살의 마지막 장면이었지. 더 이상 보지 못한 것이 다행이었어. 그 주정뱅이 놈만 아니었다면 난 아마 끝까지 다 봤을지도 몰라. 그러니까 녀석의 덕을 좀 본 셈이지. 공회당 안은 사람이라면 눈뜨고 볼 수 없는 광경이었으니 말이야.

그런데 또 다른 주정뱅이 놈은 여전히 괴상한 짓을 하고 있더구먼. 의자가 부서진 뒤 우리가 일어났을 때도 사람들은 여전히 공회당 안으로 꾸역꾸역 몰려들어 가고 있었는데, 빨갛고 까만 머플러를 한 이 주정뱅이 놈은 광장에서 다시 돈 아나스타시오의 몸 위에 무언가를 쏟고 있더군. 머리를 이리저리 흔들었는데 일어설 수가 없었던 모양이야. 녀석이 무얼 부어 대고 성냥불을 켜 대고 다시 부어 대고 성냥을 켜 대고 하길래, 내가 다가가서 말했지. '이 뻔뻔스러운 놈아, 뭘 하고 있는 거야?'

'아무것도 아냐, 이 마누라야. 아무것도 아니란 말이야.' 그가 말했지. '상관 말란 말이야.'

한데 내가 거기 서 있었기 때문에 내 다리가 바람막이가 된 탓인지 성냥불이 불더니 파란 불꽃이 돈 아나스타시오의 외투 어깨로 기어올라 목덜미로 옮아가더군. 주정뱅이는 머리를 쳐들고 어마어마한 목소리로 고함을 쳐 댔어. '시체를 태운다!'

'누가?' 누군가가 말했지.

'어디서?' 또 다른 누군가가 소리칩디다.

'여기야.' 그 주정뱅이가 울부짖듯 소리치더군. '바로 여기란 말이야.' 그러자 누군가가 도리깨로 그 주정뱅이 놈의 옆머리를 무지막지하게 후려쳤지. 그 녀석은 땅바닥에 자빠져서 자기를 친 사람을 바라보더니 눈을 감더군. 가슴 위에 두 손을 엇갈리게 얹고는 잠든 것처럼 돈 아나스타시오 옆에 누워 있었지. 그 사내는 다시 그 녀석을 때리지는 않았어. 녀석은 거기 자빠져 있었고, 사람들은 돈 아나스타시오를 끌어올려 다른 시체들과 함께 짐마차 속에 처넣어 버렸지. 공회당 안의 시체도 정리되고, 저녁때가 되자 다른 것과 함께 낭떠러지께로 운반되어 그곳에서 냇물 속으로 던져져 버렸다우. 차라리 그런 주정뱅이는 스무 명이나 서른 명, 특히 빨

갖고 까만 머플러를 두른 그 두 놈 같은 자들은 한꺼번에 처치해 버리는 편이 그 고을을 위해서 더 좋았는지 몰라. 나는 다시 혁명이 일어난다면 먼저 그놈들을 처치해 버려야 한다고 생각해. 그러나 우린 그때 그런 걸 깨닫지 못했거든. 그 후에야 깨달았지만 말이우.

그날 밤에 어떤 일이 닥쳐올지 정말로 우리들은 깨닫질 못했던 거야.

공회당 안에서의 학살이 끝난 후에 더 이상 살인은 없었지만 주정뱅이 놈들이 너무 많아서 회의를 열 수가 없었어. 질서를 잡기는 불가능했고, 그래서 회의는 다음 날까지 연기됐지.

그날 밤 나는 파블로와 함께 갔다우. 이런 얘길 당신한테 해선 안 된다고 생각해. 그러나 아가씨, 생각하기에 따라서는 모든 걸 알아 두는 게 좋을 거야. 적어도 내가 하는 얘기는 사실이니까. 영국 양반, 얘길 들어 보우. 아주 이상한 얘기라우.

그날 밤 우리는 식사를 했는데 내가 지금 말한 것처럼 그건 참 이상한 일이었지. 꼭 폭풍우나 홍수, 그리고 전쟁이 끝난 뒤와 같았어. 모두들 지쳐 있었고 얘기도 별로 하지 않았어. 나도 허탈감에 빠져 기분이 별로 좋지 않은 데다 수치심과 나쁜 짓을 했다는 느낌만이 꽉 차 있었지. 오늘 아침 비행기를 보고 난 뒤와 같이 굉장한 불안에 사로잡혀 무슨 좋지 않은 일이 다가올 것 같더구먼. 그리고 어김없이 사흘 만에 언짢은 일이 닥쳐왔지 뭐야. 파블로는 식사를 하는 동안 별로 말이 없더군.

'필라르, 오늘 일이 마음에 들었나?' 마침내 그가 어린 염소 구이를 입에 가득 넣고 씹으며 묻더군. 우린 버스 종점에 있는 여관에서 식사를 하고 있었지. 방 안은 사람들이 꽉 들어차 노래를 부르고 있었는데 서비스를 하기도 곤란할 지경이었어.

'아니.' 내가 말했지. '돈 파우스티노만은 예외지만 난 그런 일을 좋아하지 않아요.'

'난 좋은데.' 그이가 말했지.

'전부 다 말이우?' 내가 그이에게 물었지.

'전부 다지.' 그는 말하고 나이프로 커다란 빵 조각을 잘라 내더니 고기 국물을 훔쳐 내기 시작하더군. '전부 다지. 신부는 예외지만.'

'신부의 일만은 당신 마음에 안 드셨단 말이우?' 하고 내가 물었는데, 그건 그가 신부를 파시스트보다 더 증오하는 걸 알고 있었기 때문이야. '환멸을 느꼈어.' 파블로가 처량한 소리로 말했어.

너무도 많은 사람이 노래를 불러 대는 바람에 상대방이 알아듣도록 하기 위해서는 거의 고함을 쳐야 할 지경이었다우.

'왜요?'

'그잔 죽는 꼴이 좋지 않았어.' 파블로가 말했다우. '위엄이라곤 조금도 없었으니까 말이야.'

'폭도들에게 쫓기는데 어떻게 위엄 같은 걸 그에게서 바랄 수가 있겠수?' 내가 말했지.

'난 그전까지만 해도 그가 아주 훌륭한 위엄을 갖추고 있었다고 생각해요. 그 이상의 위엄을 누구에게서 바랄 수가 있겠수.'

'하긴 그래.' 파블로가 말했어. '하지만 놈은 마지막 순간에 당황했어.'

'그렇잖을 사람이 누가 있겠어?' 내가 말했지.

'사람들이 그에게 달려들던 걸 당신도 보지 않았수?'

'내가 못 봤을 리가 있나?' 파블로가 말하더군. '하지만 놈이 죽는 꼴이 좋지 않았단 말이야.'

'그런 경우가 닥치면 누구든 좋은 꼴로 죽을 수는 없는 거라우.' 내가 그에게 얘기했다우. '대관절 당신 주문대로라면 어떻게 했으면 좋겠다는 거요? 공회당 안에서 일어난 일은 차마 눈뜨고는 처다볼 수도 없었우.'

'하긴 그래.' 파블로가 말하더군. '조직이 전혀 없었어. 하지만 신부란 말이야, 본보기를 보여야 했을 거 아냐.'

'난 당신이 신부들을 증오하고 있는 줄 알았는데.'

'그랬지.' 파블로가 말하면서 빵을 더 많이 잘라 냈어. '하지만 스페인의 신부란 말이야. 스페인의 신부라면 훌륭하게 죽어야 한단 말이야.'

'난 그가 훌륭하게 죽었다고 생각해요.' 내가 말했지. '예식이고 뭐고 모조리 박탈당한 형편이었으니까.'

'아니야.' 파블로가 말했지. '그는 내게 너무도 큰 환멸을 주었어. 하루 종일 나는 신부의 죽음을 기다렸어. 나는 그가 마지막으로 대열에 들어설 줄 알았어. 나는 커다란 기대를 걸고 기다렸지. 난 정점 같은 걸 기다리고 있었단 말이야. 신부가 죽는 건 한 번도 못 봤거든.'

'볼 때가 있겠죠.' 나는 빈정대듯이 말했다우. '오늘은 단지 이 운동이 시작된 날 아니우.'

'아니야.' 그가 말했지. '난 환멸을 느꼈어.'

'이젠······.' 나도 말했지. '자신의 신념마저 잃어버리겠수.'

'당신은 몰라, 필라르.' 그가 말하더군. '그는 스페인의 신부라고.'

'도대체 스페인 사람들이란 어떤 사람들이우?' 나는 쏘아붙이듯 물었지. '한데 이봐요, 영국 양반. 도대체 스페인 사람들은 어떤 국민이길래 그렇게 자부심을 가질 수가 있수? 어떤 국민들이우?'

"이젠 일어나야겠군." 로버트 조던이 말했다. 그는 해를 쳐다보았다. "정오가 다 됐군."

"그렇군." 필라르가 말했다. "이젠 가야겠어. 하지만 파블로 얘길 더 들어 보시구려. 그날 밤 그가 내게 말했다우. '필라르, 오늘 밤은 아무것도 하지 말자구.'

'좋아요.' 나는 그에게 말했지. '그게 내겐 더 좋아요.'

'내 생각엔 너무 많은 사람을 죽이고 난 뒤라서 뒷맛이 좋지 않을 것 같아.'

'무슨 말이우.' 나는 그에게 말했지. '마치 성자나 된 것 같군요. 투우사들과 같이 살아온 내가 투우가 끝난 뒤에 그들이 어떻게 구는지 모른다고 생각하시우?'

'정말이야, 필라르?'

'내가 언제 당신에게 거짓말하는 것 본 적이 있어요?'

'딴은 그렇군. 필라르, 하여간 나는 오늘 밤은 아주 지쳐 버렸어. 당신 나를 원망하지는 않겠지?'

'그야 물론이죠, 여보.' 나는 대답했어. '그러나 매일 사람을 죽이는 따위의 일은 하지 말아 줘요, 파블로.'

그래서 그날 밤 그이는 어린애처럼 자더군. 다음 날 아침 먼동이 틀 무렵에 나는 그를 깨웠지만 그날 밤 나는 한잠도 못 자고 의자에 앉아 창밖을 내다보았어. 대열이 서 있던 광장을 달빛 아래 볼 수 있었는데 광장 저쪽으로 달빛을 받은 나뭇잎들이 반짝였고, 그 검은 그림자가 눈에 띄었으며, 벤치들이 역시 달빛을 받아 하얗게 보였고, 여기저기 흩어진 병들이 반짝거리고 있었지. 그자들이 내던져진 낭떠러지 끝이 보이더군. 분수에서 떨어지는 물소리가 들릴 뿐 아무 소리도 들리지 않았어. 난 가만히 앉아서 시작이 글렀다고 생각했지.

창문은 열려 있었는데 광장 저쪽에 있는 아파트에서 한 여자의 울음소리가 들려왔어. 나는 발코니로 나가서 철판 위에 맨발로 섰지. 달빛이 광장의 모든 건물 정면을 비추었는데, 울음소리는 돈 길레르모네 집 발코니로부터 들려오더군. 그의 마누라였어. 그녀는 발코니에 무릎을 꿇고 앉아 울고 있었던 거야.

난 방 안으로 돌아와 의자에 주저앉았지. 아무것도 생각하고 싶지 않았어. 왜냐하면 그 후 다시 한 번 그런 날이 닥쳐왔었지만 내 일생 중에 그날이 제일 싫은 날이었으니까."

"또 한 번이란 어떤 날이었는데요?" 마리아가 물었다.

"그로부터 사흘 후에 파시스트들이 마을을 점령했던 거지."

"그런 얘긴 제발 그만두세요." 마리아가 말했다. "듣고 싶지 않아요. 그만 하면 됐어요. 너무 많이 들었어요."

"그러니까 내가 처음부터 듣지 말라고 했잖아." 필라르가 말했다. "거봐. 난 네게 그런 얘길 들려주고 싶지 않았어. 아마 네 꿈자리가 사나워질걸."

"그렇진 않을 거예요." 마리아가 말했다. "하지만 더 이상 듣고 싶지 않아요."

"난 언젠가 그 얘길 들어 봐야겠소." 로버트 조던이 말했다.

"얘기해 드리리다." 필라르가 말했다. "하지만 마리아에겐 나쁠 거야."

"듣고 싶지 않아요." 마리아가 애처로운 목소리로 말했다.

"아주머니, 제발 내가 있는 데선 얘기하지 마세요. 나도 모르게 듣게 되니까요."

그녀의 입술이 떨리고 있었다. 로버트 조던은 그녀가 우는 게 아닌가 하고 생각했다.

"제발 아주머니, 그런 얘긴 하지 마세요."

"걱정 마, 요 귀여운 까까중아." 필라르가 말했다. "걱정 말라고. 하지만 영국 양반에겐 언젠가 얘길 하게 될 거야."

"하지만 그 자리에 내가 있고 싶지는 않아요." 마리아가 말했다. "아주머니, 어쨌든 그 얘기는 하지 마세요."

"네가 일하고 있을 때 얘길 하기로 하지."

"아니에요, 아니에요. 제발 우리들한테 그런 얘기는 하지 마세요." 마리아가 애원했다.

"이제까지 우리들이 겪은 일을 얘기한 이상 얘길 계속하지 않을 수 없단 말이야." 필라르가 말했다. "하지만 너한텐 절대 안 들리게 하겠어."

"다른 즐거운 얘긴 없나요?" 마리아가 말했다. "우린 항상 그런 소름 끼치는 얘기만 해야 되나요?"

"오늘 오후엔." 필라르가 말했다. "너와 영국 양반뿐이야. 너희 둘이서 하고 싶은 얘기를 다 할 수 있을 거야."

"그럼 오후가 빨리 왔으면 좋겠어." 마리아가 말했다. "훌쩍 날아오기라도 했으면 좋겠어요."

"올 테지." 필라르가 그녀에게 말했다. "날아왔다가 이내 날아가 버리고 말겠지. 그리고 내일 역시 날아가 버릴 거고."

"오늘 오후." 마리아가 말했다. "오늘 오후가 어서 왔으면 좋겠어요."

11

그들은 계속해서 올라갔지만 여전히 깊숙한 소나무 숲 그늘 속이었다.
높다란 목초지로부터 나무들이 들어차 계곡으로 내려가고 냇물을 따라 나란히 나 있는 오솔길을 올라간 다음 가파른 너럭바위 꼭대기로 오르려고 할 때 카빈총을 든 사내 하나가 나무 뒤에서 걸어 나왔다.

"정지." 그 사내가 말했다. 그러고는 "필라르 아니우? 당신과 함께 온 분들은 누구요?"

"영국 양반이지." 필라르가 말했다. "세례명으로는 로베르토야. 한데 여기 올라오는 길은 왜 그리 가파르지?"

"안녕하시우, 동지." 보초가 로버트 조던에게 말하고 손을 내밀었다.
"네." 로버트 조던이 말했다. "당신도?"

"마찬가지지." 보초병이 말했다. 그는 아주 젊은 사람이었다. 야윈 몸매에 매부리코 비슷한 코를 가진, 광대뼈가 톡 튀어나오고 잿빛 눈이었다. 모자를 쓰지 않고 있었는데도 검은 머리칼은 더부룩했으며, 자신의 손을 움켜잡은 손아귀는 힘 있고 정다웠다. 눈에도 정다운 빛이 감돌았다.

"안녕한가? 마리아." 그는 그녀를 보고 말했다. "고단하지 않아?"

"괜찮아요, 호아킨." 그녀가 말했다. "우린 걷는 것보다 앉아서 얘기한 시간이 더 길었는걸요."

"당신이 폭파 담당자요?" 호아킨이 물었다. "당신이 여기 왔다는 얘길 들었지요."

"어젯밤엔 파블로네서 신세를 졌소." 로버트 조던이 말했다. "그렇소, 내가 폭파 담당자요."

"당신을 만나게 되어 기쁘오." 호아킨이 말했다. "열차를 해치우려고?"

"당신도 요전번 열차 작전에 끼어 있었소?" 로버트 조던이 물으며 미소 지었다.

"그럼 있었지!" 호아킨이 말했다. "우리가 이 여자를 얻은 곳도 바로 거기였지." 그가 마리아에게 히죽 웃어 보였다. "이젠 예뻐졌군." 그가 마리아에게 말했다. "사람들이 예쁘다고 말하지 않던가요?"

"그만둬요, 호아킨. 감사는 실컷 할 테니까요." 마리아가 말했다. "당신도 머릴 깎으면 예뻐져."

"내가 당신을 데려온 거야." 호아킨이 그녀에게 말했다. "내가 당신을 어깨에 메고 데려온 거지."

"다른 사람들도 다 마찬가지지." 필라르가 목구멍 깊숙한 곳에서 우러나는 소리로 말했다. "그 앨 데리고 오지 않은 사람이 어디 있었나? 그 늙은이는 어디 있지?"

"캠프에 있지."

"어젯밤엔 어딜 갔었어?"

"세고비아."

"소식을 가져왔수?"

"그렇소." 호아킨이 말했다. "가져왔어."

"좋은 건가, 나쁜 건가?"

"나쁜 거더군."

"비행기를 봤소?"

"봤지." 호아킨이 말하고 머리를 흔들어 댔다. "그 애길랑 하지 마시우. 폭파 기술자 동지, 그건 무얼 하는 비행기요?"

"하인켈 1-11형이지. 하인켈과 피아트라는 추격기요." 로버트 조던이 그에게 말했다.

"그 날개가 낮은 커다란 놈은 뭐지요?"

"그게 하인켈 1-11형이야."

"이름이야 어떻든 좋지 않은 거더군." 호아킨이 말했다. "한데 당신을 너무 지체시키는 것 같군. 대장에게로 데려다 드리겠소."

"대장이라고?" 필라르가 물었다.

호아킨이 진지하게 머리를 끄덕였다. "난 '두목'이란 말보다 그게 더 좋더군." 그가 말했다. "좀 더 군대 냄새가 나거든."

"아주 지독하게 군대식이 돼 가고 있는데." 필라르가 그에게 말하고는 웃어 젖혔다.

"아니." 호아킨이 말했다. "난 군대 용어를 좋아하지요. 명령도 더 분명해지고 훈련을 위해서도 더 좋으니까."

"여기 당신 성미에 맞는 사람이 있구려, 영국 양반." 필라르가 말했다.

"아주 진지한 사람이라우."

"업어다 줄까?" 호아킨이 마리아에게 묻고는 그녀의 어깨에 팔을 얹으며 미소를 지었다.

"한 번으로 족해요." 마리아가 그에게 말했다. "말만으로도 감사해요."

"그 일을 기억할 수 있겠소?" 호아킨이 그녀에게 물었다.

"업혔던 건 기억할 수 있어요." 마리아가 말했다. "한데 당신한텐 아니에요. 난 집시가 나를 여러 번 떨어뜨리곤 했기 때문에 그 사람을 기억하고 있어요. 하지만 호아킨, 고마워요. 이다음엔 당신을 업어다 드릴게요."

"난 아주 잘 기억하고 있는데." 호아킨이 말했다. "당신 두 다릴 붙잡고 배는 내 어깨에, 머리는 내 등에, 팔을 내 등 뒤에 늘어뜨리고 있었던 걸 기억한단 말이야."

"기억력이 좋으시군요." 마리아가 말하고 그에게 미소 지었다. "난 전혀 그런 기억이 없어요. 당신 팔도, 어깨도, 등도요."

"뭔가 알고 싶지 않아?" 호아킨이 그녀에게 물었다. "뭔데요?"

"난 우리 뒤에서 총알이 막 날아올 때 당신이 등 뒤에 매달려 막아 줘서 다행이라고 생각했던 거지."

"어머나, 지독해라." 마리아가 말했다. "그럼 집시가 나를 업어 준 것도 그 때문이었나요?"

"그런 이유도 있고, 당신 다릴 잡아 보고 싶어서였지."

"정말 영웅들이시군요." 마리아가 말했다. "정말 구세주들이세요."

"이봐, 아가씨." 필라르가 그녀에게 말했다. "이 젊은인 널 많이 업어 줬어. 그런 판국에 누가 네 다리에 정신을 팔겠어? 총알 소리만 귀에 들리던 판국인데 말이야. 차라리 널 내버리고 갔다면 순식간에 사정거리를 벗어났을 거란 말이야."

"그분에게 감사드렸잖아요." 마리아가 말했다. "그리고 그분을 언젠가는 업어 드리겠어요. 농지거릴 하는 걸 용서하세요. 하지만 그분이 날 업어 줬다 해서 울어야 마땅한 건 아니잖아요?"

"난 당신을 떼어 버리고 가려 했었지." 호아킨이 계속해서 그녀를 놀려 댔다. "하지만 필라르가 날 쏴 죽일까 봐 못했지."

"난 사람을 쏴 죽인 일이 없는데." 필라르가 말했다.

"그렇죠." 호아킨이 말했다. "당신은 그럴 필요까진 없어. 주둥아리만 가지고도 사람을 죽도록 혼내 줄 수 있으니까 말이오."

"그게 무슨 말투야." 필라르가 그에게 말했다. "그렇게 예의 바르고 귀여운 젊은이가 말이야. 이 전쟁이 일어나기 전엔 무얼 했지, 꼬마야?"

"별로 한 일이 없었다우." 호아킨이 말했다. "겨우 열여섯이었으니까."

"어쨌든 무얼 했는가 똑똑히 말해 봐."

"가끔 구두 몇 켤레를……."

"만들었어?"

"아니, 닦았죠."

"무슨 소리야." 필라르가 말했다. "그보다 더 많이 있을 거야." 그녀는 그의 갈색 얼굴과 부드러운 몸매, 헝클어진 머리, 민첩하게 발끝과 발꿈치를 놀리며 걷는 걸음걸이를 바라보았다. "왜 그 일이 잘되질 않았지?"

"뭐가 잘 안 되나요?"

"뭐라니? 자신이 더 잘 알 거 아냐. 투우사가 되려 하지 않았어?"

"아마 난 겁이 났던 것 같소." 젊은이가 말했다.

"체격이 근사하구먼." 필라르가 그에게 말했다. "하지만 얼굴은 별로 잘 나지 않았군. 한데 겁이 났다고 했지? 열차 작전 땐 잘해 내던데."

"이젠 그놈들을 두려워하지 않게 됐죠." 젊은이가 말했다. "조금도. 우린 소보다 더 위험하고 악독한 걸 많이 봐 왔으니까요. 기관총보다 더 위험스런 소는 없는 게 분명하잖아요. 하지만 지금 내가 링 안에서 어떤 소와 맞선다면 다리가 후들거리지 않을지 그건 모르겠는데요."

"투우사가 되고 싶어 했었다우." 필라르가 로버트 조던에게 설명해 주었다. "하지만 겁이 났던 모양이오."

"투우를 좋아하시우? 폭파 담당자 동지?" 호아킨이 하얀 이를 드러내면서 싱긋 웃었다.

"아주 좋아하죠." 로버트 조던이 말했다. "아주 굉장히."

"발라돌리드에서 투우를 본 일이 있으시오?" 호아킨이 물었다. "봤지. 9월 축제 때."

"거기가 바로 내 고향이죠." 호아킨이 말했다. "참 아름다운 마을이오. 하지만 그 좋은 마을 사람들이 이번 전쟁에 수난을 당했지요." 그러자 그의 얼굴이 엄숙해져 "거기서 놈들이 내 아버질 쏴 죽였지요. 내 어머니도, 매부와 누님까지도."

"짐승 같은 놈들." 로버트 조던이 말했다.

이런 얘길 그는 얼마나 많이 들어왔던가? 사람들이 이런 얘길 언짢게 털어놓는 걸 얼마나 많아 보아 왔던가? 눈물이 글썽해지며 목이 메어 나의 아버지 혹은 형, 혹은 어머니, 혹은 누이의 말을 언짢게 입에 올리던 걸 얼마나 많이 보아 왔던가. 그는 사람들이 이런 식으로 죽음을 얘기하던 걸 몇 번이나 들었는지 기억할 수도 없을 정도였다. 거의 언제나 지금 이 젊은이가 말하듯 사람들은 고향의 마을 이름이 입에 오르면 갑자기 그런 말을 꺼냈던 것이다. 그리고 그때마다 '짐승 같은 놈들.'이란 말을 했던 것이다.

듣는 것이라곤 단지 피해에 대한 설명뿐이었다. 필라르가 냇가에서 한 그 얘기에서 파시스트들의 죽음을 묘사해 준 것처럼 자기 아버지가 쓰러지는 걸 본 사람들은 없다. 단지 아버지가 어떤 뜰 안에서 혹은 어떤 담벼락에 기대어, 혹은 어떤 들판이나 과수원에서, 밤이었다면 트럭의 불빛이 비치는 어떤 길옆에 죽어 있는 걸 알고 있을 뿐이다. 언덕에서 자동차의 불빛이 보이고 총 쏘는 소리가 들리고 그런 다음 길을 내려가 보면 시체들을 보게 되는 것이었다. 어머니나 누이나 형제들이 총살당하는 것을 직접 본 사람들은 없다. 얘기를 들었을 뿐이다. 총소리를 들었을 뿐이다. 그리고 시체들을 보았을 뿐이다.

필라르는 그에게 그 마을에서 있었던 일을 들려주었다.

이 여자가 글을 쓸 줄 알았으면 좋았을걸. 그는 그런 얘기를 써 보고 싶었다. 만일 다행히도 그가 그 얘기를 기억하게 된다면 아마도 이 여자가 얘기한 대로 묘사해 낼 수 있을는지 모른다. 아, 그 여자는 정말 얘기를 잘한다. 케베도보다 더 낫지 않은가, 하고 그는 생각했다. 그는 결코 돈 파우스티노와 같은 사나이의 죽음을 그녀가 묘사한 것처럼 잘 써낼 수는 없을 것이다. 그런 얘기를 쓸 수 있을 만큼 글재주가 있다면 얼마나 좋을까, 하고 그는 생각했다. 우리 편이 한 일이다. 적이 우리들에게 가한 행위는 아닌 것이다. 그는 그런 얘기를 많이 알고 있었다. 전선 후방에서 일어난 많은 일을 알고 있었다. 하지만 그 사람들의 그전의 일들을 얻어야만 할 것이다. 그들이 마을에서 무엇을 했는지 알아야만 할 것이다.

이동해야 했기 때문에, 그리고 후에 봉변을 당할까 싶어 그대로 머물 수가 없었기 때문에 우리들은 그러한 일이 실제로 어떻게 끝났는가를 전혀 알 수가 없는 것이라고 그는 생각했다. 어떤 농부와 함께 그의 집에서 묵는다. 밤에 몰래 나와 그들과 함께 식사를 한다. 낮에는 숨어 있고 다음 날 밤이면 떠나 버리는 것이다. 임무를 수행하고 자취를 감추어 버려야 한다. 후에 거기를 지나던 길에 그들이 총살되었다는 얘기를 듣게 되는 것이다. 얘기란 그처럼 간단한 것이다.

그러나 그러한 일이 벌어지는 것은 항상 내가 떠나 버린 후였다. 파르티잔들은 손해를 입혀 놓고는 철수해 버리는 것이다. 머물러 있는 농부들은 봉변을 당하게 마련이다. 하지만 내가 본 건 그게 아닌 다른 일들뿐이라고 그는 생각했다. 처음 우리 편에서 그들에게 가한 행동 말이다. 나는 항상 그런 행동을 보게 되면 그것을 증오했다. 그리고 수치심도 없이, 혹은 부끄러워하면서도 장한 듯이, 자랑스러운 듯이 변호하고 설명하고 부정하면서 그러한 얘기들을 지껄이는 걸 들어왔다. 하지만 이 뻔뻔스러운 여자는 내가 거기에 있었던 것처럼 그러한 사실을 환히 알게 해 주었다.

그렇다, 그는 생각했다. 그것은 하나의 교훈이 되는 것이다. 이 일이 끝나면 충분히 하나의 교훈거리가 될 것이다. 사람들은 귀만 기울이면 이번 전쟁에서 배울 것이 많다. 확실히 대부분의 사람들이 그래 온 것이다. 그가 전쟁 전에 스페인에서 10여 년쯤을 산 것은 다행이었다. 사람들이란 주로 언어를 통해 상대방을 신용하게 된다. 사람들은 말을 완전히 이해할 줄 알고 관용어를 써 가며 말을 구사하고, 여러 지방에 대한 지식을 가지고 있을 때 상대방을 신용하는 것이다. 결국 스페인 사람이란 자기 마을에 진정으로 충실한 사람들일 뿐이다. 물론 첫째는 스페인이고, 그다음은 자기의 족속, 그다음은 자기의 지방, 그다음은 자기의 마을, 자기의 가족, 그리고 마지막으로 자기의 생업인 것이다. 스페인어를 알고 있으면 스페인 사람은 호감을 갖게 되고, 자기의 지방을 알고 있으면 더욱더 좋아하는 것이다. 만약 자기의 마을과 자기의 생업을 알고 있으면 외국인으로서는 최상의 대우를 받는다. 그는 스페인에서는 외국인 같은 느낌이 들지 않았다. 실제로 그들은 그를 외국인으로 취급하지는 않았다. 단지 그들이 배반해 온 때를 제외하고는.

물론 그들은 배반할 때도 있다. 그들은 자주 나를 배반했지만 그건 다른 사람에게도 마찬가지다. 그들은 친구 셋만 모이면 둘이 한패가 되어 하나를 배반하는 것이다. 그러고 나서는 두 사람이 서로 헐뜯기 시작한다. 반드시 그런 것은 아니지만 그런 경우를 자주 만나게 되고 그래서 그 결론으로 생각하게 되는 것이다.

이런 식으로 생각을 해서는 안 된다. 하지만 누가 그의 생각을 검열할 것인가? 누구도 아니고 자기 스스로일 뿐이다. 그는 패배주의를 거부하고 싶었다. 무엇보다도 전쟁에 이겨야 하는 것이다. 전쟁에서 패배하면 모든 것을 잃어버리게 될 것이다. 그런데 그는 모든 일에 주의를 하고 귀를 기울이고 기억을 해 왔다. 그는 전쟁에 참가하여 절대적인 충성을 바쳤고 근무 중엔 할 수 있는 한 완전한 행동을 취해 왔다. 그러나 누구도 자신의 마음과 보고 듣고 하는 능력에 관여할 수는 없는 것이다. 어떤 판단을 내리려고 한다면 후에 그대로 판단해 버리면 그만이다. 그리고 판단을 내릴 재료는 얼마든지 있을 것이다. 이제까지도 얼마든지 있었다. 때로는 좀 지나칠 정도로 많았다.

필라르라는 여자를 봐, 하고 그는 생각했다. 무슨 일이 일어나든 시간이 생긴다면 그녀에게 그 얘기의 나머지를 말하도록 해야겠다. 저 두 사람의 젊은이와 함께 걸어가는 여자를 보라. 저 세 사람보다 더 잘 스페인을 대표하는 모습은 찾을 수 없을 것이다. 그녀는 마치 산과 같고 젊은이와 처녀는 싱싱한 나무와도 같다. 고목은 모두 잘리고 젊은 나무들이 저렇듯 싱싱하게 자라나고 있는 것이다. 두 젊은이가 여러 가지 일들을 겪어 왔음에도 불구하고 그들은 신선하고 깨끗하고 새롭고 때 묻지 않았다. 불행이란 말을 들어 보지도 못한 것처럼 그러나 필라르의 말에 의하면 마리아는 이제야 다시 회복되었다는 것이다. 지금까지는 아주 꼴사나운 모습이었을 것임에 틀림없다.

그는 제11여단에 있던 벨기에 청년을 기억하고 있었다. 그의 마을에서 다른 다섯 명의 청년들과 함께 입대하러 온 것이었다. 200명 정도의 인구를 가진 마을이었는데 그 젊은이는 그전까지만 해도 마을을 떠난 적이 없었다. 한스 여단 사령부에서 그가 그 젊은이를 만났을 때는 마을에서 온 다른 다섯 명의 젊은이는 모두 전사했고 그 젊은이는 꼴이 말이 아니었는데 사령부에서는 그를 식당 일을 보는 급사로 썼다. 그는 몸집이 컸고 금발의 플랑드르인 같은 시뻘건 얼굴과 엄청나게 크고 보기 흉한 농군의 손으로 짐수레 말처럼 억세고 서투르게 접시를 나르고 있었다. 한데 그는 줄곧 울었다. 식사가 끝날 때까지 그는 전혀 소리도 내지 않고 우는 것이었다.

얼굴만 들면 거기엔 울고 있는 그가 있었다. 술을 청해도 울고 고깃국을 떠 달라고 접시를 건네주기만 해도 울었다. 머리를 돌리고 말이다. 그러다 울음을 멈춘다. 그러나 다시 쳐다보면 또 눈물을 흘리기 시작하는 것이다. 내갈 요리가 없는 틈엔 부엌에서 울었다. 모든 사람이 그에게 아주 상냥하게 대해 주었다. 그러나 그것은 아무 소용이 없었다. 그는 자기가 어떻게 될지, 대체 속 시원한 일이 있을지, 그리고 군복무에 적합한지 어떤지 그것부터 발견해 내야 했던 것이다.

마리아는 이제 완전히 건강해졌다. 어쨌든 그녀는 그렇게 보이는 것이다. 그러나 그는 정신분석학자는 아니다. 필라르는 정신분석학자이지만. 지난밤에 함께 지냈던 것이 그들에겐 좋았던 모양이다. 그렇다, 거기서 끝장나지 않았으니 말이다. 확실히 그것은 그를 위해 좋았다. 그는 오늘은 상쾌하다고 느꼈다. 건강하고 기분 좋고 근심거리가 없고 행복했다. 형세는 아주 나빴는데도 운은 몹시 좋았다. 그는 스스로가 운이 나쁘다고 떠들어 대는 사람들 속에 있었다. 스스로를 선전한다. 이것이 스페인 식 사고방식이다. 마리아는 사랑스러웠다.

그녀를 봐라, 그가 자신에게 말했다. 그녀를 봐라.

그는 햇빛을 받으며 행복하게 성큼성큼 걷고 있는 그녀를 바라보았다. 카키색 셔츠의 목을 풀어헤친 그녀를 바라보며 망아지처럼 걷고 있군, 하고 그는 생각했다. 저런 여자를 만나기란 그리 쉬운 일이 아니다. 그런 일은 일어나지 않을 것이다. 과거에도 아마 전혀 없었을 것이라고 그는 생각했다. 그런 꿈을 꾸거나 상상해 봤는지는 모르지만 결코 없었던 일이다. 아마도 그건 누군가 영화를 보고 난 뒤 밤에 그의 침실을 찾아드는 꿈처럼 그렇게 상냥하고 사랑스런 것이리라. 그는 잠을 잘 때는 늘 그런 꿈들을 꾸며 잤던 것이다. 그는 아직도 가르보나 할로와 잤던 일을 기억할 수가 있었다. 그렇다. 할로와는 여러 번 잤었다. 어쩌면 이것도 그러한 꿈 같은 것일지도 모른다.

그러나 그는 아직도 가르보가 그의 침실을 찾아왔던 때를 잊어버릴 수가 없었다. 페소플란코 공격 전날 밤이었다. 그녀는 부드럽고 반드르한 털 스웨터를 입고 있었다. 그는 그녀를 끌어안았다. 그녀가 몸을 굽히자 그녀의 머리카락이 얼굴을 뒤덮었다. 그리고 그녀는 그동안 쭉 그를 사랑해 왔는데 왜 사랑한다는 말 한마디 없느냐고 물었다. 그녀는 수줍어하지도 않았고, 냉정하지도 않았으며, 지루함을 느끼게 하지도 않았다. 그녀는 껴안기에 귀여웠으며, 상냥하고 사랑스러웠다. 마치 옛날 잭 길버트와 같이 있었던 때처럼 실제로 있었던 일로 생각되었다. 가르보는 한 번밖에 나타나질 않았지만 그는 그녀를 할로보다 훨씬 더 사랑했다. 반면에 할로는—아마 이번 일도 그러한 꿈들과 같은 것인지 모른다.

아니, 그렇지 않을지도 몰라. 그는 스스로에게 말했다. 이제라도 손을 뻗쳐 마리아를 만져 볼 수 있을지도 모르겠다. 그는 자신에게 말했다. 아마 너는 그렇게 하기를 두려워하고 있는지도 몰라. 그는 자신에게 말했다. 아마도 그러한 일은 결코 일어나지 않았고 또 사실이 아니며, 영화에서 본 사람들에 대한 꿈들처럼 네가 상상해 낸 것에 불과하다는 것을 발견하게 될지도 모른다. 그렇지 않고서 어떻게 옛날의 정든 여자들이 모두 되돌아와 밤마다 맨 마룻바닥 위에서, 헛간의 건초 속에서, 외양간에서, 뒤뜰에서, 밭 가운데서, 숲 속에서, 차고에서, 트럭에서 그리고 모든 스페인의 언덕에서 그의 침낭 속에 들어와 잘 수가 있단 말인가. 그들은 그가 잘 때면 침낭 속으로 들어오고는 한다. 실제보다 훨씬 더 아름다운 모습으로. 아마도 이건 그런 것과 같은 것일지도 모른다. 아마도 그녀에게 손을 대어 그것이 현실인가 아닌가를 알게 되는 것이 두려우리라. 아마 두려우리라. 어쩌면 그것은 스스로 상상해 냈거나 꿈을 꾼 것일지도 모른다.

그는 오솔길을 한걸음에 건너가 그녀의 팔을 잡았다. 그의 손바닥 밑으로 낡아 빠진 카키색 셔츠 속의 그녀의 부드러운 팔의 감촉이 느껴졌다. 그녀는 그를 쳐다보고 미소 지었다.

"마리아." 그가 말했다.

"왜 그러세요, 영국 양반?" 그녀가 대답했다.

그는 그녀의 환한 갈색 얼굴과 황 회색 눈동자와 미소가 가득한 입술, 햇볕에 그을린 짧은 머리를 보았다. 그녀는 얼굴을 그에게로 쳐들고 미소를 띠면서 눈을 들여다보았다. 확실히 이것은 현실인 것이다. 이제 그들은 소나무 숲이 끝나는 곳에 있는 해머거리 영감의 캠프가 보이는 곳까지 와 있었다. 마치 뒤집어 놓은 대처럼 둥글게 드러나 보이는 골짜기의 끝머리가 보였다. 그 석회석의 상층은 온통 동굴 투성이리라. 머리 위에도 두 개의 동굴이 있었다. 바위틈에서 자라난 잔솔들이 그것들을 아주 잘 은폐시키고 있었다. 이건 파블로네 못지않게 훌륭하고 더 나을 것 같은 장소로군.

"한데 너의 가족은 어떻게 총살당했다는 거야?" 필라르가 호아킨에게 말하고 있었다.

"별거 아니오, 아주머니." 호아킨이 말했다. "우리 집 식구들은 발라돌리드에 사는 사람들이 대부분 그렇듯이 좌익이었죠. 파시스트들이 마을 사람들을 숙청할 때 먼저 아버질 쏴 죽였죠. 사회주의자에게 투표했었거든. 그런 다음 놈들은 어머니를 쏴 죽였죠. 어머니도 사회주의자에게 투표를 했죠. 어머니가 투표를 해 본 것은 그것이 처음이었죠. 그런 다음 놈들은 매부들 중 한 사람을 총살시켰죠. 그 사람은 전차 운전사 조합원이었죠. 그 조합에 속하지 않는 한, 전차 운전을 할 수 없는 것이 뻔하잖소. 하지만 그는 정치적인 견해를 가지고 있었던 건 아니오. 난 그 사람을 잘 알고 있소. 좀 뻔뻔스럽기까지 한 사나이였죠. 훌륭한 동지라고는 생각할 수 없었어요. 그다음엔 또 다른 누이의 매부였는데 역시 전차 조합원이었죠. 나처럼 산으로 도망쳐 버리고 말았죠. 놈들은 누이가 매부 있는 곳을 아는 줄로 생각했던 것이지요. 하지만 누이는 모르고 있었거든요. 그래서 놈들은 매부가 있는 곳을 말하지 않는다고 누이를 싹 죽여 버렸어요."

"짐승 같은 놈들." 필라르가 말했다. "귀머거리 영감은 어디 있지? 보이질 않는데."

"여기에 있소. 아마 안에 있을 거요." 호아킨이 대답했다. 그러고는 멈춰서서 총대를 땅 위에 내려놓으며 말했다. "필라르, 내 말 좀 들어보우. 그리고 마리아 당신도. 우리 가족에 대한 일을 얘기해서 기분이 나빠졌다면 용서해 줘. 누구나 똑같은 괴로움을 가지고 있다는 걸 나는 알고 있소. 그러니까 그런 얘긴 하지 않는 게 더 나았을걸."

"그런 걸 얘길 해야 하는 거야." 필라르가 말했다. "서로서로 돕지 않는다면 우리들은 무엇 때문에 세상에 태어났냐 말이야? 아무 말도 않고 가만히 들어주는 것도 마음을 가라앉히는 데 도움이 되거든."

"하지만 마리아에겐 괴로움을 주게 될지도 몰라. 저 애는 저 애 자신 안에 괴로움이 너무 많아."

"그렇지 않아요." 마리아가 말했다. "내 것은 당신 양동이 정도로는 결코 차지도 않을 굉장히 큰 양동이니까요. 안됐어요, 호아킨. 당신 누님이 무사하길 바라요."

"지금까진 무사하지." 호아킨이 말했다. "놈들은 누이를 감옥에 처넣었는데 과히 못살게 굴지는 않는 것 같아."

"가족 중에 또 다른 사람은 없소?" 로버트 조던이 물었다.

"없소." 젊은이가 말했다. "나뿐이오. 이제 다른 사람은 없소. 산으로 도망친 매부를 제외하고는 말이오. 한데 죽었을 거라고 생각해."

"무사할 거예요." 마리아가 말했다. "아마 어떤 산속의 부대에 있을지도 모르죠."

"내 생각엔 죽은 것 같아." 호아킨이 말했다. "그 사람은 돌아다니는 데는 재주가 없지. 그리고 전차 운전사였으니 그런 건 산으로 들어가는 데 별로 도움이 되지 않는 거 아니오? 1년이나 지탱했을지 의문이오. 게다가 폐도 좀 약했거든요."

"하지만 무사할 거예요." 마리아가 그의 어깨에 팔을 얹었다.

"그럴 수도 있겠지. 그렇지 않다고는 할 수 없는 것 아냐?" 호아킨이 말했다.

젊은이가 그 자리에 서 있으려니까 마리아가 팔을 벌리고 그의 목을 끌어안더니 입을 맞추었다. 호아킨은 머리를 돌려 버렸다. 울고 있었기 때문이다.

"이건 오빠에게 하는 거예요." 마리아가 그에게 말했다. "난 오빠라 생각하고 당신에게 입 맞춘 거예요."

젊은이는 소리 없이 울면서 머리를 저었다.

"난 당신의 누이동생이에요." 마리아가 말했다. "난 당신을 사랑해요. 당신은 가족을 가지게 된 거예요. 우리 모두가 당신의 가족이에요."

"영국 양반도 포함해서지." 필라르가 힘 있는 소리로 말했다. "그렇죠, 영국 양반?"

"그렇소." 로버트 조던이 젊은이에게 말했다. "우린 모두 당신의 가족이란 말이야, 호아킨."

"이 양반이 네 형이란다." 필라르가 말했다. "그렇잖소, 영국 양반?"

로버트 조던은 젊은이의 어깨를 팔로 감싸 안았다. "우리 모두가 형제들이야." 그가 말했다. 젊은이는 머리를 흔들었다.

"난 그런 얘길 한 게 부끄럽소." 그가 말했다. "여러분들이 괴로운 생각을 품을 말을 하다니! 당신들을 괴롭혀 드린 게 부끄럽소."

"부끄럽다니, 무슨 ×같은." 필라르가 깊고 매력적인 목소리로 말했다.

"마리아가 다시 너에게 입 맞춘다면 나도 네게 입 맞춰 주마. 투우사에게 입 맞춰 보기는 정말 몇 해 만이로군. 너처럼 되다 만 투우사일망정 난

공산주의자가 돼 버린 잘못된 투우사에게 입 맞추고 싶어. 그 앨 붙잡아
줘, 영국 양반. 내가 멋진 키스를 할 때까지."

"어디 해 보시구려." 젊은이가 말하고 재빨리 몸을 피했다. "날 내버려
둬요. 난 괜찮소. 부끄럽소."

그는 얼굴 표정을 굳혀 가며 거기에 서 있었다. 마리아는 로버트 조던의
손을 잡았다. 필라르는 이제 그녀의 손을 엉덩이에 대고 놀리듯이 젊은이
를 바라보고 서 있었다.

"내가 네게 입 맞출 땐." 그녀가 그에게 말했다. "그건 누이동생으로서
하는 게 아냐. 누이동생으로서 키스를 하다니, 그따위 법은 없어."

"농담 같은 건 집어치워요." 젊은이가 말했다. "지금 말한 것처럼 나는
아무렇지도 않으니까. 그저 그런 얘기를 한 것이 부끄러울 뿐이오."

"자아, 그럼 가서 늙은이를 만나고 올까?" 필라르는 말했다.

"그렇게 흥분했더니 아주 지쳐 버렸어."

청년은 그녀를 쳐다보았다. 그의 눈빛으로 보아, 그가 갑자기 마음에 상
처를 입게 되었다는 것을 알 수 있었다.

"너의 흥분을 말하는 것이 아냐." 필라르는 말했다. "나의 일이지. 넌 투
우사치고는 아주 다감하군."

"난 그만둔 사람이오." 호아킨이 말했다. "그런 얘긴 이젠 그만둬 주슈."

"하지만 넌 언젠가는 투우사가 될 거야."

"그렇죠, 안 될 이유도 없지. 말하자면 투우의 직업이 경제적으로 그 목
적을 위해선 제일이거든. 그건 많은 사람들에게 일자리를 줄 것이고 국가
가 그걸 관리하게 되겠죠. 그리고 이젠 나도 두려워하지는 않을 것 같소."

"그럴 거야." 필라르가 말했다. "그럴 거야."

"왜 그렇게 야만스런 말투로 말씀하세요, 필라르?" 마리아가 그녀에게
말했다. "전 아주머니를 아주 좋아하지만 행동이 너무 야만스러우세요."

"내가 야만스럽다는 말은 맞을지도 몰라." 필라르가 말했다. "여보, 영국
양반. 귀머거리 영감에게 할 얘기는 알고 계시우?"

"알죠."

"그 사람은 나나 당신 같은 감상적인 순회 동물원의 짐승과는 달리 말
수가 적은 사람이니까 말이야."

"왜 그런 식으로 말씀하세요?" 마리아가 다시 화가 난 듯이 물었다.

"나도 모르겠어." 필라르는 성큼성큼 걸으며 말했다. "왜 그러리라고 생각을 하지?"

"저도 모르겠어요."

"때때로 난 모든 게 귀찮아져 버린단 말이야." 필라르가 화난 듯이 말했다.

"알겠니? 그중 하나는 내가 마흔 여덟이나 나이를 먹었다는 거야. 내 말 듣고 있니? 마흔 여덟이란 나이와 내 못난 얼굴이지. 또 하나는 내가 농담으로 입을 맞추겠다고 말했을 때 공산주의자가 돼 버린, 되다 만 투우사의 얼굴에서 당황하는 표정을 보았기 때문이야."

"그건 거짓말이오, 필라르." 젊은이가 말했다. "아주머닌 그런 걸 보지도 못했을 거예요."

"뭐, 거짓말이라고? 이 ×같은 놈아. 아, 저기 있군. 잘 있었나, 산티아고! 어떻게 지내?"

필라르가 말을 건 것은 작달 만한 체구에 광대뼈가 톡 튀어나온 육중한 갈색 얼굴의 사나이였다. 잿빛 머리에 미간이 넓은 황갈색의 눈, 인디언처럼 콧날이 좁은 매부리코, 길게 찢어진 윗입술 크고 얄팍한 입, 그는 깨끗이 면도를 했는데 목동들의 바지를 입고 장화를 신은 휘어진 다리로, 동굴 입구로부터 그들에게로 다가오고 있었다. 날씨는 따뜻했지만 그는 양털로 안을 댄 짧은 가죽 재킷을 입고 목 아래까지 바싹 단추를 채우고 있었다. 그는 필라르에게 잿빛의 커다란 손을 내밀었다. "안녕하시우, 아주머니." 그가 인사를 했다. "안녕하시우." 그는 로버트 조던에게도 인사를 하고 악수를 하면서 정면으로 날카롭게 쏘아보았다. 로버트 조던은 그의 눈이 고양이의 눈처럼 노랗고 파충류의 눈처럼 무표정하다는 것을 알았다. "아가씨도." 그는 마리아에게 말하면서 어깨를 두드렸다.

"식사하셨소?" 그는 필라르에게 물었다. 그녀는 머리를 저었다.

"그럼 같이 합시다." 그는 말하고 나서 로버트 조던을 바라보았다.

"한잔하시겠소?" 그는 엄지손가락을 밑으로 하여 손으로 술 따르는 시늉을 해 보이며 물었다.

"고맙소. 마시죠."

"좋아." 귀머거리 영감이 말했다. "위스키로 하겠소?"

"위스키가 있소?"

귀머거리 영감이 머리를 끄덕였다. "영국 분이오?" 그가 물었다. "러시아 사람은 아니지?"

"미국인이오."

"여긴 미국인이 아주 드물어." 그가 말했다.

"자꾸자꾸 올 거요."

"나쁘진 않지. 북부요, 남부요?"

"북부죠."

"그럼 영국 사람이나 마찬가지군. 다린 언제 폭파시킬 거요?"

"다리 일에 대해서 알고 계시는군." 귀머거리 영감은 머리를 끄덕였다.

"모레 아침이오."

"좋소." 귀머거리 영감이 말했다.

"파블로는?" 그는 필라르에게 물었다.

그녀는 머리를 저었다. 귀머거리 영감이 히죽 웃었다.

"저쪽으로 좀 갔다가 말이지." 그는 마리아에게 말하고 다시 히죽 웃었다. "돌아오라구." 그는 웃옷 안주머니에서 가죽끈이 달린 커다란 시계를 끄집어내어 들여다보았다. "30분 후에."

그는 벤치처럼 사용하는 평평하게 깎은 통나무 위에 앉으라고 그들에게 몸짓을 했다. 그런 다음 호아킨을 바라보면서 그들이 온 방향의 오솔길을 엄지손가락으로 가리켰다.

"호아킨하고 같이 내려갔다 오겠어요." 마리아가 말했다.

귀머거리 영감은 동굴 안으로 들어갔다가 스카치 위스키 병과 잔 세 개를 들고 나왔다. 병은 겨드랑이 밑에 끼고, 세 개의 컵은 술병을 낀 쪽 손가락 사이에 하나씩 끼었으며, 다른 한 손으로는 도자기 물병의 모가지를 쥐고 있었다. 그는 통나무 위에다 잔과 술병을 내려놓고 물병은 땅 위에 놓았다.

"얼음이 없어." 그가 로버트 조던에게 말하며 술병을 건네주었다.

"난 들고 싶지 않아." 필라르가 말했다. 그리고 자기 잔을 손으로 가렸다. "간밤엔 얼음이 얼었었지." 귀머거리 영감은 말하고 나서 히죽 웃었다.

"한데 다 녹았어. 저 위엔 얼음이 있지만." 귀머거리 영감은 말하면서, 벌거숭이 산 위로 드러나 보이는 눈을 가리켰다. "너무 멀어서."

로버트 조던은 귀머거리 영감의 잔에 술을 따르려고 했다. 그러나 귀머거리 영감은 머리를 흔들면서 각자가 따라 마시자는 시늉을 했다.

로버트 조던은 잔에다 위스키를 왈칵 쏟았다. 귀머거리 영감은 열심히 그를 바라보고 있었다. 그가 다 따르자 물병을 그에게 넘겨주었다. 로버트 조던은 차가운 물로 잔을 채웠다. 물은 그가 병을 기울이자 그 도자기 주둥이로부터 주르륵 쏟아져 나왔다. 귀머거리 영감은 잔의 반가량 술을 따르고 물로 잔을 채웠다.

"포도주를 드시겠소?" 그가 필라르에게 물었다.

"아니, 물이나 좀 주구려."

"자 드시우." 그가 말했다. "좋은 건 아니지만." 그는 로버트 조던에게 말하며 히죽 웃었다. "영국 사람을 많이 알고 있지. 늘 위스키를 들더군."

"어디서요?"

"목장에서였지." 귀머거리 영감이 말했다. "주인의 친구들이었어."

"위스키는 어디서 구합니까?"

"뭐라고?" 그는 알아들을 수가 없었던 것 같았다.

"고함을 쳐 대야 한다우." 필라르가 말했다. "저쪽 귀에다 대고."

귀머거리 영감이 잘 들리는 쪽 귀를 가리키면서 히죽 웃었다.

"위스키는 어디서 구합니까?" 로버트 조던이 고함쳤다.

"만들지." 귀머거리 영감이 말했다. 그러고는 로버트 조던의 손이 잔을 입으로 가져가려다가 멈칫하는 것을 바라보았다.

"아냐." 귀머거리 영감이 말하며 그의 어깨를 두들겨 주었다. "농담이야. 라그랑하에서 구해 오지. 지난밤에 영국인 폭파 담당자가 온다는 말을 들었어. 좋아, 아주 좋아. 위스키를 구해 둘까? 당신을 위해서 말이야. 좋아하오?"

"아주 좋아하죠." 로버트 조던이 말했다.

"이건 아주 훌륭한 위스키로군요."

"좋아." 귀머거리 영감이 히죽 웃었다. "오늘 밤 정보를 가지고 가려던 참이었어."

"어떤 정보요?"

"많은 병력이 이동하고 있지."

"어디서요?"

"세고비아에서. 비행기를 봤소?"

"봤죠."

"좋지 못한 일인가?"

"좋지 않은 일이죠."

"부대 이동?"

"빌라카스틴과 세고비아 사이에선 대단하더군요. 발라돌리드 도로상에도, 빌라카스틴과 산 라파엘 사이에서도 대단하더군요. 굉장들 하던데요."

"당신은 어떻게 생각하오?"

"우리 편에서 뭔가 준비를 하고 있는 게 아닐까요?"

"그럴지도 모르지."

"적도 알고 있죠. 역시 준비할 겁니다."

"그것도 있을 수 있지."

"왜 다릴 오늘 밤에 폭파시키지 않지?"

"명령이니까요."

"누구의 명령인데?"

"참모 본부죠."

"그럴 거야."

"폭파 시기가 중요한 거유?" 필라르가 물었다.

"가장 중요하죠."

"하지만 적이 부대 이동을 한다면?"

"안셀모를 시켜 이동과 집결 보고서를 보낼 작정이오. 그는 도로를 감시하고 있소."

"도로로 누군가를 내보냈단 말이오?" 귀머거리 영감이 물었다.

로버트 조던은 자기가 한 말이 어느 정도나 그 사나이에게 통했는지 추측조차 할 수가 없었다. 상대방이 귀머거리라면 그 누구인들 알 도리가 없을 것이다.

"그렇소." 그는 말했다.

"나도 역시 감시자를 보냈지. 왜 당장 다릴 폭파하지 않소?"

"명령이란 말이오."

"난 그게 싫어." 귀머거리 영감이 말했다.

"그게 난 싫단 말이야."

"나도 그렇소." 로버트 조던이 말했다.

귀머거리 영감은 머리를 흔들고는 위스키를 한 모금 마셨다. "내가 필요한가?"

"몇 명이나 거느리고 계시오?"

"여덟 명."

"전화선을 끊고, 도로 수리공의 집 쪽 초소를 공격하여 점령한 다음 다리 위로 퇴각하는 거요. 알겠소? "

"그건 쉬운 일이지."

"나중에 전부 적어 드리겠소."

"그럴 필요 없어. 한데 파블로는?"

"아래쪽 전화선을 끊고 제재소의 보초병을 공격하여 그곳을 점령한 후, 다리 위로 철수해오는 거죠."

"그럼 그 후의 퇴각은?" 필라르가 물었다. "우린 남자 일곱에 여자 둘, 말 다섯 필이야. 당신 쪽은?" 그녀는 귀머거리 영감의 귀에다 대고 고함을 쳤다.

"여덟 명에다 말 네 필이지." 영감은 말했다. "말이 모자라."

"열일곱 명에다 말 아홉 필이라." 필라르가 말했다. "짐 운반할 건 치지 않고 말이야."

귀머거리 영감은 아무 말도 하지 않았다.

'말을 구할 방법이 없을까요?" 로버트 조던이 귀머거리 영감의 들을 수 있는 귀 쪽에다 대고 말했다.

"전쟁 때는 1년이 걸려." 귀머거리 영감이 말했다. "네 마리밖에 구할 수가 없어." 그는 네 손가락을 펴 보였다. "그런데도 내일 쓰기 위해 여덟 마리를 구하란 말이오?"

"그렇죠." 로버트 조던이 말했다. "여길 떠나야 된다는 걸 알아 두서야하오. 그렇다면 그전처럼 이 근처에서 조심할 필요는 없는 거요. 이 이상 여기선 경계할 필요가 없단 말이죠. 어떻게든 뚫고 나가서 말 여덟 필쯤 훔쳐 올 수 없겠소."

"될지도 모르지." 귀머거리 영감은 말했다. "한 마리도 못 구할지 모르고, 그 이상 구할 수 있을지도 모르지."

"자동 소총은 가지고 계시오?" 로버트 조던이 물었다. 귀머거리 영감은 머리를 끄덕였다.

"어디 있소?"

"산 위에."

"어떤 종류요?"

"이름은 몰라, 둥근 탄창이 달린 건데."

"몇 연발짜리요?"

"다섯 개지."

"누가 사용법을 아오?"

"내가 조금 알지. 별로 쏴 본 일은 없지만 여기선 시끄럽게 하고 싶질 않고, 탄알도 아껴야 하니까."

"나중에 한번 보겠소." 로버트 조던이 말했다. "수류탄은 있습니까?"

"많지."

"소총 한 자루 앞에 탄알이 몇 발 있소?"

"많지."

"얼마나 되오?"

"150발, 아마 더 될지도 몰라."

"다른 병력은 어디 있소?"

"어디다 쓰려고?"

"초소를 점령하고 내가 다리를 폭파하는 동안 다리를 지키려면 충분한 병력이 필요하오. 지금의 우리 병력 두 배가 필요하죠."

"초소 점령은 걱정 마. 그날 몇 시에 하지?"

"새벽녘이죠."

"걱정 마."

"확실히 내가 스무 명 이상은 써야 될 것 같소." 로버트 조던이 말했다.

"쓸 만한 놈이 있어야지. 믿을 만한 놈이 못 되는데 괜찮겠소?"

"안되죠. 쓸 만한 사람은 몇 명이나 되오?"

"네 명쯤 될까?"

"왜 그렇게 적죠?"

"믿을 수가 없는 거지."

"말지기로 쓰기에도 말이오?"

"말지기라면 더욱더 믿을 만해야지."

"될 수만 있다면 열 명쯤 더 쓸 만한 사람이 필요한데."

"네 명뿐이야."

"안셀모는 이 산속에 100명 이상 있다고 하던데요."

"쓸 만한 놈들이 아냐."

"당신은 서른 명이라고 그랬죠." 로버트 조던이 필라르에게 말했다.

"꽤 믿을 만한 사람이 서른 명쯤은 있다고."

"엘리아스 패는 어떻겠수?" 필라르가 귀머거리 영감에게 고함쳤다.

그는 머리를 흔들었다.

"쓸 만한 놈들이 아냐."

"열 명쯤 구할 수 없겠소?" 로버트 조던이 물었다. 귀머거리 영감은 무표정하고 노란 눈으로 그를 쳐다보고는 머리를 흔들었다.

"네 명뿐이야." 그는 말하고 손가락 네 개를 들어 보였다.

"당신 부하들은 쓸 만하오?" 로버트 조던이 물었으나, 곧 묻지 않는 것이 좋았을걸, 하고 후회했다.

귀머거리 영감은 머리를 끄덕였다.

"위험하지 않은 범위 안에서는." 그는 스페인어로 대답하고는 히죽 웃었다. "그래도 괜찮겠지?"

"괜찮겠죠."

"나는 그렇게 생각해." 귀머거리 영감은 담담하게, 뽐내는 기색도 없이 말했다. "쓸모없는 자들보다는 쓸 만한 놈 네 명이 더 낫지. 이번 전쟁엔 쓸모없는 놈들만 많고 쓸 만한 자들은 극히 드물어. 쓸 만한 놈들은 매일 줄어들지. 한데 파블로는?" 그는 필라르를 바라보았다.

"당신도 알다시피," 필라르가 말했다. "날이 갈수록 나빠져만 간다우." 귀머거리 영감은 어깨를 으쓱했다.

"술 드시오." 귀머거리 영감은 로버트 조던에게 권했다. "내 부하들을 비롯해서 네 명쯤 더 데리고 가겠소. 열두 명을 만들어 주지. 오늘 밤 모든 걸 의논하자고. 다이너마이트 예순 개가 있어. 필요하오?"

"몇 퍼센트짜린데요?"

"모르겠는데. 보통 다이너마이트야. 내가 가지고 가지."

"그걸로 위쪽의 조그만 다리를 폭파하도록 합시다." 로버트 조던이 말했다. "그것 마침 잘됐군요. 오늘 밤 내려오시겠소? 그걸 가지고 말이오. 그 다리에 대한 명령은 받지 않았지만 폭파시켜야겠소."

"오늘 밤 가겠어. 그다음엔 말을 구하러 가지."

"말을 구할 방도가 있소?"

"있겠지. 자, 식사나 하자고."

이자는 누구에게든 이런 식으로 말하는 것일까, 하고 로버트 조던은 생각했다. 그렇지 않으면 외국인을 납득시키기 위해 생각해 낸 방법일까?

"그런데 이 일이 끝난 후엔 어디로 갈 작정이우?" 필라르가 귀머거리 영감의 귀에 대고 고함쳤다.

그는 어깨를 으쓱했다.

"모든 걸 미리 짜 놓지 않으면 안 돼." 필라르는 말했다.

"물론이지." 귀머거리 영감이 말했다. "알고 있어."

"형세는 아주 나빠." 필라르가 말했다. "계획을 잘 짜야만 돼."

"그렇고말고." 귀머거리 영감이 말했다. "당신은 뭘 걱정하는 거지?"

"전부 다지." 필라르가 고함쳤다.

귀머거리 영감은 그녀를 보고 히죽 웃었다.

"파블로와 잘해 오지 않았소." 그가 말했다.

그러니까 이자는 외국인에 대해서만 그 서투른 스페인어를 쓰는구나, 하고 로버트 조던은 생각했다. 좋은 일이야. 그가 제대로 얘기하는 걸 듣는 것도 재미있군.

"어디로 가야 할 것 같수?" 필라르가 물었다.

"어디냐고?"

"그렇지, 어디로."

"갈 데야 많지." 귀머거리 영감이 말했다. "장소는 많아. 그레도스를 아시우?"

"거기는 사람들이 많아. 놈들은 시간이 생기면 곧 그런 데를 소탕하려 들걸."

"하긴 그래. 하지만 거긴 지역이 넓고 지대가 험하지." "거기로 가려면 무척 힘이 들 거야." 필라르가 말했다.

"뭐든지 만만한 일은 없어." 귀머거리 영감이 말했다. "다른 곳으로 갈 수 있다면 그레스도로 갈 수 있을 거야. 밤을 이용해 가는 거지. 여긴 이제 너무 위험해. 우리가 여기 이렇게 오래 머물러 있다는 건 기적이야. 그레도스는 여기보다 안전한 지역이지."

"난 어디로 가고 싶은지 아시우?" 필라르가 그에게 물었다. "어디? 파라메라? 거긴 좋질 않아."

"천만에." 필라르가 말했다. "시에라데파라메라는 아니야. 난 공화국 쪽으로 가고 싶어."

"그것도 가능하지."

"당신 부하들이 갈까요?"

"가겠지, 내가 얘기하면."

"우리 패들은 어떨지 모르겠어." 필라르가 말했다. "파블로는 사실 거기가 더 안전하다는 걸 알지도 모르지만 가고 싶어 하지 않을 거야. 그이는 너무 늙어서 계급을 올려 주지 않는 한 병졸이 되기 위해 갈 리가 없어. 집시는 가고 싶지가 않을 거고. 다른 사람들은 모르겠지만."

"오랫동안 아무 일도 일어나질 않아서 위험을 못 깨닫고 있는 거야." 귀머거리 영감이 말했다.

"오늘 비행기를 봤으니까 좀 더 위험을 느낄걸." 로버트 조던이 말했다. "하지만 그레도스라면 더 잘해 나가실 수 있으리라 믿소."

"무얼?" 귀머거리 영감이 물으며 아주 무표정한 눈으로 그를 쳐다보았다. 그가 질문을 하는 태도에는 친근한 맛이라고는 조금도 없었다.

"거기라면 더 효과적으로 습격을 할 수 있겠단 말이오." 로버트 조던이 말했다.

"그렇지." 귀머거리 영감이 말했다. "그레도스를 아시오?"

"네, 거기라면 철도 간선을 습격할 수가 있죠. 우리가 훨씬 남쪽 에스트레마두라에서 하고 있듯이 계속 차단시킬 수가 있을 거요. 거기서 일하는 것이 공화국 쪽으로 돌아가는 것보다 나을 거요."

로버트 조던이 말했다. "당신은 그곳으로 가는 것이 훨씬 쓸모 있소."

그가 얘기하는 동안 그들 두 사람은 침울해져 있었다.

귀머거리 영감은 필라르를 쳐다보았고 필라르도 그를 마주 보았다.

"그레도스를 알고 있소?" 귀머거리 영감이 물었다. "정말로?"

"알고말고요." 로버트 조던이 대답했다.

"당신은 어디로 갈 거요?"

"브라코데아빌라 위쪽으로. 여기보단 나은 장소죠. 베하르와 플라센시아 사이의 간선도로와 철도를 습격할 거요."

"아주 힘들걸." 귀머거리 영감이 말했다.

"우린 에스트레마두라 지역 안의 훨씬 더 위험한 곳에서도 그런 철도를 습격해 낸 일이 있소." 로버트 조던이 말했다.

"우리라니, 누구지?"

"에스트레마두라의 유격대들이지요."

"많이 있소?"

"마흔 명쯤 되죠."

"왜 거기서 온, 신경이 약하고 괴상한 이름을 가진 사람이 있었잖수?"

"있었지요."

"그 사람 지금 어디 있수?"

"죽었소. 전번에 말했잖소."

"당신도 거기 있었수?"

"그렇소."

"내가 하려는 말 알겠지?" 필라르가 그에게 말했다.

내가 잘못을 저지르고 있군, 하고 로버트 조던은 생각했다. 스스로 공적이나 능력 같은 건 절대 얘기해선 안 되는 법인데, 나는 이 스페인 사람들에게 우리가 그들보다 더 나은 일을 할 수 있다고 지껄여 댄 것이다. 그들의 비위를 맞춰 주어야 할 때 나는 그들에게 무얼 해야 한다느니 지껄여 댔고, 그래서 이제 그들은 화가 난 것이다. 그래, 그들은 화를 내든가 그만 두든가 할 것이다. 그들은 확실히 여기기보다는 그레도스에서 더 쓸모가 있을 것이다. 그 증거로 카시킨이 계획한 열차 사건 이후로 그들은 여기서 아무것도 한 일이 없지 않은가. 그건 뭐 그렇게 볼 만한 일은 아니었다. 그 일은 파시스트들에게 기관차 하나를 손해 입히고 군인 몇 명을 죽였을 뿐이다. 그들은 그게 마치 전쟁의 절정인 양 얘기하고 있지만 아마 부끄럼을 느끼고 그레도스로 가지 않고는 견딜 수 없게 되리라. 그렇다, 그리고 필경 나도 여기에서 쫓겨나게 될 것이다. 하여간에 내 앞길에서 기다리고 있는 것은 신통한 메뉴는 아닌 것 같다.

"이봐요, 영국 양반." 필라르가 말했다. "당신의 담력은 어떻수?"

"염려 없소." 로버트 조던은 말했다. "아주 오케이요."

"요전번에 우리와 함께 일을 하도록 파견돼 온 폭파원은 기술이 아주 대단했지만 신경은 몹시 약했다우."

"겁쟁이들도 있지요." 로버트 조던이 말했다.

"난 그가 겁쟁이라는 말은 아니야. 아주 훌륭하게 행동했으니까 말이우." 필라르가 말을 이었다. "하지만 그 사람 말하는 게 아주 묘하고 비비 꼬는 거였어." 그녀는 목소리를 높였다. "그렇잖우, 산티아고? 지난번 폭파기술자, 그 기차 일에 참가한 사람 말이우. 좀 이상하지 않았수?"

"좀 이상하더군." 귀머거리 영감이 머리를 끄덕였다. 그러고는 진공청소기 자루 끝에 있는 둥근 구멍을 연상시키는 눈으로 로버트 조던의 얼굴을 훑어보았다. "그래, 좀 이상한 데가 있지만 퍽 좋은 사람이었지."

"죽었소." 로버트 조던이 귀머거리 영감의 귀에다 대고 말했다.

"어쩌다?" 귀머거리 영감이 로버트 조던의 눈으로부터 입께로 시선을 떨어뜨리며 물었다.

"내가 싹 죽였소." 로버트 조던이 말했다. "너무 부상이 심해서 걸을 수가 없어 쏴 죽였어요."

"그 사람 늘, 꼭 그렇게 되고 말 거라고 얘기했었지." 필라르가 말했다. "강박관념이겠지."

"맞소." 로버트 조던이 말했다. "그는 항상 꼭 그렇게 되고 말 거라고 지껄였소. 강박관념이오."

"어떻게 말이야?" 귀머거리 영감이 물었다. "열차 습격 때였소?"

"열차 습격에서 돌아오는 길이었지요." 로버트 조던이 말했다. "열차 습격은 훌륭히 했소. 그런데 캄캄한 그 속을 돌아올 때 적의 순찰병을 만나 도망치기 시작했는데 등허리에다 쏘아 대더군요. 어깨뼈를 맞았을 뿐, 다른 뼈는 괜찮았소. 그러나 무척 먼 길을 걸은 끝이라 더 이상 걸을 수가 없었소. 뒤에 남기 싫다고 하기에 싹 죽였지요."

"그 편이 나았지." 귀머거리 영감이 말했다.

"그럼, 당신은 분명히 담력 쪽은 걱정 없단 말이지?" 필라르는 로버트 조던에게 물었다.

"물론." 그는 말했다. "내 담력이 크다는 것은 틀림없소. 이 다리 폭파를 마치면 아주머니는 그레도스로 가는 것이 좋을 것 같소."

그가 이렇게 말하자 여자는 쌍소리를 홍수처럼 퍼붓기 시작했는데 그 것은 마치 간헐온천間歇溫泉에서 갑자기 뿜어 나오는 하얗고 뜨거운 물처럼 그를 뛰어넘고 그를 에워싸면서 흐르기 시작했다.

귀머거리 영감은 로버트 조던에게 머리를 흔들어 보이고는 유쾌한 듯이 히죽 웃었다. 필라르가 계속 욕지거리를 지껄이는 동안 즐거운 듯이 머리를 흔들어 댔기 때문에 로버트 조던은 이 노인이 완전히 기분이 좋아졌다는 것을 깨달았다. 마침내 그녀는 욕설을 멈추고 물병에 팔을 뻗어 끌어당겨 한 모금 마신 다음 나직한 목소리로 말했다. "이젠 우리들이 나중에 어떻게 해야 한다는 등의 말은 그만두시우. 알겠어, 영국 양반? 당신은 공화국 쪽으로 되돌아가 당신의 일이나 하시우. 여기 있는 우리들의 일은 죽든 살든 우리가 결정할 테니까 상관하지 말란 말이야."

"어디 살든 간에 말이야." 귀머거리 영감이 말했다.

"침착해야 해, 필라르."

"살든 죽든 간에 말이야." 필라르가 말했다. "결말이 훤하게 들여다보여. 난 당신이 좋다우, 영국 양반. 하지만 당신 일이 끝난 뒤에 우리들이 어떻게 해야 한다는 말은 집어치우시구려."

"내가 상관할 바 아니겠죠." 로버트 조던이 말했다. "난 그런 일에 관계하고 싶지도 않소."

"하지만 당신은 간섭했잖아." 필라르가 말했다. "당신은 그 까까중 갈보나 데리고 공화국 쪽으로 가란 말이야. 하지만 아직 어머니 젖도 빨 줄 모르는 주제에 우리나라 사람들이나 공화국을 사랑하는 사람들에게 간섭하려 들지 말란 말이야."

그들이 얘기하는 동안 마리아가 오솔길을 올라오다가 필라르가 로버트 조던에게 고함친 마지막 대목을 들었다. 마리아는 로버트 조던에게 격렬하게 머리를 흔들어 보이고 조심하라는 듯 손가락을 저어 댔다. 필라르는 로버트 조던이 마리아에게 미소 짓는 모습을 보고는 몸을 팩 돌리며 말했다. "그래, 갈보라고 말했다. 정말로 한 말이란 말이야. 너희 놈들은 발렌시아로 함께 가 버려. 우리들은 그레도스에서 염소 껍데기나 씹을 테니까."

"아주머니가 정 그러시다면 갈보라도 좋아요, 아주머니." 마리아가 말했다. "전 아주머니가 부르고 싶은 대로니까요. 하지만 진정하세요. 대체 어떻게 된 일이에요?"

"아무것도 아니다." 필라르는 말하고 나서 벤치 위에 앉았다. 그녀의 목소리는 꽤 가라앉아 그 금속성의 성난 소리는 사라지고 없었다. 난 이제 널 갈보라고 부르지 않으마. 하지만 난 공화국으로 가고 싶어 견딜 수가 없다."

"우린 모두 갈 수 있어요." 마리아가 말했다.

"그렇지, 가서 안 될 것도 없지요." 로버트 조던이 말했다. "그레도스가 싫으신 모양이니 말이오."

귀머거리 영감이 그를 보며 히죽 웃었다.

"알게 될 거유." 필라르가 말했다. 그녀의 노여움은 이제 가라앉아 있었다. "그 귀한 술이나 한잔 주구려. 화를 냈더니 목이 마르구먼. 알게 될 거라우. 어떤 일이 일어날지 알게 되지."

"알겠소, 동지." 귀머거리 영감이 설명했다. "곤란한 건 그게 아침이라는 거야." 그는 이제 서투른 스페인어를 쓰지 않았다. 그리고 로버트 조던의 눈을 탐색하는 것도 아니고, 미심쩍어 하는 것도 아니었다. 또 이전에 전투에 참가한 일이 있는 늙은 용사의 단순한 우월감도 보이지 않고, 온화하게 설명하는 듯이 들여다보았다. "당신에게 필요한 것을 알고 있고, 또 초소를 점령하고 당신이 일을 하는 동안 다리를 지키고 있어야 한다는 것도 알고 있소. 나는 완전히 알고 있소. 일은 새벽이 아니면 날이 샐 때 하는 게 쉬울 것 같소."

"그렇죠." 로버트 조던이 말했다. "잠깐 저리 가 줘." 그는 마리아를 쳐다보지도 않은 채 그녀에게 말했다.

그녀는 얘기가 안 들릴 만큼 걸어가 앉았다. 그녀의 손은 발목을 잡고 있었다.

"아시겠소?" 귀머거리 영감이 말했다. "그 일엔 별문제가 없소. 하지만 그런 다음 대낮에 여길 떠나는 건 곤란한 문제거든."

"확실히 그렇소." 로버트 조던이 말했다. "나도 그런 생각을 하고 있었소. 내게도 대낮이라는 점이 문제요."

"하지만 당신은 홀몸이야." 귀머거리 영감이 말했다. "우리 패엔 별 인간이 다 있지만."

"캠프로 돌아와 어두워진 다음에 떠날 수도 있어." 필라르가 술잔을 입으로 가져갔다가 다시 내리며 말했다.

"그건 역시 퍽 위험한 일이지." 귀머거리 영감이 말했다. "더 위험할지도 모르는 일이야."

"나도 그렇게 생각하오." 로버트 조던이 말했다.

"밤에 다리를 해치우는 게 쉽지." 귀머거리 영감이 말했다. "대낮에 해치워야 한다는 조건이니까 곤란한 문제가 생기는 거야."

"나도 그건 알고 있소."

"밤에 할 수는 없겠소?"

"그렇다면 내가 사살될 위험이 있죠."

"낮에 그 일을 해치운다면 우리 모두가 사살될 가능성이 크지."

"난 다리만 폭파하면 나 자신은 그리 중요한 문제가 아니라고 생각하고 있소." 로버트 조던이 말했다. "하지만 당신의 견해를 모르는 건 아니지요. 낮에 퇴각하는 방법은 없을까요?"

"글쎄." 귀머거리 영감이 말했다. "그런 퇴각 방법도 생각해 보시오. 하지만 한쪽은 고집하고 또 한쪽은 왜 화만 내는지 설명해 드리겠소. 당신은 그레도스로 가는 걸 마치 수행해야만 할 군사 작전인 양 얘길 하고 있소. 하지만 그레도스에 도착한다는 건 기적적인 일이지."

로버트 조던은 아무 말도 하지 않았다.

"내 얘길 들어 보시오." 귀머거리 영감이 말했다. "내가 말을 너무 많이 하나 보오. 하지만 그래야만 서로 이해하게 될 거요. 우린 기적의 힘으로 여기 살아남아 있단 말이오. 파시스트 놈들의 태만과 우매에서 온 기적 덕분에 말이오. 놈들도 때가 되면 정신을 차릴 테지. 물론 우리도 조심하고 조심해서 이 부근 산속에서는 조금도 소동이 일어나지 않도록 주의하고 있었지만."

"나도 알고 있소."

"하지만 이제 우리는 이 일로 해서 떠나야만 하오. 우리는 떠나는 방법에 대해 충분한 고려를 하지 않으면 안 된단 말이오."

"그건 그렇죠."

"그럼." 귀머거리 영감이 말했다. "이제 식사나 하자고. 내가 너무 지껄여 댔군."

"영감이 이렇게 말을 많이 하는 건 처음 봤수." 필라르가 말했다. "이것 때문이우?" 그녀가 술잔을 추켜올렸다.

"아니지." 귀머거리 영감이 머리를 흔들었다. "위스키 때문이 아냐. 여태까지 그렇게 많이 얘기할 재료가 없었던 거지."

"당신의 조력과 충성은 충분히 알겠소." 로버트 조던이 말했다. "폭파 시간에 야기될 곤란도 충분히 이해하고 있소."

"그런 소린 마시오." 귀머거리 영감이 말했다. "우리는 우리가 할 수 있는 일을 하기 위해 여기에 온 거요. 하지만 이 일은 곤란하구먼."

"종이 위에선 아주 간단한 일이죠." 로버트 조던이 히죽 웃었다. "종이 위에서는 그 길로 아무것도 오지 못하게 하기 위해 공격이 시작되는 순간 다리를 폭파시키면 된다는 거죠. 아주 간단하오."

"그자들은 종이 위에서 우리에게 무언가를 하라고 시키는 거란 말이야." 귀머거리 영감이 말했다. "우리가 종이 위에서 무엇인가를 생각하고 그것을 실행한다고 생각하고 있어."

"'종이에선 피도 안 난다.'는 말이죠." 로버트 조던이 격언을 인용해 말했다.

"하지만 그건 아주 유익한 거라우." 필라르가 말했다. "'유익한' 거고 말고. 내가 바라는 건 그 목적을 위해 당신이 받은 명령을 이용하길 바라는 거라우."

"나도 역시 그렇소." 로버트 조던이 말했다. "하지만 그런 식으로는 결코 전쟁에서 이길 수가 없을 거요."

"그렇지." 몸집 큰 여자가 말했다. "나도 그렇게 생각한다우. 하지만 내가 뭘 원하는지 알겠수?"

"공화국으로 가는 일이지." 귀머거리 영감이 말했다. 그는 그녀가 말할 때 잘 들리는 쪽 귀를 그녀에게 바싹 갖다 댔다.

"아아, 이미 여자는 사라지다인가? 어쨌든 이번 일에 승리하자고. 그럼 천하가 공화국이 될 테지."

"좋아요." 필라르가 말했다. "그럼 식사나 들자고요."

12

그들은 식사를 마친 다음 귀머거리 영감네 캠프를 떠나 오솔길을 내려가기 시작했다. 귀머거리 영감은 아래쪽 초소가 있는 데까지 그들을 따라 내려왔다.

"잘 가시오." 그가 말했다. "오늘 밤에 봅시다."

"안녕히 계시오, 동지." 로버트 조던이 그에게 말했다. 그리고 그들 셋은 오솔길을 내려갔다. 귀머거리 영감은 그들을 바라보며 서 있었다. 마리아는 몸을 돌려 그에게 손을 흔들었다. 그러자 귀머거리 영감이 마치 무엇을 던지는 듯한, 용건과 관계없는 인사 따위는 거절한다는 듯이 스페인식 특유의 동작으로 무시하듯이 무뚝뚝하게 손을 흔들었다. 식사 중에 그는 양가죽의 윗도리 단추를 절대로 풀지 않았다. 예의 바르게 얘기에 귀를 기울이는 식으로 마음을 썼으며, 그 야릇한 스페인 말투를 다시 쓰며 로버트 조던에게 정중하게 공화국의 상태를 묻거나 했다. 그러나 그가 그들을 쫓아 보내고 싶어 한 것만은 분명히 알 수 있었다.

그와 헤어질 때 필라르가 말했다. "웬일이우 산티아고?"

"아무것도 아니요." 귀머거리 영감은 말했다. "아무것도 아냐. 난 단지 생각하는 것이 있을 뿐이야."

"나도 그래." 그들은, 올 적에는 애를 먹어 가며 기어오른 솔밭 속의 험한 길을 이번에는 편안하고 유쾌하게 내려왔다. 그런데 필라르는 아무 말도 하지 않았다. 로버트 조던도 마리아도 입을 열지 않았다. 오솔길이 험한 언덕길도 되고, 나무들이 빽빽이 들어찬 골짜기로 해서 숲을 지나 높은 초원 지대에 이를 때까지 세 사람은 빠른 걸음으로 걸어갔다.

5월 말의 오후는 뜨거웠다. 마지막 험한 언덕길을 반쯤 올라갔을 때, 필라르가 멈춰 섰다. 로버트 조던도 멈춰 서서 뒤돌아보았다. 그녀의 이마에는 땀방울이 구슬처럼 맺혀 있었다. 햇볕에 그을린 얼굴은 핏기를 잃어 창백했으며, 눈 아래에는 검은 멍이 든 것 같았다.

"잠깐 쉽시다." 그가 말했다. "너무 빨리 걷는 것 같군요."

"아니." 그녀는 말했다. "그냥 갑시다."

"쉬어 가요, 필라르." 마리아가 말했다. "아주머니 안색이 아주 나빠요."

"입 닥쳐!" 필라르는 말했다. "쓸데없는 걱정 말라고."

그녀는 오솔길을 올라가기 시작했지만 꼭대기에 오르자 헉헉거렸고 얼굴은 땀으로 흠뻑 젖었다. 이제 그녀가 창백해진 것은 의심할 여지가 없었다.

"좀 앉아요, 아주머니." 마리아가 말했다. "제발요. 제발 좀 앉으세요."

"그래." 필라르가 말했다. 그들 셋은 소나무 밑에 앉아 산 위의 초원을 바라보았다. 산봉우리의 정상이, 이른 오후의 햇빛을 받아 눈을 반짝이게 하는 고원의 기복에서 뾰족 솟아 있는 것처럼 보였다.

"눈이란 왜 그리 밉살스럽고, 그러면서도 왜 그리 아름답게 보일까?" 필라르는 말했다. "눈이란 마치 사람을 어리게 하는 환영이로군." 그녀는 마리아 쪽을 돌아다보았다. "너에게 심하게 굴어 미안하다. 예쁜아, 난 오늘 무엇에 홀렸는지 모르겠어. 아주 기분이 나빠."

"난 아주머니가 화나셨을 때 하시는 말씀에 마음을 쓰지 않아요." 마리아가 그녀에게 말했다. "아주머니는 화를 잘 내시는 편이잖아요."

"아냐, 화를 낼 때보다 더 기분이 나쁜걸." 필라르가 산봉우리를 쳐다보며 말했다.

"몸이 편찮으시잖아요." 마리아가 말했다.

"그런 탓이 아니야." 필라르가 말했다. "이리 와 봐, 아가씨야. 내 무릎에 머리를 놔 봐."

마리아는 그녀에게 가까이 다가가 팔을 뻗어 마치 베개 없이 자는 사람처럼 머리를 팔 위에 괴고 엎드렸다. 그녀는 필라르 쪽으로 얼굴을 젖혀 보이면서 미소 지었지만 그 몸집 큰 여자는 산 위의 초원을 바라볼 뿐이었다. 그녀는 내려다보지 않은 채 마리아의 머리를 그 투박한 손으로 이마에서 귓전으로, 그리고 그녀의 목덜미에 자라난 머리카락 부분으로 어루만져 나갔다.

"이 앤 조금 있으면 당신 것이 될 거야, 영국 양반." 그녀가 말했다. 로버트 조던은 그녀 뒤에 앉아 있었다.

"그런 말은 그만두세요." 마리아가 말했다.

"그래, 이 양반은 너를 자기 것으로 만들 수가 있어." 그녀가 말했으나 두 사람 중 어느 쪽도 보지 않았다. "난 널 내 것으로 만들 생각은 없었어. 하지만 질투가 나."

"필라르." 마리아가 말했다. "그런 얘긴 그만두세요."

"그 양반 것이 될 수 있을 거야." 필라르가 말했다. 그러고는 손가락으로 그녀의 귓불을 만지작거렸다. "하지만 난 몹시 질투가 나."

"하지만 필라르." 마리아가 말했다. "우리들 사이엔 그런 게 아무것도 없다고 말씀하신 게 아주머니 아네요."

"어떠한 경우에도 그런 건 있는 법이야." 그녀가 말했다. "항상 있어서는 안 될 그런 일들이 있는 법이지. 하지만 내겐 없어. 정말 없단다. 난 네 행복을 원할 뿐 아무것도 없어."

마리아는 머리를 가볍게 얹은 채 누워 있을 뿐이었다.

"들어 봐, 이 아가씨야." 필라르는 말하고 나서 아무 생각도 없이 뺨의 윤곽에다 무엇인가 그리는 것처럼 손가락으로 어루만졌다. "들어 봐, 이 아가씨야. 난 널 사랑하고 있어. 그리고 넌 그 양반 것이 될 수도 있단 말이야. 이상한 의미로 하는 말은 아니지만 여자란 남자를 위해서 만들어진 거야. 사실이 그래. 하지만 이제 이런 대낮에 널 사랑한다고 말하게 되니 무척 기쁘구나."

"저도 역시 아주머니를 사랑하고 있어요."

"무슨 소리야, 쓸데없는 소리는 제발 그만둬. 넌 내가 하는 말의 의미조차 모르는구나."

"전 알아요."

"네가 안다고? 넌 영국 양반 거란 말이야. 그것은 이미 뻔한 일이고. 그렇게 되지 않으면 안 돼. 나도 그러길 바라고 있어. 그 외의 것은 난 바라지 않아. 나는 헛소리를 하고 있는 게 아냐. 오로지 참말만 하고 있는 거야. 이제 네게 참말을 얘기해 줄 사람이 없을 거다. 여자라면 더욱 그래. 난 질투하고 있지. 그리고 그렇다고 솔직히 말한단 말이야. 사실 그렇고. 그러니까 솔직히 말하는 거지."

"그런 말씀 마세요." 마리아가 말했다. "그런 말씀 마세요, 필라르."

"그런 말하면 어때." 그녀가 여전히 두 사람에게 시선을 주지 않은 채 말했다. "난 싫증이 날 때까지 말할 작정이야. 그리고……." 그녀는 이번엔 마리아를 내려다보았다. "이젠 때가 온 거야. 더 이상 말하지 않겠다. 알겠니?"

"아주머니." 마리아가 말했다. "그런 이야긴 하지 마세요."

"넌 사람을 아주 기분 좋게 만드는 귀여운 토끼야." 필라르가 말했다.

"이젠 머리를 들어라. 어리석은 짓은 끝났으니까."

"그건 어리석은 짓이 아니에요." 마리아가 말했다. "머릴 여기다 대고 있으니까 기분이 참 좋아요."

"안 돼, 머릴 들어." 필라르가 그녀에게 말하고 커다란 손을 머리 밑에 넣어 일으켜 세웠다. "그런데 영국 양반!" 그녀가 산 쪽을 바라보면서 마리아의 머리를 쳐든 채 말했다. "고양이한테 헛바닥이라도 깨물렸소?"

"고양이는 없는데요." 로버트 조던이 말했다.

"그럼 무슨 짐승한테 물렸소?" 그녀는 마리아의 머리를 땅바닥에 내려 놓았다.

"짐승이라곤 아무것도 없소." 로버트 조던이 그녀에게 말했다. "그럼 당신 스스로 헛바닥을 삼킨 모양이구려, 응?"

"그런 것 같소." 로버트 조던이 말했다.

"그래 맛이 좋았수?" 필라르는 몸을 돌려 그를 쳐다보면서 싱긋 웃었다. "별로."

"그럴 거야." 필라르가 말했다. "그럴 거야. 하지만 당신 토끼는 돌려 드리지. 난 당신 토끼를 빼앗으려고는 하지 않았으니 말이야. 그 애한텐 그 이름이 썩 잘 어울려. 난 당신이 오늘 아침 그 애를 그렇게 부르는 소릴 들었거든."

로버트 조던은 자신의 얼굴이 달아오름을 느꼈다.

"아주머닌 참 신랄한 여자로군요." 그가 그녀에게 말했다.

"아냐." 필라르가 말했다. "하지만 아주 단순한 주제에 복잡하기도 하지. 당신도 복잡하우, 영국 양반?"

"아닙니다. 그러나 단순한 편도 아니지요."

"당신은 기분 좋은 분이구려, 영국 양반." 필라르가 말했다 그리고 나서 그녀는 미소를 지으며 몸을 앞으로 기울이더니 다시 미소 짓고 머리를 흔들었다. "그러니 당신에게서 이 토끼를 빼앗고, 토끼에게서 당신을 빼앗았으면 좋으련만."

"그럴 수는 없을 거요."

"그건 나도 안다우." 필라르가 말하고 다시 미소 지었다. "또 바라지도 않고. 하지만 내가 젊었을 땐 그렇게 할 수도 있었지."

"나도 그렇게 믿소."

"그렇게 믿는다고?"

"물론이죠." 로버트 조던이 말했다.

"하지만 그런 건 모두 쓸데없는 얘기죠."

"아주머니답지 않은 얘기에요." 마리아가 말했다.

"난 오늘 아주 다른 사람이 된 것 같아." 필라르가 말했다. "나하고 아주 다른 사람이 된 거야. 당신이 한 다리 얘기 때문에 두통에 걸린 모양이오, 영국 양반."

"그럼 그 다리를 두통교頭痛橋라고 불러야겠군요." 로버트 조던이 말했다. "하지만 부서진 새장처럼 만들어서 골짜기로 떨어뜨릴 작정이니까요."

"좋아." 필라르가 말했다. "그런 투로라면 어서 얘기해 보구려."

"껍질 벗긴 바나나처럼 꺾어서 던져 버릴 테니까요."

"난 이제 바나나를 먹을 수 있겠군." 필라르가 말했다. "얘길 계속해 봐요. 영국 양반, 그 배짱 좋은 얘길."

"그런 얘길 할 필요는 없소." 로버트 조던이 말했다. "캠프로 갑시다."

"당신 임무를 수행하기 위해서 말이우?" 필라르가 말했다. "금방일 텐데 뭘. 둘이 있게 해 주겠다고 말했잖아."

"아니, 나는 할 일이 태산 같소."

"그 일 역시 중요할걸. 오래 걸리지도 않을 거요."

"그만둬요, 아주머니." 마리아가 말했다. "입이 너무 거칠어요."

"난 입이 거칠어." 필라르가 말했다. "하지만 난 아주 섬세한 면도 있지. 아주 섬세한 데가 있단 말이야. 난 당신들 둘을 남겨 놓고 가겠어. 질투란 말은 괜한 소리야. 난 호아킨의 눈매를 보고 내 용모가 얼마나 추한가를 느꼈기 때문에 그에게 화를 낸 거야. 다만 네가 열아홉 살이라는 데 질투가 났을 뿐이지. 그건 오래갈 질투는 아니야. 너도 항상 열아홉 살은 아닐 테니까 말이야. 자, 이제 난 가겠어."

그녀는 일어서서 손을 엉덩이에다 대고 로버트 조던을 바라보았는데 그 역시 일어나 있었다. 마리아는 머리를 앞으로 떨어뜨린 채 나무 아래에 앉아 있었다.

"모두 함께 캠프로 갑시다." 로버트 조던이 말했다.

"그게 더 좋을 거요. 할 일도 많으니까."

필라르는 외면한 채, 아무 말도 하지 않고 가만히 앉아 있는 마리아에게 고개를 끄덕여 보였다.

그리고 미소를 띠더니 거의 눈에 띄지 않을 정도로 어깨를 흔들면서 말했다.

"당신, 길은 알고 있수?"

"내가 알고 있어요." 마리아는 고개를 숙인 채 말했다.

"자, 그럼 난 가겠어." 필라르가 말했다. "우린 당신이 맛있게 먹을 수 있는 거라도 준비해 놓지, 영국 양반."

그녀는 캠프 쪽으로 흐르는 냇물을 향해 히스가 우거진 초원 속으로 걸어가기 시작했다.

"기다려 주시오." 로버트 조던이 그녀를 불렀다. "모두 함께 가는 게 더 좋을 거요."

마리아는 그 자리에 앉아 아무 말도 하지 않았다. 필라르는 뒤돌아보지 않았다.

"둘이서 같이 오시우." 그녀가 말했다. "이따 캠프에서 만나자구." 로버트 조던은 그 자리에 서 있었다.

"괜찮을까?"그가 마리아에게 물었다. "아깐 안색이 좋질 않던데."

"내버려 둬요." 마리아가 여전히 고개를 숙인 채 말했다.

"난 같이 갔으면 좋겠는데."

"내버려 둬요." 마리아가 말했다. "가게 내버려 두란 말이에요!"

13

그들은 히스가 우거진 산의 초원 속을 걷고 있었다. 로버트 조던은 히스가 다리에 비비적거리는 것을 느꼈다. 또한 가죽 권총집 속에 든 권총의 무게를 넓적다리로 느꼈고, 햇볕을 머리 위로 느꼈으며, 산꼭대기에 쌓인 눈으로부터 불어오는 서늘한 미풍을 등 뒤로 느꼈다. 그리고 손으로는 꼭 잡은 여자의 손을, 그의 손가락으로는 그녀의 손가락을 느꼈다. 그 손에서, 그의 손바닥에 겹쳐 포갠 그녀의 손바닥에서, 서로 얽힌 손가락에서, 그의 손목에 얽힌 그녀의 손목에서, 깃털이 입술을 스치듯, 혹은 바람도 없는데 지는 낙엽처럼 가볍고, 거울 같은 수면水面에 겨우 잔물결을 일으킬 정도로 바다를 넘어서 불어오는 최초의 온화한 바람처럼 신선한 것이 그녀의 손에서, 손가락에서, 손목에서 그에게로 전해져 왔다. 그것은 참으로 가벼이 손가락을 스치기만 해도 느낄 수 있었는데, 강하게 엉킨 손가락, 찰싹 포갠 손바닥, 손목 때문에 그곳엔 아주 힘이 서려 갔고, 격렬해졌으며, 초조해지고 아파지고 강해져 마치 팔 속에서 격류가 역류하기 시작해 충족되지 않은 아플 정도의 욕망이 온몸을 차지했는가 싶을 정도였다. 보리 같은 황갈색인 그녀의 머리칼에, 보드라운 금 갈색의 예쁜 얼굴에, 목덜미의 곡선에 온통 햇빛이 반짝이고 있었다. 그는 그녀의 고개를 젖히고 힘 있게 끌어안으며 키스했다. 키스를 할 때, 그녀가 떨고 있는 것을 느꼈다. 그녀의 전신을 자기 쪽으로 찰싹 끌어 붙였다. 서로의 카키색 셔츠를 통해 그녀의 젖가슴이 자기의 가슴을 밀어내고 있는 것을 느낄 수가 있었다. 조그만 것이 탄력이 있었다. 그는 손을 뻗쳐서 그녀의 셔츠 단추를 풀고, 몸을 굽혀 키스를 했다. 그녀는 상대방의 팔에 안긴 채 상체를 젖히고 서서 떨고 있었다. 이윽고 그녀는 턱을 그의 머리 위로 떨어뜨렸다.

그는 그녀의 손이 자기의 머리를 끌어안고 그것을 그녀의 품에 강하게 끌어 붙이는 것을 느꼈다. 그는 몸을 일으켰다. 그리고 두 팔로 어찌나 세게 끌어안았던지 그녀는 그에게 꽉 달라붙어 두 발이 땅에서 떨어져 들어 올려졌다. 그는 그녀가 떨고 있음을 느꼈다. 그때 그녀의 입술이 그의 목젖 위에 있었다. 그는 그녀를 내려놓으며 말했다. "마리아, 오, 나의 마리아."

그러고는 말했다. "어디가 좋을까?"

그녀는 아무 말도 않고 그의 셔츠 속으로 손을 밀어 넣었다. 그는 그녀가 그의 셔츠 단추를 벗기는 것을 알았다. 그녀가 말했다. "당신도 그러고 싶죠. 나도 입 맞추고 싶어요."

"안 돼, 귀여운 토끼."

"해요, 하는 거예요. 뭐든지 당신과 꼭 같이."

"안 돼, 그런 건 할 수 없어."

"그럼, 좋아요. 아아, 그럼, 아아, 그럼, 아아."

짓이겨진 히스의 향기가 풍겨왔다. 그녀의 머리 아래 마구 짓눌려 부러진 줄기들이 있었던 것이다. 햇빛이 그녀의 감은 눈 위를 밝게 비추고 있었다. 머리를 뒤로 젖혀 히스 뿌리에 틀어박고 있는 목덜미의 곡선과 가볍게 저절로 떨리는 입술, 그리고 해를 향해, 모든 것을 향해 꼭 감고 있는 눈 위에서 바르르 떨리는 눈썹 등은 일생을 두고 잊을 수 없을 것이다. 꼭 감은 두 눈 위에 내리쬐는 햇볕 때문에 그녀에겐 모든 것이 붉고 오렌지색이며, 황금빛으로 느껴졌다. 그 모든 것이 그런 색깔이었다. 전부가 다 그 색채로 채워지고, 전부가 그 색채를 소유하고, 전부가 그 색채를 가지고 있었다. 모든 것이 그 색깔로 빈틈없이 덮여 있었다.

그에게는 그것이 망아忘我의 세계로 통하는 검은 길 이어서 망아로, 이어서 또 망아로, 항상 그리고 영원히 망아로, 땅속으로 파고든 두 팔꿈치에 묵직하게 걸린 채 망아로, 캄캄하고 끝없는 망아로, 시종, 항상, 오로지 망아로 이번도 또 그다음도 항상, 늘 망아로, 언제나 두 번 다시 그렇게 끌려가지 않겠노라고 하면서도 다시 망아로…… 그러자 모든 것을 넘어 위로, 위로, 위로 끌어올려져 망아의 속으로 순간 물이 끓듯, 흔들거리듯 망아는 깡그리 사라져 버리고 시간은 딱 정지한다. 두 사람 다 그 자리에 있던 시간이 맺은 것같이 느껴졌고, 대지가 요동하기 시작하여 그들 밑에서 빠져나가는 듯이 느껴졌다.

그러고 나서 그는 옆으로 돌아누워 히스 덤불에 머리를 깊숙이 파묻고 그 향기를, 뿌리의, 흙의 냄새를 맡았다. 밝은 햇빛이 히스 사이로 비추어 들었고, 히스가 그의 어깨와 옆구리를 긁어 주었으며, 그녀는 여전히 눈을 감은 채 그의 옆에 누워 있었다. 이윽고 그녀가 눈을 뜨고 그에게 미소 지었다. 그는 아주 지친 듯이 몹시 서먹서먹하지만 친근하게 말했다. "이봐, 토끼." 그러자 그녀는 미소 지으며 아무 거리낌 없이 말했다. "네, 영국 양반."

"난 영국인이 아니야." 그가 아주 느긋한 소리로 말했다.

"아니, 아니에요, 당신은 영국 양반이에요." 그러고는 손을 뻗어 그의 양쪽 귀를 잡고 이마에 입 맞추었다.

"이봐요." 그녀가 말했다.

"어때요? 지금 한 것. 이젠 키스 잘하죠?"

그리고 그들은 함께 냇물을 따라 걸었다. 그가 말했다. "마리아, 난 당신을 사랑해. 당신은 정말 사랑스럽고 아름답고 귀여워. 당신과 함께 있으면, 당신을 껴안고 있을 땐 그대로 죽어 버리고 싶어."

"오오." 그녀가 말했다. "그때마다 난 죽는걸요. 당신은 죽지 않아요?"

"음, 거의 그런 기분이지. 하지만 당신은 땅이 움직이는 걸 느꼈어?"

"네, 내가 죽는 것 같았을 때 말이에요. 날 좀 안아 줘요."

"됐잖아. 이렇게 당신 손을 잡고 있잖아. 이 손만으로도 족해."

그는 그녀를 쳐다보고 나서 초원을 바라보았다. 매 한 마리가 먹이를 찾아 날고 있었으며, 오후의 커다란 구름들이 산 위에 떠 있었다.

"한데 다른 여자와 같이 있을 땐 당신 이렇진 않았겠죠?" 마리아가 물었다. 그들은 어느덧 손을 마주잡고 걷고 있었다.

"그래, 정말."

"당신 많은 여자를 사랑해 봤죠?"

"몇 되지. 하지만 당신 같진 않았어."

"이렇지는 않았단 말이죠? 정말이죠?"

"즐겁기는 했지만 이렇지는 않았어."

"그럼 땅이 움직였군요. 전엔 땅이 움직인 적이 없었나요?"

"응, 정말 없었어."

"그래요." 그녀가 말했다. "우린 하루 사이에 이렇게 되어 버렸군요." 그는 아무 말도 하지 않았다.

"하지만 우린 적어도 이제 그걸 가질 수 있었던 거예요." 마리아가 말했다. "그리고 나를 좋아하시나요? 당신을 기쁘게 해 드렸어요? 나도 이제 좀 더 예뻐질 거예요."

"당신은 지금도 아주 아름다워."

"아니에요." 그녀가 말했다. "하지만 머릴 좀 쓰다듬어 주세요."

그는 그렇게 해 주었다. 부드러운 그녀의 짧은 머리가 반반해지고 그런 다음 그의 손가락 사이로 빠져나왔다. 그는 두 손을 그녀의 머리에 대고 그녀의 얼굴을 위로 돌려놓으며 입을 맞추었다.

"난 키스하는 게 참 좋아요." 그녀가 말했다. "하지만 잘할 수가 없어요."

"당신은 입 맞추려고 할 필요가 없어."

"아니에요. 필요해요. 내가 당신의 아내가 되는 이상 무슨 방법으로든 당신을 기쁘게 해 드려야 할 거예요."

"지금도 당신은 날 충분히 기쁘게 해 주고 있어. 그 이상 바라지 않아. 그 이상 해 준다면 내가 해 줄 수 있는 게 없어."

"하지만 두고 보세요." 그녀는 아주 행복한 듯이 말했다. "내 머리가 이상한 꼴이니까 재미있어 하고 있죠? 하지만 매일 자라고 있어요. 아주 길어질 거예요. 그럼 난 추하게 보이지도 않을 거고, 당신은 날 무척 좋아하지 않고는 배길 수 없을 거예요."

"당신의 몸은 정말로 아름다워." 그가 말했다. "이 세상에서 제일 아름다울 거야."

"그저 어리고 가냘플 뿐이겠죠 뭐."

"아냐, 아름다운 몸엔 마법이 있어. 어떤 사람에겐 그것이 있고, 또 어떤 사람에겐 왜 없는지 몰라. 하지만 당신은 그걸 가지고 있어."

"당신을 위해서겠죠." 그녀가 말했다.

"아니야."

"그래요, 당신을 위해서예요. 언제나 당신을 위해서고, 오직 당신만을 위해서예요. 하지만 당신에게 해 드릴 게 전혀 없어요. 난 당신에게 시중

드는 법을 배우고 싶어요. 한데 솔직하게 말해 보세요. 전엔 땅이 움직인 적이 한 번도 없었죠?"

"없었어." 그가 솔직하게 대답했다.

"난 지금은 행복해요." 그녀가 말했다. "난 정말 지금은 행복해요. 당신 지금 뭐 딴생각 하고 있는 게 아니에요?" 그녀가 그에게 물었다.

"응, 내 일을 생각했지."

"난 우리들이 탈 말이 있었으면 좋겠어요." 마리아가 말했다. "이 행복 속에서 훌륭한 말을 타고 당신과 나란히 달리고 싶어요. 그래서 우리들이 점점 더 빨리 달려 행복이 달아나 버리지 않게 하고 싶어요."

"당신의 행복을 비행기에 태울 수도 있지." 그가 멍청하게 말했다. "그리고 마치 햇빛에 반짝이던 조그만 추격기처럼 하늘을 자꾸자꾸 나는 거예요." 그녀가 말했다. "공중회전을 하고 급강하하기도 하면서 말이에요. 얼마나 멋져요!" 그녀가 깔깔 웃었다. "내 행복은 그런 건 거들떠보지도 않을 거예요."

"당신 행복은 썩 좋은 식욕을 가지고 있을 테니까." 그가 그녀의 말을 건성으로 들으며 말했다.

왜냐하면 이제 그는 거기에 있지 않았던 것이다. 그는 그녀 앞에서 걷고 있었지만 마음은 이미 다리 문제에 골몰해 있었다. 그 일이 카메라 렌즈의 초점이 들어맞을 때처럼 선명하고 정확하고, 뚜렷해져 왔다. 그에게는 두 개의 초소와 망보고 있는 안셀모와 집시가 보였다. 그는 텅 빈 도로를 보았고, 움직이는 것들이 있는 도로를 보았다. 자동 소총 두 자루를 가장 평탄한 높이로 사격할 수 있도록 설치할 장소도 보였다. 누구에게 그걸 쏘게 할까, 하고 그는 생각했다. 나중엔 내가 한다지만 처음엔 누굴 시키지? 폭약을 틀어박아 움직이지 않게 꼭 묶어 놓고 뇌관을 장전한 다음 전선을 끌어 그것에 걸쳐 놓고 오래된 폭약 상자를 놓아둔 곳으로 돌아온다. 그리고 나서 그는 일어날 가능성이 있는 모든 일들과 일이 잘못될 경우를 생각하기 시작했다. 넌 이 여자와 사랑을 했다. 그리고 이제 네 머리가 맑아지고, 엔간히 맑아지니까 너는 근심하기 시작하는 것이다. 네가 해야 할 일이나 생각할 일이지 근심해서 무얼 하겠는가 말이다. 근심하지 마라. 근심해서는 안 된다. 넌 네가 해야만, 하게 될 일을 알 뿐만 아니라 일어날지도 모를 일을 알고 있단 말이다. 확실히 그런 일은 일어날지도 모른다.

너는 네가 무엇을 위해 싸우는가를 알면서도 거기에 뛰어든 것이다. 너는 분명히 네가 하고 있는 것, 그리고 승리를 위한 어떠한 기회라도 잡기를 강요하고 있는 데 저항을 느끼며 싸우고 있는 것이다. 성공할 작정이라면 전혀 아무 감정도 갖지 않는 병력을 사용해야 하는 법이지만, 그 때문에 이제 너는 네가 좋아하는 사람들을 사용하도록 강요받고 있는 것이다. 파블로는 확실히 영리하다. 그는 그 일이 얼마나 불길한지를 대번에 알아챈 것이다. 그 마누라는 그 일에 열성적이다. 아직도 그럴 것이다. 하지만 그 일이 어떤 것인가를 깨닫게 됨으로써 그녀는 차츰 압도돼 가고 있는 것이다. 그건 이미 그녀에게 많은 영향을 주고 있다. 귀머거리 영감은 즉석에서 그걸 인정하고 하겠노라고 했지만, 너(로버트 조던)만큼은 탐탁하게 여기지 않는 것이다.

그래서 그 일이 그 마누라와 그녀, 그리고 네 머리에 떠오르는 다른 사람들에게는 일어날지도 모르지만 네 자신에게는 아니라고 말하는가? 어쨌든 좋다. 네가 오지 않았더라면 그들에게 어떤 일이 일어났을 것인가? 네가 여기에 오기 전에 그들에겐 어떤 일이 일어났으며 어떤 일을 겪었을까? 이런 식으로 생각해서는 안 된다. 너는 전투를 제외하고는 그들에 대해 아무런 책임도 없다. 명령은 너에게서 나온 것이 아니라 골즈로부터 내려진 것이다. 그럼 골즈는 어떤 자인가? 훌륭한 장군이지. 네가 밑에서 일해 본 자들 중 가장 우수한 장군이다. 하지만 그 명령이 어떤 결과를 가져올 것인가를 알면서도 불가능한 명령들을 수행해야만 한단 말인가? 명령은 당이며 동시에 군대인 골즈로부터 내려졌다 할지라도. 그렇다. 그 명령들이 불가능함을 입증할 수 있는 길은 그걸 수행하는 길밖에 없기 때문에 너는 그 명령을 수행해야만 하는 것이다. 해 보지 않고 그 명령이 불가능함을 어떻게 알 것인가? 명령을 받았을 때 누구든 그 명령 수행이 불가능하다고 말한다면 너는 어찌 될 것인가? 명령이 내려졌을 때 네가 곧장 '불가'라고 말해 버린다면 우리들 모두는 어찌 될 것인가?

그는 불가능한 명령을 내리는 지휘관들을 많이 보아 왔다. 에스트레마두라의 돼지 같은 고메즈가 바로 그런 자다. 불가능하기 때문에 양쪽 부대가 진격할 수 없었던 공격을 그는 여러 번 보아 왔다. 아니, 그는 명령을 수행하고 싶은 것이다. 같이 일해야 할 사람들을 좋아하게 된 것이 불운일 뿐이다.

그들 유격대들이 한 일을 생각하면 그들은 자기들을 보호해 주고 함께 일해 준 사람들에게 위험과 불운을 더해 주었을 뿐이다. 무엇을 위해서? 그렇게 함으로써 결국에는 더 이상의 위험이 따르지 않도록, 그렇게 함으로써 나라를 살기 좋은 장소로 만들 수 있는 것이다. 이 말이 진부하게 들릴지는 몰라도 그것은 진실이다.

공화국이 진다면 공화국을 믿고 있는 사람들이 스페인에서 살기란 불가능할 것이다. 하지만 그렇게 될 것인가? 그렇다. 파시스트들이 점령한 지역에서 일어나고 있는 일들로 미루어 보아 그렇게 되리라는 것을 그는 알고 있었다.

파블로는 비열한 자이지만 다른 사람들은 좋은 사람들이다. 한데 그들에게 이런 일을 시키는 것은 그들 모두에 대한 배반이 아닐까? 아마도 그럴 것이다. 하지만 그들이 그렇게 하지 않는다면 2개 대대쯤 되는 기병대가 나타나, 일주일 동안이면 그들을 이 산속에서 몰아내 버릴지 모른다.

아니다. 그들을 멋대로 내버려 둔다고 아무것도 이익될 것은 없다. 그 일만 아니라면 모든 사람들을 멋대로 내버려 둬야 하고 누구도 방해해서는 안 된다. 그러니까 그는 그것을 믿고 있는 것이다. 그렇잖은가? 그렇다. 그는 그것을 믿고 있다. 한데 계획하고 있던 조합과 그 나머지 일은 어떻게 한다? 그건 다른 사람들이 할 일이다. 이 전쟁이 끝난 후 그에겐 무언가 해야 할 딴 일이 있었다. 그가 사랑하던 나라에서 전쟁이 시작됐기 때문에 이번 전쟁에서 싸우고 있는 것이다. 그는 공화국을 믿고 있다. 공화국이 파괴될 경우엔 공화국을 믿고 있는 사람들 모두에게 생활이란 것이 견딜 수 없게 될 것이다. 그는 이번 전쟁 기간 동안 쭉 공산주의자들의 훈련을 받았다. 여기 스페인에선 공산주의자들이 전쟁 수행을 위해 가장 우수하고 가장 건전하고 가장 온건한 훈련을 제공해 주고 있었던 것이다. 그는 이번 전쟁 기간 동안 그들의 훈련을 받아들였다. 전쟁을 지휘하는 데 있어서 그들은 그가 존경할 수 있는 계획과 훈련을 갖춘 단 하나의 당이었기 때문이다.

그렇다면 그의 정치적 견해는 어떤가? 현재로선 아무것도 갖고 있지 않다고 그는 스스로에게 말했다. 하지만 남에게 그런 소릴 해서는 안 된다고 생각했다. 그런 걸 염두에 두어서도 안 된다. 한데 넌 나중에 무얼 하려는 것이냐? 나는 돌아가서 전처럼 스페인어를 가르치며 생계를 꾸려 갈 것이다. 그리고 진실한 책을 쓸 것이다. 나는 확신한다. 나는 그게 어려운 일이 아님을 확신한다. 그는 파블로와 정치적 견해에 대해 이야기해 봤으면 했다. 그의 정치적 견해가 어떻게 발전했는가를 알아보는 것은 확실히 재미난 일이리라. 아마도 좌익에서 우익으로의 전형적인 변모이리라. 레루 노인처럼 말이다. 파블로는 레루와는 상당히 닮은 데가 있다. 프리에토도 역시 좋지 않다. 파블로와 프리에토는 거의 같을 정도로 궁극적인 승리를 믿고 있다. 그들 모두가 말 도둑의 정치 견해를 가지고 있는 것이다. 그는 하나의 정부 형태로 공화국을 믿고 있다. 하지만 반역이 일어날 경우엔 공화국은 위기를 초래한 말 도둑 무리들을 모두 제거하고 말 것이다. 이 국민들처럼 지도자를 자기들의 가장 큰 적이라고 생각하는 국민들이 있었을까?

백성의 적, 그것이야말로 그가 없애 버리고 싶은 말이었다. 그것이야말로 그가 없애 버리고 싶은 구호였다. 그것은 마리아와 함께 잔 탓으로 생긴 한 가지 일이었다. 그는 비타협적인 침례교도처럼 그의 정치 견해에 대해 편파적이고 완고했다. 민중의 적이니 하는 따위의 말들이 충분한 비판도 없이 받아들여졌다. 혁명적이고 애국적인 상투어들이 말이다. 그의 마음은 그것들을 아무 비판도 없이 사용하고 있는 것이다. 물론 그 말들은 진리였지만 그처럼 쉽게 입에 올려 사용할 말들은 아니었다. 그러나 어젯밤과 오늘 오후 이후로 그 임무에 대한 그의 생각은 훨씬 더 명백해지고 결백해졌다. 고집이란 묘한 것이다. 고집하자면 자신이 옳다는 것, 그 확실성과 정당성에 자제를 가하지 않을 자신이 있어야 하는 것이다. 자제란 이교異敎의 적이다.

만약 그가 검토했다면 그 전제가 어찌 진상을 드러내지 않고 견딜 수 있을 것인가. 그것은 아마도 공산주의가 항상 방종주의로 타락해 가고 있기 때문인지도 모른다. 술에 취했을 때도 간음 또는 간통을 범했을 때도, 너 자신 곧 당黨의 강령을 대신하는 사도교리使徒敎理라고도 할 수 있는 그

방종주의에 떨어져 가지 않는가. 마야코프스키(러시아의 시인)의 죄인 방
종주의 따위는 저주를 받아라. 그러나 이내 곧 마야코프스키는 성자가 되
었다. 그것은 그가 안전하게 죽었기 때문이다. 너도 안전하게 죽을 것이
다, 라고 그는 속으로 생각했다. 이제 그따위 일을 떠올리는 짓은 그만두
고 마리아를 생각하자.

마리아는 그의 신념에 있어서는 괴로운 짐이었다. 이제까지 그녀가 그
의 신념을 뒤흔든 적은 없었으나 그에게는 죽지 않는다는 것이 훨씬 더
바람직했다. 그는 기꺼이 영웅이나 순교자의 최후 따위를 포기하고 싶었
다. 어느 곳에 있는 다리든 그의 터모필리 전투를 연출하거나, 호라티우스
역을 하거나, 제방을 손가락으로 틀어막았던 네덜란드 소년 따위가 되고
싶지는 않았다. 그렇다, 나는 얼마 동안 마리아와 함께 지내고 싶은 것이
다. 그것이 가장 솔직한 표현이다. 그는 그녀와 함께 오래오래 살고 싶은
것이다.

그는 이제 이 이상 더 한가한 때가 있으리라고는 믿지 않았지만, 만일
그런 여유가 있게 된다면 그녀와 함께 보내고 싶다고 생각했다. 둘이서
어느 호텔에 들어가, 이를테면 리빙스턴 박사 부부니 하는 식으로 숙박부
에 적어 넣는 것도 재미있지 않을까, 하고 그는 생각했다.

그녀와 왜 결혼하지 않는가? 결혼하리라고 그는 생각했다. 결혼하자.

그러면 자신들은 아이다호 주의 선밸리, 혹은 텍사스 주의 코퍼스 크리
스티, 혹은 몬태나 주의 뷰트에 사는 로버트 조던 부부가 되는 것이다.

스페인 처녀들은 훌륭한 주부 노릇을 한다. 아직 경험해 보지는 않았지
만 나는 알고 있다. 내가 대학으로 돌아가 복직하게 되면 그녀는 강사의
아내가 될 수 있을 것이다. 그리고 스페인어 제4강좌를 듣는 학생들이 저
녁에 놀러 와서 파이프 담배를 피우며 내가 케베도라든가 로페 데 베 가
라든가 갈도스라든가, 그 밖에 늘 존경을 받는 많은 고인故人들에 대해 유
익하고 격의 없는 이야기를 주고받을 때, 마리아는 신념에 불타는 푸른
셔츠의 십자군이란 자들이 그녀의 팔을 비틀고 스커트를 걷어 올려 그녀
의 입을 틀어막는 한편 그녀의 머리를 깎고 앉았던 얘기를 학생들에게 할
수 있을 것이다.

몬태나 주의 미줄라 사람들은 마리아를 얼마나 사랑할까? 하기야 내가

미줄라에서 복직할 수 있는 경우에 한해서지만. 나는 거기서 결국 빨갱이라는 딱지가 붙어 다니게 될지 모른다. 그리고 빨갱이 명부에 오르게 되겠지, 그 누구도 알 까닭은 없지만. 그 누구도 알 수 없다. 그 지방 사람들은 내가 무얼 하는지 아무런 증거도 가지고 있지 않을뿐더러 설사 내가 그들에게 얘기한다 하더라도 그들은 전혀 믿지 않을지도 모른다. 그리고 내 여권은 그들이 여러 가지 제한을 가하기 전에 스페인에서 정당한 절차를 밟아 발급받아 두면 된다.

37년 가을이 되기 전에는 귀국하지 않으리라. 나는 36년 여름에 그곳을 떠났다. 그리고 휴가는 1년간이지만 다음 해 가을 학기 개강 때까지는 돌아갈 필요가 없다. 지금부터 가을학기까지는 충분한 시간이 있다. 그런 식으로 생각하자면 지금부터 내일 모레까지의 사이에도 아직 충분한 틈은 있는 것이다. 아니다. 대학에 대해서는 아무 걱정을 할 필요가 없다. 가을에 그쪽으로 돌아간다면 모든 것은 잘될 것이다. 어떻게 해서든지 돌아가도록 해 보자.

하지만 이제까지 오랫동안 이상한 생활을 해 온 터다. 이것이 묘한 생활이 아니라고 할 수 있을까? 스페인은 너의 일이고 너의 직업이었다. 그러므로 스페인에 있다는 것은 자연스럽기도 하고 건전하기도 했다. 몇 해 여름에는 토목 공사장에서 일했고 산속의 도로건설에 참가했다. 또는 공원에서 일했으며 화약 다루는 법을 배웠다. 그래서 파괴라는 것이 건전하고 정상적인 직업으로 되어 버렸다. 늘 어느 정도 분망스럽기는 했어도 건전한 직업이었다.

네가 일단 하나의 문제로서 파괴라는 관념을 받아들인 이상 그것은 하나의 문제에 불과할 뿐이다. 네가 그것을 아주 쉬운 걸로 생각했는지 어떤지는 모르지만 거기에 따르는 좋지 않은 일들이 많은 것도 사실이다. 성공적으로 암살할 수 있는 조건에 접근하려는 노력이 끊임없이 계속됐지만 거기에는 파괴가 따라야 했다. 호언장담을 한다면 그만큼 변명이 된다는 말인가? 아무리 생각해도 너무 섣불리 그것을 받아들인 것 같다고 그는 스스로에게 말했다. 한데 공화국에 대한 복무가 끝났을 때 네가 무엇을 좋아하게 되겠는가, 또는 정확히 말해서 네가 무엇에 적합하게 되겠는가, 내겐 그것이 극히 의심스러운 일이다, 하고 그는 생각했다. 하지만 그런 것을 글로써 버린다면 죄다 깨끗이 쫓아 버릴 수가 있을 것이다. 일단 네가 그걸 써 버리면 모든 것은 깨끗이 자태를 감추어 버리리라. 네가 쓸 수만 있다면 훌륭한 책이 될 것이다. 다른 책들보다 훨씬 더 나은 책이.

하지만 그러는 동안에 네가 가지고 있는, 또는 가지게 될 전 인생이 오늘, 오늘 밤, 내일, 그리고 다시 되풀이(나는 그러길 바란다.)될 것이라고 그는 생각했다. 그러므로 현재의 시간을 활용하고 그것에 감사하면 되는 것이다. 만약 다리 일이 잘 안 된다면? 지금 현재로는 잘될 것 같아 보이지 않는다.

하지만 마리아는 좋다. 참 좋다. 아, 정말 좋다고 그는 생각했다. 어쩌면 그것은 내가 인생에서 향유할 수 있는 전부일지도 모른다. 어쩌면 그것이 내 인생이고, 내 인생은 60년에 10을 더한 게 아니라 한낱 48시간, 아니 고작해야 60시간에 10시간 내지 12시간을 더 보탠 것일지도 모른다. 하루가 24시간이면 사흘은 72시간이니까. 70시간 동안에 70년에 뒤지지 않는 풍부한 인생을 사는 것은 불가능한 일이 아니다. 비록 그 70시간이 시작되기 전에 그 사람의 인생이 이미 풍부했고, 또 일정한 연령에 도달했다 할지라도. 무슨 쓸데없는 짓인가, 하고 그는 생각했다. 무슨 썩어 빠진 생각을 하고 있는가 말이다. 그건 정말 쓸데없는 생각이다. 하기는 무의미한 게 아닐지도 모른다. 어쨌든 두고 보기로 하자. 내가 마지막으로 여자와 잔 것은 마드리드에서였다. 아니, 그렇지 않다. 에스코리알에서였다. 그리고 그때는 단지 밤중에 눈을 뜨고 처음인 여자로구나 생각하며 흥분하고 있는 동안에 마침내 그 여자가 어떤 여자인지를 알아챘다는 것뿐이었다. 시체를 주무르고 있는 것 같은, 그런 여자였다. 그래도 어지간히 재미는 보았다. 그전에는 마드리드에서였다. 그곳에서는 그저 누워서 나 혼자 하는 체하고 있는 동안에 상대방을 알아 버렸다. 그 여자도 별다른 점은 없었고, 오히려 보잘것없는 여자였다. 그러고 보면 나는 스페인 여자의 로맨틱한 찬미자도 아니고, 하룻밤의 여자를 어느 나라의 그것보다 훨씬 좋다고 생각한 적도 없다. 하지만 마리아와 함께 있을 때는 죽어도 좋다는 생각이 들 만큼 좋아진다. 그렇게 되리라고는 생각지도 않았었는데.

만약 내 70년의 인생을 팔아 70시간을 산다 해도 지금의 나로선 조금도 아까울 것이 없다. 그걸 깨달았다는 것은 참으로 행복한 일이다. 긴 세월이니 앞으로 남은 생애니 이제부터니 하는 따위는 없고, 있는 것이라곤 다만 현재뿐이라고 한다면 바로 이 현재야말로 찬양해야 할 것이며, 그것을 가지고 있는 나는 참으로 행복하다. 현재—now—ahora—maintenant—heute—현재만이 전 세계이며 자기의 인생이라고 생각하자. 현재라는 그 말은 참으로 기묘한 울림을 가지고 있었다. 오늘밤—esta noche—tonight—ce soir—heute abend. life(인생)라든가 wife(아내). Vie(인생)와 Mari(남편). 아니, 이래선 운韻이 맞지 않는다. 프랑스 사람은 그걸 남편이란 말로 바꾸어 버린 것이다. now(현재)와 frau(아내)가 있다. 하지만 그것들은 어느 쪽이든 의미가 없다. 죽음—dead—mort—muerto—todt. 생각해 보자. todt가 그 말들 중에서 가장 죽음을 연상시키는 말이다. 전쟁—war—guerre—guerra—krieg. krige가 가장 전쟁을 실감케 만든다. 그렇잖나? 아니, 내가 독일어를 잘 모르기 때문일까? 애인—sweetheart—cherie—prenda—schatz. 그는 그 모든 말을 마리아라는 말로 바꾸어 버리고 싶었다. 마리아, 정말 아름다운 이름이다.

자, 그들은 함께 일하게 될 것이다. 그리고 그건 오래잖아 올 일이다. 그건 어쩐지 내내 나빠져 가는 것 같다. 오늘 아침엔 전혀 가망이 없는 걸로 보이기도 했다. 최악의 경우엔 밤까지 기다려 도망쳐야 한다. 돌아가기 위해 밤까지는 견뎌 내리라. 네가 어두워질 때까지만 참을 수 있고 그런 다음 도망친다면 모든 게 다 잘될 것이다. 그렇다면 그 지연작전을 새벽부터 시작한다면 어찌 될까? 어찌 될까? 그리고 그 일을 그에게 신중히 설명하려고 괴상한 스페인어를 집어치워 버린 그 가련한 귀머거리 영감. 골즈로부터 처음 그 말에 대해서 들은 이후, 마치 내가 언제나, 특히 무슨 일을 나쁘게 생각할 때 그런 데 대해서는 생각하지도 않았다는 투가 아닌가. 어제, 그제, 그끄제 밤부터 명치에 걸려 소화되지 않는 빵 덩이 같은 것을 느끼지 못하고 살아온 것으로 생각하는 말투가 아닌가.

이 무슨 일이냐. 네가 세상을 살아간다. 그리고 그건 마치 무언가 의미하고 있는 것처럼 보인다. 그러나 그것은 늘 아무런 의미가 없는 것으로 끝나 버리고 만다. 지금과 같은 일은 전혀 없었다. 너는 또 앞으로도 전혀 그런 일이 없을 것으로 생각한다. 한데 이미 시작되었을지도 모를 적의 반격을 저지하기 위해 불가능한 조건하에서 교량 폭파를 돕도록 두 개의 조그만 유격대를 결합시켜야 하는 판국에 마리아에게 홀딱 빠져 있는 것이다. 그렇다. 그것이야말로 분명히 네가 하고 싶은 일이다. 오히려 너는 그녀에게 너무 늦게 빠져 버렸는지도 모른다. 그것뿐이다.

그래서 그 필라르 같은 여인이 특별히 그의 침낭 속에 이 여자를 넣어 준 것이다. 그래서 어떤 일이 일어났는가? 그래, 어떤 일이 일어났느냐 말이다. 어떤 일이? 제발 내게 어떤 일이 일어났는지 얘기해 다오. 그렇다. 알다시피다. 거짓 없이 알다시피다. 필라르가 그 여자를 네 침낭 속에 넣어 준 것이라고 너 자신을 속여, 마치 아무것도 아닌 일처럼 혹은 불결하게 생각하려는 짓 따위는 집어치우는 것이 좋을 것이다. 너는 그녀를 처음 보았을 때부터 반해 버린 것이다. 그녀가 처음 입을 열어 네게 말을 건넸을 때 그것은 이미 거기에 존재했고, 너는 알고 있었던 것이다. 네가 그걸 소유하고 있고, 꿈에도 생각지 않은 그걸 가진 이상 더럽게 생각해 봤자 쓸데없는 일이다. 그때 너는 그것이 어떤 것인가를 알았다. 그녀가 그 쇠 쟁반을 들고 나오는 것을 처음 보았을 때 너는 이미 알아 버린 것이다.

그때 그것이 너의 급소를 친 것이다. 너도 그것은 알고 있지 않은가. 그런데 왜 속이려 든단 말이냐? 네가 그녀를 쳐다볼 때마다, 그리고 그녀가 너를 쳐다볼 때마다 네 마음속은 몹시 이상해졌다. 그런데 왜 그걸 인정하려 하지 않는가? 그렇다. 그걸 인정하자. 그리고 필라르는, 그 여자는 그녀를 너에게 붙여 주었는데, 그 여자가 한 일은 총명했다. 그 여자는 그녀를 잘 관찰하고 있었기 때문에 그녀가 요리 접시를 들고 동굴 속으로 되돌아온 순간, 어떤 일이 일어날 것인가를 알아챘던 것이다.

그래서 그녀는 모든 일이 수월히 진행되도록 머리를 써 준 것이다. 그녀가 모든 일이 수월히 진행되도록 해 주었기에 어젯밤의 일이 있었고 오늘 오후의 일이 있었던 것이다. 그 여자는 저주받은 듯한 얼굴을 하고 있지만, 너보다 훨씬 문명화된 여자로 시기라는 것을 잘 알고 있다. 그렇다. 그녀가 시간의 가치에 대해, 어떤 식견을 가지고 있다는 것을 인정하지 않으면 안 되리라고 생각한다. 그녀는 머리를 쓴다. 그건 그녀가 잃은 것을 다른 사람들은 잃게 하고 싶지 않기 때문이다. 인간은 어떤 것을 잃어버리면 단념할 수 없어 잃었다고 생각하기 싫어하는 법이다. 그래서 그녀는 그 언덕 위에서 영리하게 군 것인데, 그렇다고 그 여자의 마음을 우리가 편안하게 해 주었다고는 생각되지 않는다.

그런데 현재 일어나고 있는 일, 지금까지 일어났던 일들은 너도 그대로 인정해 줘야 한다. 그녀와 함께 있을 수 있는 시간은 이틀 밤도 채 되지 않는다. 한평생을 함께 생활할 수도 없을뿐더러 사람들이 언제나 가지고 있다고 생각하는 것도 너에게는 없다. 지나간 하룻밤과 오늘 오후와 닥쳐올 밤, 어쩌면 그뿐일지도 모른다. 그렇다.

시간도, 행복도, 재미도, 아이들도, 집도, 목욕탕도, 깨끗한 파자마도, 조간신문도, 함께 깨어날 수도, 깨어나서 그녀가 옆에 있는 걸 깨닫고 혼자가 아닌 줄을 알 수도 없는 것이다. 그렇다. 그런 것은 하나도 없다. 하지만 그렇다고 하더라도 이것이 네가 원하는 인생에서 얻으려 하는 전부인 이 마당에, 그리고 네가 그걸 발견한 지금 시트를 깐 침대에서 단 하룻밤을 지낼 수도 없단 말이냐?

너는 불가능한 것을 구하고 있다. 전혀 불가능한 것을 구하고 있는 것이다. 그러니 만일 네가 네 말대로 그토록 이 여자를 사랑한다면 아주 열렬히 사랑하여 지속적이고 영속적인 사랑이 갖지 않은 걸 그 강렬함으로 보충시켜야 할 것이다, 알겠나? 듣고 있나? 옛날에 사람들은 그것에 전 생애를 걸었단 말이다. 그러므로 이제 네가 끝내 그걸 발견하고, 만약 이틀 밤이라도 자기 것으로 할 수 있다면 너는 어디에서 이런 행운이 찾아왔는지 의아해해야 할 것이다. 이틀 밤이다. 사랑하고 찬미하고, 애무해야 할 이틀 밤. 좋든, 나쁘든, 병에 걸리든, 죽든. 아니 그건 어울리지 않는다. 병에 걸리든 건강해지든 이겠지. 죽음이 우리의 사이를 떼어 놓을 때까지. 이틀 밤 동안, 생각보다 훨씬 더 많은 일이 있을 게다. 생각보다 더 많은 일이 있을 테니 이제 그따위 생각은 집어치우자. 이제 그런 생각은 그만둘 수가 있다. 그따위 생각은 너를 위해 좋지 않다. 네게 좋지 않은 짓 따위는 하지 마라. 확실히 그건 그렇다.

이건 골즈가 얘기한 것이다. 그가 그의 곁에 오래 있으면 있을수록 골즈는 점점 더 훌륭해 보인다. 그가 묻고 있던 것은 바로 이것이었다. 특별 근무 수당에 대해서 말이다. 골즈는 이런 경우를 당해 봤을까? 이런 근무를 시킨 것은 급박함과 시간의 부족 그리고 그 상황 때문이었을까? 이건 똑같은 상황에서 누구나 당하게 되는 그런 것일까? 그에게 일어나고 있기에 특별한 것으로 생각되는 것은 아닐까? 골즈도 공산군의 비정규 기병대를 지휘했을 때, 틈나는 대로 선잠을 자고, 상황을 판단해 보고, 나머지 시간은 내가 마리아와 즐기는 식으로 여자들과 놀았을까?

아마도 골즈 역시 이런 일을 죄다 알고 있을지도 모른다. 그래서 너에게 주어진 이틀 밤 동안 전 생애를 바쳐야 한다고 지적하고 싶었는지도 모른다. 우리가 지금 살고 있는 것처럼 살면서 가질 수 있는 그 짧은 시간에다 네가 늘 지니고 있어야 할 모든 것을 집중시켜야만 한다고.

그건 신념에 대한 훌륭한 사고방식이다. 하지만 그는 마리아가 이 환경을 위해서 만들어져 왔다고는 생각지 않는다. 물론 그녀가 그와 마찬가지로 그녀의 환경으로부터의 반동이 아닌 이상 말이다. 그녀 자신의 환경은 그리 좋은 편이 아니라고 그는 생각했다. 그렇다. 그리 좋은 편이 못 된다.

이것이 있는 대로의 현실이라면 이게 그대로 현실일 수밖에 없는 것이다. 하지만 이걸 좋아한다고 말하란 법은 없다. 나는 이제까지 내가 느껴왔던 걸 다시 느낄 수 있을는지 모르겠다고 생각했다. 이런 일이 내게 다시 일어날 수 있는지도. 나는 평생 동안 그것을 가져보고 싶다. 너는 가지게 될 거라고 또 하나의 그가 말했다. 너는 가지게 될 거다. 넌 지금 그걸 가지고 있으며 그것이 또한 너의 전 생애인 것이다. 현재가 말이다. 현재 이외에는 아무것도 없다. 확실히 어제라는 것도 존재하지 않고 내일이란 것도 존재하지 않는다. 도대체 몇 살이나 먹어야 그걸 알게 될까? 현재가 있을 뿐이다. 그리고 현재란 것이 단지 이틀밖에 안 되더라도 그 이틀이 너의 생애이며, 그 안에 든 모든 것이 그에 비례해 있는 것이다. 네가 이틀 동안에 일생을 사는 방법은 그것밖에 없다. 네가 얻을 수 없는 걸 요구하거나 불평하지 않는다면 너는 값진 인생을 살게 될 거다. 값진 인생이란 성서적인 범주로 측정되는 것은 아니니까.

그러니 이제 근심하지 말고, 네가 가진 것을 취하라. 그리고 네 일을 하라. 그럼 넌 오랜 삶을, 아주 즐거운 삶을 누리게 될 것이다. 요즘은 즐겁지 않았느냐? 뭘 불평하고 있느냐? 이런 따위의 일이란 다 그런 것이라고 그는 스스로에게 말했다. 그런 생각을 하자 아주 기분이 좋아졌다. 네가 배운 것은 네가 만난 사람들에 비하면 대단치 않은 것이다. 그러자 장난기가 생겨 즐거워진 그는 다시 그녀에게로 마음을 돌렸다.

"당신을 사랑해, 토끼." 그가 그녀에게 말했다. "당신이 얘기하고 있던 게 뭐지?"

"이런 얘길 했어요." 그녀가 그에게 말했다. "난 당신을 괴롭히거나 간섭하지 않을 테니까 당신 일에 대해선 걱정하지 말라고요. 내가 할 수 있는 일이 있다면 알려 주세요."

"아무것도 없어." 그가 말했다. "그건 정말 아주 간단한 일이야."

"난 필라르한테서 남자 시중드는 법과 내가 할 일을 배워야 하겠어요." 마리아가 말했다. "그래서 내가 배우는 동안 스스로 할 일을 알아내게 될 거예요. 그 밖의 일은 당신이 알려 주세요."

"할 일은 아무것도 없어."

"무슨 말씀이세요. 아무것도 없다니! 오늘 아침만 하더라도 당신 침낭을 잘 털어 바람을 쐬고 어딘가에 널어 햇볕에 말릴 건데 그랬어요. 그러고 나서 이슬이 내리기 전에 걷어 들여야 했을 거예요."

"계속해, 토끼."

"당신 양말도 빨아 말려야 하고요. 당신 양말 두 켤레쯤은 마련하고 싶어요."

"그리고 또 뭐야?"

"당신이 가르쳐 준다면 당신 권총도 소제를 해서 기름을 쳐 두고 싶어요."

"입 맞춰 줘." 로버트 조던이 말했다.

"아니에요. 이건 진담이에요. 권총에 대해서 가르쳐 주시겠어요? 필라르가 헝겊과 기름을 갖고 있어요. 거기에 꼭 들어맞을 소제용 철사가 동굴 안에 있어요."

"알았어. 가르쳐 주지."

"그리고……." 마리아가 말했다. "당신이 쏘는 법을 가르쳐 주면 우리 둘 중 누가 부상을 당해서 포로가 되지 않을 수 없을 경우에, 우리 둘 중 누군가가 상대편을 쏘고 자기도 죽을 수 있잖아요."

"아주 재미있는데." 로버트 조던이 말했다. "그런 일을 늘 생각하고 있어?"

"늘이라곤 할 수 없지요." 마리아가 말했다. "하지만 멋진 생각이 있어요. 필라르가 이걸 내게 주면서 사용하는 법을 가르쳐 주었어요." 그녀는 웃옷 앞가슴 주머니를 열고 주머니 빗을 넣어 가지고 다니기에 알맞은 가죽 주머니를 꺼내 양쪽 끝에 붙어 있는 넓적한 고무 밴드를 떼어 내더니 챔(Gem)형의 외날 면도칼을 꺼냈다. "난 언제나 이걸 가지고 다녀요." 그녀가 설명했다. "필라르가 귀밑 바로 여길 찔러서 여기까지 그걸 당기라고 말해 줬어요." 그녀는 그에게 손가락으로 가리켜 보였다. "그녀는 거기 대동맥이 있으니까 면도날을 당기기만 하면 실패하는 일이 없다고 얘기해 줬어요. 또 아프지도 않으니까 귀밑을 그저 단단히 눌러서 아래로 당겨야 한다고 말했어요. 그건 아무것도 아니래요. 그리고 일단 그렇게 하고 나면 멈추게 할 수가 없다는 거예요."

"맞아." 로버트 조던이 말했다. "그게 경동맥이라는 거야."

그러고 보면 그녀는 이것만 있으면 틀림없다고 생각하여, 만약의 경우 그것을 사용하려고 언제나 몸에 지니고 다녔던 것일까?

"하지만 나는 당신이 쏘는 총에 죽고 싶어요." 마리아가 말했다. "날 쏘아야 할 경우가 생길 땐 그러겠다고 약속해 주세요."

"그래." 로버트 조던이 말했다. "약속하지."

"정말 고마워요." 마리아가 그에게 말했다. "난 그렇게 하는 게 쉬운 일이 아닌 줄은 알아요."

"어려운 일도 아니지." 로버트 조던이 말했다.

너는 이런 모든 것을 잊고 있다고 그는 생각했다. 너는 너의 일에 너무 마음을 쓰느라고 이런 내란의 아름다움을 잊고 있는 것이다. 너는 지금까지 이런 일을 잊어버리고 있었던 것이다. 그렇다. 너는 그랬던 것 같다. 카시킨은 그걸 잊을 수가 없었을 것이며, 그래서 그것이 그의 일을 망쳐 버린 것이다. 그렇다면 그 늙은 친구에겐 예감이 있었을까? 그가 카시킨을 쏴 죽일 때 아무런 감정도 느끼지 못한 건 정말 이상한 노릇이다. 그는 언젠가 그걸 느끼게 되리라고 기대하고 있다. 하지만 지금까지는 전혀 아무것도 느끼질 못했던 것이다.

"하지만 당신에게 해 드릴 일이 또 있어요." 마리아가 그의 옆에 바짝 붙어 걸으면서 아주 진지하고 주부다운 태도로 말했다.

"날 쏴 죽이는 일 말고?"

"그래요. 그 튜브에 든 것 같은 담배가 떨어지면 담배를 말아드릴 수 있어요. 필라르가 단단하고 예쁘게, 담뱃가루가 빠져 나오지 않게 잘 마는 법을 가르쳐 주었어요."

"굉장하군." 로버트 조던이 말했다. "침칠도 자기가 하나?"

"그럼요." 그녀가 말했다. "그리고 당신이 부상당했을 때 당신을 간호해 드릴래요. 붕대도 감아 드리고, 몸도 씻겨 드리고, 먹여 드리기도 하고."

"아마 난 부상당하지 않을걸." 로버트 조던이 말했다.

"그럼 당신이 앓으실 때 간호해 드리겠어요. 수프도 만들어 드리고 닦아 드리기도 하고 당신을 위해 무슨 일이든지 하겠어요. 그리고 책도 읽어 드릴래요."

"아마 난 앓지도 않을 거야."

"그럼, 아침에 당신이 깨어나면 커피도 끓여 드리고……."

"아마 난 커피 같은 건 싫어할 거야." 로버트 조던이 그녀에게 말했다.

"그만두세요. 당신은 좋아할걸요." 그녀가 행복한 듯 말했다. "오늘 아침엔 두 잔이나 드셨잖아요."

"아마 난 커피에 싫증이 날 거야. 날 싹 죽일 필요도 없을 거고 부상을 당하거나 앓는 일도 없을걸. 담배도 끊을 거고 양말도 한 켤레뿐이며, 침구도 내 손으로 넣을 거야. 그러면 어쩌지, 토끼?" 그는 그녀의 등을 두드려 주었다. "그럼 어떡할 테야?"

"그럼……." 마리아가 말했다. "필라르에게 가위를 빌려다가 당신 머리를 깎아 드릴래요."

"난 머리 깎는 걸 좋아하지 않는걸."

"나도 좋아하진 않아요." 마리아가 말했다. "그리고 당신 머리도 그대로가 좋아요. 그렇군요. 당신에게 해 드릴 일이 없으니 곁에 앉아서 바라보기나 하고 밤이 되면 사랑이나 하죠."

"좋아." 로버트 조던이 말했다. "맨 나중 생각이 가장 현명하구먼."

"나 역시 같은 생각이에요." 마리아가 미소 지었다. "오오, 영국 양반." 그녀가 말했다.

"내 이름은 로베르토야."

"아니에요. 난 필라르가 하듯이 영국 양반이라고 부를래요."

"그래도 로베르토인걸."

"아니에요." 그녀가 그에게 말했다. "이제부턴 하루 종일 영국 양반이에요. 그럼 영국 양반, 당신 일을 도와드릴까요?"

"아니야. 지금 하고 있는 일은 나 혼자서 아주 냉정한 머리로 해야 돼."

"좋아요." 그녀가 말했다. "그럼 그 일은 언제 끝나죠?"

"오늘 밤에. 운이 좋으면."

"좋아요." 그녀가 말했다.

그들 아래엔 캠프로 통하는 마지막 숲이 있었다.

"저게 누구지?" 로버트 조던이 묻고는 손으로 가리켰다.

"필라르예요." 그녀가 그의 손을 따라 바라보며 말했다.

"정말 필라르예요."

숲이 시작되는 지점인 초원의 낮은 쪽 가장자리에 그 여자가 팔에 머리를 파묻고 앉아 있었다. 그녀는 그들이 서 있는 곳에서는 검은 뭉치처럼 보였다. 갈색 나무줄기에 부각된 검은 뭉치로.

"자, 가지." 로버트 조던은 말하고 무릎까지 올라오는 히스 덤불 속을 달리기 시작했다. 뛰는 것은 무척이나 힘이 들었다. 그래서 그는 얼마간 뛰고 나서 속도를 줄여 걷기 시작했다. 포갠 팔 위에 머리를 묻고 있는 여자가 보였다. 그녀는 나무 둥치를 등지고 있어서 널찍하고 검은 덩어리로 보였다. 그는 그녀에게로 다가가서 "필라르!" 날카로운 소리로 불렀다.

그 여자는 머리를 쳐들고 그를 올려다보았다.

"오." 그녀가 말했다. "벌써 끝마쳤수?"

"편찮으신가요?" 그가 물으며 그녀 옆에서 몸을 굽혔다.

"천만에." 그녀가 말했다. "난 자고 있었어요."

"필라르." 그제야 올라온 마리아가 말하며 그녀 옆에 무릎을 꿇고 앉았다. "어떠세요? 괜찮아?"

"난 여장부야." 필라르가 말했다. 그러나 일어나지는 않았다. 그녀는 그들 두 사람을 바라보았다. "이봐요, 영국 양반." 그녀가 말했다. "또 그 남자가 하는 장난질을 하고 왔구려?"

"괜찮으십니까?" 로버트 조던이 그 말을 무시해 버리고 물었다.

"물어보나마나 아냐? 난 잠을 갔어. 당신도 갔나?"

"아뇨."

"한데……." 필라르가 그녀에게 말했다. "기분이 아주 좋았던 모양이군."
마리아는 얼굴을 붉히고 아무 말도 하지 않았다.

"그 여잔 내버려 두시오." 로버트 조던이 말했다.

"누가 당신더러 참견하랬소?" 필라르가 그에게 말했다. "마리아." 그녀가
말했다. 그녀의 목소리는 굳어 있었다. 마리아는 쳐다보지 않았다.

"마리아." 그녀가 다시 말했다. "기분이 좋았던 모양이라고 말했어."

"아, 그 여잔 내버려 둬요." 로버트 조던이 되풀이했다.

"입 닥쳐요, 당신은." 필라르가 그를 쳐다보지도 않고 말했다. "이봐, 마
리아. 한마디만 해 봐."

"안 돼요." 마리아가 말하고 머리를 흔들었다.

"마리아." 필라르가 말했다. 그녀의 목소리는 얼굴과 마찬가지로 굳어
있었다. 그녀의 얼굴엔 정다운 빛이라곤 하나도 없었다. "네 의사로 내게
한마디만 해 보란 말이야."

마리아는 머리를 흔들었다.

로버트 조던은 생각하고 있었다. 내가 만일 이 마누라와, 그녀의 주정뱅
이 남편, 그리고 그녀의 조그만 패거리들과 일을 하지 않아도 된다면 면
상을 한 번 세게 후려갈길 텐데.

"빨리 말해 봐." 필라르가 그녀에게 말했다.

"안 돼요." 마리아가 말했다. "안 돼요."

"그 여잘 내버려 둬요." 로버트 조던이 말했다. 그의 목소리는 이미 그 자
신의 목소리가 아니었다. 어쨌든 후려갈겨야겠구먼, 하고 그는 생각했다.

필라르는 그에게 대꾸조차 하지 않았다.

그것은 새를 유혹하고 있는 뱀이나 고양이와 같은 태도는 아니었다.

육식하는 짐승의 태도는 없었다. 유혹하는 태도도 보이지 않았다. 하지
만 코브라가 머리를 쳐든 듯이 거만스러운 데가 있었다. 그에게는 그렇게
느껴졌다. 거만을 피우는 데서 위협을 느꼈다. 그러나 그 거만스러움은 악
의가 아니라 무엇을 찾아내려는 고압적인 것이었다. 이런 꼴을 보지 않았
으면 좋았을걸, 하고 로버트 조던은 생각했다. 하지만 그것은 때린다든가

때리지 않는다든가 하는 문제는 아니었다.

"마리아." 필라르는 말했다. "나는 너에게 손도 대지 않을 테니 네 자신의 의사로 얘기해 보란 말이야.' '네 자신의 의사로.'라는 이 말은 스페인 말이었다.

마리아는 머리를 흔들었다. "자, 네 자신의 의사로 얘기해. 내 말 듣고 있어? 무슨 말이든지 좋으니까." 필라르가 재촉했다.

"안 돼요." 그녀는 부드러운 소리로 말했다. "안 돼요, 안 된단 말이에요."

"자, 넌 얘기하게 될 거야." 필라르가 그녀에게 말했다. "무엇이든지. 알게 될 거야. 이제 얘기하게 될 거야."

"땅이 움직였어요." 마리아가 그 마누라를 쳐다보지 않고 말했다. "정말이에요, 아주머니한테 얘기할 수 없는 일이에요."

"그래." 필라르가 말했다. 그녀의 목소리는 온화했고 정다웠으며, 강요 같은 건 없었다. 하지만 로버트 조던은 그녀의 이마와 입술 주위에 맺힌 땀방울을 보았다. "그래, 그랬구나. 그래, 그랬구나."

"사실이에요." 마리아는 말하며 입술을 깨물었다.

"물론 사실일 거야." 필라르가 친절하게 말했다. "하지만 너희 사람들한텐 말하지 마. 믿지 않을 테니까. 당신 핏속엔 알칼리성은 안 섞였겠지, 영국 양반?"

그녀가 일어서려 하자 로버트 조던이 도와주었다.

"아뇨." 그가 말했다. "난 그런 건 모르겠는데요."

"마리아도 알 리가 없지." 필라르가 말했다. "참 이상하구먼."

"하지만 그 일이 일어났는걸요, 필라르." 마리아가 말했다.

"암. 그야 그랬겠지." 필라르가 말했다. "물론이겠지. 내 딸아, 내가 젊었을 때도 땅이 막 움직이는 것 같았어. 그래서 온 주위가 홀렁 뒤바뀌는 것 같고, 땅 밑이 꺼져 버리는 게 아닌가 겁이 날 지경이었어. 매일 밤 그런 일이 있었지."

"거짓말이에요." 마리아가 말했다.

"그래." 필라르가 말했다. "거짓말이야. 그건 일생 동안 세 번밖에 일어나지 않는 거야. 정말 움직였었니?"

"네." 그녀가 말했다. "정말이에요."

"당신에게도, 영국 양반?" 필라르가 로버트 조던을 쳐다보았다. "거짓말은 그만두고."

"그랬죠." 그가 말했다. "정말로."

"좋아." 필라르가 말했다. "좋아, 정말 그럴듯하구먼."

"세 번이란 무슨 의미예요?" 마리아가 물었다. "왜 그런 말을 하죠? 세 번밖에 안 돼요?"

"대부분의 사람에겐 한 번도 없을 수 있지." 필라르가 그녀에게 말했다. "넌 움직였다고 확신할 수 있니?"

"떨어져 버리는 것 같았어요." 마리아가 말했다.

"그럼 움직였던 모양이구먼." 필라르가 말했다. "자, 그럼 캠프로 갑시다."

"세 번이라니, 그건 무슨 허튼소리요?" 소나무 숲을 함께 걸으면서 로버트 조던은 몸집이 큰 여자에게 물었다.

"허튼소리라고?" 그녀는 싫은 얼굴로 그를 쳐다보았다. "허튼소리니 뭐니 하는 그 꼴같잖은 영어는 집어치워요."

"그것도 손금과 같은 미신인가요?"

"아니, 그건 누구나 다 아는 사실이고, 집시들은 그 증거도 가지고 있지."

"하지만 우린 집시가 아닌걸요."

"그렇지, 하지만 당신은 그 조그만 행운이나마 가졌잖소. 집시가 아닌 사람들에겐 때때로 그런 일이 있어."

"세 번이란 말은 정말이오?"

그녀가 다시 기묘한 표정으로 그를 쳐다보았다. "그만둡시다, 영국 양반." 그녀가 말했다. "날 괴롭히지 말아요. 당신은 내 말 상대가 되기엔 너무 어려."

"하지만 필라르." 마리아가 말했다.

"입 다물어." 필라르가 그녀에게 말했다. "넌 한 번 맛본 거야. 그리고 네겐 평생 동안 두 번 더 남아 있단 말이야."

"그럼 당신은?" 로버트 조던이 그녀에게 물었다.

"두 번 있었지." 필라르가 말하고 손가락 두 개를 세워 보였다. "두 번이야. 한데 세 번째는 절대 오지 않을 것 같군."

"왜요?" 마리아가 물었다.

"아아, 입 다물라니까." 필라르가 말했다. "입 좀 다물어요. 젊은 것들이란 참 귀찮기도 하구먼."

"왜 세 번째는 없는 거요?" 로버트 조던이 물었다.

"아, 입 좀 다물지 못 하겠수?" 필라르가 말했다. "입 다물란 말이야!"

좋아, 하고 로버트 조던은 스스로에게 말했다. 다만 나는 어떤 것도 경험하지 못하고 있었을 뿐이다. 나는 집시들을 많이 알고 있다. 그자들은 아주 이상하다. 하지만 우리 역시 그렇다. 차이점이란 우리가 정직한 생활을 하지 않으면 안 된다는 것뿐이다. 우리가 어느 종족으로부터 내려왔고, 우리의 종족적인 유전이 어떤 것이며, 우리의 조상이 살았던 그 숲 속에 어떤 신비가 있었는가는 누구도 알 수 없는 것이다. 우리가 알고 있는 것이란 우리가 아무것도 모르고 있다는 것뿐이다. 우리는 밤에 어떤 일이 일어나는가에 대해서는 아무것도 모른다. 하지만 일이 낮에 일어났을 경우엔 무언가 의미를 가진다. 무슨 일이 일어났건 일어난 것은 일어난 것이다. 그런데 이제 이 여자는 마리아가 원치 않는데도 그걸 말하게 했을 뿐 아니라, 그걸 빼앗아서 자신의 것으로 만든 것이다. 그녀는 그걸 집시들의 것으로 하지 않고서는 견딜 수 없었던 것이다. 나는 아까 언덕 위에서 그녀가 배려해 주었다고 생각했는데, 이제 보니 확실히 본래대로 되돌아가 지배적인 태도가 되어 버린 것이다. 거기에 사악한 마음이 있었다면 그 여자는 총 맞아 죽어야 했을 것이다. 하지만 그것은 사악한 것이 아니었다. 다만 삶을 놓치지 않으려는 바람이었을 뿐이다. 마리아를 통해서 삶을 놓치지 않으려는.

이 전쟁이 끝나면 넌 여자에 대한 연구를 해 보는 게 좋을 것이다, 하고 그는 스스로에게 말했다. 필라르부터 시작할 수 있을 게다. 생각해 보면 그녀는 꽤 복잡한 마음의 하루를 보낸 것 같다. 이전엔 전혀 집시 얘길 꺼내지 않았었다. 손금 얘기를 제하고는. 그는 생각했다. 그렇다, 물론 손금 얘기를 했다. 나는 그녀가 나에게 손금에 대해 속이려 들었다고는 생각하지 않는다. 말할 것도 없이 그녀가 본 것을 말해 주지 않았을 뿐인 것이다. 그녀가 무엇을 봤건 그녀는 자기 자신을 믿고 있었을 것이다. 하지만 그건 아무런 증명도 할 수 없는 것이다.

"이봐요, 필라르." 그가 그 여자에게 말했다. 필라르는 그를 쳐다보며 미소 지었다.

"왜 그러우?" 그녀가 물었다.

"너무 신비스럽게 굴지 마오." 로버트 조던이 말했다. "그 신비스런 것들에 아주 질력이 났소."

"그래?" 필라르가 말했다.

"난 식인귀니 점쟁이니, 관상쟁이니, 혹은 그 보잘것없는 집시의 마법이니 하는 건 믿지 않소."

"오, 그러오." 필라르가 말했다.

"절대 안 믿죠. 그러니 이 여잔 그냥 내버려 두시오."

"내버려 두지."

"그리고 그 신비니 하는 것도 그만두시고." 로버트 조던이 말했다.

"우리에게는 그 하찮은 일로 시달릴 여유가 없소. 해야 할 일과 여러 가지 일이 너무 많소. 하찮은 일에 시달리기는 싫소. 점 같은 것이 적어지면 적어질수록 더 많은 일을 할 수 있지요."

"알겠어." 필라르는 말하고 나서 머리를 끄덕였다. "한데 이봐요, 영국 양반." 그녀가 말하고 그에게 미소를 보냈다. "땅이 움직였수?"

"그렇다니까. 정말 성가신 분이로군. 움직였소."

필라르는 웃고, 웃고, 또 웃으면서 로버트 조던을 보며 서 있었다.

"오오, 영국 양반, 영국 양반." 그녀는 웃어 대며 말했다. "당신 참 어릿광대구려. 위엄을 회복하자면 일을 꽤 많이 해야겠어."

뒈져 버려라, 하고 로버트 조던은 생각했다. 하지만 그는 입을 쭉 다물고 있었다. 그들이 얘기하고 있는 동안 해는 구름 속에 숨어 버렸고, 그가 산 쪽을 뒤돌아보니 이제 하늘에는 무거운 구름이 잿빛으로 덮여 있었다.

"틀림없이!" 필라르가 그에게 말했다. "눈이 올 모양이군."

"지금 말이오? 6월이 다 됐는데?"

"왜 안 오란 법 있수? 이 산들은 달의 명칭 같은 건 모르고 있다우. 지금은 음력 5월이야."

"눈이 올 리 없소." 그는 말했다. "절대로 올 리 없소."

"뭐라고 말하든 마찬가지야, 이 영국 양반아." 그녀가 그에게 말했다. "눈이 온단 말이오."

로버트 조던은 햇빛이 누르스름하게 희미해져 버린 짙은 잿빛 하늘을 올려다보았다. 그가 바라보는 동안에 해는 완전히 사라져 버렸고, 잿빛이 하늘을 온통 뒤덮어 푹신하고 무겁게 보였다. 이윽고 잿빛은 산꼭대기마저 가려 버리고 말았다.

14

그들이 캠프에 도착할 때까지 계속 눈이 내리고 있었다. 눈송이들이 소나무들 사이로 비스듬히 내렸다. 눈은 처음에 드문드문하게 너울너울 떨어지더니 산으로부터 차가운 바람이 휘몰아쳐 내리자 소용돌이치며 앞조차 볼 수 없게 됐다. 로버트 조던은 동굴 앞 그 광란하는 눈 속에 서서 바라보았다.

"눈이 꽤 오겠군." 파블로가 말했다. 그의 목소리는 탁했다. 눈동자는 벌겋고 흐리멍덩했다.

"집시 들어왔소?" 로버트 조던이 그에게 물었다.

"아니." 파블로가 말했다. "집시도 늙은이도 안 돌아왔지."

"나하고 저 위쪽 도로의 초소에 가 볼까요?"

"안 돼." 파블로가 말했다. "난 이 일엔 상관 않겠어."

"그럼 나 혼자 가겠소."

"이런 눈보라 속에선 찾기 힘들걸." 파블로가 말했다. "지금은 가고 싶질 않아."

"산을 내려가 길에 나서서 그 길을 따라 올라가기만 하면 되겠지요?"

"찾을 수 있을 거야. 하지만 당신의 그 보초들은 지금 눈을 맞으며 올라오고 있을 거야. 길이 엇갈릴걸."

"늙은이는 나를 기다릴 거요."

"아니지, 이젠 눈을 맞으며 오고 있을 거야."

파블로는 동굴 입구를 강하게 휘몰아쳐 가는 눈을 바라보며 말했다.

"눈이 원수 같겠군, 영국 양반?"

로버트 조던은 못마땅한 듯이 혀를 찼다. 파블로는 흐리멍덩한 눈으로 그를 쳐다보며 웃어 댔다.

"이래선 당신 골격도 쓸모없어, 영국 양반." 그가 말했다. "굴로 들어와, 당신 부하들은 곧 돌아올 테니."

동굴 속에는 마리아가 불을 피우느라 바빴고 필라르는 부엌 테이블에 앉아 있었다. 불은 연기를 내고 있었지만 부지깽이로 들쑤시고 접은 종이로 부채질을 해 대니까 불꽃이 확 일고 바람이 지붕 구멍으로 공기를 빨아 올려서 나무가 활활 타기 시작했다.

"이번 눈은……." 로버트 조던이 말했다. "많이 올 것 같소?"

"많이 올 거야." 파블로가 만족스러운 듯이 말했다. 그리고는 필라르에게 말했다. "당신도 눈이 싫겠구먼? 당신이 지휘해야 할 마당에 이 눈이 좋을 리 없겠지?"

"나한테 말이우?" 필라르가 어깨너머로 돌아보며 말했다. "눈이 오면 오는 거지, 뭐."

"술 좀 들어, 영국 양반." 파블로가 말했다. "난 눈 오길 기다리며 온종일 마셨어."

"한잔 주시오." 로버트 조던이 말했다.

"눈을 위해서." 파블로가 말하며 그와 잔을 부딪쳤다. 로버트 조던은 그의 눈을 바라보면서 잔을 부딪쳤다. 이 동태 눈깔의 지독한 고주망태야, 하고 그는 생각했다. 난 이 잔으로 네 이빨을 부러뜨리고 싶구나. 참아라. 그는 스스로에게 말했다. 참아라.

"눈이란 건 참 아름다운 거야." 파블로가 말했다. "눈이 내리는 밖에서 자고 싶진 않겠지?"

그럼 역시 그 일이 이 사나이의 마음에 걸려 있었던 것이로구나, 하고 로버트 조던은 생각했다. 그랬구나, 너에게도 마음이 걸리는 일이 많이 있었구나, 파블로.

"싫겠지요?" 그는 정중한 말투로 말했다.

"싫소, 아주 추우니까." 파블로는 말했다. "그리고 몹시 습기가 심해서 말이오."

넌 그 낡은 오리털 이불이 왜 65달러나 하는지 모른단 말이다, 하고 조던은 생각했다. 난 눈 속에 들어가 잘 때마다 1달러씩 내고 싶을 지경이란 말이야.

"그럼 이 안에서 잘 수 있겠소?" 그가 공손하게 물었다.

"있지."

"고맙소." 로버트 조던이 말했다. "하지만 난 밖에서 자겠소."

"눈 속에서?"

"그렇소. 눈 속에서 말이오." '뒈져라, 이 시뻘건 돼지 눈에 돼지 털 난 돼지 엉덩이 상판아. 진절머리 나고 망할 놈! 꿈에도 생각지 않았고, 음란하고, 패배시키려 획책하는 잡놈 같은 눈 같으니.'

그는 마침 마리아가 장작을 불에다 집어넣고 있을 때 다가갔다.

"참 아름다운 거야. 눈이란." 그가 그녀에게 말했다.

"하지만 그 일에는 나쁘잖아요?" 그녀가 그에게 물었다. "걱정이 안 돼요?"

"천만에." 그가 말했다. "걱정이란 좋잖은 거야. 저녁은 언제나 먹지?"

"당신 배가 고픈 것 같구려." 필라르가 말했다. "우선 치즈 한 조각 들겠수?"

"고맙소." 그가 말했다. 그녀는 팔을 뻗어 그물에 넣어 천장에 매달아 놓은 커다란 치즈를 고리에서 끌어내려 비쭉 나온 끝을 칼로 잘라 묵직한 조각을 건네주었다. 그는 그것을 먹으며 서 있었다. 염소 냄새가 좀 심한 것 같아 맛이 별로 없었다.

"마리아." 파블로가 그가 서 있던 테이블에서 불렀다.

"왜요?" 그녀가 물었다.

"테이블 좀 깨끗이 훔쳐, 마리아." 파블로가 말하며 로버트 조던에게 히죽 웃어 보였다.

"당신 흘린 거나 좀 훔치시우." 필라르가 그에게 말했다. "먼저 턱주가리하고 셔츠나 닦고 나서 테이블 좀 훔치시우."

"마리아." 파블로가 불렀다.

"그 사람한테 신경 쓰지 마, 취했으니." 필라르가 말했다.

"마리아." 파블로가 불렀다. "아직도 눈이 내리는구나. 눈이란 아름다운 거야."

이잔 그 침낭을 모르는구나, 하고 로버트 조던은 생각했다. 이 늙다리

돼지 눈깔의 호인은 내가 왜 숲 사람들에게 그 침낭의 대가로 65달러나 지불했는지를 몰라. 어쨌든 집시가 왔으면 좋겠군. 집시가 오는 즉시 늙은 이를 찾으러 가야지. 지금 가야 되겠지만 그들을 못 만나기 십상일 거야. 난 그가 어디서 감시를 하고 있는지를 모르거든.

"눈덩이를 만들고 싶지 않소?" 그는 파블로에게 물었다. "눈싸움을 하고 싶지는 않소?"

"뭐라고?" 파블로가 말했다. "뭘 하자는 거야?"

"아무것도 아니오." 로버트 조던은 말했다. "당신 말안장은 잘 덮어 놓았소?"

"덮어 놓고말고."

그러고 나서 로버트 조던은 영어로 말했다. "말을 가루가 될 때까지 타고 몰아대거나, 지쳐 버릴 때까지 못살게 굴어서 눈 속에 파묻어 버릴까?"

"뭐라고?"

"아무것도 아니야. 당신에 대한 말이야. 나는 걸어서 이곳을 나가겠어."

"왜 영어로 하는 거야?" 파블로가 물었다.

"나도 몰라." 로버트 조던이 말했다. "몹시 피로하면 가끔 영어로 지껄이지. 또는 몹시 기분이 나쁠 때 말이야. 혹은 좌절감을 느낄 때도. 말하자면 몹시 좌절감을 느낄 땐 그저 그 음향을 들어 보기 위해 영어로 말하는 거야. 그건 마음을 안정시켜 주는 소리거든. 당신도 언제 한번 해 보구려."

"무슨 말이오, 영국 양반?" 필라르가 말했다. "퍽 재미있는 음향이지만 알아먹을 수가 있어야지."

"아무것도 아니오." 로버트 조던이 말했다. "영어로 '아무것도 아니오.'라고 했지요."

"자, 그럼 스페인어로 해 보구려." 필라르가 말했다. "스페인어로는 더 짧고 간단할 테니."

"옳은 말씀." 로버트 조던이 말했다. 하지만 오오, 필라르, 오오, 필라르, 하고 그는 생각했다. 오오, 파블로, 오오, 필라르, 오오, 마리아, 오오, 그 구석에 있는, 이름은 잊었지만 결국은 외우지 않으면 안 될 두 형제여. 나는 가끔 스페인어가 싫어진다. 스페인어도, 너희에 대한 일도, 나에 대한 일도, 전쟁도 말이다. 그런데도 하필이면 이럴 때에 눈이 내리지 않으면 안 된단 말인가. 정말 괘씸하지 않나. 아니, 그럴 리는 없다. 조금도 괘씸할 것은 없다. 너는 현실을 있는 대로 받아들이고 그것과 싸워 낼 뿐, 주역인 척하는 태도는 걷어치워라. 그리고 바로 전까지 그랬던 것처럼, 눈이 내리고 있다는 이 사실을 받아들이지 않으면 안 된다. 그리고 다음에 할 일은 그 집시와 만나, 영감을 찾아내는 일이다. 그렇더라도 눈이 오다니! 이런 달에. 아니 그런 생각은 집어치워라, 하고 그는 자신에게 말했다. 그런 생각은 버리고 있는 대로 받아들이란 말이다. 이것은 그 술잔 탓이다. 이 술잔에 대한 속담은 뭐라고 했더라? 기억력을 증진시켜야겠군. 그렇지 않는한, 인용구 따위가 생각날 것 같지는 않다. 인용구 등을 잊어버렸을 때에는, 그것을 잊어버리고 있기는 하지만 도저히 뿌리쳐 버릴 수 없는 이름처럼 마음에 달라붙어 있는 것이다. 술잔에 대한 속담은?

"내 잔에도 포도주를 따라 주지 않겠소?" 그는 스페인어로 말했다. 그리고 "큰 눈이 내릴까?" 파블로에게 물었다. 그 술 취한 사내는 그를 쳐다보더니 히죽 웃었다. 그는 머리를 끄덕이더니 다시 히죽 웃었다.

"공격도 틀렸고 비행기도 날 수 없고, 다리도 틀렸어. 눈이 오잖나." 파블로가 말했다.

"눈이 계속 내리리라고 생각하오?" 로버트 조던은 그의 옆에 앉았다.

"올여름 내내 눈이 오리라고 생각하오, 파블로 영감?"

"여름 내내는 아니지." 파블로가 말했다. "오늘 밤하고 내일이라면 그 말이 맞지만."

"어째서 그렇게 생각하오?"

"두 종류의 눈보라가 있지." 파블로가 묵직하고 분별 있는 소리로 말했다. "하나는 피레네 산맥 쪽에서 오는 거지. 그놈은 모진 추위를 몰고 오거든. 그놈이 오기엔 너무 늦었어."

"과연." 로버트 조던이 말했다. "전혀 엉터리는 아닌 모양이로군."

"오늘의 눈보라는 칸타브리코에서 온 거야." 파블로가 말했다. "이놈은 바다 쪽에서 오는 거야. 바람이 이런 방향으로 불 땐 폭풍이 일고 눈이 많이 쏟아지지."

"그런 걸 어디서 다 배웠소, 영감?" 로버트 조던이 물었다.

이제 분노는 사라져 버렸다. 그는 언제나 모든 종류의 폭풍이 일 때면 항상 그랬듯이 눈보라에 흥분되어 있었다. 눈보라, 질풍, 적도 지대에서의 돌발적인 돌풍, 열대 지방의 폭풍우, 혹은 산속에서 뇌성과 함께 쏟아지는 소나기 등에서 그는 다른 데서 느낄 수 없는 흥분을 맛보았다. 아름답다는 느낌이 드는 걸 제외한다면 그것은 전투에서 맛보는 흥분과 같다. 싸움터에서 부는 바람이 있었지만 그것은 열풍熱風이다. 사람들의 입처럼 열을 가지고 있는 데다 바짝바짝 메마른 바람이었다. 답답하고 후끈하고 지저분하게 분다. 그리고 그 바람은 그날의 운명과 함께 불기 시작했다가 사라져 버렸다. 그는 그 바람을 잘 알고 있었다.

하지만 눈보라는 그런 것들과는 정반대다. 눈보라 속에선 야수들에게 접근해도 두려워하질 않는다. 그놈들은 그들이 어디 있는지도 모르고 들판을 쏘다닌다. 때로는 사슴이 오두막 추녀 밑에 서 있는 수가 있다. 눈보라 속에 말을 타고 가다 큰 사슴을 만나게 되면 그놈은 말을 자기의 동료로 오인하고 맞으려고 달려 나온다. 눈보라 속에선 항상 얼마 동안은 마치 적의가 없는 것만 같다. 눈보라 속에서도 바람이 질풍으로 변하는 수가 있다. 하지만 불어도 하얀 청결함이 있고, 대기는 온통 날아다니는 흰색으로 가득 차며, 온갖 사물이 그 모습을 바꾸고 바람이 자 버릴 땐 정적이 따르게 되곤 한다. 이 눈보라는 꽤 거센 셈이다. 그가 즐기는 것도 당연한 일이다. 그건 모든 걸 망쳐 놓고 있긴 하지만 그가 즐기는 것은 당연한 일이다.

"난 여러 해 동안 화물 운송업을 했었지." 파블로가 말했다. "우린 군용 트럭이 나오기 전에 커다란 짐마차로, 산을 넘어 화물을 운반했어. 그 사업을 하면서 날씨에 대한 걸 알게 됐지."

"그럼 이 운동엔 어떻게 참가하게 됐소?"

"난 언제나 좌익이었어." 파블로가 말했다. "우린 정치적으로 훨씬 개발이 된 오스트리아 사람들과 접촉이 많았어. 난 항상 공화국 지지자였어."

"하지만 이 내전이 일어나기 전엔 무얼 했소?"

"자라고자(스페인 북동부에 있는 도시)의 말 장수 밑에서 일했지. 그는 군용 말을 군납하는 동시에 투우를 위한 말도 조달하고 있었어. 내가 필라르를 만난 건 바로 그때였지. 그 여자가 얘기해 줬겠지만, 그 여잔 투우사 피니토 데 팔렌치아와 같이 살고 있었지."

그는 어지간히 자랑스러운 태도로 말했다.

"그간 그리 대단한 투우사는 아니었어." 테이블에 앉아 있던 형제 중 한 사람이 난로 앞에 서 있는 필라르의 등을 쳐다보면서 말했다.

"아니라고?" 필라르가 그 사내를 뒤돌아보며 말했다. "그가 대단하지 않은 투우사라고?"

동굴 속 화덕가에 서 있는 그녀에겐 그가 보이는 듯했다. 작달막하고 갈색을 띤 우울한 얼굴에 슬픈 눈매, 움푹 팬 뺨, 아무도 모르지만 꽉 끼는 투우사의 모자를 눌러 써서 생긴 붉은 자국이 있는 이마 위에 착 달라붙은 곱슬머리. 그는 다섯 살 먹은 황소와 맞서 있었다. 황소는 거대한 목덜미로 말을 위로 위로 떠밀어 올렸고, 기수가 못이 박힌 장대로 그 목을 찌르자 더욱 위로 받아 올렸다. 말은 끝내 과당 땅을 울리며 넘어졌다. 기수가 나무로 된 울타리에 부딪쳐 나뒹굴자 소는 말을 찌른 뿔을 흔들어 대면서 기수의 생명을 빼앗으려고 다리를 쳐들었다. 그녀는 대단치 않은 투우사인 그 피니토가, 그때 그를 향해 돌진해 오는 소의 바로 앞에 섰는가 싶었을 때 몸을 쏙 돌려 소와 맞서는 것을 보았다. 그녀는 그때 분명히 그가 묵직한 플란넬 천을 막대기 끝에서 흔드는 것을 보았다. 칼끝이 소의 머리나 다리, 땀이 흘러 빛나는 어깨의 근육 언저리를 스쳤다. 소가 뛰어 오른다. 단창短槍이 운다. 그때마다 천을 위아래로 비스듬히 뒤흔들어 댔기 때문에 천은 피로 흠뻑 젖어 묵직하게 처졌다. 피니토는 가만히 육중하게 서 있는 소의 머리에서 다섯 발자국 되는 거리에 옆얼굴을 보이며 서서, 칼을 천천히 자기의 어깨 높이까지 올렸다. 소의 머리는 자기의 눈보다 높기 때문에 아직도 눈에 띄지 않는 한 점을 노려서 핏방울이 떨어지는 칼끝에 눈길을 고정시켰다. 이윽고 그는 왼손으로 젖어서 묵직한 천을 나풀거리며, 순식간에 소의 머리를 쓰러뜨리고 말 것이다. 하지만 지금은 발뒤꿈치로 서서 약간 몸을 뒤로 젖힌 채, 갈라진 뿔의 정면에 비스듬히 서서 칼끝을 응시하고 있었다. 소의 가슴은 부풀어 오르고 눈은 그 천을 노려보고 있었다.

그녀는 이제 아주 똑똑히 그를 볼 수 있었다. 그리고 그가 머리를 돌려 빨간 울타리 위의 제일 앞줄에 앉아 있는 사람들을 바라보면서, "보기 좋게 이놈을 죽일 수 있는지 어떤지, 여러분 잘 보시오!"라고 외치는 가늘고 맑은 목소리를 들었다.

그 목소리가 들렸는가 싶었을 때, 그녀는 전진하려는 그의 무릎이 구부러지는 것이 보였다. 낮게 흔들거리고 있는 천을 따라 마법처럼 땅을 스치는 뿔을 향해 돌진하는 그의 모습과 칼이 먼지투성이인 소의 어깨 살덩이를 찔렀을 때, 뿔을 교묘히 피하여 단 한 치의 착오도 없이 움직이는 그의 야윈 갈색 손목을 그녀는 침을 삼키며 보았다.

그녀는 마치 돌진하는 황소가 그 칼을 빼앗아 자기 몸에다 찌르듯 번쩍이는 칼날이 서서히 어김없이 그의 손으로부터 들어가는 것을 보았다. 그리고 갈색 손가락 마디가 팽팽한 소가죽에 닿을 때까지 칼이 들어가는 것과 칼이 들어간 자리에서 눈을 떼지 않고 가쁜 호흡으로 뿔을 피하고 소를 피하여 칼을 휘두르며, 왼손에는 막대기에 감은 천을 들고 오른손을 들어 소가 죽는 것을 지켜보는 그의 모습을 보았다.

그녀는 눈으로, 그가 소가 땅을 움키려는 것을 지켜보고, 소가 쓰러지기 전에 거목처럼 흔들리는 것을 지켜보고, 소가 발로 대지를 짓밟으려고 몸부림치는 것을 지켜보고, 이윽고 승리의 신호로 이 조그만 사나이의 손이 올라가는 것을 본다. 그는 소가 죽어간다는 안도, 보기 좋게 피한 지금엔 이미 뿔에 찔릴 걱정이 없다는 안도, 그리고 소는 이미 쓰러져서 사지를 하늘로 향하고, 죽어 뒹굴고 있다는 안도를 느끼면서 땀투성이가 되어, 이것으로 끝났다는 허전한 안도 속에 서 있다. 이윽고 그 늘씬한 갈색의 사나이는 지친 듯 웃음조차 보이지 않고 울타리 쪽으로 걸어간다.

자기의 생활이 그것에 걸려 있는 이상, 그가 투우장을 달려 나올 수 없다는 것을 그녀는 알고 있다. 그래서 그가 천천히 울타리까지 걸어가 수건으로 입을 훔치고 그녀를 쳐다보며 머리를 흔들고 다시 수건으로 얼굴을 훔치고서 자랑스럽게 장내를 일주하는 것을 지켜보고 있다.

그는 미소 짓고 고개를 들어올린 후, 다시 미소를 띠고 천천히 장내를 돈다.

그 뒤를 조수가 따르고, 몸을 굽혀 여송연을 주우며 모자를 던져 되돌려준다. 그는 서글픈 눈매로 미소를 띠고 일주하면서 그녀 앞에서 행진을 멈춘다. 그것이 끝나자 그가 목책에 가로지른 테에 걸터앉아 수건을 입에 대고 있는 모습을 그녀는 본다.

불 옆에 서 있는 필라르의 마음에, 지금 이러한 정경이 모조리 눈앞에 선하게 떠올랐던 것이다. 그녀는 말했다.

"그래, 그 사나이가 훌륭한 투우사가 아니었단 말이오? 쳇! 그따위 놈들과 내가 지금까지 살아왔단 말이야!"

"그 사람, 훌륭한 투우사였지." 파블로가 말했다. "그 사람은 키가 작은 게 흠이었어."

"게다가 틀림없는 폐병 환자였지." 프리미티보가 말했다.

"폐병 환자라고?" 필라르가 말했다. "그와 같은 형벌을 받고도 폐병 환자가 안 될 사람이 어디 있어? 이 나라의 가난한 사람들은, 주안 마르치와 같은 악당이거나 투우사거나, 오페라 가수가 아니면 돈 벌 생각이나 할 수 있는 줄 알아? 그 사람이 폐병에 걸리지 않을 리가 있겠냐고. 부르주아들이 너무 처먹어서 위장이 다 절단 나 소다가 없으면 살 수 없는 반면에 가난한 사람들은 태어나서 죽을 때까지 배를 곯는 나라에서, 그 사람이 폐병에 걸리지 않을 리가 있느냐 말이야. 당신이 어린 소년으로서 투우를 배우겠다고 시합장을 찾아다니느라, 공짜 차를 타기 위해 삼등칸 좌석 밑에 숨어서 막 뱉은 가래침이나 마른 가래로 더러워진 흙바닥에서 뒹굴며 여행을 하고 뿔로 가슴을 받히면 폐병 환자가 안 될 것 같아?"

"확실히 그렇지." 프리미티보가 말했다. "난 그저 그가 폐병 환자였다고 하는 말이야."

"물론 폐병 환자였어." 필라르가 휘젓는 데 쓰는 커다란 나무 숟가락을 들고 그 자리에 서서 말했다. "그 사람은 키가 작고 가는 목소리에다 소를 아주 무서워했지. 투우하기 전에 그렇게 겁을 먹는 사람은 처음 봤어. 하지만 일단 장내로 들어서면 그렇게 겁을 덜 내는 사람도 처음 봤지. 당신은……." 그녀가 파블로에게 말했다. "당신은 이제 죽는 걸 두려워하고 있지. 당신은 그걸 중대한 뭐로 생각하고 있지만 피니토는 시종 두려워하면서도 장내에선 사자 같았어."

"그 사람 아주 대담하다고 평판이 났었지." 형제 중에 둘째가 말했다.

"난 그렇게 겁을 내는 사람은 처음 봤어." 필라르가 말했다. "자기 집에다 쇠 대가리를 두려고도 하질 않았어. 바야돌리드의 축제 때에는 파블로 로메로의 소를 아주 보기 좋게 죽였는데……."

"나도 기억하고 있어." 형제 중에 첫째가 말했다. "나도 장내에 있었지. 이마에 곱슬곱슬한 털이 나고 아주 높은 뿔을 가진 비누 색깔의 소였어. 340킬로그램이 넘는 소였어. 그게 그가 바야돌리드에서 죽인 마지막 소였어."

"맞아." 필라르가 말했다. "그 후에 카페 콜론에서 알게 됐지. 그의 이름을 따서 클럽의 이름으로 삼은 열광자들의 클럽이 쇠 대가리 박제를 만들어가지고, 카페 콜론에서 조그만 연회를 열었을 때 그에게 그걸 증정했지. 식사하는 동안 그 머리는 벽에 걸려 있었는데 천으로 덮어 놨지. 나도 테이블에 앉아 있었는데, 그곳에는 그 밖에도 나보다 더 못생긴 파스토라, 니나 데로스 피에네스, 집시들, 갈보라고 불러도 좋을 여자들이 앉아 있었지. 그건 연회다운 연회였어. 작긴 했지만 파스토라와 굉장한 갈보 중 한 여자 사이에 예법에 대한 말다툼이 벌어졌는데 격렬하고 폭력적일 정도였어. 나는 행복감 이상의 것을 느끼며 피니토 옆에 앉아 있으면서 그가 쇠 대가리 쳐다보길 싫어하는 줄을 알아챘는데, 그건 주님의 수난 기간 중에 교회에서 성자들의 상을 덮어 놓듯이 자줏빛 천으로 씌워져 있었어."

"피니토는 많이 먹질 못했어. 왜냐하면 자라고자에서 열렸던 그해 마지막 투우에서 막 죽이려는 찰나 뿔의 평평한 부분에 받혀서 한동안 인사불성이 되었고, 그때도 음식을 제대로 소화시킬 수 없었거든. 게다가 그는 연회 도중에 가끔 입에다 손수건을 대고 피를 뱉어 내곤 했어. 내가 방금 당신한테 뭘 얘기하려고 했지?"

"쇠 대가리요." 프리미티보가 말했다. "박제로 만든 쇠 대가리 말이오."

"그래." 필라르가 말했다. "맞았어. 어쨌든 당신들이 잘 알 수 있게 좀 자세한 얘길 해야겠구먼. 피니토는 쾌활한 적이 한 번도 없었지. 알다시피 천성이 아주 익살맞은 일을 보고도 웃질 않았어. 그인 모든 걸 아주 심각한 태도로 대했지. 마치 페르난도처럼 심각했어. 하지만 그땐 피니토 클럽을 만든 그의 열광자들이 초청한 연회였으니까 유쾌하고 친근미가 있는 데다 쾌활한 척할 필요가 있었지. 그래서 식사하는 동안 내내 그는 미소를 짓고 다정한 말을 했어. 그가 손수건으로 무엇을 하고 있는가를 알아챈 사람은 나뿐이었어. 그인 손수건 세 장을 가지고 있었는데 세 장을 다 더럽히고는 아주 낮은 목소리로 내게 말하는 거야. '필라르. 난 더 이상 참

을 수가 없어. 가야만 할 것 같아.'

'그럼 갑시다.' 내가 말했지. 왜냐하면 난 그가 매우 고통을 당하고 있는 줄을 알았거든. 그땐 연회가 한창 무르익었고 이만저만 떠들썩하지 않았 었어.

'아냐, 물러갈 순 없어.' 피니토가 내게 말했지. '내 이름을 따서 클럽 이 름을 붙였으니 난 의무가 있는 거야.'

'당신 몸이 편찮으시다면 가야죠.' 내가 말했지.

'아냐.' 그가 말했어. '난 그대로 있을 테야. 저 만자닐라(스페인 남부에서 생산되는 백포도주) 좀 주구려.'

난 그가 아무것도 먹지 않은 데다 위장 상태가 그 지경이니 술을 마시 게 하는 건 현명하지 않은 줄을 알고 있었지만, 그인 무언가 들지 않고는 그 유쾌하고 흥청거리고 소란한 분위기를 더 이상 견뎌 낼 수 없는 게 분 명했어. 그래서 그가 아주 빨리 만자닐라 한 병을 거의 다 마셔 버리는 것 을 바라보기만 했지. 손수건을 모두 다 써 버렸기 때문에 미리 준비한 손 수건 대신 냅킨을 사용하더구먼. 그러는 동안 연회는 정말로 와자지껄해 져서 제일 몸이 가벼운 갈보 년 몇몇이 별의별 클럽 회원들의 어깨에 올 라타고 테이블 주위를 돌기 시작하는 거야. 파스토라는 노래를 부르라는 요청에 응했고 엘니노 리카르도는 기타를 쳤는데 흥취가 이만저만 아니 었어. 정말 유쾌하게 술에 취해서 그 이상의 아름다운 우정은 없는 것 같 은 장면이었어. 난 진짜 집시적인 열광이 그처럼 고조되었던 연회는 처음 봤어. 하지만 우린 그때까지 축하 연회의 동기가 된 쇠 대가리에 씌워진 천을 벗기는 데까진 생각이 미치질 않았었지.

나는 아주 유쾌한 기분이 되어 있었어. 게다가 라카르도의 연주에 박수 를 쳐 대고 니나 데로스 페에네스의 노래에 대한 박수 부대를 조직하는 걸 도와주느라고 바빠서 피니토가 냅킨도 다 써 버리고 내 것까지 가져간 걸 눈치채지 못했지. 그는 그때 만자닐라를 또 마셨는데 눈은 몹시 맑아 졌고, 누구에게나 아주 즐거운 듯이 머리를 끄덕여 대더군. 그인 말을 많 이 할 수가 없었어. 말하는 도중엔 줄곧 냅킨을 이용해야 했으니까 말이 야. 하지만 그는 결국 거기 참석한 게 그 때문이었으니까 줄곧 몹시 쾌활 하고 즐거운 듯한 표정을 보여 준 셈이지.

연회는 그렇게 진행되어 갔지. 내 다음 자리에 앉아 있던 사내는 전에 라파엘 엘 갈로의 매니저였는데 그가 내게 얘기를 하나 해 주더구먼. 그 얘기의 끝부분은 이런 거야. 그래, 라파엘이 내게로 와서 말하더군. '당신은 세상에 둘도 없이 좋은 친구이며 가장 점잖은 분이오. 난 당신을 형님처럼 생각합니다. 그래서 당신에게 선물을 드리고 싶어요.' 그러더니 아름다운 다이아몬드 스카프 핀을 내게 주고 나서 카페를 걸어 나갔어. 그래서 난 테이블에 앉아 있던 레타나에게 말했지. '저 더러운 집시 놈은 딴 매니저와의 계약에 서명을 하고 온 거야.'라고 말이지.

'무슨 말이야?' 레타나가 물었지.

'나는 10년 동안 그의 매니저 노릇을 해 오지만 내게 선물 한 번 한 적이 없단 말이야.' 엘 갈로의 매니저는 이렇게 말하더군. 그러니 그 선물의 의미는 그렇게밖에 해석할 수 없었지. 확실히 그건 사실로, 엘 갈로가 사람을 떼어 버리는 방법이었지.

그런데 때마침 파스토라가 얘기에 끼어들더구먼. 사실 그 여자처럼 라파엘에 대해 심한 말을 한 사람은 없었어. 뭐 라파엘을 변호할 생각도 없었고. 그 매니저가 '더러운 집시 놈.'이라고 집시들에 대한 말을 했기 때문이었지. 그 여자가 끼어들어 모진 말로 욕을 해 댔기 때문에 매니저는 잠잠해지고 말았지. 내가 끼어들어 파스토라를 달래려고 얘기를 가로막으니까 또 그 집시가 내 입을 막으려고 방해를 하는 거야. 장내는 매우 시끄러워서 누가 무슨 말을 하는지 구별할 수가 없을 지경이었어. 단 한 마디 갈보라는 말만 다른 말보다 유난히 크게 들렸지. 겨우 소란이 가라앉고 얘기에 끼어들었던 우리 셋은 묵묵히 술잔만 내려다보고 앉아 있었지. 그때 난 피니토가 쇠 대가리를 쳐다보고 있는 걸 봤어. 그때까지도 그건 자줏빛 천으로 덮여 있었는데 그의 얼굴은 공포로 질려 있더군.

그때 클럽의 회장이 쇠머리의 제막식에 앞서서 연설을 하기 시작했는데 연설을 하는 동안 내내 '옳소!' 하는 소리와 함께 박수를 치고, 테이블을 두드리는 등 대단한 갈채가 이어졌지. 난 피니토를 바라보고 있었는데 피니토는 자기의 아니, 내 냅킨을 사용하면서 의자에 푹 파묻힌 채, 정면 벽에 걸린 천으로 덮인 황소 대가리를 두려운 듯, 정신없이 바라보고 있었던 거야.

연설이 막바지에 이르자 피니토는 연신 머리를 흔들면서 점점 더 의자 속으로 빠져들 뿐이었어.

'여보, 왜 그래요?' 내가 그에게 묻자 그는 나의 얼굴을 보고 있었지만 나를 알아보지 못하는 듯, 다만 '싫어, 싫어, 싫어.' 할 뿐이었어.

그러는 동안 클럽의 회장은 연설을 끝맺고 대갈채를 받으면서 의자 위에 올라섰지. 이어 팔을 뻗쳐 황소 대가리 위에 씌운 자주색 천을 매 놓은 보랏빛 끈을 풀고 천천히 천을 벗겨 황소 머리를 드러나게 했어. 천이 한쪽 뿔에 걸리자 그는 그걸 벗겨 내 뻔질뻔질하게 닦인 뾰족한 뿔에서 떼어 버렸어. 드디어 천을 완전히 벗겨 내자 검은 뿔이 솟은 누런빛의 굉장한 대가리가 드러났지. 뾰족하게 앞으로 솟아난 뿔은 그 하얀 끝 부분이 고슴도치 털처럼 날카롭더군. 그 쇠 대가리는 살아 있는 것 같았어. 이마엔 살아 있을 때처럼 곱슬한 털이 나 있고 콧구멍이 열린 데다 눈은 반짝였는데 그게 거기서 피니토를 똑바로 노려보고 있는 거야.

자리에 있던 자들은 한 사람 남김없이 고함을 지르고 박수를 쳐 댔는데, 피니토는 점점 더 의자 안으로 빠져들더군. 그러자 모두가 조용해져서 피니토 쪽을 보았는데, 피니토는 '싫어, 싫어.' 하며 황소를 보고는 다시 몸을 뒤로 물러갔어. '싫어!' 하고 아주 큰소리로 외치고 커다란 핏덩이를 쏟았지. 한데 냅킨을 갖다 대기도 전에 피가 턱으로 흘러내리더군. 그는 여전히 소를 쳐다보면서 말했지. '사철 투우 시즌이라고, 좋아. 돈 버는 것도 좋아. 먹는 것도 좋아. 하지만 난 먹을 수가 없어. 내 말 듣나? 내 위장은 엉망이야. 하지만 이제 투우 시즌은 끝났단 말이야! 싫어! 싫어! 싫어!' 그는 테이블을 죽 둘러보더니 쇠 대가리를 쳐다보며 다시 한 번 '싫어.'라고 말했어. 그리고는 머리를 축 늘어뜨리고 입에다 냅킨을 갖다 대더니 그대로 앉아서 아무 말도 안 했지. 결국 근사하게 시작되어 여흥과 친선의 신기원을 이룰 것 같은 연회가 엉망이 되어 버렸지."

"그러고 나서 얼마 후에 그가 죽었소?" 프리미티보가 물었다.

"그해 겨울이야." 필라르가 대답했다. "자라고자에서 마지막으로 뿔에 받힌 게 영 회복되질 않았어. 받히는 건 찔리는 것보다 훨씬 나쁘거든. 왜냐하면 그 상처는 몸 안에 생긴 거라 치료할 수가 없지. 그는 대개 죽이려 할 때 떠받히고는 했기 때문에 그 이상 출세할 수가 없었던 거야. 아마 키가 작아서 뿔 위로 잘 피할 수가 없었을 거야. 거의 매번 그는 뿔 옆으로 받히곤 했지. 하지만 물론 대부분이 그저 스치는 정도였지."

"그렇게 키가 작았다면 차라리 투우사가 안 되는 게 나았을 거 아뇨." 프리미티보가 말했다.

필라르가 로버트 조던을 바라보고는 머리를 흔들었다. 그러고는 여전히 머리를 흔들어 대면서 커다란 쇠 냄비로 몸을 굽혔다.

이런 작자들이 있다니, 하고 그녀는 생각했다. 스페인 사람들이란 이런 작자들이야. '키가 작으면 투우사가 되려고 하지 말았어야 할 게 아니오.' 라니. 그러나 나는 그 말을 듣고도 가만히 있는 거다. 나는 화를 내지 않는다. 마음속으로는 할 말이 다 꾸며져 있는데도 가만히 아무 말도 안 한다. 아무것도 모르는 자들에겐 얼마나 만사가 단순하게 보일까. 인간이라는 것은 아무것도 모르면서 '그 사람 대단찮은 투우사였지.' 어쩌고 하며 지껄여 대지. 그런가 하면 또 아무것도 모르고 '놈은 폐병쟁이였어.' 하는 놈도 있지. 그리고 또 다른 작자가 설명을 듣고 나서 사정을 알면 말하는 거야. '그렇게 키가 작았다면 투우사가 안 되는 게 나았을 거야.'라고.

그녀는 지금 불 위로 몸을 굽히면서도, 양쪽 허벅지에 살이 불거진 흉터가 있는 갈색의 나체가 침상 위에 있고, 가슴의 오른쪽 늑골 아래에는 심하게 지진 듯한 소용돌이 상처가 있으며, 옆구리에는 희고 긴 채찍 같은 상처가 겨드랑이 아래까지 뻗쳐 있는 피니토의 모습이 선했다. 그녀는 그의 감은 눈과 엄숙한 갈색 얼굴과 이마로부터 훨씬 뒤쪽으로 끌어올린 검은 곱슬머리가 보이는 것 같았다. 그녀는 그 침대 옆에 앉아서 그의 다리를 주물렀다. 오금의 응어리진 근육을 문지르거나 주무르거나 풀거나, 주먹을 쥐고 가볍게 두드리거나 하여 굳어진 근육을 부드럽게 해 주려는 것이었다.

"어때요?" 그녀가 말했다. "당신의 다리는?"

"아주 기분이 좋아, 필라르." 그는 언제나 눈을 뜨지 않고 말했다.

"가슴을 문질러 드릴까요?"

"괜찮아, 필라르. 가슴은 문지르지 말아 줘."

"그러면 가슴 위쪽은?"

"놔둬, 너무 아프니까."

"하지만 문지르고 약을 바르면 따뜻해져서 얼마간 덜할지도 몰라요."

"아냐, 필라르. 고마워, 건드리지 않는 게 더 좋겠어."

"알코올로 닦아 드릴까요?"

"그래, 아주 살살 닦아 줘."

"당신은 지난번 투우 때 굉장했어요." 그녀가 말하고 나서 그가 대답했다.

"그래, 그때는 멋지게 해치웠지."

그리고 그의 몸을 닦아 주고 이불을 덮어 준 다음 그녀는 침대로 들어가 그의 곁에 누웠다. 그는 햇볕에 탄 손을 뻗쳐서 그녀의 몸을 어루만지며 말했다.

"당신도 꽤 여자다운 데가 있어, 필라르." 그것은 그가 한 말 중 가장 농담에 가까운 말이었다. 투우를 끝낸 뒤에 그는 흔히 잠을 잤으며, 그녀는 두 손으로 그의 한 손을 잡고 그의 숨소리를 들으면서 누워 있곤 했다.

그가 흔히 꿈속에서 가위에 눌릴 때 그녀는 자기의 손이 강하게 쥐어져 있고 그의 이마에 땀방울이 맺혀 있는 것을 보곤 했다. 그러다가 그가 깨어날 때 "아무것도 아니에요."라고 말해 주면 그는 다시 잠들어 버리곤 했다. 그녀는 그렇게 그와 함께 5년을 살았는데 한 번도 그에 대해 충실하지 않았던 적은 없었다. 그리고 장례식이 끝난 후에 그녀는 장내로 투우사의 말을 끌고 들어오는 게 직업이었다. 그런 그녀가 피니토가 그의 생명을 소모하며 죽여 온 황소와 똑같이 생긴 파블로와 함께 살게 된 것이다. 하지만 황소의 힘도 황소의 용기도 영구한 것은 아님을 그녀는 이제 알았다. 그럼 남는 것은 무엇일까? 내가 남아 있는 것이다, 라고 그녀는 생각했다. 그렇다. 내가 살아남은 것이다. 하지만 무얼 위해서!

"마리아." 그녀가 말했다. "하고 있는 일에 좀 정신을 차려. 그건 요리를 만들 불이야. 온 시내를 태워 버리려는 불이 아니란 말이야."

바로 그때 집시가 들어왔다. 그는 눈을 뒤집어쓴 채로 카빈총을 들고 발을 굴러 눈을 털면서 그 자리에 서 있었다.

로버트 조던이 일어나 문 앞으로 걸어갔다. "잘 됐소?" 그가 집시에게 말했다.

"큰 다리에선 여섯 시간 교대로 망을 보고 있소." 집시가 말했다. "도로 수리공 대기소엔 여덟 놈에다 하사가 한 놈 있고, 여기 당신 시계가 있소."

"제재소의 초소는 어떻소?"

"늙은이가 거기 있어요. 길과 제재소 양쪽을 다 볼 수가 있는 곳이니까."

"그럼 도로는?" 로버트 조던이 물었다.

"늘 그렇듯 마찬가지요." 집시가 말했다. "보통 때와 다른 건 없었소. 자동차 몇 대가 지나갔을 뿐."

집시는 추워 보였다. 그의 검은 얼굴은 추위 때문에 찡그려져 있었고 손은 새빨갰다. 동굴 입구에 서서 그는 재킷을 벗어 흔들었다.

"난 놈들이 교대할 때까지 거기 있었소." 그가 말했다. "정오와 오후 6시에 교대를 하더군. 교대 시간이 긴 편이지. 나는 놈들의 군대에 들어가지 않아서 다행이라 생각해요."

"영감을 맞이하러 갑시다." 로버트 조던이 그의 가죽 외투를 입으며 말했다.

"난 안 돼요." 집시가 말했다. "불 좀 쬐고 뜨끈한 수프라도 좀 마셔야겠어. 여기 있는 사람들 중 한 사람에게 영감이 어디 있나 가르쳐 주지. 그럼 그 사람이 당신을 안내할 수 있을 거요. 이봐, 건달들." 그는 테이블 앞에 앉아 있는 사람들을 불렀다. "누가 이 영국 양반을 영감이 길을 감시하는 데로 안내하겠나?"

"내가 가지." 페르난도가 일어섰다. "장소를 말해 봐."

"잘 들어." 집시가 말했다. "여긴데." 하며 그 영감, 즉 안셀모가 감시하는 장소를 가르쳐 주었다.

15

안셀모는 커다란 나무줄기 밑에 웅크리고 앉아 있었다. 눈은 양쪽에서 휘몰아쳤다. 그는 나무에다 몸을 바싹 붙이고 손을 재킷 소매 속에 집어넣었는데, 양쪽 손은 서로의 반대편 소매 속에 끼어 넣어져 있었고, 머리는 들어갈 수 있는 한까지 재킷 속에다 움츠리고 있었다. 여기서 더 이상 있다간 얼어 죽겠는걸, 하고 그는 생각했다. 그리고 그건 쓸데없는 짓일 거야. 그 영국인은 교대할 때까지 있으라고 했지만 그땐 이런 눈보라 따원 생각지 못했을 테니까. 도로엔 별 이상한 움직임이 없고 길 건너 제재소에 있는 초소의 상태라든가 보초들의 습관을 알고 있으니까, 이제 캠프로 돌아오리라 생각하고 있을 거야. 그러나 조금만 더 있어 보자. 그는 생각했다. 그러고 나서 캠프로 돌아가자. 이건 너무 엄격한 명령 탓이다. 상황에 따라 바꿀 수 있는 게 허용되지 않기 때문이야. 그는 양쪽 발을 서로 문대었다. 그러고 나서 재킷 소매에서 손을 빼내고 몸을 구부려 혈액순환이 잘되도록 손으로 발을 문지르고 양쪽 발을 맞부딪쳐 보았다. 거긴 나무가 바람막이가 되어 덜 추운 편이었지만 그는 곧 걷기 시작해야만 했다.

발을 비벼 대느라 몸을 웅크리고 있자니까 길 쪽에서 자동차 소리가 들려왔다. 체인을 달고 있었는데 체인의 한쪽 줄이 찰칵거리는 소리를 냈다. 그것은 눈 덮인 길을 올라오고 있었다. 녹색과 갈색 페인트칠을 했는데 얼룩진 게 엉망이었다. 그리고 창문은 밖에서 볼 수 없도록 푸른 색칠을 했는데 안에 탄 사람이 내다볼 수 있도록 푸른색 위에 색칠하지 않은 반원이 드러나 보였다. 그것은 참모 본부용으로 쓰기 위해 위장한 2년쯤 지난 롤스로이스였지만 안셀모는 알아보지 못했다. 그는 케이프를 두른 세 명의 장교가 앉아 있는 차 안을 볼 수 없었다. 두 명은 뒷좌석에 앉았고 한 명은 접는 의자에 앉아 있었다. 접는 의자에 앉은 장교는 달리는 차 안에서 푸른색을 칠한 창문에 난 구멍으로 밖을 내다보았지만 안셀모는 모르고 있었다. 그들도 역시 상대편을 알아보지는 못했다.

자동차는 눈 속을 달려서 그의 바로 아래로 달려 지나쳤다. 안셀모는 붉은 얼굴에 강철 헬멧을 쓴 운전사를 보았다. 두르고 있는 담요 케이프 위로 얼굴과 헬멧이 불쑥 튀어나와 있었다. 그리고 운전사 옆에 앉은 연락병이 들고 있는 자동 소총의 총 끝이 보였다. 그러자 차는 길 위로 사라져 버렸다. 안셀모는 재킷 속에 손을 넣어 셔츠 주머니에서, 로버트 조던의 수첩에서 찢어 낸 종이 두 장을 꺼내어 자동차 모양을 그린 후에 표시를 했다. 그것은 그날의 열 번째 차였다. 내려간 것은 여섯 대였고 올라간 것은 네 대였다. 보통 때와 마찬가지로 길을 통과한 대수였다. 그러나 안셀모는 언덕 산속의 전선을 장악하고 있는 사단의 참모용으로 쓰는 포드, 피아트, 오펠, 르노, 시트롱이니 하는 것들과 참모 본부용인 롤스로이스,

란시아, 메르세데스, 이소타니 하는 것들을 구별하지 못했던 것이다. 그런 구별은 로버트 조던이라면 할 수 있는 일이었다. 만일 그가 이 늙은이 대신 거기에 있었다면 길을 올라간 차들의 중대한 의미를 파악했을 것이다. 그러나 그는 거기에 있지 않았고, 늙은이가 그저 그 수첩의 종이에 길을 올라간 자동차에 대한 표시를 했을 뿐이다.

안셀모는 너무 추워서 어둡기 전에 빨리 가는 게 상책이라고 생각했다.

길을 잃어버릴 염려는 없었지만 더 머무는 일은 쓸데없는 짓이라고 여겨졌다. 바람이 점점 더 차갑게 불어 대는 데다 눈이 뜸해질 기미가 보이지 않았던 것이다. 하지만 그는 일어나서 발을 구르고 휘날리는 눈 속에서 길을 바라보며, 산을 올라갈 생각을 하지 않고 바람막이 소나무 둥치 옆에 몸을 기댄 채 머물러 있었다.

그 영국인이 그대로 있으라고 말했지, 하고 그는 생각했다. 그가 지금 여기로 오고 있는 도중이므로 내가 여길 떠난다면 그는 눈 속에서 나를 찾느라고 길을 잃어버릴지 모른다. 이번 전쟁 동안 죽 우리는 훈련 부족과 명령 불이행으로 고난을 당하곤 했다. 좀 더 그 영국인을 기다려 보자. 하지만 그가 곧 오지 않는다면 명령이고 뭐고 가야만 한다. 나는 이제 보고할 것도 준비가 되었고 요즘에는 할 일이 많으니까 말이야. 여기서 얼어 죽는 건 어릿광대 짓거리고 쓸데없는 짓이다.

길 건너편 제재소에선 연기가 굴뚝으로부터 올라오고 있었다. 안셀모는 눈 속을 통해 불어오는 그 냄새를 맡을 수가 있었다. 파시스트 놈들은 따뜻하다. 그는 생각했다. 그리고 놈들은 편안하다. 그리고 내일 밤엔 우리가 놈들을 죽인다. 그건 이상한 일이다. 난 그런 생각을 하고 싶지 않다. 온종일 그놈들을 감시했는데 그놈들 역시 우리와 똑같은 사람들이다. 나는 제재소로 걸어 올라가 문을 노크할 수도 있으리라. 놈들이 모든 여행자의 신분을 묻고 증명서를 확인하라는 명령을 받지 않았다면 나는 환영받을지도 모른다. 우리 사이를 갈라놓은 것은 명령뿐이다. 그자들은 파시스트가 아니다. 나는 그들을 그렇게 부르고 있지만 그들은 파시스트가 아니다. 우리처럼 가난한 사람들이다. 그들은 우리와 대항해서 싸우려 하지 않을 것이며, 나는 살인 같은 짓은 생각하고 싶지 않다.

저 초소에 있는 자들은 갈리시아 사람들이다. 난 오늘 오후에 그들이 애기하는 걸 들어서 안다. 그들은 도망칠 수가 없다. 만일 그렇게 하면 그들의 가족이 총살당할 것이다. 갈리시아 사람들은 영리하지 않으면 퉁명스럽고 우악스럽다. 나는 그 두 종류의 사람들을 알고 있다. 리스터는 프랑코와 같은 마을 출신인 갈리시아 사람이다. 1년 중 이런 때에 눈이 오는 걸 그들이 어떻게 생각하는지 의문이다. 그들은 이렇게 높은 산은 난생처음 봤을 것이다. 그들이 사는 지방은 항상 비만 내리고 항상 푸른빛일 테니 말이다.

제재소 창문으로 불빛이 보였다. 안셀모는 몸을 떨면서 생각했다. 망할 놈의 영국 녀석! 저기서는 갈리시아 사람들이 우리나라, 우리 집에서 훈훈하게 지내는데, 나는 나무 아래에서 얼기 직전이고, 우리의 주택은 산속 짐승의 소굴 같은 바위 속 구멍이 아닌가. 그런데 내일은, 하고 그는 생각했다. 짐승들은 동굴에서 나간다. 그리고 놈들은 지금도 그렇게 좋은 기분이지만 내일은 모포에 에워싸여 따뜻하게 죽어 가는 것이다. 우리가 오테로를 습격한 그날 밤 죽어 간 무리들처럼. 하지만 그는 오테로의 일을 생각하는 것이 싫었다.

오테로 습격이 있던 그날 밤, 그는 처음으로 사람을 죽였다. 이번 습격으로 사람을 죽이지 않으면 안 될 지경에는 빠지고 싶지 않다. 오테로에서는 안셀모가 보초의 머리에 모포를 뒤집어 씌웠을 때, 파블로가 칼로 찔렀다. 보초는 안셀모의 다리를 잡고 늘어지며 숨이 막혀 담요 속에서 고함을 질러 댔다. 안셀모는 담요 속에 있는 그를 잡고 발이 자유로워지고 조용해질 때까지 칼로 찔러 댔다. 그는 놈이 조용해지도록 목을 무릎으로 눌러 댔고, 파블로가 보초들이 자는 방 창문에다 폭탄을 던졌을 때 놈에게 칼질을 해 댔다. 그러자 섬광이 일고 눈앞의 세상이 온통 붉은빛과 누런빛으로 폭발하는 듯했다. 그땐 이미 폭탄 두 개를 더 던져 넣었을 때였다. 파블로는 안전핀을 뽑아 재빨리 창문에다 던져 넣었는데 침대에서 죽지 않은 놈들은 일어서려다 두 번째 폭발한 폭탄에 죽고 말았었다. 그건 파블로가 타타르인처럼 그 지방에다 형벌을 내리고 밤만 되면 안전한 파시스트의 초소가 없었던 그의 전성시대에 일어났던 일이다.

그런데 이제 그자는 거세된 수퇘지처럼 끝장이 난 것이다. 거세 작업이 끝나 비명 소리도 사라지고, 불알 두 쪽을 내던지면 수퇘지가 아닌 그 수퇘지 놈은 꿀꿀대면서 그 불알을 파내어 먹어 버린다. 아니, 그는 그 지경으로 나빠지진 않았다. 안셀모는 히죽 웃었다. 파블로를 너무 형편없게 생각하는 것 같군. 하지만 그는 정말 추악한 데다 아주 딴사람이 되어 버렸다.

너무 춥군, 하고 그는 생각했다. 그 영국 놈은 꼭 와야 한다. 난 이 초소에서 사람을 죽이고 싶지 않단 말이야. 이 갈리시아 놈. 네 놈과 하사 놈은 사람 죽이길 좋아하는 놈에게 맡겨. 그 영국인도 그렇게 말했지. 그게 내 임무라면 죽이겠어. 하지만 나는 다리에서 그와 함께 일하게 될 거고 저 초소는 다른 사람들한테 맡긴다고 말했지. 다리 위에서도 전투가 있을 거야. 만일 내가 그 전투를 이겨 낼 수 있다면 이번 전쟁에서 늙은이로서 할 바를 다하는 셈이 될 거야. 어쨌든 이제 영국인이 와야 해. 나는 추워 죽을 지경이야. 제재소에서 흘러나오는 불빛을 보고 갈리시아 놈들이 따뜻하게 있을 걸 생각하면 점점 더 추워지니까 말이야. 나는 다시 고향 집으로 돌아갈 수 있고 또 이 전쟁이 끝나길 바라지. 하지만 넌 지금 집이 없어, 하고 그는 생각했다. 우린 집으로 돌아가기 전에 이번 전쟁에서 이겨야만 해.

제재소 안에는 병사 하나가 침대 위에 앉아 장화에 기름칠을 하고 있었다. 또 다른 자는 자기 침대 위에서 자고 있었다. 또 하나는 요리를 만들고 있었고, 하사는 신문을 읽고 있었다.

"무슨 놈의 지방이 6월이 다 됐는데 눈이야?" 침대에 앉아 있는 병사가 말했다.

"기묘한 현상이로군." 하사가 말했다.

"아직 5월이야." 요리하고 있는 병사가 말했다. "5월은 아직 다 지나가지 않았어."

"무슨 놈의 지방이 5월에 눈이 와?" 침대 위의 병사가 고집했다.

"5월이라도 이 산속에선 눈 오는 게 회귀한 일은 아냐." 하사가 말했다. "마드리드에선 5월이 다른 달보다 더 추웠지."

"더 덥기도 했습니다." 요리하던 병사가 말했다.

"5월은 기온차가 아주 심한 달이지." 하사가 말했다. "여기 카스티야에선 5월이 굉장히 더운 달이기도 하지만 몹시 춥기도 하지."

"비가 오기도 하죠." 침대 위의 병사가 말했다. "5월엔 거의 매일 비가 오다시피 했잖소."

"그렇지 않아." 요리하던 병사가 말했다. "5월이라지만 실은 4월인 셈이었지."

"몇 월이니 뭐니 하는 네 얘길 듣고 있으니 미칠 것 같구나." 하사가 말했다. "몇 월이니 뭐니 하는 소리 집어치워라."

"바닷가나 농촌에 사는 사람들이 셈할 때 쓰는 건 달력에 있는 달이 아니라 실제의 달입니다." 요리하던 병사가 말했다. "예를 들면 우리에겐 이제 막 5월이 시작된 것 같은데 6월이 다 돼 가고 있단 말입니다."

"그럼 왜 계절을 똑똑히 맞히지 않는 거지?" 하사가 말했다. "네놈 말은 모두 골치가 아프다."

"도시 출신이니까 그렇습니다." 요리하던 병사가 말했다.

"루고 출신이시죠? 어촌이나 농촌에 대해선 모르시지 않습니까?"

"도시에선 너희 무식쟁이들이 배우는 것보다 더 배우는 게 많아."

"이달은 첫 번째 정어리 떼가 몰려드는 달이죠." 요리하던 병사가 말했다. "지금쯤은 정어리잡이 배가 출어 준비로 부산하고 고등어 떼는 북쪽으로 몰려갔을 때입죠."

"자넨 노야 출신인데 왜 해군에 안 갔나?" 하사가 물었다.

"난 노야가 아니라 내가 태어난 네그레이라에 등록이 돼 있기 때문이죠. 네그레이라는 탐보레 강 상류라 육군에서 데려갑니다."

"운이 나빴군." 하사가 말했다.

"해군에는 위험이 없다고 생각하지 마십시오." 침대 위에 앉아 있는 병사가 말했다. "전투가 없더라도 거긴 위험합니다."

"육군 같은 데가 있을라고." 하사가 말했다.

"보십시오, 하사님." 요리하던 병사가 말했다.

"무슨 말을 그렇게 하십니까?"

"아니." 하사가 말했다. "그저 위험하다고. 폭격을 견뎌 내야 하고, 항상 공격을 해야 하고, 이 나지막한 울타리 속에서 살아야 한다 이 말이야."

"여기선 그렇지도 않죠." 침대 위의 병사가 말했다.

"하느님 덕분에 말이지." 하사가 말했다. "하지만 언제 또 일이 일어날지 누가 알겠나? 이런 면한 생활이 영구히 계속되지 않으리라는 건 뻔하지 않나 말이야!"

"우린 이 초소에서 얼마나 근무해야 할 것 같습니까?"

"나도 몰라." 하사가 말했다. "하지만 나로선 전쟁이 끝나는 내내 여기서 근무하고 싶어."

"여섯 시간 교대는 너무 깁니다." 요리하는 병사가 말했다.

"눈보라 치는 동안엔 세 시간으로 하지." 하사가 말했다.

"그게 정상이겠지."

"그 참모 차들은 뭡니까?" 침대 위의 병사가 물었다. "난 참모 차만 나타나면 질색입니다."

"나도 그래." 하사가 말했다. "그런 건 모두 불길한 징조야."

"그리고 비행기도." 요리하던 병사가 말했다. "비행기도 불길한 징조죠."

"하지만 우린 무시무시한 공군력이 있어." 하사가 말했다. "빨갱이 놈들은 우리 같은 공군력이 없지. 오늘 아침 비행기들은 누구든지 기분 좋게 만드는 거야."

"난 빨갱이 놈들 비행기도 봤는데 굉장하던데요." 침대 위의 병사가 말했다. "쌍발 폭격기도 봤는데 무시무시하던데요."

"하긴 그래. 하지만 우리 비행기보다야 못하지." 하사가 말했다. "우리 공군력엔 상대가 될 만한 게 없어."

이것은 안셀모가 도로와 제재소 창문의 불빛을 바라보며 눈 속에서 기다리는 동안 제재소 안에서 그들이 얘기한 것이었다.

난 죽이고 싶지 않아. 안셀모는 생각하고 있었다. 전쟁이 끝난 후 살인에 대한 대대적인 속죄 행사가 있어야만 하리라고 나는 생각한다. 전쟁이 끝난 후 우리가 더 이상 신앙을 가지지 않게 되더라도 살인죄를 깨끗이 씻어 버릴 수 있는 어떤 형태의 시민적인 속죄 행사가 조직되어야만 하리라고 나는 생각한다. 그렇지 않으면 우리는 삶을 위한 진실한 인간적 기초를 영영 잃어버리고 말 테니까. 살인이 필요하다는 것을 나는 안다. 그렇더라도 살인이란 한 인간에게는 몹시 나쁜 일이다. 어쨌든 나는 이 전쟁이 끝나고 우리가 전쟁에 이기게 되면 우리 모두가 깨끗이 씻어 버릴 수 있는 어떤 종류의 속죄 행위가 있어야만 하리라 생각한다.

안셀모는 몹시 착한 사람이었다. 오랫동안 혼자 있을 때면, 실제로 혼자 있는 시간이 많았지만 이 살인의 문제가 되살아오곤 했었다.

그 영국인이 좀 이상하다고 그는 생각했다. 그는 그런 것에 신경 쓰지 않는다고 말했었다. 하지만 그는 감수성도 예민하고 친절해 보인다. 젊은 사람들에겐 그게 별로 중요하지 않은지도 모른다. 외국인 혹은 우리와 같은 종교를 가지고 있지 않은 사람들은 우리와 똑같은 마음의 자세가 아닐지도 모른다. 하지만 살인을 저지른 사람은 조만간 야만스럽게 될 것이라고 나는 생각한다. 그리고 그게 필요한 경우더라도 몹시 커다란 죄악이며, 나중에 거기에 대한 보상으로서 무엇인가 커다란 일을 해내야 할 것이다.

이미 어두워져 있었다. 그는 길 건너편의 불빛을 바라보았다. 그리고는 손을 따뜻하게 하려고 가슴을 두드려 댔다. 그는 생각했다. 캠프로 돌아가는 수밖에 없군. 하지만 무언가 길 위 나무 곁에 그를 붙잡아 놓은 게 있었다. 눈은 더 심하게 내리고 있었다. 안셀모는 생각했다. 생각만 있다면 우리는 오늘 밤에 다리를 폭파할 수가 있을 거야. 이런 밤엔 초소를 점령하고 다리를 폭파하는 것쯤 아무것도 아닐 게다. 이런 밤엔 무슨 일이건 할 수 있을 게다.

그리고 그는 나무를 등지고 발을 가볍게 구르며 서 있었다. 다리에 대해선 더 이상 생각하지 않았다. 어둠이 다가오면 그는 쓸쓸해졌다. 오늘 밤 그는 몹시 외로워져 배고픔과 같은 허전함을 느끼고 있었다. 옛날에는 기도하는 말을 지껄여서 이 외로움을 달랠 수가 있었다. 그리고 사냥한 후에 집으로 돌아올 때는 가끔 똑같은 기도를 수십 번 되풀이하고는 했었다. 그것이 그의 마음을 풀어 주곤 했던 것이다. 하지만 이 운동이 일어난 이후 기도를 한 적은 없었다. 그는 기도를 중지한 것이 아쉬웠지만 그걸 지껄여 대는 게 부당하고 위선적인 듯했으며, 다른 사람들이 받는 이상의 호의나 차별 대우를 원하지 않았었다.

그는 생각했다. 나는 외롭다. 하지만 모든 병사가, 모든 병사의 아내가, 가족과 부모를 잃은 모든 사람들이 다 그런 것이다. 나는 아내가 없다. 하지만 나는 그녀가 이 내전이 있기 전에 죽은 걸 다행으로 생각한다. 그녀는 이 운동을 이해하지 못했을 것이다. 나는 자식이 없다. 앞으로도 없을 것이다. 대낮에도 일하지 않을 땐 외롭지만 어두워지면 몹시 외로워진다. 하지만 난 어떤 사람도, 어떤 신도 빼앗아 갈 수 없는 것을 한 가지 가지고 있다. 그건 내가 공화국을 위해 훌륭하게 일해 왔다는 것이다. 나는 우리가 나중에 나누어 가질 행복을 위해 열심히 일해 왔다. 이 내전 초기부터 최선을 다해 일해 왔었다. 그리고 나는 부끄러울 만한 일을 한 적이 없다.

내가 유감스럽게 생각하고 있는 것은 살인이다. 하지만 그것에 대해 보상할 기회가 확실히 있을 것이다. 왜냐하면 그런 종류의 죄악이란 너무도 많은 사람들이 젊어진 것이기 때문에 틀림없이 어떤 구원의 방법이 생각날 것이다. 나는 그 영국인과 그것에 대한 것을 얘기하고 싶다. 하지만 젊기 때문에 그는 이해하지 못할지도 모른다. 그는 전에 살인에 대해 말한 적이 있다. 아니, 그런 얘기를 한 건 내가 아니었을까? 그는 많은 사람을 죽인 것이 틀림없다. 하지만 그런 걸 좋아하는 사람들은 항시 어딘가 부패한 듯한 느낌이 드는 것이다.

그것은 정말 커다란 죄악임에 틀림없다고 그는 생각했다. 왜냐하면 그것은 확실히 내가 생각하듯 필요한 경우일지라도 우리 누구나 그럴 권리는 없기 때문이다. 하지만 스페인에서는 그걸 너무 가볍게, 그리고 때로는 정말로 필요한 경우가 아닌 데도 저지르곤 해서 나중에라도 보상받을 수 없는 경솔하고 부당한 짓들을 많이 하는 것이다. 아니, 이런 일에 대해서는 너무 깊이 생각하지 않는 것이 좋다고 그는 생각했다. 그 일은 그의 긴 일생 동안, 쓸쓸할 때면 역겨운 추억으로 떠오르는 단 하나의 행위니까 지금 당장 취할 수 있는 속죄 방법이 있으면 좋겠다. 대개의 다른 일은 친절이라든가 그 외의 어떤 적당한 방법으로 용서를 받거나 보상을 받을 수가 있는 것이다. 그러나 나는 이 살인이라는 것만은 죄악임에 틀림없다고 생각한다. 그러므로 그 일에만 자꾸 신경을 쓰는 것이다. 후에 국가를 위하여 일한다든가, 무엇인가 죄에서 벗어날 수 있는 일을 할 수 있을 때가 올지 모른다. 교회가 있던 시절처럼 무엇인가 속죄할 방법이 있겠지. 이렇게 생각하고 그는 미소 지었다. 속죄를 위해서 교회가 만들어지게 되었다. 이 생각이 그를 만족시켜 어둠 속에서 미소를 짓고 있자니까 로버트 조던이 그에게로 다가왔다. 말없이 다가왔기 때문에 영감은 그가 바로 옆으로 올 때까지 알아보지 못했다.

"여보시오, 영감." 로버트 조던이 속삭이듯 말하며 노인의 등을 두드렸다.

"어땠소? 영감."

"몹시 춥군." 안셀모가 말했다. 페르난도는 좀 떨어져 휘날리는 눈을 등지고 서 있었다.

"자, 캠프로 올라가 몸을 녹입시다. 당신을 여기 너무 오래 있게 한 게 죄였소." 로버트 조던이 속삭였다.

"저게 놈들의 불빛이라오." 안셀모가 가리켰다.

"보초는 어디 있소?"

"여기선 안 보이지. 모퉁이를 돌아간 곳에 있으니까."

"죽일 놈들." 로버트 조던이 말했다.

"캠프에 가서 들어 봅시다. 자, 갑시다."

"가리켜 드리겠소." 안셀모가 말했다.

"아침에 가 볼 작정이오." 로버트 조던이 말했다. "자, 이걸 한 모금 드시오."

그는 늙은이에게 수통을 넘겨주었다. 안셀모는 그것을 기울여 마셔 댔다.

"아아!" 그가 말하며 입을 문질렀다. "불같구먼."

"자, 갑시다." 어둠 속에서 로버트 조던이 말했다.

이젠 너무 어두워져 휘날리는 눈송이들을 뚜렷이 볼 수 있었고, 나무줄기가 짙은 검은색으로 드러나 보였다. 페르난도는 약간 언덕 위쪽에 서 있었다. 담배 장수 인디언 좀 봐. 로버트 조던이 생각했다. 그에게도 한 모금 마시게 해 줘야겠군.

"이보시오, 페르난도." 그가 그에게로 다가가면서 말했다. "한 모금 마시지?"

"아냐." 페르난도가 말했다. "고맙지만……."

고마운 건 나야, 하고 로버트 조던은 생각했다. 담배 장수 인디언 놈이 마시지 않아 다행이야. 많이 남지도 않았으니까. 아아, 이 늙은이를 만나서 반갑군. 로버트 조던은 생각했다. 그는 안셀모를 쳐다보았다. 그러고 나서 언덕 위로 올라가며 그의 등을 두드려 주었다.

"당신을 만나서 기쁩니다, 영감." 그가 안셀모에게 말했다. "내가 우울할 때 당신을 보면 즐거워져요. 자아, 올라가요."

그들은 눈을 맞으며 언덕을 올라갔다.

"파블로의 궁전으로." 로버트 조던이 안셀모에게 말했다. 스페인어로 하니 아주 멋있게 들렸다.

"El palacio del Miedo(공포의 궁전으로)?" 안셀모가 말했다.

"La cueva de los huevos perdidos(잃어버린 달걀의 동굴이지)." 로버트 조던이 말했다. "농담일 뿐이야. 달걀 얘기가 아니오. 알겠지만, 다른 얘기요."

"하지만 무엇 때문에 잃어버렸는지?" 페르난도가 물었다.

"나도 모르지." 로버트 조던이 말했다. "당신한테 얘기해 주려면 책 한 권은 있어야 해. 필라르한테 물어보시오." 그리고 그는 안셀모의 어깨에 팔을 두르고 올라가면서 꽉 끌어안고 흔들어 댔다. "이봐요." 그가 말했다. "만나서 기쁘오. 듣고 있소? 이런 나라에선 헤어진 바로 그 장소에서 그 사람을 만나게 된다는 게 어떤 의미를 가지는지 당신은 모를 거요."

그가 스페인에 대해 나쁜 말을 할 수 있었던 것은 얼마나 신뢰와 신의를 느끼고 있는지를 보여 주는 것이다.

"나도 당신을 만나서 기쁘오." 안셀모가 말했다. "하지만 이제 막 떠나려던 참이었지."

"만일 떠났더라면 큰일 날 뻔했소." 로버트 조던이 즐거운 듯이 말했다. "영감이 제일 먼저 얼어 죽었을 거요."

"위는 어떤가?" 안셀모가 물었다.

"다시없이 좋지." 로버트 조던이 말했다. "모든 일이 다 잘되고 있소." 그는 혁명군을 지휘하는 사람이 느낄 수 있는 갑작스러운 진귀한 행복감으로 매우 즐거웠다. 그것은 두 날개 중 하나가 건재함을 발견한 행복감이었다. 양쪽이 다 건재하다면 아마 쉽사리 탈취당하지는 않으리라고 생각했다. 만약 한쪽으로 계속 뻗어 가면 그것이 어떤 날개든 결국 한 사람이 되고 만다. 그렇다. 한 사람이다. 이것은 그가 바라는 원리는 아니었다. 하지만 아직은 얘기하지 않는 게 좋을 게다. 그건 아주 조그만 전투가 될 것이라고 그는 생각했다. 그렇다, 나는 항상 내가 지휘할 수 있는 전투가 있었으면 했다. 아징쿠르 전투 이래 다른 사람들의 실패에 대해 나는 늘 하나의 의견을 가지고 있었다. 나는 이번 것을 훌륭한 전투로 만들어 보겠다. 조그만 것일 테지만 아주 우수한 전투가 될 게다. 내가 해야겠다는 식으로 한다면 정말 우수한 전투가 될 것이다.

"여보시오." 그가 안셀모에게 말했다.

"난 당신을 만나서 굉장히 기쁘오."

"나도 그렇다네." 늙은이가 말했다.

그들이 어둠 속에서 산을 오르는 동안 바람이 등 뒤로 불어 댔고 올라가는 동안 눈보라가 스치고 지나갔지만 안셀모는 쓸쓸하지 않았다. 그는 영국인이 등을 두드려 준 때부터 외롭지 않았다. 영국인은 즐겁고 행복한 듯했다. 그리고 그들은 서로 농담을 주고받았다. 영국인은 모든 게 잘돼 간다고 말했다. 그는 걱정하지 않았다. 배 속으로 들어간 술이 그를 따뜻하게 했고, 오르막길을 오를수록 발이 따뜻해 왔다.

"길 위엔 별일 없었어." 그가 영국인에게 말했다.

"그래요." 영국인이 그에게 말했다. "가서 보기로 합시다."

안셀모는 이제 기분이 좋았다. 그 감시 장소에 머물러 있던 것이 무척 다행으로 생각되었다.

그가 캠프로 돌아갔더라도 괜찮았을 것이다. 로버트 조던은 그런 상황에서라면 그렇게 하는 게 영리하고 바른 태도일지도 모른다고 생각했다. 그런 일은 스페인에서 좀처럼 있기 힘든 일이다. 그런 식으로 눈보라 속에 머물러 있었다는 것은 여러 가지 많은 일과 통하는 것이다. 독일인들이 공격을 폭풍우라고 부르는 것도 당연하다. 머물러 있을 만한 사람 둘쯤은 확실히 있을 것이다. 틀림없이 있을 것이다. 페르난도가 머물러 있을까? 아주 가능성이 많다. 결국 그는 즉시 가겠다고 나선 사람이 아닌가. 그가 머무를 수 있다고 생각하는가? 이런 생각은 쓸데없는 짓일까? 그는 틀림없이 아주 완고하다. 좀 더 조사를 해봐야겠다. 저 늙은 담배 장수 인디언은 지금 무얼 생각하고 있을까?

"무얼 생각하고 있소, 페르난도?" 로버트 조던이 물었다.

"그건 왜?"

"호기심이 생겨서 말이오." 로배트 조던이 말했다. "난 호기심이 굉장히 많은 사람이거든."

"저녁 먹을 생각을 하고 있었지." 페르난도가 말했다.

"먹는 걸 좋아하시오?"

"그래, 아주 좋아하지요."

"필라르의 요리 솜씨는 어때요?"

"보통이죠." 페르난도가 대답했다.

쿨리지 대통령 2세쯤 되겠구먼, 하고 로버트 조던은 생각했다. 하지만 나는 아무래도 그가 머물러 있을 것만 같은 생각이 드는군.

그들 셋은 눈 속을 터벅터벅 걸어 산을 올라갔다.

16

"귀머거리 영감이 왔었지." 필라르가 로버트 조던에게 말했다. 그들은 눈보라 속에서 연기가 가득하고 따뜻한 동굴 속으로 들어왔다. 그녀는 머리를 끄덕여 로버트 조던에게 오라는 시늉을 했다. "말을 구하러 간다고 합디다."

"좋아요, 내게 남기고 간 말은 없소?"

"그저 말을 구하러 간다고 합디다."

"그럼 우리는?"

"몰라." 그녀가 말했다. "저 사람 좀 보시우."

로버트 조던은 들어올 때 파블로를 봤다. 파블로는 그를 보고 히죽 웃었다. 지금은 파블로가 테이블 위에 걸터앉아서 로버트 조던을 훑어보고 히죽 웃더니 손을 흔들어 보였다.

"영국 양반." 파블로가 불렀다. "아직도 눈이 내리고 있어, 영국 양반." 로버트 조던이 그에게 머리를 끄덕였다.

"구두를 벗으세요, 말려 드릴게요." 마리아가 말했다 "불 위에 걸어 놓겠어요."

"타지 않게 잘 봐요." 로버트 조던이 그녀에게 말했다. "난 여기서 맨발로 돌아다니고 싶지 않소." 그가 필라르에게로 돌아섰다. "무슨 일이오? 회의라도 하고 있소? 보초는 내보냈소?"

"이런 눈보라에? 무슨 소리야?"

테이블에 여섯 사람이 앉아 등을 벽에 기대고 있었다. 안셀모와 페르난도는 여전히 재킷의 눈을 털어 내고, 바지를 털고 나서는 입구 옆의 벽에서 발을 털고 있었다.

"재킷을 벗으세요." 마리아가 말했다.

"그 위에서 눈이 녹아 버리겠어요."

로버트 조던은 재킷을 벗어 바지의 눈을 털고 구두끈을 풀었다. "여길 전부 적셔 놓겠구려." 필라르가 말했다.

"나를 부른 건 당신이 아니오?"

"문 쪽으로 가서 턴다고 말릴 사람은 없지."

"미안하오." 로버트 조던이 흙바닥에 맨발로 서서 말했다. "양말 한 켤레 가져다줘, 마리아."

"주인 대감이시군." 필라르가 말했다. 그리고 나무 조각을 불에 집어넣었다.

"시간을 낭비해선 안 된단 말이오." 로버트 조던이 그녀에게 말했다.

"자물쇠가 채워졌는데요." 마리아가 말했다.

"여기 열쇠가 있어." 그러고는 열쇠를 던져 주었다.

"이 가방엔 맞질 않아요."

"다른 가방이야. 양말은 위쪽 옆으로 있어."

그녀는 양말을 찾아내어 가방을 닫고 자물쇠를 채운 다음 열쇠와 함께 양말을 가져왔다.

"앉아서 양말을 신고 발을 문지르세요." 그녀가 말했다. 로버트 조던은 그녀를 보고 히죽 웃었다.

"당신 머리칼로 닦아 줄 수 없을까?" 그가 필라르에게 들으라고 말했다.

"무슨 더러운 수작이야." 그녀가 말했다. "처음엔 대감처럼 굴더니 이젠 아주 하느님같이 구는구먼. 장작개비로 때려 줘라, 마리아."

"아니요." 로버트 조던이 그녀에게 말했다. "기분이 좋기에 농담을 좀 했지요."

"기분이 좋다고?"

"그렇소." 그가 말했다. "모든 일이 잘되어 가는 것 같아서요."

"로베르토." 마리아가 말했다. "앉아서 발 좀 말려요. 몸 좀 녹일 수 있게 마실 걸 가져다 드리겠어요."

"넌 한 번도 발이 젖어 본 적이 없었던 것처럼 야단이구나." 필라르가 말했다. "그리고 눈을 맞아 본 적이 없는 것처럼 굴고 말이지."

마리아는 양가죽을 가지고 와서는 동굴 바닥에 깔았다.

그녀가 말했다. "구두가 마를 때까지 여기에 발을 올려놓으세요."

양가죽은 갓 마른 데다 아직 밟지 않아서, 로버트 조던이 그 위에 발을 올려놓자 마치 양피지처럼 바삭바삭한 감촉을 느낄 수 있었다.

불에서 연기가 났기 때문에 필라르가 마리아를 불렀다. "불을 피워, 이 쓸모없는 것아. 여기가 연기 집인 줄 알아."

"아주머니가 좀 피우세요." 마리아가 말했다 "전 귀머거리 영감이 두고 간 술병을 찾고 있어요."

"그건 그 사람 짐 뒤에 있어." 필라르가 그녀에게 말했다. "그 사람을 젖 먹이처럼 돌봐 줘야만 한단 말이야?"

"아니에요." 마리아가 말했다. "젖어서 추워하는 사람이니까요. 그리고 지금 막 집으로 들어온 사람 아니에요? 여기 있군요." 그녀는 로버트 조던이 앉아 있는 곳으로 병을 가져왔다. "오늘 점심때 마셨던 술이에요. 이 병으로 아름다운 램프를 만들 수 있어요. 다시 전기가 들어오면 우린 이 병으로 얼마나 아름다운 램프를 만들 수 있겠어요." 그녀는 감탄하듯 위스키 병을 들여다보았다. "이걸 어떻게 생각하세요, 로베르토?"

"난 영국 양반이라고 부를 거라 생각했는데." 로버트 조던이 그녀에게 말했다.

"난 당신을 누구보다도 먼저 로베르토라고 불렀어요." 그녀가 나지막한 목소리로 말하고는 얼굴을 붉혔다. "이거 안 드시겠어요, 로베르토?"

"로베르토." 파블로가 거센 소리로 말하고 로버트 조던에게 머리를 끄덕였다. "안 드시겠소, 돈 로베르토?"

"당신 좀 드시겠소?" 로버트 조던이 그에게 물었다.

파블로는 머리를 흔들었다. "포도줄 마셨더니 취해 버렸구면." 그가 위엄 있게 말했다.

"바커스와 사이가 좋구려." 로버트 조던이 스페인어로 말했다. "바커스는 누구야?" 파블로가 물었다.

"당신 동지지." 로버트 조던이 말했다.

"난 그런 이름 들어본 적이 없는데." 파블로가 무뚝뚝하게 말했다. "이 산속엔 없어."

"안셀모에게 한잔 드려요." 로버트 조던이 마리아에게 말했다. "추운 건 그분이니까." 그는 마른 양말을 신고 물에 탄 위스키를 마셨다. 마시기에 산뜻하고 따뜻했다. 하지만 압생트 술처럼 몸속에서 핑 돌지 않는구나, 하고 그는 생각했다. 압생트 같은 술은 없다.

이런 데서 위스키를 마실 수 있으리라고 누가 상상할 수 있었을까, 하고 그는 생각했다. 하지만 가만히 생각해 보면 라그랑하는 스페인에선 그런 위스키를 입수하기에 가장 알맞은 곳일 게다. 이곳을 찾아올 폭파원을 위해 귀머거리 영감이 한 병을 입수해 두었다가 잊지 않고 가지고 와서 남겨 두고 갈 걸 상상해 보라. 그것은 그들에게 일찍이 없었던 태도다. 그저 병을 꺼내어 형식적으로 마시는 것이 보통이다. 그런 태도는 프랑스 사람들이 할 만한 짓이다. 그러고 나서 그들은 나머지를 다음 기회까지 저장해 둘 것이다. 아니다, 손님이 그걸 정말로 좋아한다는 점을 생각하여 그를 위해 꺼내 와서 즐겁게 해 줘야 한다는 것, 특히 자기가 도저히 남을 돌볼 여유가 없고 눈앞의 자기 일에 마음을 빼앗기고 있는 것이 당연할 경우 말이다.—그것이 바로 스페인 사람들인 것이다. 스페인 사람의 성질 중 하나다, 라고 그는 생각했다. 잊지 않고 위스키를 가져온다는 것, 그것이 네가 이 사람들을 사랑하는 이유의 하나인 것이다. 그들을 낭만화시키지 말자고 그는 생각했다. 미국인들처럼 스페인 사람들도 여러 종류가 있는 것이다. 하지만 그래도 위스키를 가져온다는 것은 아주 근사한 일이다.

"술 맛이 어떻소?" 그가 안셀모에게 물었다.

늙은이는 얼굴에 미소를 지으며 불 곁에 앉아 그 커다란 손으로 술잔을 들고 있었다. 그는 머리를 흔들었다.

"좋지 않소?" 로버트 조던이 그에게 물었다.

"어린애가 물을 탄 모양이군." 안셀모가 말했다.

"로베르토가 마시는 것과 똑같이 했는데요, 뭐." 마리아가 말했다. "무슨 특별히 마시는 방법이라도 있나요?"

"아니." 안셀모가 그녀에게 말했다. "특별한 건 전혀 없어. 하지만 넘어갈 때 불같이 뜨거운 걸 좋아하지."

"그걸 이리 줘." 로버트 조던이 마리아에게 말했다. "그리고 영감에게 타는 듯한 것을 부어 드려."

그는 컵 속에 든 것을 자신의 잔에 비우고 빈 컵을 마리아에게 돌려주었다.

마리아는 병 속에 든 것을 조심스럽게 따랐다.

"아아." 안셀모는 컵을 받아 들고 머리를 뒤로 젖히더니 목구멍에 쏟아 넣었다. 그는 병을 들고 서 있는 마리아를 보고 윙크했는데 두 눈에서 눈물이 흘러내렸다. "이거야." 그가 말했다. "바로 이거야." 그리고 그는 입술을 핥았다. "이걸로 배 속에 있는 벌레가 모두 죽을 거야."

"로베르토." 마리아가 말했다. 그러고는 여전히 병을 든 채 그에게 다가왔다. "식사하시겠어요?"

"준비됐어?"

"당신이 잡수시고 싶을 땐 언제든지 돼요."

"다른 사람은 먹었나?"

"당신하고 안셀모하고 페르난도만 빼놓고는 다 먹었어요."

"그럼 먹지." 그가 그녀에게 말했다. "한데 당신은?"

"나중에 필라르하고 들겠어요."

"지금 우리하고 같이 먹어."

"아니에요, 그건 안 돼요."

"와서 먹어. 우리나라에선 남자가 여편네보다 먼저 먹진 않아."

"거긴 당신 나라예요. 여기선 나중에 먹어요."

"그 사람하고 같이 먹어." 파블로가 테이블에서 올려다보며 말했다.

"같이 먹어. 같이 마시고, 같이 자고, 같이 죽으란 말이야. 그 나라 습관을 따라."

"취했소?" 로버트 조던이 파블로 앞에 서서 말했다. 불결하고 수염투성이인 얼굴의 사내가 즐거운 듯 그를 쳐다보았다.

"그래." 파블로가 말했다. "당신 고향은 어디야, 영국 양반? 여자가 남자하고 같이 먹는 데는?"

"아메리카 합중국의 몬태나 주지."

"거긴 여자처럼 스커트를 입고 다니는 남자들도 있나?"

"아니지. 그건 스코틀랜드야."

"하지만, 이봐!" 파블로가 말했다. "영국 양반, 당신이 그런 스커트를 입을 땐……."

"난 그런 걸 안 입어요." 로버트 조던이 말했다.

"그런 스커트를 입을 땐." 파블로가 계속했다. "그 밑에다 뭘 입지?"

"난 스코틀랜드 사람들이 뭘 입는지 몰라요." 로버트 조던이 말했다. "나 자신도 궁금하던 차야."

"스코틀랜드가 아냐." 파블로가 말했다. "누가 스코틀랜드 같은 데 신경 쓰나? 그런 기묘한 이름을 가진 나라에 누가 신경을 써? 난 아냐. 난 신경 안 써. 내 말은 당신 말이야. 영국 양반, 당신 말이라구. 당신 나라에선 스커트 밑에 뭘 입냐 말이야, 이 영국 양반아?"

"우린 스커트를 입지 않는다고 두 번이나 말했잖소." 로버트 조던이 말했다. "취했거나 농담으로 한 말이 아니오."

"어쨌든 당신 스커트 밑엔……." 파블로가 고집했다. "당신들이 스커트를 입는다는 건 잘 알려진 사실이야. 군인들까지 입는다던데 말이야. 난 사진도 봤고 프라이스 곡마단에서도 봤어. 스커트 밑에 뭘 입소, 영국 양반?"

"Los Cojones(로스 코호네스, '불알들'이라는 뜻의 스페인어)." 로버트 조던이 말했다.

안셀모가 웃어 댔고, 듣고 있던 사람들도 페르난도만 빼놓고 모두 웃어 댔다. 그 말의 음향, 여자들 앞에서 하기엔 조잡스런 그 말의 음향이 그의 귀에 거슬렸던 것이다.

"옳아, 그게 정상이지." 파블로가 말했다. "하지만 코호네스를 많이 껴입으면 스커트는 안 입어도 될 것 같은 생각이 드는구먼."

"또 시작인 모양인데 건드리지 마시오, 영국 양반." 프리미티보라고 불리는 얼굴이 넓적하고 코가 납작한 사나이가 말했다. "그 사람 취했소. 당신 나라에선 뭘 길러 먹고사는지 얘기나 좀 해 주시겠소?"

"소나 양을 기르지." 로버트 조던이 말했다. "밀이나 콩도 많고, 설탕 만드는 데 쓰는 사탕무도 많이 키우지."

세 사람은 테이블에 앉아 있었는데, 다른 사람들은 파블로만 빼놓고 가까이들 앉아 있었다. 파블로는 혼자 포도주 단지 앞에 앉아 있었다. 요리는 어젯밤과 똑같은 고깃국이었는데, 로버트 조던은 허겁지겁 먹어 댔다.

"당신 나라에도 산이 있소? 이름으로 보아 틀림없이 있을 것 같은데?"

프리미티보가 대화를 이끌어 보려고 점잖게 말했다. 그는 파블로가 술에 취해 있자 당황하고 있었던 것이다.

"많이 있지, 아주 높은 산이."

"훌륭한 목장도 있소?"

"굉장한 놈이 있어. 여름철엔 숲 속에 풀이 무성한 정부에서 관리하는 목장이 있지. 그리고 가을이 되면 가축을 낮은 지대로 끌고 내려오지."

"농부들이 소유하는 땅이 있소?"

"대부분의 땅이 경작자의 소유지. 처음엔 국가 소유였는데 거기 살면서 개간하겠다는 의사만 표시하면 150헥타르의 토지소유권을 얻을 수가 있었어."

"그 얘기 좀 자세히 해 주시오." 아구스틴이 청했다. "그건 그럴 듯한 의미를 가지는 농지 개혁이로구먼."

로버트 조던은 자작농 형성 과정을 설명했다. 그는 그것을 하나의 농지 개혁으로 생각한 적은 없었다.

"굉장하군." 프리미티보가 말했다. "그럼 당신 나라는 공산주의요?"

"아냐, 공화국 통치하에 있지."

"내 생각엔." 아구스틴이 말했다. "공화국 밑에선 무슨 일이든 가능할 것 같아. 다른 형태의 정부는 필요치를 않아."

"그럼 당신네들한테는 대기업주가 없소?" 안드레가 물었다.

"많이 있지."

"그럼 악폐도 틀림없이 있겠구먼."

"있지. 폐단이 많아."

"그럼 그걸 없애려 할 거 아니오?"

"그러려고 더욱더 애를 쓰고 있지 하지만 폐단은 여전히 존재하지."

"그럼 때려 부숴야 할 대지주는 없소?"

"있지. 하지만 세금으로 그들을 혼내 줄 수 있다고 생각하는 사람들도 있지."

"어떻게 말이오?"

로버트 조던은 빵으로 고깃국 그릇을 닦아 내면서 수입세와 상속세가 어떻게 운용되는가를 설명했다. "하지만 대지주는 남아 있지. 토지에도 세금이 부과되고." 그가 말했다.

"하지만 대기업가나 그러한 세금에 대한 혁명을 일으키려 할 거 아니오. 그런 세금은 혁명을 부를 요소가 많은 것 같은데. 그들은 자기들이 위협을 받고 있다는 것을 알게 되면 정부에 대해 반란을 일으킬 거요. 여기 파시스트들이 한 것과 똑같이."

"그럴 수도 있지."

"그렇게 되면 여기서 우리가 싸우듯이 당신도 당신 나라에서 싸워야만 하겠구려."

"그렇지. 싸워야만 하겠지."

"한데 당신 나라엔 파시스트들이 많이 있지 않소?"

"자기들이 파시스트라는 걸 모르는 사람들이 많이 있지만 때가 되면 밝혀질 거야."

"하지만 그들이 반란을 일으키기 전엔 때려 부술 수 없을 거요."

"없지." 로버트 조던이 말했다. "우린 그들을 때려 부술 수 없어. 하지만 사람들을 교육시켜서 파시스트는 무서운 거라고 느끼게 해서 그게 나타나면 싸우게 할 수 있는 거지."

"파시스트 놈들이 없는 데가 어딘지 아시오?" 안드레가 물었다.

"어딘데?"

"파블로의 고향이지." 안드레가 말하고 히죽 웃었다.

"그 마을에서 일어난 일을 아시오?" 프리미티보가 로버트 조던에게 물었다.

"알지. 그 얘기를 들었어."

"필라르한테서?"

"그렇지."

"그 여자한테선 전부 듣진 못했을걸." 파블로가 무섭게 말했다. "그 여잔 창밖의 의자에서 떨어지는 바람에 마지막 장면을 보지 못했어."

"그럼 당신이 일어난 일을 얘기해 주시구려." 필라르가 말했다. "내가 그 얘기를 모른다면 당신이 얘기해 줘 봐요."

"안 돼." 파블로가 말했다. "난 그런 얘길 한 적이 없으니까."

"그렇지." 필라르가 말했다. "후에도 얘기를 하지 않을 테지. 그리고 지금은 그런 일이 없었던 것처럼 생각하고 싶은 거야."

"아냐." 파블로가 말했다. "그렇지 않아. 내가 한 것처럼 모두가 파시스트 놈들을 죽여 버렸다면 이런 전쟁은 없었을 거야. 하지만 나는 이렇게까지 되기를 원하지는 않았어."

"왜 그런 말을 하시우?" 프리미티보가 그에게 물었다. "정치관이 바뀌어 가고 있는 중이우?"

"아냐. 하지만 그건 야만적이었어." 파블로가 말했다. "그때는 나도 아주 야만적이었어."

"지금은 주정뱅이지." 필라르가 말했다.

"그렇지." 파블로가 말했다. "당신이 허락해 준 덕분에."

"나는 당신이 야만적일 때가 더 좋았어." 마누라가 말했다. "사람 중에 제일 못된 게 주정뱅이야. 도둑놈도 도둑질하지 않을 땐 남과 똑같지. 강도도 집 안에선 강도질을 안 해. 살인자도 집 안에선 손을 씻을 수가 있지. 하지만 주정뱅이는 악취를 풍기고 자기 침대에다 토해 놓고 자기 몸을 알코올로 녹인단 말이야."

"당신은 여자이기 때문에 몰라." 파블로가 침착하게 말했다. "난 술이나 마시고 내가 죽인 사람들 생각이 안 나면 제일 좋겠어. 그놈들이 떠오를 때면 나는 슬픔으로 가득 찬단 한단 말이야." 그가 머리를 우울하게 흔들어 댔다.

"그이에게 귀머거리 영감이 가지고 온 걸 좀 주시오." 필라르가 말했다. "원기를 북돋워 줄 것을 좀 주구려. 저렇게 처량해지다간 큰일 나겠어."

"내가 그 사람을 살려 놓을 수만 있다면 그렇게 하겠어." 파블로가 말했다.

"가서 제 손으로 자기 것이나 가지고 놀아." 아구스틴이 그에게 말했다. "여긴 뭐하는 곳인지는 알기나 하는 거야?"

"난 그들 모두를 살려 놓고 싶어." 파블로가 서글프게 말했다. "모두 다 말이야."

"네 어미도 말이지." 아구스틴이 그에게 고함을 질렀다. "그런 이야길 그만두든지 나가든지 해. 당신이 죽인 건 파시스트란 말이야."

"말했잖나." 파블로가 말했다.

"난 그들 전부를 살려 놓고 싶다고 말이야."

"그다음엔 물위를 걷고 싶겠지." 필라르가 말했다. "생전에 저런 남자는 처음 봤구먼. 어제까지만 해도 남자다운 게 좀 남아 있었지. 한데 오늘은 병든 고양이만큼도 남자다운 데가 없구먼. 술이나 취해 있어야 행복할 거야."

"우린 전부 죽여 버리거나 하나도 죽이지 않거나 해야 했어." 파블로가 머리를 끄덕였다. "전부가 아니면 하나도 죽이지 않거나 말이야."

"이봐, 영국 양반." 아구스틴이 말했다. "스페인엔 어떻게 오게 됐수? 파블로에겐 신경 쓰지 마시우. 취했으니까."

"12년 전에 처음 이 나라의 언어를 연구하러 왔었죠." 로버트 조던이 말했다. "난 대학에서 스페인어를 가르치고 있어요."

"교수처럼 보이지 않는데." 프리미티보가 말했다.

"저 사람은 수염이 없으니까 그렇지." 파블로가 말했다. "봐, 저 사람은 수염이 없잖나."

"당신 정말 교수요?"

"강사지."

"하지만 가르치긴 하잖아?"

"그렇지."

"하지만 하필이면 스페인 말이오?" 안드레가 물었다. "영국 사람이니까 영어를 가르치는 게 쉽잖겠소?"

"저 사람 스페인어를 우리랑 똑같이 하잖아." 안셀모가 말했다. "스페인어를 못 가르칠 이유가 뭐 있나?"

"그렇지. 하지만 외국인이 스페인어를 가르치는 건 좀 건방진 수작이야." 페르난도가 말했다. "당신한테 감정이 있어서 하는 말은 아니요, 돈 로베르토."

"저 사람 가짜 교수야." 파블로가 저 혼자 즐거워하며 말했다. "수염이 없잖아."

"영어를 더 잘할 건 틀림없어." 페르난도가 말했다. "영어를 가르치는 게 더 낫고 더 쉽고, 더 분명하지 않소?"

"스페인 사람들한테 가르치는 게 아니니까……." 필라르가 끼어들기 시작했다.

"난 간섭 받고 싶지 않아." 페르난도가 말했다.

"말을 끝내야 할 거 아냐, 이 바보야." 필라르가 그에게 말했다. "그 사람은 미국 사람들한테 스페인어를 가르친단 말이야. 북미 사람들한테."

"그 사람들은 스페인어를 할 줄 모르나?" 페르난도가 물었다. "남미 사람들은 할 줄 알던데."

"이 바보야." 필라르가 말했다. "그 사람은 영어를 쓰는 북미 사람들한테 스페인어를 가르친단 말이야."

"그래도 난 여전히 그가 영어를 쓰는 사람이라면 영어를 가르치는 게 더 쉬울 거라고 생각해." 페르난도가 말했다.

"그가 하는 스페인어를 알아들을 수 없단 말이오?" 필라르가 아무래도 안 되겠다는 듯이 로버트 조던을 바라보며 머리를 흔들었다.

"알아듣지. 하지만 사투리가 섞였어."

"어디 사투리가?" 로버트 조던이 물었다.

"에스트레마두라." 페르난도가 뽐내며 말했다.

"어머나." 필라르가 말했다. "무슨 사람들이 이래!"

"그럴 만도 할 거요." 로버트 조던이 말했다. "난 거기서 왔으니까."

"잘도 아는구먼." 필라르가 말했다. "이봐, 노처녀 같은 양반." 그녀가 페르난도에게 돌아섰다. "먹을 만큼 먹었소?"

"많이 있다면 더 먹을 수도 있지." 페르난도가 그녀에게 말했다. "한데 내가 당신한테 유감스런 말을 하고 싶어 한다고는 생각지 마시오. 돈 로베르토……."

"×× 같은 놈!" 아구스틴이 내뱉듯이 지껄였다. "또 한 번 ×× 같은 놈! 우리가 동지를 돈 로베르토니 하는 식으로 부르려고 혁명을 일으킨 줄 알아?"

"나로선 우리 모두가 모두를 돈 뭐뭐 하는 식으로 부를 수 있기 위해 혁명을 일으킨 거라고 생각하지." 페르난도가 말했다. "공화국 통치하에선 그렇게 되지 않으면 안 돼."

"×× 같은 놈!" 아구스틴이 말했다. "시커먼 ×× 같은 놈!"

"그래도 난 역시 돈 로베르토가 영어를 가르치는 게 더 쉽고 분명할 거라고 생각해."

"돈 론베르토는 수염이 없어." 파블로가 말했다.

"이 사나이는 가짜 교수야."

"내게 수염이 없다니 그건 무슨 의미요?" 로버트 조던이 말했다. "이건 뭐요?" 그는 사흘이나 자라서 금발 턱수염을 이룬 그의 턱과 뺨을 매만졌다.

"그건 수염이 아냐." 파블로가 말했다. 그는 머리를 흔들었다. "그건 수염이 아니란 말이야." 그는 이제 꽤 명랑해져 있었다. "그는 가짜 교수야."

"하나에서 열까지 음수(陰水) 속의 외설 그대로군." 아구스틴이 말했다. "아니면 여기가 정신병원이라도 된 것 같구먼."

"당신도 술 좀 마셔." 파블로가 그에게 말했다. "내겐 모든 것이 보통으로 보인단 말이야. 돈 로베르토의 수염이 없는 거만 빼놓고." 마리아는 로버트 조던의 뺨을 손으로 훑어 내렸다.

"이인 수염이 있어요." 그녀가 파블로에게 말했다.

"넌 알고 있는 게 당연하지." 파블로가 말했다. 로버트 조던은 그를 바라보았다.

이 사나이는 그렇게 취한 것 같지는 않은데, 하고 로버트 조던은 생각했다. 그래, 그렇게 취하지는 않았어. 좀 주의를 하는 게 좋겠군.

"여보시오." 그가 파블로에게 말했다. "이 눈이 그칠 것 같지 않소?"

"당신은 어떻게 생각해?"

"묻고 있는 것은 나예요."

"딴사람에게 물어." 파블로가 그에게 말했다. "난 당신 정보계는 아니야. 당선 정보계에서 들었을 거 아냐. 그 여자에게 물어, 그 여자가 대장이니까."

"난 당신한테 묻고 있잖소."

"이 사나이는 취해 있소." 프리미티보가 말했다. "신경 쓰지 마시오, 영국 양반."

"내가 보기에는 그렇게 취한 것 같지는 않군." 로버트 조던이 말했다.

마리아는 그의 뒤에 서 있었다. 로버트 조던은 자신의 어깨너머로 마리아를 바라보고 있는 파블로를 쳐다보았다. 둥글고 수염투성이인 얼굴에서 돼지 눈처럼 조그만 눈이 그녀를 바라보고 있었다. 로버트 조던은 생각했다. 나는 이번 전쟁 동안 많은 살인자를 보았다. 그리고 그 이전에도 몇몇을 보았다. 그들은 모두가 다르다. 공통적인 용모나 특징은 없다. 범죄형이니 하는 것은 없는 셈이다. 하지만 파블로는 확실히 잘생긴 얼굴은 아니다.

"난 당신이 술 마실 줄 안다고 생각하진 않소." 그가 파블로에게 말했다. "취하지도 않았고."

"난 취했어." 파블로가 위엄 있게 말했다. "마시는 것은 아무것도 아니야. 취한다는 것이 중요해. 어, 너무 취했는걸."

"난 의심스러워." 로버트 조던이 그에게 말했다.

"그래, 비겁하게 취했어."

갑자기 동굴 안이 조용해져서 필라르가 요리하고 있는 화덕 위에서 불타는 나무들의 칙칙거리는 소리마저 들을 수 있었다. 그가 발을 얹어 놓고 있는 양피에서 파삭파삭 소리가 났다. 그는 밖에서 눈 내리는 소리마저 들을 수 있겠다고 생각했다. 실제로 들을 수는 없었지만, 그는 눈이 내리는 정적의 소리를 들을 수 있었다.

로버트 조던은 생각했다. 나는 저놈을 죽이고 일을 끝장내고 싶다. 나는 저놈이 무슨 짓을 하려는지 모르겠다. 하지만 좋지 않을 게 뻔하다. 내일모레 다리를 폭파한다. 한데 이자는 좋지 못하다. 그 사업을 모두 성공적으로 끝내는 데 있어서 그는 위험한 존재다. 그를 처치해 버리자.

파블로는 그를 보고 히죽 웃고는 손가락 하나를 쳐들어 목을 자르는 시늉을 했다. 그는 굵고 짧은 목을 양쪽으로 약간씩 흔들어 댔다.

"아니야, 영국 양반." 그가 말했다. "나를 자극하지 마." 그는 필라르를 쳐다보며 그녀에게 말했다. "날 이런 식으로 처치해 버리려 들지 말란 말이야."

"더러운 자." 로버트 조던이 그에게 말했다. 이젠 결심을 행동으로 옮길 준비가 되어 있었다. "비겁한 자."

"그럴 만도 하겠지." 파블로가 말했다. "하지만 나를 화나게 하지는 못할 걸. 술을 좀 드시지, 영국 양반. 그리고 그 술 때문에 실패했다고 여편네에게 신호나 보내란 말이야."

"입 닥쳐." 로버트 조던이 말했다. "나는 내 의지로 당신에게 도전하고 있는 거야."

"쓸데없이 말썽 부리지 마." 파블로가 그에게 말했다. "나는 도전하지 않았으니까."

"기묘한 벌레 같은 자." 로버트 조던은 일이 흐지부지되어 버려, 다시 한 번 실패를 되풀이하는 것은 싫다고 생각하면서 말했다. 이런 일은 전에도 겪었던 것임을 알면서, 그가 전에 읽었거나 꿈꾸어 본 기억에 의해서 연극을 하고 있는 것처럼 느끼면서, 주위가 온통 빙빙 돌아가는 것 같다고 느끼면서 말했다.

"아주 기묘하다고, 하긴 그래." 파블로가 말했다. "아주 기묘하고 몹시 술에 취해 있지. 당신 건강을 위해, 영국 양반." 그가 술 단지에서 한 잔을 떠 치켜들었다. "자네 코호네스에 경의를 표하네."

'그렇다, 기묘한 놈이다.' 로버트 조던은 생각했다. 영리하고 아주 복잡한 놈이다. 그는 그의 거친 숨소리 때문에 더 이상 불이 타는 소리를 들을 수 없었다.

"여기 당신을 위하여." 로버트 조던이 말하고 술을 한 잔 퍼냈다. 이만한 담보물 없이 배신을 하기엔 뭣하다고 그는 생각했다. 담보물을 올리면서 그는 "건배!"라고 말했다. "건배! 또다시 건배!" 네놈을 위해 건배한다고 그는 생각했다. 건배. 네놈을 위해 건배.

"돈 로베르토." 파블로가 묵직한 소리로 말했다.

"돈 파블로." 로버트 조던이 말했다.

"자넨 교수가 아냐." 파블로가 말했다. "아직 수염이 나질 않았으니까 말이야. 그리고 날 제거하자면 암살해야만 할 거야. 그리고 그렇게 하자면 코호네스를 입어야 할 거야."

그는 입을 꾹 다물고 로버트 조던을 쳐다보았다. 로버트 조던은 그의 입술이 물고기의 입처럼 한일자를 그리고 있다고 생각했다. 그 대갈통은 잡힌 뒤에 공기를 마셔 대어 부풀어 오른 가시복 같고.

"축하하오, 파블로." 로버트 조던이 말하며 컵을 들어 올리고는 마셨다. "난 당신한테 배운 게 많아."

"난 교수님을 가르치고 있구먼." 파블로가 머리를 끄덕였다. "자, 돈 로베르토, 친구가 되자구."

"우린 벌써부터 친구인걸." 로버트 조던이 말했다. "하지만 이제 좋은 친구가 되잔 말이야."

"우린 벌써부터 좋은 친구지."

"난 여길 나가야겠어." 아구스틴이 말했다.

"사실은 일생 동안 1톤은 먹어야 한다지만 이제 난 양쪽 귀로 25파운드나 먹어 버렸으니까 말이야."

"무슨 일이야, 깜둥이?" 파블로가 그에게 말했다. "돈 로베르토와 나 사이의 우정을 보고 싶지 않단 말이야?"

"깜둥이라니, 입 조심해." 아구스틴이 그에게 다가가 두 손을 내리고 파블로 앞에 섰다.

"그렇게들 부르잖나." 파블로가 말했다.

"자넨 안 돼."

"좋아. 그럼, 흰……."

"그것도 안 돼."

"그럼 자넨 뭐야, 빨갱이?"

"그래, 빨갱이다. 군대의 붉은 별과 한패로 공화국 편이지. 그리고 내 이름은 아구스틴이야."

"대단한 애국자로군." 파블로가 말했다. "어떤가? 영국 양반, 이야말로 모범적인 애국자 아닌가?"

아구스틴이 왼손을 곧장 내뻗쳐 손등으로 세차게 그의 입매를 찰싹 후려갈겼다. 파블로는 그대로 앉아 있었다. 표정은 변하지 않았다. 하지만 로버트 조던은 그의 눈이, 고양이의 눈동자가 강한 광선을 받아 일직선으로 닫히는 듯 가늘어진 것을 보았다.

"이런 건 아무것도 아니야." 파블로가 말했다. "이런 건 문제가 안 돼, 이 여편네야." 그는 필라르에게로 머리를 돌렸다. "난 아직 화를 내지 않았으니까."

아구스틴이 다시 그를 때렸다. 이번에는 꼭 쥔 주먹으로 그의 입을 쳤다. 로버트 조던은 테이블 밑의 손에 권총을 쥐고 있었다. 그는 안전장치를 풀고 왼손으로 마리아를 밀었다. 그녀가 약간 물러섰다. 그러자 그는 그녀를 멀리 떨어지게 하기 위해 왼손으로 늑골을 세게 밀었다. 그녀는 이제 멀리 물러나 있었다. 그는 그녀가 동굴 벽을 따라 화덕 쪽으로 물러가는 모습을 곁눈으로 살피고 나서 파블로의 얼굴을 응시했다.

둥근 머리의 사나이는 가는 눈으로 아구스틴을 응시한 채 앉아 있었다. 눈길이 더욱 가늘어져 있었다. 그는 입술을 핥고 나서 팔을 들어 손등으로 입을 훔치고는 아래로 눈을 내리깔아 손 위에 묻어난 피를 보았다. 그는 입술을 혀로 핥아 낸 다음 침을 뱉었다.

"아직 멀었어." 그가 말했다. "난 바보가 아니지. 난 아무렇지도 않아."

"비겁한 놈." 아구스틴이 말했다.

"자넨 알고 있을 테지." 파블로가 말했다.

"자넨 저 여잘 잘 알고 있을 거야."

아구스틴이 다시 그의 입을 세게 후려쳤다. 파블로는 빨개진 입을 벌려 누렇고 보기 흉하게 부러진 이빨을 드러내면서 웃어 댔다.

"내버려 둬." 파블로가 말했다. 그리고 팔을 뻗어 술 단지에서 술을 얼마간 퍼냈다. "여기선 누구도 날 죽이기 위해 코호네스를 가지지는 않았어. 손찌검을 하다니 어리석은 짓이야."

"비겁한 놈." 아구스틴이 말했다.

"말로는 안 될걸." 파블로가 말했다. 그리고 걸걸 소리를 내면서 포도주로 양치질하고는 바닥에다 뱉어 냈다. "난 말 따위로는 꿈쩍도 안 해."

아구스틴은 그곳에 서서 그를 내려다보며 천천히, 명확하게, 가혹하고 경멸하듯이 욕설을 퍼부어 댔다. 마치 똥차의 똥을 똥바가지로 퍼 올려 밭에다 뿌리듯이 끈질기게 욕설을 퍼부어 댔다.

"그런 거론 안 된단 말이야." 파블로가 말했다.

"그만둬, 아구스틴. 더 이상 날 때릴 생각은 마. 자네 손만 다쳐."

아구스틴은 그에게서 돌아서 입구 쪽으로 갔다.

"나가지 마." 파블로가 말했다.

"밖에 눈이 내리고 있어, 여기서 편히 쉬어."

"네놈! 네놈은!" 아구스틴이 입구 쪽에서 돌아와 모든 경멸을 '네놈.'이라는 한마디에 모아서 내뱉었다.

"그렇지, 나지." 파블로가 말했다. "난 너희가 죽을 때 살아남을 거야."

그는 또 한 잔의 술을 떠서 로버트 조던 앞에 쳐들어 보였다. "교수님을 위하여." 그가 말했다. 그리고는 필라르에게로 돌아섰다. "대장 여사를 위하여." 그러고 나서 모두에게 축배를 올렸다. "망상에 사로잡힌 분들을 위하여."

아구스틴이 걸어가 손으로 재빠르게 쳐서 그의 손에 들린 컵을 떨어뜨렸다.

"이건 낭비야." 파블로가 말했다. "어리석은 짓이야." 아구스틴이 무언가 지독한 욕을 그에게 해 대고 있었다.

"안 돼." 파블로가 또 한 잔을 퍼내며 말했다. "난 취했어. 모르겠나? 난 취했을 땐 말을 않는 사람이야. 난 주책없이 지껄여 댄 적은 없지. 하지만 똑똑한 자도 때로는 바보들과 시간을 보내기 위해 술을 마시지 않을 수가 없는 거야."

"가서 네 겁쟁이 음수(淫水) 속에서 네 것을 가지고 장난이나 쳐." 필라르가 그에게 말했다. "난 당신과 당신의 비겁함을 너무도 잘 안단 말이야."

"이 마누라 말버릇 좀 봐라." 파블로가 말했다. "나는 말을 보러 가겠어."

"가서 말하고 그 짓이나 해." 아구스틴이 말했다. "그게 자네 습성의 하나가 아닌가?"

"아니지." 파블로가 말하며 머리를 흔들었다. 그는 벽에 걸린 커다란 담요 케이프를 떼어 내리며 아구스틴을 바라보았다. "자네하고⋯⋯." 그가 말했다. "자네가 저지른 폭력이겠지."

"가서 말하고 뭘 하려고 그래?" 아구스틴이 말했다.

"돌봐 주러." 파블로가 말했다.

"말하고 그 짓이나 해." 아구스틴이 말했다. "말한테 반한 놈아."

"난 말한테 몹시 반했지." 파블로가 말했다. "엉덩이만 하더라도 훨씬 더 맵시가 있고, 여기 있는 사람들보다 훨씬 더 분별이 있어. 즐겁게 놀아." 그는 히죽 웃었다. "이 사람들한테 다리 얘기나 해 줘, 영국 양반. 공격 때 각자의 임무를 설명해 줘. 퇴각할 땐 어떻게 해야 하는지 얘기해 주란 말이야. 다리 일이 끝나면 이 사람들을 어디로 데려갈 작정인가, 영국 양반? 당신의 애국자들을 어디로 데려갈 건가? 난 술을 마시면서 하루 종일 그걸 생각했었지."

"뭘 생각했지?" 아구스틴이 물었다.

"뭘 생각했느냐고?" 파블로가 말했다. 그리고 조사라도 하듯 입술 안쪽을 혀로 훑어 댔다. "중요한 거야. 내가 생각한 건 말이야."

"말해 봐." 아구스틴이 그에게 재촉했다.

"하나둘이 아니야!" 파블로가 말했다. 그가 담요 케이프를 머리에 뒤집어쓰자 둥근 머리통이 담요 케이프의 더럽고 누런 옷깃 위로 삐쭉 솟아나왔다. "난 많은 걸 생각했지."

"뭘?" 아구스틴이 물었다. "뭘 말이야?"

"난 너희가 공상가의 집단이라고 생각했지." 파블로가 말했다. "두뇌가 허벅지 사이에나 있는 여자와 자네들을 망쳐 놓으려고 온 외국인에게 이끌리고 있는 공상가."

"나가요." 필라르가 고함을 질렀다. "나가서 눈 속에다 몸을 내동댕이치기나 해. 네놈의 썩은 음수를 가지고 여기서 나가. 말한테 양기를 빨린 비겁자야."

"그렇지, 그래야 해!" 아구스틴이 경탄하듯이 말했지만, 정신은 딴 곳에 있는 것 같았다. 그는 근심하고 있었던 것이다.

"난 가겠어." 파블로가 말했다. "하지만 곧 돌아올 거야." 그는 동굴 입구에 쳐 놓은 담요를 들어 올리고 밖으로 걸어 나갔다. 그러고는 입구 쪽에서 소리쳤다. "아직도 눈이 내리고 있군. 영국 양반."

17

동굴 속에서는 이제 화덕에서 나는 식식거리는 소리만 들릴 뿐이었다. 지붕 쪽에 난 구멍으로부터 석탄 불 위로 눈이 떨어져 내려오고 있었다.

"필라르." 페르난도가 말했다. "고깃국 좀 더 있수?"

"아니, 입 닥치지 못해." 필라르가 말했다. 하지만 마리아는 페르난도의 그릇을 집어 들고 불가에 놓인 커다란 냄비로 가져가 국자로 퍼 담았다. 그녀는 그걸 테이블로 가져가 내려놓고는 페르난도가 먹으려고 몸을 구부리자 그의 어깨를 두드렸다. 그녀는 그의 어깨에 손을 얹은 채 얼마 동안 서 있었다. 하지만 페르난도는 쳐다보지도 않았다. 그는 고깃국에만 정신이 팔려 있었다.

아구스틴은 불 곁에 서 있었다. 다른 사람들은 앉아 있었다. 필라르는 로버트 조던의 반대쪽 테이블에 앉아 있었다. "이보우, 영국 양반." 그녀가 말했다. "그이가 어떤가 봤지."

"그 사나이는 무슨 짓을 할 생각일까요?" 로버트 조던이 물었다.

"무슨 짓이든 하지." 필라르는 테이블을 내려다보았다. "무슨 짓이든 할 수 있는 사람이야."

"자동 소총은 어디 있소?" 로버트 조던이 물었다.

"저 구석에 담요로 싸 놨소." 프리미티보가 말했다. "필요하오?"

"나중에." 로버트 조던이 말했다. "난 그게 어디 있는가만 알아 두고 싶었어."

"저기 있지." 프리미티보가 말했다. "내가 그걸 가져다가 기계가 젖지 않도록 내 담요로 싸 놓았어. 탄창은 저 가방 속에 있소."

"그런 짓은 안 할걸." 필라르가 말했다. "그인 그런 기계를 가지고 무슨 짓을 하지는 않을 거야."

"난 그가 무슨 짓이건 하리라는 말을 당신한테 들은 것 같은데."

"그럴지도 모르지." 그녀가 말했다. "하지만 그 사람은 그런 기계를 쏠 줄 몰라, 폭탄은 던질 줄 알지만. 그게 더 어울리지."

"그자를 죽이지 못하는 건 어리석고 마음이 약하기 때문이야." 집시가 말했다. 그는 저녁 내내 어떤 이야기에도 끼어들지 않았었다. "어젯밤 로베르토가 그자를 죽이는 건데 그랬어."

"그이를 죽여 줘." 필라르가 말했다. 그녀의 커다란 얼굴은 어둡고 지친 듯이 보였다. "이젠 나도 찬성이니까."

"난 지금까지 반대했었지." 아구스틴이 말했다. 그는 두 팔을 양 옆구리께로 축 늘어뜨리고 불 앞에 서 있었다. 광대뼈 아래로 텁석부리 수염이 돋은 뺨이 불빛을 받아 움푹 들어가 보였다. "그러나 지금은 나도 찬성이야." 그는 말했다. "그자는 이제는 해로워. 그리고 놈은 우리 모두가 파멸당하는 꼴을 보고 싶어 해."

"다들 의견을 얘기해 줘." 필라르가 말했다. 그녀의 목소리는 아주 지쳐 있는 것 같았다. "안드레, 당신은?"

"죽여야 해." 검은 머리가 이마 아래까지 내려온 형제 중의 한 명이 말하고 머리를 끄덕였다.

"엘라디오는?"

"이의 없어." 또 다른 형제가 말했다. "그잔 아주 위험스런 존재처럼 보여. 그리고 아무 일도 하려 들지 않거든."

"프리미티보는?"

"이의 없어."

"페르난도는?"

"그자를 죄수로 가둬 둘 수는 없을까?" 페르난도가 물었다.

"누가 그자를 감시한단 말이야?" 프리미티보가 말했다. "그잘 감시하려면 두 사람이 필요할 거고, 후에 가서 그자를 어떻게 할 셈이야?"

"파시스트 놈들에게 팔아 버리지." 집시가 말했다.

"어떻게 그런 짓을 할 수가 있어?" 아구스틴이 말했다. "더러운 수작 말란 말이야."

"그저 생각일 뿐이야." 집시 라파엘이 말했다. "파시스트 놈들이 그자를 손에 넣으면 좋아할 것 같단 말이야."

"그만둬." 아구스틴이 말했다. "더러운 수작이야."

"파블로만큼 더러울라구." 집시가 자기변명을 했다.

"한 번 더러운 일을 한 이상, 그 뒤로 몇 번 해도 상관없다는 법은 없어." 아구스틴이 말했다. "그럼 모두 다 됐군. 영감과 영국 양반만 빼놓고 말이야."

"그 사람들은 포함이 안 돼." 필라르가 말했다. "그인 그 사람들의 대장은 아니니까."

"잠깐만." 페르난도가 말했다. "난 얘기 다 안 했어."

"해 봐." 필라르가 말했다. "그이가 돌아올 때까지 지껄여 봐. 그이가 담요 케이프 밑에다 수류탄을 감춰 들고 와서 여길 모조리 폭발시키게. 다이너마이트니 뭐니 다."

"당신 너무 떠벌리는 것 같구려, 필라르." 페르난도가 말했다. "단 그자가 그런 생각을 하고 있다곤 생각지 않아."

"내 생각은 두 사람과는 달라." 아구스틴이 말했다. "폭발시키면 술까지 날아갈 판이니까 말이야. 그잔 좀 있다 술 생각이 나서 돌아올 거야."

"왜 귀머거리 영감한테 보내 그자를 파시스트 놈들에게 팔아 버리게 하지 않지?" 라파엘이 제의했다. "장님을 만들면 다루기가 쉽잖아."

"입 닥쳐." 필라르가 말했다. "네가 떠드는 것을 듣고 있으면 너도 역시 핑계 같은 말만 한다는 생각이 들어."

"어쨌든 파시스트 놈들은 아무런 대가도 주지 않을 거야." 프리미티보가 말했다. "그런 일은 다른 사람들도 해 봤지만 놈들은 아무 대가도 치르지 않았어. 놈들은 자네마저 싹 죽일 거란 말이야."

"난 그자를 장님으로 만들어 팔면 어느 정도 대가가 있으리라고 믿어." 라파엘이 말했다.

"입 닥쳐." 필라르가 말했다. "장님이니 뭐니 하는 소릴 하면 그자하고 같이 팔아 버릴 테야."

"하지만 그 파블로는 부상당한 경관을 장님으로 만들었잖나." 집시가 고집했다. "그걸 잊어버렸수?"

"입 다물어." 필라르가 그에게 말했다. 로버트 조던 앞에서 장님 얘기를 지껄여 대는 데 당황했던 것이다.

"말을 끝내게 해 주어야지." 페르난도가 말을 막았다.

"끝내 봐." 필라르가 그에게 말했다. "계속해 끝내 보란 말이야."

"파블로를 죄수로 가두어 두는 게 실행하기 불가능한 일이라면." 페르난도가 말하기 시작했다. "그리고 놈을 넘겨주기가 싫은 이상……."

"빨리 끝내." 필라르가 말했다. "덕을 베푸는 셈치고 어서 끝을 내란 말이야."

"어떻게 타협이 이뤄지든 말이야." 페르난도가 조용한 목소리로 이어 갔다. "계획한 행동이 가장 성공적으로 수행되도록 보증하여 그를 계획에 참가시키지 않는 데 동의하는 바요."

필라르는 그 조그마한 사내를, 머리를 흔들어 대고 입술을 깨물면서 바라보고 있었으나 아무 말도 하지 않았다.

"그것이 나의 의견이오." 페르난도가 말했다. "놈을 공화국에 대한 위험 분자로 봄으로써, 우리의 입장은 정당화된다고 믿고 있소."

"아아, 성모님." 필라르가 말했다. "이런 곳에서조차 입만으로 관료주의를 만들 수 있다니."

"그의 말과 최근의 행동으로 보아 말이오." 페르난도가 계속했다. "이 내전 초기와 최근까지의 그의 행동에 대해서는 경의를 표해 마땅한 바이지만……."

필라르는 불 쪽으로 걸어갔다. 그러더니 이내 테이블 쪽으로 돌아와 있었다.

"페르난도." 필라르는 조용하게 말하며 그에게 그릇을 건네주었다.

"격식을 차려 이 고깃국을 먹어. 이걸 입 안에다 틀어박고 더 이상 떠들지 말란 말이야. 네 의견은 잘 알았으니까."

"하지만 그럼 어떻게 해서……." 프리미티보는 물으려다가 말을 완전히 끝내지도 않고 입을 다물어 버렸다.

"빨리 해치웁시다." 로버트 조던이 말했다. "난 언제든지 해치우겠소. 당신들이 해야 한다고 결정한 이상 그것을 수행하는 것이 나의 의무니까."

어떻게 된 노릇인가, 하고 그는 생각했다. 페르난도의 말을 듣다 보니 나도 그자처럼 말하기 시작하는구나. 말이란 전염성이 있는 게 분명하다. 프랑스 말은 외교상의 언어이고 스페인어는 관료주의의 언어다.

"안 돼요." 마리아가 말했다. "안 돼요."

"이건 네가 상관할 바 아니야." 필라르가 그녀에게 말했다. "입 다물고 있어."

"난 오늘 밤에 해치우겠소." 로버트 조던이 말했다.

그는 입술에다 손가락을 대고 자신을 쳐다보고 있는 필라르를 보았다. 그녀는 입구 쪽을 바라보고 있었다.

동굴 입구에 쳐 놓은 담요를 쳐들고 파블로가 머리를 안으로 쑥 들이밀었다. 그는 모두에게 히죽 웃어 보이며 담요 아래 자락을 밀고 들어온 다음 돌아서서 다시 담요를 꼭 닫아놓았다. 그는 돌아서서 담요 케이프를 머리에서 벗어 눈을 털어 냈다.

"내 얘길 하고 있었나?" 그가 모두에게 물었다. "내가 방해를 했나?" 아무도 그에게 대답하지 않았다. 그는 벽에 박힌 못에다 케이프를 걸고 테이블 쪽으로 걸어왔다.

"얼마나 남았나?" 그가 물었다. 그리고 테이블 위에 놓인 빈 술잔을 집어 들어 술 단지 속에 넣었다. "술이 없군." 그가 마리아에게 말했다. "가죽 부대에서 좀 따라 와."

마리아는 술 단지를 들고 먼지를 뒤집어쓰고서 반들거리는 검은 가죽으로 만든 술부대가 걸려 있는 벽 쪽으로 가 다리 중의 한 개에 붙은 꼭지를 틀어 흘러나오는 술을 단지에 받았다. 무릎을 꿇고 단지를 든 채, 맑고 붉은 술이 콸콸 흘러들어 단지 속에서 소용돌이치며 가득 차 가는 것을 쏘아보고 있는 그녀의 모습을, 파블로는 가만히 지켜보고 있었다.

"조심해." 그는 마리아에게 말했다. "술은 벌써 가슴 위까지 차 버렸어." 파블로가 말했다.

모두들 아무 말이 없었다.

"나는 오늘 배꼽에서 가슴께까지 차도록 온종일 마셨어." 파블로가 말했다. "그게 하루 일과야. 모두들 어떻게 된 거야? 혓바닥이라도 잃어버렸나?"

그 누구도 얘기하려 하지 않았다. "마개를 막아, 마리아." 파블로가 말했다. "엎지르지 말고."

"술은 충분해." 아구스틴이 말했다. "당신이 항상 취할 수 있을 만큼 말이야."

"혀를 도로 찾은 사람이 있구먼." 파블로가 말하고는 아구스틴에게 머리를 끄덕였다. "반갑군. 난 자네가 벙어리가 됐나 했지."

"왜?" 아구스틴이 물었다.

"내가 나타나서 말이야."

"당신이 들어온 게 그렇게 중요하다고 생각하나?"

이 사나이는 아마 그것까지 자기가 할 생각이구나, 하고 로버트 조던은 생각했다. 아마도 아구스틴이 해치울지도 모른다. 그는 확실히 놈을 몹시 증오하고 있다. 자기는 그를 증오하지는 않는다고 생각했다. 그래, 나는 그를 증오하지는 않아. 그를 불쾌하게 생각하고는 있지만 증오하지는 않아. 하지만 장님을 만드는 일은 그를 특별한 계급으로 올려놓는 짓이다. 어쨌든 이건 그들의 전쟁이 아닌가. 하지만 그는 다가올 이틀 동안 아무 일도 하려 들지 않을 게 분명하다. 난 그 문제에 상관하지 말아야겠다, 라고 생각했다. 난 오늘 밤에 바보짓을 하고 말았다. 하지만 난 그를 죽이길 철저히 바라고 있는 것이다. 먼저 손을 쓰는 바보짓은 안 할 작정이지만. 그리고 다이너마이트가 주위에 있는 형편에, 여기서 사격 시합이나 바보 같은 짓을 할 수는 없다. 파블로도 물론 그걸 생각했을 게다. 한데 넌 생각 했는가? 그는 스스로에게 물었다. 아니다. 나는 생각 못 했다. 아구스틴도 잊고 있었다. '이래서는 어떤 변을 당하더라도 도리 없지 않은가?' 하고 생 각했다.

"아구스틴." 그가 말했다.

"뭐요?"

아구스틴은 퉁명스레 대답하고는 파블로에게서 고개를 돌렸다.

"당신과 얘기 좀 하고 싶은데." 로버트 조던이 말했다.

"나중에 합시다."

"지금 해야 돼." 로버트 조던이 말했다. "부탁하오."

로버트 조던은 입구 쪽으로 걸어갔다. 파블로의 눈은 그를 쫓고 있었다. 키가 크고 볼이 움푹 들어간 아구스틴이 일어나서 그에게로 다가갔다. 그 는 마음 내키지 않는 듯, 경멸하는 듯한 동작으로 걸어왔다.

"당신은 그 짐 속에 든 걸 잊었소?" 로버트 조던이 남에게 들리지 않을 만큼 나지막한 소리로 그에게 속삭였다.

"×할 것!" 아구스틴이 말했다. "좀 익숙해지면 잊어버린단 말이야."

"나 역시 잊고 있었소."

"×할!" 아구스틴이 말했다. "얼마나 어리석은가." 그는 관절이 느슨해진 것처럼 흐느적거리며 테이블로 걸어가 앉았다. "술 한 잔 줘, 파블로." 그 가 말했다. "말들은 어떻소?"

"아주 원기 왕성해." 파블로가 말했다. "눈도 덜 내리고."

"그칠 것 같아?"

"음." 파블로가 말했다. "이젠 뜸해졌지. 싸락눈으로 변했어. 바람은 불 테지만 눈은 그칠 것 같아. 풍향이 바뀌었지."

"내일은 갤 것이라고 생각하오?" 로버트 조던이 그에게 물었다.

"그렇지." 파블로가 말했다.

"쌀쌀할 테지만 맑게 갤 거라고 생각하지. 지금 부는 바람이 풍향이 바

뛰어 갤 거야."

저자 좀 봐라, 로버트 조던은 생각했다. 이젠 다정하게 구는군. 그는 바람처럼 변해 버렸어. 그의 얼굴과 몸뚱이는 돼지 같다. 나는 그가 여러 번 살인을 한 걸 알고 있다. 하지만 그는 정확한 청우계와 같은 분별력을 지니고 있다. 그렇다, 그는 생각했다. 저 돼지는 역시 영리한 동물이다. 파블로는 우리에게, 아니면 단지 우리의 계획에 대해 증오감을 품고 있을 게다. 그리고 그 증오감을 욕설로 밀고 또 밀어 대어 우리가 그를 처치해 버리려고 결의를 할 지경에까지 이르렀다. 그러고는 그 지경에까지 이르렀을 때 이번엔 후퇴하기 시작하여, 전부를 깨끗이 다시 시작한 것이다.

"우린 그 일을 하기 딱 좋은 날씨를 맞게 될 거야, 영국 양반." 파블로가 로버트 조던에게 말했다.

"우리라니." 필라르가 말했다. "우리라고?"

"그래, 우리야." 파블로가 그녀에게 히죽 웃어 보이고는 술을 얼마쯤 마셨다. "그럼 안 되나? 나는 밖에 있는 동안 그걸 심사숙고했지. 우리가 일치되어 협력을 했다 해서 이상할 것은 없잖은가."

"무엇을 말이우?" 필라르가 말했다. "이제 와서 무엇을 말이우?"

"모든 일이 말이지." 파블로가 그녀에게 말했다. "이 다리 문제도 말이야. 난 이제 당신 편이야."

"당신이 우리 편이라구?" 아구스틴이 그에게 말했다. "그런 말을 지껄이고서도?"

"그래." 파블로가 그에게 말했다. "날씨의 변화처럼 나도 자네들 편이 됐지."

아구스틴은 머리를 흔들었다. "날씨라고? 내가 당신 얼굴을 때렸는데도?"

"그렇지." 파블로가 그를 보고 히죽 웃더니 입을 손가락으로 훑었다. "그런 일이 있었어도 말이지."

로버트 조던은 필라르를 바라보고 있었다. 그녀는 파블로를 마치 이상한 동물이라도 바라보듯이 쳐다보고 있었다. 그녀의 얼굴에는 아직도 장님 이야기가 나왔을 때 나타났던 어두운 표정이 남아 있었다. 그녀는 마치 그걸 떼어 내려는 듯이 머리를 흔들고는 뒤로 젖혀 버렸다. "이봐요." 그녀가 파블로에게 말했다.

"왜 그래?"

"당신 뱃속을 무엇이 뚫고 지나갔수?"

"아무것도 뚫고 지나가지 않았어." 파블로가 말했다. "난 내 의견을 바꿨어. 그것뿐이야."

"입구에서 엿듣고 있었군?" 그녀가 그에게 말했다.

"그래." 그가 말했다.

"하지만 아무것도 들을 수 없었어."

"우리가 죽일까 봐 두려워졌겠지."

"아냐." 그가 그녀에게 말했다. 그러고는 술잔 너머로 그녀를 바라보았다. "난 그걸 두려워하지 않아, 당신도 알다시피."

"이봐, 어찌 된 거야?" 아구스틴이 말했다. "언제는 술에 취해서 우리 모두에게 주둥일 놀려 대며 목전에 닿은 일에 협조 않겠다 하고, 더러운 식으로 우리의 죽음을 지껄여 대고, 여자들을 모욕하고, 마땅히 해야 할 일을 반대하고……."

"난 취했었어." 파블로가 그에게 말했다.

"그럼 지금은……."

"취하지 않았어." 파블로가 말했다. "그리고 나는 마음을 바꿨어."

"다른 놈들은 믿을지 모르지만 난 안 믿어." 아구스틴이 말했다.

"믿든지 말든지 마음대로 해." 파블로가 말했다. "하지만 나를 빼놓고서는 너희를 보기 좋게 그레도스로 데려갈 수 있는 인간은 한 사람도 없어."

"그레도스라고?"

"거기가 다리 일이 끝난 후에 갈 단 하나의 장소지."

로버트 조던은 필라르를 바라보면서 파블로가 볼 수 없는 쪽의 손을 들어 의심스럽다는 듯이 오른쪽 귀를 매만졌다.

필라르가 머리를 끄덕였다. 그리고 또다시 머리를 끄덕였다. 그녀가 마리아에게 무엇인가 말하자 마리아가 로버트 조던의 곁으로 다가왔다.

"아주머니가 '물론 그는 들었다.'고 말해요." 마리아가 로버트 조던의 귀에다 대고 말했다.

"그렇다면 파블로." 페르난도가 법정에서 하는 투로 말했다. "당신은 이제 우리 편이고 다리 일에 대해 찬성인가요?"

"그래, 이 사람아." 파블로가 말했다. 그는 정색을 하고 페르난도를 쳐다보며 고개를 끄덕였다.

"정말이오?" 프리미티보가 물었다.

"정말이지." 파블로가 그에게 말했다.

"성공할 것이라고 생각하오?" 페르난도가 물었다. "이젠 믿고 있소?"

"왜 안 믿어?" 파블로가 말했다.

"자넨 안 믿나?"

"믿소." 페르난도가 말했다. "난 항상 믿고 있지만 말이야."

"난 여길 나가겠어." 아구스틴이 말했다.

"밖은 추워." 파블로가 그에게 다정한 어조로 말했다.

"그럴 테지." 아구스틴이 말했다. "하지만 더 이상 이런 정신병원엔 머물 수가 없어."

"이 동굴을 정신병원이라 부르지 마." 페르난도가 말했다.

"범죄적인 자들의 정신병원이지." 아구스틴이 말했다. "나까지 미치기 전에 나가야겠어."

18

마치 회전목마 같군, 하고 로버트 조던은 생각했다. 칼리오페의 음악에 맞추어, 아이들이 황금빛을 칠한 뿔이 달린 황소 등에 올라타고 빙글빙글 돌면서 막대기 끝으로 둥근 테를 끌어당기는 회전목마, 그것과는 다른— 저녁 어스름 속에 푸른 가스등이 밝혀지는 아베뉴드메느의 황혼녘, 옆의 노정에서는 튀긴 생선을 팔고, 번호가 붙은 칸막이 막대기에 가죽 발이 찰싹찰싹 부딪쳐 울면서 빙글빙글 행운의 원반이 회전하고, 한편에는 상품인 각설탕 봉지가 피라미드형으로 쌓아 올려져 있는—그런 회전목마는 아니다. 그렇다. 이건 그런 종류의 회전목마는 아닌 것이다. 이들은 빙빙 도는 행운의 바퀴 앞에 서 있는 모자를 쓴 남자들과 실로 짠 스웨터를 입고 가스등 불빛에 맨머리를 드러내며 머리카락이 반짝이는 여자들처럼 기다리고 있지만 말이다. 그렇다, 이들은 그들과 꼭 같다. 하지만 이건 다른 바퀴인 것이다. 이건 솟아올라 회전하는 그런 바퀴인 것이다.

이제 두 번이나 돌았다. 어느 정도 각도를 유지하고 돌기 시작해서 매번 출발했던 자리로 돌아오는 거대한 바퀴다. 한쪽이 다른 쪽보다 좀 더 높고 뒤로 뒤로 올라가서 출발했던 자리로 내려오는 식의 회전이다. 상품 같은 건 전혀 없다고 그는 생각했다. 그리고 누구도 이 바퀴를 타려고 원하지는 않는다. 매번 올라타게 되고 오르고 싶다는 의사도 없는데 돌아가는 것이다. 회전은 단 한 번뿐이다. 커다란 타원형을 그리며 오르다간 떨어져 내려 처음으로 돌아오게 된다. 이제 우리는 다시 제자리에 돌아와 있는 것이다, 라고 그는 생각했다. 그러나 완전히 정착해 버린 것은 아니다.

동굴 안은 따뜻했고 밖에는 바람이 그쳐 있었다. 그는 앞에다 수첩을 꺼내 놓고 다리 폭파의 기술적인 부분에 대한 계산을 하면서 테이블에 앉아 있었다. 세 개의 약도를 그리고, 공식을 계산하고, 폭파 방법을 유치원 아이들까지 알아볼 만큼 분명하게 두 개의 도면으로 나타내어, 만일 그 파괴 작업 도중에 자기에게 만약의 일이 생겨도 안셀모가 뒤를 맡아 완수할 수 있게 해 놓았다. 그는 이러한 약도 그리기 등을 끝낸 다음 그것들을 검토했다.

마리아는 그가 일하는 동안 옆에 앉아 어깨너머로 바라보고 있었다.

그는 파블로가 테이블 건너편에 앉아 있고 다른 사람들이 지껄여 대며 카드놀이를 하고 있는 것을 의식하면서 음식 냄새, 요리하느라 피워 놓은 연기 냄새, 그리고 사람 냄새, 담배 냄새, 도주 냄새, 쉰내 같은 불쾌한 체취가 뒤섞인 고약한 냄새로 변해 버린 동굴 안의 악취를 맡았다. 한 장의 그림 그리기를 끝낼 때까지 기다린 마리아가 테이블 위에 손을 내려놓자, 그는 왼손으로 그 손을 잡더니 얼굴까지 들어 올려 설거지를 끝낸 뒤의 질 나쁜 비누 냄새와 물기 어린 신선한 냄새를 맡았다. 그는 그녀를 쳐다보지도 않고 그 손을 내려놓은 뒤 일을 계속했으므로 그녀의 빨개진 얼굴을 보지 못했다. 그녀는 그 손을 그대로 둔 채 그의 옆에 바싹 붙어 앉아 있었지만, 그는 다시 그 손을 들어 올리지는 않았다.

이제 그는 폭파 계획을 다 끝내고 수첩의 페이지를 넘기며 작전상의 명령을 써 나가기 시작했다. 그런 명령을 분명하고 멋있게 생각하며 써 나갔으므로 써 놓은 뒤에 그것을 보니 기분이 좋았다. 그는 수첩을 두 페이지가량 쓰고 나서 주의 깊게 읽어 보았다.

다 된 것 같군, 하고 혼자 중얼거렸다. 이건 완전무결하고 명확하다.

여기에 어떠한 결함도 없다고 생각한다. 두 개의 초소는 파괴될 것이며, 다리는 골즈의 명령대로 폭파시킬 수 있을 것이다. 그리고 그것이야말로 나의 임무인 것이다. 파블로에 관한 모든 일들은 내가 끼어들어서는 안 된다. 하여튼 해결이 날 것이다. 파블로가 참가할 수도 있고 참가하지 않을 수도 있다. 어느 쪽이든 염려할 것은 없다. 하지만 나는 다시 그 바퀴에 올라타지는 않을 작정이다. 나는 두 번이나 그 바퀴를 탔다. 그 바퀴는 두 번이나 돌아서 출발했던 자리로 돌아왔고, 나는 더 이상 타고 싶지 않던 것이다.

그는 수첩을 덮고 마리아를 쳐다보았다. "어때, 아가씨." 그가 그녀에게 말했다. "이 일을 보고 무엇인가 생각하고 있었소?"

"아뇨, 로베르토." 그녀가 말했다. 그리고 아직도 연필을 쥐고 있는 그의 손에 자신의 손을 올려놓았다. "이젠 끝냈어요?"

"그래, 이제 다 마치고 명령할 것도 써 놓았지."

"무얼 하고 있었나, 영국 양반?" 파블로가 테이블 건너편에서 물었다.

그의 눈은 다시 흐려져 있었다.

로버트 조던은 그를 똑바로 쳐다보았다. 바퀴를 움직이게 하지 마, 하고 그가 자신에게 말했다. 그 바퀴에 발을 올려놓지 마, 다시 돌기 시작할 것 같군.

"다리 문제를 연구하고 있었지." 그가 공손하게 말했다.

"잘됐나?" 파블로가 물었다.

"아주 잘됐지." 로버트 조던이 말했다. "모든 게 아주 잘됐지."

"난 퇴각 문제에 대한 걸 생각했수다." 파블로가 말했다. 로버트 조던은 술 취한 돼지 같은 그의 눈을 쳐다보았다가, 술 단지를 바라보았다. 술 단지는 거의 비어 있었다.

바퀴에 타지 마, 하고 그가 자신에게 말했다. 놈은 다시 마시기 시작했구나. 그렇다. 하지만 이제 난 그 바퀴에 오르지 않을 게다. 그랜트 장군도 남북전쟁 때 거의 언제나 취해 있었다고 하지 않았는가? 확실히 그랬을 게다. 그랜트가 파블로를 보게 되면 이러한 비교에 격노할 것임에 틀림없다. 그랜트는 또 시가를 좋아하기도 했었다. 그래, 파블로에게 시가를 구해다 주어야겠다. 저 얼굴은 그렇게 해 주어야만 제격이 된다. 반쯤은 쭈글쭈글해진 시가를. 어디서 파블로에게 시가를 얻어다 주지?

"그건 어떻게 돼 가오?" 로버트 조던이 공손하게 물었다.

"아주 잘됐어." 파블로가 묵직하게 그리고 엄숙하게 머리를 끄덕였다. "Muy bien(아주 잘됐어)."

"근사한 걸 생각해 냈소." 아구스틴이 카드놀이하는 곳에서 물었다.

"그래." 파블로가 말했다. "여러 가지 일들을 말이야."

"어디서 그런 걸 알아냈나? 술 단지에서?" 아구스틴이 물었다.

"그럴 수도 있지." 파블로가 말했다. "누가 알아? 마리아, 술 단지 좀 채워 주겠어?"

"술부대 속에 근사한 생각들이 있을 거야." 아구스틴이 카드놀이를 하다가 돌아섰다. "아예 그 가죽 속에 기어 들어 가 그걸 알아내지 그래?"

"아니지." 파블로가 침착하게 말했다. "난 잔 속에서 그것을 찾을 테야."

로버트 조던은 난 역시 수레바퀴를 타고 있지는 않다고 생각했다. 바퀴는 저 혼자서 빙글빙글 돌고 있는 것이 틀림없다. 너무 오래 타고 있을 만한 물건이 아닌 것만은 확실하다. 이놈은 이만저만 무서운 바퀴가 아니리라. 고맙게도 지금 우리들은 이놈을 타고 있지는 않은 모양이다. 두 번씩이나 이놈 덕분에 나는 눈앞이 어지러웠다. 그런데 이 수레바퀴는 주정꾼이나, 뱃속까지 비열한 놈이나, 잔학성이 있는 놈들이 죽을 때까지 탈 그런 바퀴인 것이다. 그것은 빙글빙글 돌아 올라간다. 그 회전은 전혀 똑같지 않다. 그러고는 빙 돌아서 내려오는 것이다. 돌게 내버려 둬라, 하고 그는 생각했다. 이 사람들이 다시 나를 거기다 태우지는 못할 것이다. 아니, 그랜트 장군 각하. 나는 그 바퀴에 타지 않을 거요.

필라르는 불 곁에 앉아 있다가 의자를 돌려 그녀에게 등을 돌리고 카드놀이를 하고 있는 사람들을 어깨너머로 바라보았다. 그녀는 카드놀이를 구경하고 있었다.

정말 이상한 노릇은 이제 험악한 분위기로부터 정상적인 가정생활로 돌아와 있는 그 변화다, 라고 로버트 조던은 생각했다. 그것이 너를 태우려 할 때는 그 저주받을 바퀴가 내려와 있을 때다. 하지만 난 그놈의 바퀴를 타지 않는다고 그는 생각했다. 그리고 누구도 다시 나를 거기다 태우려 들지 않고 있다.

이틀 전만 해도 나는 필라르나 파블로, 그리고 나머지 다른 사람을 전혀 알지 못했다고 그는 생각했다. 세상에는 마리아와 같은 존재는 없었던 것이다. 그것은 확실히 훨씬 더 단순한 세계였다. 나는 골즈로부터 완전무결하게 명백하고, 완전무결하게 해 낼 수 있는 가능성이 보이는 명령을 받았다. 그 명령들이 어느 정도 곤란한 점이 있다는 것도 안 데다 일정한 부수적 결과가 생긴다는 것도 처음부터 환히 알고 있기는 했지만, 우리가 다리를 폭파한 후에 나는 전선으로 되돌아가게 되거나 그렇지 못하게 되거나 할 것이다. 그리고 우리가 철수하게 될 때에는 얼마간의 시간을 요청해서, 마드리드에서 보내야겠다. 이번 전쟁에선 누구도 휴가를 얻을 수 없는 것이 뻔했지만, 나는 이틀이나 사흘 동안을 마드리드에서 보낼 수 있으리라고 믿는다.

마드리드에서 책 몇 권을 사고 플로리다 호텔로 가서 방을 빌려 뜨거운 물에 목욕을 하리라고 그는 생각했다. 나는 급사 루이스를 보내서 만테케리아스레오네사스나 그랑비아를 제외한 다른 데서 압생트를 구할 수 있다면 사 오게 해야겠다. 그리고 목욕을 한 후 침대에 누워 책을 좀 읽고 압생트를 두어 잔 마신 다음 게일로드에 전화를 걸어 식사를 할 수 있는지 어떤지 알아보아야겠다.

그는 그랑비아에서는 식사를 하고 싶지 않았다. 음식도 정말 형편없고, 그것도 시간에 맞춰 가야 한다. 그렇지 않으면 음식이야 어떻든 간에 다 없어지고 만다. 또한 그가 아는 신문기자들이 너무 많아 입을 다물고 있어야만 하는 것이 싫었다. 그는 압생트를 마시고 이야기가 하고 싶어지면 게일로드로 가서 카르코프와 함께 식사를 하고 싶었다. 거기서는 맛 좋은 음식을 먹을 수 있고 진짜 맥주를 마실 수 있으며, 또 전황이 어떻게 돌아가는가를 알 수 있다.

그는 러시아인들이 점령하고 있는 마드리드의 호텔인 게일로드에 처음 갔을 때, 그곳이 미음에 들지 않았다. 왜냐하면 포위당한 도시라고 하기에는 너무 사치스러운 것 같았고 음식도 매우 훌륭했다. 대화도 전쟁에 대해서 너무 냉소적이었던 것이다. 하지만 나는 아주 쉽게 타락해 버렸다고 그는 생각했다. 한데 이런 데 있다가 돌아간다고 해서 될 수 있는 한 맛 좋은 음식을 먹어선 안 된다는 법이 있을까? 그가 처음 들었을 때는 냉소적으로 생각했던 대화만 해도 이젠 훨씬 더 진실한 것으로 판명이 난 것이다. 이번 일은 게일로드에서 이야깃거리가 될 것이라고 그는 생각했다. 이 일이 끝나고 말이다. 그렇다, 이 일이 끝났을 때 말이다.

마리아를 게일로드로 데리고 갈까? 아니, 그럴 수는 없다. 하지만 그녀를 호텔에 남겨 두고 갈 수는 있을 게다. 그러면 그녀는 뜨거운 물에 목욕을 할 수 있고, 그가 게일로드에서 돌아올 때까지 거기 있을 수 있을 게다. 그래, 그렇게 할 수 있을 게다. 그리고 카르코프에게 그녀에 대한 이야기를 한 후 나중에라도 그녀를 데리고 갈 수 있을 게다. 그들이 그녀에게 호기심을 느껴, 보고 싶어 할 테니 말이다.

어쩌면 게일로드 같은 곳엔 전혀 가지 않게 될지도 모른다. 그랑비아에서 일찌감치 식사를 하고 서둘러 플로리다 호텔로 돌아올 수도 있다. 하지만 나는 게일로드로 가고 싶어질 것이 뻔하다. 다시 한 번 거기 가 보고 싶어질 테니까 말이다. 이 일이 끝난 후에 다시 그 음식을 먹고 싶을 테고, 그곳의 안온한 모든 것과 사치스러움이 보고 싶어질 테니 말이다. 그런 다음 플로리다로 돌아오면 거기에는 마리아가 있으리라. 그렇다, 이 일이 끝나면 그녀는 거기에 있을 것이다. 이 일이 끝난 뒤에. 그래, 이 일이 끝난 뒤에 말이다. 이 일을 잘해내기만 한다면 그는 게일로드에서 식사를 할 자격이 있다.

게일로드는 내가 농군이나 노동자 출신의 유명한 스페인 사령관들을 만났던 곳이다. 그들은 이 전쟁 초기에 군사 훈련을 받은 전력도 없이 민중으로부터 군대로 불쑥 튀어나온 자들이었지만, 나중에야 그들 대부분이 러시아 말을 할 줄 안다는 것을 알게 되었다. 몇 개월 뒤에 그것은 그가 처음으로 맛본 커다란 환멸이 되어 버렸다. 그리고 그는 그것에 대해 자조적이 되어 버리기 시작했다. 하지만 어떻게 해서 그러한 일이 일어났는가를 알았을 때 그것도 그럴 수 있는 일이라고 여겨졌다. 그들은 농부나 노동자였음에 틀림없었다. 그들은 1934년 일어난 혁명에서 활약했고 그것이 실패하자 망명해야만 했다. 그리고 러시아에서는 그들을 군사 학교나 코민테른이 운영하는 레닌 연구소로 보냈고, 그래서 그들은 다음번을 위해 싸울 준비를 했으며, 군대를 지휘하기 위해 필요한 군사 교육을 받왔던 것이다.

코민테른, 그곳에서 그들을 교육시켰다. 혁명 중에는 도움을 준 외부인이나 어울릴 수 있는 정도 이상으로 많이 알고 있는 자들을 받아들일 수는 없는 것이다. 그는 그것을 배우게 되었던 것이다. 어떤 일에 있어서 그밑바탕만 옳으면 거짓말 같은 건 별로 문제가 되지 않는다. 진짜 거짓말들이 많지만 말이다. 처음에 그는 거짓말을 싫어했다. 아니, 그걸 증오하기까지 했다. 그리고 얼마 후에는 그걸 좋아하게 되었다. 그것은 내부적인 인간으로서의 한 면모였지만 아주 더러운 일이었다.

엘 캄페시노(농부)라고 불리는 발렌틴 곤살레스가 전혀 농사일을 해 본적이 없고, 스페인 외인부대의 상사로 그 부대를 버리고 압 텔 크림과 싸웠던 자임을 알게 된 것은 게일로드에서였다. 그것도 역시 그럴 수 있는 것이다. 그가 그렇게 되어서는 안 된다는 법이라도 있을까? 이런 종류의 전쟁에선 그러한 농군 지도자들을 써 먹어야만 한다. 진짜 농군 지도자는 어딘가 파블로와 흡사한 인간들에 지나지 않을 진짜 농군 지도자가 나타나기를 기대하기란 불가능한 일이다. 내가 농군 지도자들은 행동할 때 농군의 성질을 드러내기가 일쑤이다. 그 때문에 사람들은 지도자를 제조해 내야 하는 것이다. 내가 검은 턱수염과 니그로처럼 두꺼운 입술, 불타듯 쏘아보는 눈의 캄페시노를 보고 나서의 인상으로는 그도 거의 진짜 농군 지도자들처럼 말썽을 부릴 것이라고 생각했다. 그를 마지막으로 보았을 때, 그는 자신의 평판을 믿고 원래부터 농부였던 양 생각하는 것처럼 보였다. 그는 용감하고 강인한 사내였다. 누구도 그보다 용감한 사람이 없을 것같이 말이다. 하지만 아깝게도 그는 너무 말이 많았다. 그가 흥분했을 때는 그 무분별의 결과가 어떤 것이든 상관 않고 마구 지껄여 대고는 했다. 그래서 말썽을 일으킨 적도 여러 번 있었다. 그는 모든 것이 다 끝장난 것처럼 보이는 그런 상황에서 놀랄 만큼 우수한 여단 사령관이었지만 말이다. 그는 모든 게 다 끝장난 줄 전혀 모르고 있는 것이다. 설사 깨달았다 하더라도 그는 싸워서 물리쳐 버리고야 말 것이다.

러시아 출신의 소박한 석공인 엔리크 리스테르를 만난 것도 역시 게일로드에서였다. 그는 사단을 지휘하고 있었는데 그 역시 러시아어를 할 줄 알았다. 그리고 군단을 지휘하고 있는 안달루시아 출신의 목공 후안 모데스토도 만났다. 그는 푸에르토데산타마리아에서는 절대로 러시아어를 배우지 않았으리라. 거기에 목공들이 다닐 수 있는 베르리츠 어학교가 있었다면 모르지만 말이다. 그는 젊은 장교들 중 러시아인들에게 가장 신임을 받는 장교였다. 왜냐하면 그는, 미국식으로 말하는 것을 자랑스럽게 여기는 러시아인들의 말에 의하면 100퍼센트 진짜 당원이었기 때문이다. 그는 리스터나 앨 캄페시노보다 훨씬 더 영리했다.

확실히 게일로드는 나의 교육을 완성시키기에 필요한 장소였다. 만사가 어떻게 행해져야 한다는 것이 아니라, 어떻게 전부 현실적으로 행해지는가를 내가 배운 곳이다. 그 무렵의 나는 아직 수업을 시작했을 뿐이었다고 그는 생각했다. 앞으로도 쭉 수업을 계속해야 할까? 어떨까? 게일로드는 좋은 곳이다. 올바른 곳이다. 나에게 있어서 없어서는 안 될 곳이다. 내가 아직 여러 가지 어처구니없는 것을 믿고 있던 풋내기 때는 그곳이 나에게 충격을 주었다. 그런데 지금 나는 모든 기만의 필요 불가결한 것을 승인하는 데 충분할 만큼 수업을 쌓았고, 게일로드에서 배운 것은 오로지 내가 올바르다고 믿는 일에 대한 나의 신념을 강하게 해 주었다. 이러이러해야 하리라고 생각되는 것을 아는 것이 아니라 정말로 이래야 한다는 것을 아는 것이 내가 좋아하는 일이다. 전쟁이 한창일 때는 언제나 거짓이 있다. 그러나 리스테르나 모데스토나 '농부'가 얘기하는 진실 쪽이 거짓이나 만든 얘기보다 훨씬 좋다. 하여간 언젠가는 모두들 누구에게나 진실을 얘기하게 되겠지만 그때까지 나에게는 게일로드 같은 것이 있어서 진실을 알 수 있으니 고마운 노릇이다.

그렇다. 마드리드에 가서 책을 사고, 목욕탕에 들어가 한잔 마시고, 한참 동안 책을 읽은 후에 떠날 장소가 그곳이다. 그런데 내가 이러한 계획을 세운 것은 마리아라는 여자가 나타나기 전의 얘기다. 그러나 상관없다. 방을 두 개 빌려 놓을 테니 내가 게일로드로 외출한 동안에 마리아는 자기가 좋을 대로 하고 있으면 될 것이고, 그러는 동안 나는 그곳에서 다시 그녀 곁으로 돌아온다. 그녀는 호텔 플로리다에서 아주 잠깐 동안만 기다리고 있으면 된다. 두 사람은 마드리드에 사흘 동안 있을 수 있으리라. 사흘이라고 하면 아주 여유 있게 지낼 수 있으리라. 나는 그녀를 데리고 오페라좌座로 〈마르크스 형제〉들을 보러 간다. 그 영화는 이미 석 달간 상영

하고 있는데 반드시 앞으로 석 달간은 더 상영을 계속하리라. 오페라좌의 〈마르크스 형제〉들은 반드시 마리아의 마음에 들리라고 그는 생각했다. 그렇다. 아주 마음에 들리라.

그렇다고 하더라도 게일로드에서 이 동굴까지는 대단한 도정道程이다. 아니, 긴 도정은 그것이 아니다. 긴 것은 이 동굴에서 게일로드로 가는 길이다. 카시킨에게 끌려간 것이 그곳으로 간 첫길이었는데 나는 정이 불질 않았다. 카시킨은 나에게 제발 카르코프를 만나라고 말했다. 카르코프는 아메리카 사람과 친구가 되고 싶어 하고, 또 온 세계에서 로페데 베가를 그 사나이만큼 좋아하는 인간도 없었고, '후엔테 오베후나'를 그때까지 씌어진 최고의 희극이라고 생각하는 사나이이기 때문이라는 것이다. 그것은 정말인지 모른다. 그러나 나는 그렇게 생각하지 않는다.

나는 카르코프는 좋았지만 그 호텔은 좋아지지 않았다. 카르코프는 내가 지금까지 만난 사람 가운데 누구보다도 현명한 사나이다. 검은 승마화와 회색 바지를 입고 회색 튜닉을 입었으며, 손발도 작고 얼굴이나 몸은 뚱뚱하게 살이 쪘지만 아주 연약해 보였다. 이빨이 나빠 얘기를 하는 동안 시종 침을 뱉어서 처음 만났을 때는 우스꽝스러운 느낌을 받았다. 그런데 그 사나이는 내가 지금까지 알게 된 어떤 인간보다 머리가 좋았고, 내부에 고귀한 인격을 묵직하게 간직하고 있었는데, 그러면서도 겉보기에는 거만 무례하고 유머가 풍부했다.

게일로드 그 자체도 외설적인 사치 퇴폐로 꽉 차 있는 것처럼 보였다. 그런데 세계의 6분의 1을 지배하는 권력의 대표자들이 약간 향락을 누렸다고 해서 그것이 어째서 나쁘단 말인가? 그렇다. 그들이 향락을 즐기고 있으니까 나도 처음에는 눈에 거슬렸는데 이윽고 그것도 좋으리라고 생각되어 자연스럽게 받아들이게 된 것이다. 카시킨은 이내 개망나니라는 것을 폭로해 버렸고, 카르코프도 최초에는 화가 날 만큼 아주 공손했으나, 내가 점잖은 체하는 연극을 집어 치워 버리고 나 자신이 믿어지지 않을 만큼 우스꽝스럽고 역겨운 음담을 한마디 해 주자, 카르코프 놈도 점잖은 태도를 버리고 한숨 놓은 듯 무례해지고 거만해졌다. 그리고 아예 우리들은 친구가 되어 버렸다.

그곳에서는 카시킨은 어쩔 수 없이 우대를 받고 있었다. 그 카시킨이라는 사나이는 첫눈에도 어딘가 비정상적인 구석이 있었으며, 놈은 그런 면모를 온 스페인 안에 뿌리고 돌아다녔다. 우리들은 그 일에 대해서 그 사나이에게 충고하려고 생각하지는 않았지만, 지금은 죽어 버렸으니까 무슨 말을 해도 상관없으리라. 여하튼 나는 카르코프와 친구가 되었고, 또 그 이상할 만큼 여위고 찌푸린 얼굴, 살갗이 검고 정애가 깊고 신경질적인, 원기도 없을뿐더러 독기도 없는 여자와 친구가 되었다. 여윈 데다 몸맵시 같은 것은 아랑곳하지 않고 흰 머리칼이 섞인 거무칙칙한 머리칼을 짧게 깎은 모습이었다. 그녀는 카르코프의 아내로 전차 부대의 통역으로 일하고 있는 여자였다. 차르코프의 정부와도 친구가 되었는데 그녀는 고양이 같은 눈을 가지고 있었으며, 자줏빛 금발(머리칼을 손질하는 데 따라 때로는 빨간 쪽이 두드러지고 때로는 금빛 쪽이 두드러졌다)과 게으르고 관능적인(사나이들의 몸에 잘 어울리게 생겼다) 육체와 사나이들의 입술에 잘 맞도록 되어 있는 입술, 또 하나 어리석고 야심이 강하며 공화국에 충성스러운 마음을 가지고 있었다. 그 정부는 가십을 좋아하여 때때로 정기적인 단속이 행해지는 뒷골목 세계의 옥신각신을 아주 좋아했는데, 그러한 얘기를 카르코프가 또 무작정 좋아하는 것 같았다. 카르코프는 그 외에 또 한 사람—어쩌면 두 사람—의 아내를 어딘가 전차 군단 가까이에 두고 있다는 소문이었지만 그 누구도 분명히 알고 있지는 않았다. 로버트 조던은 그가 알고 있는 그 아내와 정부, 두 사람 다 좋았다. 그에게 달리 아내가 있는 줄 알고 있었다면 역시 그녀마저 좋아했을 것이 아닌가, 하고 생각했다. 카르코프는 여자에게 취미가 많은 사나이였다.

게일로드의 주차장 밖 계단 아래에는 대검을 총에 꽂은 보초가 서 있어, 오늘 밤에도 삼엄하게 포위당한 마드리드에서는 그곳이 가장 유쾌하고 기분 좋은 장소가 되어 있으리라. 오늘 밤 이런 곳에 도사리고 있지 말고 그곳에 가 있었으면 좋으련만. 하긴 여기만 해도 지금은 예의 수레바퀴가 멈춰 있기 때문에 별로 어떻다는 것은 아니지만. 게다가 눈도 그쳤고.

나의 마리아를 카르코프에게 보여 주고 싶은데, 그전에 우선 허락을 받지 않으면 그녀를 데려갈 수 없다. 게다가 이번 여행에서 돌아가 모두들 그를 어떻게 받아들여 주는지 확실히 알아보지 않으면 안 되리라. 이번 공격이 끝나면 골즈도 그곳으로 갈 것이고, 만약 내가 잘해내면 그 말은 골즈로부터 모든 사람에게 전해지리라. 마리아의 일만은, 골즈도 나를 좋은 얘깃거리로 삼으리라. 나에게는 여자가 없다고 골즈에게 단언해 버린 후이므로.

그는 파블로 앞에 있는 술 단지로 손을 뻗어 컵으로 포도주를 퍼 올렸다. "마시겠소?" 그가 말했다.

파블로는 고개를 끄덕였다. 그는 아마 군사적인 문제를 연구하고 있을 것이다. 대포 구멍 속에서 물거품 같은 명성을 찾는 것이 아니라 저 단지 속에서 문제에 대한 해결을 찾고 있을 것이다. 어쨌든 저 사생아가 하려고만 한다면 이 무리를 끌고 성공적으로 탈출할 수 있을 것이다. 파블로의 모습을 바라보면서 그는 파블로가 미국의 남북전쟁 때 있었다면 어떤 게릴라 지휘자가 됐을까, 하고 생각했다. 그런 지휘자들은 많이 있었을 것이라고 그는 생각했다. 하지만 우리들은 그런 자들에 대해 전혀 모르고 있다. 퀀트릴도, 모스비도, 그의 조부도 아닌 수풀 속이나 헤치고 돌아다니는 이른바 숲 속의 비적匪賊들에 대해서 말이다. 그리고 술에 대해서도. 너는 그랜트가 정말 주정뱅이였다고 생각하는가? 그의 조부는 그가 주정뱅이라고 항상 주장하고는 했다. 항상 오후 4시면 술에 취해 있었고 빅스버그 전투가 있기 전 공격이 한창일 때도 이틀씩이나 곤드레가 되어 있었다는 것이다. 하지만 조부는 가끔씩 깨우기 힘들 지경일 때를 제외하고는 아무리 취했더라도 정상적으로 완벽하게 임무를 수행했다고 주장했다. 깨울 수 있을 때는 그가 정상이었을 때이다.

이 전쟁에서는 여태껏 어느 편이든 그랜트나 셔먼이나 스톤월 잭슨 같은 자는 없었다. 그렇다. 셉스튜어트 같은 자도 없다. 셰리던 같은 자도 없고. 맥클레안스 같은 자는 많이 있지만 말이다. 파시스트 쪽에는 맥클레안스 같은 자들이 많다. 그리고 우리 편에도 적어도 세 명쯤은 있다.

확실히 나는 이번 전쟁에선 어떠한 천재적인 군인도 보지 못했다. 단 한 사람도 보지 못했다 그 비슷한 자도 본 일이 없다 클레버, 루차스, 한스, 이 세 사람은 국제 혼성 여단을 지휘하여 마드리드 방위전에서 각각 훌륭하게 활약했다. 다음으로는 그 대머리에 안경을 걸치고 자부심이 강한 데다 부엉이같이 우매한, 얘기를 해 보면 전연 지적인 구석이 없는 황소처럼 용감하고 말 없는, 그리고 선전만으로 영웅 취급을 받고 있는 마드리드 방위 사령관인 미아하로서, 클레버의 평판이 좋은 것을 질투하여 러시아 측에 강요해서 클레버의 지휘권을 빼앗고 그를 발렌시아로 쫓아 버렸다. 클레버는 훌륭한 군인이었다. 하지만 그는 속이 좁은 데다 자신에게 부여된 임무에 비해 너무 떠벌려 댔다. 골즈는 우수한 사령관이고 훌륭한 군인이지만 항상 하위 계급에만 머물렀고, 그에게 자유자재로 행동할 수 있는 지휘권은 주어지지 않았다. 이번 공격은 이제까지 그의 공격 중에 가장 큰 공격이 될 것이다. 로버트 조던은 공격에 대해서 들은 이야기가 별로 마음에 들지 않았다. 그리고 헝가리인 골이 있다. 그는 게일로드에서 들은 이야기가 절반쯤만 믿을 수 있는 것이라면 마땅히 총살당해야 할 자였다. 로버트 조던은 게일로드에서 들은 이야기의 10퍼센트만 믿을 수 있더라도 총살시켜야 한다고 생각했다.

그는 이탈리아군을 격파했던 과달라하라 저편 고원에서의 전투를 봤었더라면, 하고 생각했다. 하지만 그때 그는 에스트레마두라에 내려가 있던 것이다. 한스는 2주일 전 어느 날 밤인가 게일로드에서 그 이야기를 해준 적이 있었다. 이탈리아군이 트리후에케 부근의 전선을 돌파했을 때, 정말로 패배할 뻔한 적이 있었다. 이탈리아군이 토리하와 브리후에가 사이의 도로를 차단했다면 12여단은 연락이 두절될 뻔한 것이다. "하지만 그게 이탈리아군임을 아는 우리들은." 한스가 말했다. "다른 군대와 싸울 때라면 용서될 수 없는 계략을 사용했던 거야. 그리고 그것이 보기 좋게 들어맞은 거지."

한스는 군사 지도를 펴 놓고 그에게 모든 것을 보여 주었다. 한스는 늘 지도를 넣는 케이스에 그것을 넣어 가지고 다녔다. 언제 봐도 그 기적적인 전투에 대해서 놀랍고 행복한 모양이었다. 한스는 우수한 군인이었으며 훌륭한 친구였다. 한스는 리스테르나 모데스토, 그리고 캄페시노의 스페인 군대는 그 전투에서 잘 싸웠다고 한스가 얘기해 주었다. 그리고 그것은 그들의 지휘관과 강화된 훈련 덕분이라고 말했다. 하지만 리스테르나 캄페시노, 그리고 모데스토는 여러 번의 공격에서 러시아 군사고문단의 지시에 따라야 했던 것으로 전해지고 있다. 그들은 마치 잘못이 있을 때마다 조종사가 옆에서 교정해 주는 이중 조종의 비행기를 조종하는 학생들과 같았다는 것이다. 그렇다. 금년에는 그들이 얼마나 많이, 얼마나 훌륭하게 배웠는가를 보여 줄 것이다. 얼마 후엔 이중 조종이 없어질 것이고, 그러면 우리들은 그들이 단독으로 사단과 군단을 어느 정도 지휘할 수 있는가를 알게 될 것이다.

그들은 공산주의자들로 훈련을 중시하는 자들이다. 그들이 베푼 훈련은 훌륭한 군대를 만들어 내리라. 리스테르는 훈련에 있어서 살인적이라 할 만하다. 그는 정말 광적이고, 생명 따위를 가볍게 여기는 스페인 기질을 완전히 갖추고 있다. 타타르인이 최초로 서구에 침입한 후 그 사나이의 지휘하에 있는 군대만큼 이유 없이 간단히 처벌된 인간은 아마 없으리라. 하지만 그는 사단을 전투 단위로 만드는 방법을 알고 있었다. 진지를 지키는 것과 진지를 공격해서 점령하는 것은 별개의 문제다. 그리고 야전에서 군대를 움직인다는 것은 여느 일과는 전연 다른 대단한 일이다—라고 로버트 조던은 테이블에 앉아 생각했다. 내가 그에게서 본 바로는, 일단 이중 조정이 폐지되고 나서 리스테르가 어떻게 될까가 의문이다. 하지만 이중 조종은 폐지되지 않을 것이라고 그는 생각했다. 그것이 없어질지 존속할지는 의문이다. 혹은 강화될 것인가? 이 전쟁 전체에 대한 러시아인들의 입장은 어떻게 되어 있을까? 역시 게일로드다, 라고 그는 생각했다. 지금은 게일로드 이외의 곳에서는 알 수가 없는 일이며, 더구나 나는 알 필요가 있는 일이 정말로 많다.

한때 그는 게일로드가 그에게는 좋지 않은 곳이라고 생각했다. 그곳은 벨라스케스 63호—이 수도의 국제 군단의 대본영이 된 마드리드의 궁전—의 청교도적·종교적인 공산주의자들과는 정반대의 곳이다. 벨라스케스 63호에서 군대는 마치 교단敎團의 일원이다—그리고 게일 로드에 있는 해체된, 새 군대들이 각 여단에 배속 당하기 전에 소속하는 제5연대 본부에서 느끼던 감정과는 거리가 먼 것이다.

이런 두 군데에서 내가 느낀 것은 십자군에라도 참가한 듯한 기분이었다. 오직 그러한 말만이 딱 어울린다. 그러한 말은 너무 자주 입에 오르고 남용되어 더 이상 그 진정한 의미를 나타내지 못하지만 말이다. 모든 관료주의와 비능률성에도 불구하고, 첫 번째 성찬 배수식을 할 때 느낄 수 있으리라 기대했건만 실제로는 느낄 수 없는 감정 같은 것을 느끼게 되는 것이다. 그것은 전 세계의 모든 피압박자에 대한 의무에 몸을 바치고 있다는 감정이며, 종교적인 경험과 같이 얘기하기가 곤란하고 부끄럽기도 하다. 더구나 바흐의 음악을 들었을 때, 샤르트르의 대사 원 또는 레온의 대사 원 속에 서서 거대한 창으로부터 비쳐 드는 광선을 바라보았을 때, 혹은 프라도 안에서 만테냐나 그레코, 브뤼겔의 그림을 보았을 때 맛보는 그 뚜렷하고 장대한 감정과 비슷하다. 그것은 내가 완전히 믿을 수 있는 것 중에서 나에게 하나의 역할을 주었고, 그것에 종사하는 다른 사람들과의 사이에 절대적인 동포애를 맛보게 해 주었다. 그때까지 내가 전연 몰랐던 것이긴 하지만 지금은 그것을 경험한 데다 커다란 중요성을 부여하고 충분히 이유를 붙일 수 있으므로 자신의 죽음조차 아무것도 아닌 것이돼 버린 것이다. 죽음은 단지 의무 이행을 방해하는 것이니까 피하지 않으면 안 되는 것에 불과하다. 그러나 가장 고마운 것은 이 감정과 필요에 대해서 나도 무엇인가 할 수 있었다는 것이다. 나는 싸울 수 있었다.

그래서 너는 싸웠다고 그는 생각했다. 그러자 그렇게 싸우는 동안, 얼마 지나지 않아 그 투쟁 속에서 살아남았고, 투쟁을 훌륭하게 한 동지에 대한 순수한 감정을 잃고 말았다. 그것은 최초의 6개월이 다 차기도 전의 일이었던 것이다.

하나의 진지를 지킨다는 것, 하나의 도시를 사수한다는 것은, 전쟁 중에서 그 첫 번째 종류의 감정을 맛볼 수 있는 부분이다. 산속에서의 투쟁도 그렇게 해서 행해졌다. 그들은 산속에서 혁명의 참다운 동지애를 가지고 싸웠다.

산속에서 첫 훈련을 행할 필요가 있었던 무렵에는 그것을 긍정하고 이해했다. 포탄이 작렬하는 아래에서 병사들은 겁쟁이가 되어 탈주했다. 그는 사람들이 사살당하고 길바닥에 버려져 퉁퉁 붓게 되고, 가지고 있는 무기나 귀중품을 빼앗기는 일 이외에는 무엇 하나 관심을 두지 못하는 것을 보았다. 그들의 무기나 장화, 그리고 보드라운 가죽 외투를 빼앗아 가는 것은 나쁜 일이 아니다. 돈이 될 수 있는 것을 빼앗아 가는 것은 감상적이 아니라는 것이다. 빼앗을 마음이 우러나지 않는 것은 무정부주의자뿐이다.

탈주하는 군대들을 사살하는 것은 올바른 일, 당연한 일, 필요한 일이라고 생각되었다. 조금도 잘못은 아니다. 놈들이 도망친 것은 이기주의다.

파시스트들이 공격해 왔을 때, 우리들은 그 과다라마 산허리의 회색 바위와 키가 작은 소나무, 가시금작화의 숲을 방패 삼아 비탈에서 적을 막았다. 우리들은 비행기의 폭격 아래서, 또 적이 포병으로 공격해 왔을 때는 그 포격 아래서 도로를 사수해 냈고, 그날 저녁때까지 살아남은 자가 적을 격퇴했다. 후에 적이 바위나 숲 속을 빠져서 왼쪽으로 내려오려고 했을 때 아군은 요양소 안에서, 창이나 지붕에서 사격하면서—하기야 적은 건물 양쪽으로 통과해 버렸지만—끝끝내 지켜냈고, 포위당한다는 것이 어떠한 것인가를 뼈저리게 체험하면서 살아남은 것이다. 그리고 겨우 반격하여 다시 한 번 적을 도로 저쪽까지 완전히 쫓아 버린 것이었다.

그러한 전투 속에서, 목도 입도 바싹바싹 메마를 것 같은 공포 속에서, 산산이 부서진 회벽이 흩어져 날리고 갑자기 벽이 허물어져 이제 죽었구나 생각하며 포탄이 작렬하는 섬광과 굉음 속에서 맥없이 쓰러지면서, 기관총을 치우고 총좌統座에 달라붙어 있는 사나이를 끌어 옆쪽으로 밀어내면서, 벽토를 뒤집어쓰고 엎어지면서, 머리를 방어물의 그늘 속으로 쑤셔박고 부서진 탄약통을 끌어내면서, 다시 한 번 탄띠를 똑바로 펴면서, 이번에는 방어물의 그늘에 곧바로 엎어져 도로 쪽을 겨냥하면서—너는 그때 할 일을 했고, 네가 잘못되지 않았다는 것을 깨달은 것이다. 너는 입 안이 바싹바싹 말라 버리는 듯한 공포를 느꼈고, 모든 것을 씻어 흘려버리는 싸움 때의 망아忘我를 배웠다. 그 여름과 그 가을을 온 세계의 모든 가난한 사람들을 위해서 싸웠고, 모든 압제에 대항하여 싸웠으며, 네가 믿는 일체의 것을 위해서 그곳으로 진격하도록 교육된 신세계를 위해서 싸웠다. 그해 가을, 추위와 비와 진창 속에서 호를 파고 방벽을 구축하는 오랜 동안의 고통을 어떻게 견뎌 내고, 어떻게 무시해 버리는가를 너는 배웠다. 그리고 그해 여름과 가을에 맛본 그 감정은, 피로와 졸음과 신경의 흥분과 불쾌와의 깊은 밑바닥에 파묻어 버렸다. 그런데 그 감정은 지금도 있다. 네가 통과해 온 모든 일은 단지 그것을 확실하게 하는데 도움이 될 뿐이었다. 그는 생각했다. 네가 깊고 건전한, 사심私心이 없는 자랑을 갖게 된 것은 그러한 나날 중이었고, 그것이 게일 로드에 있을 때의 너에게 한심한 지루함을 느끼게 한 것이다. 갑자기 그는 이렇게 생각했다.

아니, 나는 그 무렵 게일로드에 갔을 때 그처럼 선량한 인간이었던 것은 아니다, 하고 그는 생각했다. 나는 너무 마음이 순진해져 버렸던 것이다. 어쨌든 그때 게일로드는 지금 같지 않았다. 그렇다, 사실 지금 같지는 않았다. 전혀 지금 같지 않았다. 그때엔 게일로드다운 것은 하나도 없었다. 카르코프는 그에게 그때의 얘기를 해 주었다. 그때 러시아에서 온 사람들은 펠리스 호텔에서 묵고 있었다. 로버트 조던은 그때 그들 중 누구도 아는 사람이 없었다. 그것은 첫 번째 파르티잔 부대가 편성되기 전이었다. 카시킨과 다른 사람을 만나기 전이었던 것이다. 카시킨은 북쪽인 이룬과 산세바스티안에 있으면서 빅토리아를 목표로 실패투성이의 전투를 하고 있던 때였다. 그 사나이가 마드리드로 온 것은 1월이 되어서였다. 그리고 로버트 조던이 카라반첼과 우세라에서 싸우던 그 사흘 동안에, 아군은 마드리드에 대한 반정부군의 우익 공격 부대를 저지하고 무어인을 추방하고, 파괴된 교외의 집에서 집으로 이 잡듯이 청소를 하여 햇볕에 탄 회색 고대高臺 끝까지 가서 그곳에 방어선을 치고 시의 한 모퉁이를 지키게 된 것이다. 마침 그 무렵 카르코프는 마드리드에 있었다.

카르코프는 그때의 일을 얘기할 때만은 냉소적이 아니었다. 그 사흘 동안 누구나가 모든 것이 끝났다고 생각했다. 그런데 그 사흘 동안에 누구나가 모두, 어떠한 인용구나 미사여구보다도 모든 것이 끝났다고 생각했을 때 자기가 어떠한 활동을 해야 하는가를 알았고, 아직 그것을 잊지 않고 있는 것이다. 정부는 시를 버리고 도망쳤다. 그 도망을 위해 육군성 소속의 자동차를 전부 가지고 가 버렸기 때문에 늙은 미아하 사령관은 자전거를 타고 방위 전선을 시찰하지 않으면 안 되었다 한다. 로버트 조던에게는 믿을 수 없는 얘기였다. 아무리 애국자적인 상상력을 동원해 봐도 자전거를 탄 미아하를 떠올릴 수 없었는데, 카르코프는 그것이 사실이었다고 말했다. 하기야 그는 그때 러시아 신문에 그 일을 발표한 뒤였기 때문에 그것이 사실이라고 믿고 싶었을지도 모른다.

하지만 카르코프가 쓰지 않은 또 다른 얘기가 하나 있다. 그는 펠리스 호텔에다 그가 책임지지 않으면 안 될, 부상당한 세 사람의 러시아인을 숨겨 두고 있었다. 두 사람은 탱크 운전사였고 한 사람은 비행기 조종사였는데 움직이지조차 못할 정도의 중상이었다. 그때는 러시아가 간섭하고 있다는 증거를 조금이라도 보여 파시스트 국가 측에 공공연히 간섭할 구실을 주지 말아야 했기 때문에, 수도를 포기할 경우 이들 부상자가 파시스트 군에 넘어가지 못하도록 하는 것이 카르코프의 책임이 되어 있었던 것이다.

수도를 버려야 할 처지에 이르면 카르코프는 그들 세 사람에게 독약을 마시게 하고 펠리스 호텔을 떠나기 전에 세 사람의 신원에 대해서 일체의 증거를 인멸하게 되어 있었다. 누구든 부상자 세 사람의 시체에서—한 사람은 하복부에 세 발의 탄환을 맞았고, 한 사람은 턱을 꿰뚫려 성대가 노출되었다. 한 사람은 허벅다리 뼈가 포탄에 분쇄당했으며, 얼굴도 손도 화상을 입은 데다가 눈썹, 속눈썹, 머리칼이 다 타 버렸기 때문에—그들을 러시아인이라고 증명할 수는 없으리라.

그 누구든, 펠리스 호텔의 침대에 그가 버려두고 온 이 세 사람의 상처투성이 시체가 러시아인이라고 단정할 수는 없으리라. 벌거숭이로 죽은 인간이 러시아인인 것을 증명할 만한 것은 무엇 하나 없었다. 한 번 죽어 버리면 국적도 정치상의 입장도 알 도리가 없어져 버리는 것이다.

로버트 조던이 카르코프에게, 어떻게 해서든지 그것을 실행할 필요가 있다고 생각했을 때 어떤 마음이 들었는가라고 묻자, 카르코프는 그렇게 예상하지는 않았다고 대답했다. "드디어 그 일을 해내야 할 때에는 어떤 마음이었는가?"로버트 조던은 이렇게 묻고 나서 덧붙였다. "갑자기 남에게 독약을 먹게 하기란 손쉬운 노릇은 아닐 테니까." 그러자 카르코프는 말했다. "맞아. 독약을 지니고 다니는 것은 대개의 경우, 자기가 마시기 위해서니까." 그리고 그는 여송연갑을 열어, 그 한쪽 면에 지니고 다녔던 것을 로버트 조던에게 보였다.

"그런데 자네가 사로잡혔을 때, 적이란 놈이 제일 먼저 하는 짓이 담배쌈지를 빼앗는 일이 아닌가." 로버트 조던은 말했다. "자네에게 두 손을 들게 하고 말이야."

"그런데 나는 여기에도 조금은 가지고 있어." 카르코프는 싱긋이 웃고 나서 상의의 깃을 뒤집어 보였다. "단지 이렇게 깃을 뒤집어 입 안에 쑤셔 넣고 씹어 삼켜 버리면 끝장나는 거야."

"그 편이 훨씬 좋은 방법이군." 로버트 조던은 말했다. "어떤가, 역시 탐정소설에 있는 것처럼 쓴 편도扁挑 냄새가 나는가?"

"모르겠어." 차르코프는 유쾌한 듯이 말했다. "냄새를 맡은 적이 한 번도 없기 때문에 말이지. 튜브를 조금 찢고서 맡아 볼까?"

"아니, 그대로 놔두는 것이 좋아."

"그렇군." 카르코프는 여송연갑을 집어넣었다. "나는 패전주의자가 아냐. 자네는 알고 있겠지만. 그러나 다시 그렇듯 중대한 경우에 처해, 어디에서도 이것을 입수할 수 없게 될 가능성은 항상 있는 거야. 코르도바 전선에서의 성명서를 자네는 읽었는가? 그것은 정말로 명문名文이야. 모든 성명서 중에서 나는 그것이 제일 좋아."

"뭐라고 씌어 있었나?" 로버트 조던은 코르도바 전선에서 마드리드로 왔기 때문에, 자기는 얼렁뚱땅 속여 넘겨도 다른 자에게는 속아 넘어가기 싫은 사항에 대해 농담을 들었을 때 흔히 품게 되는 딱딱한 기분이 돼 버렸다.

"가르쳐 주게."

"Nuestra gloriosa tropa siga avanzando sin perder ni una sola plama de tertreno." 카르코프는 그 독특하고 괴상한 스페인어로 말했다.

"정말로 그런 말이 씌어 있었는가? 그렇지 않겠지?" 하고 로버트 조던은 믿지 않았다.

"우리의 무훈이 혁혁한 부대는 한 치의 땅도 잃음이 없이 전진을 계속하고 있다."고 카르코프는 이번에는 영어로 다시 한 번 되풀이했다. "이런 성명서야. 찾아서 자네에게 가져다주겠네."

포조블랑코 부근의 전투에서 전사한 친구들의 일이 나에게는 잊혀지지 않는다. 그런데 그것이 게일로드에서는 한 좌석의 농담으로밖에는 취급되지 않는다.

즉, 현재의 게일로드는 그런 곳이다. 하지만 게일로드 같은 곳이 항상 있었던 것도 아니며, 현재의 정세가 동란 초기에 살아남은 사람들 틈에서 게일로드 같은 곳을 생겨나게 했다면 나는 게일로드를 구경하고 그에 대해서 알게 되는 것을 좋아한다. 너는 산속이나 카라반첼이나 우세라에서, 네가 느꼈던 것으로부터 훨씬 멀리 떨어져 버렸던 것이다, 라고 그는 생각했다. 너는 참으로 간단히 타락한다. 그런데 그것이 과연 타락인가, 아니면 초기의 순진함을 잃어버리고 말았을 뿐인가? 매사에 있어 똑같은 것이 아닐까? 젊은 의사든 젊은 신부든 또는 젊은 군인이든, 처음의 그 일편 단심을 일할 때에 줄곧 지닐 수 있는 인간이 있을 것인가? 신부들은 물론 계속 지닐 수 있으리라. 그렇지 않으면 신부를 그만둬 버리리라. 어쩌면 나치스의 무리들도 계속 지닐 수 있을는지 모른다—그는 생각했다. 그리고 엄하고 철저한 자기 훈련을 몸에 익히는 공산주의자들도. 그러나 카르코프를 보라.

그는 카르코프의 입장을 생각하는 데 물려 버린 일이 없었다. 마지막으로 그가 게일로드에 갔을 때, 카르코프는 오랫동안 스페인에 있는 영국 학자의 논문에 대해 멋진 비평을 했다. 로버트 조던은 이 사람이 쓰는 것을 이미 몇 년 동안이나 읽어 와서, 그의 인품에 대해서는 전혀 아는 것이 없으면서 항상 존경심을 품어 왔다. 그러나 그 사람이 스페인에 대해서 쓴 것에는 그다지 호의를 가질 수가 없었다. 그것은 너무나 명석하고 단순한 데다가 앞뒤가 잘 맞아 들어가, 그가 알고 있는 통계의 대부분은 생각하기 좋도록 사실을 왜곡했기 때문이다. 그래도 그는 자기가 정말로 알고 있는 나라에 대해서 쓴 잡지 논문이 자신의 흥미를 끄는 일은 보기 드물다고 생각했으며, 또 필자의 의도 때문에 그 인물을 존경했다.

그런데 드디어 어느 날 오후, 자기편의 카라반첼 공격 때 그는 그 필자를 만난 것이다. 마침 자기편이 투우장의 관람석을 방패 삼아서 가만히 웅크리고 있을 때, 두 곳의 큰길에서 사격 소리가 들리고 그들은 공격 시기를 기다리며 안절부절 못하고 있었다. 한 대의 전차가 오게 되어 있었는데도 오지 않았기 때문에 몬테로는 앉은 채, 한 손으로 머리를 감싸 안고 "아직 전차가 안 온다. 아직 전차가 안 온다." 계속 지껄였다.

추운 날인 데다 노란 흙먼지가 큰길을 휩쓸고 있었다. 몬테로는 왼쪽 팔꿈치를 맞아 팔을 쓰지 못했다. "전차가 오지 않으면 안 된다." 그는 말했다. "전차를 기다리지 않으면 안 될 형편이지만 이젠 기다릴 수가 없다." 상처가 그의 말을 거칠게 만들었다.

몬테로가 전차戰車는 전차電車 선로가 있는 모퉁이의 아파트 건물 그늘에 주차하고 있을지도 모른다고 했기 때문에 로버트 조던은 되돌아가서 찾아 헤맸다. 전차는 무사히 그곳에 있었다. 그러나 그것은 전차가 아니었다. 스페인 사람은 그 무렵에는 무엇이든 전차라고 불렀던 것이다. 그것은 낡아 빠진 장갑차였다. 운전사가 그 아파트 모퉁이를 떠나 투우장으로 차를 몰고 가는 것이 싫어서 세워 둔 것이었다. 운전사는 자동차의 차대車臺 앞에 서서 팔짱을 끼고 가죽을 씌운 헬멧을 쓴 채 팔로 머리를 괴고 있었다. 로버트 조던이 말을 걸자 고개를 저으며 머리를 들려고도 하지 않았다. 그리고 로버트 조던 쪽을 보지 않고 외면해 버렸다.

"그곳까지 가라는 명령은 받지 않았어요." 그는 무뚝뚝하게 말했다.

듣기가 무섭게, 로버트 조던은 권총을 가죽집에서 꺼내 총구를 운전사의 가죽 외투에다 들이댔다.

"이것이 명령이다." 그는 말했다. 사나이는 축구 선수가 쓰는 것 같은 가죽 커버를 씌운 헬멧의 머리를 저으면서 말했다. "기관총 탄환이 없습니다."

"탄환은 투우장에 있어." 로버트 조던은 말했다. '자아, 가자. 그쪽으로 가서 탄대에 탄환을 장전하자. 자아, 가자."

"기관총 사수가 없습니다." 운전사는 말했다.

"어디로 갔나? 자네 동료는?"

"죽었소." 운전사는 말했다. "이 속에 있습니다."

"밖으로 끌어내." 로버트 조던은 말했다.

"차에서 끌어내지 않으면 안 돼."

"손을 대기조차 싫습니다." 운전사는 말했다. "더구나 기관총과 차바퀴 사이에 엎어져 있기 때문에 저쪽으로 빼낼 수가 없습니다."

"자아, 이리로 와." 로버트 조던은 말했다.

"둘이서 함께 밖으로 끌어내자."

장갑차의 내부로 끼어들 때 그는 머리를 어딘가에 부딪혀, 눈썹 위에 조그만 열상裂傷을 입었다. 피가 얼굴 위로 흘렀다. 죽은 사나이는 몹시 무겁고 굳어 있었기 때문에 몸을 구부릴 수가 없었다. 따라서 좌석과 차바퀴 사이에 엎어진 채로 끼어 있는 시체를 밖으로 끌어내기 위해서는, 사나이의 머리를 쾅쾅 두드리지 않을 수가 없었다.

겨우 시체의 머리 아래로 자기의 무릎을 들이밀어 끼어 있는 머리를 자유롭게 할 수 있었기 때문에 사나이의 동체를 뒤쪽으로 잡아당겨 겨우 출입구께까지 끌어냈다.

"손 좀 빌려." 그는 운전사에게 말했다.

"그 사나이에게는 손을 대고 싶지 않습니다." 운전사는 말했다.

로버트 조던이 보니 울고 있었다. 눈물이 초연硝煙으로 인해서 거무칙칙하게 더러워진 코의 양쪽, 얼굴의 옆면으로 흐르는 데다 콧물까지 흘리고 있었다.

문 곁에 서서 그는 죽은 사나이를 쑥 끌어냈다. 사자死者는 아직 등을 동글게 한 채 둘로 꺾였던 아까의 자세대로 전차 선로 옆의 보도로 데굴데굴 떨어졌다. 시멘트의 보도에 납 같은 잿빛 얼굴을 쑤셔 박고 자동차 안에서처럼 두 손을 가슴 아래께에서 접은 채, 사나이는 그곳에 자빠져 있었다.

"자아, 우물쭈물하지 말고 안으로 들어와." 로버트 조던은 그때 운전사에게 권총을 들이대고 손짓을 하면서 말했다. "자아, 안으로 들어와."

그때 마침 아파트의 건물 그늘에서 나온 그 사나이를 만났다. 긴 외투를 입었으며, 모자를 쓰지 않았고, 백발에다가 광대뼈는 컸으며 눈은 움푹 패어 들어가 있었고 미간이 아주 좁았다. 그는 한 손에 체스터필드의 상자를 들고 있었는데, 그중 한 개를 장갑차의 운전사를 권총으로 위협하여 차 안으로 끌어들이려고 하는 로버트 조던 쪽으로 내밀었다.

"잠깐 실례합니다만, 동지." 그는 스페인어로 로버트 조던에게 말했다. "전투 상황을 가르쳐 줄 수 없습니까?"

로버트 조던은 여송연을 받아 들어 입고 있던 푸른 기사용의 잠바 위 포켓에 집어넣었다. 그는 이 동지가 누구인가를 사진을 통해 알고 있었다. 그는 영국인 경제학자였던 것이다.

"똥이나 처먹어라, 쌍!" 그는 영어로 말한 다음 스페인어로 장갑차의 운전사에게 말했다. "저기다. 저 투우장이야. 알겠나?" 그리고 육중한 옆문을 쾅 닫고 그대로 긴 경사를 내려갔다. 탄환이 자동차에 맞기 시작했고, 쇠 보일러에 조약돌이 날아와 맞은 것 같은 소리가 났다. 이어서 기관총이 향해지자 망치로 두드리는 듯한 날카로운 소리가 났다. 작년 10월의 포스터가 매표장 곁에 붙어 있는 투우장까지 오자 동지들이 탄약 상자를 열고, 손에 총을 들고 벨트나 포켓 속에 있는 수류탄을 쥔 채 대기하고 있었다. 몬테로는 "좋아. 전차가 왔다. 이것으로 공격을 시작할 수 있다."라고 말했다.

　그날 밤 늦게, 아군은 언덕 위의 집들을 전부 점거했다. 그는 곳곳에 구멍을 뚫어, 총안銃眼을 만든 벽돌 벽 뒤에 편안히 드러누워 적과의 사이에 펼쳐져 있는 아름답고 평평한 싸움터를 바라보았다. 파시스트 군이 물러간 벼랑 쪽을 바라보면서 거의 방자하다고 해도 좋을 만한 기분으로 아군의 좌익을 보호하고 있는 높은 언덕, 그곳에 있는 부서진 저택에 대해서 생각해 보았다. 그는 땀투성이가 된 의복 위에다 모포를 둘둘 만 몸을 뒤척이면서, 쌓아 올린 짚 더미 위에 누워 있었다. 그는 누운 채 그 영국인 경제학자에 대한 것을 생각해 내고는 웃었다. 그러던 중 난폭한 말을 써서 안됐다는 생각이 들었다. 그러나 그 순간, 마치 정보를 듣기 위한 팁이라도 내미는 듯한 모습으로 학자가 그에게 여송연을 내밀었을 때에는 전투원에 대한 모욕으로 여겨져 도저히 참아 넘길 수 없었다.

　지금 그는 게일로드에서, 그 사나이에 대해 카르코프가 얘기한 것이 생각났다.

　"그래, 그때였었군. 자네가 만난 것은." 카르코프는 말했다. "그날 나는 프엔테데툴레도까지밖에 가지 않았어. 그 사나이는 아주 전선 가까이까지 갔었군. 확실히 그날은 그 사나이가 용감했던 마지막 날이야. 다음 날 그 사나이는 마드리드를 떠나 버렸어. 가장 용감했던 것은 아마 툴레도에 있을 때였겠지. 툴레도에서는 대단했어. 알차자르 공략 때 그는 계획자의 한 사람이었지. 툴레도에 있을 때의 그 사나이를 자네에게 보이고 싶군. 우리들의 공격이 성공한 것은 확실히 그 사나이의 노력과 진언에 힘입은 바 컸다고 생각 돼. 그것은 이번 전쟁에 있어 가장 어리석고 졸렬한 부분이었지. 그야말로 우열優劣의 극치에 달해 있었는데 말일세. 어떤가? 그 사나이를 아메리카에서는 어떻게들 생각하고 있는가?"

　"아메리카에서는 모스크바와 상당히 접근한 것처럼 여겨지고 있네."

　"그런데 그것이 아주 잘못된 거야." 카르코프가 말했다. "그런데 그 사나이는 훌륭한 용모의 소유자야. 그 용모와 풍채로 완전한 성공을 거두었지. 그런데 나로 말할 것 같으면 이런 상판으론 아무것도 할 수가 없단 말이야. 내가 해 낸 일은 민중을 열광시키거나 감동시키거나 신뢰를 주지 못한단 말이야. 내 상판치고는 그만해도 잘해 냈다고 할 수 있겠지. 나에 비해서 그 미첼이라는 사내의 얼굴은 그것 자체가 훌륭한 재산이야. 그것이야말로 반역자 상통이지. 책으로 반역자의 얘기를 읽은 적이 있는 놈은 이내 그 사내를 신용해 버리지. 동시에 그 사나이의 풍채와 거동도 의심할 여지가 없는 반역자의 그것이야. 누구든 그 사나이가 방 안으로 들어오는 것을 보기만 하면, 당장에 제일류의 반역자를 만났다는 기분이 될 거야. 자네 나라의 부자들 가운데, 감상적으로 자기들이 믿고 있는 소비에트 연방을 원조하려 하거나, 당의 최종적 성공에 대해 자기들의 입장을 보중해 두고 싶다고 생각하는 무리들은 그 사내의 얼굴과 풍채를 보면, 그야말로 코민테른의 가장 신뢰받는 대변자라고 생각해 버릴 거야."

"그 사나이는 모스크바와 아무런 연락도 없나?"

"전연 없네. 알겠나? 조던 동지, 자네는 바보 중에 두 종류가 있다는 것을 알고 있나?"

"정직한 바보와 비열한 바보 말인가?"

"아니야. 러시아에 있는 두 종류의 바보에 대해서 말이야." 카르코프는 싱글벙글 웃으면서 얘기하기 시작했다.

"그 첫째 종류는 겨울철 바보지. 겨울철 바보는 남의 문으로 가서 큰 소리 나게 문을 두드리지. 자네의 경우 문으로 가서 그 사나이를 보나, 지금까지 한 번도 만난 일이 없는 사내란 말이야. 보기에 그는 남의 마음을 끌어당기지. 거인으로서 털외투에 긴 장화를 신고, 가죽 모자를 쓰고 눈으로 하얗게 되어 있단 말이야. 처음에 그는 발을 굴러 장화에서 눈을 헐어 내지. 그리고 외투를 벗어 휘두르자 더 많은 눈이 떨어지지. 이번에는 가죽 모자를 벗어 문에다 탕탕 두드리거든. 모자에서 눈이 많이 떨어지지. 그리고 놈은 다시 한 번 장화 발을 구른 다음 방 안으로 들어온단 말이야. 그 때 자네가 그 사나이의 얼굴을 보니까 바보란 말이야. 즉, 이것이 겨울철 바보지. 여름철 바보는 거리를 걸어. 팔을 휘두르면서 모가지를 이리저리 움직이니까, 누구라도 200미터 떨어진 곳에서 바보라는 것을 알 수 있지. 그것이 여름철 바보야. 그 경제학자는 바로 겨울철 바보란 말이야."

"그런데 무슨 까닭으로 스페인에서 그 사나이는 남들로부터 신용을 받고 있나?" 로버트 조던은 물었다.

"놈의 얼굴이지." 카르코프는 말했다. "그 훌륭한 반역자 상판 때문이지. 그리고 어딘가, 몹시 신용을 받고 중요시되는 곳에서 지금 막 왔다는 듯한 태도를 취하는 그 사나이의 귀중한 계략 때문이지." 카르코프는 미소를 띠었다. "물론 그 사나이는 그 계략을 써먹기 위해 1년 내내 여행을 하지 않으면 안 되지만 말이야. 자네도 알다시피 스페인 사람이란 몹시 괴상한 족속이니까." 카르코프는 얘기를 계속했다. "이 나라 정부는 큰 부자야. 막대한 돈을 가지고 있어. 그런데 정부 놈들은 자기편에서 아무것도 주려고 하지 않아. 가령 자네가 그들 편이라고 하자. 그러니까 자네에겐 돈을 주지 않지. 자네는 보수를 요구하지 않고 일하니까, 구태여 보수를 줄 필요가 없는 거야. 그런데 가령 세력이 있는 회사라든가, 우호적은 아니지만 길들여 둘 필요가 있는 나라라든가 대표하고 있는 인간들에 대해서는 돈을 듬뿍 주지. 가만히 보고 있으려니 정말로 재미있는 일이 있어."

"나도 그런 건 좋아하지 않아. 그리고 그 돈만 하더라도 스페인 노동자의 것이 아닌가."

"설마 자네가 그런 것을 좋아하리라고는 생각지 않네. 단지 자네가 이해해 주었으면 할 뿐이야." 카르코프는 말했다. "나는 자네를 만날 때마다 조금씩 무엇인가를 가르쳐 주고 있어. 그러니까 자네는 결국 그 가르침에 의해서 교육되겠지. 대학교수쯤 되면, 교육을 받는 것도 아주 흥미 있는 일이 아니겠나."

"나는 귀국하더라도 교수가 될는지 어떨지 몰라. 필경 빨갱이로 몰려 쫓겨나게 될 테니까 말이지."

"흠, 아마 자네는 소비에트 연방으로 가서 자기의 연구를 계속할 수가 있겠지. 그것이 자네에겐 가장 좋을지도 몰라."

"하지만 내 전문은 스페인어일세."

"스페인어를 쓰는 나라는 많이 있지." 카르코프는 말했다. "그 나라들이 모두 스페인처럼 다루기 힘든 나라라는 법은 없을걸세. 또 하나 자넨 이제까지 9개월 동안이나 교수 노릇을 하지 않았다는 걸 기억해야만 할 걸세. 9개월 동안 자넨 새로운 사업을 배웠을지도 몰라. 한데 자넨 변증법을 얼마나 읽었나?"

"난 에밀 번즈가 낸 《마르크스주의 편람》을 읽었어. 그게 전부야."

"자네가 그걸 다 읽었다면 굉장하군. 그건 1,500페이지나 되는 데다가 한 페이지를 읽는 데도 상당한 시간이 걸리거든. 하지만 그 외에도 자네가 읽어야 할 것이 또 있지."

"지금 책을 읽을 틈 같은 건 없어."

"나도 알아." 카르코프는 말했다. "언젠가 읽으면 좋을 거란 말이지. 현재 일어나고 있는 이런 사태를 자네에게 잘 이해시켜 줄 읽을거리가 많이 있다네. 하지만 현재의 이 전쟁 속에서도 아주 필요한 책이 나올걸세. 꼭 알아 둘 필요가 있는 많은 사실들을 설명하는 책이 말이야. 나는 내가 그것을 썼으면 해."

"분명히 자네 이상의 적임자는 없을걸세."

"추켜세우지 말게." 카르코프가 말했다. "난 저널리스트에 불과해. 하지만 저널리스트들이 모두 그렇듯이 난 문학 작품을 쓰고 싶은 거야. 지금 나는 칼보 소텔로에 대한 연구로 몹시 바쁜 몸일세. 그잔 아주 훌륭한 파시스트였어. 진짜 스페인적인 파시스트지. 프랑코라든가 기타 다른 무리들은 그렇다고 말할 수 없어. 난 소텔로의 저작과 강연을 모조리 연구해오고 있지. 그잔 매우 영리해. 그러니깐 그잘 죽인 것도 아주 영리한 일인 셈이지."

"난 자네가 정치적 암살을 인정하고 있지 않다고 생각했는데."

"암살은 아주 광범위하게 행해지고 있지." 카르코프가 말했다. "아주아주 광범위하게."

"하지만……."

"우린 개인에 의한 테러 행위는 인정하지 않아." 카르코프는 미소 지었다. "물론 범죄적 테러리스트나 반혁명적 조직에 의한 것도 말이야. 우린 부하린적인 파괴자들의 살인적인 잔인성의 표리부동과 간사하고 교활한 지혜를 두려움을 품고 증오하고 있네. 지노비에프, 카메네프, 리코프, 그리고 그 부하들의 인도주의의 쓰레기를 말이야. 우린 이들과 같은 진짜 대악당들을 미워하고 싫어하지." 그는 다시 한 번 미소를 지었다. "하지만 난 역시 정치적 암살이 아주 광범위하게 행해진다고 말할 수 있으리라고 생각하네."

"자네 말은……."

"내 말은 아무 의미도 없어. 하지만 우리들은 그런 진짜 대악당들과 인도주의의 쓰레기들, 비열한 개 같은 장군들과 신뢰를 배반한 제독들같이 추악한 놈들을 처형하고 말살시켜 버려야 해. 그자들은 말살된 거지, 암살된 것은 아니야. 그 차이를 알겠나?"

"알겠네." 로버트 조던은 말했다.

"그리고 내가 때때로 농담을 한다고 해서 자넨 비록 농담을 하는 중일지라도 농담을 한다는 게 얼마나 위험한 짓인가를 알고 있을 테지? 가령 그렇다고 하더라도 내가 농담을 한다고 해서 스페인 사람들이 장차 지금 지휘를 하고 있는 어떤 장군들을 총살시키지 않은 걸 유감으로 생각지 않는다고 여기지는 말게. 난 총살을 좋아하질 않아. 자네도 알겠지만."

"난 그런 데 신경을 쓰지 않네." 로버트 조던이 말했다. "나도 그런 걸 좋아하지는 않지만 더 이상 신경을 쓰지는 않는단 말일세."

"정말 유감스러운 일이지만." 카르코프가 말했다. "그런데 그것에 의해서 그는 보통 같으면 좀 더 긴 시간이 걸릴 텐데도 재빨리 신뢰를 받는 인물로 취급을 당하게 된단 말일세. 이것은 그러한 공덕功德이 있는 능력의 하나야."

"나는 신뢰할 만한 인물로 여겨지고 있을까?"

"자네의 일에 대해서는, 아주 신뢰할 만한 인물로 여겨지고 있네. 나는 언젠가 자네가 어떤 생각을 가지고 있는가를 알아보기 위해, 자네하고 얘길 해 봐야겠네. 자네하고 내가 지금까지 진지하게 얘기를 나눈 일이 없는 것이 유감이야."

"내 생각은 아마 우리 편이 전쟁에 이길 때까지 허공에 뜬 상태일 거야." 로버트 조던이 말했다.

"그렇다면 필경 자네는 오랫동안 그런 상태에 머물러 있지는 않을걸세. 하지만 자네는 좀 더 머리를 쓰는 데 주의를 하지 않으면 안 돼."

"난 〈노동세계〉를 읽고 있어." 로버트 조던이 그에게 말하자 카르코프가 말했다.

"아주 좋군, 좋은 일이야. 좀 야유해 주고도 싶어지지만. 그러나 〈노동세계〉에는 아주 현명한 기사도 있어. 이 전쟁에 관해서 쓰인 단 하나의 현명한 기사야."

"그렇지." 로버트 조던은 말했다. "나도 같은 의견이야. 그러나 현재의 전쟁의 전모를 파악하기 위해서는 당黨 기관지만을 읽고 있을 순 없잖은가."

"그렇지." 카르코프가 말했다. "하지만 가령 스무 가지의 신문을 읽는다고 하더라도 전모를 파악할 수는 없어. 또, 설령 파악한다 하더라도, 자네가 그것을 어떻게 다룰는지 나는 몰라. 난 언제나 그러한 전모를 파악하고는 있지만, 그런 주제에 그걸 잊어버리려고만 하고 있으니까 말이야."

"자네의 생각으로는 현재의 정세가 그렇듯 나쁘게 여겨지나?"

"지금은 전보다는 좀 나아진 편이지. 우린 최악의 상태 중 몇몇 것은 겨우 제거해 버렸어. 하지만 너무 지독한 상태야. 우리들은 지금 거대한 군대를 조직하고 있고, 그 어떤 부분은 가령, 모데스토나 엘 캄페시노, 리스테르, 듀란의 부대와 같은 몇몇 부대들은 믿을 만하지. 아니, 믿을 만한 정도가 아냐. 그들은 참 굉장하지. 자네도 그걸 알게 될걸세. 거기다가 우린 또 국제 혼성 여단도 남겨 놓고 있네. 그들의 역할이 변해 가고는 있지만 말이야. 하지만 좋은 요소와 나쁜 요소가 섞여서 형성된 군대란 전쟁에서 이길 수 없는 법이야. 전부 어떤 정치적 성장의 수준까지 이끌어 올려져야 해. 모두가 싸워야 하는 이유와 그 중대성을 깨달아야 하는 거야. 모두들 그들이 하고 있는 전투에 대해 신념을 가지고 훈련을 받아들여야만 한단 말이야. 우리는 징집병들이 포화 속에서 적절히 행동하기 위해 받아야 할 훈련을 주입시킬 시간도 없이 거대한 병단을 만들고 있단 말일세. 우린 그걸 인민군이라고 부르지만 진정한 인민군으로서의 자격을 가지고 있지도 않고, 징집병들에게 필요한 철저한 규칙도 없는 군대가 될 것 같네. 자네도 이제 알게 될걸세. 그건 매우 위험한 진행 상태지."

"자네 오늘 썩 기분이 좋지 않은 모양이로군."

"좋지 않지." 카르코프가 말했다. "난 지금 막 발렌시아에서 여러 사람들을 만나고 돌아온 길이니까 말일세. 누구도 썩 좋은 기분으로 발렌시아에서 돌아올 수는 없을 거야. 마드리드에선 만사가 좋은 일뿐이고 깨끗이 정돈된 데다 승리의 가능성 이외에는 아무것도 없는 것처럼 보였네. 발렌시아는 좀 다른 곳이지. 마드리드에서 도망친 겁쟁이들이 아직도 거기에서는 정권을 쥐고 있지. 그자들은 기분 좋은 듯 편안히 자리 잡고, 되는대로 그 관료주의를 펴고 있어. 그자들이 볼 때 마드리드의 인간들은 단지

경멸의 대상이 될 뿐이야. 지금 그자들의 망상은 아군의 병참부兵站部를 약화시키는 역할을 하고 있어. 그리고 바르셀로나야. 자네도 바르셀로나를 꼭 한번 가 봐야 할 거야."

"거긴 어떤데?"

"그야말로 희극 오페라지. 처음에 거긴 미치광이들과 낭만적인 혁명주의자들의 천국이었어. 지금은 가짜 군인의 천국이란 말일세. 군복이나 입기를 좋아하고, 빨갛고 까만 스카프를 목에 두르고서 으스대며 걷기만을 좋아하는 군인들 말일세. 싸우는 것만을 빼놓고는 전쟁이 아주 좋다는 놈들이지. 발렌시아는 자넬 구역질나게 할 거고 또 어이없이 웃게 만들걸세."

"POUM(아나르코생디칼리스트가 조직한 반파시스트 단체. 내란 중 정부군과 충돌함-옮긴이) 폭동은 어떻게 됐나?"

"사실, POUM은 문제가 된 일이 없어. 그건 자부심이 강한 놈과 야만인들의 이단자들로서 순전히 일종의 극단적인 소아병에 불과해. 잘못 인도된 정직한 인민들도 얼마간 있었지만, 그건 꽤 영리한 머리를 가진 자 한 놈과 파시스트의 돈이 실력을 과시했을 뿐이야. 그렇다고 하지만 그것도 많은 돈은 아니지. POUM이라지만 가련하기 짝이 없어. 정말 어리석은 놈들뿐이지."

"하지만 그 폭동에선 많은 사람이 죽었다면서?"

"그 후에 살해된 인간과 앞으로 살해될 인간의 수에 비하면 그리 많지도 않아. POUM이란, 바로 이름 그대로지. 대단한 게 아니야. 오히려 MUMPS(유행성 이하선염)나 MEASLES(홍역)라고 불러야 마땅했을 거야. 유행성 이하선염이나 홍역이 훨씬 더 위험해. 그건 시각에도 청각에도 영향을 주니까 말이지. 하지만 놈들은 자네도 알다시피 나와 월터, 모데스토, 그리고 프리에토를 죽일 음모를 꾸몄던 거야.

얼마나 졸렬한 인선人選인지 자네도 알겠지? 우린 전혀 닮은 점이 없단 말일세. 가련한 놈들이지. 끝내 PGDM은 한 사람도 죽이질 못했어. 전선에서고 어디에서고 죽이질 못했어. 단지 바르셀로나에서 몇 사람 죽였을 뿐이지."

"자네도 거기 있었나?"

"있었지. 나는 트로츠키적인 살인자들의 파렴치한 조직의 사악함과 경멸할 가치조차 없는 놈들의 파시스트적인 책모를 폭로하는 전보를 쳐두었지. 그러나 우리들 사이에서는 그것을 그리 문제 삼고 있지 않아. POUM들에게 문제가 되는 것은 그뿐이야. 우리들은 그 사나이들을 잡았지만, 놈은 도망쳐 버렸어."

"그잔 지금 어디 있나?"

"파리에 있지. 분명히 파리에 있어. 그잔 아주 유쾌한 놈이지만, 악질적인 정치 탈선을 했어."

"하지만 그자들은 파시스트와 연락을 취하고 있었잖나. 그렇지 않은가?"

"파시스트와 연락을 취하지 않은 자가 있나?"

"우리들은 취하고 있지 않지."

"누가 알 게 뭐야, 그렇지 않기를 바라지만. 자네도 놈들의 전선 후방으로 자주 가더군." 그는 히죽 웃었다. "한데 파리에 있는 공화국 측 공사관의 어떤 서기관 형제가 지난 주일 부르고스에서 온 사람을 만나기 위해 생장두류까지 여행을 했단 말일세."

"난 전선 쪽이 더 좋다고 생각하는데." 로버트 조던이 말했다.

"전선에 가까울수록 좋은 인간들이 많아지지."

"파시스트 전선의 후방은 어떻던가?"

"나는 아주 좋아하지. 거기엔 좋은 무리들이 있어."

"좋아. 그러면 놈들도 틀림없이 우리 쪽 전선 후방에 똑같은 식으로, 좋은 자들을 가지고 있는 셈이로군그래. 우린 그런 자들을 찾아내어 총살시킬 테다. 놈들도 우리 편을 찾아내어 총살시킨단 말이야. 자네가 놈들의 지역에 있을 땐 얼마나 많은 인간이 우리들 쪽으로 보내지고 있는가를 항상 생각하지 않으면 안 될 거야."

"그 일에 대해서는 나도 곧잘 생각하지."

"알았어." 카르코프가 말했다. "그런데 자네는 바로 지금 생각할 문제가 많을 테니까, 그 병에 남은 맥주를 들고 돌아가 주게. 난 위층에 올라가서 사람들을 만나야 할 테니까 위층에 있는 사람들을 되도록 곧 보세."

그렇다. 로버트 조던은 생각했다. 나는 실로 많은 것을 게일로드에서 배웠다. 카르코프는 내가 저술해서 내놓은 단 한 권의 저서를 읽어 주었다. 그 책은 성공하지는 못했다. 겨우 200페이지밖에 안 되고, 2,000명의 인간들이나 읽었는지 어떤지 의심스럽다. 그는 그 속에 10년간의 여행—혹은 도보로, 혹은 삼등차로, 혹은 버스로, 혹은 말이나 노새를 타고, 혹은 트럭으로—을 하는 동안 스페인에 대해 그가 알게 된 것은 쭉 썼다. 그는 바스크 지방을, 냐바라를 아라곤을, 갈리시아를, 두 곳의 차스타야 지방을, 에스트레마두라를 잘 알고 있었다. 이미 보로니, 포드니 기타 다른 사람들에 의해서 씌어진 훌륭한 책들이 세상에는 많았기 때문에 그는 그러한 양서에 대해서 거의 첨가하여 쓴 것이 없었다. 하지만 카르코프는 그걸 훌륭한 책이라고 말해 주었다.

"내가 자네와 교제하는 것은 그런 이유에서야." 그가 말했다. "난 자네가 절대적으로 진실한 일을 썼다고 생각하며, 더구나 그런 일은 아주 드물지. 그래서 난 자네가 여러 가지 일에 대해서 알게 되기를 바라는 거야."

좋다. 이번 일을 완전히 끝내면 책을 쓰자. 하지만 진실로 내가 알고 잊는 일, 그리고 깨달은 일에 대해서만 쓴단 말이다. 그러나 나는 그러한 것을 다루기 위해서는 현재보다 훨씬 더 우수한 문필가가 되지 않으면 안 되리라고 생각했다. 이번 전쟁에서 깨닫게 된 일들은 그렇게 단순한 것이 아니니까 말이다.

19

"거기 앉아서 무얼 하고 계세요?" 마리아가 그에게 물었다. 그녀는 그의 바로 옆에 바싹 붙어 서 있었다. 그는 뒤돌아보고 그녀에게 미소 지었다.

"아무것도 아니야." 그가 말했다. "생각을 하고 있었어."

"무엇에 대해서요? 다리 일이에요?"

"아니야. 다리 일은 다 끝냈어. 당신과 마드리드에 있는 호텔을 생각했지. 거기 내가 아는 몇 사람의 러시아인들이 있어. 그리고 어느 땐가 내가 쓰게 될 책에 대해서도 말이야."

"마드리드엔 러시아 사람들이 많아요?"

"아냐, 아주 드물어."

"하지만 파시스트들의 간행물을 보니까 수천 명이나 있다던데요."

"그건 거짓말이야. 거의 없다시피 해.'

"러시아 사람들을 좋아하세요? 여기 있던 분도 러시아 사람이었어요."

"그 사람을 좋아했나?"

"네, 난 그때 앓고 있었지만 그분은 매우 아름답고 용감한 분이라고 생각했어요."

"무슨 말이야, 아름답다니." 필라르가 말했다. "코는 내 손바닥처럼 납작하고 광대뼈는 양의 엉덩판처럼 넓었는데."

"그 사람은 나의 좋은 친구였고 동지였지." 로버트 조던이 마리아에게 말했다. "난 그를 아주 좋아했어."

"그럴 테지." 필라르가 말했다.

"하지만 당신은 그잘 쏘아 죽였단 말이야."

그녀가 이 말을 하자 카드놀이를 하던 사람들이 테이블 쪽에서 쳐다보았다. 파블로는 로버트 조던을 응시하고 있었다. 아무도 말을 꺼내는 사람이 없었다. 그러자 집시 라파엘이 물었다. "그게 사실이우, 로베르토?"

"사실이지." 로버트 조던이 말했다. 그는 필라르가 이 문제를 끄집어 내지 않기를 바랐었다. 그리고 귀머거리 영감네 캠프에서 그 얘기를 하지 말걸, 하고 생각했다. "그의 요청에 의해서지. 그 사람은 부상이 심했거든."

"참 이상한 일이군." 집시가 말했다. "우리들과 깨 있는 동안 그 사람은 내내 그런 일이 있을 거라는 얘기만 해 댔다. 난 얼마나 여러 번 그 사람에게 그렇게 해 주겠다고 약속했는지 몰라. 참 이상한 일도 있지." 그는 다시 되풀이해서 말하고 머리를 흔들었다.

"그런데 학자인 당신에게 묻고 싶은데……." 그 형제 중의 한 사람인 안드레가 조던에게 말했다. "인간은 자기의 신상에 무슨 일이 일어나는지를 미리 알 수가 있소? 당신은 알 수 있다고 믿고 있소?"

"나는 안 믿어." 로버트 조던은 대답했다. 파블로는 이상한 듯이 그를 쏘아보았고, 필라르는 아무 표정도 없이 그를 바라보고 있었다. "그 러시아 동지의 경우에는 너무 오랫동안 전선에 있었던 탓으로 몹시 신경질이 되어 있었던 거야. 그 사람은 처음 이룬에서 싸웠는데, 당신들도 알다시

피 그것은 대단한 고전이었어. 정말 지독했어. 그리고 북쪽의 싸움터로 갔지. 처음으로 후방 교란 부대가 편성된 이래, 그는 그 지방에서 활약했지. 에스트레마두라에도 있었고, 안달루시아에도 있었지. 분명히 너무 지쳐서 신경질이 되어 나쁜 일만 상상하고 있었던 거야.”

“그 사람은 틀림없이 처참한 일들을 많이 봐 왔을 거야.” 페르난도가 말했다.

“세상 사람들과 똑같이 말이지.” 안드레가 말했다. “하지만 들어 보우, 영국 양반. 사람이 장차 자신에게 무슨 일이 일어날지를 미리 알다니, 그런 일이 있을 수 있소?”

“그런 일은 있을 수 없어.” 로버트 조던이 말했다. “그런 것은 무지 아니면 미신이야.”

“이것 재미있군.” 필라르가 말했다. “학자 선생님의 견해를 한번 들어 보자구.” 그녀는 마치 조숙한 아이에게 얘기하고 있는 것 같은 말투였다.

“불길한 환상에 홀리는 것은 공포심 탓이라고 나는 믿고 있소.” 그러고 나서 로버트 조던은 계속했다. “좋잖은 정조를 보게 되면…….”

“오늘 그 비행기 같은 거 말이로군.” 프리미티보가 말했다.

“당신이 여기 도착한 것 같은 거겠지.” 파블로가 부드러운 소리로 말했다. 로버트 조던은 테이블 너머로 그를 쳐다보다가 그것이 화를 돋우려는 수작이 아니라 다만 생각을 표현했을 뿐임을 알아채고는 계속해서 말했다. “나쁜 징조를 보게 되면 사람이란 공포심을 가지고 자신의 종말이 올 연상하게 되며, 그러한 연상이 어떤 전조에 의해서 나타난다고 생각하게 되지.” 로버트 조던은 결론을 내렸다. “난 거기엔 그 이상 아무것도 없다고 믿어. 난 식인귀니 점쟁이니 초자연적 일이니 하는 걸 믿질 않아.”

“하지만 그 기묘한 이름을 가진 사람은 자기 운명을 똑똑히 내다보지 않았소?” 집시가 말했다. “그리고 그대로 됐단 말이야.”

“그것은 알고 있었던 것이 아니야.” 로버트 조던이 말했다. “그는 그런 가능성에 대한 공포심을 가지고 있었어. 그것이 강박관념이 되어 버린 것이지. 그가 무엇인가 봤으리라고는 누구도 말할 수 없어.”

“나도 말이우?” 필라르가 그에게 묻고는 화덕에서 재를 조금 집어 들어 손바닥에 얹어 놓고 훅 불어서 날려 버렸다. “나도 역시 말할 수 없단 말이지?"

"그렇소. 그 어떤 마술을 쓰든, 집시든 그 밖의 누구든, 장래의 일에 대해서는 말할 수 없을 거요."

"당신이 기묘한 귀머거리이기 때문이야." 필라르가 말했다. 그녀의 커다란 얼굴은 촛불 빛을 받아 한층 넓고 거칠게 보였다. "그렇다고 당신이 바보라는 말은 아니지만. 그저 단순히 귀머거리란 말이지. 귀머거리는 음악을 들을 수가 없어. 라디오 소리도 들을 수가 없어. 귀머거리는 그런 걸 한 번도 들어 보지 못했으니까 세상에 그런 일이 있을 수가 있느냐고 지껄여 대는 거지. 안 그렇수, 영국 양반? 난 그 기묘한 이름을 가진 사람의 얼굴에, 낙인烙印으로 지진 것처럼 뚜렷이 사상死相이 나타나 있는 것을 보았어."

"그럴 리가 없소." 로버트 조던이 고집했다. "당신이 본 것은 공포와 불안일 거요. 공포란 그가 겪어 온 경험에서 생겨난 거죠. 불안은 그가 불길한 장래의 일을 상상했기 때문에 일어난 것일 테고."

"천만에." 필라르가 말했다. "난 마치 죽음이 그의 어깨에 올라타고 있기라도 한 것처럼 분명하게 죽음을 봤어. 뿐만이 아니야. 그 사람에게선 죽음의 냄새까지 풍기고 있었지."

"그가 죽음의 냄샐 풍겼다고." 로버트 조던이 빈정거렸다. "아마 공포의 냄새겠지. 공포의 냄새라는 것은 있으니까요."

"죽음의 냄새라니까" 필라르가 말했다. "좀 들어 보우. 이제까지 가장 위대했던 투우사 블랭킷이 마놀로 그라네로 밑에서 일하고 있을 때, 마놀로 그라네로가 죽었을 때의 일을 이야기해 준 적이 있지. 둘이서 투우장으로 가는 도중에 예배당에 들렀었다는군. 그러자 마놀로에게서 죽음의 냄새가 아주 지독하게 풍겨와 블랭킷은 당장에 구역질이 날 것 같았다는 거야. 블랭킷은 외출하기 전 호텔에서 목욕을 할 때와 옷을 입을 때, 마놀로와 함께 있었다는군. 그리고 투우장으로 가는 자동차 안에서는 서로 몸을 찰싹 붙이고 있었는데도 그런 냄새는 나지 않았다는 거야. 예배당 안에서도 후안 루이스 데 라 로사 이외에는 아무도 그걸 알아채지 못했다더군. 마르시알도 치쿠엘로도, 그때도 그러려니와 그 후 투우가 시작되기 직전 네 사람이 한 줄로 늘어섰을 때만 하더라도 깨닫지 못한 모양이야. 바로 후안 루이스가 사자死者처럼 파랗게 질린 얼굴을 하고 있지만 말이우. 그래서 블랭킷은 루이스에게 물었던 거지 '자네도……?'

'숨조차 쉴 수 없을 정도야.' 하고 후안 루이스가 대답한 모양이더군.

'자네 대장 몸에서야.'

'어쩔 수가 없어.' 블랭킷은 말한 모양이야. '어쩔 수가 없단 말이야. 이 것이 우리들이 잘못 맡는 냄새라면 좋겠지만.'

'다른 자들은 어떨까?' 후안 루이스가 블랭킷에게 물었다는군.

'아무렇지도 않은 것 같은데…….' 하고 말하고 나서 블랭킷은 대답한 모양이야. '그런데 이 냄새는 탈라베라에서 호세가 풍기던 냄새보다 더 지독하군.'

그날 저녁때야. 베라과 목장에서 사육된 포카페나가 마드리드의 토로스 광장 관람석 앞에서, 마놀로 그라네로를 방책의 두터운 판자에다 밀어붙이고 찔러 버린 것은. 그때 나는 피니토와 함께 그곳에 있었기 때문에 이 눈으로 또렷이 보고 왔어. 두개골은 뿔로 찢겼고 마놀로의 머리는 황소에게 떠받혀 버려 방책의 기둥 아래로 쑤셔 박혔어."

"당신도 그 냄새를 맡았수?" 하고 페르난도가 물었다.

"아니." 필라르가 말했다. "난 너무 멀리 떨어져 있었지. 우린 셋째 줄 일곱 번째 좌석에 앉아 있었거든. 마침 내가 보고 있는 곳에서는 이것저것 다 잘 보였어. 그런데 그날 밤…… 호세가 죽었을 때도 그 사람은 호세의 제자가 되어 있었으니까…… 그때의 얘기를 피니토에게 해 주었단 말이야. 그리고 피니토가 후안 루이스 데 라 로사에게도 물어봤는데, 그 사람은 아무 말도 하지 않았지만 그게 사실이라고 머리를 끄덕여 주더구먼. 그런 일이 있었을 때, 나도 거기 있었지. 그래서 말이우, 영국 양반. 치쿠엘로나 마르시알 라란다도, 그리고 그들의 패거리들 모두와 기마 무사들, 후안 루이스의 부류들과 마놀로 그라네로가 그날 그런 일에 귀가 멀었듯이 당신도 어떤 종류의 일에는 아마 귀가 먹은 모양이란 말이우. 하지만 후안 루이스와 블랭킷은 귀가 멀지 않았었지. 나 역시 이런 일에 귀가 멀지는 않았어."

"코에 대한 얘기를 하고 있는데 왜 귀머거리니 뭐니 하우!" 페르난도가 물었다.

"할 수 없는 사나이로군." 필라르가 말했다. "당신이 영국 양반 대신 학자가 되면 되잖아. 그런데 영국 양반, 좀 더 다른 얘기를 해 줄 테니 당신에게 보이지 않는 일, 들을 수 없는 일이라고 의심하지 마우. 개가 들을 수 있는 것도 당신은 들을 수가 없고, 개가 맡을 수 있는 냄새도 당신은 맡을 수가 없단 말이야. 하지만 당신도 지금까지 인간에게 어떤 일이 일어날 수 있는가를 조금은 경험했잖수."

마리아가 자기의 손을 로버트 조던의 어깨에 얹고는 그대로 놔두었기 때문에 갑자기 이따위 쓸데없는 짓은 그만두고 우리가 가지고 있는 시간을 잘 이용해야겠다는 생각이 들었다. 하지만 아직은 너무 이르다. 우린 이런 저녁 시간을 그럭저럭 보내야만 할 것이다. 그래서 그는 파블로에게 말했다. "당신은 이런 미신을 믿고 있소?"

"난 모르겠는걸." 파블로가 말했다. "나도 당신과 같은 의견이지만, 나한텐 초자연적인 사건이 일어난 적이 없어. 하지만 공포심 같은 건 확실히 있어. 그러나 난 필라르가 손금을 보고 사건을 점칠 수 있다는 건 믿지. 그녀가 거짓말을 하지 않는 거라면 아마 그런 냄새를 맡았다는 건 사실일 거야."

"내가 거짓말을 한다고?" 필라르가 말했다. "이건 내가 지어낸 게 아니란 말이야. 그 블랭킷이란 사나이는 굉장히 진지한 사나이인 데다 아주 믿음이 깊어. 그 사나이는 집시가 아니고 발렌시아 출신의 부르주아란 말이야. 그 사람을 본 적이 있수?"

"봤죠." 로버트 조던이 말했다. "난 그를 여러 번 봤소. 그는 키가 작고 창백한 얼굴이었는데, 케이프를 그렇게 잘 다룰 줄 아는 사람도 없겠더군요. 그는 토끼처럼 발이 빨랐소."

"꼭 들어맞았어." 필라르가 말했다. "그 사람은 심장병 때문에 얼굴이 창백했지. 그리고 집시들은 그가 죽음을 매달고 다니지만, 테이블 위에 먼지를 털듯이 케이프 자락으로 그걸 헐어 버릴 수 있다고 말하고들 했지. 한데 그는 집시는 아니지만 호세가 탈라베라에서 투우를 했을 때 그에게서 죽음의 냄새를 맡았다우. 그 지독한 만자닐라 냄새 속에서 어떻게 그가 그 냄새를 맡아 냈는지 알 수 없지만 말이야. 블랭킷이 그 후에도 훨씬 자신이 없는 태도로 이야기를 했기 때문에 들은 사람들은 그것이 환상에 불과하고 그가 맡은 냄새는 당시 호세의 겨드랑이에 밴 땀 냄새가 아니냐고 숙덕거렸지. 하지만 그 후 이번엔 아까 말한 마놀로 그라네로의 경우가 되자 그에 대해서 후안 루이스 데 라 로사도 틀림없이 냄새를 맡았으니까, 어쩔 수 없었지. 그야 분명히, 후안은 그다지 평판이 좋지 않은 사내였어. 그러나 일에는 아주 영리했으며 여자를 꾀어내는 데는 명수였었지. 아무튼 블랭킷은 착실하고 온화한 인품을 지니고 있으며, 무슨 일이 있더라도 거짓말을 할 사나이가 아냐. 그리고 분명히 말하지만, 여기에 있던 당신 동료의 몸에서도 확실히 죽음의 냄새가 났어."

"나는 믿지 않소." 로버트 조던은 말했다. "그리고 당신은 아까 블랭킷이 투우장에 입장하기 직전에 냄새를 맡았다고 하지 않았소. 투우가 시작되기 직전에 말이오. 그런데 그 전투 때는 당신도, 카시킨도, 기차도, 모두 뜻대로 되지 않았느냔 말이오. 카시킨이 죽은 것은 그때가 아니오. 그런데 어떻게 그때 냄새를 맡을 수가 있었단 말이오?"

"그것과는 아무런 상관이 없어." 필라르는 설명했다. "이그나치오 산체스 메히아스가 죽기 바로 전에는 송장 냄새가 지독히 나서 카페에 들어가더라도 모두들 그 사람과 함께 앉지를 못했어. 집시들은 모조리 알고 있지만."

"그런 것은 죽은 뒤에 생각해 내는 거요." 하고 로버트 조던은 반격했다. "누구나 알고 있듯이 산체스 메히아스는 아주 오랫동안 연습에서 손을 떼고 있었기 때문에 몸이 무거워져 위험했고, 더구나 힘은 빠지고 다리도 마음대로 말을 들어주지 않는 데다 반사 운동도 옛날 같지 않았어. 그래서 그런 꼴이 돼 버린 거요."

"그야 그렇지." 필라르가 말했다. "그것은 모두 맞아. 그러나 그 사람에게서 죽음의 냄새가 났다는 것을 집시들은 모두 알고 있고, 그 사람이 빌라 로사에 들어가면 리카르도나 펠리페 곤살레스와 같은 자들이 바의 조그만 뒷문으로 도망친 것도 누구나 다 아는 일이야."

"그것은 빚을 졌기 때문일지도 모르지." 로버트 조던은 말했다. "정말 그럴지도 몰라." 필라르가 말했다. "정말 있을 수도 있는 일이지. 그래도 그 무리들은 냄새를 다 맡았으며, 모두가 그것을 알고 있었으니까."

"그건 정말이오, 영국 양반." 집시인 라파엘이 말했다. "우리들 사이에서는 모두들 다 알고 있지."

"믿을 수 없는걸." 로버트 조던은 말했다.

"그런데 영국 양반." 이번에는 안셀모가 입을 열었다. "나도 마법이란 놈은 믿지 않는 편이지. 그런데 이런 일에 대해서는 이 필라르가 아주 환히 알고 있단 말이오."

"그럼 대체 그것은 어떤 냄새야?" 하고 페르난도가 물었다. "그 냄새란 말이야, 냄새가 난다니까 이렇다고 말할 수 있는 뚜렷한 냄새일 텐데 말이야."

"당신 알고 싶어, 페르난도?" 하고 필라르는 그를 향해서 싱긋 웃었다. "당신도 그런 냄새를 맡을 수 있다고 생각하나?"

"그야 실제로 있기만 하다면야, 나라고 맡을 수 없으란 법은 없겠지."

"암, 그렇구말구." 필라르가 그를 놀려 댔다. 그녀의 큼지막한 손은 무릎 위에 포개어져 있었다. "배 타 본 적 있어, 페르난도?"

"없소, 난 타고 싶지 않아."

"그럼 당신은 알 수 없어. 그 냄새라는 것은 반쯤은 배가 폭풍우를 만나 현창舷窓이 꽉 닫혀 버렸을 때 풍겨 오는 냄새와 비슷하기 때문이지. 흔들리는 배 안에서 꽉 닫은 선창의 놋쇠 막대기에 코를 대 보란 말이야. 그러고 있노라면 정신이 아득해지고 배 속이 텅텅 빈 듯한 느낌이 들어. 어디에선가 그 냄새의 반쯤이 풍겨 오는 거야."

"그럼 나는 평생 알 도리가 없어. 죽어도 배를 타기는 싫으니까."

"나는 몇 번이나 탔어." 필라르가 말했다. "멕시코와 베네수엘라에 갔었으니까."

"그럼 그 나머지 반쯤의 냄새라는 것은 어떤 거요?" 로버트 조던이 물었다. 필라르는 이제 자랑스러운 듯 그녀의 항해를 회상하면서 조롱하듯이 그를 쳐다보았다.

"그건 말이지, 영국 양반, 알아 두구려. 그것이 중요하니까 알아 두우. 알겠수? 배 냄새를 맡았으면 아침 일찍 마드리드의 언덕을 내려가, 도살장으로 가는 톨레도 다리로 가란 말이오. 만자나레스에서 안개가 피어오르고 아직 축축이 젖은 포도 위에 서서, 캄캄할 때 일어나 살해된 소의 피를 빨아 마시고 오는 노파들을 기다려 보구려. 그러면 어깨에 숄을 두르고 눈이 움푹 들어간 창백한 얼굴의 노파들이 도살장에서 나온단 말이우. 백랍같이 핏기 없는 얼굴의 새긴 듯한 턱과 뺨에, 마치 콩 씨에서 보드라운 새싹이 돋은 듯 하얀 솜털이 나 있다우. 억센 털이 아니라 죽음의 얼굴에 돋은 희푸른 혈이지. 영국 양반, 그 노파의 몸을 두 팔로 단단히 안고서 자기 쪽으로 쑥 끌어당겨 입에 키스를 하면 말이지, 그 냄새의 나머지 반을 알 수가 있단 말이우."

"그 냄새를 맡으면 아무것도 먹지 못하게 돼." 집시가 말했다. "그 솜털이란 정말 견딜 수가 없어."

"더 듣고 싶수?" 필라르는 로버트 조던에게 말했다. "그렇소. 알아 두어야 할 일이라면 끝까지 들어 둡시다."

"그 노파들의 솜털에는 정말 소름이 오싹 끼쳐." 집시가 또 말했다. "왜 노파들은 그렇게 냄새가 나는 것일까, 필라르? 우리들에게는 나지 않았는데."

"그야 그렇지." 필라르는 조롱했다. "우리들처럼, 젊었을 때 자태가 고왔던 여자에게는 나지 않아. 하기는 해마다 주인의 애정의 표시로 그 거대한 배때기를 불룩하게 하고 있는 집시 여자는 별도지만."

"야비한 말투를 쓰지 말라구." 라파엘이 화를 내면서 말했다.

"화났나? 그러나 이봐. 집시 여자들이란 언제나 당장 아이를 낳을 것 같이 하고 있거나, 지금 막 낳은 것 같은 모습을 하고 있지 않나. 그렇지 않은 여자를 본 일이 있나?"

"당신이 있잖아."

"입 닥쳐." 필라르가 말했다. "화가 나는 것은 당신뿐만이 아냐. 내가 말하려고 했던 것은 누구나 나이를 먹으면 추하게 된다는 점이야. 뭐 특별히 자세하게 말할 필요도 없지 않냐. 하지만 영국 양반이 아무래도 그 냄새를 소망한다면 새벽 일찍 도살장으로 가 보라고 하고 싶군."

"가 보겠소." 로버트 조던이 말했다. "그러나 키스는 사양하겠소. 그따위 짓을 하지 않고 냄새를 맡겠어. 라파엘이 아니지만 나도 그 솜털은 싫으니까."

"안 돼, 키스를 하지 않으면." 필라르는 말했다. "후학後學을 위해서 말이야. 그리고 그 냄새를 코에서 떼지 않도록 하고 이번에는 시내로 돌아오란 말이야. 이어 시든 꽃을 던져 놓은 쓰레기통이 발견되면 그 속에 코를 깊이 쑤셔 박고 콧속에 담아 온 앞의 냄새와 쓰레기통의 냄새가 완전히 섞이도록, 마음껏 숨을 들이마시란 말이야."

"자아, 그렇게 했다고 치고." 로버트 조던은 말했다. "그런데 그 꽃이란 무슨 꽃이오?"

"국화지."

"그리고 다음은?" 로버트 조던이 재촉했다. "무슨 냄새든지 맡겠어."

"그리고 나서." 필라르는 계속했다. "중요한 것은 비가 오거나 적어도 안개가 낀 가을의 어느 날 또는 겨울철 이른 새벽이 아니면 안 된다는 거야. 그런 날 계속 걸어서 시내를 지나 칼레데살루드로 가란 말이우. 갈보 집 앞에선 비질을 하거나, 오물을 시궁창에다 쏟아 버리고는 하지. 그 사랑의 작업이 흘린 냄새가 비눗물 같은 시궁창 물과 피우다 버린 담배 냄새에 섞여 은은히 콧구멍 속으로 파고들 거야. 그곳을 통과하면 이번에는 식물원으로 들어가게 되지. 밤이 되면 그곳의 쇠문과 울타리에 기대거나 옆의 캄캄한 골목길에 웅크리고 있으면서, 집 안에 있어도 돈벌이를 할 수 없는 여자들이 일하는 곳이지. 불과 10센티모에서 1페세타(100센티모)의 푼돈을 받고 사나이가 요구하는 대로, 무릇 인간으로 태어난 것은 그것을 하기 위해서인 것처럼, 중요한 일을 해치우는 곳이 그 쇠 울타리께의 나무 그늘이지. 그곳은 시들어 떨어진 꽃이 다시 옮겨 심어지지도 않고 그대로 쌓여 왔으며, 흙은 보들보들하여 길바닥보다 훨씬 폭신폭신해 그 꽃 침상 위에, 젖은 흙과 썩은 꽃과 전날 밤 정사情事의 냄새가 밴 삼베 부대가 버려져 있는 것을 깨닫게 되리라. 그 부대 속에는 그 모든 것의 정수가 들어 있지. 죽은 흙도, 죽은 풀 줄기나 꽃도, 그리고 인간의 죽음이기도 하지만 탄생이기도 한 그 냄새도 당신은 그 부대를 머리에 돌돌 감고 나서 코에 대고 그 부대를 통해 호흡해 보란 말이야."

"싫소."

"싫다니, 안 돼." 필라르는 계속했다. "그 부대를 머리에 두르고 숨을 쉬어 보란 말이우. 그리고 깊이 들이마셨을 때, 그때까지 앞의 두 냄새를 잊지 않고 간직한다면, 우리들이 알고 있는 대로의 그 '이윽고 닥칠 죽음'의 냄새를 알게 될 거요."

"알았어." 로버트 조던은 말했다. "그러면 당신은 카시킨이 이곳에 있었을 때 그런 냄새가 났다는 거요?"

"그렇지."

"그래?" 로버트 조던은 진지한 얼굴로 말했다. "만약 그것이 정말이라면 내가 그를 사살한 것은 잘한 일이로군."

"그렇구말구." 집시가 말했다. 다른 사람들이 웃어 댔다.

"아주 훌륭했어." 프리미티보가 시인했다. "그걸로 잠시 동안은 필라르를 조용히 해 둘 수 있겠군."

"하지만, 필라르." 페르난도가 말했다. "확실히 돈 로베르토의 교육 정도로 봐서 그런 상스런 짓을 하리라곤 믿을 수 없지 않나."

"그렇지." 필라르가 동의했다.

"그 어느 것이라도 이렇게 기분 나쁜 일은 없어."

"옳은 소리." 필라르가 고개를 끄덕였다.

"당신은, 정말 그런 값어치 떨어지는 행동을 영국 양반이 하리라곤 생각지 않았겠지요?"

"물론." 필라르가 말했다. "그만 잠이나 자는 게 어때?"

"하지만, 필라르……." 페르난도가 계속했다.

"입 좀 닥치시지." 필라르가 갑자기 심술궂게 말했다. "자신을 바보로 만들지 말란 말이야. 나도 사람이 무슨 말을 하는지 이해조차 못하는 사람들과 지껄여 대어 자신을 바보로 만드는 일이 없도록 할 테니까."

"솔직히 말해서 나도 이해하지 못하고 있어." 페르난도가 말을 꺼내기 시작했다.

"고백하려 하거나 이해하려고 애쓰지 말란 말이야." 필라르가 말했다.

"밖에는 아직도 눈이 오나?"

로버트 조던은 동굴 입구로 걸어가서 담요를 들고 밖을 내다보았다. 밖은 맑고 싸늘한 밤이었다. 눈은 내리지 않았다. 그는 눈이 하얗게 덮인 나무줄기 쪽을 쳐다보고, 나무들 사이로 맑게 갠 하늘을 올려다보았다. 숨을 쉴 때마다 싸늘한 공기가 폐부를 찌르는 것 같았다.

'귀머거리 영감이 오늘 밤 말을 훔치러 갔다면 발자국을 많이 남기겠는 걸.' 그는 생각했다.

그는 담요를 놓고 연기 낀 동굴 안으로 되돌아왔다. "맑게 개었어."

그가 말했다. "눈보라도 멎고."

20

이제 그는 어둠 속에 누워 그녀가 오기를 기다렸다. 이미 바람은 멎었고 소나무 숲은 어둠 속에 잠잠히 서 있었다. 온통 내려 쌓인 눈 속에서 소나무 줄기가 툭 솟아 나와 있었고, 그는 자기가 만들어 둔 침상의 푹신한 감촉을 맛보면서 침낭 속에 파고들어 그 따뜻한 온기 속에서 두 다리를 마음껏 쭉 뻗었다. 머리를 스치는 공기는 찌르는 듯이 싸늘했고, 숨을 들이쉴 때마다 콧구멍이 쏘는 듯했다. 옆구리를 아래로 해서 옆으로 누워 있자니, 머리 아래께에는 윗도리로 신을 싸고 그 위에 바지를 포개서 베개로 만든 푹신한 감촉이 느껴졌다. 구리에는 옷을 벗을 때에 가죽집에서 꺼내 가죽끈으로 오른쪽 손목에 감아 놓은 대형 자동 권총 금속이 싸늘하게 느껴졌다. 그는 권총을 밀어 놓고 쌓인 눈 저쪽의, 동굴 입구가 되어 있는 검은 바위의 균열로 눈길을 주면서 한층 더 깊이 침낭 속으로 파고들었다. 하늘은 완전히 개었고, 새하얀 눈의 반사反射로 나무줄기나 동굴이 있는 거대한 바윗덩어리를 뚜렷이 구별해 볼 수 있었다.

그는 이른 저녁나절에 도끼를 들고 동굴을 나가, 막 쌓인 눈 위의 빈터 끝으로 걸어가서 조그마한 가문비나무를 베어 쓰러뜨렸다. 그리고 저녁 어둠 속을, 뿌리 쪽을 앞으로 하여 암벽 그늘까지 끌고 왔다. 바위께까지 오자 그것을 똑바로 세워, 한 손으로 줄기를 단단히 쥔 후 한 손으로 도끼를 머리 높이까지 쳐들면서 깨끗이 가지를 쳐내 버렸다. 그래서 가문비나무 가지가 산만큼이나 쌓이자, 벌거숭이가 된 줄기를 눈 위에 버리고 동굴 속으로 되돌아와 벽에 세워 두었던 한 장의 판자를 가지고 나왔다. 그 판자로 바위 아래의 눈을 깨끗이 쓸어 버리고는, 가지의 눈을 완전히 털어 낸 다음 겹친 깃털처럼 쌓아서 침상을 만들었다. 가문비나무 가지가 흩어지지 않도록 막대기를 침상 발치에 가로질러 얹고, 판자를 쪼개서 끝을 뾰족하게 다듬은 두 개의 나뭇조각을 그 양쪽에 박아 움직이지 않도록 했다.

그리고 판자와 도끼를 들고 동굴로 되돌아가, 입구의 모포를 들치고 안으로 들어가서 본래대로 벽에 세워 놓았다.

"밖에서 무엇을 하고 있었수?" 필라르가 물었다.

"침상을 만들고 있었소."

"당신의 침상을 위해서 내 새 선반을 쪼개 버리다니 너무하지 않수."

"미안하게 됐군. 사과하오."

"뭐 그렇게 사과까지 할 것은 없지만." 그녀는 말했다. "제재소로 가면 판자는 얼마든지 있으니까 말이야. 그런데 어떤 침상을 만들었수?"

"고향의 것과 똑같은 것이 됐소."

"그럼 푹 주무시우."

그녀가 하는 말을 귓가로 흘려버리고 로버트 조던은 짐 중의 하나를 열고 침낭을 꺼낸 뒤 다른 것을 짐 속에 쑤셔 박고는 다시 모포의 커튼을 들치고 침낭을 밖으로 운반해 내다가 가지를 쌓은 위에 폈다. 이때 그는 침낭 끝의 자루가 된 쪽을 침상 발치에 고정시킨 막대기 위로 가게 했다. 침낭의 열린 머리 쪽은 암벽이 바람을 막도록 했다. 그리고 다시 한 번 짐을 가지러 동굴 속으로 되돌아갔다. 그러자 필라르가 "다른 무리들은 어젯밤처럼 나와 함께 자도록 할 테야."라고 말했다.

"보초는 세우지 않소?" 그는 물었다. "밤하늘은 맑고 폭풍우는 멎었소."

"페르난도가 갈 거요." 필라르가 대답했다.

마리아는 동굴 안쪽에 있었기 때문에 로버트 조던에게는 보이지 않았다.

"그럼 모두들 잘 자슈." 그는 말했다. "나도 자겠소."

사람들은 판자 테이블이나 생가죽을 씌운 의자들을 밀어내서 장소를 넓히고 화덕 앞의 마루 위에 모포나 침낭을 펴던 중이었는데 프리미티보와 안드레 두 사람만이 뒤돌아보며 "편히 주무슈." 했다. 안셀모는 구석 쪽에서 모포와 망토를 머리 위까지 덮어 코조차 내밀지 않고 이미 잠에 푹 빠져 있었다. 파블로도 의자에 기댄 채 잠자고 있었다.

"침낭에 양피가 있겠지?" 필라르는 다정하게 로버트 조던에게 물었다.

"고맙소. 그러나 나는 필요 없소."

"그럼 잘 자우." 그녀는 말했다. "당신의 짐은 내가 감시해 줄 테니까." 페르난도가 함께 나왔는데 조던이 펼쳐 놓은 침낭이 있는 곳까지 오자 잠깐 멈춰 섰다.

"밖에서 자다니 재미있는 것을 생각해 냈군, 돈 로베르토." 그는 케이프로 몸을 감싸고 카빈을 어깨에 멘 채 어둠 속에 서서 말했다.

"아주 길이 들었어. 그럼 안녕."

"길이 들었으면 걱정이 없겠지만."

"몇 시에 교대하나?"

"4시지."

"가끔씩 갑자기 추위가 밀어닥치거든. 조심하지 않으면 안 돼."

"뭐, 익숙해져 있으니까."

"그렇다면 걱정이 없겠지만." 로버트 조던은 공손한 말투로 말했다.

"암, 걱정 없구말구." 페르난도는 대답했다. "이젠 가지 않으면 안 돼. 그럼 잘 자우, 돈 로베르토."

"안녕, 페르난도."

로버트 조던은 동굴 속에서 꺼내 온 것으로 베개를 만들어 베고 침낭 속으로 파고들어 가 마리아를 기다렸다. 깃털처럼 가벼운 침낭 아래의 나뭇가지 스프링에 온기를 느끼면서 쌓인 눈 너머로 동굴 입구를 쏘아보고 있었다. 기다리는 동안 심장의 고동소리가 들려왔다.

밤은 맑게 개어 있었고, 그의 머릿속은 밖의 공기처럼 맑고 싸늘하게 느껴졌다. 그는 밑에 깔린 소나무 냄새를 맡았다. 부서진 솔잎에서 나는 냄새와 잘라 낸 가지에서 흘러나온 좀 더 강한 송진 냄새를. 필라르, 하고 그는 생각했다. 필라르와 죽음의 냄새, 지금 이 냄새는 내가 좋아하는 냄새이다. 이 냄새와 막 뜯어 낸 클로버, 가축을 몰 때 짓밟히는 샐비어 이파리, 나무 타는 연기, 그리고 가을에 낙엽 태우는 냄새, 그것은 노스텔지어의 냄새임에 틀림없다. 저 미줄라의 가을철 길거리에서 긁어모아 태우는 낙엽 덤불에서 나는 연기 냄새 말이다. 그런데 너는 어느 냄새가 더 좋으냐? 인디언들이 바구니를 만들 때 쓰는 감초 냄새일까? 훈제 가죽 냄새일까? 봄날 비 온 뒤 땅에서 나는 냄새일까? 갈리시아 곶[岬]의 낭떠러지를 걸을 때 나는 바다 냄새일까? 아니면 밤에 쿠바를 향해서 갈 때 육지에서 불어오는 그 바람 냄새일까? 그것은 선인장 꽃, 미모사, 그리고 해초 덤불에서 나는 냄새이다. 아니면 너는 배고픈 아침에 프라이한 베이컨 냄새를 더 좋아하는 것일까? 혹은 아침에 마시는 커피 냄새일까? 혹은 사과를 깨물 때 나는 조나단의 냄새일까? 혹은 사과주 공장에서 사과를 갈 때 나는 냄새일까, 아니면 솥에서 갓 구워 낸 빵 냄새일까? 너는 틀림없이 배가 고픈 모양이로구나, 하고 그는 생각했다. 그리고 그는 옆으로 돌아누워, 별이 눈에 반사되어 환한 빛 속에서 동굴 입구를 바라보았다.

누군가가 동굴의 담요 밑으로 해서 밖으로 나왔다. 그는 동굴 입구가 나 있는 바위의 뚫린 부분 옆에 누군가가 서 있는 걸 볼 수 있었다. 그때 그는 눈 위에서 미끄러지는 소리를 들었다. 그리고 그 누군가는 몸을 구부려 다시 안으로 들어가 버렸다.

그녀는 모두들 잠들기 전에는 오지 않을 것이다, 라고 그는 생각했다. 그것은 시간 낭비다. 밤은 절반이나 지나가 버리지 않았다. 오, 마리아 이제 빨리 좀 오구려, 마리아. 시간이 없으니까 말이야. 그는 나뭇가지에서 땅에 쌓인 눈 위로 눈이 떨어지는 부드러운 소리를 들었다. 바람이 약간 일었다. 얼굴에 바람이 느껴졌다. 갑자기 그는 그녀가 오지 않을까 봐 당황했다. 이제 불기 시작한 바람이 아침이 얼마나 빨리 찾아올 것인가를 상기시켰기 때문이다. 소나무 가지 끝을 흔들고 있는 바람소리를 듣고 있자니까 더 많은 눈이 나뭇가지에서 떨어졌다.

빨리빨리 와요 마리아. 제발, 지금 빨리 좀 와요. 자아, 지금 곧 이리로 와요. 언제까지나 기다리지 말고. 모두들 잠들기를 기다리다니 그런 것은 아무래도 좋잖아.

그때 그는 그녀가 동굴 입구에 가려 놓은 담요 밑으로 빠져 밖으로 나오는 모습을 보았다. 그녀는 그 자리에 잠깐 멈춰 서 있었다. 그는 그게 그녀인 줄은 알았지만 무얼 하고 있는지는 알 수가 없었다. 그는 나지막하게 휘파람을 불었다. 그녀는 여전히 동굴 입구, 바위 그늘의 어둠 속에서 무엇인가를 하고 있었다. 그녀가 두 손에 무엇인가를 들고 달려왔다. 그는 그녀가 긴 다리로 눈 위를 달려오는 모습을 보았다. 그녀는 침낭 옆에 와서 무릎을 꿇고 앉더니 머리를 불쑥 내밀면서 발에 붙은 눈을 털어 냈다. 그녀는 그에게 입을 맞추고는 보따리를 건네주었다.

"이걸로 함께 베개를 해요." 그녀가 말했다. "시간이 없어서 저기서 이걸 가져왔어요."

"눈 위를 맨발로 걸어왔군?"

"네." 그녀가 말했다. "그리고 웨딩 셔츠밖에 안 입었어요."

그는 두 팔로 그녀를 힘껏 끌어안았다. 그녀는 머리를 그의 턱에 문질러 댔다.

"내 발에 닿지 않게 해요." 그녀가 말했다. "발은 몹시 차요, 로베르토."

"여기다 발을 넣고 녹여 봐."

"아니에요." 그녀가 말했다. "금방 따뜻해질 거예요. 어서 날 사랑한다는 말이나 해 주세요."

"당신을 사랑해."

"좋아요, 좋아요, 좋아요."

"당신을 사랑해, 귀여운 토끼."

"내 웨딩 셔츠 좋아요?"

"항상 입고 다니는 거로군."

"그래요, 어젯밤에 입은 거예요. 이게 내 웨딩 셔츠예요."

"발을 여기다 넣어."

"아니에요. 그런 짓은 안 돼요. 저절로 따뜻해질 거예요. 나한테는 차갑지 않아요. 눈이 묻어서 당신한테만 차가울 뿐이에요. 다시 한 번만 말해 주세요."

"당신을 사랑해, 내 귀여운 토끼."

"나도 당신을 사랑해요. 난 당신의 아내예요."

"그 사람들은 잠들었나?"

"아뇨." 그녀가 말했다. "하지만 난 더 이상 기다릴 수가 없었어요. 그리고 이제 그런 건 상관하지 않아도 되잖아요?"

"상관없지." 그가 말했다. 그리고 그는 날씬하고 미끈하고 포근하고 사랑스런 그녀의 몸을 느꼈다. "아무것도 상관할 필요 없어."

"내 머리에다 손을 놔 봐요." 그녀가 말했다. "그리고 내가 당신한테 키스를 할 수 있는지 없는지 가르쳐 줘요. 괜찮아요?"

"그래." 그가 말했다. "웨딩 셔츠를 벗어."

"벗어야만 해요?"

"그래, 춥지만 않다면."

"춥긴요. 난 활활 타요."

"나도 그래. 하지만 나중에 당신이 춥지 않을까?"

"아니에요. 나중에 우린 산중의 한 마리 짐승처럼 될 거예요. 아주 꼭 달라붙어서 우리 둘이 누가 누군지 아무도 알 수 없게 될 거예요. 내 심장이 당신 심장이 되어 있는 걸 못 느껴요?"

"느끼지. 구별을 못하겠군."

"자, 만져 봐요. 나는 당신이고 당신은 나예요. 내 모든 것이 당신이에요. 그리고 난 당신을 사랑해요. 오, 정말 사랑해요 우린 정말 하나잖아요? 그걸 느낄 수 없어요?"

"느끼지." 그가 말했다. "정말이야."

"그럼 이제 만져 봐요. 당신은 내 심장밖에는 안 가지고 있어요."

"다리도, 발도, 몸도 그렇지."

"하지만 지금 우린 달라요." 그녀가 말했다.

"난 우리 둘이 똑같아졌으면 해."

"정말로 하는 소린 아닐 거야."

"아니에요, 정말이에요, 정말이에요. 이 말은 당신한테 꼭 해야 해요."

"정말로 그런 소릴 하는 건 아닐 거야."

"그럴지도 몰라요." 그녀가 그의 어깨에 입술을 대고 속삭이듯이 말했다. "하지만 난 그렇게 말하고 싶어요. 우리가 서로 각각이라면 당신은 로베르토고 난 마리아인 게 좋을 거예요. 하지만 당신이 바꾸고 싶다면 난 기꺼이 바꾸어 드리겠어요. 난 정말 당신을 사랑하고 있으니까 기꺼이 당신이 될 거예요."

"난 바꾸고 싶지 않아. 하나가 되더라도 각자가 본래의 자기대로 있는 것이 더 좋아."

"하지만 우린 이제 하나가 될 거예요. 그리고 절대 떨어지지 않을 거예요." 그러고 나서 그녀가 말했다. "당신이 없더라도 난 당신이 되어 있을 거예요. 오, 정말 당신을 사랑해요. 그러니까 당신을 소중히 돌봐 드려야 해요."

"마리아."

"네?"

"마리아."

"네."

"마리아."

"그래요, 어서요."

"춥지 않아?"

"네, 조금도. 어깨에 담요를 끌어다 덮어요."

"마리아."

"난 말할 수가 없어요."

"오, 마리아. 마리아, 마리아."

밖은 차가웠지만 길쭉하고 포근한 침낭 속에 꽉 붙어서, 머리를 그의 뺨에 댄 채 그녀는 조용하고 행복하게 누워 있다가 속삭이듯이 말했다.

"당신은 어때요?"

"당신과 꼭 같았지."

"그랬군요." 그녀가 말했다. "하지만 오늘 오후 같지는 않았어요."

"그래."

"하지만 난 그게 더 좋아요. 사람은 죽을 게 아니에요."

"그랬으면 좋겠지만." 그가 말했다.

"그런 의미가 아니에요."

"당신이 뭘 말하려고 했는지 알아. 우린 똑같은 말을 하고 있는 거야."

"그럼 왜 내가 한 말하고 다른 소리를 하세요?"

"남자는 다른 데가 있는 거야."

"그럼 난 우리가 다른 게 좋아요."

"나도 그래." 그가 말했다. "하지만 난 그 죽을 것 같은 걸 알고 있어. 난 남자니까 버릇대로 그렇게 말할 수밖에 없는 거야. 난 당신하고 똑같은 걸 느꼈어."

"당신이 어떤 분이든, 무슨 말을 하든 나는 당신 그대로를 좋아해요."

"그리고 난 당신을 사랑하고 당신 이름을 사랑해, 마리아."

"그건 평범한 이름이에요."

"아니야." 그가 말했다. "평범하지 않아."

"이제 잘까요?" 그녀가 말했다. "난 쉽게 잠들 수 있어요."

"자자구." 그가 말했다. 그리고 그는 그의 몸에 닿는 포근하고 길고 가벼운 몸을 느꼈다. 단지 옆구리와 어깨와 발이 닿는 것만으로도 신비스럽게 마음이 풀리고 외로움이 가서 버렸으며, 함께 죽음에 대항할 수 있도록 둘이 합쳐졌다. 그러자 그가 말했다. "잘 자, 귀엽고 미끈한 토끼."

그녀가 말했다. "난 이미 잠들었어요."

"나도 자겠어." 그가 말했다. "잘 자, 마리아." 그리고 그는 잠들었다. 잠 속에서 그는 행복했다.

하지만 그는 밤중에 깨어나서 그녀가 생명의 전부이며 남에게 빼앗길 것 같거나 한 듯이 힘차게 그녀를 꽉 끌어안았다. 그는 그녀가 존재하는 생명의 전부다. 정말로 그렇다고 느끼면서 그녀를 끌어안았다. 하지만 그녀는 곤히 잘 자고 있었다. 깨어나지 않았다. 그래서 그는 몸을 돌려 옆으로 누워 침낭을 잡아당겨 그녀의 머리를 덮어 주고 침낭 속에서 그녀의 목에다 키스했다. 그러고 나서 끈에 매놓은 권총을 끌어당겨 잡기에 편하도록 옆에 두고 어둠 속에서 생각을 더듬기 시작했다.

21

날이 새자 따뜻한 바람이 불어왔다. 그는 나무 위에 있던 눈이 녹아 묵직하게 떨어지는 소리를 들었다. 늦은 봄날 아침이었다. 그가 눈을 뜬 순간 어젯밤 내린 눈이 산악 지방 특유의 일시적인 눈보라였으며, 정오까지는 다 녹아 버리리라는 것을 깨달았다. 바로 그때 말이 달려오는 소리가 들렸다. 젖은 눈이 뒤범벅된 말굽으로 콩콩거리는 둔한 소리를 내면서 쏜살같이 달려오고 있었다. 그는 카빈 총집이 철컥철컥 천천히 부딪히는 소리와 가죽이 뽀도독거리는 소리를 들었다.

"마리아." 그녀를 깨우려고 어깨를 흔들며 불렀다.

"침낭 속에 숨어." 그리고 한 손으로 셔츠 단추를 채우고 다른 손으로는 자동 권총을 쥔 후, 엄지손가락으로 안전장치를 풀었다. 그는 그녀의 밤송이 머리가 침낭 속으로 재빨리 사라져 버리는 것을 보았다. 그때 한 기병이 나무 사이로 모습을 드러냈다. 침낭 속에서 팔꿈치를 고정시키고 두 손으로 권총을 쥔 채 다가오는 사나이를 겨냥했다. 전에 본 적이 없는 사나이였다.

기병은 그의 정면으로 말을 몰고 왔다. 그는 카키색 베레모에 판초 같은 담요 케이프를 두르고, 무거운 검정 장화를 신고서 커다란 잿빛 말을 타고 있었다. 안장 오른쪽의 총집에는 짤막한 자동 소총의 총신과 길쭉한 장방형의 탄창이 삐죽 나와 있었다. 젊고 억세 보이는 얼굴이었다. 그 순간 사나이는 로버트 조던을 발견했다.

사나이가 총집으로 손을 뻗치고 몸을 낮추면서 홱 몸을 돌리는 순간, 로버트 조던은 사나이의 카키색 케이프 오른쪽 가슴에 새빨간 휘장이 달려 있는 것을 흘긋 보았다.

로버트 조던은 그 휘장 조금 아래쪽인 가슴 중앙부를 겨냥하여 방아쇠를 잡아당겼다.

총소리가 눈 쌓인 숲을 뒤흔들었다.

말은 박차에 걷어차였을 때처럼 펄쩍 뛰어올랐고, 계속 총집을 끌어당기던 젊은이는 오른쪽 발을 등자에 건 채 땅에 떨어졌다. 말은 얼굴이 거꾸로 매달린 젊은이의 몸을 바닥에 내동댕이쳤다. 그리고 젊은이를 질질 끌면서 나무 사이를 달려 빠져나갈 즈음에는, 로버트 조던은 한 손에 권총을 쥔 채 일어서 있었다.

커다란 잿빛 말이 나무 사이를 달리자, 끌려가는 젊은이의 몸 때문에 넓고 검은 흙길이 생겨났고, 그 길 한쪽에는 새빨간 피가 길게 이어져 있었다. 사람들이 동굴 입구로 나왔다. 로버트 조던은 손을 아래로 뻗쳐 베개로 삼고 있던 바지를 풀어 입기 시작했다.

"옷 입어." 그가 마리아에게 말했다.

머리 위로 아주 높게 나는 비행기 소리가 들렸다. 그는 나무들 사이로 잿빛 말이 멈춰 서 있는 걸 보았다. 젊은이는 여전히 등자 가죽에 발을 건 채, 얼굴을 땅에다 쑤셔 박고 있었다.

"가서 저 말을 끌고 와." 그는 뛰어나오는 프리미티보에게 말했다. 그러고 나서 "꼭대기에는 누가 보초를 서고 있나?" 하고 외쳤다.

"라파엘이야." 필라르가 동굴에서 말했다. 그녀는 머리를 여전히 두 갈래로 땋아 등 뒤로 늘어뜨린 채 그 자리에 서 있었다.

"기병대가 나타났소." 로버트 조던이 말했다.

"그곳에다 총을 장치하시오."

그는 필라르가 "아구스틴." 하고 동굴 속에다 대고 부르는 소리를 들었다.

그러고 나서 그녀는 동굴 안으로 들어갔다. 이윽고 두 사내가 뛰어나왔다. 한 명은 삼각대가 달린 자동 소총을 어깨에 메고 있었고, 또 한 명은 탄알통이 가득 든 부대를 들고 있었다.

"그걸 가지고 저리로 가." 로버트 조던이 안셀모에게 말했다. "총 옆에 엎드려서 총좌를 누르고 있으란 말이야."

그들 세 사람은 숲 사이로 뚫린 오솔길을 뛰어 올라갔다.

해는 아직 산봉우리 위로 떠오르지 않고 있었다. 로버트 조던은 똑바로 서서 바지 단추를 채우고 벨트를 조였다. 커다란 권총은 그의 손목에 묶어 놓은 줄에 매달려 있었다. 그는 벨트에 달린 권총집에 권총을 꽂고 줄의 매듭을 풀어 목에다 둥그렇게 감았다.

언젠가는 누군가가 이 총에 맞아 죽을 게다, 하고 그는 생각했다. 그렇다, 이걸로 해치운 것이다. 그는 권총집에서 권총을 빼내 탄창을 뽑아 버리고 권총집 옆의 탄띠에서 탄창을 하나 꺼내 장전했다.

그는 나무 사이로 프리미티보가 말의 고삐를 잡고 동자에 걸린 기수의 발목을 빼내고 있는 것을 보았다. 시체는 눈 위에 얼굴을 처박고 있었다. 그가 바라보자니까 프리미티보가 주머니를 뒤지고 있었다.

"이리 와요." 그가 불렀다. "말을 끌고." 로버트 조던이 줄무늬 밑창 구두를 신으려고 주저앉으려는데 침낭 속에서 옷을 입고 있는 마리아의 몸이 무릎에 닿았다. 그녀는 이제 그의 생활에 들어앉을 자리가 없어진 것이다.

그 기병은 아무것도 예기치 못했으리라고 그는 생각했다. 반드시 동료들로부터 낙오되어 당황한 나머지 말 발자국을 더듬어 뒤쫓는 것조차도 잊어버리고 제대로 경계조차 하지 못했으리라. 반드시 이 부근까지 온 척후대의 일원임에 틀림없다. 그러므로 척후대에서 그가 사라진 것을 깨닫는다면 반드시 그의 발자국을 더듬어 이곳으로 올 것임에 틀림없다. 눈이 빨리 녹아 버리지 않는 한은, 하고 그는 생각했다. 아니면 놈들에게 무슨 고장이 일어나지 않는 한은.

"당신은 아래를 감시하고 있어." 하고 그가 파블로에게 말했다.

이미 다른 자들도 모두들 동굴 밖으로 뛰어나가 카빈을 들고, 수류탄을 혁대에 달고 그곳에 서 있었다. 필라르가 수류탄이 든 혁대를 조던에게 내밀었다. 그는 그것을 세 개 받아 들어 포켓에 집어넣었다. 동굴 안으로 기어 들어가서, 두 개의 배낭 가운데 기관총이 든 쪽의 배낭을 풀고 그 속에서 총신과 기대機臺를 꺼내 조립한 후 탄창 한 개를 기관총에, 세 개를 자기의 주머니에 집어넣었다. 그리고 배낭에 자물쇠를 채우고 나서 입구를 향해 달려갔다. 웃옷 주머니는 양쪽이 다 쇠붙이로 가득했다. 솔기가 터지지 않으면 좋겠는데, 하고 그는 생각했다. 그는 동굴에서 나와 파블로에게 말했다.

"나는 위로 가겠어. 아구스틴은 그 총 쏠 줄 아나?"

"알지." 파블로가 말했다. 그는 프리미티보가 말을 끌고 올라오는 광경을 바라보고 있었다.

"이거 정말 훌륭한 말이로군."

그 커다란 잿빛 말은 땀을 흘리며 약간 떨고 있었다. 로버트 조던은 어깨뼈 사이를 두드려 주었다.

"이놈을 다른 말들 틈에 끼워 줘야겠군." 파블로가 말했다.

"안 돼." 로버트 조던이 말했다. "이놈은 여기까지 들어올 때 발자국을 내놨으니 밖으로 나간 발자국도 만들어 봐야 하오."

"그래, 맞아." 파블로가 동의했다. "그럼 내가 그놈을 타고 나가 어딘가에 숨겨 뒀다가 눈이 녹거든 다시 끌고 오기로 하지. 오늘은 머리깨나 쓰는군, 영국 양반."

"그럼 누군가를 저 아래로 좀 보내 주시오." 로버트 조던이 말했다. "우리는 저 위로 올라가 봐야 할 테니."

"그럴 필요 없어." 파블로가 말했다. "기병들은 그 길로는 오지 못할 거야. 하지만 우린 그곳과 또 다른 두 군데로 빠져나갈 수가 있지. 비행기가 날아올 경우엔 발자국을 내지 않는 게 더 좋을 텐데. 그 술부대를 나한테 줘, 필라르."

"그쪽으로 가서도 취할 작정이야?" 필라르가 말했다. "이거나 대신 가지고 가우." 그는 팔을 뻗쳐 수류탄 두 개를 집어 주머니에 넣었다.

"취하다니." 파블로가 말했다. "이런 심각한 판국에 말이야. 하지만 그 부대를 내게 줘. 이런 때 물이나 마시면서 일을 하고 싶지는 않으니."

그는 팔을 들어 고삐를 잡더니 안장 위로 뛰어올랐다. 그는 히죽 웃으며 신경질이 난 말의 목을 가볍게 두드려 주었다. 로버트 조던은 그가 다리로 말의 옆구리를 다정스레 비벼 대는 것을 보았다.

"정말 훌륭한 말이야." 하면서 다시 한 번 그 커다란 잿빛 말을 두드려 주었다. "정말로 훌륭한 말이야. 가자, 여길 빨리 빠져나갈수록 더 좋을 거야."

그는 팔을 아래로 내려 통풍 장치가 달린 경기관총 총신을 총집에서 빼어 들었는데 그야말로 9밀리 권총 탄알을 쓸 수 있게 만들어진 경기관총이었다. 그는 그것을 들여다보고 있었다. "정말 근사하게 무장했군." 그가 말했다. "이 현대식 기병을 좀 보라고."

"그 현대식 기병 놈은 저기 얼굴을 처박고 있지. 가 봅시다." 로버트 조던이 말했다.

"안드레, 당신은 말안장을 얹고 준비하고 있어. 총소리가 나거든 숲 속의 움푹 팬 데까지 말을 끌고 와. 그리고 말은 여자들에게 맡기고 당신은 총을 가지고 이리로 오란 말이야. 페르난도, 내 배낭도 운반해야 할 테니까 조심해. 특히 주의하란 말이야. 필라르 당신도 내 짐을 좀 감시해 주시오." 그는 필라르에게 말했다. "모두들 틀림없이 말을 끌고 오도록 보살펴 줘. 자, 갑시다."

"도망갈 준비는 마리아와 내가 다 할 테니까." 필라르는 말했다. 그리고 허벅다리가 퉁퉁한 양치기 같은 모습으로 잿빛 말에 올라타고는 자동 소총의 탄창을 다시 박고 있는 파블로를 턱으로 가리키면서 로버트 조던에게 말했다. "저 꼴 좀 보라고. 말이 저자를 저렇게 쓸모없게 만들어 버렸어."

"말이 두 마리 있으면 좋을 텐데." 로버트 조던이 아쉬운 목소리로 말했다.

"당신은 말을 타면 위험해."

"그럼 노새를 탈까?" 로버트 조던은 씁쓸하게 웃었다.

그리고 눈 속에 엎어져 있는 젊은이 쪽을 턱으로 가리키면서 필라르에게 말했다.

"포켓을 뒤져서 무엇이든지 깡그리 갖다 주었으면 좋겠소. 편지도, 글씨를 쓴 것도 전부 말이오. 그리고 나의 배낭 바깥쪽 포켓에 넣어 두시오. 알겠소? 모두들."

"알았수."

"자아, 갑시다." 하고 그는 말했다.

파블로가 앞장서서 전진하자 사나이 두 명이 눈 위에 발자국을 남기지 않도록 한 줄로 서서 따라갔다.

로버트 조던은 총구를 아래쪽으로 두고 손잡이 앞쪽을 쥔 채, 경기관총을 휴대하고 있었다. 그 안장의 총과 이 경기관총의 탄환이 맞았으면 좋겠는데. 그러나 그런 일은 있을 수 없겠지. 그것은 독일제다. 이것은 카시킨이 쓰던 고물이고.

태양은 막 산마루 위로 솟아오르려 하고 있었다. 따뜻한 바람이 불어오고 눈이 녹기 시작하는 기분 좋은 늦봄의 아침이었다.

로버트 조던이 뒤돌아보니 마리아가 필라르와 나란히 서 있었다. 그때 그녀는 그를 향해서 산길을 달려왔다. 그는 그녀와 얘기를 나누기 위해서 프리미티보를 앞세우고 걸음을 늦추었다.

"저……." 하고 그녀가 말했다. "나도 함께 가면 안 되나요?"

"안 돼. 필라르를 도와줘." 그녀는 뒤따라 걸으면서 그의 팔을 잡았다. "나도 함께 가겠어요."

"안 돼."

그래도 그녀는 여전히 그의 뒤를 따라서 계속 걸었다.

"나는 당신이 안셀모에게 말한 대로 기관총 다리를 누르고 있을 수 있어요."

"당신은 다리 같은 것을 누르지 않아도 좋아. 총의 다리든지, 무슨 다리든지."

그녀는 그를 뒤따라가 어깨를 나란히 하고는, 그의 포켓에 손을 집어넣었다.

"안 돼." 하고 그는 말했다. "그런 것보다도 당신의 웨딩 셔츠나 소중히 간직해."

"키스해 줘요." 하고 그녀는 말했다. "아무 데도 데려가 주실 수 없다면."

"대단한 말괄량이 아가씨로군."

"그래요." 하고 그녀는 말했다. "아주 대단한 말괄량이예요."

"자아, 돌아가 줘. 해야 할 일들이 태산 같으니까. 놈들이 말 발자국을 추적해 오면 여기에서 싸움을 벌여야 할지도 몰라."

"로베르토." 그녀가 말했다. "그 사나이가 가슴에 달고 있던 휘장을 보셨어요?"

"보고말고. 당연히 보았지."

"그것은 '성심聖心'이에요."

"맞았어. 나바라의 인간들은 모두 그것을 달고 있어."

"그것을 노리셨어요?"

"아니, 그 조금 아래지. 자아, 그만 돌아가."

"저어, 나는 전부 보고 있었어요."

"보기는 뭘 봤다고? 사나이 한 명뿐이었어. 한 사람의 사나이가 말에서 떨어졌을 뿐이라고. 자아, 돌아가."

"사랑한다고 말해 주세요."

"안 돼, 지금은 안 돼."

"그럼 이제는 날 사랑하지 않나요?"

"그만 돌아가라니까. 인간이란 전쟁과 사랑을 한꺼번에 할 수는 없어."

"나는 함께 가서 기관총 다리를 누르고 있고 싶어요. 그리고 총성이 울리는 동안에도 당신을 사랑하고 있겠어요."

"당신은 머리가 좀 돈 모양이군. 자아, 그만 돌아가라고."

"돌다니요." 하고 그녀는 말했다. "당신을 사랑하고 있을 뿐이에요."

"그렇다면 돌아가 줘."

"좋아요. 돌아가겠어요. 당신이 만약 사랑해 주지 않는다면 나는 두 사람 몫을 사랑하겠어요."

그는 그녀를 바라보며 자기의 생각을 계속 더듬으면서 씁쓸하게 웃었다. "만약 총소리가 들리면," 하고 그는 말했다. "말을 데리고 와. 그리고 필라르를 도와 나의 배낭을 끌어내 줘. 하지만 아무 일도 일어나지 않을지도 몰라. 일어나지 않았으면 좋겠는데."

"돌아가겠어요." 하고 그녀는 말했다. 그리고 "어머, 파블로의 말이 멋있네요." 하고 덧붙였다.

잿빛 말은 훨씬 앞쪽으로 나아가고 있었다. "멋있지. 자아, 돌아가."

"돌아가겠어요."

그녀는 그의 포켓 속에서 단단히 주먹을 쥐고, 그 주먹으로 강하게 그의 허벅다리를 때렸다. 그는 그녀를 바라보았다. 그녀의 눈에는 어느새 눈물이 괴어 있었다. 그녀는 주먹을 포켓에서 빼자, 두 팔을 힘껏 그의 목에 감고 키스했다.

"돌아가겠어요. 그럼 돌아가겠어요."

그가 뒤돌아보니 그녀는 그 자줏빛 얼굴과 짧게 깎은 갈색 금발에 아침햇살을 받으면서 서 있었다. 그녀는 그를 향해서 주먹을 쳐들어 보이고는 뱅글 뒤로 돌아 고개를 푹 숙이고 내려갔다.

프리미티보도 뒤돌아서서 그녀의 뒷모습을 보고 있었다.

"머리칼을 저렇게 짧게 깎지 않았다면 아주 예쁜 아가씨일 텐데."

"옳은 말이야." 조던은 다른 일을 생각하면서 대답했다.

"침낭 속에서는 어땠수, 그 아가씨는?" 하고 프리미티보가 물었다.

"뭐라고?"

"침낭 속에서 말이우."

"말조심해!"

"뭐 이런 거 가지고 화를 내고 그러우?"

"닥쳐!" 조던이 외쳤다. 그는 수비할 장소를 찾고 있었다.

22

"소나무 가지를 꺾어 가지고 와." 로버트 조던이 프리미티보에게 말했다. "어서 속히." 그러고 나서 "총을 거기다 세워선 안 되겠는데." 하고 아구스틴에게 말했다.

"왜?"

"저 너머에다 세워." 로버트 조던은 손가락으로 그 장소를 가리켰다.

"이유는 나중에 말할 테니까."

"여기다 이렇게. 도와드리지. 여기다." 그가 말했다. 그러고는 쪼그리고 앉았다.

그는 바위 양쪽 높이를 재면서 길쭉한 장방형의 골짜기를 둘러보았다.

"좀 더 멀리 놔야겠어." 그가 말했다. "좀 더 멀리. 좋아, 거기야. 나중에 고정시킬 때까지 그곳에 놓아두면 되겠지. 저기, 저기다 돌들을 갖다 놔. 여기 하나 있군. 또 하나 그 옆에다 나란히 놔. 총구를 움직일 수 있는 여유를 남겨 놓아야 돼. 그 돌은 이쪽으로 좀 더 떨어지게 놓아야겠군. 안셀모, 동굴로 내려가서 도끼 좀 갖다 주시오, 빨리."

"당신은 제대로 총좌를 만들어 본 적이 없는 모양이군?" 그가 아구스틴에게 말했다.

"우린 항상 여기다 설치했는데."

"카시킨은 절대로 거기다 놓으라고 하지는 않았을 텐데?"

"안 그랬어. 그 총은 그가 떠난 뒤에 가져온 거니까."

"사용법을 알고 있는 사람이 가져온 게 아닌가?"

"아니, 인부가 가져왔지."

"엉터리 짓이로군." 로버트 조던이 말했다. "사용법도 배우지 않고 받았단 말인가?"

"그랬지. 마치 선물처럼 말이야. 하나는 우리한테, 또 하나는 귀머거리 영감한테 말이오. 네 사람이 그것을 운반해 왔어. 안셀모가 그들을 안내하고."

"그걸 가지고 한 사람의 희생자도 없이 네 사람이 다 전선을 무사히 통과했다니 놀라운 일이로군."

"나 역시 그렇게 생각했지." 아구스틴이 말했다. "그들을 보낸 사람들은 그렇게 각오를 하고 보냈으리라고 생각했지. 하지만 안셀모가 교묘히 안내했기 때문에……."

"당신은 그걸 다루는 방법을 아나?"

"알지. 시험해 봤어. 난 알고 있어. 파블로도 알고, 프리미티보도 알지. 페르난도도 그렇고, 우리는 동굴 테이블 위에다 놓고 분해해 보기도 했고 조립해 보기도 했지. 한번은 그걸 분해했는데 이틀 동안이나 조립을 못한 적이 있었지. 그 후로는 분해를 하지 않았어."

"그래, 그건 지금도 사용할 수 있나?"

"있어. 하지만 우리는 집시나 다른 사람들한테는 그걸 맡기지 않아."

"알겠나? 거기선 아무 소용이 없는 까닭을." 그가 말했다. "보라고. 우리의 측면을 방어하는 저 바위는 공격해 오는 적들을 방어해 주는 형태가 되어 있지 않나. 그런 총은 평평한 지면을 향해서 쏠 수 있는 장소를 찾지 않으면 안 된단 말이야. 더구나 바위와 비스듬히. 자, 보라고. 모든 걸 다 내려다볼 수 있게 돼 있잖나?"

"알겠어." 아구스틴이 말했다. "하지만 우리는 마을이 점령됐을 때를 빼놓고는 방어전을 한 경험이 없어. 열차 작전 때에는 기관총을 가진 군인들이 있었고."

"자, 그럼 모두 함께 알아 두자구." 로버트 조던이 말했다. "별로 어려울 것도 없어. 그런데 집시는 어디로 갔지? 여기 있지 않으면 안 될 텐데."

"모르겠는데."

파블로는 다져진 길을 가로지르자 한 번 뒤돌아보고서는, 자동 소총의 사격 범위가 되어 있는 마루턱의 평탄한 곳을 한 바퀴 돌아 저쪽으로 넘어가 아까 젊은이가 남겨 놓고 간 발자국을 따라서 비탈길을 내려갔다. 그리고 이윽고 왼쪽으로 꺾어서 숲 속으로 그 모습을 숨겨 버렸다. 파블로가 기병대와 마주치지 않았으면 좋을 텐데, 하고 로버트 조던은 생각했다. 놈들이 우리의 무릎 사이로 굴러 들어오면 야단인데.

프리미티보가 소나무 가지를 가져왔기 때문에 로버트 조던은 그것을 눈 위로부터 흙 속에다 꽂고 총이 완전히 가려지도록 양쪽에서 구부려 덮었다.

"좀 더 꺾어다 줘." 그가 말했다. "여기에서 총을 쏠 두 사람을 은폐시켜야 하니까. 이 정도로는 안 되지만 도끼를 가져오거든 보충하기로 하지. 그런데 잘 들어." 그가 말했다. "비행기 소리가 들리면 어디든 좋으니까 바위 그늘로 가서 납작 엎드려야 해. 난 총을 가지고 여기 있을 테니까."

이미 해는 높이 떠올랐고 포근한 바람이 불고 있었으며 햇빛이 비쳐 드는 바위 사이는 기분이 좋았다. 말 네 필인데, 하고 로버트 조던은 생각했다. 여자 둘하고 나, 안셀모, 프리미티보, 페르난도, 아구스틴, 그리고 그 형제들 이름이 뭐였더라? 제기랄, 그럼 여덟 명이다. 집시는 빼놓고도 말이다. 집시까지 해서 아홉 명이고, 말을 타고 간 파블로까지 합치면 열 명이로군. 아아, 그랬군. 안드레였지, 그 형제는. 그리고 형제 중 한 명은 엘라디오였군. 어쨌든 열 명이야. 한 사람 앞에 말 반 마리 꼴도 못 돌아가는군. 세 사람이면 여길 지킬 수 있고, 네 명은 빠져나갈 수 있어. 파블로까지 합치면 다섯이지. 두 명이 남는군. 엘라디오까지 합치면 셋. 그놈은 어디 갔지? 만약 적들이 말 발자국을 따라온다면 오늘 귀머거리 영감은 어찌 될까? 신만이 알 뿐이다. 좋지 않은 일인데, 눈이 그렇게 그쳐 버리다니. 하지만 오늘 안으로 눈이 녹아 버린다면 괜찮을지도 몰라. 그러나 귀머거리 영감에겐 때가 늦을지도 몰라.

우리가 오늘 하루만 무사히 넘길 수 있게 싸우지 않아도 된다면, 내일은 우리가 가지고 있는 이 정도의 무기로 보기 좋게 해치워 버릴 수 있을 텐데. 암, 해치울 수 있고말고. 하기는 보기 좋게라고는 할 수 없겠지만, 이 정도라면 할 정도는 되겠지. 어쨌든 우리가 만족할 정도까지 못 갈지도 모르지만 그래도 한 사람 남김없이 동원한다면 반드시 해낼 수 있을 지도 모른다. 아아, 오늘 하루만 싸우지 않고 넘길 수 있다면. 만약 오늘 싸워야만 한다면 그때는 신의 도움이라도 바랄 수밖에 없게 되리라.

그동안 숨어 있을 장소로는 여기보다 더 좋은 데가 없을 것이다. 섣불리 움직여 봤자 흔적만 남길 뿐이다. 여기보다 더 좋은 장소는 없다. 그리고 최악의 경우엔 빠져나갈 길이 세 군데나 있다. 이 부근의 숲 속에 있을 수만 있다면 밤중에 되돌아와서 날이 샐 무렵에 다리를 해치울 수 있다. 전에는 무엇 때문에 그렇게 근심을 했을까? 뭐 어려울 것이라고는 하나도 없지 않은가. 한 번이라도 좋으니까 비행기가 때마침 와 주었으면 좋겠는데. 정말 그렇게 되어 주기만 한다면 좋겠는데. 내일은 도로가 흙먼지투성이가 될 것 같군.

그렇다. 오늘은 아주 재미있는 날이거나 아주 형편없는 날이 되리라.

기병대가 이곳으로 오지 않고 가 버린 걸 신께 감사드리자. 그들이 이곳까지 말을 타고 올라온다 하더라도 지금 여기 있는 발자국이 난 이 길 쪽으로는 오지 않으리라. 그들은 그가 일단 멈추었다가 돌아갔으리라 생각하고 파블로가 남긴 발자국을 따라가리라. 난 그 늙은 돼지가 어딜 갔는지 의문이다. 그는 아마도 늙은 수사슴처럼 들판을 뛰어다니며 발자국을 내놓고는 위로 올라갔다가 눈이 녹으면 아래로 내려올 것이다. 그 말은 반드시 큰 도움이 되고 있으리라. 물론 어쩌면 놈은 그 말과 함께 도망쳤는지도 모른다. 훨씬 전부터 그런 일을 할 가능성이 있었던 놈이니까. 그래도 놈은 놈대로 적당히 해 나갈 수 있겠지. 이젠 그런 놈은 절대로 사용하지 않겠다.

새로 총좌 따위를 만드느니보다 이곳 바위를 이용하여 교묘하게 위장을 하는 것이 현명하지 않을까. 지금부터 흙을 파낸다면, 놈들이 기습했을 때라든가 비행기가 습격했을 때 당황하지 말라는 법도 없으니까. 마리아라면 충실히 그것을 지켜 주겠지. 그것이 어떤 도움이 된다면. 그런데 나는 아무래도 머물러 있을 수는 없다. 나는 그것을 가지고 도망치지 않으면 안 된다. 그때에는 안셀모를 함께 데려가기로 하자. 그런데 여기에서 싸우지 않으면 안 된다면 우리가 도망칠 때까지 누가 이곳에 남아서 지켜 줄 것인가.

마침 그때, 시야로 들어오는 산야山野를 휘둘러보고 있던 그의 눈에 왼쪽 바위 사이에서 집시가 나타나는 것이 보였다. 그는 둔부를 위로 삐쭉 내밀고 깡충깡충 바위 사이를 뛰어왔는데, 두 손에는 커다란 토끼를 한 마리씩 다리를 붙잡아 들고 있었다. 카빈총을 어깨에서 등 쪽으로 건 채 갈색 얼굴로 싱글벙글 웃고 있었다.

"아아, 로베르토." 그는 아주 기쁜 듯이 외쳤다.

조던이 급히 손으로 입을 틀어막아 보이자, 집시는 놀란 듯한 표정을 지었다. 그는 바위 뒤로 미끄러져 들어와 나뭇가지로 덮은 자동 소총 옆에 엎드리고 있는 조던 곁으로 왔다. 그리고 그곳에 쭈그리고 앉아 토끼를 눈 위에 놓았다. 로버트 조던은 그를 보았다.

"Hijo de la gran puta(더러운 갈보 년의 자식 같으니)!"

그는 부드럽게 말했다. "어디를 쏘다니다 이제 왔나?"

"이놈들을 뒤쫓고 있었지." 집시는 말했다. "자, 두 마리 모두 잡아 왔어. 이놈들이 눈 속에서 정사를 즐기고 있더란 말이야."

"그래, 당신의 소임인 감시는 어떻게 했지?"

"그렇게 텅텅 자리를 비워 두진 않았어." 집시는 조그마한 소리로 말했다. "무엇이 지나갔나? 보고라도 받았나?"

"적의 척후병이 나타났어."

"제기랄!" 집시가 내뱉었다. "그래, 당신 그놈을 봤소?"

"한 놈은 지금 저쪽에서 쭉 뻗어 있어. 아침거리라도 찾으러 왔겠지."

"어쩐지 총소리가 들린 것 같더라니. 쳇! 무슨 꼴이야. 그런 때 놀고 있다니! 그래, 그놈이 이 방향으로부터 나타났나?"

"이쪽이야. 당신이 담당하고 있는 곳이란 말이야."

"아아, 하느님! 아버지! 어머니!" 집시가 말했다. "나는 얼마나 불운한 사나이일까."

"당신이 집시가 아니라면 쏴 죽였을 거야."

"아아, 로베르토, 그런 말 하지 말아 줘. 미안하기 짝이 없어. 토끼 탓이야. 날이 샐 무렵에 수놈이 숲 속에서 무얼 하는지 바스락거리고 있었어. 놈들이 얼마나 음탕한 짓을 했는지 아마 당신은 상상도 하지 못할 거야. 그래서 그 소리가 나는 쪽으로 가 보니 이미 그곳에는 없었어. 그래, 눈 속에 난 발자국을 따라서 그 위쪽까지 가 보았더니 그곳에 두 마리가 다 있잖아. 곧 때려죽여 버렸는데 요즘 같은 계절치고는 두 마리 다 살이 쪘더군, 만져 보라고. 필라르가 어떻게 요리를 만들어 줄까 한번 생각해 봐. 아니, 정말 미안해. 그래, 그 기병은 죽었나?"

"죽였어."

"당신이?"

"그렇지."

"그래…… 당신이 말이지!" 집시는 노골적으로 추종하는 기색을 띠고 말했다. "당신이야말로 틀림없이 비범한 사람이야."

"너의 어머니나 칭찬해 줘." 로버트 조던은 말했다. 그는 집시의 말에 씁쓸히 웃지 않을 수 없었다. "토끼를 동굴로 갖다 주고 와. 그리고 무엇이든 좋으니까 아침을 좀 가지고 와."

그는 손을 뻗쳐서 눈 위에 길게 늘어져 있는 산토끼의 몸을 만져 보았다. 털이 복슬복슬했는데, 통통한 다리와 긴 귀는 눈 속에 묻혔고, 동그랗고 검은 눈동자는 뜬 채였다.

"역시 살이 쪘군." 그는 말했다.

"암, 살찌고말고!" 집시가 말했다. "한 마리의 늑골에서만도 한 통의 기름이 나올 거야. 정말 이렇게 큰 놈은 난생처음 보는걸."

"빨리 다녀와." 조던은 재촉했다. "그리고 아침과 그 젊은이가 가지고 있던 서류를 가지고 오란 말이야. 서류는 필라르에게 물어보면 알 수 있어."

"화나지 않았지, 로베르토!"

"화는 나지 않았어. 단지 당신이 자기 자리를 마음대로 떠난 것이 기뻐. 만약 그놈이 한 사람이 아니라 수많은 척후대였더라면 어떡할 뻔했어!"

"아니, 그렇게 따지고 들면 두 손을 들 수밖에 없어, 로베르토."

"잘 들어 둬. 두 번 다시 자기 자리를 마음대로 떠나면 용서하지 않겠어. 나는 사살한다는 말을 경솔하게 쓰지는 않을 테니까."

"물론이지. 그리고 또 하나, 토끼가 두 마리나 함께 제물로 뛰어나오는 법이란 두 번 다시 없을 테니까……. 한 인간의 일생 동안에는 좀처럼 만날 수 없는 일이란 말이야."

"이제 가 봐!" 로버트 조던이 말했다. "그리고 빨리 돌아와."

집시는 두 마리의 토끼를 집어 들고 바위틈 사이로 빠져나갔다. 로버트 조던은 평평한 빈터와 언덕 아래쪽의 비탈을 내려다보았다. 까마귀 한 마리가 머리 위에서 빙빙 돌다가 소나무 위에 내려앉았다. 또 한 마리의 까마귀가 합세했다. 저놈들은 내 보초병이군. 저놈들이 얌전히 있는 한, 숲으로는 아무도 올라오지 않는단 뜻이지.

집시 놈, 하고 그는 생각했다. 정말 쓸데없는 놈이다. 그놈은 정치적으로 진보되어 있지 않고 훈련도 엉터리라 무엇 하나 시킬 수가 없다. 그러나 내일은 놈도 필요하다. 내일은 놈이 쓸모가 있다. 전쟁에서 집시를 만나다니 이상한 일이군. 보통 전쟁이라면 놈들은 종교상의 입장이나 도덕적 견지에서 종군을 거부한 사람들과 육체나 정신장애자들처럼 제외될 것이다. 그런데 이번 전쟁에서는 양심적 반전론자들도 모두 징집당하고 있다. 어떠한 사람이라도 빠진 자는 없다. 너 나 할 것 없이 모두 징집당하고 있다. 그렇다. 이 게으름뱅이의 무리들에게까지 미치고 있는 것이다. 지금은 이 무리들조차 싸움에 휘말려 들고 있는 것이다.

아구스틴과 프리미티보가 나뭇가지를 가지고 왔다. 조던은 그것으로 자동 소총 위를 덮고, 공중에서 보아도 전혀 총이 보이지 않도록, 또 숲 쪽에서 보아도 조금도 부자연스럽게 보이지 않도록 위장했다. 그리고 그들은 수비에 임할 장소를 두 사람에게 지시했다. 그곳은 앞쪽과 오른쪽을 내려다볼 수 있는 오른쪽 바위 위와, 왼쪽 벼랑을 넘어 습격해 오리라고 가정했을 경우에 단 하나의 길이 될 곳을 지킬 수 있는 장소였다.

"적군이 눈에 띄어도 쏘면 안 돼." 조던이 말했다. "우선 돌멩이를 굴려 떨어뜨려서 알려야 해. 그리고 총을 이렇게 아래위로 흔들란 말이야. 적군의 수만큼, 몇 번이든지." 그러고 나서 그는 총을 머리 위로 들어 머리를 보호하듯 하고서 그것을 아래위로 움직여 보였다. "만약 놈들이 말에서 내리면 총 끝으로 땅을 찔러 보이란 말이야. 이렇게 말이지. 그런데 이 기관총 소리가 들릴 때까지는 절대로 그곳에서 쏘면 안 돼. 그곳에서 쏠 때는 적의 무릎을 향해서 쏴. 그리고 내가 이 피리를 두 번 불면 내려와서 바위 뒤에 몸을 숨기고 여기까지 오란 말이야."

프리미티보가 총을 쳐들면서 말했다. "알았어. 간단하군 그래."

"알겠지? 우선 돌멩이를 굴려 떨어뜨려서 방향과 수를 알리란 말이야. 적에게 들키지 않도록 해야 해."

"알았어." 프라미티보가 말했다. "수류탄을 던져도 괜찮아?"

"이 기관총을 쏘기 시작할 때까지는 안 돼. 동료를 찾으러 오더라도 여기까지 들어오지 않을지도 모르고, 또 파블로의 발자국을 따라갈지도 모르니까. 그렇게만 된다면 좋겠어. 되도록 충돌하고 싶지 않아. 아니, 피할 수 있는 한 피해야 해. 자아, 가라고."

"알았어, 가겠어." 프라미티보는 높은 바위산 위로 총을 가지고 올라갔다.

"아구스틴," 조던이 말했다. "당신은 총에 대해서 얼마만큼 알고 있나?"

아구스틴은 그의 옆에 쭈그리고 앉았다. 키가 크고 거무칙칙한 얼굴에는 풀 그루터기 같은 수염이 나 있었으며, 눈은 움푹 꺼져 있었고, 입술은 짧은 데다가 커다란 손은 몹시 거칠었다.

"나 말인가? 탄환을 장전하는 것, 겨냥하는 것, 쏘는 것, 그뿐이야."

"알겠나, 놈들이 50미터 안으로 다가오기 전에는 쏘면 안 돼. 그것도 동굴로 가는 길을 더듬어 오는 것이 확실해졌을 때만 말이야."

"알았어. 그런데 50미터쯤이라면 어느 부근쯤 될까?"

"저 바위 부근이지. 만약 장교 놈이 있다면 그놈을 제일 먼저 해치우란

330

말이야. 그러고 나서 다른 놈에게 총부리를 돌려. 천천히 돌려야 해. 조금밖에는 움직이지 않으니까 말이야. 그 방법을 페르난도에게 가르쳐 두겠어. 총은 단단히 쥐어 튀어 오르지 않도록 하고 조준을 맞춰. 될 수 있는 대로 한 번에 여섯 발 이상은 쏘지 않도록 해. 그렇게 하지 않으면 총구가 튀어 올라가 버리기 때문이지. 그리고 한 번에 한 놈만을 노리고, 그놈을 쓰러뜨린 후에 다른 놈에게로 돌려. 말을 타고 있는 놈은 그 아랫배를 겨냥해야 해."

"알았어."

"한 사람이 다리를 눌러서 총이 튀어 오르지 않도록 해야 해. 그리고 그 사람이 탄환을 장전하는 거야."

"그런데 당신은 어디에 있을 거요?"

"난 이 왼쪽에 있겠어. 높으니까 전부 바라볼 수 있고, 이 조그만 기관총으로 당신의 왼쪽을 엄호 사격하겠어. 자아, 만약 놈들이 오면 모두 몰살시킬 수 있을지도 몰라. 그러나 아까 말한 곳까지 다가오기 전에는 쏘면 안 돼."

"나는 반드시 몰살시킬 수 있으리라고 생각해. Menuda matanza(비열한 살육)!"

"놈들이 오지 않는 것이 제일 좋은데."

"당신의 철교 건만 없으면 여기에서 놈들을 모두 죽여 버리고 도망쳐버릴 수도 있는 일인데!"

"그래 봤자 아무 소용없어. 모두 몰살시켜 봤자 아무런 득이 없다고. 철교는 이번 싸움에서 이기기 위한 하나의 수단이야. 그런데 적을 죽여 봤자 아무런 가치도 없지. 이것은 우연히 부딪힌 사건에 불과해. 쓸데없는 짓이란 말이야."

"쓸데없다고? 파시스트 놈이 한 놈 뒈지면 분명히 한 놈의 파시스트가 줄어들지 않소."

"옳은 말이야. 그러나 저 철교를 폭파시킬 수 있다면 우리는 세고비아를 함락시킬 수가 있어. 한 주州의 수도를 말이지. 그것을 생각해 보라고. 이런 일은 지금까지는 한 번도 없었어."

"정말로 그런 생각을 하고 있나? 세고비아를 함락시킬 수 있다고!"

"암. 그 철교를 틀림없이 폭파시키기만 한다면 반드시 할 수 있어."

"난 철교도 몰살도 한꺼번에 해치우고 싶은데!"

"그건 욕심이 너무 커."

그는 그렇게 얘기를 나누면서도, 잠시도 까마귀로부터 눈길을 떼지 않았다. 그러자 한 마리의 까마귀가 무엇인가를 발견한 듯이 까악까악 울면서 날아올랐다. 다른 한 마리는 움직이지 않았다. 그는 프리미티보가 있는 바위 쪽을 쳐다보았다. 프리미티보는 아래쪽을 주의 깊게 감시하고 있었는데 아무런 신호도 하지 않았다. 그는 자동 소총의 안전장치를 움직여 탄창을 조사해 보고는 다시 본래대로 안전장치를 내렸다. 한 마리의 까마귀는 소나무 가지 위에 앉은 채였지만, 날아오른 놈은 눈 위로 커다랗게 원을 그리더니 다시 본래 앉았던 소나무 위로 날아 내렸다. 해는 떠올랐고, 바람은 따뜻했으며, 소나무 가지에 쌓인 눈이 아래로 떨어지고 있었다.

"내일 아침은 속 시원하게 몰살시켜 버리겠어." 로버트 조던이 말했다.

"제재소에 있는 초소를 해치우지 않으면 안 되니까 말이지."

"준비는 다 되어 있어." 아구스틴이 말했다.

"철교의 하류, 도로 수리공들의 집합소에 있는 주둔소도 말이야."

"그럼 나는 어느 쪽으로 가는 거요?" 아구스틴이 물었다. "양쪽 다라면 더욱!"

"양쪽은 안 돼." 조던이 가로막았다.

"동시에 해치우지 않으면 안 되니까."

"그럼 어느 쪽이라도 좋아." 아구스틴이 말했다. "훨씬 전부터 근질근질하던 참이야. 파블로 놈, 아무 일도 안 하고 우리를 완전히 썩혀 버렸어."

안셀모가 도끼를 들고 왔다.

"가지가 좀 더 필요한가?" 그가 물었다. "나는 아주 잘 은폐되었다고 생각하는데."

"가지가 아냐." 조던이 말했다. "조그만 나무가 두 그루 필요해. 여기에 세워서 좀 더 자연스럽게 보이고 싶어. 진짜로 보이기에는 나무의 수가 적어."

"그럼 그것을 베어 오겠어."

"아주 위쪽으로 쑥 올라가서 베어 오시오. 그루터기가 보이지 않도록 말이오."

이윽고 나무를 찍는 도끼의 울림이 등 뒤의 숲 쪽에서 들려왔다. 로버트 조던은 높은 바위 사이에 있는 프리미티보를 돌아다보고 나서 아래쪽 빈터 너머의 소나무로 눈길을 주었다. 한 마리의 까마귀는 아직 그곳에 있었다. 그러자 비로소, 높은 하늘에서 은은한 프로펠러 소리가 들려왔다. 그는 고개를 젖혀 하늘을 쳐다보았다. 비행기는 아주 높고 조그맣게 햇빛 속에서 은빛으로 빛나고 있었으며, 거의 움직이는 것 같지 않게 여겨졌다.

"저놈들에게는 보이지 않겠군." 그는 아구스틴에게 말했다. "그러나 엎드리는 것이 좋을 거야. 오늘은 이것으로 정찰기가 두 번째로군."

"어제와 똑같은 놈일까?" 아구스틴이 물었다.

"꼭 악몽 같아." 조던이 말했다.

"그렇다면 놈들은 세고비아에 있는 것임에 틀림없어. 그 악몽이 그곳에서는 현실이 되기를 기다리고 있어."

비행기는 이윽고 산 너머로 사라졌는데, 모터의 울림은 여전히 들려왔다.

로버트 조던이 보고 있으려니, 그 까마귀가 날아올랐다. 그리고 울음소리조차 내지 않고, 숲 위를 직선으로 날아 사라져 버렸다.

23

"엎드려!" 로버트 조던이 날카롭게 아구스틴에게 속삭였다. 그는 머리를 돌려, 엎드려, 엎드려, 하는 시늉으로 크리스마스트리와 같은 소나무를 어깨에 메고 골짜기를 올라오고 있는 안셀모에게 손을 흔들었다. 그는 늙은이가 소나무를 바위 뒤에 내려놓고 바위틈으로 숨는 것을 보았다. 로버트 조던은 빈터를 가로질러 숲을 올려다보았다. 아무것도 보이지 않았고 아무 소리도 들리지 않았다. 그는 가슴이 뛰는 것을 느낄 수 있었다. 그러고 나서 그는 바위 위로 돌이 구르는 소리를 들었다. 탁탁 튀기면서 조그만 돌멩이가 떨어져 왔다. 오른쪽의 바위 위를 쳐다보니 프리미티보의 총이 수평으로 누운 채, 네 번 올라갔다 내려갔다 하는 것이 보였다. 그러나 아직 온통 새하얗게 된 전방의 시야에는 아까 남겨 놓고 간 말 발자국과 그 너머로 숲이 있을 뿐, 그 외에는 아무것도 보이지 않았다.

"기병이다!" 그는 조그만 소리로 아구스틴에게 속삭였다.

아구스틴이 뒤돌아보았다. 그리고 히죽 웃자 그 거무칙칙하고 움푹 팬 뺨 아래쪽이 옆으로 넓적하게 번져 보였다. 로버트 조던은 그가 땀을 흘리고 있는 것을 보았다. 그는 팔을 뻗어 아구스틴의 어깨 위에 놓았다. 그 손을 떼어 내기도 전에 네 명의 기병이 숲 속에서 달려 나오는 것이 보였고, 아구스틴의 등 근육이 그의 손아래에서 파르르 경련하는 것을 느낄 수 있었다.

기병 하나가 앞장을 서고 세 사람이 그 뒤를 따르고 있었다. 앞장선 사나이는 끊임없이 아래를 보면서 말 발자국을 따르고 있었고, 뒤의 세 사람은 숲 사이에서 부채꼴로 퍼져서 나타났다. 모두들 주의 깊게 주변을 살피고 있었다. 로버트 조던은 눈 위에 엎드린 채 양 팔꿈치를 넓게 벌리고 자동 소총의 가늠자 너머로 네 사람을 쏘아보았다. 심장이 눈 덮인 지면을 두들겨 대고 있는 듯이 여겨졌다.

앞장선 사나이는 파블로가 돌아선 데까지 말 발자국을 따라 올라와서 멈춰 섰다. 나머지 세 놈도 그곳까지 뒤따라와서 멈추었다.

로버트 조던은 자동 소총의 푸른빛이 도는 강철 총신 너머로 그들을 똑똑히 보았다. 그는 사나이들의 얼굴과 장검, 땀으로 꺼멓게 된 말의 옆구리, 그리고 원추형으로 비스듬히 흘러내린 카키색 케이프, 나바르인처럼 비스듬히 쓴 카키색 베레모를 보았다. 앞장선 사나이는 로버트 조던이 총을 설치한 바위의 공지 쪽을 곧바로 향해서 말머리를 돌렸다. 젊고 햇볕에 그을린 검은 얼굴이었는데, 미간이 좁고 매부리코에다 다듬은 듯이 길쭉한 쐐기 모양의 턱이 보였다.

그 사나이는 말의 가슴을 로버트 조던 쪽으로 향하게 하고서는 가벼운 자동 소총의 개머리판을 안장 오른쪽에 매단 가죽집 밖으로 삐죽 나오게 한 채, 총좌가 있는 공지 쪽을 손가락질했다.

로버트 조던은 흙 속으로 두 팔꿈치를 쑤셔 박은 채 눈앞의 설원雪原 위에 서 있는 네 명의 말 탄 사나이들을 총신을 따라서 쏘아보고 있었다. 세 사나이는 자동 소총을 꺼내고 있었다. 세 명 중의 두 사나이는 안장 앞의 뾰족 솟은 곳에 자동 소총을 턱 걸치고 있었고, 다른 한 사람은 어깨에다 동쪽으로 멘 채 개머리판을 엉덩이 부근에서 팔로 누르고 있었다.

이렇게 가까이에서 적을 보다니, 흔히 있을 수 있는 일이 아니라고 그는 생각했다. 경기관총의 총신과 일직선이 되는 곳에서 이렇듯 적을 볼 수 있다는 것은 있을 수 있는 일이 아니다. 평상시라면 가늠자를 올려야 할 만큼 멀리 떨어져 있어 적의 몸이 난쟁이처럼 보이기 때문에 가늠자를 귀찮게 올렸다 내렸다 하거나 그렇지 않으면 적이 달려오든가, 어슬렁어슬렁 걸어서 이쪽으로 오는 것을 아군은 산비탈에서 화기로 날려 버리든가, 어딘가의 도로를 차단해 버리든가, 건물의 창을 총안으로 삼든가 할 뿐이다. 또는 아득한 도로를 행진하고 있는 적병을 볼 뿐이다. 단지 기차를 타고 있는 적병만은 이렇게 가까이에서 볼 수 있다. 그럴 때만은 지금처럼 가까이에서 보는데, 그 경우 이따위 네 놈쯤 따다닥 처치해 버리는 건데—그런데 이렇게 가까운 거리에서 가늠자 너머로 보고 있으려니 마치 보통 인간의 두 배로 보인다.

어이, 너는—하고 그는 가늠자의 쐐기형 정점을 대장의 가슴 중앙, 카키색 케이프를 곧장 내리비치고 있는 아침 햇살에 반짝반짝 빛나는 새빨간 휘장의 약간 오른쪽에다 단단히 겨냥한 채, 그것이 가늠쇠 홈 밖으로 움직이지 않도록 총을 쥐면서 생각했다. 너는—하고, 안전장치에 손가락을 대어 앞쪽으로 밀어내고 당장에라도 자동 소총으로부터 요란스럽고 가슴이 철렁할 만큼 퉁겨지듯이 탄환이 쏟아져 나갈 그 장소를 누른 채, 그는 생각했다. 너는—하고 그는 다시 한 번 생각했다.

너는 그렇게 젊은데, 지금 죽는 것이다. 그리고 너는—그는 생각한다—그리고 너는, 그리고 너는. 그러나 그렇게 되도록 해서는 안 된다. 그렇게 해서는 안 되는 것이다.

그는 바로 곁에 있는 아구스틴이 기침을 할 것 같은 기척을 느꼈고, 그것을 기를 쓰고 참으며 겨우 억눌러 씹어 삼키는 것 같은 기척을 느꼈다. 그러면서 나뭇가지 사이로 삐죽 나온 기름칠한 푸른빛이 도는 총신을 따라서 손가락을 계속 안전장치에 대고 앞쪽으로 밀어낸 채 가만히 눈길을 떼지 않고 지켜보고 있자니, 앞장선 사나이가 말을 빙그르르 돌려 파블로가 들어간 숲 속을 손가락질했다. 네 사람이 숲 속으로 달려 들어갔다. 그러자 아구스틴이 "수산양 같은 놈들!" 하고 중얼거렸다.

로버트 조던은 등 뒤쪽, 안셀모가 나무를 내던진 바위 쪽을 뒤돌아보았다.

집시인 라파엘이 천으로 만든 한 쌍의 안장 부대를 안은 채, 총을 동쪽으로 걸쳐 메고 오고 있었다. 로버트 조던이 손을 흔들어 몸을 엎드리라고 신호를 하자, 집시는 바위 그늘로 기어 들어가 보이지 않았다.

"네 놈 다 몰살시킬 수 있었는데." 아구스틴이 조용히 말했다.

아직 땀으로 흥건히 젖어 있었다.

"음." 로버트 조던이 속삭였다. "그러나 발포했다면 어떻게 되었을지 알 수 없어."

마침 그때, 그는 다시 돌멩이가 굴러 떨어지는 소리가 들려 재빨리 주위를 돌아다보았다. 그러나 집시의 모습도 안셀모의 모습도 보이지 않았다. 손목시계를 보았다. 그리고 프라미티보의 총이 언제 멈출지 모를 만큼 몇 번이고 몇 번이고 부지런히 오르내리는 것을 보았다. 파블로가 떠난 지 45분이 된다고 로버트 조던은 생각했다. 그러자 그때 한 무리의 기병대 말발굽 소리가 들려왔다.

"걱정하지 마." 그는 아구스틴에게 속삭였다. "걱정하지 마. 역시 아까처럼 지나가 버릴 테니까."

앞서의 무리들과 똑같이 무장을 한 기병이 20기, 2열 종대로 숲가를 달려오는 것이 보였고, 사벨이 허리에서 흔들흔들거렸으며, 카빈총이 안장의 가죽 부대에 들어 있었다. 이윽고 그들도 앞서와 같이 숲 속으로 사라져 갔다.

"봤나?" 로버트 조던이 아구스틴에게 말했다. "봤어?"

"많군." 아구스틴이 말했다.

"앞서의 놈들을 해치웠더라면 이놈들도 상대하지 않을 수 없었을 거야." 로버트 조던은 아주 나직한 목소리로 말했다. 가슴의 두근거림은 이미 진정되어 있었고, 가슴께의 셔츠는 녹은 눈으로 흥건히 젖어 있었다. 가슴속에 공동空洞 같은 것을 느낄 수 있었다.

태양은 눈 위에서 밝게 빛났고, 눈은 자꾸만 녹고 있었다. 나무줄기에서 눈이 구멍 뚫린 듯 녹는 것이 보였고, 총의 정면, 그의 눈앞에서는 눈의 표면이 따뜻한 태양열을 위쪽으로부터 받고, 아래쪽에서는 숨 쉬는 대지의 온기를 빨아올려 흠뻑 습기를 머금고서 레이스처럼 흐늘흐늘해져 있는 것이 보였다.

로버트 조던은 프라미티보가 감시하고 있는 곳을 쳐다보고 그가 손바닥을 아래로 하여 열십자를 만들어 '이상 없다'고 신호하는 것을 보았다.

안셀모의 머리가 바위 위로 나타났기 때문에 로버트 조던은 올라오라고 신호를 했다. 노인은 바위에서 바위로 빠지면서 기관총 곁에까지 기어올라와서, 그 자리에 벌렁 드러누웠다.

"많더군." 그는 말했다. "많더군!"

"이제 나무는 소용없어." 로버트 조던은 그에게 말했다.

"이 이상 더 위장을 숲처럼 훌륭하게 할 필요는 없어." 안셀모도 아구스틴도 싱글싱글 웃기 시작했다.

"이것으로 충분히 놈들의 눈을 속일 수 있었으니까. 그리고 놈들도 바보처럼 보이지는 않으니까, 지금 나무를 새로 세우면 이번에 돌아왔을 때는 오히려 수상하게 보여 시끄러워져."

그는 지껄이지 않고서는 견딜 수 없는 기분이 되었는데, 이것은 그에게 있어서 큰 위험이 사라져 버렸다는 증거였다. 언제나 그는 위험이 있은 뒤에 솟아오르는 이 강한 욕망으로 인해서 어느 정도 위험했던가를 알 수 있었다.

"어때? 훌륭한 위장이었지?" 그는 말했다.

"좋았어." 아구스틴이 말했다. "파시스트의 색골 같은 놈들, 꼴좋다! 그네 놈을 모조리 싹 죽여 버릴 수 있었는데, 당신도 봤소?" 그는 안셀모에게 말했다.

"봤어."

"이봐요." 로버트 조던은 안셀모에게 말했다. "영감은 어제의 그 감시처든가 아니면 달리 이곳이면 안전하다고 여겨질 만한 장소를 찾아내 도로를 감시하다가, 어제처럼 무슨 일이 있으면 모조리 보고해 주시오. 정말은 좀 더 일찍 그럴 필요가 있었소. 해가 질 때까지 그곳에 있어야 하오. 어두워지면 돌아와도 좋소. 교대할 자를 보낼 테니까."

"눈이 녹는 대로 아랫길로 해서 가시오. 그 길은 눈으로 진창이 되어 있을 거요. 트럭이 몇 대가량 지나갔는가, 탱크의 바퀴 자국이 있는가 없는가 정신을 잘 차리시오. 영감이 감시를 시작하기 전의 일을 알기 위해서는 그 도리밖에는 없소."

"내 말을 좀 해도 좋겠소?" 노인이 물었다.

"좋소."

"거역하는 것 같지만, 나는 라그랑하로 가서 어젯밤의 상황을 알아보고 오겠소. 그러니 나 대신 누군가를 보내 당신이 말한 대로 감시를 시키는 편이 좋지 않겠소? 그러면 그자가 오늘 밤 안으로는 보고할 수 있을 것이고, 사정에 따라서는 그 보고를 받으러 내가 다시 라그랑하로 갈 수 있었으면 더욱 좋을 텐데."

"기병에게 붙들릴 염려는 없겠소?"

"눈이 녹으면 염려 없소."

"라그랑하에 그런 일을 할 수 있는 사람이 있소?"

"이런 일에 대해서는 솜씨 좋은 놈이 있소. 여자일지도 모르지만. 라그랑하에는 믿을 수 있는 여자가 많아."

"꼭 있을 것 같아." 아구스틴이 말했다. "아니, 있을 것 같은 것이 아니라 나는 틀림없이 있다는 것을 알고 있어. 다른 일로도 활약할 수 있는 여자가 몇 사람은 있어. 나를 보내 주지 않겠어?"

"영감에게 가 달라지. 당신은 기관총을 다룰 수 있고, 오늘의 싸움만 하더라도 아직 끝나지 않았단 말이야."

"눈이 녹으면 떠나겠어." 안셀모가 말했다. "빨리 녹고 있으니까."

"파블로란 자 붙잡혔을까? 당신 생각은?" 로버트 조던은 아구스틴에게 물었다.

"파블로는 재빠른 놈이니까." 아구스틴이 말했다. "영리한 사슴을 사냥개 없이 붙잡을 수 있을 것 같아?"

"때로는 잡을 수도 있어." 로버트 조던은 말했다.

"파블로는 그렇게는 안 될걸." 아구스틴이 말했다. "하긴 이젠 이미 옛날의 그 파블로는 아니지만. 하지만 벽에 달라붙어 죽어 간 동료들이 수없이 있는데도 지금까지 그처럼 살아 있으면서 녹초가 되도록 취하며 이 산

속에서 재미있게 산다는 것은 보통 놈들로선 좀처럼 흉내 낼 수 없는 일이야."

"그 사나이는 소문난 것처럼 정말로 영리할까?"

"그 이상이지."

"하지만 여기서는 그다지 능력이 있는 것처럼 보이지 않는데."

"그럴 리가 있어? 대단한 능력이 없었다면 놈은 어젯밤 살해돼 버렸을 거야. 당신은 아무래도 정치에 대해서도, 게릴라전에 대해서도 잘 모르는 모양이군. 정치에서도 게릴라전에서도 가장 중요한 것은 살아간다는 사실이야. 어젯밤의 놈을 보라고. 교묘하게 살아남지 않았어. 나나 당신한테서 그렇게 실컷 당했는데도."

이제는 파블로도 생각을 고쳐서 이 부대와 행동을 함께하게 되었으니까 로버트 조던은 그의 일에 대해서 나쁘게 말하고 싶지 않았다. 그러므로 그의 능력에 대해서 파블로가 영리하다는 것은 잘 알고 있었다. 철교 폭파 명령의 잘못된 점을 이내 꿰뚫어본 것은 파블로가 아니었던가. 그는 단지 파블로가 싫었기 때문에 그런 말을 한 데 지나지 않았고, 말하면서도 자기의 잘못을 깨닫고 있었던 것이다. 그것은 긴장이 풀린 뒤에 지껄인 하나의 요설饒舌이었다. 그래서 그는 지금 화제를 바꿔 안셀모에게 얘기를 걸었다.

"그래, 영감은 대낮에 라그랑하로 간단 말이오?"

"상관없어." 노인이 대답했다. "군악대와 함께라면 사양하겠지만."

"모가지에 방울을 매다는 것도 사양하겠지? 그리고 깃발을 매다는 것도 말이야." 아구스틴이 말했다.

"어떻게 가겠소?"

"숲 속을 기어오르고 기어 내리면서 가지."

"하지만 만약 붙잡힌다면?"

"증명서를 가지고 있어."

"그것은 우리도 모두 가지고 있지만, 해가 될 서류는 재빨리 집어삼키지 않으면 안 돼."

안셀모는 고개를 내젓고는 작업복 가슴 주머니를 두들겨 보았다.

"벌써 몇 번이나 그것을 생각했었는지 몰라." 노인은 말했다. "하지만 아무래도 종이를 집어삼킨다는 것은 영 마음에 들지 않아."

"나는 서류에다 고춧가루를 조금 뿌려서 지니고 있으면 좋겠다고 생각한 적이 있소." 로버트 조던이 말했다.

"나는 왼쪽 가슴 주머니에 우리 편의 증명서를 넣어두지. 오른편에는 파시스트의 증명서를 넣어 두고. 그렇게 해 두면 위급할 때 실수할 염려가 없으니까."

이렇게 모두들 지껄이고 있을 때, 만약 처음에 나타났던 기병 척후대의 대장이 동굴을 향하여 오기라도 한다면 틀림없이 큰일이 벌어질 것이다. 너무 지나치게 지껄인다, 하고 로버트 조던은 생각했다.

"그런데, 로베르토." 아구스틴이 말했다. "우리의 정부는 나날이 우익 쪽으로 기울어진다고 모두들 수군거리더군. 공화국에서는 이미 누구나 다 '동지'라고 하지 않고 '세뇨르(나리)'라든가 '세뇨라(마님)'라고 부른다더군. 당신의 주머니도 오른쪽과 왼쪽을 바꿔 넣어 두는 편이 좋아."

"만약 극단적으로 우익 쪽으로 기울어진다면 그때는 엉덩이의 주머니에 넣어 두겠어." 로버트 조던은 말했다. "그리고 그 한복판을 기워 두겠어."

"그것은 당신의 셔츠 속에 넣어 두는 것이 좋을걸." 아구스틴이 말했다.

"우리가 이 전쟁에 이기기만 한다면 혁명 같은 것은 아무렇게 돼도 좋단 말이오?"

"아니." 로버트 조던은 말했다. "그래서는 안 되지만, 만약 이 싸움을 이겨 내지 못한다면 혁명이고 공화국이고 있을 턱이 없을뿐더러, 당신이나 나는 빈털터리가 돼 버리고 남는 것은 그 위대한 '카라호(Carajo: 본래는 음낭이지만, '쌍! 안 되겠는데, 남을 뭐로 아나.' '실패.' 등의 의미로 쓰인다)'만 남게 되겠지."

"나도 늘 그렇게 말해." 안셀모 노인이 말했다. "싸움에는 무슨 일이 있어도 이기지 않으면 안 된다고."

"그렇게 해서 전쟁이 끝나면 무정부주의자나 공산주의자나 그런 무뢰한들은 모두 쏴 죽이고 품질 좋은 공화주의자들만이 남는다는 것인가." 아구스틴이 말했다.

"나는 이 전쟁에서 이기지 않으면 안 된다고 말했지, 누굴 쏴 죽이라고는 하지 않았어." 안셀모가 말했다. "그리고 부정 없는 정치를 하여, 전쟁에서 이긴 이익은 그것을 위해 애쓴 여러 사람에게 나눠 주는 것이 바른 일이라고 생각해. 그리고 우리에게 대항한 놈들에게는 그들의 과오를 깨닫도록 교육시키지 않으면 안 된단 말이야."

"아마 산더미같이 인간을 쏴 죽이지 않으면 안 될걸." 아구스틴은 말했다. "한껏 많이 싫증이 날 만큼 말이야." 그는 오른쪽 주먹으로 왼쪽 손바닥을 두들겼다.

"한 사람이라도 죽이면 안 돼. 두목급의 무리라도 안 돼. 노동으로 두들겨 고쳐 주는 것이 바른 길이야."

"놈들에게 시킬 노동이 어떤 것인지 나는 알고 있어." 아구스틴은 말하면서 눈을 조금 집어 입 안으로 넣었다.

"어떤 노동인가? 가혹한 것인가?" 로버트 조던이 물었다.

"다시없이 멋진 방법이 두 가지 있지."

"두 가지라니?"

아구스틴은 다시 눈을 입 안으로 집어넣으며 기병대가 지나간 들판을 휘둘러보았다. 그리고 녹은 눈을 탁 뱉어 냈다.

"제기랄, 지독한 아침이로군." 그는 말했다. "색골 집시 놈, 어디로 갔어?"

"어떤 일인가?" 로버트 조던이 그에게 물었다. "말하라고. 입이 짓궂은 친구."

"낙하산 없이 비행기에서 뛰어내리게 하는 것이 그 한 가지지." 아구스틴은 눈을 빛내면서 말했다. "이 방법은 우리에게 걱정을 끼친 놈들에게 실시할 거야. 그리고 나머지 놈들은 울타리의 기둥 꼭대기에다 못 박고서 벌렁 자빠지게 밀어 쓰러뜨리는 거야."

"그런 말투는 아주 비열해." 안셀모가 말했다. "그런 짓을 하고 있으면 공화국은 영원히 이루어질 수 없어."

"우리는 놈들의 고환에서 짜낸 짙은 수프 속을 3백 리라도 헤엄쳐 보고 싶어." 아구스틴이 말했다. "그 네 놈을 보고 죽일 수 있구나 생각했을 때는 마치 갇힌 우리 안에서 종마를 기다리고 있는 암말 같은 느낌이 들었어."

"그런데 우리가 놈들을 살해하지 않은 까닭은 당신도 알겠지?" 로버트 조던은 온화하게 말했다.

"알고말고." 아구스틴이 말했다. "그런데 죽이고 싶어서 견딜 수 없는 마음은, 확실히 발정한 암말처럼 우리를 화끈 달아오르게 만들었어. 만약 그런 기분을 맛본 적이 없다면 당신은 도저히 그런 마음을 이해할 수 없을 거야."

"당신은 땀투성이였어." 로버트 조던이 말했다. "무서워하는구나, 하고 나는 생각했지."

"무섭지 않고." 아구스틴이 말했다. "무서움과 지금 말한 또 하나의 마음과 두 가지가 있었지. 그런데 세상에 이것처럼 격렬한 것은 없지."

그렇다, 라고 로버트 조던은 생각했다. 우리는 그것을 냉정하게 하지만 그들은 그렇지가 않았다. 그랬던 예가 없다. 이것은 그들의 특별하고 신성한 의식인 것이다. 머나먼 지중해의 저쪽 기슭에서 새로운 종교가 건너오기 전 그들이 가지고 있던 낡은 종교를 그들은 절대로 버리지 않았던 것이다. 단지 억압하고 숨기고 있기 때문에 전쟁이라든가 이단심문異端審問을 할 때는 표면에 나타나는 것이다. 그들이야말로 '신앙의 행위'로 사는 국민이다. 죽인다는 행위도 인간이 하지 않으면 안 될 일 중의 하나이기는 하지만, 우리가 살해하는 것과 그들이 살해하는 것은 의미가 다른 것이다. 그런데 너는, 하고 그는 생각했다. 너는 살인하는 것으로 인해서 타락한 적은 없었던가? 산속에서는 어떠했던가? 우세라에서는? 에스트레마두라에 있는 동안은? 한 번도 그렇게 된 일이 없었던가? 어떤가? 그는 자기에게 물었다. 기차를 습격할 때마다 그렇지 않았던가. 베르베르인이나 고대 이베리아인에 대해서 확신도 없는 억측을 해대지는 말라. 좋아서 군인이 된 자들이 그 일에 대해서 거짓말을 하든 안 하든 간에, 모두들 때로는 살인하는 것을 좋아하는 것과 같이 너도 그러했다는 것을 인정함이 좋으리라. 안셀모는 사냥꾼이고 군인은 아니니까 사람을 살해하기를 좋아하지 않는다. 이 영감을 우상화시켜서는 안 된다. 사냥꾼은 짐승을 죽이고, 군인은 사람을 죽인다. 자기를 속이지 말라. 이런 일에 대해서 거짓말을 만들지 말라. 너는 벌써 오랫동안 그 일에 젖어온 것이다. 안셀모의 말을 악의로 생각해서는 안 된다. 이 사나이는 크리스천이다. 이것은 구교를 신봉하는 나라에서는 진기한 일이다.

그런데 아구스틴의 경우 그것은 공포라고 생각했다. 전투가 벌어지기 전의 그 자연스러운 공포 말이다. 그런데 그것은 다른 하나의 마음이기도 했던 것이다. 물론 이제 와서 만용을 부리는 것인지도 모르지만, 그러나 공포도 충분히 있었다. 그의 등을 누르고 있던 손아래에서 그 공포를 느꼈다. 아무튼 좋다. 이제 지껄이고 있을 때가 아니다.

"집시가 식사를 가져오는지 한번 보시오." 그는 안셀모에게 말했다. "놈을 여기까지 올라오게 하면 안 되오. 놈은 바보니까. 영감이 손수 가지고 오시오. 그리고 놈이 아무리 많이 가지고 오더라도 좀 더 가지고 오라고 해서 돌려보내시오. 아아, 허기가 지는걸."

24

5월 말경의 아침이었으므로 하늘은 높게 개고 바람은 따뜻하게 로버트 조던의 어깨를 스치고 갔다. 눈이 계속해서 녹아 가는 곳에서 그들은 아침을 먹었다. 산양 고기와 치즈를 끼운 두 개의 커다란 샌드위치로, 로버트 조던은 휴대용 칼로 양파를 두껍게 썰어 고기와 치즈 사이에 그것을 끼워 넣었다.

"곧 숲 저쪽의 파시스트에게 풍겨 갈 만큼 썩은 숨결이 나올 거야." 아구스틴은 한입 가득히 씹으면서 말했다.

"술 단지를 이리 좀 줘. 입가심을 해야겠어." 고기와 치즈와 양파와 흐물흐물하게 씹은 빵을 입 안에 가득 문 채 로버트 조던은 말했다.

이렇게 공복이 된 적은 없는 것 같은 느낌이 들어서, 가죽 부대의 타르 냄새 같은 취기가 은은히 풍기는 술을 입 안 가득히 머금고 꿀꺽 삼켰다. 다시 한 번 가죽 부대를 집어 들고 술을 입 안으로 쏟아지게 하듯이 한입 가득 마셨다. 술부대의 가죽은 자동 소총을 덮은 소나무 가지 잎에 닿았고, 술을 입 안으로 흘려 넣기 위해서 고개를 젖히자 머리가 소나무 가지에 닿게 되었다.

"이 샌드위치를 하나 더 먹지 않겠소?" 아구스틴이 자동 소총 너머로, 그것을 그의 쪽으로 내밀면서 물었다.

"이제 됐어, 고마워. 당신이나 먹어."

"나는 먹지 못해. 아침을 먹지 않는 버릇이 있어서 말이야."

"정말 싫은가?"

"정말이야. 어서 들라고."

로버트 조던은 그것을 받아 무릎 위에 놓고, 수류탄을 넣어 둔 웃옷 주머니에서 양파를 꺼내어 그것을 둥글게 자르기 위해 휴대용 칼을 열었다. 주머니 속에서 먼지가 묻은 짧은 은빛의 양파를 잘라 낸 후, 동그랗고 두껍게 썰었다. 바깥쪽의 한 껍질이 떨어진 것을 집어 올려서 동그랗게 썬 데다 다시 붙이고, 그것을 샌드위치 사이에 끼워 넣었다.

"아침에 늘 양파를 먹소?" 아구스틴이 물었다.

"있기만 하다면."

"당신의 나라에서는 모두들 그렇게 하오?"

"아니." 로버트 조던은 말했다. "우리나라에서는 이것을 하품으로 치고 있어."

"아주 기쁜데." 아구스틴이 말했다. "나는 옛날부터 미국을 문명국이라고 생각하고 있었기 때문에 말이야."

"당신은 왜 또 양파를 싫어하지?"

"그 냄새 때문이야. 그것뿐이야. 그것만 없다면 장미와 같지."

로버트 조던은 양파를 입 안 가득히 문 채 아구스틴 쪽을 보고 싱글싱글 웃었다.

"장미와 같단 말이지?" 그는 말했다. "그야말로 장미와 똑같아. 장미는 장미이면서 양파야."

"양파 때문에 머리가 이상해졌는데?" 아구스틴은 말했다.

"정신 차리라고."

"양파는 양파이면서 양파다." 로버트 조던은 즐거운 듯이 말하고 마음속으로 '돌은 작은 바위이며, 둥근 돌이며 자갈이다.'라고 중얼거렸다.

"술로 입가심을 하라고." 아구스틴은 말했다. "당신도 무척 괴짜로군, 영국 양반. 당선과 요전번에 온 폭파 기술자와는 이만저만 다르지 않아."

"단 하나, 아주 다른 점이 있지."

"그것이 무엇인지 가르쳐 주시오."

"나는 살아 있지만 놈은 죽어 버렸어." 로버트 조던은 말했다. 그러고 나서 너는 대체 어떻게 했느냐? 하고 생각했다. 이렇게 얘기하는 법도 있는 가? 아침을 먹었기 때문에 이렇게 명랑해졌는가? 양파에게 취해 버리다니 대체 무슨 꼴이란 말인가? 이 전쟁이 지금 이만한 의미를 가진 적은 한 번도 없었다. 그는 정직하게 스스로에게 말했다. 무엇인가 의미를 지니게 하려고 한 것은 사실이지만 그렇게 된 적은 한 번도 없었다. 얼마 안 남은 목숨인데 거짓말을 할 필요는 없지 않은가.

"아니." 그는 진지하게 말했다.

"그 사나이는 몹시 고생을 한 인간이었어."

"당신은? 당신은 고생을 하지 않았어?"

"안 했지." 로버트 조던은 말했다. "나는 그다지 고생을 하지 않은 축에 끼는 인간이야."

"나도 그래." 아구스틴이 말했다. "세상에는 고생하는 놈과 고생하지 않는 놈이 있어. 나는 조금도 고생을 하지 않은 편이야."

"그 편이 좋지." 로버트 조던은 다시 술부대를 기울였다. "그리고 이놈만 있으면 더욱 좋고."

"나는 남을 위해 고생하고 있어."

"착한 사람은 모두 그래."

"그러나 나를 위해서는 조금도 고생을 하지 않는단 말이야."

"아내는 있나?"

"없어."

"나도 없네."

"하지만 지금 당신에게는 마리아가 있어."

"그렇군."

"정말로 이상야릇한 일도 있어." 아구스틴은 말했다.

"기차 소동 때 그 아가씨가 우리에게로 온 후, 필라르 할멈은 마치 마리아를 카르멜파(1156년 이탈리아의 카르멜 산에 창설된 수도회의 수녀원_옮긴이)에 넣기라도 한 것처럼 아주 엄격하게 감시를 해 아무도 가까이하지 못하게 해 왔단 말이야. 그 할멈이 엄중하게 처녀를 지킨 그 대단한 보살핌을, 당신 같은 사람은 상상도 못할 거야. 당신이 나타나니까 할멈은 마치 선물이라도 하듯이 처녀를 당신에게 주어 버렸단 말이야. 당신은 그걸 어떻게 생각해?"

"그런 게 아니었어."

"그럼 어떻게 된 노릇이야? "

"필라르는 그 아가씨를 나더러 보살피게 한 거야."

"그러면 당신이 보살핀다는 것이 밤새도록 아가씨와 달라붙어 지내는 건가?"

"운 좋게 그렇게 됐을 뿐이야."

"그렇게 보살피는 법도 있군."

"그런 방법으로 보살펴 줄 수도 있다는 것을 당신은 모르나?"

"알지. 하지만 그런 보살핌이라면 누구라도 해 줄 수 있어."

"이제 그런 얘기는 그만두자고." 로버트 조던은 말했다. "나는 진심으로 그녀를 보살펴 주고 있는 거야."

"진심으로?"

"세상에서 이처럼 진심으로 하는 일은 없을 정도지."

"그래. 앞으로는? 다리 일이 끝난 후에는?"

"함께 데리고 가지."

"그렇다면," 아구스틴은 말했다 "이제 더 이상 군소리는 하지 않기로 하고 당신들 두 사람의 행복을 빌겠어."

그는 술부대를 집어 들어 천천히 마시고 나서 로버트 조던에게 넘겨 주었다.

"다시 한 가지 얘기할 것이 있어, 영국 양반." 그는 말했다

"좋아."

"나도 그 처녀를 무척 생각하고 있었어." 로버트 조던은 그의 어깨에 손을 얹었다.

"무척 생각하고 있었어." 아구스틴은 말했다. "무척 말이야. 그 누구도 감히 엄두조차 내지 못할 만큼."

"나는 상상할 수 있어."

"그 아가씨는 나에게 영원히 지울 수 없는 깊은 인상을 남겼어."

"알고 있어."

"알겠나? 나는 아주 진지하게 얘기하고 있어."

"말해 줘."

"나는 단 한 번이라도 그 아가씨에게 손을 댄 일이 없을뿐더러 무엇 하나 관계되는 일을 저지르지 않았지만, 그래도 진심으로 생각하고 있었어. 영국 양반, 그 아가씨를 함부로 다루지 말아 줘. 그 아가씨가 당신과 잤다고 해서 절대로 매음은 아니니까."

"잘 보살피겠어."

"당신이 거짓말을 하리라고는 생각지 않아. 그러나 얘기할 것이 또 있어. 만약 혁명이 없었더라면 그 아가씨가 어떻게 되었을지 당신은 모르고 있어. 당신에겐 큰 책임이 있어. 정말 그 아가씨는 지독한 변을 당했어. 그 아가씨는 우리와 달라."

"나는 결혼하겠어."

"아니, 그런 일을 두고 하는 말이 아니야. 혁명 속에서 그렇게까지 할 것은 없어. 그러나," 그는 혼자 고개를 끄덕이고 나서 "가능하면 그러는 편이 좋을지 모르겠군."

"나는 결혼하겠어." 로버트 조던은 말하면서 목구멍이 부풀어 오르는 것을 느낄 수가 있었다. "나는 그녀를 아주 소중하게 생각하고 있지."

"나중에 말이지." 아구스틴이 말했다. "형편이 좋을 때가 오면 말인데, 중요한 것은 그러한 마음가짐을 가져 주는 일이야."

"알고 있네."

"들으라고." 아구스틴은 말했다. "도무지 쓸데없이 간섭할 권리가 없는 일을 이러쿵저러쿵 귀찮게 말하는 것 같지만, 당신은 이 나라의 아가씨들을 많이 알고 있소?"

"약간을 알고 있지."

"매춘부인가?"

"그렇지 않은 사람도 몇 명은 있지."

"몇 명쯤?"

"네댓 명이지."

"그런 아가씨들과 함께 잤소?"

"아니."

"당신도 알고 있겠지?"

"알아."

"즉 내가 말하고 싶은 것은 그 마리아라는 여자는 경솔하게 그런 일을 할 여자가 아니라는 거야."

"나는 경솔하게 하지는 않아."

"당신이 그런 놈이라면 엊저녁 둘이서 누워 잘 때 내가 싹 죽였을지도 몰라. 이 나라에서는 그런 일로 해서 살해당한 놈이 많이 있어."

"이봐, 들어봐." 로버트 조던은 말했다. "분명치 않은 점이 있었던 것은 시간이 부족했기 때문이야. 우리에게 가장 부족한 것은 시간이었어. 내일은 싸움을 하지 않으면 안 되거든. 단순히 나 개인에게 있어서는 그런 일은 아무것도 아니었어. 그러나 마리아와 나에게 있어서는 그 얼마 안 되는 시간에 두 사람의 생애를 전부 살지 않으면 안 된다는 것을 의미하고 있단 말이야."

"하룻낮과 하룻밤으로는 너무나 짧은데." 아구스틴이 말했다. "그렇지. 하지만 어제와 그 전날 밤과 어젯밤이 있었지."

"이봐." 아구스틴이 말했다. "무엇인가 내가 도와줄 수 있는 일은 없소?"

"괜찮아. 별로 부족한 것은 없어."

"당신을 위해서거나 그 까까머리를 위해서거나, 무엇이든지 내가 할 수 있는 일이 있다면……."

"괜찮아."

"정말이지 인간이 남을 위해서 해 줄 수 있는 일이란 얼마 없군."

"아니, 많이 있지."

"어떤 일이?"

"오늘과 내일의 싸움에서 그것이 어떤 방향으로 흘러가든 나를 신뢰하고, 가령 명령이 잘못 내려졌다고 여겨지는 한이 있더라도 따라 주는 것?"

"난 당신을 신뢰하고 있어. 그 기병을 해치우고 말을 다른 곳으로 보낸 다음에는 말이지."

"그런 일은 아무것도 아니야. 우리는 한 가지 목표를 위해서 활약하고 있어. 당신도 알고 있겠지? 전쟁에 이기기 위해서지. 이기지 않으면 모든 것이 무의미해져. 내일 우리에게는 아주 중대한 일이 있어. 의심할 여지없이 중요한 일이지. 그리고 반드시 전투가 벌어지겠지. 전투 중에는 규율이 있어야만 해. 왜냐하면 모든 것이 겉보기대로는 돌아가지 않기 때문이야. 규율은 신뢰로부터 우러나오지 않으면 안 돼."

아구스틴은 땅에다 침을 뱉었다.

"마리아의 얘기와 그런 얘기와는 별개의 것이야." 그는 말했다.

"당신과 마리아는, 두 사람의 인간으로서 남아 있는 시간을 잘 쓰지 않으면 안 된다는 말이야. 만약 내가 도울 수 있는 일이라면 무엇이든지 당신의 명령대로 하겠어. 그러나 내일 일을 위해서라면 나는 무조건 당신에게 복종할 생각이야. 내일 일을 위해서 죽을 필요가 있다면 나는 기꺼이 가벼운 마음으로 죽겠어."

"나도 그런 마음이야." 로버트 조던은 말했다. "그런데 당신에게서 그런 말을 들으니 참으로 기분이 좋군."

"그리고 조금만 더 말하겠어." 아구스틴이 말했다. "위에 있는 저 사나이는 말이지." 그는 프리미티보 쪽을 손가락질하면서 말했다. "저놈은 신뢰할 수 있어. 필라르는 당신이 생각하고 있는 것보다 훨씬 더 훌륭한 여자야. 안셀모라는 영감도 그렇지. 안드레도 그렇고. 엘라디오도 그렇지. 아주 얌전한 놈이지만 믿음직스러운 놈이지. 그리고 페르난도도. 나는 당신이 놈을 어떻게 보고 있는지 모르지만, 정말 놈은 수은보다 둔한 놈이야. 거리에서 수레를 끌고 있는 소보다도 어색하게 굴거든. 그러나 싸우는 일과 명령받은 일을 해내는 데는 누구에게도 뒤지지 않아. 훌륭한 놈이야. 이제 당신도 곧 알게 될 거야."

"우리는 운이 좋았어."

"아니, 우리에게는 두 가지 약점이 있어. 집시와 파블로야. 귀머거리 영감네 패는 마치 우리와 산양 똥과의 차이만큼이나 우리보다는 상수야."

"그러면 모든 게 다 잘된 셈이로군."

"그렇지." 아구스틴은 말했다. "그런데 오늘이었으면 좋았을 것을."

"나도 그렇게 생각해. 빨리 해치우고 싶어. 그러나 그렇게는 안 돼."

"잘되리라고 생각지 않아?"

"그럴 리는 없지만."

"그러나 지금 당신은 아주 즐거운 것 같은데, 영국 양반?"

"맞았어."

"나도 그래. 마리아의 일도 있고 다른 일도 있지만, 그래도 즐거워."

"왜 그런지 아나?"

"몰라."

"나도 몰라. 아마 날씨 탓이겠지. 날씨가 좋은 것은 기분 좋은 일이야."

"글쎄, 그럴까. 어쩌면 이제부터 한바탕 싸움이 벌어지게 될 판이라서 그런지도 모르지."

"나도 그렇다고는 생각하지만." 로버트 조던은 말했다. "그러나 오늘은 벌어지지 않아. 무엇보다도 중요한 것은, 오늘은 피하지 않으면 안 된다는 거야."

그렇게 말하는 사이에 그는 무슨 소리를 들었다. 그것은 아주 멀리서 나무 위를 우수수 스치고 지나는 따뜻한 바람 소리보다 더 위에서 들려오는 소리였다. 그는 자기 귀를 의심하며, 입을 벌린 채 귀를 곤두세우고 프리미티보 쪽으로 눈길을 주었다. 분명히 들은 듯한 느낌이 들었지만 이윽고 들리지 않게 되었다. 바람이 소나무 숲 사이를 뚫고 지나갔다. 이제 로버트 조던은 전신을 긴장시키고 귀를 곤두세웠다. 이윽고 은은히 바람 속에서 그 소리가 들려왔다.

"나의 경우 비극은 아무것도 아냐." 아구스틴이 하고 있는 말을 그는 듣고 있었다. "내가 마리아를 나의 것으로 만들 수 없는 일은 아무것도 아냐. 지금까지처럼 매음부들과 어울려 가면 되니까."

"잠자코 있어." 상대방의 말에 귀를 기울이지 않고 그는 이렇게 말한 후, 아구스틴 옆에 누워 머리를 그의 쪽과 반대편으로 향하게 했다. 아구스틴이 갑자기 그의 쪽을 보았다.

"무슨 일이지?" 그는 물었다.

로버트 조던은 입에다 손을 대고 더욱 열심히 귀를 곤두세웠다. 다시 소리가 들려왔다. 은은히, 억눌린 듯하고 메마른 소리가 훨씬 멀리에서 들려오는 것이었다. 그런데 이미 의심할 여지는 없었다. 그것은 자동 소총의 정확한, 튀는 듯하고 뒹굴어대는 듯한 총소리였다. 마치 조그만 폭죽이 거의 들리지 않을 만큼 먼 곳에서 잇따라 폭발하고 있는 듯한 소리였다. 로버트 조던은 그때, 이미 고개를 들어 얼굴은 이쪽 두 사람을 바라보면서 귀에 손을 대고 있는 프리미티보를 쳐다보았다. 프라미티보는 저쪽 산의 가장 높은 대지 쪽을 손가락질해 보였다.

"귀머거리 영감이 있는 곳에서 벌어지고 있군." 로버트 조던이 말했다.

"그럼 빨리 도와주러 가야지." 아구스틴이 말했다 "전원 집합시켜! 가야 해!"

"아니." 로버트 조던은 말했다. "우리는 여기 있어야 해."

25

로버트 조던이 프리미티보가 있는 쪽을 쳐다보니, 그는 이미 감시 장소에서 일어나 총을 쳐들고 소리 나는 쪽을 가리키고 있었다. 로버트 조던이 고개를 끄덕여 보여도 그는 손을 귀에다 댄 채 여전히 방향을 가리키면서, 이래도 알지 못하겠느냐는 듯 집요하게 총 끝을 그쪽으로 향하고 있었다.

"너는 이 총 곁에 있어. 적이 다가오고 있다는 것이 절대로, 절대로, 절대로 확실해질 때까지는 쏘면 안 돼. 적이 저 관목灌木께 이를 때까지는 말이야." 로버트 조던이 손가락질해 보였다. "알겠지?"

"응. 그런데……."

"그런데고 뭐고 없어. 나중에 설명하겠어. 나는 프리미티보가 있는 곳으로 가겠어."

안셀모가 옆에 와 있었기 때문에 그는 노인에게 말했다.

"영감, 당신은 아구스틴과 함께 그 총 곁에 있어 줘." 그는 서두르지 않고 천천히 말했다. "기병이 정말, 이곳으로 들어오지 않는 한 못 쏘게 해줘. 단지 저곳에 모습만 나타낸다면 아까처럼 가만히 내버려 두란 말이오. 그러나 아구스틴이 쏘아야만 할 경우가 되면, 당신은 총 다리를 단단히 눌러 주고 탄창이 비면 새로 넘겨주란 말이오."

"알았어." 노인은 말했다. "그런데 라그랑하 행行은 어떻게 하지?"

"그것은 나중 일이야."

로버트 조던은 젖은 잿빛의 둥근 바위를 붙잡고 바위산을 넘기도 하고 돌아가기도 하면서 기어 올라갔다. 태양은 바위 위의 눈을 빠른 속도로

녹이고 있었다. 둥근 바위 위는 이미 말라 가고 있었고, 올라가면서 휘둘러보니 소나무 숲과 길쭉하게 텅 빈 빈터와 저쪽 높은 산 앞의 저지대가 보였다. 이윽고 그가 두 개의 둥근 바위 뒤의 움푹 팬 곳에 있는 프리미티보 곁에 서자 햇볕에 그을린 얼굴의 조그만 사나이가 말했다. "귀머거리 영감이 당하고 있어. 어떻게 하겠어?"

"어쩔 수가 없어." 로버트 조던이 대답했다.

그곳에서는 총소리가 뚜렷이 들렸다. 바라보니 아득한 앞쪽, 평지가 험준한 언덕으로 이어지고 있는 아득한 골짜기 저쪽에 기병대의 한 무리가 숲 속에서 그 모습을 나타내 눈에 덮인 사면을, 총성이 나는 방향을 향해서 달려 올라가는 것이 보였다. 두 줄로 가늘고 길쭉하게 늘어선 사람과 말이 일정한 각도를 잡고 언덕을 무턱대고 올라가는 모습이 눈 위에 까맣게 보였다. 그는 그 두 줄이 언덕의 마루턱에 이르러 다시 저쪽 숲 속으로 들어가는 것을 지켜보았다.

"구원하러 가지 않으면 안 될 거야." 프리미티보가 말했다. 목소리가 메말라 억양이 없었다.

"그럴 수는 없어." 로버트 조던이 그에게 말했다. "아침부터 나는 이렇게 되지나 않을까 걱정하고 있었어."

"무엇을 보고 말이야?"

"귀머거리 영감네 패에서는 어젯밤 말을 훔치러 갔거든. 눈이 멎어 발자국이 남아 뒤를 밟힌 거지."

"그렇다고 하더라도 구하러 가지 않으면 안 될 거야." 프리미티보는 말했다. "이렇게 되었는데 모른 척할 수도 없거든, 동지니까."

로버트 조던은 상대편의 어깨에 손을 얹었다.

"우리는 무슨 일이고 할 처지가 못 돼." 그는 말했다. "할 수만 있다면 가고 싶지만 말이야."

"고지에서 저쪽으로 가는 길이 있어. 말을 타고 총 두 자루를 들고 그 길로 해서 가면 갈 수가 있어. 아래쪽에 있는 저 총과 당신 것, 두 자루 말이야. 그러면 구원해 줄 수 있지 않겠어?"

"저 소리를 들어 봐……." 로버트 조던이 말했다.

"바로 그거야, 내가 듣고 있는 것은." 프리미티보가 말했다.

총소리는 잇따라서 겹쳐졌다가는 부서지는 파도 소리처럼 울리고 있었다. 그리고 메마른 자동 소총의 굉음에 섞여 수류탄이 작렬하는 둔한 소리가 들려왔다.

"모두 당해 버리고 말 거야." 로버트 조던이 말했다. "눈이 멎었을 때, 이미 당해 버린 거야. 만약 우리가 그곳으로 간다면 역시 당하게 돼. 지금 우리가 갖고 있는 힘을 얼마간 분산시켜 버린다는 것은 불가능한 일이야."

프리미티보는 턱의 주변에도, 입술에도, 목에도, 희끗희끗하고 거뭇거뭇한 수염이 짧게 자라 있었다. 그곳을 제외한 그의 얼굴은 납작한 코와 움푹 팬 잿빛 눈 모두 온통 평평한 갈색이었다. 그 얼굴을 보고 있는 로버트 조던의 눈에, 그의 입술의 양쪽 끝과 목젖의 수염이 파르르 움직이고 있는 것이 보였다.

"저 소리를 들어 봐." 그는 말했다. "몰살당해."

"소굴을 포위당해 버렸다면 그렇게 되겠지." 로버트 조던은 말했다.

"도망친 놈도 몇 있을지 모르지만."

"지금 가면 놈들을 등 뒤에서 해치울 수가 있는데." 프리미티보가 말했다. "말을 타고 우리 넷이 가게 해 줘."

"그래서? 어떻게 할 테야? 놈들을 등 뒤에서 해치운 다음에는 어떻게 되는 거야?

"귀머거리 영감과 합치는 거지."

"그곳에서 죽기 위해서? 태양을 보라고. 아직 저물려면 멀었어."

하늘은 높고 구름 한 점 없었으며, 태양은 두 사람의 등을 따갑게 내리쬐고 있었다. 아래 빈터의 남쪽 비탈은, 이미 눈이 녹아 진창의 땅이 얼굴을 내밀고 있었고, 소나무 가지에 쌓인 눈도 완전히 떨어져 버렸다. 그리고 녹은 눈으로 축축이 젖은 발치께의 둥근 바위로부터는 뜨거운 햇살 속에서 수증기가 피어오르고 있었다.

"바로 이런 때 꾹 참고 견뎌야 해." 로버트 조던은 말했다. "지금이 참고 견뎌야 할 때야. 전쟁에서는 이런 일이 가끔씩 있어."

"그렇다면 우리가 해 줄 수 있는 일이 아무것도 없단 말인가? 정말 아무것도 없단 말인가?" 프리미티보가 자기의 얼굴을 바라보는 눈초리에서 로버트 조던은 그가 자기를 신뢰하고 있다는 것을 깨달았다. "이봐, 아무래도 나와 또 다른 한 사람에게 경기관총을 가지고 가게 해 줄 수는 없겠어?"

그는 문득 자기가 찾고 있는 것을 발견한 듯한 느낌이 들었다. 그러나 그것은 한 마리의 매가 바람을 타고 소나무 숲 위로 날아 올라가는 모습이었다.

"가령, 우리가 모두 간다고 해도 헛수고일 거야."

마침 그때 총소리가 갑자기 더 요란해지고, 그에 섞여서 수류탄이 작렬하는 폭음이 울려 퍼졌다.

"개놈들, 나쁜 색골들." 있는 욕설을 다 퍼부으며 저주하는 프리미티보의 눈에는 눈물이 고이고 턱은 경련을 일으키고 있었다.

"오오, 하느님, 성모 마리아님. 나쁜놈들! 저놈들을 오물 속에서 더럽혀 주소서!"

"진정하라고." 로버트 조던은 말했다. "이제 곧 놈들을 해치울 수가 있어. 아니, 필라르가 오는군."

둥근 바위 사이로 힘든 듯이 몸을 끌면서 여자가 두 사람 쪽으로 기어 올라왔다.

프리미티보는 총소리가 바람결을 타고 울려올 때마다 "놈들을 더럽혀 주소서. 오오, 하느님, 성모 마리아님, 놈들을 더럽혀 주소서." 하고 계속 지껄여 댔다. 로버트 조던은 내려가서 필라르를 끌어올려 주었다.

"어떻소, 아주머니." 이렇게 말하면서 그녀의 손목을 잡아, 그녀가 숨찬 듯이 마지막 둥근 바위를 기어 넘는 것을 끌어당겨 올렸다.

"자아, 당신의 쌍안경이야." 그녀는 이렇게 말하고는 목에 건 가죽 끈을 벗겼다. "역시 귀머거리 영감네 있는 곳이우?"

"그렇소."

"불쌍하게도." 동정에 겨운 듯이 그녀는 말했다. "가엾군, 그 영감." 그녀는 언덕을 기어 올라왔기 때문에 숨을 헐떡거리며, 로버트 조던의 손을 힘 있게 쥐면서 아래쪽을 휘둘러보았다.

"싸움은 어떻게 돌아가우?"

"불리하오, 아주 불리해."

"포위당했수?"

"아마 그런 모양이오."

"가엾게도." 그녀는 말했다. "분명 말 때문이겠지?"

"아마 그럴 거요."

"가엾어라." 필라르는 말했다. "기병대의 개똥 같은 놈들에 대해서는, 라파엘한테 다 들었어. 어떤 놈이었어?"

"척후 한 패하고 중대의 일부지."

"어디까지 왔었수?"

로버트 조던은 아까 척후대가 멈춰 섰던 지점을 손가락으로 가리켜 주고 아직 총이 은폐되어 있는 장소도 가리켜 주었다. 세 사람이 서 있는 곳에서는 위장한 뒤쪽으로 아구스틴의 장화가 삐져나와 있는 것이 보일 뿐이었다.

"집시 놈, 놈은 이쪽의 총구가 앞장선 놈의 가슴에 닿을 만한 거리까지 파고 들어왔다고 지껄이던데." 필라르가 말했다. "참 어처구니없어, 집시라는 인종은! 당신의 쌍안경, 동굴 속에 있었어."

"짐을 챙겼소?"

"응. 가지고 갈 수 있는 것은 다 썼어. 파블로는 어찌 됐수?"

"기병이 나타나기 45분 전에 떠났소. 적은 그자의 뒤를 밟아 갔소." 필라르는 그의 얼굴을 보고 빙긋 웃었다. 아직도 그의 손을 잡고 있었다. 겨우 그 손을 놓고 "놈들이 그 사나이를 발견할 수 있을지도 모르겠군." 하고 말했다. "그보다는 귀머거리 영감네 쪽이 문제야. 어떻게 해 줄 도리가 없겠수?"

"없는데."

"가엾어라." 그녀는 말했다. "나는 그 영감이 아주 좋아. 여보시우, 틀림없이 포위당했다고 생각하우?"

"그렇소. 어마어마한 기병들이 몰려가는 것을 나는 보았소."

"이쪽으로 왔던 놈들과는 다른 놈들이?"

"물론이지. 다른 한 부대가 저쪽 언덕으로 올라갔소."

"어머, 저 소리." 필라르가 말했다. "가엾게도, 가엾게도, 영감." 두 사람은 묵묵히 총소리에 귀를 기울였다.

"프리미티보는 구하러 가고 싶어 하오."

"당신 돌았어?" 필라르는 사나이를 향해서 말했다. "어떤 미친 소동을 이 부근에서 일으키려고 하는 거야?"

"나는 도와주러 가고 싶어."

"안 돼, 안 돼." 필라르는 말했다. "여기에도 꿈같은 소리를 지껄이는 자가 있군. 그런 쓸데없는 여행을 하지 않아도, 이제 곧 죽게 된다는 것을 몰라? 당신은?"

로버트 조던은 여자의 얼굴을 보았다. 인도인처럼 불룩 솟은 광대뼈에 뚱뚱하게 살이 찐 갈색 얼굴, 미간이 넓은 까만 눈, 신랄한 듯해 보이는 두꺼운 입술로 웃고 있는 입.

"사나이답게 굴지 않으면 안 돼." 그녀는 프리미티보에게 말했다. "한몫하는 사나이답게 말이야. 머리가 희끗희끗한 나이가 된 주제에."

"비웃지 마." 프리미티보는 불쾌한 듯이 말했다. "사나이가 손톱 끝만큼 인정이 있고, 손톱 끝만큼 상상력을 가졌다면……."

"인정이나 상상력을 억누르는 법을 배우지 않으면 안 돼." 필라르는 말했다. "당신도 곧 우리와 함께 죽는 거야. 다른 사람들과 함께 죽으려고 할 것까진 없어. 그리고 당신의 상상력인가 뭔가 말인데, 그런 건 집시 한 사람에게 맡겨 두어도 돼. 놈은 아주 멋진 소설처럼 내게 얘기해 주었단 말이야."

"당신도 자기의 눈으로 봤으면 소설이니 뭐니 하지는 않겠지." 프리미티보는 말했다. "잠깐 동안이지만 숨 막힐 듯이 위험한 순간도 있었어."

"무슨 말이야." 필라르가 말했다. "기마병이 서너 명, 여기까지 왔다가 가 버렸을 뿐이 아니냔 말이야. 그런데 모두들 장부나 되는 듯이 흥분하고 있군. 너무 오랫동안 싸움을 하지 않고 지났기 때문에 그렇게 되는 거야."

"그러면 귀머거리 영감도 대단치 않다는 건가?" 프리미티보는 이제 싱거워진다는 듯한 투로 말했다. 총소리가 바람을 타고 들려올 때마다 그의 얼굴에는 고통스러운 빛이 뚜렷이 떠올랐고, 구하러 가든가, 그렇지 않으면 필라르가 돌아가 주어 혼자 남게 되든가 그 어느 쪽으로 해 주었으면 하는 눈치였다.

"모두 얼마란 말이야?" 필라르는 말했다. "올 것이 온 것뿐이야. 남의 불운不運 때문에 자기의 코호네스를 잃지 말란 말이야."

"멋대로 해. 개똥 같은 할멈." 프리미티보는 말했다. "세상에는 바보에다, 잔인하고 도저히 감당 못할 여자가 있는 법이야."

"그것은 말이지, 변변한 애새끼도 만들지 못하는 무기력한 사나이들을 먹이고 보살펴 주기 위해서 있는 거야." 필라르는 말했다. "아무것도 보이지 않는 모양이니까 나는 돌아가겠어."

마침 그때 로버트 조던은 머리 위 높은 곳에서 나는 폭음을 들었다. 바로 위의 하늘을 쳐다보자, 그것은 그날 이른 아침에 그가 본 것과 똑같은 정찰기처럼 보였다. 전선에서 돌아오는 길인 듯 귀머거리 영감이 공격을 받고 있는 고지 방향을 향해서 날아가고 있었다.

"또 불길한 까마귀 녀석이 왔군." 필라르가 말했다. "저쪽 싸움을 알아챌까?"

"알아채겠지, 장님이 아니라면." 로버트 조던이 말했다.

밝은 햇살 속을 높이, 은빛으로 유유히 날고 있는 비행기를 그들은 지켜보았다. 왼쪽 하늘로부터 날아왔기 때문에 두 개의 프로펠러가 만들어 내는 원반의 반짝임이 잘 보였다.

"엎드려." 로버트 조던이 말했다.

이윽고 비행기가 머리 위로 날아왔고, 그 그림자가 아래쪽 평지 위를 지나 허공을 울리는 진동은 불길한 조짐의 꼭대기에까지 이르렀다. 잠시 후비행기는 그곳을 지나서 저쪽 골짜기의 상공을 향해 날아갔다. 유유히 예정 코스를 날아 배웅하고 있는 그들의 시야로부터 겨우 숨었는가 싶자 크게 경사진 원을 그리며 되돌아오는 것이 보였고, 다시 두 번 정도 그 고지의 상공을 선회하고서 세고비아 방향으로 사라져 버렸다.

로버트 조던은 필라르를 보았다. 이마에 땀이 내밴 채, 그녀는 고개를 저으며 아랫입술을 지그시 깨물고 있었다.

"누구든지 무엇인가 싫어하는 것이 있지만," 그녀는 말했다. "나는 저것이 질색이야."

"내 겁보가 옮겨 붙은 모양이로군." 프리미티보가 야유를 했다.

"당치않은 소리." 그녀는 사나이의 어깨에 손을 얹었다. "옮겨 붙을 만한 겁이 당신에게는 없으니깐. 나는 알고 있어. 아까는 너무 지독하게 비웃어

서 미안해. 모두들, 너 나 할 것 없이 같은 냄비 속에서 찜질을 당하고 있는데 말이야." 그리고 그녀는 로버트 조던에게 말을 걸었다. "음식과 술을 보내겠어. 달리 뭐 필요한 것은 없수?"

"지금 당장은 없소. 다른 자들은 어디 있소?"

"당신의 소중한 사람은 말과 함께 아래쪽에 아무 탈 없이 있어." 그녀는 싱긋 웃었다. "무엇 하나라도 발각되지 않도록 해 두었어. 가지고 갈 것은 완전히 준비가 돼 있고, 마리아는 당신의 소지품 곁에 있지."

"만약 공습당하게 된다면 마리아를 동굴 안으로 숨겨 줘."

"알겠습니다, 영국 나리님." 필라르는 말했다. "토끼와 함께 요리를 만들려고 당신의 접시를(나는 놈을 당신에게 바치겠어) 버섯을 따러 보냈어. 버섯은 지금 한창 나고 있고, 그리고 그 토끼도 내일이나 모레쯤이 맛이 있겠지만 빨리 먹어 치워 버리는 것이 좋을 것 같아서 말이야."

"나도 먹어 치워 버리는 것이 가장 좋다고 생각해." 로버트 조던이 말하자 필라르는 그 커다란 손을 경기관총의 끈을 가슴에다 열십자로 걸쳐 메고 있는 그의 어깨에 얹은 후, 점점 위로 쓸어 올려 그의 머리칼을 손가락으로 어루만졌다.

"얼마나 좋을까, 영국 양반은!" 필라르는 말했다. "요리가 되면 마리아에게 냄비를 줘 보내겠어."

아득한 고지로부터 들려오는 총소리는 이제 겨우 멎었고, 가끔 생각난 듯이 사격하는 소리만이 들려올 뿐이었다.

"이미 끝나 버렸을까?" 필라르가 물었다.

"아니, 아직." 로버트 조던이 말했다. "지금까지 들려온 소리로 판단하면 적은 공격해 갔다가 격퇴당한 것 같소. 지금 공격하는 자들은 귀머거리 영감의 소굴을 완전히 포위해 버린 것 같군. 그리고 차폐물 뒤에 숨어 비행기가 오기를 기다리고 있을 거야."

필라르가 프리미티보에게 말했다. "이봐, 당신에게 창피를 주기 위해서 한 말이 아니라는 것을 알고 있겠지?"

"알고 있어." 프리미티보가 말했다. "지금까지보다도 좀 더 지독한 말을 당신한테 들었지만 나는 참고 견디지 않았느냔 말이야. 워낙 입이 사나우니까. 하지만 입은 무거운 편이 좋아. 귀머거리 영감은 내가 좋아하는 동료였으니까."

"나하고는 그런 사이가 아니었단 말이야?" 필라르가 태도를 고쳤다.

"이봐, 떡판 얼굴. 잘 들으라고. 싸움이 한창일 때는 그 누구든지 생각을 입 밖에 낼 수는 없어. 우리는 귀머거리 영감의 수고까지 인계받지 않아도 우리의 몫만으로도 힘에 겨워."

프리미티보는 아직 기분이 풀어지지 않았다.

"당신, 무엇이든지 좋으니까 설사약이라도 마셔." 필라르는 그에게 말했다. "자아, 그럼 식사 준비를 하러 돌아가기로 할까."

"그 젊은이가 가지고 있는 서류는 가져왔소?" 로버트 조던이 물었다.

"어쩌면 내가 이리 멍청할까." 그녀는 말했다. "깜빡 잊어버렸어, 마리아에게 보내겠어."

26

비행기가 나타난 것은 오후 3시가 지나서였다. 눈은 정오 때까지 완전히 녹아 지금은 바위가 햇볕을 받아 뜨거웠다. 하늘에는 한 조각의 구름도 없었다. 로버트 조던은 바위 사이에서 셔츠를 벗어 던진 채 등을 햇볕에 태우면서 죽은 기마병의 포켓 속에 들어 있던 서류를 읽었다. 가끔씩 그는 서류를 읽다 말고 확 트인 비탈 저쪽 숲까지 휙 둘러보았고, 위쪽의 고지를 바라보다가는 다시 서류로 눈길을 돌렸다. 기병대는 그 후로는 통 나타나지 않았다. 가끔씩 사이를 두면서 귀머거리 영감네의 진지 쪽에서 소리가 한 방씩 들려왔다. 그러나 총소리는 산발적으로 났다.

군대 수첩을 조사한 바에 의하면 젊은이는 나바라의 타팔라 태생이었다. 나이는 스물한 살, 미혼, 대장장이의 아들이었다. 로버트 조던에게 뜻밖의 느낌을 준 것은 젊은이의 소속이 제N기병연대란 점이었는데, 그는 그 연대가 북부 전선에 있을 것이라고만 생각해 왔던 것이다. 젊은이는 카를로스 당원으로서 동란 발발 당시 이룬의 싸움에서 부상당한 적이 있었다.

어쩌면 저 팜플로나의 페리아(우시장)에서, 거리에 몰린 황소 떼의 앞을 달리고 있는 이 젊은이를 보았을지도 모른다고 로버트 조던은 생각했다. 전쟁 때는 그 누구든 절대로 죽이고 싶은 놈을 죽이는 것이 아니라고 그는 자신에게 말했다. 그렇다. 거의 그런 일은 없다고 고쳐 말하고서 다시 서류를 읽었다.

그가 제일 먼저 읽은 편지류는 극히 형식적인 문구를 사용하여 매우 신중하게 표현된 것으로서, 온통 소도시의 자질구레한 사건밖에는 씌어 있지 않다고 해도 과언이 아니었다. 그것은 젊은이의 누이동생으로부터 온 편지로, 타팔라에는 별고 없으며, 아버지는 건강하시고, 어머니는 가끔 등이 쑤신다고 하소연할 뿐 평상시와 다름없다는 것, 그리고 오빠의 건강과 너무 위험 상태에 빠지지 말기를 빌고 있었는데, 오빠가 마르크스주의자인 부랑자들의 지배로부터 스페인을 해방시키기 위해 '빨갱이'들을 해치우고 있기 때문에 기쁘게 생각한다는 내용이었다. 다음 편지에는 그녀가 먼젓번의 편지를 낸 후 전사하거나 중상을 입은 타팔라 출신의 젊은이들의 이름이 즐비하게 씌어 있었다. 전사자의 이름이 열 명가량 올라 있었다. 타팔라 정도의 작은 도시로서는 너무 많다고 로버트 조던은 생각했다.

편지의 내용에는 깊은 신앙심이 짙게 넘쳐흘렀고, 이 누이동생은 성聖 안토니, 필라르의 성모 마리아, 그 밖의 여러 성인에게 오빠의 가호를 빌고 있었다. 또 오빠가 부적으로 몸에 지니고 있는 '예수님의 성심'의 가호도 받고 있다는 것을 잊지 않도록 당부하며, 이 부적이 지금까지 여러 전투에서 언제나 오빠의 심장을 지켜 주어 탄환을 막아 준 영험이 헤아릴 수 없을 만큼 수없이 나타났다—이 말 아래에는 줄이 쳐져 있었다—는 것이 실례에 의해서 입증되었다고 쓰면서, 마지막으로 언제나 오빠를 걱정하고 있는 동생 콘차로부터라고 씌어 있었다.

주위에 약간 얼룩이 진 편지를 로버트 조던은 군대 수첩과 함께 정중히 본래 있던 곳에 집어넣고, 이번엔 약간 필적에 정성이 덜 들어간 편지를 펼쳤다. 그것은 젊은이의 약혼녀에게서 온 것이었는데, 애인의 안부에 대해서 온화하고 형식적으로, 그리고 극도로 신경을 쓰고 있다. 로버트 조던은 그것을 끝까지 읽고 나서 편지 전부를 서류와 함께 한 묶음으로 하여 뒤 포켓에 집어넣었다. 다른 편지는 더 이상 읽고 싶지 않았다.

오늘 같은 경우, 나는 훌륭하게 행동했다고 생각한다, 하고 그는 스스로에게 말했다. 그렇게 한 것이 좋았다고 나는 생각한다, 하고 그는 되풀이 하여 말했다.

"무엇을 읽고 계셨소?" 프리미티보가 물었다.

"오늘 아침 우리가 사살한 젊은 군인의 증명서와 편지야. 보고 싶은가?"

"나는 읽지 못해." 프리미티보는 말했다. "무엇인가 재미있는 것이 씌어 있었나?"

"없어." 로버트 조던은 대답했다. "모두 가족에게서 온 편지야."

"그 사나이의 고향은 어떤 상태던가? 편지로 그것을 알 수가 있나?"

"별로 이상은 없는 모양이더군." 로버트 조던은 말했다. "그 사나이의 마을에서도 많은 전사자가 났어." 그가 위장한 자동 소총이 있는 곳을 내려다보니, 눈이 녹았기 때문인지 위장은 얼마간 그 모양이 바뀌어져 전보다도 훨씬 진짜처럼 보였다. 그는 평지의 저쪽으로 눈길을 주었다.

"저놈의 고향은 어디야?" 프리미티보가 물었다. "타팔라야." 로버트 조던이 대답했다.

모든 것이 잘되어 간다, 그는 자신에게 말했다. 그것이 소용이 된다면 측은한 일이다.

소용이 못 되지 않았는가, 하고 그는 다시 말해 보았다.

그렇다면 모든 것이 잘되어 간다, 잊어버려라, 하고 그는 자신에게 말했다.

모든 것이 잘되어 간다. 자아, 이제 잊었다.

그러나 그렇게 쉽사리 잊을 것 같지는 않았다. 지금까지 네가 살해한 인간은 몇 명쯤 되는가? 그는 자신에게 물었다. 나는 모른다. 자네는 사람을 죽일 권리가 있다고 생각하는가? 아니다. 그러나 나는 죽이지 않으면 안 된다. 네가 죽인 인간 중에 몇 사람이 진짜 파시스트였는가? 극히 소수다. 그러나 그들은 모두 우리의 군軍이 대항하고 있는 군에 소속하고 있는 적이다. 그러나 너는 온 스페인에서, 그 어느 지방보다도 나바라의 민중을 좋아하지 않는가. 그렇다. 그런데도 너는 그 나바라의 민중을 살해했다. 그렇다. 네가 만약 그것을 믿지 않는다면 야영지까지 내려가 보는 것이 좋으리라. 살인을 한다는 것이 잘못이라는 것을 모르는가? 알고 있다. 그래도 살해하는가? 살해한다. 더구나 너는, 아직도 절대로 너의 행위의 목적이 올바르다고 믿고 있는가? 믿는다.

올바르다고, 는 마음을 가라앉히기 위해서가 아니라 오히려 자랑스럽게 자기에게 말했다. 나는 국민을 믿고, 국민이 희망하는 대로 몸소 다스릴 권리가 있는 것을 믿는다. 그런데 너는 살해하는 것이 좋은 일이라고 믿어서는 안 된다, 하고 그는 자기 자신에게 타일렀다. 너는 어쩔 수 없이 필요할 경우엔 사람을 죽이지 않으면 안 되지만 그것이 올바르다고 믿어서는 안 된다. 만약 그렇게 믿는다면, 모든 것이 빗나가 버리리라.

그런데 너는 몇 사람쯤 살해했다고 생각하고 있는가? 나는 모른다.

흔적을 남기고 싶지 않기 때문이다. 그러나 너는 알고 있으리라. 알고 있다. 몇 사람인가? 몇 사람인지 너는 분명히 말할 수 없을 것이다. 기차를 폭파하고 무척 많이 죽였으니까 말이지. 대단한 수로군. 그러나 그중에서도 분명히 말할 수 있는 것은? 스무 명은 넘으리라. 그렇다면 그 안에 진짜 파시스트가 몇 사람이나 있었단 말인가? 확실한 것은 두 사람이다. 그 두 사람을 우리 편이 우세라에서 포로로 잡았을 때, 내가 총살시키지 않으면 안 되었기 때문이다. 그러면서도 그때는 괴롭지 않았는가? 그렇다. 그러면 좋은 기분도 아니었나? 그렇다. 나는 두 번 다시 그러지 않으리라고 결심했다. 나는 피해 왔다. 무장하지 않은 자를 살해하는 일을 피해 왔다.

어이, 잘 들어. 그는 자기에게 말했다. 이러한 생각은 뿌리쳐 버리는 것이 좋단 말이야. 너를 위해, 너의 일을 위해, 이것은 아주 좋지 못한 일이야. 그러자 그의 내부에 도사리고 있는 자기가 그에게 반박했다. 어이, 너야말로 잘 들어. 알겠어? 이 말은 네가 아주 중대한 일을 한창 하고 있는 중이고, 또 네가 그것을 항상 이해하도록 정신을 차리고 있지 않으면 안 되기 때문에 하는 말이란 말이야. 나는 너의 머리가 정직하게 모든 것을 생각하도록 해 두지 않으면 안 돼. 왜냐하면 만약 네가 머리 구석구석까지 정직해지지 않는다면 네가 하는 일과 같은 일을 할 권리는 너에게 없기 때문이지. 왜 그러한 일들은 모두 범죄 행위이고, 어떠한 인간도 다른 인간의 몸에 닥치고 있는 보다 나쁜 일들을 저지르기 위해서가 아닌 이상, 남의 생명을 빼앗을 권리는 없기 때문이야. 그러므로 그 점을 정직하게 인정하고 자기에게 거짓말을 하지 않도록 해.

그런데 나는 내가 살해한 인간의 수를 마치 상패의 수라도 자랑하듯이, 혹은 총에 눈금을 파는 것처럼 역겨운 방법으로 세는 것은 싫단 말이다, 하고 그는 자기를 향해서 말했다. 기록을 남겨 두지 않는 것은 나의 권리다. 수를 잊어버리는 것은 나의 권리인 것이다.

아니, 그렇지 않다. 무슨 일이라도 잊을 권리는 네게 없다. 무슨 일이라도 눈을 감거나, 잊거나, 가만히 놓아두거나, 바꾸거나 할 권리는 네게 없는 것이다.

이제 그만 닥쳐라, 하고 그는 자신에게 말했다. 주제넘게 네놈은 건방진 말을 꺼냈구나.

아니, 무슨 일이라도 자기를 속일 권리는 네게 없다, 하고 되풀이해서 말했다.

알았어. 이제 그만해라, 하고 그는 자신에게 대답했다. 여러 가지로 좋은 충고를 해 주어서 고맙다. 그런데 내가 마리아를 사랑하는 것은 상관없겠지?

상관없다. 그 안에 들어 있는 다른 한 사람의 자기가 말했다.

순수한 유물론적인 사회관으로서는 그러한 연애 따위의 존재가 인정되지 않는다 하더라도 말인가?

대체 언제부터 너는 그러한 사회관을 갖게 되었는가? 안에 들어 있는 자기가 묻는다. 가진 적은 없지 않은가. 또 가질 만한 너도 아니지 않은가. 너는 참다운 마르크스주의자는 아니며, 너도 그것을 알고 있다. 너는 '자유·평등·박애'의 신자다. 너는 '생명과 자유 및 행복의 추구'의 신자다. 변증법에 너무 집착하여 자신을 속이지 마라. 변증법이란 누군가 다른 놈들을 위한 것이지 너를 위한 것은 아니란 말이다. 너는 단지 착취자가 되지 않기 위해서 그것을 알고 있어야만 할 뿐이다. 너는 이 전쟁에 이기기 위해서 정말로 여러 가지 일들을 어중간하게 내던져 버렸다. 만약 이 전쟁에 진다면 그러한 여러 가지 일들도 모두 잃고 마는 것이다.

그러나 전쟁만 끝난다면 너도 네가 믿지 않는 생각을 내쫓아 버릴 수가 있다. 너는 믿지 않는 것도 산더미처럼 있지만 믿는 것도 산더미처럼 있다.

그리고 또 하나. 어떤 인간을 사랑하는 데 절대로 자기를 속이지 마라.

사랑한다는 것, 이것이야말로 대부분의 인간에게는 베풀어지지 않는 행운이란 말이다. 너는 지금까지 단 한 번도 혜택을 입지 못했다. 지금 겨우 혜택을 입은 것이다. 마리아와 함께 가지게 된 것, 그것이 겨우 오늘 하루와 내일 한나절밖에 계속되지 않는다고 하더라도, 또 기나긴 일생 동안 계속되는 것일지라도 그것은 인간의 몸 위에 일어날 수 있는 가장 중요한 사건임에 틀림없다. 그것을 자기 자신이 갖지 않았기 때문에 그런 것은 존재하지 않는다고 하는 인간은 언제나 세상에 끊임없이 있으리라. 그러나 분명히 말하겠다. 사랑이라는 것은 정말로 있으며, 너는 그것을 가지고 있는 것이다. 가령 네가 내일 죽는다고 할지라도 그것이 있기 때문에 너는 행운의 사나이다. 죽음이 눈 가까이 있다는 것 따위에 두려워하지 마라, 하고 그는 자신에게 말했다. 우리는 그러한 말투는 쓰지 않는다. 그것은 우리의 편, 아나키스트 제군이 좋아하는 것이다. 언제나 형세가 견딜 수 없이 악화되면 반드시 제군들은 방화를 하고 죽고 싶어 한다. 정말로 그 무리들은 기묘한 생각을 가지고 있다. 정말 기묘하다. 뭐, 하여튼 오늘은 옛 벗인 너와 내가 어떻게든 목숨이 부지될 것 같다, 하고 그는 자신에게 말했다. 이미 3시가 다 돼 가니까 슬슬 음식을 갖다 줄 것이다. 위에 있는 귀머거리 영감네 진지에서, 적은 아직 사격을 계속하고 있는 모양이다. 아마 그것은 놈들이 영감을 포위하고, 원군이 오기를 기다리고 있다는 의미이리라. 하기는 해가 지기 전에 원군이 오지 않으면 놈들은 난처하겠지만.

위의 귀머거리 영감네 쪽은 어떤 상황일까? 목숨이 붙어 있는 한, 언젠가 우리 일동에게도 그와 똑같은 일이 일어난다고 생각지 않으면 안 된다. 영감네 쪽은 그다지 유쾌한 광경은 아니리라. 우리는 확실히 그 말 때문에 영감을 대단한 궁지로 몰아넣고 말았다. 그러한 일을 스페인어로는 무엇이라고 할까? Un callejon sin salida(막다른 골목)이다. 나 같으면 저러한 경우 어떻게든 빠져나갈 수 있을 것 같은 생각이 든다. 한 번만 실행하면 되는 일이고, 그다지 시간도 잡아먹지 않고 끝나 버리는 일이니까. 그런데 적에게 포위당했을 때 항복할 수 있는 전쟁을 한다는 것은, 경우에 따라서는 사치라고 할 수 있지 않을까. 포위당하고 있다. 우리는 포위당하고 있다. 이것이 이번 전쟁에서의 커다란 공포의 절규다. 다음에 오는 것은 사살당한다는 것이다. 사살당하기 전에 지독한 변을 당하지 않고 넘길 수 있다면 운이 좋은 편이다. 귀머거리 영감도 그러한 행운의 혜택을 입을 것 같지는 않다. 하기는 언젠가 때가 오면 놈들도 똑같은 운명이겠지만.

3시가 되었다. 그때 멀리서 아득히 하늘을 뒤흔드는 폭음을 그는 들었다. 쳐다보니 몇 대의 비행기가 보였다.

27

귀머거리 영감은 언덕의 마루턱에서 싸우고 있었다. 영감은 본래 그 언덕을 좋아하지 않았다. 처음 보았을 때 종기 같은 형태를 하고 있다고 생각했다. 그런데 노인은 그 언덕 외에는 선택이 허용되지 않았으므로, 그곳이 겨우 눈에 들어올 정도의 거리에서 그곳을 목표로 정하고 그 언덕을 향해서 도피했던 것이다. 영감은 무거운 자동 소총을 등에 짊어졌고, 한쪽에서는 수류탄 부대가 건들거렸으며, 다른 쪽에서는 자동 소총의 탄창이 소리를 내고 있었다. 그러한 양쪽의 허벅다리 사이에서 말은 옆구리로 물결치며 헐레벌떡 달리고 있었다. 호아킨과 이그나치오는 대장이 자동 소총을 설치할 때까지의 시간을 얻으려고, 멈춰 서서 쏘고 멈춰 서서 쏘면서 그곳까지 온 것이었다.

그때에는 아직 언덕에 눈이 있었다. 그들 일당의 파멸의 근원이 된 원망스러운 눈이었다. 영감의 말은 탄환을 맞아 슬픈 듯이 헐떡이면서, 천천히 무릎을 꺾고 비틀거리며 반짝반짝 맥을 이루고 솟구치는 분수 같은 눈을 차 퉁기면서 겨우 마루턱까지 이르렀는데, 그때까지 영감은 말고삐를 잡아당기고 잡아당겨 줄의 끝인 고삐께를 어깨에까지 끌어올리면서 올라왔다. 그는 두 개의 부대를 어깨에 짊어지고 탄환이 굵은 빗방울처럼 바위에 부딪혀 퉁겨지는 속을 죽을 기를 쓰고 기어 올라오자, 이윽고 말의 갈기를 잡고 재빠르고 교묘하게, 그러면서 부드럽게, 그가 말을 필요로 한 그 장소에서 한 방 쏘았다. 말은 튀어 올랐다가 두 개의 바위 사이를 막듯이 목을 앞으로 내밀면서 쓰러졌다. 그 말의 등 위로 쏠 수 있도록 자동 소총을 걸고서 그는 두 개의 탄창이 텅 비도록 쏘아 댔다. 총은 요란스럽게 울렸고 텅 빈 탄피는 눈 속으로 튀어나갔으며, 뜨겁게 단 총구를 놓은 말 등에서는 생가죽과 털이 타는 냄새가 코를 찔렀다. 영감은 기어 올라오는 모든 적에게 총화를 퍼부어 대어 놈들을 별도리 없이 방패물 뒤로 숨게 만들었지만, 그러는 동안에도 등 뒤에서 어떤 위험이 닥칠지 몰라 끊임없이 등에 소름이 끼쳤다. 다섯 명의 부하 중 마지막 남은 자가 언덕 마루턱까지 올라와 버리자 그제야 등의 한기는 사라졌다. 남은 탄창은 언젠가 반드시 필요할 때가 있을 거라고 생각하여 절약하도록 했다.

언덕 위로 올라오는 동안에 죽은 말이 두 마리, 그 외에 이 언덕 마루턱에 올라와서 죽은 말이 세 마리 있었다. 어젯밤은 세 마리의 말을 훔치는 데 성공했을 뿐이며, 그중의 한 마리는 소굴의 우리 속에서 그들이 안장 없이 타는 찰나에 도망쳤다. 마침 그때 사격이 시작된 것이었다.

언덕 꼭대기에까지 이르는 다섯 사람의 사나이 가운데 세 사람은 상처를 입고 있었다. 귀머거리 영감은 오금과 왼팔 두 곳에 총상을 입고 있었다. 목이 몹시 말랐고 상처는 응어리졌으며, 왼팔의 상처 한 곳이 몹시 쑤셨다. 두통도 심했는데, 비행기가 오기를 기다리면서 스페인의 농담을 생각하고 있었다. 그것은 'Hay que tomar la muerte como so fuera aspirina.'라는 말인데 '이렇게 돼 버린 이상 아스피린을 마시기보다는 뻗어 버리는 편이 두통이 빨리 멈추리라.'라는 뜻이다. 그런데 그는 그 농담을 소리 내어 말하지는 않았다. 쑤시는 머리와 팔을 움직일 때마다 일어나는 구역질의 한구석 어딘가에 쓴웃음을 띠고 주위를 휘둘러보면서 살아남은 무리들을 바라보았다.

다섯 사람의 부하는 다섯 개의 뾰족한 뿔이 솟아난 별의 형태로 흩어져 있었다. 무릎과 손으로 땅을 파고, 진흙과 돌멩이로 머리와 가슴 앞에 조그만 산을 만들고 있었다. 그리고 그 엄폐물을 이용하여 돌멩이와 진흙으로 제각기 앞의 조그만 산을 하나로 연결 짓는 방벽防塵을 만들려 하고 있었다. 열여덟 살짜리 호아킨은 철모를 가지고 있었기 때문에 그것을 이용하여 흙을 파서 나르곤 했다.

그는 그 철모를 열차 폭파 때 손에 넣었다. 탄환으로 꿰뚫린 구멍이 하나 있기 때문에 사람들은 항상 그 철모를 소중히 아끼는 그를 조롱해 주는 재료로 삼았다. 그런데 그는 탄환 구멍의 꺼칠꺼칠한 테를 망치로 두드려 펴고 나무 마개를 끼워 넣은 후, 그 마개를 다듬어 철모 안쪽 쇠의 부분과 오톨도톨하지 않도록 평평하게 만들었다.

사격이 시작되었을 때, 그는 그 철모를 너무 기세 좋게 머리에 뒤집어썼기 때문에 마치 냄비로 때린 듯 쾅 하고 부딪혔으며, 언덕의 마지막 비탈을 달려 올라갈 땐 이미 그의 말은 사살돼 버렸다. 그리고 가슴속이 뜨끔뜨끔 쑤셨으며, 다리는 움츠러들고 입은 메말랐으며, 비처럼 쏟아지는 탄환이 튀는 소리와 신음 소리를 귓가에 들은 마지막 무렵엔 철모가 믿어지지 않을 만한 무게로 머리를 찍어 눌렀고, 당장이라도 파열해 버릴 듯한 이마는 쇠로 만든 끈으로 꽉 죄는 것 같은 느낌이 들었다. 그래도 그는 그 철모를 버리지 않았다. 지금 그는 그것을 이용하여 거의 기계와도 같이 착실하게 필사적으로 흙을 파고 있었다. 그는 아직 부상당하지 않았다.

"드디어 너의 철모가 도움이 됐구나." 귀머거리 영감이 목구멍 속에서 울려 나오는 굵은 목소리로 호아킨에게 말했다.

"Resistiry fortificar es vencer." 호아킨이 말했다. 보통의 싸움터에서 느낄 수 있는 목마름과는 다른, 심한 공포로 인해서 일어나는 갈증 때문에 입이 굳어 있었다. 이 말은 공산당의 슬로건의 하나로 '저항하고 방벽을 굳혀라. 그러면 너는 이기리라.'라는 의미였다.

귀머거리 영감은 눈길을 돌려서 아래쪽 비탈, 한 사람의 기병이 둥근 바위 뒤에서 겨냥하고 있는 방향을 내려다보았다. 영감은 이 소년을 아주 귀여워했으나 그 슬로건에 공명할 마음은 우러나오지 않았다

"뭐라고?"

방벽을 쌓고 있던 부하 한 사람이 뒤돌아보며 물었다. 그 사나이는 납작 엎드려서 턱 역시 평평하게 지변에다 눌러 댄 채 조심조심 두 손을 위로 쳐들어 언덕 위로 돌을 한 개 올려놓으려 하고 있었다.

호아킨은 한순간도 흙을 파는 손을 멈추지 않고 메마른 소년다운 목소리로 슬로건을 되풀이했다.

"가장 마지막 말이 뭐야?"

"veneer(이기리라)." 소년은 말했다. "이기리라야."

"똥이나 처먹어라." 땅에다 턱을 붙인 사나이가 말했다

"꼭 우리의 현재에 알맞은 놈이 하나 있어." 마치 부적이라도 꺼내 보이듯이 호아킨은 그 말을 꺼냈다. "파시오나리아의 문구야. 무릎 꿇고 산다는 것은 서서 죽느니만 못하다."

"그것도 똥이나 처먹어라." 그 사나이가 쏘아붙이자 다른 한 사람이 어깨너머로 뒤돌아보면서 말했다.

"우리는 배를 붙이고 있어. 무릎 정도가 아니야."

"어이, 공산주의자. 네가 숭배하는 파시오나리아에게 이 동란이 시작된 후 줄곧 러시아에 가 있는 너만 한 자식이 있는 것을 알고 있나?"

"거짓말이야."

"뭐가 거짓말이야." 상대방이 말했다. "그 괴상한 이름을 가진 다이너마이트 기술자가 내게 얘기했단 말이야. 그 사나이도 너와 같은 당원이었어. 무엇 때문에 거짓말을 하겠어."

"거짓말이야." 호아킨이 말했다. "전쟁이 한창인데, 자식을 러시아에 숨겨 둘 그런 짓을 할 여자가 아냐."

"나도 러시아에 가고 싶은데." 또 다른 사나이가 말했다. "네가 좋아하는 파시오나리아가 지금 당장 여기에서 나를 러시아로 보내 주었으면. 어때, 공산주의자?"

"그렇게 자네가 파시오나리아를 좋아한다면, 그 할머니에게 부탁해서 이 언덕으로부터 우리를 구원해 달라고 해 줘." 이번에는 허벅다리에 붕대를 감은 사나이가 말했다.

"파시스트들이 대신 해 줄 거야." 턱을 진흙 속에 묻은 사나이가 말했다.

"그런 말을 하는 게 아냐." 호아킨이 그 사나이에게 말했다.

"자아, 너의 입술에 남아 있는 어머니의 젖이나 훔치고서 그 진흙을 철모 가득히 퍼서 내게 줘." 땅에다 턱을 붙인 사나이가 말했다. "우리는 모두 오늘 날이 저무는 것을 보지 못한단 말이야."

귀머거리 영감은 생각에 잠겨 있었다—정말 종기 같은 모양을 하고 있군. 젖꼭지가 없는 젊은 여자의 젖가슴과도 비슷해. 아니면 화산의 분화구일까. 나는 아직 화산 같은 건 본 일이 없어. 이젠 평생 보지 못할 거야. 그러니까 이 산은 종기와 비슷하단 말이야. 화산 얘기 따윈 걷어치워. 이미

늦었어.

　영감이 죽은 말의 어깨 사이에 불룩 솟은 부분을 특히 주의 깊게 바라보고 있으려니, 아래쪽 비탈의 둥근 바위 뒤에서 세차게 망치를 두드리는 것 같은 총성이 일어나고, 경기관총의 탄환이 말의 몸뚱이에 푹푹 박히는 소리가 들렸다. 말의 뒤쪽을 기어가서 그 둔부와 바위 사이로 바깥쪽을 내다보았다. 바로 아래쪽 비탈에 쓰러져 있는 세 구의 시체는 자동 소총과 경기관총의 엄호사격 아래를 뚫으면서 마루턱으로 밀어닥친 적들을 그와 부하들이 수류탄을 던지거나 굴러 떨어뜨려서 격퇴시켰을 때 쓰러진 놈들이었다. 언덕 마루턱의 다른 편에도, 그의 눈에는 띄지 않지만 시체가 뒹굴고 있었다. 공격자들이 마루턱으로 돌격할 수 있을 만한 지점은 이 언덕에 없기 때문에 영감은 총탄과 수류탄이 쏟아지는 동안에는, 또 적어도 네 명의 부하가 남아 있는 동안에는 적이 박격포라도 가지고 오지 않는 한 자기를 여기에서 내쫓을 수 없다는 것을 알고 있었다. 적이 박격포를 라그랑하로부터 가져왔는지 어떤지 영감으로서는 알 수가 없었다. 아마 가져오지 않았으리라. 머지않아 비행기가 날아올 것은 뻔한 일이니까. 그 정찰기가 머리 위로 날아가 버린 지 이미 네 시간이나 지나 있었다.

　그야말로 꼭 종기를 닮은 산이로군, 하고 귀머거리 영감은 생각했다.

　우리는 현재 그 속에 든 고름 꼴이다. 그런데 아까는 무척 용감하게 해치웠군그래, 적들이 그처럼 바보같이 몰려왔을 때 말이야. 그렇게 해서 우리를 해치울 수 있다니 대체 어떻게 생각해서 그럴까? 신식 무기가 있으니까 완전히 우쭐하여 사리분별을 잃어버린 모양이다. 적이 앞으로 몸을 숙이고 마루턱을 향해서 달려 올라오는 비탈을, 그가 던진 수류탄은 퉁겨지면서 굴러 내려가 바로 그 수류탄으로 그가 돌격을 지휘하고 있던 젊은 장교를 살해한 것이었다. 노란 섬광, 그리고 꽝음과 함께 피어오른 연기 속에 그 장교가 앞으로 고꾸라지면서 방금 갈가리 찢어진 누더기의 육중한 덩어리처럼 되어 쓰러져 있는 그 자리에 넘어지는 꼴을 영감은 보고 있었던 것이다. 그 장소가 적이 돌격해 온 최전선임을 말해 주고 있었다. 영감은 그 시체를 바라보고 다음에는 좀 더 낮은 곳에 있는 다른 시체들을 바라보았다.

　용감한 것은 틀림없지만 바보 같은 놈들이다, 하고 그는 생각했다. 그런데 놈들도 지금은 분별이 생겨 비행기가 올 때까지는 공격해 오지 않을 작정인 모양이다. 물론 박격포를 가지고 올 작정이라면 얘기는 달라진다. 박격포라면 문제없다. 이럴 때 박격포를 사용하는 것은 당연한 일이므로 그는 박격포가 왔을 때가 자기들이 죽을 때라고 생각하고 있었는데, 그러나 비행기가 올 것이라는 생각이 떠오르자 영감은 옷은커녕 피부까지 벗겨진 벌거숭이로 언덕 위에 있는 것 같은 느낌이 들었다. 나처럼 의지할 곳 없는 벌거숭이가 된 느낌을 경험한 자는 아무도 없을 것이라고 그는 생각했다. 그에 비하면 털을 뜯긴 토끼라고 할망정 곰 가죽을 뒤집어쓴 것만 한 차이가 있었다. 그런데 어쩌자고 놈들은 비행기 따위를 가져 오려는 것일까? 박격포 한 문이면 문제없이 이곳에서 우리를 쫓아낼 수 있지 않은가, 놈들은 비행기를 가지고 있다는 것을 자랑하고 싶은 것이다. 그러므로 더 많이 가지고 오리라. 마치 자동화기를 자랑하기 위해서 그런 바보 같은 짓을 한 것과 같이. 하지만 분명히 놈들은 박격포도 가져왔으리라.

부하 한 명이 발포했다. 그리고 노리쇠를 잡아당겼다가는 다시 또 한 방 발포했다.

"탄환을 아껴!" 영감이 소리쳤다.

"갈보의 아들놈 하나가 저쪽 둥근 바위께까지 오려고 했소." 저쪽을 손가락질하면서 사나이가 대답했다.

"해치웠나?" 괴로운 듯이 고개를 돌리면서 영감은 물었다. "아뇨, 그 오입쟁이 녀석, 목을 움츠리고 말았어요."

"갈보 중의 갈보는 필라르 년이야." 진흙을 턱에 묻힌 사나이가 말했다. "그년, 우리가 여기에서 죽어 가는 것을 뻔히 알고 있으면서."

"그 여자가 어떻게 할 수 있겠어?" 영감이 대답했다. 그 사나이는, 영감의 들리는 귀 쪽에서 지껄였기 때문에 고개를 돌리지 않았는데도 들린 것이다. "그 여자가 무엇을 할 수 있겠어?"

"등 뒤쪽에서 저 바람둥이 같은 자식들을 해치우면 되지."

"뭐라고?" 영감은 말했다. "놈들은 이 작은 산 둘레에 확 퍼져 있단 말이야. 그 여자가 무슨 수로 놈들을 대항할 수 있겠어? 모두 합쳐 150명이나 된단 말이야. 지금은 더 많을지도 몰라."

"그나저나 캄캄해질 때까지 견뎌 낼 수만 있다면." 호아킨이 말했다.

"암, 그럴 수만 있다면 크리스마스와 부활제가 한꺼번에 닥쳐오는 것과 다름없지." 턱을 땅에 박고 있는 사나이가 말했다.

"그렇고말고. 네 아주머니한테 불알만 달렸다면 아저씨가 될 수 있는 것 같은 거지." 다른 사나이가 호아킨에게 말했다.

"네가 아주 좋아하는 파시오나리아를 불러오라고. 이렇게 된 이상 그 할멈만이 우리를 구제해 줄 수 있지."

"아까 말한 그 아들 얘기, 나는 믿지 않아." 호아킨이 말했다.

"그러나 만약 러시아로 갔다면 조종사거나 뭐가 되려고 훈련을 받고 있을 거야."

"그쪽에 있으면 안전하니까 피신시켜 둔 거지."

사나이가 그에게 말했다.

"변증법 공부를 하고 있는 거야. 너의 파시오나리아도 그 나라에 가 있었어. 리스테르와 모데스토, 그리고 다른 무리도 갔었지. 그 묘한 이름의 사나이가 나에게 가르쳐 주었지."

"모두들 연구차 갔다가 돌아와서 우리를 돕는다더군."

"놈들은 바로 지금 우리를 구하러 오지 않으면 안 된단 말이야." 다른 한 사나이가 말했다. "러시아 놈인 흡혈귀에 사기꾼 같은 개망나니 자식들. 모두들 지금 당장 우리를 구하러 와야 한단 말이야." 사나이는 발포하고 나서 "쌍놈의 새끼! 또 놓쳤어." 하고 투덜거렸다.

"탄환을 아껴! 그리고 그렇게 지껄이면 목이 훨씬 더 탄단 말이야." 영감이 말했다. "이 산엔 물이 없어."

"이것을 마시우." 그런 말을 들은 사나이는 영감 곁에까지 굴러 와서 어깨에 비스듬히 걸쳐 메고 있던 술부대를 벗겨 영감에게 넘겨주었다. "이 것으로 입을 좀 가셔요, 영감님. 그런 상처를 입었으니 목이 이만저만 타지 않겠죠."

"모두 나눠 마시도록 해." 영감은 말했다.

"그럼, 내가 먼저 마시기로 할까." 술부대의 주인은 말하고 나서 천천히 입 안으로 흘려 넣고 난 후, 그것을 다른 사람에게 돌려주었다.

"영감님, 비행기는 언제 올까요?"

턱이 진흙투성이가 된 사나이가 물었다.

"지금 당장이라도 나타날 거야." 영감은 말했다 "벌써 올 수도 있었단 말이야."

"그 갈보 년의 새끼들, 다시 공격해 올까요?"

"비행기가 오지 않으면 위험성이 더 있어."

박격포 얘기는 입 밖에 내지 않으리라고 그는 생각했다. 박격포만 온다면 곧 알 수 있는 일이기 때문이다.

"어젯밤 보니, 놈들은 비행기를 잔뜩 가지고 있는 모양이에요."

"남아돌 지경이지." 영감은 대답했다.

머리의 상처는 더해 갔고 팔은 완전히 굳어 버려 몸을 움직이기만 해도 견딜 수 없이 쑤셨다. 놀릴 수 있는 팔을 뻗쳐서 가죽 술부대를 집어 들면서, 그는 맑고 높고 푸르게 갠 초여름 하늘을 쳐다보았다. 쉰두 살인 그는 저 하늘도 이것이 마지막으로 보는 것이로구나, 하고 생각했다.

죽음을 조금도 두려워하지는 않았지만, 죽을 장소라는 것 이외에는 아무런 소용이 없는 이러한 언덕으로 몰려 버린 것이 화가 나서 견딜 수가 없었다. 이곳을 나갈 수만 있다면, 하고 그는 생각했다. 그 길쭉한 골짜기에 놈들을 끌어들일 수만 있었다면, 그리고 도로를 넘어서 뿔뿔이 흩어질 수만 있었다면 만사 잘되어 갔을 텐데. 그런데 하필이면 이 종기 같은 언덕이란 말인가! 하여간 이곳을 가능한 한 잘 이용할 도리밖에는 없고, 지금까지는 더할 수 없이 잘 이용해 왔다.

설혹 귀머거리 영감이 역사상 얼마나 많은 인간들이 언덕을 죽음의 장소로 삼았는가를 알고 있었다고 하더라도, 그는 그로 인해서 조금도 힘을 북돋울 수는 없었으리라—어느 날 과부가 된 한 여인이 아내의 사랑을 받던 수많은 남편들도 역시 죽어 버렸다는 것을 알아보았자 절대로 힘이 솟지 않는 것처럼, 현재의 그와 같이 몸소 이러한 소용돌이 속에 빠져 있는 순간에는 인간들이란 자기와 똑같은 경우에 처한 다른 사람의 신세에 의해서 힘이 솟거나 할 수는 없다. 죽음을 두려워하는 자도 기꺼이 죽겠다고 말할 수 없는 점에서는 마찬가지다. 귀머거리 영감도 죽으리라는 것은 알고 있었으나, 쉰두 살이나 된 그일망정 세 곳에 총상을 입고 자루 속에 갇힌 쥐처럼 언덕 위로 몰리고 보니, 받아 든 술 맛이 결코 달콤할 수는 없었다.

그는 이러한 일에 대해서 속으로 혼자 농담을 지껄이고는 있었으나, 그 말을 입 밖에 내지 않고 하늘과 아득한 산들을 바라보면서 술을 쭉 들이켰다. 마시고 싶지도 않은 술이었다. 어차피 죽지 않고는 견뎌 낼 수 없다면—하고 그는 생각했다—견뎌 낼 수 없는 것이 확실하다면, 나는 죽는 것이다. 그러나 죽는 것은 싫다.

　죽는다는 것은 아무것도 아니다. 그는 마음속으로 죽을 때의 모습을 상상하고 있지도 않을뿐더러, 그것을 두려워하지도 않았다. 하지만 언덕의 비탈에서 바람에 흔들리는 보리밭도 살아 있었다. 하늘에는 매도 살아 있다. 타작마당에서 흩날린 곡식 껍질 먼지가 묻은 흙 물동이도 살아 있다. 너의 두 다리가 걸터앉아 있던 말도, 한쪽 다리로 누르고 있던 카빈총도, 언덕도, 골짜기도, 가로수 아래를 흐르고 있는 냇물도, 골짜기 저 너머의 비탈도, 그 저쪽의 조그만 산도 모두 살아 있다.

　귀머거리 영감은 술부대를 돌려주며 감사의 뜻으로 고개를 끄덕였다. 그리고 앞쪽으로 기대며, 자동 소총의 총구로 죽은 말의 어깨 부분, 가죽이 탄 곳을 가볍게 두드려 주었다. 타 버린 혈 냄새가 아직 남아 있었다. 총화에 에워싸인 채, 위에서도 주위에서도 흉흉 울며 튀는 탄막에 싸인 듯한 속에서 몸을 떨던 이 말을 여기까지 끌고 왔을 때의 일, 그리고 두 개의 귀와 눈을 잇는 교차선, 꼭 그 교차하는 곳을 신중하게 쏴 버렸을 때의 일을 생각했다. 갑자기 말이 튀어 오르며 쓰러지기가 바쁘게 그는 그 후덥지근한 땀에 젖은 등의 그늘에 몸을 숨기고 언덕을 올라오는 적을 향해서 총을 겨냥한 것이었다.

　"Eras mucho caballo(너는 말다운 말이었다)." 그는 말했다.

　귀머거리 영감은 상처를 입지 않은 팔을 아래쪽으로 하고 모로 드러누워 하늘을 쳐다보고 있었다. 텅 빈 탄피가 산처럼 쌓인 위에 모로 드러누웠지만 머리는 바위가 지켜 주었고 몸은 말의 그늘 속에 있었다. 상처는 점점 더 굳었고, 아픔이 너무 심했기 때문에 이젠 움직이는 것조차 거추장스러워져 버린 것이다.

　"왜 그래요, 영감님?" 옆의 사나이가 물었다.

　"아무것도 아냐. 조금 쉬고 있는 중이야."

　"한잠 자요." 상대방은 말했다. "놈들이 공격해 오면 잠을 깨울 테니까."

마침 그때 누군가가 비탈 쪽에서 외쳤다.

"듣거라, 강도 놈들아." 그 소리는 가장 가까운 자동 소총을 설치해 놓은 바위 뒤쪽에서 들려왔다. "비행기로 가루가 되어 흩날리기 전에 항복해라."

"뭐라고 하는 소리야?" 영감이 물었다.

호아킨이 가르쳐 주었다. 영감은 한쪽으로 몸을 굴려 다시 한 번 총 뒤에서 꾸부정하게 몸을 일으켰다.

"어쩌면 비행기는 안 올지도 몰라." 그는 말했다. "대답도 하지 마. 쏘지도 마. 혹시 다시 올라올지도 모르니깐."

"욕을 좀 해 줘도 괜찮겠죠?" 파시오나리아의 아들이 러시아에 있다는 얘기를 호아킨에게 말해 준 사나이가 물었다.

"안 돼." 영감은 말했다. "너의 그 대형 권총을 이리 줘. 누가 대형 권총을 가지고 있나?"

"여기 줘."

"이리 다오."

무릎을 꿇고 대형의 9밀리 구경 권총을 받아 들자 죽은 말 곁의 땅에다 한 발 쏘고 나서 잠시 후 또 쏘았고, 불규칙적인 사이를 두고 네 번 쏘았다. 그리고 그는 입속으로 예순까지 세고 나서 죽은 말의 몸뚱이에 마지막 한 발을, 바싹 갖다 대고 쏘았다. 그는 싱긋 웃고 나서 권총을 돌려주었다.

"탄환을 장전해 둬." 그는 조그만 목소리로 말했다. "아무도 지껄이지 마. 쏘아도 안 돼."

"강도 놈들!" 다시 바위 그늘에서 외쳤다. 언덕 위에서는 모두들 잠자코 있었다.

"강도 놈들! 가루가 되어 흩날려버리기 전에 항복해라."

"놈들, 미끼에 걸려들었군." 귀머거리 영감은 즐거운 듯이 속삭였다.

감시하고 있노라니 한 사나이가 바위 위로 목을 내밀었다. 언덕 위에서는 쏘아 대지 않았다. 목은 다시 숨어 버렸다. 귀머거리 영감은 감시하면서 기다리고 있었는데, 그 이상 아무 일도 일어나지 않았다. 뒤돌아보고 제각기 자기가 맡은 비탈을 감시하고 있는 부하들을 보았다. 부하들은 그를 보자 이내 고개를 저었다.

"모두들 움직이지 마라." 그는 조그만 소리로 말했다.

"어이, 갈보 년의 새끼들아!" 다시 목소리가 바위 그늘에서 들려왔다.

"붉은 돼지 놈들, 제 어미를 강간하는 놈들. 제 아비의 음수를 마시는 놈들." 다시 목소리가 바위 그늘에서 들려왔다.

귀머거리 영감은 싱글싱글 웃었다. 마침 잘 들릴 수 있는 쪽으로 귀를 돌렸기 때문에 외치고 있는 욕지거리를 들을 수 있었던 것이다. 이놈은 아스피린보다 낫군, 하고 그는 생각했다. 몇 놈쯤 낚을 수 있을까? 놈들, 그처럼 바보일까?

목소리는 다시 그치고, 3분 동안은 아무 소리도 들리지 않았으며 아무 움직임도 보이지 않았다. 그러자 100미터쯤 아래쪽 비탈의 둥근 바위 그늘에 있던 저격병이 모습을 드러내고서는 발포했다. 탄환은 바위에 부딪혀 날카로운 비명을 남기고는 퉁겨졌다. 그러자 몸을 굽힌 한 명의 사나이가 자동 소총이 있는 바위 그늘에서 달려 나와 아무것도 서 있지 않은 땅 위를 뚫고, 아까 저격병이 숨어 있던 커다란 둥근 바위가 있는 곳까지 가는 것을 귀머거리 영감은 보았다. 사나이는 마치 물속으로 잠수라도 하듯이 둥근 바위 그늘 속으로 달려 들어갔다.

귀머거리 영감은 오른쪽을 돌아다보았다. 다른 비탈에는 아무 움직임이 없다는 것을 부하들이 신호로 그에게 알려 주었다. 영감은 기쁜 듯이 빙그레 웃고 나서 고개를 저었다. 이놈은 아스피린의 열 배는 효과가 있군, 하고 그는 생각했다. 그리고 사냥감을 기다리는 사냥꾼 이외에는 맛볼 수 없는 기쁨을 맛보면서 그는 기다렸다.

아래쪽 비탈에서는 돌을 쌓은 엄호물의 그늘로부터 둥근 바위 그늘로 뛰어든 사나이가 저격병에게 얘기하고 있었다.

"너는 그걸 정말이라고 생각하나?"

"모르겠습니다." 저격병이 대답했다.

"이치에 맞을지도 몰라." 얘기를 건 사나이는 이 부대를 지휘하고 있는 장교였다. "뭐니 뭐니 해도 포위당하고 있단 말이야. 죽을 도리밖에는 다른 길이 없으니까."

저격병은 대답하지 않았다.

"너는 어떻게 생각하는가?" 장교가 물었다.

"모르겠습니다."

"그 소리가 난 후, 무엇인가 색다른 일이 있었나?"

"전연 없었습니다."

장교는 손목시계를 보았다. 3시 10분 전이다.

"비행기가 벌써 한 시간 전에 왔어야만 했어." 그는 말했다. 마침 그때 다른 장교가 둥근 바위 뒤쪽으로 뛰어들었다. 저격병은 옆으로 비켜서서 자리를 만들어 주었다.

"어이, 파코." 먼저 온 장교가 물었다.

"너는 어떻게 생각하는가?"

두 번째 장교는 자동 소총이 있는 곳으로부터 산허리를 달려왔기 때문에 몹시 헐떡거렸다.

"나는 함정 같다는 생각이 들어."

"그러나 함정이 아니라면? 여기에서 멍청하게 죽어 자빠진 놈들을 포위하고 있다니, 이만저만 얼간이 같은 짓이 아니야."

"지금까지만 하더라도 보다 더 얼간이 같은 짓을 해 왔지." 두 번째 장교가 말했다. "저 비탈을 보라고."

그들은 정상이 가까운 시체가 흩어져 있는 비탈 쪽을 쳐다보았다. 그곳에서 보니 언덕 위의 방어선은 이곳저곳에 흩어져 있는 바위와 영감의 말의 배, 삐져나온 다리, 말발굽, 그리고 흙을 파서 쌓은 새로운 진흙으로 이루어져 있었다.

"박격포는 어찌 되었을까?" 두 번째 장교가 물었다.

"이제 한 시간만 있으면 오겠지. 늦어도 그쯤이면 돼."

"그럼 그때까지 기다리자. 바보 같은 짓엔 이제 질렸어."

"어이, 강도 놈들!" 첫 번째 장교는 둥근 바위 위로 완전히 목을 내밀고 외쳤다. 일어서서 보니 언덕의 정상은 아주 가까이 보였다. "이 붉은 돼지 놈들! 겁쟁이 놈들!"

두 번째 장교는 저격병 쪽을 보며 고개를 내밀었다. 옆을 돌아본 저격병은 입술을 꼭 다물고 있었다.

첫 번째 장교는 바위로부터 완전히 머리를 내밀고, 일어서서 손으로 권총 자루를 잡고 있었다. 언덕 위를 향해서 욕설을 퍼부어 댔다. 아무 일도 일어나지 않았다. 다음에 그는 둥근 바위를 떠나 바깥쪽으로 걸어 나가더니 언덕을 쳐다보면서 그곳에 서 있었다.

"살아 있으면 쏘아라, 겁쟁이들아!" 그는 외쳤다. "갈보 년의 배에서 태어난 빨갱이 따위를 두려워한 일이 없는 나를 쏘아 보아라!"

이 마지막 말을 다 외칠 때까지 시간이 걸렸기 때문에 장교의 얼굴은 다 외치자마자 빨갛게 되었다.

두 번째 장교는 볕에 그을린 갈색의 가름한 얼굴에 온화한 눈, 길고 짧은 입술, 뺨에 풀 그루터기 같은 수염이 난 여윈 사나이였는데, 그를 보고 다시 고개를 저었다. 최초의 돌격 명령을 내린 것은 그 외친 사나이였다.

위의 비탈에서 죽은 젊은 중위는 그 파코 베르렌도라는 두 번째 장교─지금 분명히 기세등등해진 대위가 외치는 소리를 잠자코 듣고 있는 다른 한 사람의 중위─의 둘도 없는 친구였다.

"놈들은 나의 누이동생과 내 어머니를 쏜 돼지 새끼들이야." 대위가 말했다. 불그레한 얼굴에 금발이었는데, 영국인 풍의 콧수염을 기르고 있었고 눈은 약간 사팔뜨기인 것 같았다. 연푸른 눈동자에 속눈썹도 엷었다. 그 눈을 보고 있으려니 무엇인가 초점이 아주 느릿느릿하게 고정되는 것 같은 느낌이 들었다. 그때 또 "어이, 빨갱이들!" 하고 그는 외쳤다. "겁쟁이들!" 하고 또 저주의 말을 외쳤다.

지금 그는 완전히 바위에서 떨어져 서서 천천히 조준을 하고는 정상에 보이는 단 하나의 표적─귀머거리 영감의 죽은 말─을 향해 권총을 쏘았다. 탄환은 말보다도 15미터 아래쪽의 진흙탕을 튀겼을 뿐이다. 대위는 또 쏘았다. 탄환은 바위에 부딪혀 튀었다.

대위는 언덕 위를 쳐다보며 버티고 서 있었다. 베르렌도 중위는 정상 바로 아래 있는 다른 한 중위의 시체를 쳐다보고 있었다. 저격병은 바로 눈 아래 있는 지도를 보고 있었다. 그리고 나서 그는 얼굴을 쳐들어 대위를 보았다.

"한 놈도 살아 있는 놈은 없어." 대위는 말했다. "어이," 저격병을 불렀다. "올라가 보고 와."

저격병은 눈길을 내리깔았다. 아무런 대답이 없었다. "어이, 들리지 않나?" 대위는 외쳤다.

"네. 들립니다, 대위님."

저격병은 상대방의 얼굴을 보지도 않고 대답했다.

"그렇다면 어서 가." 대위는 아직 권총을 손에 들고 있었다. "알았는가?"

"네, 대위님."

"왜 가지 않지?"

"가고 싶지 않습니다, 대위님."

"뭐, 가고 싶지 않아!" 대위는 병사의 둔부에다 권총을 들이댔다.

"가고 싶지 않단 말이지?"

"무섭습니다, 대위님." 병사는 조금도 기가 꺾이지 않고 당당하게 대답했다.

대위의 얼굴과 그 묘한 눈을 쏘아보고 있던 베르렌도 중위는, 이건 정말로 쏠 작정이로구나, 하고 생각했다.

"모라 대위님."

"왜 그래, 베르렌도 중위?"

"사병의 말이 당연할지도 모릅니다."

"무섭다고 하는 것이 당연하다고? 명령에 복종하고 싶지 않다는 것이 당연하다고?"

"아니, 그런 말이 아닙니다. 저것이 함정이라고 생각하는 것이 당연하단 말입니다."

"적은 모조리 나자빠지지 않았나." 대위가 말했다. "놈들이 모조리 죽어 버렸다고 내가 말하는 소리가 귀관에게는 들리지 않나?"

"대위님이 말씀하시는 것은 비탈에 쓰러져 있는 전우입니까?" 베르렌도가 반문했다. "그렇다면 찬성입니다."

"파코," 대위는 말했다. "당치않은 소리 그만해. 귀관은 귀관만이 훌리안을 자랑했다고 생각하는가? 알겠나, 빨갱이 놈들은 죽어 버렸단 말이야. 봐라!"

그는 일어서서 두 손을 둥근 바위 위에 걸고 몸을 이끌어 올려 어색하게 바위 위에 무릎을 얹고 일어섰다.

"쏴라." 잿빛 화강암의 둥근 바위 위에 올라서서 두 팔을 휘둘러 대며 그는 외쳤다.

언덕 위에서는 귀머거리 영감이 죽은 말의 뒤에 누워 싱글싱글 웃고 있었다.

어처구니없는 놈들이로군, 하고 그는 생각했다. 웃으니까 몸이 흔들려 팔의 상처가 당겼기 때문에 억누르려고 하면서 그는 웃었다.

"빨갱이들!" 아래쪽에서 외치고 있었다.

"이 비천한 빨갱이 놈들아. 나를 쏴라! 죽여 보아라!"

귀머거리 영감은 가슴을 떨면서 말의 엉덩이 너머로 살그머니 넘겨다 보았다. 둥근 바위 위에서 대위가 팔을 휘두르고 있었다. 다른 한 사람의 장교는 둥근 바위 옆에 서 있었다. 저격병은 반대쪽에 서 있었다. 영감은 그곳에서 눈을 떼지 않고 유쾌한 듯이 고개를 저었다.

"나를 쏴라!" 하고 나직한 목소리로 그는 혼잣말을 했다. "죽여 봐라!" 그러자 그의 어깨가 다시 흔들렸다. 웃음이 팔의 상처를 당기게 했고, 웃을 때마다 머리가 파열되어 버릴 것같이 쑤셨다. 그런데 웃음은 그냥, 마치 경련처럼 그의 몸을 떨게 했다.

모라 대위는 둥근 바위에서 땅으로 내려섰다.

"어때, 파코? 이래도 믿지 않는가?" 그는 베르렌도 중위에게 물었다.

"믿지 않습니다." 베르렌도 중위가 대답했다.

"제기랄!" 대위는 말했다. "여기에는 백치와 겁쟁이밖에는 없나."

저격병은 이미 조심스럽게 둥근 바위 그늘에 들어가 있었고, 베르렌도 중위는 그 옆에 웅크리고 있었다.

둥근 바위 옆 아무것도 없는 곳에 서서 대위는 언덕 위에다 대고 욕설을 퍼부어 대기 시작했다. 스페인어만큼 더러운 말은 없다. 영어에 있는 천한 말에 해당하는 말이 전부 있고, 그 외에 불경不敬한 독신적瀆神的 욕설이 종교의 존엄과 보조를 나란히 취하고 있는, 농촌 지방에서만 사용되는 말이나 표현이었다. 베르렌도 중위는 대단히 경건한 가톨릭교도였다. 저격병도 그랬다. 두 사람 다 나바라 출신의 카를로스 당원으로, 화가 치밀 때는 저주와 불경의 말을 내뱉기는 했지만, 그들은 그것을 죄라고 인정하고 언제나 어김없이 참회를 했다.

이렇듯 둥근 바위 뒤에 웅크리고 대위를 지켜보며 대위가 외쳐 대는 욕설에 귀를 기울이고 있는 동안, 두 사람 다 마음은 대위와 그가 말하고 있는 것에서 멀어져 갔다. 두 사람은 오늘 당장 죽을지도 모를 그런 날에 그런 종류의 말을 귀에 넣고 싶지는 않았다. 그런 지독한 말을 퍼부어 보았자 신통한 일은 없다고 생각했다. 성모님에 대해서 그런 말을 하다니 벌이 내릴 것이다. 저 사나이는 빨갱이 녀석들보다 더 더러운 말을 입에 올리지 않는가.

홀리안은 죽고 말았구나, 하고 베르렌도 중위는 생각했다.

오늘 같은 날 산마루 중턱에서 죽었다. 그런데도 저 입이 더러운 사나이는 그곳에 서서 그처럼 불경스러운 말로 더 지독한 악운을 부르고 있는 것이다.

대위는 겨우 외치기를 그치고 베르렌도 중위 쪽을 돌아다보았다. 그의 눈은 점점 기괴하게 빛나고 있었다.

"파코." 그는 유쾌하게 말했다. "나와 귀관 둘이서 저쪽으로 가자."

"저는 싫습니다."

"뭐라고!" 대위는 다시 권총을 꺼냈다.

저렇게 권총을 휘두르는 놈은 싫다고 베르렌도는 생각했다. 무기를 꺼내지 않으면 명령을 내릴 수가 없다. 그러한 놈은 반드시 변소에 갈 때도 권총을 꺼내 자기가 하려고 생각하는 동작에 대한 명령을 내리리라.

"대위님이 명령을 내린다면 가겠습니다. 단 항의를 조건부로 말입니다." 베르렌도 중위가 대위에게 말했다.

"그럼 나 혼자 가겠다." 대위는 말했다. "여기에는 겁쟁이 바람이 너무 지독하게 불어."

권총을 오른손에 들고 그는 침착하게 비탈을 올라갔다. 베르렌도와 저격병은 그를 지켜보고 있었다. 그는 조금도 차폐물에 의지하려 하지 않았고, 눈은 곧바로 언덕 위의 바위와 죽은 말, 그리고 막 파낸 방벽의 진흙 무더기를 쏘아보고 있었다.

귀머거리 영감은 바위 옆의 말 뒤에 엎드려서 성큼성큼 언덕을 올라오는 대위를 지켜보고 있었다.

단 한 놈뿐인가, 하고 그는 생각했다. 한 놈밖에는 낚지 못했다. 그런데 놈의 말투로 보아 거물 같다. 저 걸음걸이를 보아라. 보라고. 꼭 짐승 같군. 성큼성큼 다가오는 꼴을 보란 말이야. 저놈은 내 것이다. 나는 저놈을 황천행의 길동무로 삼아 주겠다. 지금 걸어오는 저놈이 나와 같은 여행을 하게 되는 놈이다. 자아, 어서 옵쇼, 동행자 양반. 성큼성큼 오란 말이야. 곧바로 걸어오란 말이야. 떨지 말고 오란 말이야. 자아, 오라고. 멈추지 말고. 걸음을 늦추지 말고 곧바로 오라고. 그런 보조로 와. 멈춰서 뒤돌아보면 안 돼. 그렇다, 그런 기세로 걸어와. 눈도 내리깔지 마. 곧바로 앞을 보면서 와. 아니, 저놈, 수염을 기르고 있구나. 저것은 대체 어떻게 된 일이야? 저놈은 수염 따위를 기를 신분이로구나. 나의 동행자가 말이다. 대위다, 소매를 보니까. 그러니까 거물이라고 하지 않았나. 영국인 같은 쌍통이로군. 모자는 쓰지 않고 콧수염은 노란빛이로군. 눈은 푸르다. 연푸른 눈이다. 그 연푸른 눈이 약간 어긋나 있다. 초점이 뚜렷하지 않은 멍청한 푸른 눈이다. 됐다. 가깝다, 너무 가까워. 잘 와 주었구나. 동행자 양반, 이거라도 처먹어라. 황천행의 동료 놈.

자동 소총의 방아쇠를 조용히 끌어당기자 다리가 세 개 달린 자동 소총이 반동으로 인해 심하게 아래위로 떨리고, 총은 그의 어깨에 세 번 부딪혔다.

대위는 언덕 중턱에 얼굴을 틀어박고 엎어졌다. 왼팔을 몸 아래 꺾어 깔고 있었다. 권총을 쥐고 있던 오른팔이 머리 위로 내뻗쳐 있었다. 아래쪽 비탈 이곳저곳에서 적은 다시금 정상을 향해서 총화를 퍼부어 댔다.

이제 총화 속을 뚫고 저 탁 트인 비탈을 달려 올라가지 않으면 안 된다고 생각하면서 둥근 바위 그늘에 웅크리고 있던 베르렌도 중위는, 문득 언덕 위에서 귀머거리 영감이 외쳐 대는 굵직하고 메마른 듯한 소리를 들었다.

"강도 놈들!" 목소리는 외쳤다. "강도 놈들! 나를 쏘아라! 나를 죽여 봐라!"

언덕 마루턱에서 귀머거리 영감은 가슴이 아플 만큼, 그리고 정수리가 갈라져 버릴 것같이 웃어 대면서 자동 소총 뒤에 엎드려 있었다.

"강도 놈들!" 아주 유쾌한 듯이 그는 또 외쳤다. "죽여 봐라! 강도 놈들!" 그리고 그는 기쁜 듯이 고개를 흔들었다. 황천길의 길동무가 아주 많구나, 하고 그는 생각했다.

그는 자동 소총을 다른 한 사람의 장교가 둥근 바위 그늘을 떠났을 때도 시험해 볼 작정이었다. 늦건 빠르건 그곳에서 뛰어나오지 않으면 안 될 것이다. 귀머거리 영감은 장교가 지금 있는 장소에서는 지휘를 할 수 없다는 것을 알고 있었기 때문에 그를 해치울 좋은 기회가 반드시 오리라고 생각하고 있었던 것이다. 마침 그때 언덕 위의 다른 사람들은 적기가 습격해 오는 최초의 소리를 들었다.

귀머거리 영감에게는 그 소리가 들리지 않았다. 그는 둥근 바위 아래쪽 모퉁이에다 자동 소총을 겨냥한 채 생각하고 있었다――놈의 모습을 발견할 때 놈은 이미 달리고 있을 것이므로 정신을 바짝 차리지 않으면 놓쳐 버린다. 저쪽 엄폐물이 있는 곳까지 달려가는 동안에는 언제고 등 뒤에서 쏠 수 있다. 나는 총을 놈이 달리는 대로 따라가며 겨냥을 하여 놈의 앞쪽까지도 쏘아 주리라. 아니면 실컷 달려가게 해 놓고서 그 뒤를 쫓아, 단숨에 담 쪽까지 돌리며 쏘아 대든가 하리라. 가능하면 바위 모퉁이께에서 놈을 겨냥하여 앞쪽으로 총구를 돌리자. 그때 그는 누군가가 어깨에 손을 얹는 것을 깨닫고 뒤돌아보니 그곳에 호아킨의 공포로 메마른 흙빛 얼굴이 보였고, 소년이 손가락질하는 곳을 쳐다보자 세 대의 비행기가 이쪽으로 날아오는 것이 보였다.

이 순간 베르렌도 중위는 둥근 바위 그늘에서 몸을 날려 자동 소총이 놓여 있는 바위의 엄폐물을 향해서 고개를 푹 숙이고 허공을 차듯이 하면서 비탈을 달려 내려갔다.

비행기를 보고 있던 귀머거리 영감은 그가 달려 나온 곳을 보지 못했다. "이놈을 끌어낼 테니까 도와줘." 그는 호아킨에게 말했다. 그래서 소년은 자동 소총을 말과 바위 사이에서 끌어냈다.

비행기는 유유히 다가왔다. 사다리처럼 편대를 짜고 오는 모습이 커졌으며, 폭음도 가까이 다가왔다.

"자빠져서 쏘아라." 귀머거리 영감은 말했다. "날아오는 앞쪽을 겨냥해야 해."

그는 끊임없이 비행기를 노려보고 있었다. "수산양 같은 얼간이 놈! 갈보의 새끼들!"

그는 맹렬할 정도로 재빠르게 저주했다.

"이그나치오!" 그는 말했다. "기관총을 호아킨의 어깨에다 걸쳐라. 어이!" 소년을 향해서 말했다. "그곳에 앉아라. 움직이지 마라. 쪼그리고 앉아, 좀 더 쪼그려. 아직 안 돼, 좀 더."

그는 벌렁 나자빠져서 같은 속력으로 다가오는 비행기에 조준을 맞추었다.

"어이, 이그나치오. 총 다리를 단단히 쥐고 있어." 소년의 등에 다리가 걸쳐졌는데, 몸을 움직일 때마다 총신이 흔들거렸다. 고개를 숙인 채 웅크리고 있던 소년은, 포효하듯 울리는 비행기의 굉음이 가까이 다가오는 것을 듣고 몸을 움직이지 않고는 견뎌 낼 수가 없었던 것이다.

납작 엎드려서 적기가 다가오는 것을 쳐다보며 이그나치오는 두 손으로 총 다리를 눌러 총이 움직이지 않도록 했다.

"고개를 숙여." 그는 호아킨에게 말했다. "머리를 옆으로 돌리지 마."

"파시오나리아 가라사대 '무릎을 꿇고 삶은……'." 호아킨은 다가오는 굉음 속에서 혼자 중얼거렸다. 그리고 그는 갑자기 말투를 바꾸어 말했다. "사랑스러운 마리아님, 주는 당신과 함께 계십니다. 모든 부인 가운데 축복받은 마리아님. 당신의 배에서 태어나신 예수님께 축복이 있으시기를. 성스러운 마리아님. 하느님의 성모, 지금 죽음에 임한 우리 죄인을 위해서 기도 드려주시옵소서. 아멘. 성스러운 마리아님. 신의 성모." 그는 흠칫하고 몸을 떨었다. 그때 그는 견딜 수 없을 만큼의 굉음이 다가오는 속에서 갑자기 그것과 경쟁이라도 하듯 서둘러 참회의 기도를 올리기 시작했다. "오오, 우리 주여. 나의 모든 사랑을 바쳐야 할 당신을 욕되게 했음을 진심으로 사죄드리옵니다."

그때 쇠망치로 연타하는 듯한 작렬음이 귀를 스쳤고 총신이 그의 어깨 위에서 뜨겁게 달았다. 다시금 쇠망치 소리가 일어나자, 그의 귀는 총구에서 일어나는 폭풍 때문에 귀머거리가 되어 버렸다. 이그나치오가 총 다리를 힘 있게 누르고 있었기 때문에 총신의 열이 그의 등을 태웠다. 총이 지금 적기의 요란스러운 굉음 속에서 격렬하게 쇠망치를 연타하고 있자 그는 참회의 기도문을 생각해 낼 수가 없게 되고 말았다.

그가 생각해 낼 수 있는 문구는, 지금 죽음에 임하여—아멘—지금 죽음에 임하여—아멘—지금 죽음에—지금 죽음에—아멘—이것뿐이었다. 다른 자들은 모두 사격하고 있었다. 지금 죽음에 임하여—아멘.

그때 총알이 작렬하는 소리를 뚫고 마치 허공을 가르는 것 같은 휘파람 비슷한 소리가 나는가 싶더니 검붉은 굉음 속에서 무릎 아래의 대지가 뭉클뭉클 요동쳤고, 이어서 그것이 물결처럼 솟아올라 그의 얼굴을 때렸으며, 잇따라 진흙과 바위 조각들이 온통 쏟아져 내려왔다. 이그나치오가 그의 위에 겹쳐 쓰러졌고 총이 다시 그 위에 겹쳐졌다. 그러나 아직 죽지 않은 모양인지 휭 하는 소리가 또 들려왔고 대지가 요란스런 소리와 함께 그의 아래에서 흔들렸다. 잇따라 다시 휘파람 소리가 들려왔고, 대지는 그의 배 아래에서 기울어져 갔으며, 언덕 한 모퉁이가 공중으로 날아올랐다가 그가 쓰러져 있는 위로 천천히 떨어져 내렸다.

적기는 세 번 되돌아와서 언덕 위에 폭탄을 떨어뜨렸는데 이미 그곳에는 아무도 그것을 아는 자가 없었다. 그런 후에 적기는 언덕 위에다가 기총 소사를 퍼붓고 날아가 버렸다. 마지막으로 언덕을 향해 급강하를 해서 기총 소사를 퍼붓자 선두의 비행기는 기수를 곧바로 세우고 날아올랐으며, 뒤따르던 두 대도 그 흉내를 낸 후에 사다리 편대로부터 V자형으로 편대를 바꿔 싼 후, 세고비아 쪽의 하늘 속으로 사라져 갔다.

언덕 위를 향해 맹렬한 사격을 퍼부어 대면서, 베르렌도 중위는 한 명의 척후병을 폭탄이 떨어진 자국 중의 하나, 그곳 마루턱을 향해 수류탄을 던질 수 있는 곳까지 올라가 보게 했다. 그는 적이 단 한 놈이라도 살아남아 그 어지럽기 짝이 없는 마루턱에서 자기들을 기다리고 있을지도 모를 위험을 범할 마음 같은 것은 털끝만치도 없었으므로 죽어 버린 말, 산산조각 난 바위, 화약 냄새를 풍기는 노랗게 부풀어 터진 대지 등으로 엉망진창이 되어 있는 곳에다 우선 네 개의 수류탄을 던져 놓고 나서, 재빨리 구멍으로부터 기어 나가 마루턱의 상황을 살피러 갔다.

단 한 사람, 이그나치오의 시체 아래에서 의식을 잃어버린 호아킨 소년을 제외하고는, 언덕 위에서 모두 죽어 있었다. 호아킨은 코와 귀로 피를 흘리고 있었다. 그는 갑자기 폭격의 한복판에 떨어져 버린 후 아무런 의식도 없었으며, 폭탄 한 개가 바로 그 가까이 떨어진 뒤엔 호흡조차 몸에서 빠져나갔다. 베르렌도 중위는 성호를 그은 후, 귀머거리 영감이 부상당한 말을 사살했을 때처럼 재빨리 부드럽게—만약 그러한 과격한 동작도 부드럽게 해 줄 수 있는 것이라면—소년의 뒷머리에다 한 방을 쏘았다.

베르렌도 중위는 언덕 위에 서서 비탈에 쓰러져 있는 자기편의 시체를 내려다본 뒤, 귀머거리 영감을 이곳으로 몰아넣을 때까지 자기들이 공격해 온 언덕과 들판을 휘둘러보았다. 그는 군이 지금까지 치러 온 모든 작전의 흔적을 한눈으로 휘둘러보고 난 다음에, 자기편 전사자들이 타고 있던 말을 끌고 오게 하여 시체를 라그랑하까지 운반할 수 있도록 안장에 잡아매라고 명령했다.

"그놈도 가지고 가." 그는 말했다. "그 자동 소총에 손을 얹고 있는 놈 말이다. 그놈이 틀림없이 귀머거리 영감일 것이다. 가장 나이가 많이 들었고, 총을 다루고 있던 놈도 그놈이니까. 아니, 기다려. 모가지만을 잘라서 판초에다 싸라." 그는 잠깐 동안 생각하다가 덧붙였다. "이놈들 전부의 모가지를 가지고 가자. 그리고 아래쪽 비탈에 죽어 있는 놈과, 놈들을 제일 먼저 발견한 장소에서 죽은 놈의 모가지도 말이다. 소총과 권총을 모아라. 그 자동 소총은 말에 매달고."

그리고 그는 첫 번째 공격 때에 살해당한 중위가 쓰러져 있는 장소까지 내려갔다. 그는 시체를 내려다보고 있었지만 손을 대지는 않았다. '전쟁이란 얼마나 나쁜 것인가.' 하고 그는 중얼거렸다.

그러고 나서 다시 성호를 긋고 언덕을 내려가면서 죽은 전우의 혼의 안식을 위해 〈천주경〉과 〈성모경〉의 기도를 다섯 번 되풀이했다. 그는 자기의 명령이 실행되는 것을 보기 위해서 언덕 위에 머물러 있고 싶지 않았던 것이다.

28

적기가 날아가 버린 뒤 로버트 조던은 프리미티보와 함께 사격이 시작되는 소리를 들었고, 그와 함께 그의 심장도 다시 뛰기 시작하는 것을 느꼈다. 한 무리의 연기가 고지의 가장 먼 곳에 보이는 능선 위에 피어오르고 있는 것이 보였다. 비행기는 차차 멀어져 가는 세 개의 반점으로 보였다.

'놈들의 폭격은 어쩌면 자기편 기병만을 흩날려 버렸을 것이고, 귀머거리 영감에게도 동료들에게도 맞지는 않았으리라.' 하고 로버트 조던은 자신에게 말했다. '그 비행기는 지금 당장이라도 죽일 듯이 오싹 소름이 끼치게 하지만 좀처럼 사살당하지는 않는다.'

"아직도 해 대고 있어." 요란한 총소리를 들으면서 프리미티보가 말했다. 아까는 폭격 소리가 날 때마다 비틀비틀 쓰러질 것 같았으나 지금은 바싹 메마른 입술을 핥고 있었다.

"해 대는 것이 당연하지." 로버트 조던이 말했다. "저런 것으로 사람 하나 죽일 수 있을 줄 알아?"

이윽고 총소리가 완전히 멎자 그 후로는 단 한 방의 소리도 들려오지 않았다. 베르렌도 중위가 쏜 권총 소리는 그곳까지는 들려오지 않았던 것이다.

처음으로 총소리가 멎었을 때는 아무 생각도 없었다. 그러나 이윽고 조용함이 계속되는 동안 텅 빈 듯한 느낌이 가슴속에 솟아났다. 이어서 수류탄이 작렬하는 소리가 들리자, 그의 가슴은 한참 동안 뛰었다. 다음에는 다시 아주 조용해졌으며 그 조용함이 한없이 계속되자, 그는 겨우 모든 것이 끝나 버렸다는 것을 깨달았다.

마리아가 토끼 고기와 버섯 스튜를 양동이에 넣어 들고 빵과 술부대와 네 개의 접시, 컵 두 개, 숟가락 네 개를 가지고 야영지 쪽에서 올라왔다. 그녀는 자동 소총이 있는 곳에 멈춰 서 아구스틴과 안셀모 대신 총좌에 앉아 있는 엘라디오를 위해 스튜를 두 접시 담고 빵을 넘겨준 후, 술부대 모서리에 붙어 있는 마개를 틀어 두 개의 잔에다 포도주를 따랐다.

로버트 조던은 그녀가 어깨에는 술부대를 짊어지고 한 손에는 양동이를 든 채 햇살 속에서 짧은 머리를 빛내면서 그가 있는 감시소까지 가벼운 발걸음으로 올라오는 것을 바라보고 있었다. 그는 내려가서 양동이를 받아 들고 그녀를 도와 맨 마지막의 둥근 바위 위로 끌어올렸다.

"아까 그 비행기는 어떻게 되었어요?" 그녀는 겁먹은 듯한 눈으로 물었다.

"귀머거리 영감네를 폭격했어." 얼른 양동이를 열고 스튜를 접시에 담으면서 로버트 조던은 대답했다.

"아직 싸움을 하고 있나요?"

"아니, 이미 끝났어."

"정말 싫어." 그녀는 입술을 깨물며 먼 곳으로 눈길을 보냈다.

"난 먹고 싶지 않아." 프리미티보가 말했다.

"억지로라도 먹어 두는 편이 좋아." 로버트 조던은 그에게 권했다.

"이것을 한잔 마셔." 로버트 조던은 말하고 나서 그에게 술부대를 넘겨 주었다. "그리고 먹으면 돼."

"영감네 소동 때문에 식욕이 완전히 달아나 버렸어." 프리미티보는 말했다. "당신이나 어서 먹어. 나는 먹고 싶지 않아."

마리아는 그의 곁으로 가서 팔을 목에 감고는 키스했다.

"그래도 드셔야 해요, 아저씨." 그녀는 말했다. "모두들, 자기의 몸을 소중히 아끼지 않으면 안 돼요."

프리미티보는 그녀를 외면했다. 그는 술부대를 들고 쏟아져 나오는 술을 입 안으로 흘려 넣으면서 고개를 젖히고 꿀쩍꿀쩍 마셨다. 그러고 나서 양동이의 요리를 접시에 산더미처럼 담아 놓고 먹기 시작했다.

로버트 조던은 마리아의 얼굴을 보고 고개를 저었다. 그녀는 그의 곁에 앉아 팔을 어깨에 둘렀다. 두 사람 다 상대방의 마음을 잘 알면서도, 그렇게 나란히 앉아 로버트 조던은 스튜를 먹었고 천천히 시간을 소비하면서 버섯을 충분히 맛을 본 후에 술을 마셨다. 두 사람 다 아무 말도 하지 않았다.

"있고 싶으면 여기 있어도 좋아." 한참 후에 음식을 다 먹고 났을 때 그가 말했다.

"안 돼요." 그녀는 말했다. "필라르가 있는 곳으로 가지 않으면 안 돼요."

"여기 있어도 아무 상관없어. 이제 아무 일도 일어날 것 같지 않으니까."

"아니, 필라르가 있는 곳으로 가지 않으면 안 돼요. 필라르에게 교훈을 듣고 있어요."

"무엇을 듣는다고?"

"교훈요." 그녀는 그에게 미소 짓고 난 후 키스를 했다. "종교적인 교훈에 대해서 당신은 아무 말도 들은 적이 없나요?" 그녀는 얼굴을 빨갛게 물들였다.

"그것과 조금 비슷하지만," 다시 얼굴을 붉혔다. "그러나 달라요."

"그럼 그 교훈을 들으러 돌아가라고." 하고 말하고 나서 그녀의 머리를 가볍게 두드렸다. 그녀는 뒤돌아보며 미소 짓고 나서 프리미티보에게 말했다.

"아저씨, 뭐 아래에서 갖다 주었으면 하는 것 없어요?"

"없어, 아가씨." 그는 대답했다. 아직 기분이 회복되지 않았구나, 하고 두 사람은 생각했다.

"안녕, 아저씨." 그녀는 프리미티보에게 말했다.

"어이," 프리미티보는 말했다. "난 죽는 건 조금도 무서워하지 않지만 이렇게 영감네를 못 본 척 버려 둘 수는……." 그의 목소리가 쉰 듯했다.

"달리 어쩔 도리가 없었어." 로버트 조던은 그를 달랬다.

"알고 있어. 그러나 알아 보았자 똑같아. 달리 도리가 없었어." 로버트 조던은 되풀이했다. "이제 아무 말도 하지 않는 것이 좋아."

"알고 있어. 하지만 저쪽에서는 우리의 지원도 받지 못하고 버림받아……."

"더 이상 아무 말도 하지 마." 로버트 조던은 가로막았다. "자아, 당신은 교훈을 들으러 돌아가."

그는 바위 사이를 내려가는 그녀를 배웅했다. 그러고 나서 그곳에 앉은 채, 오랫동안 고지 쪽을 바라보면서 생각에 잠겼다.

프리미티보가 말을 걸어도 대답하지 않았다. 양지는 뜨거웠으나 그 뜨거움조차 마음에 두지 않고서 언덕 비탈과 저쪽의 가장 높은 언덕 위까지 계속되고 있는 긴 소나무 숲을 줄곧 바라보았다. 한 시간이 지나서 해가 훨씬 위쪽으로 기울었을 무렵, 문득 그는 적이 비탈 마루턱을 넘어 진군해 오는 것을 보고서 쌍안경을 집어 들었다.

높은 언덕의 푸른 비탈에 최초의 기마병 두 명이 나타났을 때에는 말이 아주 조그맣게 보였다. 그러나 다시 네 명의 기병이 넓은 언덕 비탈에 흩어진 채 내려오고, 이윽고 쌍안경을 통해서 보고 있는 그의 날카롭고 밝은 시야 속에 두 줄로 늘어선 한 부대의 인마人馬가 들어왔다. 보고 있는 동안에 땀이 겨드랑이 밑에서 배어 나와 옆구리로 흘러내리는 것을 그는 느꼈다. 종대의 선두에 한 사나이가 서 있었다. 이어서 다시 기병이 왔다. 다음에 안장 위에 짐을 싣고 기병이 타지 않은 말이 따라왔다. 다음에는 두 사람이 나란히 선 기병, 그 뒤로 말에 실린 부상병이 도보로 걷는 군사들의 호위를 받으면서 오고 있었다. 그다음으로는 후미 부대로 서 종대를 지은 기병들.

로버트 조던은 그들이 비탈을 내려와서 숲 속으로 사라질 때까지 지켜보고 있었다. 그가 있는 곳으로부터 멀리 떨어져 있었기 때문에 그 안장 가운데의 하나에 양쪽 끝과 중간 몇 군데를 끈으로 묶은, 그래서 그 사이사이가 마치 콩깍지처럼 부푼 길고 동그란 판초 보따리가 얹혀 있는 것은 보지 못했다. 그 짐은 안장 위에서 말의 양쪽 배에 걸쳐 묶여 있었기 때문에 그 축 늘어진 양쪽 끝은 등자의 가죽에 끈으로 묶여 있었다. 안장 위에는 그 보따리와 나란히 귀머거리 영감의 자동 소총이 여보란 듯이 묶여 있었다.

베르렌도 중위는 앞장선 소대를 훨씬 앞쪽까지 내보내고 측면 부대는 산개散開시킨 채 종대의 선두에 서서 말을 몰고 있었으나, 조금도 자랑스러운 기분을 가질 수가 없었다. 전투 뒤에 엄습해 오는 공허감을 느끼고 있었다. 그는 생각했다―목을 자르는 것은 야만적이다. 그러나 증명과 시체 확인이 필요하다. 이번 일로 인해 지금뿐만 아니라 앞으로도 여러 가지로 역겨운 생각이 일어날 텐데, 그것은 하느님 이외에는 알 수 없는 일이다. 이 모가지는 몇몇 놈들을 떠들썩하게 만들지 모른다. 이런 일을 좋아하는 놈들이 상당히 있다. 부르고스로 보내지 말란 법도 없다. 야만적인 얘기다. 비행기는 너무 거창하다. 정말 거창하다. 박격포로 거의 아무런 손해 없이 완전히 해치울 수 있었을 텐데. 두 마리의 노새에 포탄을 싣고 한 마리의 안장 양쪽에 박격포를 한 개씩 매달면 그것으로 충분하다. 그렇게 되면 이미 훌륭한 군대다. 뭐니 뭐니 해도 이 정도의 자동화기는 가지고 있으니까. 그리고 노새를 또 한 마리, 아니 탄약 운반에 두 마리일까. 적당히 해 두라고, 하고 그는 자신에게 말했다. 그렇게 되면 이미 기병대가 아니지 않나. 너는 혼자 제멋대로 군대를 만들고 있어. 그다음에는 산포山砲까지 필요하게 되겠지.

그러자 그는 언덕 위에서 죽어, 지금은 시체가 되어서 제1소대의 말 등에 묶여 있는 훌리안의 일을 생각했다. 그는 이미 언덕을 비치고 있는 석양을 등 뒤쪽으로 버리고, 조용하고 어두컴컴한 숲 속으로 말을 몰고 들어가면서 다시금 죽은 전우를 위해 기도하기 시작했다.

"우리의 생명, 우리의 기쁨, 우리의 희망이신 자비로우신 성모님이시여. 우리는 이 눈물의 골짜기에서 우리의 한탄, 우리의 슬픔, 우리의 눈물을 바치옵니다……."

그는 기도를 계속했다. 말발굽 소리는 소나무 가지 위에서 부드럽게 들렸고, 나무줄기 사이로 새어 드는 석양은 사원寺院의 둥근 기둥 사이로 비쳐 드는 달빛처럼 빛의 반점을 만들었으며, 그는 기도를 하면서 앞쪽에서 측면 부대의 병사들이 나무 사이를 뚫고 나아가는 것을 보았다.

그는 숲 속을 뚫고 나가자 라그랑하로 통하는 노란 도로로 접어들어 갔다. 말발굽 때문에 피어오른 뽀얀 먼지가 말을 탄 그들 위로 온통 덮어 내렸다.

먼지투성이가 되어 말을 타고 지나가는 적의 기병을 안셀모가 본 것은 그때였다.

그는 시체와 부상병의 수를 헤아리고 있는 동안에 귀머거리 영감의 자동 소총을 알아보았다. 동자의 가죽이 흔들거릴 때마다 말의 옆구리에 부딪히고 있는 판초에 싸인 짐의 내용이 무엇인지를 노인은 몰랐으나, 돌아가는 길에 어둠 속을 뚫고 귀머거리 영감이 싸웠던 언덕으로 올라갔을 때, 이내 그 긴 판초 보따리 속에 무엇이 들어 있었는가를 알았다. 어둠 속인지라 언덕 위에 있는 것이 누구의 시체인지는 알아볼 수 없었다. 그러나 그는 그곳에 쓰러져 있는 인원수를 세고 나서 언덕을 넘어 파블로의 캠프로 향했다.

어둠 속을 혼자 걷고 있노라니까 아까 본 폭격 후의 몸서리치는 참상과 시체의 광경에 심장이 얼어붙을 것 같은 공포를 느끼며, 내일 일을 깡그리 마음 밖으로 뿌리쳐 버리려고 노력했다. 그리고 한시바삐 이 일을 알리려고 있는 힘을 다해 걸음을 재촉했다. 그는 재촉하면서 귀머거리 영감과 그 동료들을 위해서 기도를 드렸다. 그것은 이번 동란이 시작된 후로 그가 올린 최초의 기도였다.

"가장 부드럽고, 가장 아름답고, 가장 인자스러우신 성모님이시여." 그는 기도했다.

그러나 그는 끝내 내일의 일을 생각하지 않을 수 없었다. 그래서 그는 생각했다―나는 영국 양반이 시키는 대로, 하라는 명령만 받으면 그 일은 추호도 어김없이 해치워야 한다. 그런데 주여! 내일은 나를 그 사람의 바로 곁에 있도록 해 주시옵소서. 그리고 그 사람 명령이 분명하고 틀림없이 내려지도록 해 주시옵소서. 나는 비행기로 폭격을 당하면 도저히 마음을 단단히 먹고 침착히 있을 수가 없나이다. 비옵나니 주여! 내일은 내가 사나이답게 최후를 마칠 수 있도록 도와주시옵소서. 비옵나니 하느님! 나에게 그날의 싸움에 있어 중요한 점을 분명히 깨우치도록 가르쳐 주시옵소서. 비옵나니 하느님! 최후의 순간이 이르더라도 나의 발이 저절로 움직이지 않도록 억제할 힘을 나에게 남겨 주시옵소서. 비옵나니 하느님! 내일, 싸움이 벌어지는 그날, 사나이답게 행동할 수 있도록 나를 도와주시옵소서. 이 정도만 빌어 두겠사옵니다. 제발 뜻이 이루어지게 해 주시옵소서. 중대한 갈림길이 아니면 이런 일을 빌지도 않겠사오며, 또 두 번 다시 주님께 빌지는 않을 각오로 있사옵니다.

그는 밤길을 홀로 걸으면서 기도를 드리자 힘이 솟아났다. 그리고 이 정도라면 내일도 훌륭히 행동할 수 있다는 자신을 가질 수가 있었다. 고지에서 내리막길을 걸을 무렵 다시 귀머거리 영감네들을 위해 기도를 드리면서 이윽고 위쪽 감시소께까지 오자 페르난도가 누구냐고 물었다.

"나야." 그는 대답했다. "안셀모야."

"좋소." 페르난도가 말했다.

"자네, 알고 있나, 귀머거리 영감의 일을 말이야." 안셀모가 페르난도에게 물었다. 두 사람은 어둠 속에 잠겨 있는 커다란 바위 옆에 서 있었다.

"알다마다요." 페르난도가 말했다. "파블로로부터 들었소."

"파블로는 위쪽에 올라가 있었나?"

"그래." 페르난도는 힘이 없었다. "놈은 기병이 철수하자 곧 그 언덕으로 갔었어요."

"그러면 너희들은."

"전부 들었죠." 페르난도는 말했다. "파시스트 놈들! 정말 야만인들이야! 무슨 일이 있더라도 그 야만인들을 한 놈도 남김없이 스페인에서 쫓아내 버리겠어." 잠시 입을 다물었다가 비통한 말투로 그는 계속했다. "그놈들에게는 위엄이라는 것이 전연 없단 말이야."

안셀모는 어둠 속에서 미소를 지었다. 한 시간 전의 그는 다시 미소를 지을 때가 있으리라고는 꿈에도 생각지 못했으리라. 그 얼마나 멋진 놈인가. 이 페르난도라는 사나이는, 하고 그는 생각했다.

"그렇고말고." 그는 페르난도에게 말했다. "우리가 가르쳐 주지 않으면 안 돼. 놈들의 비행기, 자동 소총, 탱크와 대포를 빼앗고 그 대신 위엄이라는 것을 가르쳐 줄 도리밖에 없어."

"정말이오." 페르난도는 말했다. "영감이 찬성해 줘서 난 아주 기뻐요."

안셀모는 그곳에 스스로의 위엄을 지니고 혼자 서 있는 페르난도를 남기고 동굴 쪽으로 내려갔다.

29

안셀모가 동굴 안으로 들어가자, 로버트 조던은 판자로 만든 테이블을 사이에 놓고 파블로와 마주앉아 있었다. 두 사람은 술을 찰랑찰랑하게 따른 단지를 사이에다 놓고, 각자 컵 하나씩을 테이블에 올려놓고 있었다. 로버트 조던은 수첩을 펼치고 연필을 쥐었다. 필라르와 마리아는 동굴 안쪽에 있는지 모습이 보이지 않았다. 필라르가 처녀를 동굴 안에 데려다 놓고 사람들의 얘기를 듣지 못하도록 신경을 쓰고 있다는 것을 안셀모는 알 도리가 없었기 때문에, 필라르가 식탁에 끼지 않은 것이 묘하게 생각되었다.

로버트 조던은 입구의 모포를 들치고 안셀모가 들어오는 것을, 얼굴을 쳐들어 보고 있었다. 그의 눈은 술단지로 쏠려 있었지만 그는 그것을 보고 있는 것이 아니었다.

"위쪽으로 올라갔다 왔어." 안셀모는 로버트 조던에게 말했다. "파블로에게서 얘기 들었어." 로버트 조던이 말했다.

"언덕 위에는 시체가 여섯 구 있고 모가지는 놈들이 가지고 갔어." 안셀모가 말했다. "내가 간 것은 캄캄해진 다음이지만."

로버트 조던은 고개를 끄덕였다. 파블로는 술 단지를 보면서 아무 말도 하지 않고 가만히 앉아 있었다. 그의 얼굴에는 아무런 표정도 보이지 않았고 돼지처럼 조그만 눈이 마치 처음 보기라도 하는 듯이 술 단지를 바라보고 있었다.

"앉지 않겠소?" 로버트 조던이 안셀모에게 말했다.

노인이 테이블 옆의 생가죽을 씌운 의자 가운데 하나에 앉자, 로버트 조던은 테이블 아래로 손을 넣어 귀머거리 영감이 보낸 조그만 위스키 병을 꺼냈다. 반가량 남아 있었다. 로버트 조던은 테이블 끝에 있는 컵을 끌어당겨서 위스키를 따르고 안셀모 쪽으로 밀었다.

"이것을 마셔요, 영감." 그는 말했다.

파블로가 술 단지에서 눈을 떼고 마시는 안셀모의 얼굴을 보더니 다시 곧 술 단지 쪽으로 눈길을 떨어뜨렸다.

안셀모는 위스키가 목구멍으로 넘어갈 때 코에도, 눈에도, 입에도 찡하고 타는 듯한 뜨거움을 느꼈고, 이내 즐겁고 기분 좋은 훈훈함이 위 속에 퍼졌다. 그는 손등으로 입을 훔쳤다.

그리고 그는 로버트 조던 쪽을 보고 말했다. "한 잔 더 마실 수 있을까?"

"좋아." 로버트 조던은 대답하고, 병에서 다시 한 잔을 따라 이번에는 밀지 않고 영감의 손에 건네주었다.

꿀꺽 삼켜도 이번에는 타는 듯한 느낌은 없었으나 기분 좋은 훈훈함은 갑절이나 더했다. 그것은 식염주사食鹽注射가 출혈 환자에게 효과를 잘 나타내듯 그의 힘을 북돋워 주는 양약이었다.

노인은 다시 병 쪽으로 눈길을 주었다.

'나머지는 내일 몫이야.' 로버트 조던은 생각했다. "거리는 어떻던가요, 영감?"

"큰 움직임이 있었어." 안셀모가 말했다. "당신이 가르쳐 준 대로 모조리 종이에 써 가지고 왔어. 한 사람에게 감시를 부탁해 두었으니까 지금도 적고 있을 거야. 나중에 그 보고를 가지러 갔다 오겠어."

"대전차포를 보았소? 포신이 길고 고무 타이어가 붙은 놈이오."

"보았어." 안셀모가 말했다. "트럭이 네 대 지나갔어. 모두들 소나무 가지로 가린 그런 대포를 싣고 있었어. 트럭에는 대포 한 문마다 군인 여섯 명씩 타고 있었어."

"대포가 네 문이라고?" 로버트 조던은 반문했다.

"네 문이야." 안셀모는 말했다. 노인은 쓴 것을 보지 않았다.

로버트 조던이 기록하고 있는 곁에서 영감은 도로에 서서 목격한 움직임을 하나하나 보고했다. 노인은 그것을 처음부터 순서를 따라서 읽고 쓰지 못하는 자 특유의 놀랄 만한 기억력으로 얘기했고, 그 얘기를 하는 틈틈이 파블로는 두 번 술 단지에 손을 뻗쳐서 술을 따랐다.

"귀머거리 영감이 싸웠던 고지에서 라그랑하로 가는 기병들도 지나갔어." 안셀모는 계속했다.

다음에 그는 그가 목격한 부상병의 수와 안장에 실은 시체 수를 보고했다.

"안장 옆에 실은 보따리가 있었는데 나는 그것이 무엇인지 추측할 수가 없었어." 그는 말했다. "그런데 지금 생각하니 그것은 모가지였을 것임에 틀림없어." 노인은 단숨에 얘기했다. "기병은 1개 중대가 있었어. 살아남은 장교는 단 한 사람이더군. 오늘 아침 당신이 자동 소총 있는 곳에 있었을 때, 이곳에 온 장교와는 다른 놈이었어. 놈은 반드시 뻗어 버렸을 거야. 소매에 있는 표시로 두 시체 중에 분명히 장교라는 것을 알 수 있었어. 안장 위에 엎어진 채로 묶여 있었는데 두 손을 건들건들하고 있더군. 그리고 모가지를 얹은 안장에는 귀머거리 영감의 마키나(기관총)도 묶여 있었는데 총신이 휘어져 있었어. 이것이 전부요." 노인은 얘기를 끝마쳤다.

"좋소." 로버트 조던은 자기의 컵에 포도주를 따랐다. '당신 이외에 전선을 뚫고 공화국 쪽으로 간 일이 있는 사람은 누구요?"

"안드레와 엘라디오지."

"두 사람 가운데 어느 쪽이 더 낫소?"

"안드레지."

"여기에서 나바세라다까지 시간은 어느 정도 걸리오?"

"짐 없이 조심조심 가면 운이 좋을 땐 세 시간이면 되지. 나는 짐이 있었기 때문에 안전한 길을 찾아 멀리 돌아갔지."

"안드레라가 틀림없이 해낼 수 있겠지?"

"아니, 영감. 틀림없다는 장담은 할 수 없는 거요."

"당신이라 하더라도?"

"물론이죠."

로버트 조던은 이제 결정되었다고 마음속으로 생각했다. 만일 영감이 틀림없이 할 수만 있다면 물론 나는 이 영감을 보낼 텐데.

"안드레가 영감처럼 탈 없이 갈 수 있을까?"

"나 정도라든가, 내 이상이지. 젊으니까."

"그런데 이 보고는 무슨 일이 있더라도 꼭 저쪽에 닿아야만 해."

"아무 일도 일어나지 않는다면, 그 사나이라면 갈 수 있어. 만일 무슨 일이 벌어진다면 그것은 누가 가도 벌어지겠지."

"보고서를 써서 그 사나이에게 주어 보내지." 로버트 조던은 말했다. "사령관을 만날 장소는 내가 설명하겠어. 필경 사단 사령부에 있을 거야."

"사단이니 뭐니 해도 놈은 알 수 없을 거야." 안셀모가 말했다. "나도 늘 가지만 언제나 어물쩡거리거든. 그 사령관의 이름과 거처를 놈에게 가르쳐 주지 않으면 안 돼."

"거처는 대개 사단 사령부지."

"그러나 그것은 고정된 장소가 아니지 않소?"

"아니, 정해져 있는 장소요, 영감." 로버트 조던은 끈기 있게 설명해 주었다. "그러나 그것은 사령관이 필요에 의해서 정하는 장소요. 사령관이 선택하여 전쟁의 본진으로 삼는 장소요."

"그럼 그것은 어디 있소?" 안셀모는 지쳐 있었다. 피로가 그의 머리를 둔하게 만들었다. 또 여단이라든가, 사단이라든가, 군단이라는 말도 그를 혼란시켰다. 우선 처음에 중대가 있다. 다음으로 연대라는 것이 있고 다음에 여단이 온다. 지금은 여단과 사단, 양쪽이었다. 노인은 알 수가 없었다. 장소는 장소가 아닌가.

"잘 들어요, 영감." 로버트 조던은 말했다. 만일 안셀모에게 이해시킬 수 없다면 안드레에게도 그것을 확실히 설명할 수 없다는 것은 뻔한 일이었다. "사단 사령부는 사령관이 지휘를 할 본진을 두기 위해 고른 장소요. 사령관은 한 개의 사단을 지휘하지. 한 개의 사단은 여단 둘로 이루어져 있어. 지금 사령부가 어디에 있는지 나는 몰라. 그것을 결정할 때 나는 그곳에 없었기 때문이지. 필경 그것은 동굴이라든가 참호 속 어딘가에 은밀하게 있는 장소일 텐데, 전선電線이 연결되어 있을 거야. 안드레는 사령관이 어디에 있는가, 사단 사령부는 어디에 있는가를 물어서 찾지 않으면 안 되오. 이 보고서를 사령관이든가 참모장이든가, 내가 쓰는 이름을 가진 사람에게 넘겨주지 않으면 안 돼. 세 사람 가운데 다른 두 사람이 공격 준비를 위해 전선을 시찰 중이라고 할지라도 한 사람은 반드시 남아 있을 거야. 이제 알겠소?"

"알았어."

"그럼 안드레를 데리고 오시오. 나는 지금 보고서를 써서 이 봉인封印으로 봉할 테니까." 그는 항상 포켓에 넣어 두는 S.I.M.의 봉인을 판 조그맣고 둥근 나무를 뒤에다 붙인 고무도장과 50센트의 은화만 한 크기밖에 되지 않는 둥근 주석 갑에 든 스탬프를 꺼내 보였다. "이 봉인이 있으면 모두들 소중히 다루어 줄 거요. 즉시 안드레를 불러다 주시오. 내가 얘기하겠소. 급히 가 주지 않으면 안 되겠지만 그전에 용건을 잘 알아둘 필요가 있기 때문에 말이오."

"내가 알 수 있는 일이라면 놈도 알 수가 있어, 그러나 당신이 아주 알아듣기 쉽도록 말해 주지 않으면 안 된단 말이야. 아무래도 그 참모라고 하는 것이 나에게는 알쏭달쏭하군. 나는 지금까지는 가령 한 채의 집 같은 뚜렷한 장소에만 갔었으니까 말이야. 나바세라다의 본진이 있는 곳은 낡은 호텔이지. 과다라마에서는 정원이 있는 저택에 있고."

"이 사령부의 경우는," 로버트 조던은 말했다. "전선 가까운 장소라고 생각해. 공습을 피하기 위해서 반드시 지하에 설치했을 거야. 안드레가 물어서 찾는 방법만 알고 있다면 남에게 물어 쉽사리 알아낼 수 있을 거야. 그러고 나서 단지 내가 쓴 것을 보여 주기만 하면 된단 말이야. 그러나 이 보고는 빨리 전해지지 않으면 안 돼. 그러니까 지금 곧 놈을 데리고 와요."

안셀모는 늘어진 모포를 들치고 나갔다. 로버트 조던은 보고서를 쓰기 시작했다.

"어이, 영국 양반." 다시 술 단지를 보면서 파블로가 말했다.

"지금 뭘 쓰고 있는 중이야."

로버트 조던은 고개조차 들지 않고 말했다.

"좀 들어보라고, 영국 양반." 파블로는 술 단지에다 대고 얘기를 시작했다. "오늘 일로 낙담할 것은 조금도 없어. 귀머거리 영감이 없더라도 여기엔 초소를 점령하고 당신이 말하는 다리를 날려 버릴 인원수는 충분히 있으니까."

"좋아, 알았어." 로버트 조던은 쓰기를 멈추지 않고 대답했다.

"충분히 있단 말이야." 파블로는 말했다. "오늘 당신의 판단이 매우 정확한 데에 완전히 감탄해 버렸어, 영국 양반." 술 단지를 향해 계속 말을 이었다. "확실히 당신은 훌륭한 지휘관이야. 나보다 영리해. 나는 당신을 믿기로 하겠어."

로버트 조던은 골즈 장군에게 올리는 보고서에 온통 마음을 빼앗기고 있었다. 그는 자기편이 무슨 일이 있더라도 공격을 하지 말도록 권하고, 더구나 그 권고는 사명 수행의 위험을 자기가 두려워하기 때문이 아니라 그저 본부에서 사실을 있는 그대로 파악해 주기를 바란다는 것을 납득시키기 위해 될 수 있는 한 간결히 하면서도 상대방을 설득시킬 수 있게끔 쓰려고 고심하고 있었기 때문에, 파블로의 말에는 거의 귀를 기울이고 있지 않았다.

"영국 양반." 파블로가 말했다.

"지금 쓰고 있는 중이야." 그는 얼굴도 들지 않고 말했다. 이것은 두 통을 써서 두 사람에게 따로따로 주어 보내야 할 일인지도 모른다. 그러나 그렇게 하면, 명령이 변경되지 않는 한 다리 폭파에 필요한 인원이 모자라게 된다. 나는 대체 이 공격의 참다운 이유를 알고 있는가? 이것은 혹시 수세적인 공격에 지나지 않을지도 모른다. 어쩌면 적의 병력을 어떤 방면으로부터 끌어오기 위한 것인지도 모른다. 아니면 적기를 북쪽의 전선으로부터 끌어다 놓기 위한 것인지도 모른다. 어쩌면 그것이 진상일지도 모른다. 본래부터 성공을 기대하고 있지 않을지도 모른다. 내가 대체 무엇을 하고 있단 말인가? 이것은 골즈에게 보낼 보고서다. 나는 공격이 시작되기 전까지는 폭파하지 않는다. 내가 받은 명령은 분명하다. 공격이 중지되면 내가 폭파할 것은 아무것도 없다. 그러나 명령을 수행하는 데 필요한 최소한의 인원을 여기에 확보해 두지 않으면 안 된다.

"뭐라고 말했지?" 그가 파블로에게 물었다.

"당신을 믿는다고 말했어." 파블로는 술 단지를 향한 채 대답했다. 영감, 나도 당신을 믿을 수만 있다면 ―그는 보고서를 계속해서 썼다.

30

그날 밤, 해 두어야 할 일은 이미 완전히 끝나 있었다. 필요한 명령은 전부 전달해 버렸다. 각자가 그다음 날의 임무를 정확히 알고 있었다. 안드레가 출발한 후 이미 세 시간이 지났다―그는 날이 새자마자 돌아오든가, 아니면 돌아오지 않든가 그 어느 쪽인가. 나는 오리라고 믿고 있다―로버트 조던은 위의 감시소에 있는 프리미티보를 만나러 갔다가 동굴을 향해 비탈길을 되돌아 내려오면서 생각했다.

골즈에게는 공격할 권한만 있고 공격을 중지할 권한은 없다. 중지의 허가는 마드리드에서 오지 않으면 안 되리라. 그러나 다분히 그들은 그곳에 있는 무리들의 눈을 뜨게는 하지 못할 것이고, 할 수 있다고 하더라도 그들은 극도의 수면 부족으로 생각조차 변변히 할 수가 없으리라. 나는 적의 반격 준비를 좀더 일찍 골즈에게 보고해야만 하지 않았을까? 그러나 어떠한 일이 실제로 일어나기 전에 어떻게 그 일에 대해서 보고를 할 수가 있단 말인가? 놈들이 준동하기 시작한 것은 어두컴컴해진 뒤의 일이다. 놈들은 도로의 어떤 움직임도 이쪽의 비행기에 들키기 싫었던 것이다. 그런데 그 비행기는 어떨까? 그 적의 비행기는?

그러나 우리 편도 그 비행기를 경계하기 시작하고 있을 것임에 틀림없다. 그리고 그것은 다시 한 번 과달라하라를 향해서 출격한다는 위장일지도 모른다. 이탈리아군은 북부 전선 외에 소리아에도, 그리고 다시금 시구엔자에도 집결하고 있다는 소문이 나돌 정도니까. 그러나 적은 대공격을 동시에 양쪽에서 감행할 수 있을 만큼, 군대도 무기도 보유하고 있을 리가 없다. 그것은 불가능한 일이다. 단지 엄포를 놓기 위한 위장에 지나지 않는다.

그러나 우리는 얼마만 한 병력의 이탈리아군이 저 지난달서부터 지난달에 걸쳐서 카디스에 상륙했는가를 알고 있다. 그들이 요전번같이 서투른 작전을 취하지 않고 3개 부대로 나뉘어 공격해 내려와서, 차차 전선을 확대하여 철도를 따라 고원 지방의 서쪽으로 진격하는 방법을 취해, 다시 한 번 과달라하라를 공격한다는 것은 언제든지 가능한 일이다. 훌륭히 해낼 수 있다. 독일군이 그것을 가르쳐 준 것이다. 그런데 먼젓번 공격 때 놈들은 실수만 되풀이했다. 생각이 모자랐던 것이다. 놈들은 마드리드 발헨시아 선線에 대한 아르간다 공략에 있어서는 과달라하라에서 썼던 부대를 조금도 쓰지 않았다. 어째서 적은 똑같은 공격을 동시에 하지 않았던가? 왜? 왜? 어느 때나 우리도 그것을 알 수가 있을까?

그래도 우리 편은 완전히 똑같은 부대로 두 번 다 적을 저지시켰다. 두 개의 공격을 동시에 적이 수행했다면 도저히 저지시키지 못했으리라. 자꾸 걱정하지 마라, 하고 그는 자신에게 말했다. 오늘 아침에 일어난, 몇 개의 기적에 대해서 생각하여라. 너는 내일 아침 다리를 폭파해 버리든가, 아니면 폭파하지 않아도 좋은가 그 어느 쪽이다. 폭파하지 않아도 될 것 같다는 생각에 빠져서 다시 자기를 속이려고 하지 마라. 내일 하지 않으면 언젠가 다른 날에 할 것이다. 그리고 그것이 이 다리가 아니라면 어딘가 다른 다리이리라. 무엇을 해야만 하는가를 정하는 것은 네가 아니다. 너는 명령에 따를 뿐이다. 명령만 따르라. 명령 외에는 생각지도 말라.

이번 일에 대한 명령은 정말로 명료하다. 그러나 자꾸 마음에 두어도 안 되고 두려워할 것도 없다. 만약 네가 남들처럼 공포라는 사치를 자신에게 허락하기라도 한다면 그 공포는 너와 함께 일해야 할 다른 무리들 에게도 감염되리라.

그건 그렇고, 그 모가지에 대한 일인데 그것은 처참하다, 하고 그는 자신에게 말했다. 그리고 그 영감이 단지 홀로 언덕 위에서 적과 대항했다는 사실도. 너 같은 자는 도저히 그렇게 적에게 부딪쳐 갈 마음이 우러나지 않으리라. 그 사실에는 너도 감동했으리라.

그렇다. 그 일에는 감동했다. 너도 말이다. 조던, 오늘이라는 이날, 네가 감동한 것이 한두 번이 아니었군. 그런데 너의 행동은 오케이다. 지금까지 너는 아주 요령 좋게 행동해 왔다.

너는 몬태나 대학의 스페인어 강사 노릇을 훌륭히 할 수 있을 것이다, 라고 그는 자기를 비웃었다. 그 점에는 부족함이 없다. 그러나 네가 무엇인가 특수한 인간이라는 생각은 걷어치우는 편이 낫다. 대단한 일을 해 낸 적도 없지 않은가. 듀란에 대한 생각을 되살리기만 하면 충분하다. 놈은 아무런 군사훈련도 받지 않은 작곡가였고, 동란이 일어날 때까지는 한낱 거리의 건달이었지만, 지금은 아주 우수한 여단장이 되어 있지 않은가.

꼭 체스의 천재 소년이 체스를 익히듯이 듀란에겐 작전을 배우고 이해한다는 일이 참으로 간단하고 손쉬운 일이었던 것이다. 너는 어릴 적에 할아버지로부터 남북전쟁의 얘기를 듣고, 그 무렵부터 전술 서적을 읽거나 공부하거나 했다. 하기야 할아버지는 남북전쟁에 대해서 반란 전쟁이라고밖에는 하지 않았지만. 그러나 듀란에 비하면 너는, 체스의 천재 소년과 대전하는 견실한 기사騎士 같은 자다. 아아, 듀란이란 놈, 듀란을 다시 한번 만날 수 있다면 유쾌하겠는데. 이 일이 끝나면 게일로드에서 놈과 만나고 싶다. 그렇다. 이 일이 끝나면 말이다. 음, 그 사나이가 얼마나 훌륭하게 했던가를 알 수 있으리라.

게일로드에서 놈을 만나자—그는 다시 한 번 자신에게 말했다. 너는 모든 것을 최고로 멋있게 해내라. 냉정해져라. 자기를 속이지 말고 말이다. 너는 이제 듀란을 만날 필요도 없고, 또 그것은 그리 대단한 일이 아니다. 이제부터 그런 일에 대해서는 다시 생각하지 마라, 하고 그는 자신에게 말했다. 그런 사치스러운 생각에 빠지지 마라.

그렇다고 영웅인 체하는 체념도 좋지 않다. 이 산속에서는 영웅적 체념으로 꽉 들어찬 시민 따위는 소용없다. 너의 할아버지는 남북전쟁 때 4년 동안이나 싸움을 했는데, 너는 이번 싸움으로 겨우 그 첫 번째 해를 끝내려고 하는 참이다. 아직 너의 앞길은 멀고 너는 이 임무에 아주 적임자다. 그리고 지금 너에게는 마리아가 있다. 그러고 보니 너에게는 무엇 하나 없는 것이 없지 않은가. 이것저것 자꾸 생각할 필요는 없다. 게릴라 부대와 기병 부대가 약간 옥신각신했다고 해서 그것이 무엇이란 말인가? 아무것도 아니다. 적이 모가지를 베어 갔으니 어떻다는 거냐? 그래서 무슨 변화가 일어났느냐! 아무것도 없지 않으냐.

할아버지가 전쟁이 끝난 후 포트커니에 있을 무렵에는 인디언이 늘 얼굴의 껍질을 벗겼다. 너는 아버지의 사무실에 있던 큰 궤를 기억하고 있는가? 선반 위에 나란히 놓여 있던 화살촉을, 독수리 깃이 비스듬히 꽂힌 군모가 벽에 걸려 있던 것을, 각반이나 셔츠의 그을린 사슴 가죽 냄새를, 구슬이 달려 있는 사슴 가죽신의 감촉을 기억하고 있는가? 궤의 모서리에 세워 두었던 커다란 물소의 뿔을, 사냥용 화살과 전투용 화살이 꽂혀 있던 두 개의 화살 통을, 그리고 화살 다발을 두 팔로 안았을 때의 그 느낌을 기억하고 있는가?

무엇인가 그러한 종류의 것을 기억해 내라. 무엇인가 구체적이고 실제적인 것을 생각해 내라. 기름으로 잘 닦아 놓은 번쩍번쩍 빛나는 칼, 낡은 칼집에 꽂아 두었던 할아버지의 사벨, 할아버지가 너무 자주 대장간에 보냈기 때문에 이렇게 날이 얇아졌다면서 보여 준 그 칼이라도 기억해 내라. 할아버지의 스미스 앤드 웨슨의 권총을 생각해 내라. 그것은 단발식 장교용의 D32 구경으로 안전장치가 없었지. 그것은 네가 잡아당겨 본 방아쇠 중에서 가장 연하고 기분 좋은 권총으로 언제나 기름이 쳐져 있었고, 앞쪽은 완전히 닳았으며, 갈색의 총신과 총통은 권총집의 가죽에 마찰되어 매끈매끈 닳았지만 총구는 깨끗했다. 뚜껑에 U.S.의 도장 이 찍힌 가죽집에 넣어서, 궤 서랍에 권총의 소제 도구와 탄약집과 함께 넣어두었었다. 탄환을 넣은 마분지 상자는 초 칠을 한 베 실로 단단히 묶여 있었지.

너는 서랍에서 그 권총을 꺼내 손에 쥐어 볼 수도 있었다. 멋대로 돌려 보아라, 하는 것이 할아버지의 입버릇이었다. 하지만 그것은 '소중한 도구'였으므로 장난감으로 가지고 노는 것은 허락되지 않았다.

그 권총으로 사람을 죽인 일이 있느냐고 너는 할아버지에게 물은 적이 있었지. 할아버지는 "있다."고 대답했다.

그래서 너는 말했다. "언제요, 할아버지?" 그러자 할아버지가 대답했다. '반란전쟁 때와 그 뒤지.'

네가 말했다. "그때의 얘기를 해 주세요, 할아버지."

그러자 할아버지가 말했다. "그 얘기는 그다지 하고 싶지 않아, 로버트."

그러고 나서 너의 아버지가 그 권총으로 자살했을 때, 네가 학교에서 돌아와 장례식을 끝낸 후 검시관이 심문을 한 뒤에 이렇게 말하면서 그것을 돌려 준 것이었다. "보브, 너는 이 권총을 갖고 싶겠지? 실은 몰수하지 않으면 안 되지만 너의 아버지가 이것을 아주 소중히 간직하고 있었던 것을 나는 잘 알고 있어. 워낙 너의 할아버지가 전쟁 중은 물론 기병연대와 함께 이 지방에 처음으로 왔을 때도 줄곧 몸에 지녔고, 지금까지도 대단히 알아주는 권총이니까. 나는 오늘 오후, 이놈을 꺼내서 시험해 보았어. 탄환은 여러 발 쏠 수 없지만, 아직도 훌륭하게 명중해."

로버트 조던은 권총을 본래 넣어 두었던 장소인 궤 서랍에 넣어두었으나, 어느 날 그것을 꺼내 들고서 처브를 데리고 레드 로지 위의 고지 마루턱에까지 말을 타고 올라갔다. 그곳은 지금 고지를 넘어 베어 두드의 고원을 가로질러 쿠크 시티까지 도로가 나 있지만, 마루턱으로 올라가면 공기는 희박해지고 여름 내내 눈이 사라진 적이 없는 곳이다. 그곳에서 두 사람은 200미터 깊이가 된다는 짙은 초록빛의 호숫가에 말을 멈추고, 그는 처브에게 말 두 필을 지키게 한 뒤 혼자 바위 위로 올라가 아래를 기웃거렸다. 그러자 조용한 수면에 자기의 얼굴과 권총을 쥐고 있는 모습이 비쳤다. 그리고 총신을 손에 쥐고 권총을 떨어뜨리자 그것은 거품을 내면서 가라앉아 말은 호수 속에서 시계의 장식 줄 만한 크기가 됐고, 이윽고 보이지 않게 될 때까지 지켜보았다. 그리고 나서 바위에서 내려가 안장에 훌쩍 올라타자, 늙은 말 베스의 옆구리를 박차로 힘껏 갔다. 말은 호숫가에서 흔들리는 목마처럼 뛰어올랐다. 호수 기슭에서 실컷 날뛴 후에 말이 조용해지자 두 사람은 그들이 밟아온 길을 되돌아왔다.

"자네가 왜 그 권총을 그렇게 했는지 나는 알아, 보브." 처브가 말했다.

"그래? 그럼 그 얘기는 하지 않아도 좋겠군." 그는 말했다.

두 사람은 더 이상 그 얘기는 하지 않았다. 그것이 할아버지가 사랑하던 무기의 마지막이었고 남은 것은 사벨뿐이었다. 그는 아직도 그 사벨을 자기의 다른 물건들과 함께 트렁크에 넣어서 미줄라에 남겨 두었다.

할아버지라면 지금의 이 상황을 어떻게 생각할까? 하고 그는 생각했다. 할아버지는 훌륭한 군인이었다고 모두들 말한다. 그가 그날, 만약 커스터와 함께 있었다면 자기편을 그렇게 궁지에 몰아넣지는 않았을 것이라고들 말한다. 그날은 조금도 안개가 끼지 않았었고, 커스터는 리틀 빅혼 일대에 한들한들 피어오르는 흑인 텐트의 연기와 먼지도 알아보았을 것이었다.

나 대신에 할아버지가 지금 여기에 계셔 주셨으면 좋을 텐데. 그렇다, 어쩌면 할아버지와 내일 밤에는 같이 있게 될지도 모른다. 만약 내세來世라는 어처구니없는 곳이 있다면 말이다. 그러나 나는 그런 것은 없다고 믿고 있지만. 물론 나는 할아버지와 얘기를 하고 싶다. 알고 싶은 것이 산더미처럼 많다. 지금이라면 나도 할아버지와 똑같은 일을 하지 않으면 안 되기 때문에 할아버지에게 물을 자격이 있다. 지금이라면 할아버지는 내가 질문을 한다 해도 화를 내지는 않으리라. 이전에는 내게 물을 자격이 없었다. 할아버지는 나를 이해하지 못했기 때문에 나에게 얘기해 주지 않았다는 것을 잘 알고 있다. 그러나 지금이라면 아무 거리낌 없이 얘기에 열을 올릴 수 있으리라. 지금 할아버지와 얘기를 나눌 수 있고 할아버지의 의견을 들을 수 있다면 좋을 텐데. 어리석은! 설령 의견을 들을 수 없을망정 나는 얘기하고 싶다. 우리와 같은 두 사람 사이에 이렇듯 시간의 비약이 있다니 정말 못마땅한 노릇이다.

그러자 그렇게 생각하는 동안, 만약 내세에서 만날 수 있는 일이라면, 그의 할아버지도 그도 둘 다 함께 그의 아버지 앞에서 견디기 힘든 어색함을 느끼리라는 것을 그는 깨달았다. 누구나 그렇게 할 수 있는 권리를 가지고 있다고 그는 생각했다. 그러나 그것은 해도 괜찮은 일이 아니다. 나도 그 기분만은 안다. 그러나 그것을 긍정할 수는 없다. lache(치욕)를 알지 않으면 안 된다. 그런데 너는 분명히 알고 있는가? 물론이다. 알고 있다. 그러나 만약, 그렇지, 만약 말이다. 네가 그런 일을 한다면, 자기 자신에 대한 것만으로 머릿속이 꽉 들어차야만 하리라.

아아, 할아버지가 여기 계셔 주었으면 얼마나 좋을까? 하고 그는 생각했다. 어떻게 해서든지 한 시간쯤만이라도 아마 그 권총의 용도를 잘못 쓴 다른 한 인간을 통해서, 빈약하지만 내가 가지고 있는 소질을 할아버지는 나에게 전해 주었을 것이다. 아마 그것이 나와 할아버지 사이에 있는 단 하나의 연결이리라. 그러나 아서라. 정말 이제 그만 아서라. 그러나 나는 시간이 이렇게 길게 어긋나지 않고, 다른 한 사람이 절대로 가르쳐 주지 않았던 일을 할아버지로부터 배울 수 있었다면 얼마나 좋았을까. 그러나 가령, 할아버지도 공포를 가지고 있기는 하지만 4년간의 그 전쟁과 그 후의 인디언과의 싸움에서 그것을 맛볼 대로 맛보며 제어하게 되고, 끝내는 쫓아 버리지 않으면 안 되어—하긴 인디언 전쟁 쪽은 그렇게 두렵지도 않았으니—그 공포가 마치 2대二代째의 투우사들이 거의 그렇듯이 다른 한 사람을 cobarde(겁쟁이)로 만들어 버렸다고 생각한다면 어떻게 될까? 가령 그렇다면, 그리고 그 좋은 정수精髓만이 그 사람을 통해서 곧 바로 나에게로 흘러온 것이 아닐까?

처음으로 그 사람이 겁쟁이였다는 것을 알았을 때, 그것이 나에게 얼마나 괴로운 느낌을 품게 했는지 나는 절대로 잊지 않으리라. 정신 차려라. 그것을 영어로 말해라. Coward. 영어로 그런 말을 하는 편이 속이 편하고, 또 a son of a bitch(개자식)를 다른 외국어로 말해 보았자 조금도 가슴에 와 닿지 않는다. 그런데 아버지는 절대로 개의 자식이 아니었다. 아버지는 단순한 겁쟁이였다. 사나이에게 있어서 그처럼 불운한 일은 없으리라. 왜냐하면 만약 겁쟁이가 아니었다면 아버지는 그 여자에게 지지 않고 버렸지 그렇게 제멋대로 굴게 놓아두지는 않았을 것이다. 만약 아버지가 다른 여자와 결혼했다면 나는 대체 어찌 되었을 것인가 그것은 아무도 모를 일이라고 그는 생각하고 나서 씁쓸히 웃었다. 어쩌면 그 여자의 학대가 아버지에게 없던 면을 보충해 주는 역할을 했는지도 모른다.

그래서 너는⋯⋯그렇게 어렵게 생각하지 마라. 훌륭한 정수라느니, 그건 다른 하나의 것이라느니, 내일의 일이 끝날 때까지는 그러한 말을 걷어치워라. 천박해지지 마라. 이번에는 절대로 천박해지지 마라. 내일은 네가 어떤 정수를 가지고 있는지 알 수 있는 것이다.

그런데 그는 다시 할아버지의 일을 생각하기 시작했다.

"조지 커스터는 기병대장으로서는 그다지 현명하지 않았어, 로버트." 할아버지는 말했다. "인간으로서는 그다지 현명하지 않았어."

할아버지가 그렇게 말했을 때, 사슴 가죽의 셔츠를 입고 노란 고수머리를 바람에 나부끼며, 바로 가까이 슈 인디언의 무리에 에워싸여 권총을 쥐고 언덕 위에서 내려다보고 있는, 저 레드 로지의 도박장 벽에 걸려 있는 안호이제르 부시의 낡은 석판화 속의 인물에 대해, 그 누구든 그런 욕설을 퍼부을 때마다 자기가 분개했던 일이 생각났다.

"단지 그 사나이는 곤란 속으로 뛰어 들어갔다가 그곳에서 탈출해 나오는 훌륭한 능력을 갖추고 있었다." 하고 할아버지는 말을 계속하였다. "그런데 그 리틀 빅혼에서는 곤란 속으로 돌입하기는 했지만 빠져나올 수가 없었다. 필 셰리던은 현명한 사나이였고 젭 스튜어트도 그랬었지. 그러나 기병대장으로서는 존 모스비만 한 사람은 없었다."

그는 미줄라의 트렁크 속에, 필 셰리던 장군이 늙은 '말 백정' 킬패트릭에게 부친 편지에, 그의 할아버지가 비정규 기병의 지휘자로서는 존 모스비보다도 우수하다고 명한 것을 가지고 있다.

할아버지의 일을 골즈에게 얘기하는 편이 나을지도 모른다고 그는 생각했다. 더구나 골즈는 할아버지의 얘기를 들은 적이 한 번도 없을 것임에 틀림없다. 존 모스비의 얘기만 하더라도 필경 들은 일이 없으리라. 그러나 영국 사람은 대륙의 인간들보다도 훨씬 더 잘 남북전쟁에 대해 조사할 필요가 있었기 때문에 누구나 당신의 장군 이름은 알고 있을 것이다. 카르코프는 이 동란이 끝나면, 내가 희망하는 모스크바의 레닌 연구소로 갈 수 있으리라고 말했었다. 또 희망한다면 적군의 육군 대학으로 갈 수 있으리라고도 했다. 할아버지라면 이 얘기를 어떻게 생각할까. 평생 민주당원과는 동석하기를 꺼렸던 그 할아버지가?

하여간 나는 군인은 되고 싶지 않다고 그는 생각했다. 나는 알고 있다. 그러니까 그런 얘기는 걷어치우자. 나는 단지 이번 전쟁에서 우리 편을 이기게 하고 싶을 뿐이다. 정말 뛰어난 군인이란 다른 일에도 정말로 뛰어나기는 드물지 않을까, 하고 그는 생각했다. 아니 그것은 분명히 거짓말이다. 나폴레옹이나 웰링턴을 보아라. 오늘 밤의 나는 영 머리가 돌아가지 않는군.

평소에 그의 머리는 그에게 좋은 말동무였고, 오늘 밤만 하더라도 할아버지의 일을 생각하고 있는 동안은 그러했다. 그러는 동안 아버지의 일을 생각하기 시작하면서 그의 기분이 야릇하게 바꾸어지고 만 것이다. 그는 아버지를 이해하고 용서하고 가련히 생각했지만, 아버지를 수치스럽게도 생각하고 있었다.

아무 생각도 하지 않는 편이 낫다—고 그는 자신에게 말했다. 머지않아 너는 마리아와 함께 있게 되리라. 그리 되면 생각할 필요가 없게 된다. 모든 것이 준비된 지금 그것이 제일 좋은 일이다. 무슨 일에 머리가 아주 집중되어 있으면, 너는 멈출 줄을 모르고 너의 머리는 마치 브레이크가 고장 난 차의 바퀴처럼 회전하기 시작하는 것이다. 이제 생각하지 않는 편이 낫다.

그러나 가령—하고 그는 생각했다. 가령, 이렇게 생각해 보자—우리 편 비행기가 폭탄을 떨어뜨려 그 대전차포를 산산이 가루를 내고, 진지에서 흩날려 버린다. 그때 그 낡은 탱크가 일제히 어떠한 언덕이라도 짓밟으며 진격한다. 그러면 골즈 놈이 치한이든, 무뢰한이든, 게으름뱅이든, 광신자이든, 영웅이든, 어쨌든 제14여단에 속해 있는 인간을 전부 장화로 걷어 차서 자기보다 앞으로 밀어내 버린다. 그리고 나는 다 알고 있지만, 골즈의 다른 한 여단에 속해 있는 듀란의 부하들은 모두 우수한 부하들뿐이다. 그리고 우리는 내일 밤 세고비아로 입성한다.

그대로다. 조금만 생각해 보아라, 하고 그는 자기 자신에게 말했다. 나는 드디어 라그랑하로 간다. 그러나 너는 그 다리를 폭파하지 않으면 안 된다, 하고 그는 돌연 빼도 박도 못할 사실로서의 그 일을 깨달았다. 절대로 중지당하지는 않으리라. 왜냐하면 지금 네가 1분간 걸려서 상상하던 일은 깡그리, 그 공격을 명령한 무리들이 기대하고 있던 가능성에 다름없기 때문이다. 그렇다. 너는 아무래도 다리 폭파를 하지 않으면 안 되게 되리라. 그는 그것을 뚜렷이 깨달았다. 안드레에게 어떤 일이 일어나든 그것은 문제가 되지 않는다.

나머지 네 시간, 해야 할 일은 모두 끝냈다는 시원스러운 마음과 사고思考를 구체적인 사항으로 되돌려 보낸 데서 일어나는 확신을 안고 어두운 산길을 혼자서 내려오는 동안, 확실하게 다리의 폭파를 실행하지 않으면 안 된다는 각오가 자연히 우러났다.

불안이—안드레에게 골즈에게 보내는 보고서를 주어 보낸 이래, 반신반의의 불안한 마음이 시시각각 퍼져 갔다. 마치 그것은 약속한 날을 착각하여, 만찬회에 초대한 손님이 도착하기를 애타게 기다리는 불안과 비슷했지만, 그러한 마음도 지금은 완전히 사라져 버리고 없었다. 그는 이미 연회가 중단당하지 않으리라는 것을 확신하고 있었다. 확신을 갖는 편이 훨씬 좋다고 그는 생각했다. 확신을 갖는 편이 언제든지 훨씬 좋은 것이다.

31

그래서 이제 두 사람은 다시 한 번 침낭 속에 있었고, 지금은 마지막 날 밤의 한밤중이었다. 마리아는 그에게 찰싹 달라붙어 누워 있었는데, 그는 자기의 허벅지에 닿은 그녀의 늘씬하고 긴 허벅지의 부드러움을 느끼면서, 아득히 퍼진 생이 있는 평야에 봉곳이 솟은 두 개의 조그만 언덕 같은 그녀의 젖가슴을 만졌다. 그리고 언덕 저쪽의 아득한 산마을은 그의 입술이 누르고 있는 그녀의 목 골짜기였다. 그는 편안히 누워서 아무런 생각도 하지 않았고, 그녀는 그의 머리를 쓰다듬고 있었다.

"로베르토." 마리아는 겨우 들을 수 있을 정도의 소리로 부르고는 그에게 키스를 했다. "나, 부끄러워요. 당신을 실망시키고 싶지는 않지만 몹시 아파서 괴로워요. 나는 당신을 잘 받아들이지 못할 것 같은 느낌이 들어요."

"몹시 아파서 괴로운 일은 이상한 게 아냐." 그는 말했다. "괜찮아, 토끼. 아무것도 아냐. 아픈 일은 그만두자고."

"그 일이 아니에요. 내 생각대로 당신을 맞이하는 데 형편이 좋지 않다는 거예요."

"그런 일, 대수로운 것은 아냐. 아주 일시적인 것이니까. 함께 옆으로 누워 있으면 우리는 함께 있는 거야."

"그렇군요. 그래도 나는 부끄러워요. 이렇게 된 것은 당신과 내 탓이 아니라, 내가 지독한 변을 당했기 때문이라고 생각해요."

"그 얘기는 하지 말자."

"나도 하기 싫어요. 단지 오늘 밤, 당신을 실망시키기가 괴로우니까 핑계거리를 찾을 마음이 생겨난 거예요."

"저어, 토끼." 그는 말했다. "그런 것은 모두 일시적인 것이니까 지나 버리면 아무것도 아냐." 그러나 그는 마음속으로 중얼거렸다. 마지막 날 밤이라는데 운이 나쁘구나.

그는 이내 부끄러워서 말했다. "좀 더 가까이 와, 토끼. 이렇게 어둠 속에서 서로 몸을 대고 있으니, 사랑할 때 귀여워지는 것처럼 당신이 귀여워져."

"귀머거리 영감에게서 돌아올 때 고지에서 그랬던 것처럼 오늘 밤도 그렇게 될지 모른다고 생각하고 있었던 거예요. 그러니까 난 부끄러운 거예요."

"걱정할 것 없어." 그는 거짓말을 했다. "그런 일이 매일같이 있는 건 아냐. 이렇게 하고 있는 것도 그때처럼 나는 좋아." 실망을 억누르면서 그는 말했다. "이렇게 함께 조용히 잠을 자자. 그리고 얘기를 하자고. 난 당신의 일을 조금도 듣지 않았으니까."

"내일의 일, 그리고 당신의 일에 대해서 얘기를 할까요? 나는 당신의 일을 알고 싶어요."

"그건 안 돼." 그가 말하고 나서 다리를 쭉 뻗어 몸을 아주 편하게 가진 후, 이제는 자기의 뺨을 그녀의 어깨에 밀어붙이고 그녀의 머리 아래에다 왼팔을 집어넣은 채 조용히 누워 있었다. "내일의 일이라든가 오늘 있었던 일에 대해서는 얘기하지 않는 편이 영리해. 이 싸움을 우리는, 이해타산을 빼놓고서 하고 있단 말이야. 그리고 내일 하지 않으면 안 될 일은 어차피 해야 하니까. 당신은 두렵지 않아?"

"그야," 그녀는 대답했다. "언제든지 두려워요. 그러나 지금은 당신의 일이 너무 걱정스러워서 내일 같은 건 생각지 못해요."

"걱정하지 않아도 돼, 토끼. 나는 여러 가지 일에 부딪쳐 본 사람이야. 이번 일보다도 위험한 일에 말이지." 이것도 거짓말이었다.

그러자 갑자기, 무엇인가—공상의 세계로 들어가려고 하는 안일한 생각에 빠져 그는 말했다. "자, 마드리드의 얘기를 하자고. 그리고 우리가 마드리드로 갔을 때의 얘기를."

"좋아요." 그녀는 말했다. "저, 로베르토. 당신을 실망시켜서 미안해요. 무엇인가 다른 일로 당신을 도와줄 수 없을까요?"

그는 그녀의 머리를 쓰다듬고 키스를 한 후 밤의 정적에 귀를 기울이면서 그녀에게 몸을 바싹 붙이고 천천히 누웠다.

"마드리드의 얘기라면 당신도 할 수 있겠지?"라고 그는 말하고, 마음속으로 중얼거렸다—그것의 과잉분을 조금이라도 내일을 위해서 축적해 두자. 내일은 그것이 있는 대로 모조리 필요하게 되리라. 내가 내일 필요로 하는 만큼, 그것을 필요로 하는 일은 지금은 아무것도 없다. 성서 속에 나오는 땅에다 자식의 씨를 떨어뜨린 놈은 누구였더라? 오난이다. 오난은 어찌 되었더라? 그는 생각해 보았다. 오난에 대해서 그 이상은 아무것도 들은 기억이 없었다. 그는 어둠 속에서 미소를 지었다.

그러자 다시 그는 안일한 생각에 빠져 공상의 세계로 미끄러져 들어가듯이 몸을 맡기면서, 어느 결엔가 빠져든다는 사실에 거리낌 없는 희열을 느꼈다. 그 희열은 아무런 양해 없이 캄캄한 밤에 찾아오는 그 무엇인가를, 단지 받아들인다는 기쁨만으로 받아들이는 그 성적인 만족과 비슷했다.

"귀여운 마리아." 그는 그녀에게 키스를 했다. "요 전날 밤 나는 마드리드의 일을 생각하면서, 당신을 그곳으로 데리고 가 호텔에서 기다리게 해놓고 나는 사람을 만나러 러시아의 호텔로 찾아가면 어떨까, 하고 생각했었지. 그러나 그것은 거짓말이야. 나는 당신을 호텔 같은 데서 기다리게 하지 않을 거야."

"어째서요?"

"당신을 아끼고 싶어서지. 당신과 떨어져 있지 않겠어. 나는 세구다드로 서류를 가지러 갈 때도 당신과 함께 가겠어. 그리고 여러 가지로 필요한 옷이나, 무엇인가를 사러 나갈 때도 당신과 함께 나가겠어."

"옷 같은 건 몇 벌만 있으면 되고 혼자서 살 수도 있어요."

"아니, 여러 벌이 있어야 해. 그러니까 함께 가서 값비싼 것을 사자고. 당신은 몰라보도록 아름다워지겠지."

"저는 호텔방에 둘이서 있고 옷은 남을 시켜서 사게 하는 편이 좋을 것 같아요. 그 호텔 어디에 있죠?"

"칼라오 광장에 있지. 그 호텔의 그 방이라면 아주 즐거울 거야. 깨끗한 시트를 깐 넓은 침대가 있고, 욕조에서는 뜨거운 물이 나오고, 옷장도 두 개씩 있으니까 나는 그 하나에 내 것을 넣고, 다른 하나는 당신 것으로 하지. 그리고 높고 커다란 창을 열면 바깥 거리의 분수가 보이지. 그리고 나는 맛있는 음식을 파는 곳도 알고 있어. 비밀 영업이지만 식사는 맛있어. 그리고 아직도 포도주나 위스키를 파는 가게도 알고 있어. 배가 출출할 때, 언제나 먹을 수 있도록 우리 방에다 음식을 준비해 두자고. 내가 한잔 마시고 싶을 때 마실 위스키도 말이야. 당신에겐 만자닐라(백포도주)를 사 주지."

"나도 위스키를 마셔 보고 싶어요."

"그러나 구하기 힘들걸. 그리고 내가 그런 말을 한 것은 당신이 만자닐라를 좋아할 경우의 얘기야."

"당신의 위스키는 늘 준비해 둬요. 네, 로베르토?" 그녀는 말했다. "아아, 나는 당신이 좋아, 정말 좋아 죽겠어요. 당신과, 그리고 내게 마시게 해 주지 않는 위스키가요. 정말 당신은 욕심쟁이로군요."

"아니, 마셔 봐도 좋아. 그러나 여자에게는 좋지 않아."

"그래서 나는 여자에게 어울리는 것밖에는 마시지 않았어요." 마리아가 말했다. "그런데 그 침대 속에서도 나는 또 이 웨딩 셔츠를 입어야 하나요?"

"천만에. 만약 당신이 좋아하는 나이트가운이나 파자마가 있으면 몇 종류라도 사 주겠어."

"나는 웨딩 셔츠를 일곱 장 사겠어요." 그녀는 말했다. "그리고 1주일 동안 매일 갈아입겠어요. 그리고 깨끗한 웨딩 셔츠를 당신께도 사 드리겠어요. 당신은 셔츠를 빨아 본 일이 있어요?"

"가끔 빨지."

"나는 무엇이든지 모두 깨끗이 빨아 두겠어요. 당신에게 위스키도 따라 주고요. 귀머거리 영감께서 그러셨듯이 물을 타서 말이에요. 당신이 술을 마실 때의 안주로 올리브와 절인 대구, 개암을 구해 두고, 둘이서 한 달 동안 방 안에 들어박힌 채 아무 데도 나가지 않기로 해요. 아아, 내가 당신에게 귀여움을 받을 수 있는 몸이라면." 갑자기 서글퍼지는 듯 그녀는 말했다.

"대수롭지 않은 일이야." 로버트 조던은 그녀를 설득시켰다. "정말 아무것도 아냐. 당신이 그곳에 상처를 입고, 지금 그 상처 자국이 쑤시기 시작했다는 일은 있을 수도 있는 일이야. 그런 일은 조금도 이상하지 않아. 모두들 곧 사라져 버리는 일이야. 그래도 정말 무엇인가 잘못되었다면 마드리드에는 좋은 의사도 있어."

"하지만 전에는 아무 일도 없었어요." 그녀는 호소하듯이 말했다.

"그것이 완쾌돼 가는 증거야."

"그럼 다시 마드리드의 얘기나 해요." 그녀는 그의 다리 사이에다 자기의 다리를 뒤엉키게 한 후, 머리를 그의 어깨에 비벼 댔다. "그러나 이러한 까까머리로 그곳에 가면, 보기 흉해서 당신이 남 앞에 창피스러워할지도 몰라요."

"아니, 당신은 귀엽고, 얼굴도 예쁘고, 몸은 늘씬한 데다 가뿐하고 아름답고, 살갗은 매끄러울 뿐만 아니라 햇볕에 그을린 금빛이니까 모두들 나에게서 당신을 빼앗으려고 할 거야."

"어머, 당신에게서 나를 빼앗으려고 하다니, 그런 일이 어디 있어요. 나는 죽을 때까지 다른 사나이에게 손가락 하나 다치지 않게 할 거예요. 당신한테서 나를 빼앗아가다니, 그런 일은 없을 거예요."

"그러나 많이 몰려들걸. 곧 알게 될 거야."

"그런 사나이들은, 내 몸을 스치기만 하면 그야말로 납이 끓고 있는 가마 속에 손을 집어넣은 것처럼 무사하지 않으리라는 것을 깨닫고, 내가 당신을 사랑하고 있다는 것을 이해할 수 있게 되리라고 생각해요. 그렇지만 당신은 어떨지 모르겠어요? 당신처럼 교양이 있는 아름다운 사람을 만난다면? 나를 창피스럽게 생각할지도 몰라요."

"그렇게 생각하다니! 나는 당신과 결혼한단 말이야."

"그러길 바라신다면 그래도 좋지만." 그녀는 말했다. "그러나 이제 교회가 없어졌으니까 그것은 그다지 중요한 일이 아니라고 생각해요."

"나는 결혼하고 싶어."

"바라신다면 하겠어요. 그런데 만일 지금까지도 교회가 있는 다른 나라에 두 사람이 가게 된다면, 우리 그 교회에서 결혼해도 괜찮겠죠."

"내 모국에는 아직 교회가 있어." 그는 그녀에게 말했다. "만약 그것이 당신에게 조금이라도 의미가 있는 일이라면 그곳에서 결혼할 수도 있어. 나는 단 한 번도 결혼한 적이 없으니까 성가신 말썽은 하나도 일어나지 않을 거야."

"당신이 결혼하신 적이 없다니, 난 기뻐요." 그녀는 말했다. "하지만 당신은 나에게 여러 가지로 가르쳐 주시지 않으셨어요? 당신이 그런 일을 모조리 알고 있기 때문에 난 기뻐요. 그러나 그것은 당신이 많은 여자를 알고 있다는 증거고, 그러한 사나이가 아니면 남편이 될 수 없다고 필라르가 말해 주었는걸요. 하지만 당신은 이제 다른 여자와 함께 있을 일은 없겠죠? 그렇게 되면 나는 죽어 버릴지 몰라요."

"내가 수많은 여자들과 함께 지냈던 건 아냐." 그는 정직하게 말했다. "당신을 만나기 전에 나는 한 여자를 이렇게 깊이 사랑하게 되리라고는 꿈에도 생각지 못했어."

그녀는 그의 빰을 애무하고 두 손을 그의 머리 뒤로 돌려서 꽉 안았다.

"당신은 틀림없이 많은 여자들을 알고 있을 거예요."

"연인으로 사랑하지는 않았어."

"저, 필라르가 얘기해 준 적이 있지만요."

"말해 봐."

"아니, 말하지 않는 편이 좋아요. 다시 마드리드의 얘기를 해요."

"지금 무슨 말을 하려고 했지?"

"말하고 싶지 않아요."

"중요한 얘기일지도 모르니까, 말하는 게 좋다고 생각하는데."

"중요한 얘기라고 생각하세요?"

"응."

"그러나 무슨 얘기인지도 모르는데 어떻게 그것이 중요하다는 것을 알 수가 있어요?"

"당신의 표정을 보고."

"그럼 숨기지 않고 얘기하겠어요. 필라르는 말이죠, 우리는 모두 내일 죽을 것이고, 필라르처럼 당신도 그 사실을 잘 알고 있으면서 태연하게 있다는 거예요. 그 여잔 비난할 작정으로 그런 것이 아니라 감탄해서 그렇게 말한 거예요."

"그 여자가 그런 말을 했어?" 그는 말했다. 미친 갈보 같으니, 라고 그는 생각하면서 말했다. "그건 그 여자가 집시답게 꾸며 낸 말이야. 장돌뱅이 할멈이나 카페의 쓸개 빠진 놈들이 지껄일 만한 말이군, 더러운 엉터리 얘기야." 그는 겨드랑이 밑에서 땀이 배어 나와 팔과 옆구리로 흘러내리는 것을 느끼며 자신에게 말했다. '역시 너는 두려워하는가?'

그리고 소리를 내어 말했다. "그 여잔 더러운 것을 입에 바른 미신쟁이 암캐야. 다시 마드리드의 얘기나 하자고."

"그럼, 당신은 그런 일에 대해서 아무것도 몰라요?"

"물론이지. 그런 똥 같은 얘기는 집어치우자고." 일부러 아주 더러운 말을 쓰며 그는 말했다.

그러나 마드리드의 얘기를 시작했어도, 이번에는 다시 환상의 세계로 빠져 들어갈 수가 없었다. 지금 그는 싸움이 있기 전날 밤을 보내기 위해서, 자기의 애인과 자기를 속이고 있는 데 지나지 않았고, 더구나 그것을 그는 알고 있었다. 그렇게 되었으면 했으나 공상에 빠져 버림으로써 얻을 수 있는 희열은 이미 모조리 사라져 버리고 없었다. 그러나 그는 다시 한 번 시작하는 것이었다.

"나는 당신의 머리칼에 대해서도 생각했어." 그는 말했다. "우리가 할 수 있는 일이 무엇인가 생각해 보았어. 지금 그 머리칼은 동물의 모피 같은 길이로서 당신의 머리를 싸고 있어. 만지면 아주 기분이 좋아서 나는 이 만저만 좋아하지 않는단 말이야. 아름답고, 내가 손으로 쓰다듬으면 바람을 받은 보리밭처럼 쓰러졌다가 일어났다가 한단 말이야."

"손으로 어루만져 주세요."

부탁하는 대로 해 주고서 손을 그 자리에 얹은 채 그는 그녀의 목을 보며 얘기를 계속했다. 그 자신의 목은 부풀어 오른 것처럼 답답했다. "그러나 내 생각엔 마드리드로 가면서 둘이 이발소를 찾아가 꼭 나처럼 옆과 뒷머리를 위쪽으로 깎으면 자랄 때까진 거리를 걸어도 오히려 낫게 보일지 몰라."

"당신과 비슷하게 깎고 싶어요." 그녀는 이렇게 말하고 나서 그를 자기 쪽으로 끌어당겼다. "그리고 언제까지나 그렇게 해 두고 싶어요."

"그건 안 돼. 머리칼은 계속 자라니까. 단지 길게 자랄 때까지, 처음 얼마 동안만 보기 흉하지 않게 해 두기 위해서야. 길게 자랄 때까지 얼마의 시일이 걸릴까?"

"아주 길게 말이에요?"

"아니, 당신의 어깨까지 내려올 만큼. 나는 그 정도로 길렀으면 좋겠어."

"영화에 나오는 가르보처럼?"

"그렇지." 그는 흐린 목소리로 말했다.

지금 그 공상에로의 빗나감이 격류처럼 되돌아와서 그는 그 모든 것을 받아들이려고 기다렸다. 이제 그 세계가 그를 사로잡고, 그는 다시금 그것에 몸을 맡긴 채 얘기를 계속했다.

"그때 가서는 머리칼이 똑바로 어깨까지 늘어지고 끝 쪽이 파도 머리처럼 말려들겠지. 그것이 익은 보리 빛이 될 게고, 얼굴은 햇볕에 그을린 황금빛, 눈은 당신의 머리칼과 당신의 살갗에만 어울리는 금빛 속에 까만 반점이 박힌 듯한 색깔이 되겠지. 그렇게 되면 나는 당신의 고개를 젖히고 당신의 눈을 볼 거야. 그리고 내가 있는 쪽으로 당신을 힘껏 끌어당겨

안을 거야."

"어디에서요?"

"어디라도 좋아. 어디든지 둘이 있는 곳이라면. 머리칼이 다 자랄 때까지는 시간이 얼마나 걸릴까?"

"지금까지 깎아 본 적이 없으니까 알 수가 없어요. 하지만 아마 여섯 달만 지나면 귀 뒤까지는 충분히 자라리라고 생각해요. 1년 이내에는 당신이 바라는 만큼은 길어질 거예요. 그러나 처음에 어떤 일이 일어나는지를 당신은 아나요?"

"말해 줘."

"둘이서, 우리의 그 유명한 호텔방 안에 있는 커다랗고 깨끗한 침대에서 쉬는 거예요. 함께 나란히 그 유명한 침대에 걸터앉아 옷장의 거울 속을 보면, 거울 속에 당신도 있고 나도 있는 거예요. 그리고 나서 내가 이렇게 당신 쪽을 향하고, 이렇게 당신에게로 팔을 돌리는 거예요. 그리고 이렇게 당신께 키스하는 거예요."

그리고 나서 두 사람은 아무 말도 하지 않고 찰싹 붙어 캄캄한 밤 속에 누워 있었다. 쑤실 만큼 달아오르고 굳어진 채 찰싹 한 몸이 되어 그녀를 안고서, 로버트 조던은 절대로 일어날 수 없는 일이라는 것을 잘 알고 있는 그 모든 것까지도 꽉 끌어안고는 거짓말이라고 뻔히 아는 것에 매달려 가며 얘기를 계속하는 것이었다.

"저, 토끼, 호텔 안에서만 지내지는 말자고."

"어째서요?"

"마드리드로 가면 그 부엔레티로 공원을 따라 난 거리에 있는 아파트를 빌릴 수 있어. 동란 전에 어떤 미국 여자가 아파트를 소유하고 있으면서 세를 주었던 것을 알고 있고, 동란 전의 값싼 가격으로 그러한 아파트를 빌리는 방법도 나는 알고 있어. 공원에 접해 있는 아파트가 여러 채 있고, 그 방의 창문을 통해서 공원이 완전히 보인단 말이야. 쇠 울타리가 있고, 정원이 있고, 자갈을 깐 산책 길이 있고, 그 길을 따라서 푸른 잔디가 있으며, 그늘이 짙게 지는 숲이 있고, 여러 개의 샘물이 솟으며, 지금쯤은 밤나무에 꽃도 피어 있을 거야. 마드리드로 가면 둘이서 공원을 산책하고, 그 연못에 옛날처럼 물이 있으면 보트도 탈 수 있을 거야."

"왜 물이 없죠?"

"비행기가 폭격하기 시작하자, 목표가 되니까 11월에 물을 빼어 말려 버린 거야. 그러나 지금은 반드시 다시 물을 넣어 두었을 거야. 분명한 것은 모르지만 말이야. 그러나 가령 물이 없다고 하더라도, 우리는 연못을 제외하곤 온 공원을 산책할 수가 있어. 세계 곳곳에서 가져와 심은 나무들이 숲처럼 모여 있는 곳이 있고, 그 나무들에는 한 그루 한 그루마다 어디서 가져온 나무인가를 증명하는 표찰이 걸려 있지."

"영화도 빨리 보고 싶어요." 마리아는 말했다. "그러나 그 나무는 아주 진기할 것 같네요. 만일 내가 외울 수만 있다면, 그 나무들의 이름을 당신과 함께 모조리 외워 버리고 싶어요."

"그건 말이지, 박물관에 있는 것과는 달라." 로버트 조던은 말했다. "모두들 자연스럽게 솟아 있고, 공원에는 언덕도 있어. 또 정글 같은 곳도 있어. 그리고 그 아래쪽 보도를 따라서 책 시장이 서는데, 노점이 몇백 채씩 죽 늘어서서 고본古本을 팔고 있단 말이야. 동란이 터진 이후로 폭격당한 집이나 파시스트들의 집에서 약탈해 오거나 훔쳐 온 책이 많이 있었어. 훔친 놈이 그것들을 가지고 책 시장으로 오니까, 지금은 그곳에 책이 많아. 나는 마드리드로 가서 시간 여유만 있다면, 동란 전에 한번 그랬듯이 매일 아침부터 밤까지 책 시장의 책 진열장 앞에서 지낼 수도 있어."

"당신이 그 책 시장에 가 있는 동안 나는 혼자 아파트에서 볼일을 보겠어요." 마리아가 말했다. "우리가 하녀를 둘 만한 돈이 있게 될지 몰라요."

"물론 있지. 만약 당신의 마음에 든다면 나는 그 호텔에 있는 페트라를 데리고 오겠어. 요리도 잘하고 그리고 깨끗한 것을 좋아하지. 나는 그 여자가 만든 요리로 신문기자들을 대접한 적이 있어. 그자들의 방에는 전기 스토브가 있었지."

"당신이 그 여자가 좋다면, 그래도 좋겠지만." 마리아가 말했다. "그렇지 않으면 내가 찾아봐도 좋아요. 그런데 당신은 일 때문에 늘 집을 비우지 않겠지요? 이번과 같은 일이라면 난 함께 갈 수가 없겠지요?"

"필경 마드리드에서 일자리를 얻을 수 있으리라고 생각해. 이미 오랫동안 이런 일을 해 왔고 동란 초기부터 나는 싸움을 해 왔으니까, 이번에는 마드리드에는 일자리를 못 얻을 것도 없을 것 같아. 나는 아직 한 번도 그런 부탁을 한 일이 없어. 언제나 일선에 나가든가, 이번과 같은 일을 하든가 했지. 당신을 만날 때까지 나는 아무런 요구를 한 적도 없고 또 탐내는 것도 없었다는 것을 당신은 모르겠지? 오로지 이 전쟁과 그리고 이번 전쟁에 이길 것 이외에는 아무런 생각도 한 일이 없어. 정말 나는 나의 희망에 대해서는 순수했어. 지금까지 일을 실컷 해 왔고, 그리고 지금은 당신을 사랑하고 있지." 지금 그는 완전히, 있을 수 없는 모든 것을 끌어안고서 얘기를 계속하는 것이었다. "나는 우리가 싸움으로써 지켜 온 모든 것을 사랑하듯이 당신을 사랑하고 있어. 나는 자유와 존엄과 모든 사람들이 일할 권리, 굶주리지 않을 권리를 사랑하듯이 당신을 사랑하고 있어. 나는 당신을 사랑하고 있어. 우리가 방위한 마드리드를 사랑하듯, 전사한 모든 동지를 사랑하듯이. 정말로 많은 동지들이 죽었어. 정말, 정말 많이. 얼마나 되는지 당신은 상상도 못할 정도야. 그러나 나는 세상에서 내가 가장 사랑하는 것을 사랑하듯이 당신을 사랑하고, 또 그 이상으로 당신을 사랑하고 있어. 정말로 사랑하고 있어, 토끼. 도저히 말로 다 할 수 없을 정도야. 그런데 지금 이 정도로 말하는 것은 조금이라도 이것을 당신이 알아주었으면 해서 그러는 거야. 나는 아내를 가져 본 적은 없지만 지금은 아내로서 당신이 있어. 나는 행복해."

"나는 될 수 있는 한 당신의 좋은 아내가 되겠어요." 마리아는 말했다. "충분한 소양이 없는 것은 알고 있지만 나는 그것을 보충해 가도록 해 보겠어요. 만약 마드리드에서 산다면 물론 그래도 좋아요. 어딘가 다른 지방에서 살지 않으면 안 된다고 하더라도 역시 상관없어요. 일정한 거주지가 없이 당신과 함께 여행하며 지낼 수 있다면 더욱 기뻐요. 만약 당신의 나라로 갈 수만 있다면 대부분의 영국인처럼 영어로 얘기할 수 있도록 공부하겠어요. 그쪽의 예의범절도 완전히 배워, 그쪽 사람들이 하듯이 나도 하겠어요."

"여러 가지로 우스운 실수를 할 거야."

"그야 그렇겠죠. 여러 가지로 실수를 하겠지만 당신이 지적만 해 준다면 두 번 다시는 잘못을 저지르지 않을 거예요……. 틀림없이 두 번 이상은 잘못을 저지르지 않을 거예요. 그리고 당신의 나라에 가서, 만약 당신이 스페인 요리가 먹고 싶다면 내가 만들어 줄게요. 그리고 만약 주부에 대한 일을 가르쳐 주는 학교가 있다면, 그런 학교에 가서 공부하겠어요."

"학교는 있지만 당신은 그럴 필요는 없어."

"필라르가 당신의 나라에는 그러한 화교가 있을 거라고 가르쳐 주었어요. 잡지에서 읽은 적이 있대요. 그리고 내가 영어를 배워서 당신이 창피스럽지 않도록 훌륭하게 얘기해야만 한다고요. 이 말도 필라르가 했어요."

"언제 그런 얘기를 당신에게 했어?"

"오늘 짐을 꾸리는 동안에요. 그동안 줄곧 당신의 부인이 되기 위해서는 어떻게 해야 하는가 그 얘기만을 하고 있었어요."

그러면 그 여자도 마드리드로 갈 작정일까, 하고 로버트 조던은 생각하며 "그 외에 무슨 말을 했지?" 하고 물었다.

"자기의 몸을 조심하는 투우사처럼, 육체의 선을 소중히 하지 않으면 안 된다고 말했어요. 그것은 아주 중요한 일이라고요."

"그렇지." 로버트 조던은 말했다. "그러나 당신은 앞으로 몇 년 동안 그런 근심은 하지 않아도 좋아."

"하지만 필라르가 말하기를, 스페인 여자는 갑자기 몸의 윤곽이 허물어지는 수가 있으니까 늘 그 점에 주의하지 않으면 안 된다고 했어요. 그 여자도 옛날에는 나처럼 날씬했지만, 그 무렵의 여자들은 운동을 하지 않았기 때문에 그렇게 돼 버렸다고 말했어요. 그리고 나에게 어떤 운동을 하면 좋은가 하는 것과, 너무 과식하면 안 되니까 무엇 무엇만 먹으면 좋을 거라는 얘기까지 모두 해 주었어요. 하지만 난 그 음식 이름을 잊어버려서 다시 한 번 물어봐야겠어요."

"감자야." 그는 말했다.

"맞아요, 맞아요." 그녀는 계속했다. "감자와 기름에 튀긴 종류였어요. 그리고 내가 여기가 아프다는 얘기를 하니까, 그 말은 로베르토에게 해서는 안 된다, 아픔을 푹 참고 로베르토에게 알리지 말라는 거였어요. 그러나 난 당신에게 절대로 거짓말을 하고 싶지 않아서 얘기를 한 거예요. 그리고 이제 다시 우리 두 사람이 함께 즐거워할 기쁨은 사라지고, 그 고지에서 있었던 것과 같은 다른 하나의 일도 정말이 아니었노라고 당신이 생각할까 봐, 그것도 나에게는 퍽 걱정이었어요."

"잘 얘기해 주었어."

"정말이에요? 하지만 나는 부끄럽고, 당신이 좋아하는 일이라면 무엇이 든지 해 주고 싶어요. 필라르가 남편을 위해서 해 줄 수 있는 일을 여러 가 지로 가르쳐 주었어요."

"아무것도 할 필요는 없어. 우리가 갖고 있는 것은 모두 우리 두 사람 공 동의 것이고, 우리는 그것을 소중히 지켜 가기로 하면 돼. 나는 이렇게 당 신 곁에 누워 있고 당신과 몸을 맞대고 있으며, 당신이 진실로 여기 있다 는 것을 알고 이렇게 당신을 사랑하고 있는 거야. 당신의 상태가 나아지 면, 다시 전부 우리의 것이 되는 거야."

"그러나 당신에게는 내가 할 수 있는 일 중에서 해 주었으면 하는 일이 없나요? 그것도 필라르가 가르쳐 주었어요."

"없어. 내가 바라는 것은 둘이서 함께하는 것이야. 당신을 떠나선 탐나 는 것이 있을 턱이 없어."

"그렇다면 나는 아주 안심할 수 있을 것 같아요. 하지만 내가 언제나 당 신이 좋아하는 일을 할 작정이라는 것을 잊지 말아 주세요. 그러나 그것 은 당신이 말해 주지 않으면 안 돼요. 나는 정말 아무것도 모르고, 필라르 가 얘기해 준 것도 대개는 분명히 알지 못해요. 하지만 물어본다는 것이 아주 부끄러웠어요. 필라르는 아주 많은 일을 잘 알고 있거든요."

"토끼," 그는 불렀다. "당신은 정말로 멋있어."

"그렇지 않아요." 그녀가 말했다. "하지만 캠프를 처리하고, 싸움 준비를 위해 짐을 꾸리며, 위쪽에 있는 고지에서 이미 전투가 벌어지고 있는 가 운데 겨우 하루 동안에 부인 수업을 대략 해 버리다니, 그다지 흔한 일이 아니에요. 그러니까 내가 만일 커다란 실수를 범하면, 당신이 가르쳐 주지 않으면 안 돼요. 당신을 사랑하고 있는걸요. 내가 여러 가지 일을 정확히 외우고 있지 않을지도 모르고, 필라르가 가르쳐 준 일 속에는 아주 어려 운 일도 많은걸요."

"그 밖에 또 어떤 말을 했지?"

"아직도 많이 있지만 생각이 나지를 않아요. 이런 말도 했어요. 로베르 토는 좋은 사람이라 이미 다 이해하고 있으니까, 내가 지독한 변을 당한 일이 문득 생각나 괴로우면 로베르토에게 얘기해도 상관없다고 말했어 요. 하지만 그전처럼 불길하고 무서운 사실로 떠오르지 않는다면 얘기를 하지 않는 편이 낫다. 그러나 로베르토에게 얘기해 버리면 그 불길한 것을 쫓아버릴 수 있을지도 모른다고 말했어요."

"지금도 그 불길한 것이 답답하게 찍어 누르는 것 같아?"

"아뇨, 당신과 처음 함께 있을 때부터 마치 아무 일도 없었던 것 같은 느낌이 들어요. 아버지와 어머니의 일은 늘 슬프지만요. 그 슬픔은 언제까지나 사라지지 않을 것만 같아요. 단지 내가 당신의 부인이 된다면, 당신 자신의 긍지를 위해서 알아두지 않으면 안 될 일을 당신에게 얘기하고 싶어요. 나는 절대로 그 누구에게도 굴복당하지는 않았어요. 나는 언제나 저항했으니까. 지독한 변을 당할 때는 항상 두 사람이든가 그 이상의 사나이에게 짓밟혔어요. 한 사람이 내 머리 위에 올라타고 찍어 눌렀어요. 그 일을 나는 당신의 긍지를 위해서 말씀드리는 거예요."

"나의 긍지는 당신에게 있어. 그 얘기는 하지 말아 줘."

"아니, 나는 당신이 자기의 아내에 대해서 반드시 갖지 않으면 안 될 긍지에 대해서 말하고 있는 거예요. 그리고 또 하나, 나의 아버지는 촌장村長으로서 아주 훌륭한 분이었어요. 어머니도 정숙하고 선량한 가톨릭교도였는데, 그놈들은 어머니를 아버지와 함께 죽여 버린 거예요. 아버지가 공화파였기 때문이에요. 나는 부모가 총살당하는 것을 보고 있었어요. 아버지는 마을의 도살장 벽에 세워져 총살당할 때 '공화국 만세!'를 부르짖었어요.

어머니도 같은 벽에 세워졌는데, 그때 '이 마을의 촌장이신 나의 남편 만세!'라고 외쳤어요. 나는 놈들이 나도 함께 죽여 주었으면 해서 '공화국 만세! 아버지 만세!'라고 외칠 작정을 했는데, 총살당하지 않고 그 대신 그렇게 지독한 변을 당한 거예요.

들어주세요. 네? 우리와 관계있는 일이니까, 한 가지만 얘기하겠어요. 도살장에서 총살이 끝나고 나자 놈들은 총살을 당하지 않은 친척들을 도살장에서 끌어내, 험한 언덕을 넘어 시내 대광장으로 끌고 간 거예요. 모두들 울고 있었지만, 개중에는 방금 생생히 본 일 때문에 눈물조차 말라붙은 채 멍청해진 사람도 있었어요. 나는 울 수가 없었어요. 그리고 무슨 일이 시작되고 있는지 전연 알 수도 없었어요. 내게는 총살당하던 순간의 아버지와 '이 마을의 촌장이신 나의 남편 만세!'라고 외친 어머니의 모습밖에는 보이지 않았는걸요. 그 외침 소리가 언제나 외쳐 대는 비명처럼 나의 머릿속에 남아 있었는걸요. 어머니는 공화파가 아니었으니까 '공화국 만세!'라고는 외치고 싶지 않으셨겠죠. 그래서 그곳에서 얼굴을 아래쪽으로 두고 발치께에 쓰러져 있는 아버지 만세만을 부른 거예요.

하지만 어머니의 목소리는 아주 크고 날카로웠어요. 그리고 어머니가 놈들에게 사살당해 쓰러지자 나는 대열에서 빠져 달려가려 했지만, 다른 사람들과 함께 한 줄로 묶여 있어서 그럴 수가 없었어요. 총살은 시민보안대市民保安隊가 한 거예요. 팔랑헤 당원들이 우리를 이끌고 언덕 쪽으로 사라져 갈 때에도, 보안대 놈들은 총에 기대서서 시체를 벽 곁에 둔 채 다시 총살할 인간들을 기다리느라고 남아 있었어요. 우리, 처녀와 여자들은 긴 줄에 손목을 줄줄이 묶여 언덕을 넘고 시내를 지나서 광장까지 끌려간 거예요. 놈들은 광장을 사이에 끼고 공회당과 마주서 있는 이발소 앞에서 멈춰 섰어요.

그때 두 사나이가 우리를 눈여겨보는 것 같더니, 한 사나이가 '저것이 촌장의 딸년이야!'라고 외치자 다른 한 사나이가 '그년부터 시작해라!'라고 외쳤어요.

그러자 놈들은 내 양쪽 손목에 묶은 끈을 끊었어요. 한 사나이가 '다른 놈들의 포승은 그대로 놔둬.' 하고 다른 사나이에게 말하고 있었어요. 그러고 나서 그 두 사나이가 나의 팔을 잡고 이발소 안으로 끌어들여, 나를 덜렁 들어서 의자 위에 얹고 눌러 버린 거예요.

거울 속에 내 얼굴과 나를 누르고 있는 사나이들의 얼굴과 내 위로 덮치듯이 들여다보고 있는 세 사나이의 얼굴이 보였어요. 놈들은 모두 나에게는 낯선 얼굴이었는데, 나는 거울 속에 있는 나와 그놈들의 얼굴을 보고 있었지만 그놈들은 나만을 보고 있는 거였어요. 마치 한 여자가 치과 의자에 앉아 있는 것을 수많은 치과의사가 둘러싸고 있고, 더구나 그 치과의사들은 모두 미치광이 같은―그러한 광경이었어요. 슬픔이 내 얼굴을 바꿔 버린 듯, 나는 그것이 내 얼굴로 생각되지 않을 정도였지만, 그러나 거울 속에 있는 얼굴을 보고 있는 동안에 그것이 내 얼굴이라는 것을 알게 되었어요. 하지만 너무나 슬픔이 컸기 때문에 슬픔 외에는 무서움도, 그 외의 아무런 감정도 일어나지 않았어요.

그때 나는 머리를 둘로 갈라서 묶고 있었어요. 내가 거울을 보고 있으려 니까 한 사나이가 그 한쪽 머리 가닥을 집어 들더니 갑자기 쑥 잡아당겼 어요. 나는 슬픔에 찬 가슴이 찢어질 만큼 아팠어요. 그러고 나서 그 사나 이는 그 머리 가닥을 잡고 면도칼로 잘라 버린 거예요. 거울 속에는 한 가 닥밖에 남지 않은 머리 가닥과 한 가닥이 잘려 나간 흔적이 남아 있는 내 가 비치고 있었어요. 곧 나머지 머리카락도 잘렸지만, 그때에는 머리카락 을 잡아당기지 않았기 때문에 면도날에 귀를 약간 베여, 그곳에서 피가 솟아 나왔어요. 손가락으로 만져 보세요. 상처 자국을 알 수 있겠죠?"

"응. 그러나 그런 얘기, 이제 그만두는 것이 좋지 않을까?"

"이 정도는 아무것도 아니에요. 지독한 일은 얘기하지 않았어요. 그렇게 해서 그 사나이가 머리카락을 송두리째 잘라 내자 다른 놈들은 껄껄 웃었 어요. 내가 귀의 상처에서 생기는 아픔조차 못 느끼고 있자니까, 이번에 는 그놈이 정면에 서서 다른 두 사나이에게 나를 억누르게 하고는 그 잘 라 낸 머리 다발로 내 얼굴을 옆으로 때리면서 이렇게 말했어요. '빨갱이 수녀는 이렇게 받드는 거다. 잘 알아두어라. 프롤레타리아 신자 놈들 패에 끼면 이렇게 되는 거야. 이 빨갱이 그리스도의 새색시 년아!'

그리고 그 사나이는 좀 전까지 내 것이었던 머리 다발로 내 얼굴을 몇 번이고 몇 번이고 때리고 나서는 그 두 개의 머리 다발을 내 입 안에 틀어 박았어요. 그러고는 목둘레를 세게 죈 후 뒤쪽에다 묶어 입을 막아 버렸 어요. 나를 누르고 있던 사나이는 낄낄 웃고 있었어요.

보고 있던 사나이들도 모두 웃었고, 그 웃는 얼굴을 거울 속에서 본 나 는 비로소 울기 시작했어요. 그때까지는 총살 생각으로 마음이 얼어붙어 감히 울 수도 없었거든요.

그러고 나서 내 입을 틀어막은 사나이는 이발 기계로 내 머리를 박박 깎아 버렸어요. 처음에는 이마 쪽에서 머리의 뒤쪽으로, 그리고 정수리에 서 옆으로 깎았고, 다음에는 귀 뒤쪽까지 구석구석 기계로 훑었어요. 그 동안에도 줄곧 사나이들에게 짓눌려 있었기 때문에 처음부터 끝까지 놈 들이 하는 짓을 거울 속으로 보고 있었는데, 그렇게 당하는 것을 보고 있 으면서 나는 그것이 현실로 여겨지지 않아 울며 야단을 쳤지요. 그렇지만 입을 벌린 채 머리 다발로 틀어 막혀 있었기 때문에, 순식간에 기계로 내 머리가 까까중이 되는 것을 보면서도 그 무서운 광경에서 눈을 뗄 수가 없었던 거예요.

머리를 다 깎고 나서 그 사나이는 이발소의 선반에서 요오드가 든 병을 꺼내 와─이발사는 조합에 들어 있었기 때문에 역시 사살당해서 이발소 입구에 쓰러져 있었는데, 놈들이 나를 메고 들어갈 때에도 그 시체 위를 타 넘어 들어갔던 거예요─그 요오드 병에 들어 있는 유리 막대기로 내 상처 난 귀에 약을 발랐어요. 그 따끔따끔 쏘는 아픔이 슬픔과 무서움 속에서도 느껴졌어요.

그리고 나서 그 사나이는 다시 내 앞에 버티고 서서, 그 요오드로 나의 이마 위에 U.H.P.라고 마치 화가나 뭐가 되는 것처럼 거만스럽게 천천히 썼어요. 그것을 나는 빼놓지 않고 보면서도 더 이상 울지는 않았어요. 아버지와 어머니 일로 내 마음은 다시 얼어붙었기 때문에 내 몸에 일어난 일 같은 것은 아무것도 아니었고, 또 그 일을 나 자신이 알고 있었기 때문이에요.

얼마 후 글씨를 다 쓰고 나자 그 팔랑헤 당원은 한 발자국 물러나서 자기의 솜씨를 조사하듯이 나의 얼굴을 바라다보고서는, 요오드 병을 아래에 내려놓고 다시 기계를 집어 들고서 '자아, 다음!' 하고 말하는 거예요. 그러자 놈들은 내 양팔을 단단히 거머잡고서 이발소 밖으로 끌고 나갔어요. 그때 다시 나는 이발소 앞에 흙빛 얼굴로 벌렁 자빠져 있는 이발소 주인의 몸에 걸려 비틀거렸어요. 그리고 마침 두 사나이에게 이끌려 오는 콘셉치온 그라치아라고 하는 나의 가장 다정한 동무와 하마터면 부딪힐 뻔했어요. 그라치아는 내 얼굴을 보고서도 나를 몰라보았지만, 겨우 알아보게 되자 갑자기 비명을 질렀어요. 그 비명은 내가 떠밀리듯 광장을 가로질러서 공회당 입구에 닿고, 계단을 올라가 아버지의 사무실로 들어간 다음 긴 의자 위에 뉘어질 때까지 줄곧 들려왔어요. 그리고 내가 지독한 변을 당한 곳은 바로 거기서였어요."

"나의 토끼." 로버트 조던은 휠 수 있는 대로 몸 가까이, 될 수 있는 대로 다정스럽게 그녀를 끌어안았다. 그러나 그는 이 세상의 어떤 사나이들보다도 더 한층 모진 증오로 가득 차 있었다.

"이제 그 이상은 얘기하지 말아 줘. 이미 나는 증오를 억누를 수 없게 돼 버렸어. 그러니까 그 이상은 얘기하지 말아 줘."

그녀는 그의 팔 안에서 싸늘하게 굳어 있었다.

"네, 앞으로는 절대로 얘기하지 않겠어요. 그러나 그놈들은 나쁜 인간들이에요. 할 수 있다면, 당신과 둘이서 놈들을 죽여 버리고 싶어요. 그렇지만 내가 이런 얘기를 한 것은 내가 당신의 아내가 될 경우, 이것이 당신의 긍지에 관계가 된다고 생각했기 때문이에요. 알아주시겠죠?"

"얘기해 줘서 기뻐." 그는 말했다. "그러나 내일은 운만 좋으면, 실컷 죽일 수가 있어."

"그렇지만 팔랑헤 당원 놈들을 죽일 수가 있나요? 나에게 지독한 변을 당하게 한 것은 그놈들이에요."

"그놈들은 싸움터에는 나오지 않아." 그는 침울하게 말했다.

"그놈들은 후방에서 살인을 하고 있어. 우리가 싸움터에서 싸우는 상대는 놈들이 아냐."

"그러나 어떻게든 놈들을 죽일 수가 없을까요? 나는 죽이고 싶어 견딜 수가 없어요."

"나는 죽였어." 그는 말했다. "또 앞으로도 죽일 거고. 열차를 습격했을 때 우리는 놈들을 죽였어."

"나도 당신을 따라서 열차를 해치우러 가고 싶어요." 마리아가 말했다.

"필라르에게 구조되었던 그 기차 사건 때, 나는 반미치광이나 다름없었어요. 그때의 내 모양을 필라르한테서 들으셨나요?"

"들었어. 그 얘기는 집어치우자고."

"그때는 머리가 마비된 송장처럼 되어 그저 울고만 있었어요. 그런데 또 하나, 당신에게 말하지 않으면 안 될 일이 있어요. 이것만은 무슨 일이 있더라도 얘기해야겠는데, 그 얘기를 하면 당신은 나와 결혼할 마음이 사라져 버릴지도 몰라요. 그렇지만 로베르토, 만약 나와 결혼할 마음이 없더라도 그저 언제까지나 함께 살기만 하는 일이라면 할 수도 있잖아요?"

"나는 결혼하겠어."

"아니, 안 돼요. 나는 그 일을 잊어버리고 있었어요. 당신은 반드시 내가 싫어질 거예요. 나는 당신의 아이를 낳지 못할지도 몰라요. 필라르가 그렇게 말했어요. 만약 낳을 수만 있었다면 그 지독한 변을 당했을 때 태어났을 것이래요. 이 일만은 말씀드리지 않으면 안 돼요. 아아, 내가 어째서 그 일을 잊어버리고 있었을까."

"그런 건 대수로운 일이 아냐, 토끼." 그는 말했다. "우선, 사실이 그런지 안 그런지 누가 알 게 뭐야. 그것을 판단하는 것은 의사의 일이야. 그리고 나는 말이지, 요즈음 같은 이런 세상에는 사내아이든, 계집아이든 내 자식을 낳고 싶지 않아. 또, 당신은 당신대로 내가 주는 애정을 전부 자기 것으로 만들 수가 있어."

"난 당신의 아들이나 딸을 낳고 싶어요." 그녀는 고백했다. "그리고 파시스트들과 싸울 우리의 자손이 없으면 어떻게 세상을 좋게 만들 수가 있다고 생각하세요?"

"자, 이봐." 그는 말했다. "나는 당신을 사랑하고 있어. 알겠어? 이제 자지 않으면 안 돼, 토끼. 나는 날이 새기 전에 일어나지 않으면 안 되고, 요즘은 날이 일찍 새니까."

"그럼 마지막으로 얘기한 것은 상관없단 말씀이죠? 그래도 우리는 결혼할 수 있는 거죠?"

"이미 우리는 결혼한 거야. 지금 결혼한 거야. 당신은 내 아내야. 이제 그만 자라고, 토끼. 시간이 없으니까."

"그럼 정말로 결혼하는 거죠? 말로만 그러는 것이 아니지요?"

"정말이고말고."

"그러면 자겠어요. 그리고 깨어나면 그 일을 생각하겠어요."

"나도 그렇게 하겠어."

"편히 주무세요, 나의 서방님."

"잘 자." 그도 말했다. "잘 자, 나의 마님."

그는 그녀의 호흡이 안정되고 규칙적으로 되었기 때문에 잠이 들었다는 것을 알았다. 그는 눈을 뜬 채 누워서 그녀가 깨어나지 않도록 꼼짝도 하지 않고 있었다. 그녀가 얘기하지 않은 부분을 깡그리 상상하면서 증오에 불타는 몸으로 누워 있었다.

날이 새면 적을 사살할 수 있다는 것이 기뻤다. 그러나 그것을 개인 문제로 받아들이는 것은 옳지 않다고 그는 생각했다.

그런데 어떻게 개인 문제를 떼어 놓을 수가 있단 말인가? 분명히 우리도 적에게 지독한 짓을 했다. 그러나 그것은 우리 편에도 교육이 모자랐고, 그 이외에 좋은 방법을 알고 있지 못했기 때문이다. 그런데 놈들은 고의로, 계획적으로 그 짓을 한 것이다. 그 짓을 한 놈들은, 놈들의 교육이 빚어 낸 최후의 꽃이라고도 할 수 있는 놈들이다. 놈들이야말로 스페인 기사도의 정화精華다. 스페인 사람들이란 어찌 된 민족일까? 코르테스, 피사로, 메넨데스 데 아빌라로부터 엔리케 리스테르를 거쳐 파블로에 이르기까지 모두가 개자식들이다. 그렇지만 또한 얼마나 훌륭한 국민인가? 온 세계에 이처럼 훌륭하고 이처럼 천박스러운 민족은 없으리라. 이처럼 친절하고 이처럼 잔학한 민족도 없으리라. 그리고 누가 이 민족을 이해하고 있단 말인가? 나는 아니다. 만일 이해하고 있다면 모든 것을 용서할 수가 있을 것이기 때문이다. 이해한다는 것은 용서한다는 것이다. 아니, 그것은 다르다. 지금까지 용서한다는 생각은 과장되어 왔다. 용서라는 것은 그리스도교의 사상으로써, 스페인은 그리스도 교단이었던 적은 한 번도 없었다. 교회의 내부에, 그들 나름대로 독특한 우상숭배를 유지해 온 민족이다. 또 다른 하나의 성모를. 놈들이 적의 처녀들을 범하지 않고는 견딜 수 없는 것도 반드시 그 때문이리라. 스페인 종교에 대한 광신자일 경우 분명히 그것은 일반 민중의 경우보다도 더 뿌리 깊은 것이었다. 교회는 정부와 결탁했고, 정부는 항상 부패해 있었으니까 민중은 성장하여 교회를 외면해 버렸다. 이 나라야말로 종교개혁의 손길이 미치지 못한 단 하나의 나라다. 그들이 지금 이단심문異端審問에 대한 속죄를 하고 있는 중이다. 그렇다.

옳지, 이것은 생각해 두어도 좋은 문제이다. 일에 대한 걱정으로 꽉 차 있는 너의 머리를 구해 줄 문제이다. 허세를 내세우기보다는 건전하다. 아아, 오늘 밤 나는 무척 허세를 부렸구나. 필라르 할멈도 온종일 허세를 부리고 있었지. 그야 당연한 일이다. 내일 우리가 사살당한다는 것이 어떻단 말인가? 다리를 보기 좋게 폭파시켜 버리고 죽는다면 그런 일은 문제도 아니지 않은가. 내일 우리가 하지 않으면 안 될 일은 그것 하나뿐이다.

전연 문제가 아니다. 이 일을 무한히 계속해 갈 수는 없는 일이다. 내가 영원히 살리라고 그 누가 생각할 것인가. 내 온 생애는 사흘로써 끝나 버릴지도 모른다. 만약 그렇다면 우리 두 사람의 마지막 밤은 좋지 않을 것이 뻔하다. 마지막이라는 것은 무엇이든지 좋지 않다. 아니 마지막이라는 말 중에도 가끔 좋은 놈이 있구나. '이 마을의 촌장이신 내 남편 만세!'라는 것은 좋지 않은가. 그 말을 혼자 중얼거려 보았을 때 날카로운 얼얼함이 온몸을 꿰뚫고 흘렀기 때문에 그는 그 말이 좋은 말임을 깨달았다. 그는 마리아의 몸 위로 엎드리면서 그녀에게 키스를 했는데, 그녀는 눈을 뜨지 않았다. 그는 영어로 아주 다정스럽게 속삭였다.

"나는 당신과 결혼하고 싶어, 토끼. 나는 당신의 가족을 자랑스럽게 생각해."

32

같은 날 밤, 마드리드의 게일로드 호텔에는 많은 사람들이 있었다.

헤드라이트에 푸른 도료塗料를 칠한 한 대의 자동차가 호텔의 주차장에 멈추자, 검은 승마용 장화를 신고 잿빛 승마 바지와 목까지 단추를 채우는 잿빛 윗도리를 입은 한 몸집 작은 사나이가 내렸다. 호텔 문을 열자 두 보초의 거수경례에 답례를 해 주고 프런트에 앉아 있는 사복 경찰관에게 목례를 한 후 엘리베이터 안으로 들어갔다. 대리석으로 만든 커다란 현관문 안쪽 양편에는 각각 한 사람씩, 두 사람의 보초가 의자에 걸터앉아 있었는데, 조그만 사나이가 엘리베이터 안으로 사라져도 그저 힐끗 그쪽을 보았을 뿐이었다.

낯선 사람이 들어오면 그 사람의 옆구리와 겨드랑이 밑, 엉덩이의 포켓을 뒤져 권총을 지니고 있는지 없는지를 조사한 후, 가지고 있으면 사복 경찰관과 협력하여 압수하는 것이 그들의 임무였다. 그러나 그들은 승마화를 신은 사나이를 잘 알고 있었으므로, 그가 지나가도 얼굴조차 제대로 들지 않았던 것이다.

조그만 사나이가 살고 있는 게일로드의 한 방에는 그가 들어섰을 때, 사람들로 가득했다. 사람들은 그 어느 객실에서나 흔히 볼 수 있듯이 앉거나 서거나 떠들고 있었으며, 남자건 여자건 보드카나 위스키소다, 그리고 커다란 물통에 들어 있는 맥주를 조그만 컵에 따라 마시고 있었다. 사나이들 가운데 네 명은 군복 차림이었고, 다른 남자들은 가죽 재킷을 입고 있었다. 네 여자 중 세 사람은 보통의 외출복을 입었는데, 나머지 한 여자는 초췌하고 살갗이 검고 여윈 모습으로, 단조롭게 만든 여성 의용군 제복에 스커트를 입고 목이 긴 장화를 신고 있었다.

방 안으로 들어온 카르코프는 곧바로 그 제복의 여인 앞으로 걸어가서 고개를 숙이고 악수를 나누었다. 이 여자가 그의 부인이었는데, 그는 아무도 들을 수 없는 목소리로, 러시아어로 무엇이라고 속삭였다. 그 후 한참 동안, 이 방 안에 들어왔을 때 지녔던 그의 거만스러움은 사라져 버리고 없었다. 하지만 그의 정부인 체격이 좋은 아가씨의 마호가니 빛 머리칼과 색정에 싸인 듯한 얼굴을 보자, 다시금 그 거만함이 얼굴에 떠올랐다. 그는 거만하고도 착실한 걸음걸이로 그녀 앞에 다가가 인사를 나누고 악수를 했는데, 자기 부인과 나눈 인사의 우스꽝스러운 흉내와 같다고 아무도 단언할 수 없는 것 같은 태도였다. 그의 부인은 방을 가로질러 가는 남편의 모습에는 눈길조차 주지 않고 키가 크고 미남인 스페인 장교와 함께 서 있었는데, 그들은 지금 마주서서 러시아어로 얘기를 나누고 있었다.

"당신이 아주 좋아하는 양반은 좀 뚱뚱한 편이로군." 카르코프가 그 아가씨에게 말했다. "슬슬 2년째가 돼 가니까, 우리 용사들도 모두 살이 쪄 가는 모양이야." 그는 지금 얘깃거리로 삼고 있는 사나이 쪽은 쳐다보지도 않았다.

"치사스러워요, 저런 두꺼비를 질투하다니!" 아가씨는 유쾌한 듯이 말했다. 그녀는 독일말로 얘기했다. "내일 공격이 있을 때, 당신을 따라가도 좋아요?"

"안 돼, 그런 건 없으니까."

"모두들 알고 있어요." 아가씨는 말했다. "그렇게 비밀로 하지 않아도 좋을 텐데요. 돌로레스도 가요. 나는 돌로레스나 카르벤과 같이 가겠어요. 아주 여러 사람이 가요."

"누구든지 데려가 주는 놈을 따라가면 되겠지." 카르코프가 말했다. "나는 싫어."

그러고 나서 그는 아가씨 쪽을 향해 엄숙한 표정으로 물었다. "누구한테 들었어? 정직하게 말해."

"리하르트에게서요." 그녀도 똑같이 진지한 표정으로 대답했다. 카르코프는 어깨를 흠칫하고 나서 아가씨로부터 떠나갔다.

"카르코프." 중키의 거무칙칙하고 눈빛이 좋지 않은, 지친 듯한 얼굴에 축 늘어진 눈두덩과 아랫입술이 축 처진 사나이가 육중한 목소리로 그를 불렀다. "유쾌한 뉴스를 들었나!"

카르코프가 그 사나이 앞으로 가자 사나이가 말했다.

"나도 방금 들었어. 아직 10분도 지나지 않았어. 멋진 뉴스야. 세고비아 근처에서 파시스트들이 오늘 하루 종일 자기편끼리 싸워 댄 모양이야. 놈들은 자동 소총과 기관총으로 반항분자들을 진압했어야만 했지. 오후부터는 자기편 군대를 비행기로 폭격한 모양이야."

"정말인가?" 카르코프가 물었다.

"정말이야." 부은 듯한 눈매의 사나이가 말했다. "돌로레스가 갖고 온 뉴스야. 이곳으로 알리러 왔는데, 그녀가 그때처럼 눈을 빛내며 흥분하던 모습은 아직까지 본 일이 없었어. 그 뉴스가 진실이라는 것은 그 얼굴의 빛남을 보고 알았어. 그 위대한 얼굴."

"그 위대한 얼굴이란 말이지." 카르코프는 싱겁기 짝이 없게 말했다.

"자네에게 알려 주고 싶었어." 부은 듯한 눈매의 사나이가 말했다. "뉴스 그 자체가 이 세상 것이라고는 여겨지지 않는 빛을 그녀의 얼굴에서 발산시켜 주고 있었어. 말투에서도 진실을 얘기한다는 것을 알 수 있었어. 나는 〈이즈베스티야〉에 그것을 발표하려고 생각하고 있어. 연민과 동정과 진실로 가득 찬 그 위대한 목소리로 그 뉴스를 들었을 때는, 나에게 있어서 이 전쟁 중 가장 위대한 순간의 하나였어. 선량함과 진실함이 마치 인민의 참다운 성도聖徒로부터 그러하듯 그녀에게서 빛을 발하게 하고 있었어. 그녀가 라파시오나리아라고 불리는 것도 전연 허무맹랑한 것은 아니야."

"허무맹랑하지 않아." 카르코프는 지친 듯이 말했다. "그 명문구를 잊어 버리기 전에 지금 당장 〈이즈베스티야〉에 써 주라고."

"그 사람은 농담으로 처리할 여성이 아니야. 자네가 아무리 비꼬기를 잘한다고 해도." 부은 듯한 눈매의 사나이가 말했다. "만약 자네가 이곳에 있어서 그 목소리를 듣고, 그 얼굴을 보았다면!"

"그 위대한 목소리. 그 위대한 목소리란 말이지. 그것을 쓰라고." 카르코프가 말했다. "나에게는 지껄이지 않는 편이 좋아. 기사의 전문全文을 나에게 지껄여서 헛되이 버려 버리면 아무 소용없어. 저쪽으로 가서 당장 쓰라고."

"지금 당장은 쓰지 않겠어."

"지금 당장 쓰는 편이 나을 거라고 생각하는데." 카르코프는 이렇게 말하고 사나이의 얼굴을 보았는데, 이내 눈길을 돌렸다. 부은 듯한 눈매의 사나이는 다시 2분가량 보드카 잔을 들고 서 있었다. 그 눈은 여전히 부은 듯했으나 좀 전에 보고 들은 그 아름다움에 황홀해하고 있었다. 그러나 이윽고 기사를 쓰기 위해서 방을 나갔다.

카르코프는 마흔여덟 살 정도로 보이는 다른 사나이 쪽으로 다가갔다. 키가 작달막하고 통통하면서 쾌활해 보이는 사나이로서, 흐리멍덩한 푸른 눈, 엉성해져 버린 금발, 노랗고 억센 코밑수염 아래의 입매가 바람둥이 같았다. 그 사나이는 군복을 입고 있었다. 사단장으로서 헝가리 사람이었다.

"돌로레스가 얘기를 했을 때 여기에 계셨습니까?" 카르코프가 그에게 물었다.

"응, 있었지."

"어떤 얘기였나요?"

"파시스트가 저희 편끼리 싸웠다든가 하는 얘기였지. 정말이라면 반가운 얘기지."

"내일 아침 일인데, 무척 화제가 되어 있는 것 같습니다만."

"언어도단이야. 신문기자고, 이 방 안에 있는 무리들이고 모두 총살시켜 버리지 않으면 안 돼. 리하르트라는 음모가인 독일 놈 따위는 물론이고. 그 일요일에 여단 명령을 내린 놈이 누군지 모르지만 사살해야 해. 필경 자네도 나도 사살당해야만 하겠지. 그리 되지 말란 법도 없잖아?" 장군은 웃었다. "그러나 이런 얘기를 남에게는 하지 마라."

"그런 얘기는 아주 싫어하는 편이라서요." 카르코프는 말했다.

"가끔 이곳을 방문해 오는 미국인이 그쪽에 가 있어요. 파르티잔과 함께 활약하는 조던이라는 사나이, 장군께서도 아시죠? 그자가 지금 아까 말이 나왔던 방면으로 가 있습니다."

"그런가? 그렇다면 오늘 밤 그 사나이가 보고를 해 오지 않으면 안 될 텐데." 장군은 말했다. "모두들 내가 그쪽으로 가는 것을 좋아하지 않으니까. 그렇지만 않으면 내가 가서 자네를 위해 사성을 소사해 줄 텐데. 그 사나이는 분명히 골즈와 함께 이번 일에 활약하고 있겠지? 자네 내일 골즈를 만날 건가?"

"아침 일찍 만납니다."

"잘돼서 돌아갈 때까지 놈이 하고 싶은 대로 내버려 둘 일이야." 장군은 말했다. "그자도 나처럼 자네들 같은 야유꾼은 싫어하니까. 하기는 나처럼 짜증을 부리지는 않지만."

"하지만 이번 일에 대해서……."

"다분히 파시스트들이 무슨 책략이 있어서 한 짓이겠지." 장군은 웃었다. "하여간 골즈가 놈들을 계략 속으로 얼마간 얽어 넣는가 머지않아 알게 되겠지. 골즈의 생각대로 하게 내버려 두는 것이 좋아. 우리는 과달라하라에서는 잘 얽어 넣었지."

"장군께서도 여행을 하신다고요?" 카르코프는 충치투성이인 이를 드러내 보이고 웃으면서 말했다. 장군은 갑자기 화를 냈다.

"뭐, 나도 말인가? 이번엔 내가 소문거리가 될 차례인가. 1년 내내 모두들 소문뿐이로군그래. 유치한 쑥덕공론만 하고 있군. 자기의 입을 다물고 있을 수 있는 사나이가 한 사람이라 할지라도, 자기가 그렇게 할 수 있다고 생각하면 이 나라는 구조되는 건데."

"장군의 친구이신 프리에토는 입을 다물 수 있는 사나이입니다."

"그러나 그 사나이는 싸움에 승리를 거두리라고 믿고 있지 않아. 인민을 믿지 못하고 어떻게 전쟁에 이길 수 있단 말인가?"

"그건 장군의 임무이십니다." 카르코프는 말했다. "저는 조금 눈을 붙이겠습니다."

그는 이 연기가 자욱하고 수다스러운 방을 나서서 안쪽 침실로 가, 침대에 걸터앉아 장화를 벗었다. 수다스러운 소리가 아직도 들려왔기 때문에 문을 닫고 창문을 열었다. 옷을 벗지 않은 채 드러누웠다. 오전 2시에는 출발하여 콜메나르, 세르세다, 나바세라를 거쳐 아침이 되면 골즈가 공격을 개시할 예정인 전선까지 가게 돼 있었기 때문이었다.

33

필라르가 흔들어 깨운 것은 새벽 2시였다. 처음 그녀의 손이 닿았을 때 그는 마리아라고 생각하고 그녀 쪽으로 돌아누우며 "토끼." 하고 말했다. 그러자 필라르의 커다란 손이 어깨를 흔들었기 때문에 그는 깜짝 놀라 눈을 번쩍였다. 그의 손은 이내 벌거숭이 오른쪽 다리 옆에 놓아둔 권총자루를 잡았다. 온몸이 안전장치를 푼 권총처럼 팽팽하게 긴장됐다.

어둠 속에서 필라르라는 것을 깨닫고 손목시계를 보니, 빛나는 두 개의 바늘이 위쪽에서 좁은 각도를 나타내고 있었기 때문에 아직 2시밖에 되지 않았다는 것을 깨달았다.

"아주머니, 왜 그러시우?" 그가 말했다.

"파블로가 사라져 버렸어." 몸집 큰 여자가 말했다. 로버트 조던은 바지와 신을 신었다.

"언제?" 그가 물었다.

"틀림없이 한 시간가량 전일 거야."

"그래서?"

"무엇인지 당신의 물건을 가지고 갔어." 여자는 무정한 듯이 말했다.

"그래요. 무엇을?"

"나도 몰라." 그녀가 말했다. "가서 좀 봐 줘."

어둠 속을 뚫고 두 사람은 동굴 입구까지 가서 모포를 들치고 안으로 들어갔다. 로버트 조던은 자리에 누워 있는 사람들을 밟지 않도록 회중전등을 켜고 완전히 불이 꺼진 재와 탁한 공기, 잠들어 있는 사나이들의 숨결이 들어찬 동굴 속으로 그녀의 뒤를 따라 들어갔다. 안셀모가 눈을 뜨고 말했다. "벌써 시간이 됐나?"

"아직 안 됐소." 로버트 조던은 속삭였다. "주무시오, 영감."

두 개의 짐은, 모포를 늘어뜨려서 동굴의 다른 부분과 모포를 구분해 놓은 필라르의 침대 머리맡에 있었다. 로버트 조던이 침대 위에 무릎을 꿇고 회중전등으로 두 개의 자루를 비췄을 때, 침대에서는 인디언의 침상처럼 썩은 것 같고 땀이 흠뻑 밴 채 메마른, 메슥메슥하고 들척지근한 냄새가 났다. 짐은 두 개 다 위에서 아래까지 길쭉하게 칼자국이 나 있었다. 왼손에 전등을 들고 오른손으로 하나를 어루만져 보았다. 그것은 침구를 넣어 다니는 것이니까 가득 들어차 있을 리가 없었다. 지금도 가득 들어 있지는 않았다. 전선은 없어지지 않았으나 폭약을 넣은 네모진 나무 상자가 없었다. 소중하게 뇌관을 싸서 넣어 둔 여송연 상자도 없어졌다. 퓨즈와 캡을 넣어 둔 납통도 없었다.

로버트 조던은 다른 하나의 짐 속에 손을 넣었다. 전과 다름없이 폭약이 잔뜩 들어 있었다. 한 뭉치만이 없어져 버렸는지도 모른다.

그는 일어서서 여자 쪽을 보았다. 너무 이른 아침에 일어났을 때 사나이가 느끼는 공허한 기분, 그것은 비참한 기분과 흡사했지만 지금 그는 그것을 천 배나 더 강하게 맛보았다.

"남의 짐을 지켜주겠다고 아주머니가 말한 것이 바로 이런 거였소?" 그가 말했다.

"난 머리를 여기다 붙이고 한쪽 팔로 안듯이 하며 잤어." 필라르가 말했다.

"잘도 잤군."

"좀 들어 보라고." 여자는 말했다. "밤중에 놈이 일어났기 때문에 '파블로, 당신 어디가우?' 하고 내가 물으니, '소변보러 가.'라고 하기에 나는 다시 잠들어 버렸어. 그리고 얼마만큼 시간이 흘러가 버렸는지 모르지만 다시 눈을 떠 보니 놈이 없지 않겠어. 그래서 역시 평상시의 버릇대로 말을 보러 내려갔을 거라고 생각한 거라우. 그러고 나서……." 그녀는 말한 후 무정한 목소리로 얘기를 끝마쳤다. "오래돼도 돌아오지 않아 걱정스러워져, 탈이 없는가 어떤가 확인하려고 만져 보니 찢어진 흔적이 있잖겠어. 그래서 당신한테로 달려간 것이라우."

"가자구." 로버트 조던은 말했다.

두 사람은 다시 밖으로 나왔는데, 아직 한밤중이 지난 지 얼마 되지 않았기 때문에 새벽이 가까웠다는 것을 느낄 수는 없었다.

"감시소 곁을 지나지 않고 말을 이끌고 도망갈 길이 있소?"

"두 길이 있지."

"마루턱에는 누가 있소?"

"엘라디오지."

로버트 조던은 말을 말뚝에 매어 풀을 먹이고 있는 초원 지대에 도착할 때까지 한마디도 하지 않았다. 풀밭에서는 세 마리의 말이 풀을 뜯고 있었다. 커다란 밤색 말과 잿빛 말이 없었다.

"그놈이 사라진 후 얼마나 지난 것 같소?"

"한 시간쯤 전임에 틀림없어."

"그럼, 그것은 그렇고." 로버트 조던은 말했다. "나는 짐 속에 남아 있는 것을 갖다 놓고 다시 한잠 자겠소."

"내가 지키겠어."

"무슨 말이오, 당신이 지키다니? 당신은 이미 한번 지켜보지 않았소?"

"영국 양반." 여자가 말했다. "나는 이번 일에 대해서는 당신과 똑같은 마음이라우. 당신의 짐을 되찾기 위해서라면 무슨 일이든지 하겠어. 나를 빈정댈 건 없잖우. 파블로에게 배신당한 것은 우리 두 사람이니깐."

그녀의 이런 말을 듣고, 로버트 조던은 이 여자에 대해 빈정거릴 사치는 허용되지 않으며, 이 여자와 다툴 수는 없다는 것을 깨달았다. 이미 두 시간이나 경과해 버린 오늘의 일에, 그는 이 여자와 협력하지 않으면 안 되는 것이다.

그는 여자의 어깨에 손을 얹었다. "아무것도 아냐, 필라르." 그는 여자를 달랬다. "없어져 버린 것은 그다지 소중한 게 아니오. 똑같이 쓸 수 있는 것을 임시변통으로 만들자고."

"그런데 무엇을 가지고 갔수?"

"아무것도 아니오, 필라르. 그쯤은 괜찮을 거라고 생각하여 여분으로 가지고 온 거요."

"폭파를 위한 장치의 일부가 아니우?"

"그렇기는 하지만, 폭파하려면 다른 방법도 있소. 그런데 파블로 놈은 뇌관과 퓨즈를 가지고 있지 않았소? 분명히 군에서 공급해 주었을 텐데."

"가지고 가 버렸어." 비참한 목소리로 그녀는 말했다. "나는 곧 찾아보았지. 그러나 역시 없었어."

두 사람은 숲을 지나 동굴 입구까지 돌아왔다.

"좀 주무시오." 그는 말했다. "파블로가 없어져 버려 오히려 잘됐어."

"난 엘라디오를 만나러 갔다 오겠어."

"다른 길을 통해서 꺼져 버렸겠지."

"하여간 갔다 오겠어. 내 실수로 당신의 신뢰를 배반했으니까."

"그렇지 않소." 그가 말했다. "좀 주무시오, 필라르. 4시에는 출발하지 않으면 안 되니까."

그는 여자와 함께 동굴로 들어가 두 개의 짐을 양팔로 안고서, 찢어져 쩍 벌어진 곳으로부터 아무것도 흘러 떨어지지 않도록 조심하며 밖으로 운반했다.

"내가 기워 주겠어."

"출발하기 전에 부탁합시다." 그는 다정스럽게 말했다. "이것을 운반해 온 것은 당신을 신용하지 않기 때문이 아니라 내가 마음을 놓고 잠을 자기 위해서요."

"기워야 하니까 빨리 가져오지 않으면 난처해."

"일찍 가져오겠소." 그는 말했다. "조금이라도 자는 것이 좋아요, 필라르."

"안 돼." 여자는 말했다. "나는 당신을 난처하게 만들고, 공화국을 난처하게 만들었다오."

"좀 자라니까, 필라르." 그는 정다운 소리로 말했다. "알겠소? 조금이라도 자야 한단 말이오."

34

파시스트 군은 이 지방의 언덕 마루턱마다 제압하고 있었다. 그러나 그 중간에, 별채와 창고가 달린 한 채의 농가에 파시스트 군의 보초병 주둔소가 한 곳 있을 뿐 그 외에는 아무도 없는 골짜기가 있었다. 로버트 조던의 편지를 지니고 골즈에게로 걸음을 재촉하고 있던 안드레는, 그 주둔소를 멀리 우회하여 캄캄한 밤길을 걷고 있었다. 그는 그곳에 고정시켜 놓은 총을 발포시키는 장치인 줄이 쳐져 있는 것을 알고 있었기 때문에, 어둠 속에서도 그것을 발견하고 뛰어넘어 밤바람을 받아 잎을 나부끼는 포플러 나무들이 쭉 늘어선 실개천을 따라 걷기 시작했다. 파시스트 군의 주둔소가 되어 있는 농가에서 닭이 홰를 치며 울었다. 실개천가를 걸으면서 뒤돌아보니 포플러 줄기 사이에서 농가의 창문 아래쪽을 통해 등불이 하나 켜져 있는 것이 보였다. 조용하고 맑게 갠 날 밤이었는데, 안드레는 실개천을 따라 목초지를 가로질러 갔다.

목초지에는 전쟁이 시작된 작년 7월서부터 그냥 버려진 채 있는 건초 더미가 네 개 있었다. 건초를 가져가는 자가 없어서 흘러간 네 계절이 이 더미를 평평하게 만들었으며, 건초는 썩어 있었다.

안드레는 그 건초 더미 사이에 쳐진 줄을 뛰어넘으면서 얼마나 아까운 풀인가, 하고 생각했다. 만약 이곳이 공화국 쪽이라면, 목초지 저쪽 끝에서부터 언덕배기로 돼 있는 과다라마의 험준한 비탈로 운반해 갈 것이지만, 파시스트 놈들은 아마 그것을 필요로 하지 않는 모양이라고 그는 생각했다.

건초도 곡식도 놈들은 모두 필요한 만큼 가지고 있단 말이다. 그는 충분히 가지고 있다고 생각했다. 그러나 내일 아침은 한번 놈들에게 단단히 맛을 보여 주리라. 내일 아침이야말로 귀머거리 영감의 복수를 해 주겠다. 놈들은 그 얼마나 야만적인가! 그러나 아침이 되면 길거리에 흙먼지를 일으켜 줄 테다.

그는 이 사자使者의 소임을 다한 뒤 초소 습격에 참가할 수 있도록 아침까지 되돌아가리라고 생각했다. 그런데 나는 정말 돌아가고 싶어 하는 것일까? 아니면 돌아가고 싶은 낯짝만을 짓고 있는 것일까? 편지를 가져가라고 영국 양반으로부터 명령을 받았을 때, 구원받은 듯한 안도의 기분을 느낀 것을 그는 알고 있었다. 그때까지 그는 조용한 기분으로, 내일 아침의 전투를 기대하고 있었다. 그것은 꼭 수행하지 않으면 안 될 일이었다. 그것에 찬성하고 그것을 해낼 작정이었다. 귀머거리 영감이 퇴치당한 것은 그에게 깊은 충격을 받았다. 하지만 결국 그것은 귀머거리 영감의 일이다. 그들 동료들의 일은 아니었다. 하지 않으면 안 될 일이기 때문에 우리는 하는 것이다.

그런데 영국 양반이 그에게 편지 얘기를 하자, 그는 어렸을 때 마을의 축제날 아침에 눈을 떠 보니 비가 내리는 소리가 들리고 땅이 축축이 젖어 광장의 아마추어 투우가 중지된 것을 알았을 때와 같은 기분을 느꼈다.

어렸을 때 그는 아마추어 투우가 좋아서 그것을 손꼽아 기다리다가, 뜨거운 해가 한창 내리쬐는 먼지투성이 광장으로 나가 짐수레를 둥글게 늘어놓고 출구를 막은 장소에서 우리로부터 내몰리는 황소들이 우리의 문이 들리자 사지를 버티고 저항하는 그 순간을 빨리 보고 싶어 했었다. 운반하는 우리의 판자에 뿔을 부딪치는 소리가 들리면 이윽고 소가 나오는 모습이 보인다. 황소는 머리를 쳐들고 콧구멍을 크게 벌린다. 그리고 귀를 경련시키며, 새까맣고 광택이 나는 검은 피부를 먼지로 더럽히고 옆구리에 말라빠진 오물을 붙이고 있다. 모래에 닦인 유목流木처럼 매끈매끈한 두 개의 뿔 아래에 있는 간격이 넓은 두 눈을 끔뻑이지도 않고 위쪽이 밖으로 젖혀진 뾰족한 뿔의 빛을 오싹할 만큼 날카롭게 빛내며 우리로부터 미끄러져 내리면서 사지로 버티고 광장으로 내려서는—그 순간을, 흥분과 환희와 식은땀이 흐르는 것 같은 공포를 안고서 마음속으로 그려 보곤 했다.

황소가 광장으로 나온 후 그 눈을 보고 있노라면, 이윽고 황소는 찔러 댈 인간을 노려보고서 갑자기 머리를 숙이고 뿔을 흔들며 고양이같이 재빠르게 돌진한다. 그 돌진해 나가는 순간에 심장이 꽉 멎어 버릴 것 같은 흥분, 그날 그 순간을 애타게 기다리고 있었던 것이다. 그런데 영국 양반으로부터 전령 임무를 부탁받고, 명령을 받았을 때는 꼭 비가 슬레이트 지붕 위에, 돌벽에, 마을의 진흙 길에 있는 물웅덩이 위에 내리고 있는 소리를 듣고 막 눈을 떴을 때처럼 그 구원받은 듯한 기분과 똑같지 않았던가?

그는 그러한 마을의 행사에서는 자기 마을은 물론 이웃 마을들의 그 어떤 사나이도 따르지 못할 만큼 용감했다. 그리고 그는 다른 마을의 행사에는 나가지 않았으나 자기 마을의 행사 때는 무슨 일이 있더라도 해마다 빠지지 않고 나갔던 것이다. 그는 황소가 습격해 와도 태연히 서 있다가 마지막 순간에 몸을 피하는 재주를 알고 있었다. 황소가 다른 투우사를 찔러 넘긴 뒤에도 그는 황소의 눈앞에서 천을 휘둘러 옆으로 빗나가게 할 줄 알았고, 몇 번인가는 다른 사나이가 땅 위에 쓰러졌을 때 황소의 양쪽 뿔을 쥐고 끌거나 옆으로 끌고 다니며, 황소가 그 사나이를 떠나 다른 자에게 덤벼들 때까지 얼굴을 차거나 손바닥으로 때리거나 했던 것이다.

그는 또 넘어진 사나이로부터 황소를 떼어 내기 위해 꼬리를 쥐고 힘있게 끌거나 비틀어 잡아당겼던 적도 있다. 한번은 한쪽 손으로 꼬리를 잡아당겨 빙글빙글 돌리면서 끝끝내 나머지 한 손을 뻗쳐 뿔을 잡아 버렸고, 황소가 머리를 들고 그를 습격하려고 하면 뒤로 피하여 한 손에는 꼬리를, 다른 한 손에는 뿔을 쥔 채 황소와 함께 빙글빙글 도는 동안에 칼을 든 군중들이 몰려들어 황소를 찔러 버린 일도 있었다. 먼지와 뜨거운 기운과 아우성과 황소와 사람과 술 냄새 속에서 그는 항상 황소를 향해서 쇄도하는 군중의 앞장을 섰다. 황소가 그의 몸 아래에서 비틀거리다가 뛰어올랐다. 그는 황소의 어깨에 모로 몸을 쓰러뜨려 몸이 퉁겨 올랐다 뒤틀렸다 하면서도 한쪽 팔을 뿔의 뿌리께에다 휘감았고, 나머지 뿔을 손으로 꽉 쥔 채 손가락을 감고 있었다. 뜨겁게 달아오르고 먼지투성이인 뻣뻣한 혈이 곤두서고, 근육이 불룩 솟은 위에 몸을 엎어뜨리고 황소의 귀를 정신없이 물어뜯으며 아래쪽으로부터 치받치고 치받으면서, 그 불룩하게 솟고 퉁겨져 오르는 목덜미에다 몇 번이고 연달아 나이프를 찔러 대는 것이었다. 그가 가파른 언덕 같은 소의 어깨에 몸의 무게를 맡긴 채, 목덜미를 향해 콱콱 나이프를 찔러 대자 뜨거운 피가 솟아올라 주먹 위로 흘러내렸다―그동안 그의 왼팔은 마치 어깨에서 떨어져 나가는 것만 같았다.

처음으로 그가 그렇게 황소의 귀를 물어뜯으며 황소가 치받을 때마다 목덜미와 턱이 굳어질 만큼 달라붙었을 때, 사람들은 나중에 그를 얘깃거리로 삼으면서 무척 재미있어한 것이었다. 그런데 그 일로 그를 놀려 대면서도 사람들은 그를 대단히 존경하게 됐다. 그래서 그는 그 뒤로는 해마다 그것을 되풀이하지 않으면 안 되게 됐다. 세상에서는 그를 '빌라 코네호스의 불독'이라 부르고, 소를 생으로 잡아먹는다고 놀려 댔다. 그러나 마을 사람들 모두가 그가 똑같은 일을 하는 것을 즐거움으로 여기고 있었기 때문에, 해마다 황소가 나와 덤벼들거나 찌르거나 한 후, 드디어 관중들이 죽여라! 죽여라! 하고 외쳐 대면, 그는 다른 투우사들 사이를 뚫고 나가 황소의 뿔에 덤벼드는 것이 자기의 소임이라고 생각하고 있었다. 드디어 그것이 끝나고 황소가 다리를 움직이지 못하게 되어 살육자의 무게 아래에 쓰러져 버리면, 그는 일어서서 귀를 물어뜯은 것만큼은 좀 창피스럽게 생각하면서도 한편으로는 사나이의 마지막 긍지를 느끼면서 걷기 시작했다. 그리고 수레 사이를 빠져나가, 돌을 깐 생물로 손을 씻으러 가면, 사람들은 그의 등을 두드리고 술부대를 넘겨주면서 "훌륭하다, 불독. 자네 어머니 만세." 하고 외치는 것이었다.

혹은 이렇게 말하면서 칭찬했다. "그야말로 코네호스를 두 벌 가지고 있는 셈이로군. 해마다니까!"

안드레는 부끄러움과 공허한 기분과 긍지와 행복에 젖으면서, 사람들의 손을 뿌리치고 두 손과 오른팔을 씻고 나이프를 잘 씻었다. 그리고 술부대 중의 하나를 들고, 입 안에 있는 그해의 귀 맛을 씻어 낸다. 광장의 포석 위에다 입 안의 술을 뱉어내고, 가죽 부대를 높이 쳐들어 기세 좋게 술을 입 안 깊숙이 쏟아 넣었다.

그렇고말고. 나는 빌라 코네호스의 불독이다. 어떠한 일이 있더라도 해마다 있는 마을의 축제 때 그것을 빼놓은 적이 없다. 그러나 나는 빗소리를 들었을 때의 그 기분, 오늘은 하지 않아도 된다는 것을 알았을 때의 그 기분만큼 좋은 게 없다는 것을 알고 있다.

그러나 다시 돌아오지 않으면 안 된다고 그는 자기에게 말했다. 무슨 일이 있더라도 나는 그 초소와 다리의 일을 위해서 돌아오지 않으면 안 된다. 뼈와 살을 나눈 형제인 엘라디오가 있다. 안셀모, 프리미티보, 페르난도, 아구스틴, 그리고 확실히 대단한 놈은 아니지만 라파엘도 있다. 두 여인이 있고 파블로나 영국 양반도 있다. 영국 양반은 외국인이고 명령을 할 수 있으니까 그들 속에 들어가지는 않지만 모두가 이 일에 붙어 있다. 우연히 편지를 전달하는 사자로 떠나오게 된 것을 구실로 이 일에서 도망치다니, 그런 일을 어찌할 수 있단 말인가. 나는 이 편지를 빨리, 그리고 무사히 전해 주고 초소의 습격에 늦지 않도록 빨리 돌아오지 않으면 안 된다. 우연히 이번 심부름 부탁을 받은 것을 기회로 삼아 이번 싸움에 끼지 않는다는 것은 나의 수치다. 이처럼 분명한 일이 어디 있는가. 그뿐이 아니다, 하고, 그는 자기 일의 괴로운 점만을 생각해 온 인간이 그 속에 즐거움도 있다는 것을 갑자기 생각해 냈을 때처럼 자기 자신에게 말했다. 그뿐이 아니다. 파시스트 놈들을 사살한다는 즐거움도 있다. 이미 오랫동안 우리는 놈들을 단 한 명도 해치우지 않았다. 내일의 싸움에서는 상당한 수확이 있을지도 모른다. 보람 있는 싸움을 할 수 있을지도 모른다. 내일은 틀림없이 돌아오도록 해 주시옵소서. 그리고 저도 싸움에 참가할 수 있도록 해 주시옵소서.

마침 그때 공화국 쪽 전선으로 통하는 험한 언덕의 무릎까지 빠지는 금작화 속을 올라가고 있노라니, 한 마리의 자고새가 요란스러운 소리를 내면서 발치께서 날아올랐기 때문에 그는 숨이 멎을 것처럼 놀랐다. 뭐, 불의의 습격을 당했으니까 그렇겠지, 하고 그는 중얼거렸다. 어쩌면 저놈들은 저렇게 빨리 날개를 움직일 수 있을까?

틀림없이 저놈은 알을 품고 있었을 것이다. 틀림없이 알 바로 곁을 내가 밟았으리라. 전쟁만 없다면 나는 손수건을 관목灌木에 매달아 놓았다가 낮에 다시 이곳으로 돌아와 둥지를 찾아서 알을 주워다 우리 집 암탉에게 품게 할 텐데. 알에서 깨어나면 우리 집 닭장에는 자고새 새끼가 자라게 될 것이고, 나는 그놈을 길러서 크게 자라면 미끼로 쓸 수 있을 텐데. 놈들은 반드시 나에게 길이 잘 들 테니까. 나는 눈알을 빼 버리지는 않겠다. 그래도 역시 도망가 버릴까? 아마 도망치겠지. 그렇다면 눈알을 빼 버리지 않으면 안 된다.

그러나 나는, 내가 길러 놓고서 눈알을 빼 버리거나 하고 싶지는 않다. 미끼로 쓸 때, 날개를 잘라 버리거나 다리를 끈으로 묶으면 되겠지. 전쟁만 없다면 저 파시스트의 초소 곁 실개천으로 엘라디오와 함께 가서 가재를 잡을 텐데. 어느 땐가는 하루에 쉰 마리나 잡은 적이 있었지. 만약 이번 다리 일이 끝난 후 그레도스 산악 쪽으로 가면, 그곳에도 송어와 가재를 잡을 수 있는 깨끗한 냇물이 있다. 그레도스로 가면 좋을 텐데, 하고 그는 생각했다. 그레도스에서는 여름과 가을철엔 정말로 유쾌한 날을 보낼 수가 있는데, 그러나 겨울철은 몹시 추우리라. 그렇지만 겨울철까지 전쟁에 이기고 있을 것이다.

만약 아버지만 공산당이 아니었다면 엘라디오도 나도 지금쯤은 군인이 되어 파시스트 군에 들어가 있겠지. 그놈들의 군대에 들어가 있으면 아무런 문제가 없다. 그저 명령받는 대로 움직여, 살 수 있으면 살 것이고 아니면 죽겠지. 결국 될 대로 되어 갈 수밖에는 없으리라. 권력 아래에서 살아가는 편이 그것과 싸우기보다는 편하다.

그러나 이 게릴라전이란 놈은 정말 책임이 무겁다. 만약 내가 근심꾼이라면 근심거리는 얼마든지 있다. 엘라디오는 나보다도 깊이 생각하는 편이다. 그러므로 나보다 고생도 많다. 나는 내 목적을 진심으로 믿고 있으니까 근심 따위는 하지 않는다. 그러나 정말로 책임이 무거운 생활이다.

생각해 보면, 우리는 괴로운 시대에 태어난 것이다, 라고 그는 생각했다. 어느 시대든지 지금에 비하면 틀림없이 좋았을 것이다. 대개 우리 인간은 고통에 저항할 수 있도록 돼 있기 때문에 고통 따위는 적을 것이다. 지나치게 괴로워하는 인간은 그 풍토에는 어울리지 않는다. 그러나 지금은 어려운 결심을 하지 않으면 안 되는 시대다. 파시스트 놈들이 공격해 왔기 때문에 우리는 결심을 하지 않을 수가 없었단 말이다. 우리는 살기 위해서 싸우고 있다. 그러나 나는 역시 아까의 관목에 손수건을 묶거나, 낮에 다시 돌아와 알을 꺼내거나, 그것을 암탉에게 품게 해서 우리 집 닭장에서 자고새가 깨어나도록 할 수 있는 그런 생활을 하고 싶다. 나는 그런 자질구레하고 평범한 것을 좋아한단 말이다.

그런데 너에게는 집도 없을뿐더러 안뜰도 그렇지, 집이 없으니까 안뜰 따위가 있을 턱이 없지. 너에게는 내일 싸움을 하러 나갈 형제가 한 사람 있을 뿐이고 가족도 없다. 바람과 해님과 텅 빈 배때기만 있을 뿐 그 외에는 아무것도 없다. 지금 바람은 거의 없고, 해님도 없다. 포켓 속에는 수류탄이 네 개 있는데, 이것은 던질 때밖에는 쓸모가 없다. 등에 기병총을 짊어지고 있기는 하지만, 이놈도 탄환을 남에게 쏘아 댈 때밖에는 소용이 없다. 남에게 넘겨줄 편지도 한 통 가지고 있다. 그 외에는 대지에다 줄 똥을 배 안 가득히 가지고 있을 뿐이다. 그는 어둠 속에서 씁쓸히 웃었다. 네가 가지고 있는 것은 모조리 남에게 줄 것밖에 없지 않은가. 너는 철학상 보기 드문 현상現像이고, 그리고 불행한 사나이란 말이다. 그는 이렇게 생각하고 다시 씁쓸히 웃었다.

그런데 이렇듯이 고상한 사색의 보람도 없이, 축제날 아침 마을의 빗소리와 함께 찾아드는 그 구원받은 듯한 안도의 기운이, 바로 그 뒤를 따라서 솟아오르는 것이었다. 고개 마루턱에는 정부군의 보초병 주둔소가 있으므로, 그곳에서 그는 불심검문당하리라는 것을 알고 있었다.

35

로버트 조던은 침낭 속에서 아직도 잠자고 있는 처녀 마리아 곁에 누워 있었다. 마리아를 등지고 그녀의 늘씬한 몸의 감촉을 등에 느끼고 있었는데, 그것은 이제 단순한 하나의 아이러니에 지나지 않았다. 네놈은, 하고 그는 자기에게 분노를 터뜨렸다. 그렇다, 네놈은 처음으로 그 사나이를 보았을 때, 이놈은 친근한 모습을 보일 때가 바로 배반할 때라고 스스로에게 말하지 않았는가. 얼마나 멍청이냐. 저주받은 지옥에 떨어져 버릴 멍청한 놈아. 집어치워라! 지금은 이런 말을 하고 있을 때가 아니다.

놈이 그것을 어디다 숨겨 두든가 버린다가 할 경우를 생각할 수는 없을까? 우선 그럴 것 같지는 않다. 그리고 이렇게 캄캄하다. 찾아낼 수 있을 턱이 없다. 놈은 자기가 가지고 있을 것이다. 다이너마이트까지 가지고 가버렸다. 제기랄! 더럽고 비천한 배반자의 흙덩이 놈아! 더럽게 썩어 빠진 똥 덩어리 같은 놈! 왜 놈은 폭약이나 뇌관 등에 손대지 않고 그냥 도망치지 않았을까? 왜 나는 물건을 그 잔학한 여자에게 맡겨 두는 따위의 큰 멍청이, 바보 녀석이었을까? 약삭빠르고 비겁하고 비천한 아비 없는 후레자식 놈아! 더러운 색골 놈아.

그만둬라, 너무 걱정 마라, 하고 그는 자기에게 말했다. 너는 그렇게 할 도리밖에는 없었고, 그것이 가장 좋은 방법이었던 것이다. 그저 단순히 실수를 범했을 뿐이다. 너는 사람이 좋고 사기꾼보다는 고상하므로 실수를 했을 뿐이다. 머리를 진정시켜 화를 쫓아내고, 울부짖는 벽처럼 값싼 원한을 그만 늘어놓아라. 없어져 버린 거다. 제기랄! 이미 없어져 버린 거다. 야비한 돼지 놈, 지옥에나 떨어져라. 너는 어떻게 해서든지 지옥으로부터 빠져나올 수 있을 것이다. 만약 네가 버려야만 한다면, 너는 그런 것을— 그런 것을 흘날려 버려야만 한다는 것을 알고 있을 것이다. 그리고—그런 생각도 집어치워라. 왜 너는 영감하고 의논하지 않는 거냐?

제기랄! 영감 따위는 똥이나 처먹어라. 이 비겁한 낯짝에 똥칠이나 하는 나라도 똥이나 처먹어라. 적이고 아군이고, 스페인 사람 한 놈 남김없이 똥이나 처먹어라. 영원히 지옥에 떨어져 버려라. 라르고도, 프리 에토도, 아센시오도, 미아하도, 그리고 로호도, 한 놈 남김없이 한꺼번에 똥이나 처먹어서 지옥으로 쫓아 버려라. 한 놈 남김없이 똥을 처먹여 때려 죽여서 지옥으로 떨어뜨려라. 비열함이 골수까지 스며든 이 나라, 전부 똥이나 처먹어라. 놈들의 이기주의, 놈들의 개인주의, 놈들의 자기중심주의, 놈들의 자부심, 놈들의 배신, 모조리 똥이나 처먹어라. 지옥까지도 똥이나 처먹어라. 영원히 똥이나 처먹어라. 우리가 놈들을 위해 죽기 전에 똥이나 처먹어라. 우리가 놈들을 위해서 죽은 다음에도 똥이나 처먹어라. 죽을 때까지, 지옥에 떨어질 때까지 똥이나 처먹어라. 주님이여, 파블로에게 똥이나 먹여 주시옵소서. 파블로는 저놈들 속에 있나이다 주님이여, 스페인의 인민들을 불쌍히 여기시옵소서. 그들이 모시는 지도자는 모두들 그들을 더럽히는 놈들뿐입니다. 2천 년을 통해 좋은 사람은 단 한 사람, 파블로 이글레시아스뿐이고, 나머지 놈들은 모두 인민을 더럽히고 있단 말입니다. 그가 이번 전쟁에서 어떻게 일어설지 우리는 알 재주가 없다. 라르고는 오케이라고 생각했던 것을 나는 알고 있다. 무르루티는 좋은 놈이었지만 로스 프란세스 다리께에서 자기의 부하에게 사살당했다. 그 빛나는 무규율無規律 속의 규율에 의해서 살해당한 것이다. 비겁한 돼지 놈아. 오오, 놈들은 모조리 지옥까지도 똥을 처먹고 저주를 받음이 좋으리라. 그리고 그 파블로 놈, 방금 나의 폭약과 뇌관 상자를 가지고 뺑소니를 친 놈아. 이놈, 지옥 밑바닥에서도 똥이나 처먹어라. 그러나 그렇지 않다. 놈이야말로 반대로 나에게 똥을 처먹인 것이다. 코르테스, 메넨데스 데 아벌라로부터 미아하에 이르기까지 놈들은 항상 반대로 너에게 똥을 처먹이지 않았는가. 미아하가 클레베르에게 한 소행을 생각해 봐라. 그 대머리의 이기적인 돼지 놈, 우둔한 계란 대가리의 사생아 놈. 그 미치광이이고, 이기주의이고 배반자인 돼지들, 지금까지 스페인을 지배했고 그 군대를 지배해 온 놈들. 한 놈 남김없이 똥이나 처먹어라. 인민들을 제외하고서는 한 놈 남김없이 똥이나 처먹어라. 그리고 인민들이 권력을 쥐었을 때 어찌 되는가 정신을 똑똑히 차리고 보는 것이 좋으리라.

그가 분노를 과장하면 할수록, 그리고 모욕과 경멸의 범위가 넓어지고 부당해질수록 스스로도 그 말이 믿어지지 않아 분노가 차차 식어 갔다. 만약 그대로라면 무엇 때문에 너는 여기에 있느냐? 지금 말한 것은 모두 거짓말이고 너도 그것을 알고 있다. 착한 인간들 쪽을 보아라. 뛰어난 무리들 쪽을 보아라. 그는 부당한 생각을 견뎌 낼 수가 없었다. 잔학함을 증오하는 것처럼 그는 불공정不公正을 미워했다. 그의 마음을 장님으로 만드는 분노에 싸여 누워 있는 동안 차차 그 분노가 사라져 갔고, 새빨갛고 새까맣고 맹목적이고 살인적인 분노는 흔적도 없어져 버려 그의 마음은 이제 사랑하지도 않는 여자와 성적 교섭을 하고 난 사나이의 기분처럼 조용하고 공허한, 침착과 날카롭고 냉철한 관찰을 회복했다. "그리고 당신은 불쌍한 토끼." 하고 그는 마리아의 위에 몸을 구부리고 말했다. 마리아는 자면서 미소를 띠고 그의 쪽으로 다가갔다. "조금 전에 나는 당신이 무슨 말을 했다면 때렸을지도 몰라. 사나이들이란 화가 나면 어찌 그리 야수가 될까."

이제 그는 그녀를 품 안에 안고 그녀의 어깨에 자기의 턱을 얹은 후 찰싹 붙어 누웠다. 그렇게 누운 채 정확하게 무슨 일을 할 것인가, 어떻게 그것을 할 것인가를 완전히 마음속으로 그렸다.

그리고 그처럼 나쁜 상황도 아니지 않는가, 하고 그는 생각했다. 정말 그처럼 나쁜 일이란 무엇 하나도 없다. 전에 누군가가 그렇게 했는지 어떤지 나는 모른다. 그러나 앞으로도 비슷한 곤경에 빠졌을 때는 이렇게 하는 인간들이 항상 있으리라. 만약 우리가 그것을 하고, 만약 그들이 그에 대해서 듣게 된다면 말이다—그렇다. 만약 듣지 못한다면 우리가 왜 그렇게 했는지 이상하게 생각하리라. 우리는 인원이 너무 모자란다. 그러나 그것을 비관해 보았자 아무런 의미가 없다. 우리는 우리가 가지고 있는 한도의 힘으로 다리를 해치우겠다. 좋아, 기쁘다. 나는 이미 화를 극복했다. 그것은 폭풍 속에서 호흡을 할 수 없는 것과 마찬가지다. 네가 화를 낸다는 것은 용서되지 않는다. 건방진 사치의 하나다.

"이제 계획이 완전히 섰어, 예쁜이." 그는 나직한 소리로 마리아의 어깨에다 입을 댄 채 속삭였다. "당신은 이 일로 근심하지 않고 넘길 수가 있었어. 당신은 아직 몰라. 우리는 사살당하겠지만 다리는 폭파할 수 있겠지. 그 일로 인해서 당신은 고생하지 않아도 돼. 그것은 그다지 훌륭한 결혼 선물은 아냐. 그러나 하룻밤의 깊은 잠은, 다시없이 값어치가 있다고 생각해도 좋지 않아? 당신은 하룻밤을 잘 수 있었어. 이 나의 선물을 반지처럼 당신의 몸에 지니게 할 수는 없을까? 자요, 예쁜이. 푹 자요, 사랑스러운 마리아. 나는 당신을 깨우지 않겠어. 그것이 지금 내가 할 수 있는 전부야."

그는 살며시 그녀를 안고 그녀의 숨소리와 맥박을 느끼며 눈으로 손목시계의 시간을 쫓고 있었다.

36

안드레는 정부군의 보초병 주둔소에서 검문을 받았다. 그런데 그것은 세 겹으로 둘러쳐진 철조망이 있는 곳에서 갑자기 내리받이 언덕으로 되어 있는 땅에 엎드려, 바위와 흙으로 된 흉벽胸壁을 향해 이쪽에서 말을 건 것이다. 어디까지나 방어선이 계속되고 있는 것은 아니니까 어둠을 타고 이 주둔소를 빠져나가 검문을 당하기 전에 좀 더 깊숙이 정부 쪽 지역으로 쉽사리 들어갈 수 있었으나, 이곳으로 통과하는 것이 안전하고 간단하게 여겨졌던 것이다.

"안녕하슈." 그는 외쳤다. "안녕하슈, 민병대 여러분."

그러자 노리쇠를 잡아당기는 소리가 들렸다. 훨씬 떨어져 있는 흉벽에서 소총을 쏘았다. 요란한 소리가 나고 어둠 속에서 노란빛이 아래를 향해서 번쩍였다. 안드레는 노리쇠를 잡아당기는 소리를 듣는 것과 동시에 머리를 땅에다 찰싹 붙이고 엎드렸다.

"쏘지 마라, 동지." 안드레는 외쳤다. "쏘지 마라! 나는 그곳으로 가고 싶단 말이야."

"몇 사람이냐?" 누군가가 흉벽 뒤에서 외쳤다. "혼자야. 나 혼자야."

"너는 누구냐?"

"안드레 로페스, 빌라 코네호스 사람이다. 파블로 부대에서 왔다. 편지를 가지고 말이지."

"총과 탄환을 가지고 있나?"

"가지고 있다."

"총과 탄환을 가지고 있지 않은 놈은 넣지 않기로 돼 있다." 그 목소리가 말했다. "세 놈 이상 되는 패도 넣지 않는다."

"나 혼자라니까." 안드레는 외쳤다. "중요한 일이다. 들여보내 주길 바란다." 흙벽 저쪽에서 얘기 소리가 들려왔는데 무슨 말을 하고 있는지 알 수가 없었다. 이윽고 누군가 외쳤다. "몇 사람인가?"

"혼자다, 나 하나뿐이다. 하느님께 맹세코 혼자다."

흙벽 저쪽에서는 아직도 얘기를 하고 있었다. 그러고 나서 목소리가 들려왔다. "잘 들어라, 파시스트."

"나는 파시스트가 아니다." 안드레는 외쳤다. "나는 파블로 부대의 게릴라다. 사령부에 바칠 편지를 가지고 왔다."

"저놈, 미치광이로군." 누군가 말하는 소리가 들렸다.

"폭탄이나 안겨 줘."

"어이," 안드레가 말했다. "들어 보아라. 나는 혼자다. 정말 혼자다. 성스러운 신비의 한복판에 있는 외설적인 그것에 맹세코 난 혼자 있다. 들여보내 주길 바란다."

"저놈, 크리스천같이 주둥아리를 놀리는구나." 누군가 이렇게 말하면서 웃는 소리가 들렸다.

그러자 다른 누군가가 말했다. "폭탄을 안겨 주는 것이 제일 좋겠지."

"안 돼." 안드레가 외쳤다. "그것은 아주 큰 실수다, 중대한 일이다. 나를 들여보내 줘라."

전선의 왕복 여행을 그가 즐길 수 없는 것은 이런 일이 있기 때문이다. 경우에 따라서는 얼마간 형편이 좋을 때도 있었다. 그러나 절대로 편안하지는 않았다. 짐승의 똥 같은 자식, 하고 안드레는 외쳤다. "몇 번이나 말해야 알아듣겠나? 나·는·혼·자·란·말·이·다."

"그럼, 정말 혼자라면 일어서서 총을 머리 위로 쳐들어라."

안드레는 일어서서 카빈을 양손으로 쥐고 머리 위로 쳐들었다.

"자아, 철조망을 넘어와. 우리는 기관총으로 겨냥하고 있겠다." 목소리가 외쳤다.

안드레는 철조망의 맨 앞 톱날같이 띠가 둘러쳐진 데 있었다. "철조망을 넘기 위해서는 손이 필요한데."

"손을 위로 쳐들고 있어." 목소리가 명령했다.

"철조망에 걸려서 움직일 수가 없다." 안드레는 외쳤다.

"폭탄을 안겨 주는 것이 간단하지 않겠나." 한 사람의 목소리가 말했다.

"총을 내던지라고 그래." 다른 목소리가 말했다. "손을 머리 위로 쳐들고 있으면 이 철조망을 넘어올 수 없단 말이야. 좀 머리를 쓰라고."

"파시스트 놈들은 모두들 저렇단 말이야." 다른 하나의 목소리가 말했다. "차례차례 조건을 꺼낸단 말이야."

"어이," 안드레는 외쳤다. "나는 파시스트가 아니라 파블로 부대의 게릴라다. 우리는 티푸스보다도 훨씬 많이 파시스트를 죽였다."

"파블로 부대라는 이름 같은 건 들어본 적도 없어." 분명히 이 진지의 지휘자인 듯싶은 사나이가 말했다. "페테로건 파블로건, 다른 성도聖徒나 사도使徒의 이름조차 들어본 일이 없고, 그런 사람의 부대 같은 것도 알지 못해. 총을 어깨 너머로 내던지고 손을 이용해서 철조망을 타 넘어와."

"기관총을 쏘아 대기 전에 말이야." 다른 한 사나이가 외쳤다.

"자네들 그다지 친절하지 못하군." 안드레가 말했다.

그는 철조망을 헤치면서 앞으로 나아갔다.

"친절하지 못하다니." 누군가가 그에게 소리쳤다. "어이, 우리는 전쟁을 하고 있어."

"그런 것 같다는 것을 알게 됐어." 안드레가 말했다.

"뭐라고 지껄였어?"

안드레는 다시 노리쇠 소리를 들었다.

"아무 말도 하지 않았다. 이 더러운 철사 줄을 넘어갈 때까지 쏘지 말아."

"우리 철조망의 욕은 걷어치워." 누군가가 말했다.

"폭탄을 안겨 줄 테다."

"어쩌면 이렇게 훌륭한 철조망이 있을까." 안드레는 외쳤다. "변소의 하느님이로군. 이 얼마나 깨끗한 철사냐 말이야. 곧 그리로 가겠다, 형제들."

"폭탄을 던져." 한 목소리가 말하는 것이 들려왔다. "이 소동을 처치하기 위해서는 그것이 가장 올바른 방법이야."

"형제들." 안드레가 말했다. 그는 땀으로 흠뻑 젖어 있었고, 폭탄 세례를 주장하는 자가 언제 어느 때라도 수류탄을 던질 수 있다는 것도 알고 있었다. "나는 보잘것없는 사나이야."

"나도 그렇게 생각해." 폭탄의 주장자가 말했다.

"자네 생각대로일세." 그는 조심스럽게 세 번째의 철조망을 타 넘어서 흉벽 바로 가까이에 있었다. "나는 어느 모로 보더라도 쓸모없는 사나이다. 그러나 용건만은 중대해. 정말, 정말, 중대한 일이다."

"자유보다 더 중대한 것은 없어." 폭탄의 주장자가 외쳤다. "너는 자유보다 더 중대한 일이 있다고 생각하나?" 그는 도전적으로 물어왔다.

"그야 없지." 안드레는 안도의 숨을 내쉬며 말했다. 그는 지금 자기가 광신자들을 상대하고 있다는 것을 알았다. 검정과 빨간 목도리를 감은 광신자들이다. "자유 만세!"

"F.A.I. 만세! C.N.T. 만세!" 그들은 흉벽에서 그에게 외쳤다. "아나르코 생디칼리슴 만세! 자유 만세!"

"우리 만세!" 안드레도 외쳤다.

"저놈은 우리 동지다." 폭탄의 사나이가 말했다. "그런데 나는 하마터면 이것으로 해치워 버릴 뻔했어."

그는 손에 든 수류탄을 보았고, 안드레가 흉벽을 넘어오자 크게 감동했다. 한 손에 수류탄을 든 채 팔을 벌려서 그를 안았기 때문에 끌어안자 수류탄이 안드레의 어깨뼈에 닿았다. 폭탄의 사나이는 그의 양 볼에 키스를 했다.

"자네가 무사하여 나는 안심했네, 형제." 그가 말했다.

"정말 안심했어."

"자네들의 지휘자는 어디에 있나?" 안드레가 물었다.

"내가 지휘자야." 한 사나이가 말했다. "자네의 서류를 보여라."

그는 서류를 받아 들고 참호로 들어가 촛불 빛으로 그것을 보았다. 중앙에 공화국 국기와 S.I.M.의 도장을 찍은 조그맣고 네모진, 비단 조각을 접은 것이 보였다. 안드레의 성명, 연령, 신장, 출생지, 사명使命을 로버트 조던이 수첩을 뜯어 낸 데다가 쓰고서 S.I.M.의 고무도장을 찍어 놓은 안전 통행증이 있었고, 그 외에 골즈에게 보내는 급신急信 넉 장이 접힌 채, 둘레를 끈으로 묶고 초로 붙여서 고무판의 나무 손잡이 꼭대기에 맞춰 넣은 S.I.M.의 금속 봉인이 찍혀 있었다.

"이것을 본 일이 있다." 주둔소의 지휘자가 이렇게 말하더니 비단 조각을 돌려주었다.

"이것은 자네들 모두가 가지고 있는 것이다. 하지만 그것을 가지고 있어도 이놈이 없으면 아무것도 안 돼." 그는 안전 통행증을 집어 들고 다시 훑어보았다. "자네는 어디 태생이야?"

"빌라 코네호스." 안드레가 말했다.

"그곳에서는 어떤 산물이 나나?"

"멜론이지요." 안드레는 말했다. "온 세상에 유명한 거지."

"그곳의 누구를 자네는 알고 지내나?"

"왜 묻소? 당신도 그곳 태생이오?"

"아니, 그러나 그곳에 있은 적이 있어. 나는 아란후에스 태생이야."

"누구라도 좋으니까, 물어보시우."

"호세 린콘은 어떠한 사나이인가 말해 봐."

"그 술집 주인 말이오?"

"맞아."

"까까머리에다 올챙이 배, 한쪽 눈이 사팔뜨기인 사나이지요."

"그렇다면 이놈은 유효有效다." 사나이는 말하고 서류를 그에게 넘겨주었다. "그런데 적군의 지방에서 자네는 무엇을 하고 있나?"

"우리 아버지는 동란이 일어나기 전까지 빌라 차스틴에서 직업을 갖고 있었소." 안드레는 말했다. "저 산 너머의 평야에 있는 도시요. 동란이 터져서 깜짝 놀란 것은 거기에 있을 때요. 동란이 터진 뒤 나는 파블로의 게릴라 부대에 들어가서 싸워 왔소. 그렇지만 나는 지금 그 편지를 전해 줘야 하기 때문에 이만저만 급하지 않단 말이오."

"파시스트 쪽 지방의 형편은 어떤가?" 대장이 물었다. 그는 조금도 서두르지 않았다.

"오늘 우리는 토마토를 실컷 먹었소." 안드레는 자랑스럽게 말했다.

"오늘 하루 종일 길에서 먼지가 일고 있었소. 오늘 적군들이 귀머거리 영감의 부대를 해치웠지요."

"귀머거리 영감이라니 누군가?" 다른 사나이가 캐묻듯이 물었다.

"그 산악 지대에 있는 가장 우수한 게릴라 부대의 대장이지."

"너희는 모두 공화국 쪽으로 돌아와 정규군에 끼어들어야만 해." 장교가 말했다. "그 쓸데없는 게릴라라는 싱거운 것이 너무 유행해. 너희는 모두 이리로 와서 우리 자유주의파의 규율에 복종해야만 한단 말이야. 그런 연후에 우리가 유격대를 보내고 싶을 때, 필요한 만큼 이쪽에서 보내면 돼."

안드레는 거의 최고에 가까운 인내심의 소유자였다. 그는 철조망 속을 태연히 뚫고 여기까지 들어왔다. 그러한 심문들도 무엇 하나 그를 당황하게 만들지는 못했다. 이 사나이가 자기들에 대해서도, 자기들이 하고 있는 일에 대해서도, 전연 모르고 있는 것은 극히 당연한 노릇이라고 생각했다. 그의 말이 어수룩한 것도 예상하고 있었던 바였다. 그러나 지금은 속히 떠나고 싶었다.

"대장, 들어 보시오." 그는 말했다. "당신의 말은 옳소. 그러나 나는 지금 제35사단장에게 급한 편지를 전하라는 명령을 받고 있단 말이오. 사단은 날만 새면 곧 공격하게 돼 있는데, 벌써 밤이 깊었으니 나는 가지 않으면 안 된단 말이오."

"무슨 공격인가? 자네가 어떻게 공격이 있으리라는 것을 알고 있나?"

"아니, 거기에 대해서는 아무것도 모르오. 그러나 나는 지금 나바세라다 까지 가서, 그곳에서 다시 더 가지 않으면 안 된단 말이오. 대장, 나를 지휘관이 있는 곳까지 데려가서, 그곳에서 앞으로 갈 길을 뭘 좀 타고 가도록 주선해 줄 수 없겠소? 누군가 나와 함께 가서 늦으면 곤란하다는 얘기를 해 주었으면 좋겠소."

"나는 그 얘기가 아주 수상하군." 그는 말했다. "자네가 철조망으로 다가 왔을 때, 사살하는 편이 좋았을지도 모르겠는걸."

"당신은 내 서류를 보았소, 동지. 그리고 나는 나의 임무까지 얘기하지 않았느냐 말이오." 안드레는 끈기 있게 설명했다.

"서류는 위조할 수 있지." 장교가 말했다. "어떠한 파시스트라도 그런 임무는 꾸며 댈 수 있어. 지휘관이 있는 곳까지 내가 같이 가겠다."

"좋소." 안드레는 말했다. "당신이 함께 가 준다면 아주 좋소. 그러나 급히 서둘러 주시오."

"어이, 산체스 네가 대신 지휘를 해라." 장교는 말했다. "너는 나처럼 네 임무를 알고 있겠지? 나는 이 자칭 동지를 지휘관이 있는 곳까지 데리고 가겠다."

두 사람은 언덕 마루턱의 저쪽에 파 놓은 얕은 참호를 지나 내려갔다.

어둠 속에서 안드레는 언덕 마루턱의 수비병들이 양치류가 무성한 비탈의 여기저기에 남겨 놓은 오물이 풍기는 이상한 냄새를 어둠 속에서 맡았다. 그는 이러한 무리들을 좋아하지 않았다. 장난꾸러기 아이 같은 놈들이다. 더럽고 교활하며 자기 위주고, 사람이 좋고, 귀엽기도 하고, 바보고 무지하다. 그래서 무기를 쥐여 주면 반드시 시끄러운 인간이 된다. 이 안드레는 정치 따위는 모르고 그저 공화국에 헌신하고 있는 것이다. 지금까지 이러한 무리가 얘기하는 것을 몇 번인가 들은 적이 있다. 이러한 무리의 말을 듣고 있노라면 그야말로 아름답고 훌륭하다는 생각이 든 적도 몇 번인가 있지만, 그렇다고 할망정 아무래도 그 무리는 마음에 들지 않는다. 너희가 내쏟은 더러운 것을 묻어 버리지도 않는 것이 자유는 아니란 말이다. 그러니까 동물 가운데서는 고양이가 가장 자유를 많이 가지고 있는 셈이다. 고양이는 자기들의 더러운 것을 묻을 줄 알기 때문이다. 고양이가 가장 훌륭한 무정부주의자다. 이놈들도 고양이로부터 그것을 배우면 좋을 텐데. 그때까지는 나는 놈들을 존경할 수가 없다.

앞서 가던 장교가 갑자기 멈춰 섰다.

"자네, 아직도 총을 가지고 있군." 말했다.

"가지고 있소." 안드레는 대답했다. "별로 상관없겠지요?"

"그것을 이리 줘." 장교는 말했다. "그것으로 뒤에서 나를 쏠지도 모르니까 말이야."

"왜 그렇단 말이오?" 안드레가 물었다. "왜 내가 당신을 쏜단 말이오?"

"왜 그런지 몰라." 장교는 말했다. "나는 아무도 믿지 않아. 총을 내게 넘겨."

안드레는 어깨에서 총을 벗겨 그에게 넘겨주었다.

"당신이 가지고 있는 편이 좋으시다면." 그는 말했다.

"그러는 편이 좋아." 장교는 말했다. "그러는 편이 안전해." 그들은 캄캄한 언덕을 내려갔다.

37

지금, 로버트 조던은 여자와 함께 누워 팔목 위에서 시간이 흘러가는 것을 지켜보고 있었다. 시각은 거의 알아볼 수 없을 만큼 더디게 흘러갔다. 조그만 시계인지라 초침이 보이지 않았기 때문이다. 그러나 장침을 가만히 주의하여 보고 있노라니 그 움직임을 그런대로 확인할 수가 있었다. 마리아의 머리가 그의 턱 아래쪽에 있어서 시계를 보려고 목을 움직이면 그 까까머리가 턱에 닿았다. 그것은 마치 몇의 아가리를 열고 걸려 있는 담비를 끌어내 품에 안은 채 그 털을 쓰다듬어 주면, 그 애무를 받은 담비의 혈들이 곤두설 때처럼 부드럽기는 했지만 팔팔한 데다 비단처럼 물결쳤다. 뺨이 마리아의 뺨을 스치며 움직이자 목젖이 불룩해졌고, 그녀의 몸을 안자 목에서부터 온몸에 걸쳐 공허한 고통이 흘렀다. 머리를 숙여 시계 쪽으로 눈을 가져가자, 창살처럼 끝이 뾰족하고 뚜렷이 떠올라 보이는 바늘이 글자판의 왼쪽 면을 천천히 움직이고 있었다. 이제는 그 움직임이 뚜렷하고 생생하게 보였기 때문에, 그는 그 움직임을 멈추게 하려는 듯 마리아를 힘 있게 끌어안았다. 눈을 뜨게 하고 싶지는 않았으나, 드디어 마지막 순간에 이르자 그녀를 그냥 놓아둘 수가 없었던 것이다. 입술을 그녀의 귀 뒤에다 밀어붙이고, 매끄러운 살갗과 보드라운 뺨의 감촉을 느끼면서 목 언저리를 따라 입술을 움직여 갔다. 시곗바늘이 움직이는 것이 보였다. 한층 더 힘 있게 그녀를 끌어안고 혀끝을 뺨으로부터 귓불로, 그리고 예쁜 귀를 따라서 아름답고 단단한 귓바퀴 위로 미끄러뜨려 갔다.

혀끝이 떨리고 있었다. 공허한 고통 때문에 전율이 전신을 누비고 흐르는 것을 느꼈다. 시곗바늘이 이미 예각을 이루고 시간을 표시하는 정점 쪽으로 올라가는 것이 보였다. 그녀는 아직 잠에 빠져 있었는데, 그는 그녀의 얼굴을 자기 쪽으로 향하게 하고 입술 위에다 입술을 밀어붙였다. 잠든 채 꽉 다물고 있는 입에 가볍게 입술을 갖다 대고 한참 동안 있었다. 이윽고 그는 입술이 가볍게 마찰되는 것을 느끼면서 상대방의 입 가장자리로 몇 번이고 살그머니 입술을 가져갔다. 그녀 쪽으로 몸을 향하자, 길고 가뿐하고 어여쁜 몸에 전율이 뚫고 흐르는 것을 느낄 수 있었으나 이내 그녀는 잠든 채 숨을 내쉬었고, 여전히 잠에 취해 있는 상태로 그를 마주 안았다. 그러고 나서 눈을 뜨고 입술을 그의 입술에다 힘 있게 밀어붙여 왔다. 그는 말했다. "괴롭지?"

그러자 그녀는 말했다. "아뇨, 괴롭지 않아요."

"토끼."

"안 돼요, 잠자코 계세요."

"나의 토끼."

"아무 말씀 마세요, 네? 아무 말씀 마세요."

그냥 그대로 두 사람은 한 몸이 되어, 이제는 보이지 않지만, 시곗바늘이 진행되어 감에 따라 두 사람은 안 것이었다―이미 아무 일도 자기에게는 일어나지 않는다. 이미 상대방에게도 절대로 아무 일도 일어날 리가 없다. 이 이상의 일은 있을 수가 없다. 이것이 전부다. 언제까지나 이렇게 하고 있는 것이다. 이것은 전에 있었던 일과 똑같다. 지금 다시 앞으로 무슨 일이 있든 간에. 이것이다. 두 사람이 맛볼 수 없었던 일, 지금 그것을 맛보고 있는 것이다. 전에도 항상 맛보고 있었던 것이다. 그리고 지금, 지금, 지금, 오오, 지금, 지금, 지금뿐, 모든 것보다도 위에 있는 지금, 그리고 현재의 너 이외에 현재는 없는 것이다. 현재는 너의 예언자다. 지금 그리고 영원히 지금, 자아, 지금, 지금, 지금 이외에 지금은 없는 것이다. 그렇다. 지금이다. 지금, 어떤가, 지금, 지금뿐이다. 다른 것은 아무렇게 돼도 알 게 뭐냐. 지금, 지금뿐이다. 너는 어디에 있느냐. 그것은 어디에 있느냐? 다른 자들은 어디에 있느냐? 왜라고 생각하지 마라. 그런 것은 영원히 아무래도 좋다. 단지 지금뿐이다. 다시 계속된다. 부탁이다. 언제까지 언제까지나 지금이, 언제까지나 지금의, 이 지금의 지금이 계속되도록. 단 한 번, 이번 한 번만. 지금의 이 한 번밖에는 이제 다시는 없는 것이다. 지금 가고 있다. 지금 올라가고 있다. 지금 미끄러져 간다.

지금 사라져 간다. 지금 돌고 있다. 지금 날아올라 간다. 지금 떨어져 간다. 모든 것이 지금, 어디까지 가더라도 지금이다. 하나와 하나는 하나다. 하나다, 또 하나다, 또 하나다, 떨어져 간다. 부드럽게 동경하고 있던 것, 다 정한 것, 즐거운 것, 좋은 것, 사랑스러운 것. 지금, 소나무의 잔가지와 밤의 향기 속에, 잘린 소나무 가지에 팔꿈치를 걸치고 있는 자. 지금, 그리고 내일 아침과 함께 결정적으로 현실이 되는 것, 여기에서 그는 말했다.

이러는 것도 다른 한 사람은 그의 머릿속에만 있을 뿐, 지금까지 아무 말도 하지 않았기 때문이다. "오오, 마리아. 나는 당신을 사랑하고 있어. 지금의 일, 감사해."

마리아는 말했다. "가만히 있어요. 아무 말도 하지 말아요."

"당신에게 감사하지 않으면 안 돼. 멋진 일이었으니까."

"그런 말 하지 마세요."

"토끼……."

"그러나 그녀는 그를 꼭 껴안고 고개를 돌렸다. 그는 다정스럽게 물었다. "아파, 토끼?"

"아니요. 다시 라 글로리아(영광)에 싸여 있기 때문에 나도 감사하고 있어요."

이윽고 두 사람은 바싹 달라붙어서 복사뼈도, 허벅다리도, 허리도, 어깨도 찰싹 붙이고 조용히 누워 있었다. 로버트 조던은 다시 시계를 볼 수 있는 자세가 되었기 때문에 그쪽으로 정신을 빼앗겼다. 그러자 마리아가 말했다. "우리 아주 행복했죠?"

"응." 그는 말했다. "우리 둘 다 정말로 행복한 사람이야."

"이제 잘 시간은 없겠죠?"

"응, 이제 곧 시작돼."

"그럼, 일어나야 하니까 무엇인가 음식을 가지러 가야겠군요, 네?"

"좋지."

"로베르토, 무슨 걱정 있어요?"

"없어."

"정말?"

"응, 지금은 없어."

"전에는 있었나요?"

"아주 잠깐 동안."

"내 힘으로 어떻게 할 수 있는 일인가요?"

"아니, 당신은 이미 충분히 도와주었어."

"그 일 말이에요? 그것은 나, 나를 위해서였어요."

"우리 두 사람 때문이었지. 그런 곳에 혼자 있는 자가 어디 있어. 자아,

토끼, 옷을 입자고."

　그러나 그의 가장 좋은 벗인 그의 마음은, 라 글로리아라는 것을 생각하고 있었다. 그녀는 라 글로리아라고 말했다. 그것은 영국 말의 글로리, 혹은 프랑스 사람이 쓰거나 말하거나 하는 라 글루아르와는 아무런 상관도 없는 것이다. 그것은 칸테온도와 사에타스 속에 있는 것이다. 두말할 것 없이 그레코와 산 후안 드 라 크루스나, 그 외의 다른 것 속에 있는 것이다. 나는 신비주의자가 아니다. 그러나 그것을 부정하는 것은 전화電話라든가, 지구가 태양의 주위를 돌고 있다든가, 이 지구 이외에 혹성이 있다는 것을 부정하는 데 뒤지지 않는 무지스러운 일이다.

　알고 있지 않으면 안 될 일을 우리는 그 얼마나 모르고 있는 것일까? 나는 오늘 죽으려고 하지만, 그렇지 않고 아주 오랫동안 살아 있을 수 있다면 얼마나 좋을까? 왜냐하면 이 나흘 동안 인생에 대해서 정말 많은 것을 배웠기 때문이다. 지금까지의 생애를 전부 합친 것보다도 많은 것을 배운 듯이 여겨진다. 나는 노인이 되어서 진실을 알고 싶다. 인간이라는 것은 언제까지나 배워 갈 수 있는 것일까? 아니면 각자는 어떤 일정한 양밖에는 이해할 수 없는 것일까? 나는 훨씬 많은 일을 알고 있다고 생각했는데, 아무것도 알지 못하고 있었다. 좀 더 시간이 있으면 좋을 텐데.

　"당신은 내게 많은 걸 가르쳐 주었어, 아가씨." 그는 영어로 말했다.

　"뭐라고 하셨죠?"

　"당신한테서 많은 것을 배웠단 말이야."

　"글쎄요." 그녀는 말했다. "당신이야말로 교육을 받으신 분 아니에요?"

　교육을 받은 인간이란 말이지, 하고 그는 생각했다. 나는 어떤 하나의 교육, 정말 손톱 끝만 한 초보 수준의 교육을 받았을 뿐이다. 만약 내가 오늘 죽는다면, 이제 와서 겨우 얼마쯤 알게 되었던 것이 허사가 돼 버린다. 살날이 얼마 안 남았기 때문에 지나치게 감수성이 강해져, 너는 겨우 깨우쳤단 말이냐. 그런데 시일의 부족 따위가 있을 수 있을까? 너에게도 그것을 이해할 만한 머리는 있을 것이다. 나는 이곳으로 온 후에 줄곧 이 산 속에만 있었다. 안셀모는 가장 잘 아는 옛 친구다. 나는 찰스보다도, 처브보다도, 가이보다도, 마이크보다도 그의 일을 잘 알고 있다. 나는 그들을 잘 알고 있는 것이다. 그 외설적인 말을 잘 쓰는 아구스틴은 나의 형제다.

나에게는 형제 따위는 없다. 마리아는 진실한 연인이며 아내다. 나는 지금까지 진실한 애인을 가진 적이 없었다. 아내도 없었다. 그녀는 또한 누이동생이다. 그러나 나에게는 누이동생 따위는 없었다. 그녀는 또한 딸이기도 하다. 하지만 나는 딸 같은 것을 두는 일은 없으리라. 이렇게 좋은 것들과 헤어지기는 싫다. 그는 줄무늬 신발 끈을 다 매었다.

"인생이란 참으로 재미있다는 것을 나는 겨우 깨달았어." 그는 마리아에게 말했다. 그녀는 양손으로 발목을 잡고서 침낭 위에 그와 나란히 앉았다. 동굴 입구의 모포를 누군가가 건드렸는지 불빛이 보였다. 아직 밤은 이슥한 터라 눈길을 들어보니 소나무 가지 너머로, 별이 지평선 가까이 바싹 떨어져 있는 것 외에 새벽이 찾아오는 기척조차 없었다. 이달에는 순식간에 새벽이 찾아온다.

"로베르토." 마리아가 불렀다.

"왜 그래, 예쁜이?"

"오늘 일을 하는 동안 우리 함께 있을 수가 있나요?"

"암, 첫출발을 한 후에는."

"처음엔 같이 있지 못하나요?"

"응, 당신은 말이 있는 데 있어야 해."

"함께 있으면 안 되나요?"

"나에게는 내가 아니면 할 수 없는 일이 있어. 당신 일이 걱정이야."

"그러나 그 일이 끝나면 곧 와 줄 거죠?"

"응, 곧 가지." 그는 말하고 어둠 속에서 웃었다. "자아, 예쁜이 뭘 좀 먹으러 가자."

"그런데 이 침낭은요?"

"챙겨 두고 싶으면 둘둘 말아 둬."

"나는 개어 두고 싶어요."

"나도 돕지."

"괜찮아요, 나 혼자서 할게요."

그녀는 무릎을 꿇고 앉아 침낭을 쭉 폈다가 말기 시작했는데 다시 마음이 달라진 듯 일어나서는 탁탁 털었다. 그러고는 다시 무릎을 꿇고 앉아 주름살을 편 후에 말았다. 로버트 조던은 두 개의 짐을, 찢어진 곳으로부터 아무것도 새지 않도록 조심해서 들고 먼지투성이 모포가 늘어져 있는 동굴 입구 쪽으로 소나무 사이를 뚫고 걸어갔다. 입구의 모포를 팔꿈치로 들치고 동굴 안으로 들어간 것은, 로베르토의 시계가 3시 10분 전을 가리키고 있을 때였다.

38

모두들 동굴 안에 있었고, 사나이들은 마리아가 부채질하고 있는 화덕 앞에 서 있었다. 필라르는 주전자에 커피를 끓이고 있었다. 그녀는 로버트 조던을 깨운 후 잠자리에 들어가지 않았고, 지금은 연기가 자욱한 동굴 안 의자에 걸터앉아 조던의 배낭 찢어진 곳을 깁고 있었다. 다른 한 개의 배낭은 벌써 기워 놓았다. 화덕 불빛이 그녀의 얼굴을 빨갛게 물들이고 있었다.

"스튜를 좀 더 먹어." 그녀는 페르난도에게 말했다. "배가 부르다고 해서 큰 탈은 나지 않을 테니까. 다쳐도 수술해 줄 의사도 없어."

"그따위 말 지껄이지도 마." 아구스틴이 말했다. "당신의 혓바닥은 정말 틀림없는 갈보 년의 혀로군."

그는 수류탄으로 포켓을 불룩하게 만들고, 한쪽 어깨에는 원탄창 자루를, 다른 쪽 어깨에는 탄약이 가득 든 탄약대를 건 채, 긁힌 자국투성이인 총신에 붙여서 다리를 접어 둔 자동 소총에 기대고 있었다. 담배를 피우면서 한 손에 커피 잔을 들었고, 그것을 입으로 가져갈 때마다 담배 연기를 커피의 표면에다 내뿜었다.

"꼭 철물 행상인 같은 꼴이로군." 필라르가 그에게 말했다. "그렇게 짊어지고서는 100야드도 못 가. 내리막길이 나타나기 전에는 말이야."

"산양처럼 올라가겠어." 아구스틴이 말했다. "그런데 자네 형제는 어떻게 됐나?" 그는 엘라디오에게 물었다. "자네의 그 유명한 형제는 뺑어 버린 것 아냐?"

엘라디오는 벽에 기대서 있었다. "시끄러워!" 그는 말했다.

그는 신경질이었는데, 모두들 그것을 깨닫고 있다는 것을 자기 자신도 잘 알았다. 그는 항상 전투가 있기 전에는 신경질이 났고, 안절부절못했다. 그는 벽 쪽에서 테이블 옆으로 걸어가, 열린 채로 테이블 다리에 기대어 있는 생가죽 배낭 중 하나에서 수류탄을 꺼내 포켓에 넣기 시작했다.

로버트 조던은 배낭 옆에 쪼그리고 앉아서, 배낭 속에 손을 넣어 수류탄 네 개를 꺼냈다 세 개는 타원형의 밀(Mill)형으로, 손잡이가 달린 쐐기형 핀으로 손잡이를 고정시킨 톱니형의 묵직한 쇠로 만들어진 것이었다.

"이것은 어디에서 가져온 거지?" 그는 엘라디오에게 물었다.

"그것 말인가? 그건 공화국에서 가져왔지. 영감이 가져온 거야."

"성능은 어떤가?"

"고생하는 정도의 값어치는 있지." 엘라디오는 말했다. "하나하나 값어치는 있어."

"내가 가져왔지." 안셀모가 말했다. "한 포장 속에 예순 개나 들어 있는 놈이라서 90파운드나 된단 말이야, 영국 양반."

"아주머니는 이걸 사용해 본 적이 있소?" 로버트 조던은 필라르에게 물었다.

"사용해 본 적이 있느냐고?" 필라르는 말했다. "파블로가 오테로에서 초병 놈들을 해치운 것이 이거야."

그녀가 파블로의 이름을 입에 올리자 아구스틴이 욕설을 내뱉기 시작했다. 로버트 조던은 화덕 불빛에 비친 필라르의 얼굴에 떠오른 표정을 보았다.

"그만해." 그녀는 아구스틴에게 날카롭게 말했다. "떠들어 보았자 헛일이니까."

"불발하는 일은 없었나?" 로버트 조던은 잿빛을 칠한 수류탄을 손에 들고 엄지손가락 손톱으로 쐐기 핀이 어느 정도 구부러져 있는지를 시험해 보며 말했다.

"전혀." 엘라디오가 말했다. "우리가 사용한 놈 중에 불발탄 따위는 하나도 없었어."

"그런데, 시간이 얼마나 걸려서 터지지?"

"힘껏 던지면 꼭 알맞을 정도지. 바로야, 순식간이야."

"그러면 이쪽은?"

그는 철사 테에 테이프를 감은 수프 깡통 같은 모양을 한 수류탄을 집어 들었다.

"그건 쓰레기나 마찬가지야." 엘라디오가 말했다. "터지기는 하지. 터지기는 하지만 번쩍하고 빛나기만 할 뿐 파편이 없단 말이야."

"그렇지만 다른 한쪽 것은 언제나 폭발한다고 말하지 않았소?"

"그런 말을 한 것은 내가 아냐." 필라르는 말했다. "당신은 다른 자한테 물었잖아. 여태까지 나는 이따위 것이 반드시 폭발한다는 말을 들은 적이 없어. 암, 없고말고."

"전부 폭발했잖우." 엘라디오가 말했다.

"거짓말하면 안 돼."

"이것이 전부 폭발했다는 걸 어떻게 알지?" 필라르는 그에게 반문했다. "이것을 던진 자는 파블로야. 너는 오테로에서 단 한 개도 던져 보지 못했잖아."

"쳇, 갈보 년의 개자식 같으니!" 아구스틴이 퍼부어 대기 시작했다.

"내버려 두라니깐." 필라르는 날카롭게 말하고 다시 말을 이었다. "그건 어느 쪽이나 다 그게 그거야. 영국 양반, 그렇지만 톱니형의 것이 간단해."

두 뭉치의 폭약에 한 종류씩의 수류탄을 쓰는 편이 좋을 것 같다. 그러나 톱니형의 것이 확실히 잘 터지리라, 하고 로버트 조던은 생각했다.

"폭탄을 던질 작정인가, 영국 양반?" 아구스틴이 물었다.

"당연한 일 아닌가." 로버트 조던은 말했다.

그러나 그곳에 웅크리고 앉아 수류탄을 나누어 놓으면서 그가 생각한 것은, 그것은 불가능하다는 것이었다. 자기가 모르는 일에 대해서 어찌 자기 자신을 속일 수 있으랴. 눈이 그쳤을 때 귀머거리 영감이 낙담했듯, 귀머거리 영감이 적을 공격했을 때 우리는 의기가 푹 가라앉아 버렸던 것이다. 그런 일을 너는 할 수 없다. 너는 그냥 계속해서 스스로도 수행 불가능이란 것을 알고 있는 계획을 세우지 않으면 안 되는 것이다. 너는 그 계획을 세웠다. 그리고 이제 와서 그것이 소용없다는 것을 깨달은 것이다. 지금, 아침이 되고 나서 깨달은 것이다. 한쪽 초소만이라면, 지금 여기에 있는 것만으로도 확실하게 탈취할 수가 있다. 그러나 양쪽은 무리다. 확신을 가질 수 없다. 자기 자신을 속여서는 안 된다. 날이 다 밝아 오는데 자기를 속여서는 안 된다.

초소를 양쪽 다 탈취하려 하면 절대로 잘되지 못하리라. 파블로는 처음부터 그것을 알고 있었던 것이다. 생각건대, 그는 늘 도망칠 생각을 품고 있었을 것이며, 귀머거리 영감이 당했을 때 우리도 당하리라는 것을 깨달은 것이다. 기적이 일어나리라는 가정 위에서 작전을 세울 수는 없지 않은가. 네가 지금 가지고 있는 것 이상으로 좋은 것을 가지고 있지 못하다면, 자기편을 전부 죽여 버리고 더구나 다리조차 폭파시키지 못할지도 모른다. 너는 필라르를, 안셀모를, 아구스틴을, 프리미티보를, 이 기분파인 엘라디오를, 그 변변치 못한 집시를, 늙은 헤르난도를 죽여 버리고, 더구나 다리는 폭파시키지 못하고 마는 것이다. 기적이라도 일어나, 골즈가 안드레로부터 통지를 받고 이 계획을 중단하리라고 생각하는가? 만약 그러한 일이 일어나지 않는다면, 너는 이번 명령에 의해서 그들을 한 사람도 남김없이 죽여 버리려 하고 있는 것이다. 마리아도 그 안에 들어 있다. 너는 이 명령에 의해서 그녀까지 죽여 버리는 것이다. 너는 그녀를 이 안에서 구출해 낼 수조차 없단 말인가? 파블로 개자식 같으니! 하고 그는 생각했다.

안 된다. 하지만 너는 아가씨 따위와 자지 말고 필라르와 함께 밤새워 산속을 싸돌아다니며, 일이 잘 돌아가도록 충분한 인원수를 동원시켜야 했을 것이다. 그렇다, 하고 그는 생각했다. 그러니 만약 내 몸에 무슨 일이 일어나서 내가 이곳에 있을 수 없어 다리를 폭파시키지 못한다면? 그렇다, 그래서 너는 떠나지 않았던 것이다. 더구나 자기편을 잃어 한 사람이라도 부족해지는 위험을 범할 수도 없기 때문에 그 누구도 대신 보낼 수가 없었던 것이다. 현재 있는 인원을 줄지 않도록 하여, 그들만으로도 수행할 계획을 세우지 않으면 안 되었던 것이다.

그러나 너의 계획은 썩어 버렸다. 썩어 버렸단 말이다. 그것은 밤의 계획이었으며 지금은 아침이다. 밤의 계획 따위가 아침이 되어 무슨 소용이 있는가? 밤의 생각은 아침이 되면 아무런 소용도 없는 법이다. 이제 와선 그것이 소용없다는 것을 너도 알았겠지?

이에 절대로 뒤지지 않을 만큼 불가능한 사태에서 존 모스비가 빠져 나갔다면 그것을 어떻게 생각해야 좋을 것인가? 확실히 그는 빠져나간 것이다. 그것은 이보다도 훨씬 더 곤란한 사태였다. 그리고 잊어서는 안 된다. 기습이라는 요소를 가볍게 평가해서는 안 된다. 그것을 기억해 두어라. 네가 버텨 낼 수만 있다면 그것이 그다지 어리석은 짓이 아니라는 것을 잊지 마라. 그런데 너는 버텨 내는 것이 아주 고역인 모양이로군. 너는 이 일을 가능하게 해야 할 뿐만 아니라 확실히 하지 않으면 안 된다. 그러나 지금까지의 일이 깡그리 어떻게 되었는가 한번 잘 생각해 봐라. 애당초 처음부터 잘못돼 있었던 것이다. 그러니 축축한 눈 위를 눈 덩어리가 굴러가듯 이 곤란은 점점 커지게 마련이다.

웅크리고 앉았던 테이블 곁에서 눈길을 쳐들어 마리아를 보자, 그녀는 그에게 미소를 던져 주었다. 그는 건성으로 웃고 나서 다시 네 개의 수류탄을 꺼내서 포켓에 쑤셔 넣었다. 뇌관의 나사를 되돌려 놓으면 그 수류탄은 사용할 수 있다고 생각했다. 폭발하여 파편으로 돼 버리는 것이 나쁜 결과를 초래하게 되리라고는 생각할 수 없다. 그것은 화약의 폭발과 동시에 일어나므로 폭약을 흩날려 버리지는 않을 것이다. 적어도 나는 그렇게 생각할 수 없다. 절대로 흩날려 버리지는 않으리라. 좀 더 자신을 가져라, 하고 그는 자신에게 타일렀다. 더구나 너는 어젯밤, 할아버지는 무척 용기가 있고 아버지는 겁쟁이라고 생각하지 않았는가. 자아, 좀 더 자신을 보여라.

그는 마리아에게 웃어 보였는데, 그 웃음은 역시 뺨과 입 언저리에 경련된 것이 느껴지는 건성으로 웃는 웃음에 지나지 않았다.

저 여자는 너를 멋진 사나이라고 생각하고 있다고 그는 생각했다. 나는 너를 썩어 빠진 사나이라고 생각하고 있다. 그리고 저 글로리아라든가, 그 외에 네가 행했던 모든 어리석은 일도 말이다. 너는 아주 훌륭한 생각을 가지고 있지 않았던가, 너는 이 세상을 완전히 연결시키지 않았던가. 그런 것은 모조리 던져 버려라.

이것저것 걱정하지 마라, 하고 그는 자신에게 말했다. 짜증을 내어서는 안 된다. 그것 또한 하나의 도피처다. 언제든지 도피처는 있는 법이다. 이 지경이 되었으니 너는 쇠못이라도 물고 덤벼야만 한다. 잃어버리려 한다고 해서, 지금까지 있던 모든 것을 부정할 필요는 없다. 자기를 물고 덤비는 등뼈가 박살 난 뱀 같은 흉내는 걷어치워라. 그리고 하여튼 간에 너의 등뼈는 부숴지지 않지 않았는가. 이 비겁자 놈, 우는 소리를 하기 전에 자기가 부상당할 때까지 기다리란 말이다. 짜증을 내기 전에 싸움이 시작될 때까지 기다리란 말이다. 싸움이 한창일 때까지 기다리란 말이다. 싸움이 한창일 때라도 그만한 일을 생각할 시간은 얼마든지 있다. 싸움이 한창일 때는 그런 것도 도움이 되는 것이다.

필라르가 자루를 가지고 그에게로 다가왔다.

"이제 튼튼해졌어." 그녀는 말했다. "그 수류탄은 아주 좋아, 영국 양반. 믿을 수 있어."

"기분이 어떻소?"

그녀는 그를 보고 고개를 저으며 웃었다.

이 웃음은 얼마만 한 깊이가 있는 것일까? 하고 그는 생각했다. 보기에 충분한 깊이가 있는 것 같았다.

"염려 없어." 그녀가 말했다. "절박한 사태의 한복판에 있지만 말이야." 그녀는 이렇게 말하고 나서 그의 곁에 쭈그리고 앉아 말했다.

"드디어 정말 시작된다면 당신이 보는 전망은 어떻수?"

"인원이 부족하오." 로버트 조던은 재빨리 말했다.

"나도 그렇게 생각해." 그녀는 말했다. "아주 인원이 부족해." 그러고 나서 그녀는 여전히 그에게만 얼굴을 향한 채 말했다. "마리아는 혼자서 말을 지킬 수 있어. 그러니까 나는 그곳에 있을 필요가 없어. 말 다리를 동여매 두지. 그놈은 기병이 타던 말이니까 폭탄 소리에 놀라지는 않을 거야. 나는 아래 초소로 가서 파블로의 임무였던 일을 하기로 하지. 그러면 한 사람, 손이 늘어나는 셈이 되니까."

"좋겠지요." 그는 말했다. "당신이 그렇게 말하리라고 생각하고 있었소."

"저어, 영국 양반." 필라르는 그를 쳐다보면서 말했다. "근심할 것은 없어. 모두 잘돼 돌아갈 테니까 말이야. 적은 이러한 일이 일어나리라고는 예기치 못하고 있으니까 말이야. 그것을 잊지 마우."

"알았소." 로버트 조던은 말했다.

"다시 하나 얘기할 게 있어, 영국 양반." 필라르는 메마른 목소리로 될 수 있는 한 낮고 조용하게 말했다.

"그 손에 대해서 말인데."

"손금이 어쨌단 말이오?" 그는 화난 듯이 말했다.

"잘 들어야 해. 화를 내면 안 돼, 영국 양반. 손금에 대한 일로는 말이야. 그것은 내가 나를 위대하게 보이기 위해서 말한 집시의 헛소리야. 사실은 그런 일 없어."

"그만하오." 그는 싸늘하고 날카로운 어조로 말했다.

"그만둘 수 없어." 그녀는 거칠지만 붙임성 있는 목소리로 말했다. "그것은 내가 엉터리 헛소리를 지껄인 거야. 싸움하는 날에 당신을 근심시키고 싶지는 않으니까. 정말이야."

"근심 따위는 하지 않아." 로버트 조던은 말했다.

"하고 있어, 영국 양반." 그녀가 말했다. "당신은 무척 마음에 걸려 하고 있단 말이야. 무리도 아니지만 말이야. 그러나 모두 잘돼 돌아갈 거야, 영국 양반. 우리가 태어난 것은 이 때문이 아니우."

"나는 정치위원 따위는 싫소." 로버트 조던은 말했다.

그녀는 또 그를 보고 거친 입술과 커다란 입으로 명랑하게, 그리고 진실을 담뿍 담고 웃었다. "나는 당신 일이 아주 마음에 걸린단 말이야, 영국 양반."

"지금 나는 그래 주는 것이 반갑지 않은데." 그는 말했다. "당신이든, 하느님이든, 그 누구든."

"그러우." 필라르는 그 쉰 듯한 나직한 목소리로 말했다. "잘 알았어. 나는 단지 당신에게 말해 두고 싶었을 뿐이야. 그러니까 걱정할 것은 없단 말이야. 우리는 모두 훌륭히 해치울 수 있어."

"당연하잖소." 로버트 조던은 그렇게 말하고 쓸쓸하게 웃었다. "물론 우리는 해치울 거야. 모든 것이 잘돼 갈 거요."

"언제 떠나우?" 필라르가 물었다.

로버트 조던은 시계를 보았다.

"언제든지 좋지."

그는 배낭 한 개를 안셀모에게 넘겨주었다.

"염려 없겠소, 영감?" 그가 물었다.

노인은 로버트 조던으로부터 받은 견본대로 깎은 쐐기를 높이 쌓아 놓고, 지금 그 마지막 한 개를 완성시켜 가고 있는 중이었다. 이것은 만일의 경우를 위한 예비 쐐기였다.

"염려 없지." 노인은 말하고 나서 고개를 끄덕였다. "지금까지로 봐선 아무 염려도 없어." 그는 한쪽 손을 내밀었다. "이걸 봐." 그는 히죽 웃었다. 그의 손은 조금도 떨리고 있지 않았다.

"좋소. 그러나 그것만으로는 어떻다고 할 수 없는걸." 로버트 조던이 말했다.

"나도 손은 늘 떨지 않고 있을 수가 있소. 손가락을 하나 내밀어 보오."

안셀모는 손가락을 내밀었다. 떨리고 있었다. 그는 로버트 조던을 보고 고개를 저었다.

"내 손가락만 하더라도 떨리고 있소." 로버트 조던은 손가락을 내보였다. "언제든지 이렇지. 이것이 당연한 거요."

"나는 떨리지 않아." 페르난도가 말했다. 그는 오른쪽 새끼손가락을 내보였다.

"침을 뱉을 수 있나?" 아구스틴이 물으며 로버트 조던에게 한쪽 눈을 찡긋해 보였다.

페르난도는 으스대고 동굴 바닥에 침을 탁 뱉은 후, 바로 진흙 속에 문질러 버렸다.

"더러운 놈이로군." 필라르가 말했다. "담이 큰 것을 으스대고 싶으면 화덕 속에나 뱉으란 말이야."

"우리가 이곳과 이별을 하지 않는다면, 이봐 필라르, 나도 바닥에 침 같은 것은 뱉지 않을 거야." 페르난도는 잘난 체하며 말했다.

"오늘은 침을 뱉을 장소를 잘 주의해." 필라르가 말했다. "이별은커녕 그곳이 저승으로 떠나는 장소가 될지도 모르니까."

"꼭 검은 고양이 같은 말을 하는군." 아구스틴이 말했다. 그는 신경질이나 있어 농담을 하지 않고서는 견딜 수가 없었는데, 그것은 또한 모두가 느끼고 있는 하나의 기분이기도 했다.

"농담으로 지껄였어." 필라르가 말했다.

"나도 그렇지." 아구스틴이 말했다. "똥 같은 놈의 개새끼 같으니! 그러나 막상 시작한다면 나도 불평은 하지 않겠어."

"집시는 어디 있나?" 로버트 조던이 엘라디오에게 물었다.

"말이 있는 곳에 있지." 엘라디오는 대답했다 "동굴 입구에서 보여."

"놈은 어떨까?"

엘라디오는 웃었다. "이만저만 떨지 않아." 그는 말했다. 다른 자의 공포가 화제에 떠올랐기 때문에 그는 한숨 놓은 듯한 기분이 되었다.

"쉿, 영국 양반……." 필라르가 말했다. 로버트 조던이 그쪽을 보니, 필라르가 입을 벌린 채 설마 하는 듯한 표정을 띠고 있었으므로, 손을 권총으로 가져가면서 동굴 입구를 향해 홱 돌아섰다. 그곳에는 한 손으로 모포를 밀어붙이고 가늠쇠가 달린 짧은 자동 소총의 총구를 위로 하고서, 땅딸막하고 어깨 폭이 넓은 텁석부리 수염의 얼굴을 한 파블로가 가느다란 눈 가장자리를 새빨갛게 물들인 채 딱히 누구를 보는 것이 아닌 듯 서 있었다.

"당신……." 필라르가 믿을 수 없다는 듯이 말했다. "당신이었군 그래."

"나지." 파블로는 태연히 말했다. 그리고 동굴 안으로 들어왔다.

"여어, 영국 양반." 그는 말했다. "저 위 엘리아스와 알레한드로의 부대에서 말과 함께 다섯 사람을 데려왔어."

"그런데 폭파 장치와 뇌관은?" 로버트 조던은 말했다. "그리고 다른 재료는?"

"골짜기에서 냇물 속으로 던져 버렸어." 파블로는 여전히 시선을 어느 한 곳에 두지 않고 말했다. "하지만 수류탄을 사용하여 폭파시키는 방법을 나는 생각해 냈단 말이야."

"나도 생각해 냈지." 로버트 조던은 말했다.

"뭐 마실 것 좀 없나?" 파블로는 지친 듯이 말했다.

로버트 조던이 물통을 집어 주자, 그는 꿀쩍꿀쩍 마시고 나서 손등으로 입을 닦았다.

"당신 대체 어떻게 된 일이야?" 필라르가 물었다.

"어떻게 되긴 뭐가 어떻게 돼?" 파블로는 다시 입을 훔치면서 말했다. "아무렇게 되지도 않았지. 돌아온 것뿐이야."

"그런데 어떻게 된 일이냐니깐?"

"아무것도 아니라니까. 잠깐 마음이 약해졌을 뿐이야. 나갔지만 다시 돌아온 거야."

그는 로버트 조던 쪽을 보았다. "En el fondo no soy cobarde(난 마음속에서는 겁쟁이가 아냐)."

그러나 겁쟁이는 아니더라도 너는 그 외의 다른 여러 가지 무엇인가다. 그렇지 않다면 어디 한번 보고 싶군. 하지만 정말 잘 돌아왔다. 이 개자식! 하고 로버트 조던은 마음속으로 생각했다.

"엘리아스와 알레한드로에게서는 다섯 사람이 고작이었어." 파블로는 말했다. "나는 여기를 떠난 후 줄곧 말만 탔지. 당신네들 아홉으로는 해낼 수 없어, 도저히. 엊저녁 영국 양반이 설명했을 때 나는 깨달았어. 도저히 해낼 수 없다는 것을 말이지. 아래 초소에는 병사가 일곱 명에 하사가 한 놈 있지. 놈들이 먼저 경계하거나 저항하거나 하면 어떻게 하겠어?"

그는 이번에는 로버트 조던을 보았다. "나는 떠날 때, 도저히 해낼 수 없다는 것을 당신도 깨닫고서 중지하리라고 생각했지. 그런데 당신의 재료들을 내던져 버리고서 다시 생각이 달라져 버린 거야."

"돌아오길 잘했어."

로버트 조던은 말했다. 그리고 그의 쪽으로 다가갔다.

"수류탄으로 아쉬운 대로 대신할 수 있어. 잘되겠지. 이렇게 된 이상, 다른 하나의 일 같은 것은 문제가 아냐."

"천만에," 파블로는 말했다. "나는 당신을 위해서 하는 건 아냐. 당신은 정말 악운의 사나이야. 만사가 다 당신에게서 일어났단 말이야. 귀머거리 영감의 일만 하더라도 그렇지. 그러나 나는 당신의 재료를 내던져 버린 후에 마음이 아주 쓸쓸해지더군."

"당신의 어머니." 필라르가 말했다.

"그래서 나는 이번 일을 멋지게 해내기 위해서 다른 인간을 찾으러 갔다 이 말이야. 그리고 내가 데려올 수 있는 자들 중에서 가장 나은 자들을 데려왔지. 당신에게 미리 말해 두는 것이 좋으리라고 생각하여, 놈들을 마루턱에 기다리게 했어. 놈들은 나를 대장으로 여기고 있어."

"대장이라도 좋지." 필라르가 말했다. "당신이 그런 마음을 품고 있다면 말이야."

파블로는 그녀를 보았을 뿐 아무 말도 하지 않았다. 이윽고 그는 아무렇지 않은 듯 조용히 말했다. "나는 귀머거리 영감의 일이 있은 후에 여러 가지로 생각했지. 어차피 하지 않으면 안 될 일이라면, 우리가 함께 하지 않으면 안 된다고 나는 생각해. 그런데 영국 양반, 나는 당신이 미워. 당신이 이런 일을 우리에게로 가지고 왔으니까 말이야."

"하지만 파블로." 페르난도는 수류탄으로 포켓을 불룩하게 한 채, 탄대를 어깨에다 걸치고 여전히 빵 조각으로 스튜 냄비를 닦으면서 말을 시작했다. "당신은 일이 잘돼 가리라고 생각하고 있지 않군. 그저께 밤에, 당신은 틀림없이 잘될 거라고 말하지 않았어."

"저 남자에게 좀 더 스튜를 떠 줘." 필라르가 무뚝뚝하게 마리아에게 말했다. 그러고 나서 부드러운 눈길로 파블로를 대했다. "그래서 당신은 돌아왔단 말이죠?"

"그렇다니까, 마누라." 파블로가 말했다.

"그럼 기꺼이 맞겠어요." 필라르는 말했다. "당신이 그런 식으로 될 턱이 없다고 생각했으니까."

"그런 일을 하다 보니 도저히 참을 수 없을 만큼 쓸쓸해져서." 파블로는 조용히 말했다.

"도저히 참을 수 없을 만큼 말이죠." 그녀는 그의 말을 흉내 냈다.

"당신 같은 사람이 15분마저도 참을 수 없을 정도로 말이에요."

"놀리지 말아 줘, 돌아왔잖아."

"그러니까 반갑게 맞는 거지." 그녀는 말했다. "맨 먼저 그렇게 말한 걸 못 들었어요? 커피라도 마셔요. 그리고 갑시다. 여러 가지 일이 있어서, 난 고단해."

"저건 커피야?" 파블로가 물었다.

"그렇다네." 페르난도가 말했다.

"커피를 줘, 마리아." 파블로는 말했다. "어때, 넌?" 하면서 그녀 쪽은 보지 않았다.

"괜찮아요." 그녀는 그에게 커피를 갖다 주었다. "스튜를 잡수시겠어요?" 그러자 파블로는 고개를 저었다.

"No me gusta estar solo(난 외톨이가 되는 건 싫어)." 파블로는 다른 사람 따위는 전혀 안중에 없는 것처럼 필라르를 향해서 설명을 계속했다. "난 외톨이가 되는 건 싫어. 알아듣겠어? 어제는 하루 종일 혼자서 모든 사람을 위해 일하고 있었지만, 조금도 쓸쓸하지 않았어. 그런데 어젯밤이었어. 아, 나는 얼마나 끔찍한 불행을 참았던지!"

"당신의 그 유명한 대선배인 유다 이스카리오테는 스스로 목을 맸지." 필라르가 말했다.

"그런 심한 말은 마." 파블로는 말했다. "보다시피 이렇게 돌아왔잖아. 유다라는 둥, 그런 이상한 소린 말아요. 돌아왔으니까."

"당신이 데려온 패들이란 어떤 녀석들이죠?" 필라르가 물었다.

"무언가 쓸 만한 것을 갖고 왔어요?"

"좋은 녀석들이야." 파블로는 말했다. 그는 이때다, 하고 필라르를 똑바로 보았지만 곧 눈길을 돌렸다.

"Buenosy bobos(사람은 좋지만 두뇌가 없는 녀석들이지). 목숨 아까운 줄을 모르는 친구들이야. A tu gusto(당신 취미에 맞을 거야). 당신이 반할 만한 녀석들이지."

파블로는 다시 필라르의 눈을 물끄러미 보았으나, 이번엔 눈길을 떼지 않았다. 가장자리가 빨간 돼지 같은 눈으로 그녀를 똑바로 보고 있었다.

"여보." 그녀는 말했는데, 그 쉰 목소리에는 애정이 깃들어 있었다. "여보, 사람이 한 번이라도 몸에 지니고 있었던 버릇은 언제까지나 남아 있는 거라고 난 생각해요."

"염려 없어." 파블로는 그녀를 똑바로 보며 말했다. "무슨 일이 생기든 나에게는 마음의 준비가 단단히 돼 있어."

"난 당신이 돌아올 거라고 믿고 있었어요. 하지만 여보, 꽤나 먼 곳까지 가 있었구려."

"또 한 모금 마시게 해 줘." 파블로는 로버트 조던에게 말했다. "그리고 슬슬 떠나 보도록 하지."

39

그들은 어둠 속을 뚫고 숲을 지나 꼭대기의 좁은 샛길을 향하여 언덕을 올라갔다. 모두 무거운 짐을 지고 있기 때문에 걸음은 느렸다. 말도 등에 가득 짐을 싣고 있었다.

"여차하면 말을 놓아 주면 돼." 필라르는 전부터 말하고 있었다.

"하지만 놓아 주지 않으면 또 야영지를 만들 수 있을 거야."

"그런데 탄약의 나머지는?" 로버트 조던은 모두들 짐을 꾸리고 있을 때 물었다.

"저 안장주머니 안에 있어."

로버트 조던은 묵직한 짐의 무게와, 포켓에 수류탄을 잔뜩 쑤셔 넣었기 때문에 재킷이 당겨져 목덜미가 쏠리는 것과, 넓적다리에 스치는 권총의 무게와, 기관단총 탄창이 들어 있는 바지 포켓의 불룩한 것을 느꼈다. 입에 는 커피 맛이 남아 있고, 오른손엔 기관단총을 들었으며, 왼손으로는 짐이 멜빵으로 죄는 걸 늦추기 위해 재킷의 칼라를 끌어올리고 있었다.

"영국 양반." 파블로가 어둠 속에서 그에게 다가와 말을 걸었다. "뭐요?"

"내가 데리고 온 녀석들은 제 발로 왔기 때문에 이 일이 잘될 줄로만 알 고 있어. 놈들을 낙담시킬 말을 해선 안 돼."

"좋소. 하루 안에 성공시키도록 합시다."

"놈들은 말 다섯 필을 갖고 있어. 알고 있나?" 파블로가 목소리를 낮추 어 말했다.

"좋아, 말은 모두 한 군데 두도록 하지."

"그게 좋아." 파블로는 말했으나, 더 이상 아무 말도 하지 않았다. 이봐 파블로, 네가 타서스로 통하는 노상에서 완전히 마음을 바꾸었다고는 생 각 안 해. 정말이지, 네가 이처럼 빨리 돌아오다니, 그야말로 기적이야. 네 가 성인으로서 떠받들어지는 일에 무슨 이의가 있으리라고는 생각지 않 네, 하고 로버트 조던은 마음속으로 생각했다.

"이 다섯 사람을 데리고 나는 귀머거리 영감에 지지 않을 만큼 아래 초 소를 멋지게 해치울 테다." 파블로는 말했다. "전화선을 끊고 집합할 때 다 리로 후퇴하는 거야."

그런 일은 10분 전에 모두 의논을 끝내지 않았는가, 하고 로버트 조던 은 생각했다. 그렇건만 왜 지금에 와서…….

"그레도스로 달아나는 것도 불가능한 건 아니지." 파블로는 말했다. "솔 직히 말한다면 나는 그것을 꽤나 생각했어."

네 머릿속에는 이 몇 분 동안에 또 한 가지 번득인 게 있었구나, 하고 로 버트 조던은 속으로 생각했다. 또 하나 계시를 받았구나. 하지만 내가 농락되고 있다고 나에게 믿도록 하는 건 손해일걸. 안 되지, 파블로. 너무 여러 가지 일을 나에게 믿으라고 해 보았자 그건 안 돼.

파블로가 동굴로 들어와서 다섯 명의 사나이를 데리고 왔다고 말한 후부터 로버트 조던은 차츰 낙관을 하게 되었다. 또다시 파블로의 모습을 대하자, 눈이 내리고 나서부터 작전 전체가 파묻히고 만 것처럼 생각되었던 비극적인 느낌이 사라졌다. 파블로가 돌아오고 나서부터는 운명을 믿지 않았으니까 운명이 바뀌었다고 느낀 것은 아니지만, 사태가 모두 호전되고 지금은 전연 불가능하지만은 않다는 것을 느끼고 있었다. 분명히 실패한다고 낙담하고 있었는데, 이번에는 천천히 불어넣어지는 펌프의 공기로 타이어가 부풀기 시작하듯 확신이 내부에 솟아오르는 것을 느꼈다. 시작되는 일은 결정적이면서도, 펌프의 동작 시초에 타이어의 고무가 약간 꿈틀거리듯 처음 한동안은 거의 확신이 없었지만, 지금은 밀물이 밀려오듯이 혹은 수액이 나무에 올라오듯이 발소리도 분명하게 확신이 솟아올라와서, 마침내 전투를 앞두고 흔히 참다운 행복감으로 바뀌어가는 저 불안과 부정의 첫 단계를 그는 느끼게까지 되었다.

이것은 그가 갖고 있는 가장 커다란 특질이며 전쟁을 수행하는 데 알맞은 재능이었다. 그것은 아무리 나쁜 결과가 될지라도 그것을 무시하는 게 아니고 경멸할 수 있는 능력이었다. 이 소질이 남에 대한 지나친 책임감이라든가 서투른 계획이라든가 졸렬한 궁리를 실행하지 않을 수 없는 것과 같은 일 때문에 엉망진창이 되고 있었던 것이다. 그도 그럴 것이 그런 경우에는 나쁜 결과라든가 실패라는 것을 무시할 수가 없기 때문이었다. 그것은 자기에게 위험이 닥쳐올 가능성 따위는 아니었다. 그런 것은 무시할 수 있다. 그는 자기 자신이 보잘것없는 인간임을 알고 있었고, 죽음이 아무것도 아닌 것을 알고 있었다. 정말이지, 그가 알고 있는 어떤 것 못지않게 진실로 그것을 알고 있었다. 더구나 이 불과 며칠 동안에 그는 또 한 사람의 인간과 인연이 맺어졌을 때 자기 자신이 아무것도 아니기는커녕 참으로 귀중한 것일 수도 있다는 걸 배웠던 것이다. 그러나 마음속으로는 이것이 예외라는 것을 알고 있었다. 그 예외가 우리에게 있었던 것이다. 그 점에선 난 참으로 행운아였다. 아마 그것은 나에게 베풀어진 은혜일 것이다. 나는 그런 것을 찾고 있었던 것은 아니니까 말이야. 그것은 빼앗기든가 상실되든가 하는 게 아닌 것이다. 그러나 그것도 지나간 일이고, 오늘 아침으로 이미 끝이 났다. 지금 해야 할 것은 자신들의 일뿐인 것이다.

그리고 너에 관해서는, 하고 그는 자기 자신에게 말했다. 네가 잠깐 잃고 있었던 뭔가를 조금이나마 되찾은 건 좋은 일이야. 그러나 너는 아까 별로 좋지 않았어. 난 그런 네가 참으로 부끄러운 거야. 나하고 넌 뒤죽박죽이 돼 있었던 거야. 네 선악을 판단할 내가 없었던 거야. 우리의 꼬락서니란 정말 돼먹지 않았단 말이다. 너도 나도 둘 다 말이다. 자아, 정신 차려라. 정신분열증 같은 생각은 집어치워. 자아, 이제 한 번뿐이고 혼자뿐이다. 이미 너는 전처럼 또렷해져 있어. 꼭 하나 명심해야 될 것이 있어. 이제 그 처녀에 대해서 생각하면 안 된다. 지금 네가 하고 있는 것처럼, 이 일의 테두리 밖에 놓아두는 수밖에 그 처녀를 지키는 길은 너에게 없는 거야. 놈이 말한 것이 거짓말이 아니라면 틀림없이 말의 수효는 는다. 네 힘으로 그녀에게 해 줄 수 있는 가장 좋은 일은 일을 훌륭하고도 재빨리 해치우고 도망가는 거야.

그녀 생각을 하는 건 이 일을 하는 데 있어 네게 방해가 될 뿐이야. 이제 그녀의 생각일랑 하지 마라.

이렇게 생각하고 그는 마리아가 필라르나 라파엘과 말을 끌고 오는 것을 기다렸다.

"이봐, 예쁜이. 어때?" 그는 어둠 속에서 말을 걸었다.

"염려 없어요, 로베르토." 마리아가 말했다.

"뭐 걱정할 것 없어." 그는 총을 왼손에 바꿔 쥐고 한 손을 그녀의 어깨에 얹었다.

"난 걱정 같은 건 하지 않아요." 그녀는 말했다.

"모두들 준비가 잘돼 있어." 그는 말했다. "라파엘은 당신하고 함께 말을 지키고."

"난 당신하고 함께 있고 싶어요."

"안 돼, 당신에게 제일 적당한 것은 말을 지키는 거야."

"좋아요." 그녀는 말했다. "지키고 있겠어요."

그때 한 마리의 말 울음소리가 들리자 바위 틈 밑의 공터에서 다른 말이 그것에 대답을 했고, 그 울음소리가 날카롭고 간간이 떨리는 소리로 바뀌어 갔다.

앞쪽의 어둠 속에 다른 말의 윤곽이 보였다. 그는 걸음을 재촉하여 파블로와 함께 그 말 쪽으로 다가갔다. 말 옆에 파블로가 말한 패들이 서 있었다.

"안녕하십니까?" 로버트 조던은 말했다.

"안녕하십니까?" 그들 역시 어둠 속에서 대답했다. 얼굴은 보이지 않았다.

"이쪽이 우리와 함께 갈 영국 사람이야." 파블로가 말했다.

"폭파 담당이야."

그 말에 아무도 대답하지 않았다. 아마 어둠 속에서 고개를 끄덕였으리라.

"슬슬 가 볼까, 파블로." 한 사람이 말했다.

"이제 머지않아 날이 샐 거야."

"자네, 수류탄을 더 갖고 왔나?" 다른 사람이 물었다.

"응, 갖고 왔어." 파블로가 말했다. "말을 처리하거든, 너희끼리 나누어 가져."

"그럼, 가세." 또 한 사람이 말했다. "우리는 여기서 하룻밤의 반쯤은 기다렸을 거야."

"오, 필라르." 그녀가 다가오자 한 사람이 말을 걸었다.

"그렇게 말하는 네가 페페 아닌 딴 인간이라면 내 살해되어도 좋지." 필라르가 쉰 목소리로 말했다. "재미가 어때요, 양치기 아저씨?"

"별일 없어." 그 사나이는 말했다. "드디어 박두한 셈이로군."

"그런데 타고 있는 말은?" 필라르가 그 사나이에게 물었다.

"파블로의 잿빛 말이야." 그 사나이는 말했다. "굉장한 놈이지."

"자, 가자." 다른 한 사람이 말했다.

"이런 곳에서 지껄이고 있을 때가 아냐."

"어때요, 엘리시오?" 필라르는 그 사나이가 말에 올라탈 때 말했다.

"내 재미가 어떠냐고?" 그는 무뚝뚝하게 말했다. "자, 마나님. 우리에게는 할 일이 있어."

파블로는 커다란 밤색 말을 탔다.

"잠자코 내 뒤를 따라와요." 그는 말했다. "말을 놓아둘 장소로 안내할 테니까."

40

로버트 조던이 잠들어 있는 동안, 다리의 폭파 계획으로 시간을 보내고 있는 동안, 그리고 그가 마리아와 함께 잠자고 있는 동안, 안드레는 활발하게 앞으로 전진을 못하고 있었다. 공화국 측의 전선에 도달할 때까지는 어둠 속이라도 걸어서 갈 수 있었다. 지리에 밝은 실팍한 시골 사람처럼 산과 들을 성큼 넘어 파시스트 측의 전선을 빠져나갔는데 일단 공화국 측의 전선 안에 들어가자 좀처럼 나갈 수 없게 되었다.

이치로 말하면, S.I.M.의 봉인을 한 긴급 보고서를 보이기만 하면 곧바로 목적지로 보내 줄 것이라고 생각했다. 그런데 최초로 최전선에서 소대장과 부딪히고, 이 소대장이 그의 사명을 터무니없게도 의심의 눈으로 보았던 것이다.

그는 이 소대장을 따라서 대대 사령부로 갔었는데, 전쟁 전까지는 이발사였던 이 대대장이란 인물은 그의 사명에 대해 설명을 듣더니 몹시 감격하고 흥분했다. 고메스라는 이 부대장은 소대장의 어리석음을 꾸짖고 안드레의 등을 토닥거렸다. 그리고 싸구려 브랜디를 잔뜩 먹으며 이발사 출신인 자신도 항상 '유격대'가 되고 싶어 했노라고 말했다. 그리고 부관을 깨워 대대를 부관에게 맡기고, 기동병을 깨워서 데리고 오라고 연락병에게 명했다. 그래서 그 기동병에게 안드레를 여단 사령부로 데려가게 하는 줄 알았더니, 그게 아니라 일을 빨리 해치우기 위해서 고메스 자신이 데려가기로 한 것이었다. 그는 안드레를 자기 앞자리에 거의 매달다시피 태우고는 두 줄로 늘어선 큰 나무들 사이의 포탄 구멍투성이인 산길을 달리며, 오토바이의 헤드라이트로 동란의 첫해 여름 이 도로를 끼고 벌어진 전투에서 포탄 파편이나 소총 탄환으로 백색 도료塗料에서부터 나무껍질까지 상처를 입고 찢겨져 있는 새하얗게 칠한 나무뿌리며 나무들 사이를 비춰 주면서, 폭음 소리도 요란하게 뒤뚱거리며 내달렸다. 그리고 여단 사령부가 있는 지붕이 파괴된 산속의 피서지인 거리로 들어갔다. 고메스는 오토바이를 오토바이 경주 선수처럼 급정거시키고 어느 집 담벼락에 기대 세워 놓았다. 그러고는 거기에 서 있던 잠이 덜 깬 낮짝의 보초가 놀라서 차려 자세를 하고 있는 옆을 성큼 빠져나가 큰방으로 들어갔다. 사방에는 지도가 더덕더덕 붙어 있고, 몹시 졸린 듯한 장교가 초록빛 색안경을 쓰고서 독서 램프와 전화기 두 대와 《문드 오브레로(노동 세계)》가 한 부 놓인 책상 앞에 앉아 있었다.

이 장교는 고메스를 올려다보고 말했다. "어째서 자네는 여기에 왔지. 전화를 못 받았나?"

"중령을 꼭 만날 일이 생겼어." 고메스는 말했다.

"지금 자고 있어." 장교는 말했다. "자네의 오토바이 헤드라이트는 약 2킬로미터 앞에서도 보였어. 대포알이라도 얻어맞고 싶은가."

"중령을 깨워 주게." 고메스는 말했다. "아주 중대한 용건이야."

"자고 있다고 말했잖아." 장교는 말했다. "함께 온 것은 대관절 누구야?" 그는 안드레 쪽을 턱으로 가리켰다.

"새벽에 나바세라다 저쪽에서 벌어질 예정인 공격 명령을 내린 골즈 장군에게 중대한 급보를 갖고 전선 너머로부터 온 유격대원이야." 고메스는 흥분하여 열심히 말했다. "부탁이니까 중령을 깨워 줘."

장교는 초록빛 색안경으로 불빛을 가린, 졸린 듯한 눈으로 그를 보았다.

"자네들은 모두 미치광이야." 그는 말했다. "나는 골즈 장군이 누군지 알지도 못하고 공격 이야기도 못 들었어. 이 운동선수를 데리고 대대로 돌아가게."

"중령을 깨워 달라니까." 고메스는 말했다. 그의 입이 꽉 다물어지는 것을 안드레도 보았다.

"멋대로 하시지." 장교는 나른한 듯이 말하고 외면해 버렸다.

고메스는 무거운 9밀리 스타 권총을 가죽 권총집에서 꺼내어 장교의 목에 들이댔다.

"중령을 깨워, 이 파시스트 튀기 놈아." 그는 말했다. "중령을 깨우든가,

아니면 이 총을 맞든가 둘 중 하나를 선택해라."

"좀 침착하시지." 장교는 말했다.

"이발사란 놈은 모두 감정적이라 곤란해."

고메스의 얼굴이 증오로 일그러지는 것을 안드레는 독서 램프의 불빛 속에서 보았다. 그러나 그는 "중령을 깨워." 하고 말했을 뿐이었다.

"연락병!" 장교는 교만한 목소리로 고함쳤다. 병사 한 명이 입구에 나타나 경례를 하고 나갔다.

"중령한테 지금 약혼자가 와 있어." 장교는 말하고 나서 또 신문을 읽기 시작했다. "자네의 방문을 아마 반가워할 거야."

"이 전쟁에 이기려고 아무리 애를 써도, 그걸 너 같은 자식이 방해하는 거야." 고메스는 사령부의 장교를 향해서 말했다.

장교는 그를 거들떠보지도 않았다. 그러나 이윽고 신문을 읽으면서 혼 잣말처럼 중얼거렸다. "참, 별난 신문이 다 있어!"

"그럼 왜 《엘 데바테(토론)》를 읽지 않나? 너 같은 건 그런 신문이 알맞아." 고메스는 이 전쟁이 일어나기 전, 마드리드에서 발행되고 있었던 유명한 가톨릭의 보수파 신문 이름을 들어 말했다.

"난 장교일세. 내 보고 하나가 자네에게 중대한 영향이 있다는 것을 잊지 말아 주게나." 장교는 눈도 들지 않고 말했다. "나는 지금까지 《엘 데바테》 따위는 읽은 적이 없어. 함부로 말하지 마."

"그럴 테지. 자네 같은 건 A.B.C.를 읽었을 테니까." 고메스는 말했다. "아군은 현재까지도 바로 너 같은 놈 때문에 썩고 있는 거야. 너 같은 직업 군인 때문에 말이다. 그러나 언제까지 지금처럼은 안 돼. 우리는 지금 무식한 놈들과 냉소파冷笑派인 놈들 사이에 빠져 있는 거야. 그러나 머지않아 한쪽은 교육시키고 한쪽은 내쫓을 테다."

"네 녀석은 지금 '추방'이라는 말을 하고 싶은 거군." 장교는 여전히 신문에서 눈을 떼지 않고 말했다.

"여기에도 자네들이 좋아하는 러시아의 명사가 또 추방되었다는 기사가 실려 있군, 거기에선 요즈음 황산마그네슘(보통 설사약으로 쓰임)보다도 맹렬하게 배 속 청소를 하고 있는 모양이야."

"이유는 아무래도 좋아." 고메스는 설치면서 말했다. "이유는 아무래도 좋으니까, 너 같은 인간은 녹여 없애 버려야 돼."

"녹여 없애 버린다?" 장교는 혼잣말처럼 배짱 좋게 말했다. "카스티야 말로는 별로 들어 보지 못한 새로운 말이 또 나타났군."

"그럼 총살이라면 어때?" 고메스는 말했다. "이건 카스티야 말이니까 알 아들을 테지?"

"알았어. 그러나 너무 큰 소리 내지 말게. 이 여단 사령부에는 중령 말고 도 잠자고 있는 사람이 있단 말이야. 그리고 네 녀석의 감정 과다증은 시 끄러워서 견딜 수 없어. 내가 언제나 몸소 면도를 하는 것은 그 때문이야. 난 옛날부터 수다스러운 것을 좋아하지 않아."

고메스는 안드레를 보고 고개를 내둘렀다. 그의 두 눈은 노여움과 증오 때문에 넘치는 눈물로 반짝이고 있었다. 그러나 그는 장차 어느 때인가를 위해서, 그것을 참고 내색하지 않고 고개를 흔들며 아무 말도 하지 않았 다. 시에라의 대대장으로 승진하는 1년 반 동안에 꽤나 참아 왔던 것이다. 그때 중령이 잠옷 바람으로 방에 들어왔기 때문에 그는 자세를 바로 하고 경례를 했다.

미란다 중령은 작달막한 체격에 얼굴이 잿빛인 사나이였다. 그는 지금 까지 군대 생활을 해 왔는데, 모로코에서 소화불량증에 걸려 있는 동안에 마드리드에 있던 아내의 사랑을 잃게 되었으나, 아내와 이혼할 수 없음을 알자(소화력을 회복시키는 데는 아무런 문제점도 없었다) 공화당원이 되어 육 군 중령으로서 이번 내란에 참가했던 것이다. 그의 야심은 단 한 가지밖 에 없었다. 그건 이 전쟁이 끝날 때까지 현재의 지위에 있는 일이었다. 그 는 시에라를 잘 지켜 냈다. 그리고 이곳에 혼자 버티며, 시에라가 공격받 을 때마다 방위할 것을 소원하고 있었다. 그는 어쩌면 요리의 가짓수가 별수 없이 줄어든 탓인지, 전쟁이 벌어지고 나서부터 훨씬 건강해졌다. 소 다도 잔뜩 가지고 있겠다, 밤엔 위스키를 마시겠다, 거기다 어린 정부까지 있으니 말이다. 스물세 살인 정부도 지난해 7월 의용군으로 전선에 나간 모든 아가씨와 마찬가지로 임신 중이었다. 지금 그는, 방에 들어와서 고메 스의 경례에 고개를 까딱거리고 손을 내밀었다.

"무슨 용건이지, 고메스?" 그는 묻고 난 다음, 이번에는 그의 참모장인 책상 앞의 장교를 향해서 말했다. "미안하지만 담배를 갖다 주게, 페페."

고메스는 안드레의 서류와 급보를 그에게 보였다. 중령은 잽싸게 통행증을 훑어보더니 안드레를 보고 고개를 끄덕이며 웃었다. 그러고 나서 탐욕스런 눈으로 다시 급보를 보았다. 집게손가락으로 만져서 봉함을 살피고서야 겨우 통행증과 급보를 안드레에게 돌려주었다.

"산속의 생활은 몹시 고생스러운가?" 그는 물었다.

"아뇨, 중령님." 안드레는 대답했다.

"골즈 장군의 사령부를 찾자면 어디가 제일 가까운지 알아가지고 왔나?"

"나바세라다랍니다, 중령님." 안드레는 말했다. "영국인이 전선 후방인 나바세라다 부근의 오른쪽 어딜 거라고 했습니다."

"어떤 영국인인데?" 중령은 조용히 물었다.

"폭파 담당으로서 우리와 함께 있는 영국인이죠." 중령은 고개를 끄덕였다.

이 전쟁에선 갑자기 까닭을 알 수 없는 이상한 일이 생기곤 하는데, 이것 역시 그 하나로구나.

"고메스, 자네가 오토바이로 이 사나이를 데려다 주게." 중령은 말했다. "골즈 장군의 참모 본부 앞으로 아주 강력한 통행증을 써 주게. 내가 사인하겠다." 그는 초록빛 셀룰로이드의 색안경을 쓴 장교에게 말했다. "타이프라이터로 쳐 주게, 페페. 자세한 내용은 이대로라도 좋아." 그렇게 말하고 그는 안드레에게 통행증을 달라며 손짓으로 나타냈다.

"그리고 봉인을 두 개 찍어 주게." 그러고 나서 이번에는 고메스를 향해 말했다.

"자네는 오늘 밤 무언가 독한 게 필요할 거야. 그것이 당연하지. 공격을 계획할 때는 세심하게 주의하지 않으면 안 돼. 될 수 있는 대로 독한 술을 주지." 그러고 나서 이번에는 안드레를 향해 참으로 다정하게 말했다. "뭔가 원하는 게 있나? 먹을 것이나 마실 것을."

"아닙니다, 중령님." 안드레는 말했다. "배가 고프지 않습니다. 여기 오기 전에 사령부에서 브랜디를 대접받았습니다. 이 이상 마시면 비틀비틀 취하죠."

"자네가 지나올 때 정면의 적에게서 이동의 낌새라든가, 활기를 띠고 있는 상태라든가 그런 걸 보지 못했나?" 중령은 정중하게 안드레한테 물었다.

"여느 때와 다름없었습니다, 중령님. 이상 없음, 이상 없음이었죠."

"석 달 전쯤 내가 자네하고 세르세다에서 만난 일이 없었나?" 중령이 물었다.

"있었습니다, 중령님."

"그렇게 생각되었어." 말하며 중령은 그의 어깨를 토닥거렸다.

"자네는 안셀모라는 영감과 함께였지. 그 영감은 어떻게 하고 있나?"

"잘 있습니다, 중령님." 안드레는 말했다.

"다행이군. 나도 그걸 들으니 기쁘네." 중령은 말했다. 장교가 타이프라이터로 친 서류를 보이자, 그는 그것을 훑어보고 서명했다. "자, 빨리 가게." 그는 고메스와 안드레에게 말했다. "오토바이를 조심하게." 그는 고메스에게 말했다. "불을 켜도 좋아. 오토바이 한 대쯤으로 사고가 일어날 것은 없겠지만, 조심해야 해. 골즈 장군에게 안부 전해 주게. 페게리노스의 일이 있은 후, 나도 만난 일이 있지." 그는 두 사람과 악수를 나누었다. "서류는 셔츠 속에 넣고 단추를 끼도록 하게. 오토바이라 바람이 셀 테니까."

두 사람이 나가 버린 후, 그는 캐비닛 앞으로 가서 컵과 술병을 꺼내어 위스키를 따르고, 벽에 기대어 마룻바닥 위에 놓여 있던 도자기 병에 든 물을 술잔에 따랐다. 그러고 나서 컵을 들고 천천히 위스키를 마시면서 벽에 걸린 지도 앞에 서더니, 나바세라다 위쪽 지방의 공격 가능성을 검토하기 시작했다.

"이게 내가 아니라 골즈라서 다행이었어." 그는 이윽고 테이블 앞에 걸터앉아 있는 장교에게 말했다. 장교가 대답을 안 하자 중령은 지도에서 눈을 떼고 장교 쪽을 바라보았는데, 장교는 팔에 얼굴을 얹고서 자고 있었다. 중령은 책상 쪽으로 걸어가서 전화기를 장교의 머리 양쪽에 하나씩 닿지 않도록 붙여 놓았다. 그리고 캐비닛 앞으로 가서 또 한 잔의 위스키를 따르고 물을 섞더니 다시 지도 앞으로 돌아갔다.

안드레는 고메스가 운전하는 오토바이의 뒷자리에 쪽 붙들고 앉아 얼굴을 숙이고 있었다. 양면에 우뚝 솟아 있는 거뭇거뭇한 포플러 나무가 가는 길을 확 트이게 열어 놓았다. 그리고 십자 도로가 작은 냇가의 강바

닥을 끼고 피어오른 안개 속에 녹아들어 흐릿하고 노랗게 가물가물해졌
고, 도로가 높아지면 다시 뚜렷하게 트이는 시골길을 헤드라이트에 찢겨
진 어둠을 향해 오토바이는 커다란 폭음과 함께 바람을 가르며 달려갔다.
이윽고 앞쪽의 네거리에 헤드라이트가 비쳐져서 산에서 내려오는 빈 트
럭의 잿빛 차체가 보였다.

41

파블로는 어둠 속에서 멈추고 말에서 내렸다. 로버트 조던에게는 사람
들이 말에서 내릴 때의 스치는 소리와 무거운 숨결과 말이 고개를 움직일
때의 재갈이 흔들리는 소리가 들렸다. 말 냄새와 새로 참가한 패들의 오
랫동안 빨지 않고 퀴퀴한 옷을 입은 채 잠잔 듯한 냄새와 동굴 속에 있었
던 패들의 장작 그을음 냄새가 섞인 썩은 듯한 냄새가 코를 찔렀다. 바로
옆에 파블로가 서 있었는데, 그는 입 안에 넣은 동전 비슷한 놋쇠 내가 나
는 썩은 포도주 같은 냄새를 풍겼다. 로버트 조던은 손으로 가려 불빛을
숨기며 담배에 불을 붙이고 깊숙하게 빨아들였다. 그러자 파블로가 나직
한 목소리로 말하는 게 들렸다. "우리는 말 다리를 붙들어 맬 테니까, 필라
르 당신은 그동안 수류탄 자루를 내려 줘."

"아구스틴." 로버트 조던은 낮은 목소리로 말했다. "너하고 안셀모는 나
와 함께 다리로 가는 거야. 기관단총의 폭약 보통이는 갖고 있나?"

"갖고 있어." 아구스틴이 말했다. "잊어먹을 줄 아나 보군."

로버트 조던은 필라르가 프리미티보의 도움을 받으며 말에서 짐을 내
리고 있는 곳으로 다가갔다.

"이봐, 아주머니." 그는 소리를 죽이고 말했다.

"무슨 일이우?" 그녀는 말의 배 밑에서 배 띠 갈고리를 끄르면서 쉰 목
소리로 속삭였다.

"폭탄이 터지는 소리가 들릴 때까지 초소를 공격하지 않기로 한 계획을
알고 있소?"

"몇 번 말해야 속이 시원해." 필라르는 말했다. "당신은 점점 늙은 할망

구처럼 되어 가는군, 영국 양반."

"다시 확인하는 거죠." 로버트 조던은 말했다. "그리고 초소를 해치웠다면 아주머니는 다리까지 물러나서 도로 위쪽과 내 왼쪽부터 지켜 주시오."

"당신이 처음 설명해 주었을 때부터 잘 알고 있다니까." 필라르는 나직한 목소리로 말했다. "당신은 당신 할 일이나 하면 돼."

"폭발 소리가 들릴 때까지는 한 사람도 움직이지 말고 총도 쏘지 말고 폭탄도 던지지 않도록 해 주시오." 로버트 조던은 속삭였다.

"이제 그만 좀 하구려." 필라르는 낮은 목소리로 짜증내 듯 말했다. "나는 귀머거리 영감한테 있을 때부터 그런 것쯤은 알고 있어."

로버트 조던은 파블로가 말을 붙들어 매고 있는 곳으로 갔다. "놀랄 만한 놈만 묶었어." 파블로가 말했다. "밧줄을 조금만 당겨도 곧 풀리도록 매어 놓았어. 자, 이렇듯."

"좋아."

"저 처녀하고 필라르에게 밧줄 묶는 방법을 가르쳐 주겠어." 파블로는 말했다. 새로 참가한 패들은 그들끼리 한 덩어리가 되어 소총에 기대서 있었다.

"모두들 알고 있겠지?" 파블로는 말했다. "초소를 해치운다, 전화선을 끊는다, 다리 위까지 후퇴한다, 당신이 폭파할 때까지 다리를 지킨다."

"그리고 폭격이 시작될 때까지는 아무런 행동도 해선 안 된다."

"알고 있어."

"그럼 됐어. 잘 부탁해."

파블로는 무언가 입 속으로 툴툴거리다가 이윽고 말했다. "우리가 후퇴할 때는 당신이 중기관총과 경기관총으로 우리를 엄호해 줄 테지. 그렇지, 영국 양반?"

"우선 첫째로," 로버트 조던이 말했다. "폭약을 넣은 바구니의 뚜껑을 떼어 버리는 거야."

"그럼." 파블로는 말했다. "이제 할 말은 없어. 하지만 여차할 때는 말이야, 당신은 조심하지 않으면 안 돼. 당신이 조심하지 않으면, 일은 그리 간단하지가 않아."

"기관총은 내가 맡겠어." 로버트 조던이 말했다.

"당신, 경험이 있어? 저 녀석의 뱃속은 나쁘지 않지만, 아구스틴에게 얻어맞을 생각은 아예 없으니까."

"난 기관총에 대해선 경험이 풍부해. 정말이야. 그리고 만일 아구스틴이 어느 쪽인가의 기관총을 맡게 되더라도 네 위쪽을 겨냥하도록 내가 주의해 주겠어. 훨씬 위쪽을 말이야."

"그럼 더 할 말이 없어." 파블로는 말했다. 그러고 나서 이번에는 목소리를 죽이고 주위를 살피듯이 말했다. "이래도 또 말이 모자라."

개 같은 자식, 하고 로버트 조던은 생각했다. 이놈은 내가 애당초부터 이 사나이의 본성을 꿰뚫어 보지 못하고 있는 것처럼 생각하는 걸까.

"난 걸어가겠어." 그는 말했다. "말에 대해선 네가 좋은 대로 해."

"아냐. 당신이 탈 말은 한 필 있어, 영국 양반." 파블로는 나직한 목소리로 말했다. "우리 모두에게 돌아갈 만큼은 말이야."

"그런 건 내가 알 바 아니야." 로버트 조던은 말했다. "내 걱정은 마. 네 새 기관총에 총알은 듬뿍 있나?"

"있어." 파블로는 말했다. "그 기병이 갖고 있던 것이 고스란히 있어. 난 네 발만 시험 삼아 쏘아 보았어."

"자, 그만 가자." 로버트 조던이 말했다. "저쪽에 빨리 도착해서 잘들 숨어야 해."

"자, 모두들 가자." 파블로가 말했다. 잘 부탁하네, 영국 양반."

이 자식이 지금 무슨 꿍꿍이 수작을 하고 있는지 수상쩍기만 하다. 대개는 짐작하고 있지. 어쨌든 간에 그것은 놈의 마음대로이고 내가 알 바 아니다. 이 새로 참가한 패들을 내가 모르는 것이 오히려 다행이다, 하고 로버트 조던은 생각했다.

그는 손을 내밀고 "그럼 조심하시오, 파블로." 하고 말했다. 두 사람은 어둠 속에서 손을 힘껏 잡았다.

손을 내밀었을 때 로버트 조던은 무언가 파충류를 잡는 듯한, 문둥병 환자에게라도 스치는 듯한 느낌이 들 거라고 생각했다. 이제까지 그는 파블로의 손이 어떤 느낌을 줄지 몰랐던 것이다. 그러나 어둠 속에서 파블로의 손이 그의 손을 마음껏 힘차게 움켜잡았으므로, 그 역시 힘껏 잡아 주었다. 파블로는 어둠 속에서는 좋은 손을 갖고 있었다. 그것에 스치자 로버트 조던은 그날 아침 느꼈던 것과 똑같은, 참으로 기묘한 느낌을 받았다. 우리는 지금 동지가 되지 않으면 안 된다. 동지라면 언제라도 악수쯤 하는 게 보통이다. 꽃을 달아 주고 두 볼에 입을 맞추는 것도 물론이다. 우리가 그런 짓까지 하지 않아도 괜찮았던 것은 다행이다. 동지니 하는 따위란 이런 것일 테지. 서로들 언제나 마음속으로 미워하고 있는 것이다. 그렇긴 해도 이 파블로란 사나이는 이상한 놈이다, 하고 그는 생각했다.

"그럼 조심하게, 파블로." 그는 그 이상하게 딱딱하고 의미심장한 손을 꼭 쥐었다. "당신 쪽은 내 편에서 잘 엄호해 줄 테니 걱정 마."

"당신의 물건을 가져가서 미안해." 파블로는 말했다. "그건 그만 나도 모르게 한 짓이야."

"하지만 당신은 우리가 필요한 것을 가져왔잖소."

"이 다리 일이라면 난 당신에게 반대하지 않아, 영국 양반." 파블로는 말했다. "성공적으로 해치울 수 있다는 걸 나도 알았어."

"당신들 두 사람은 뭘 하고 있죠? 겁이라도 났나요?" 필라르가 어둠 속에서 돌연 그들 바로 옆에 서며 말했다. "그걸로 겁을 집어먹었다면, 당신도 이젠 글렀군." 파블로를 보며 말했다. "자, 그만 가요, 영국 양반. 이 남자가 폭약의 나머지를 훔치기 전에 작별 인사를 끝내는 게 좋을 테니까."

"너는 내 마음을 몰라." 파블로는 말했다. "영국 양반하고 나는 서로 죽이 맞았어."

"당신 속을 아는 놈이 어디 있어. 하느님이나 당신 어머니라도 모를 거야." 필라르는 말했다. "나도 모르는데. 자, 영국 양반. 따라와요. 그리고 당신의 맨대가리 아가씨하고 작별 인사라도 하구려. 흥, 멋대로 하라지. 하지만 이봐요, 혹시 겁이 난 것은 아니겠지?"

"무슨 소리야?" 로버트 조던은 말했다.

"그렇다면 됐어." 필라르는 낮은 소리로 명랑하게 말했다. "자, 출발하라니까. 난 빨리 시작하고 빨리 끝내고 싶어서 좀이 쑤실 지경이야. 당신은 저 패들하고 같이 오구려." 그녀는 파블로에게 말했다. "저 패들의 군은 결심이 언제까지 계속될지 알게 뭐야. 당신의 목숨과 바꾸고 싶지 않은 녀석이 두 명가량 있다니까. 자, 저 패들을 데리고 와요."

로버트 조던은 짐을 지고, 마리아를 찾으러 말 있는 쪽으로 걸어갔다. "잘 있어, 예쁜이." 그는 말했다. "곧 또 만납시다."

그는 마치 전에도 이런 말을 한 것 같고, 또 기차가 지금 발차하기라도 한 것과 같은, 특히 지금은 기차를 타려는 참이고 자기는 플랫폼에 서 있구나 하는 듯한, 현실과는 동떨어진 심정이었다.

"잘 가세요, 로베르토." 그녀는 말했다. "조심하시고."

"알고 있어." 그는 말했다. 그리고 키스하려고 머리를 숙이자 짐이 머리 뒤로 굴러 내려왔기 때문에 이마와 이마를 세게 부딪혔다. 부딪혔을 때, 이런 일이 전에도 역시 있었다고 그는 생각했다.

"울면 안 돼." 그는 짐 때문만이 아니라 이상하게도 어색하게 말을 했다.

"울진 않아요." 그녀는 말했다. "하지만 빨리 돌아오세요."

"총소리가 들려도 걱정하지 마. 꽤 많은 총질이 있을 게 뻔하니까."

"걱정하지 않겠어요. 다만, 빨리 돌아오세요."

"잘 있어, 예쁜이." 그는 어색하게 말했다.

"조심하세요, 로베르토."

로버트 조던은 처음으로 학교에 가기 위해 레드로지에서 빌링즈 행 기차를 탔던 이후로, 이렇듯 젊은 활기를 느껴 본 적은 없었다. 그는 가는 것이 무서웠다. 그러나 누구에게도 눈치채게 하고 싶지는 않았다. 그리고 그 정거장에서 침대가 없는 객차 승강구로 오르는 발판용인 상자를 차장이 치우려고 하자, 아버지는 작별 키스를 해 주면서 이렇게 말했다. "나하고 네가 서로 따로따로 떨어져 있을 동안, 두 사람 사이를 하느님이 지켜주시기를!" 아버지는 신앙심이 몹시 두터운 사람이었으므로, 이 말을 단순하고 진심을 기울여 말했다. 그러나 치밀어 오르는 감정 때문에 아버지의 수염은 젖어 있었다. 눈도 글썽해 있었다. 이 기도 속에 깃들인 눈물겹게 신앙심 깊은 태도와 아버지의 작별 키스에 그는 몹시 어리둥절한 느낌이었으므로, 별안간 자기가 아버지보다 훨씬 나이를 먹은 듯한 기분이 되어 이별을 안타까워하고 있는 아버지를 딱하게 여겼던 것이다.

기차가 발차하자 그는 맨 꽁무니에 서서 차츰 작아져 가는 정거장과 급수탑, 그리고 그 정거장과 이제는 급수탑이 콩알만 하게 보이는 한 지점을 향해서 좁혀지고 있는 침목과 짝지어진 철로를, 자기를 멀리 실어 가는 쉴 새 없는 진동 속에서 지켜보고 있었다.

"아버지는 너와 헤어지는 게 싫었던 모양이다." 제동수制動手가 말했다.

"네." 그는, 뒤로 쏜살같이 지나가는 전봇대 사이의 철로가에서 먼지투성이인 길까지 무성하게 나 있는, 창밖으로 강물처럼 흘러가 버리는 쑥밭을 응시하면서 말했다. 그는 메추라기를 찾고 있었던 것이다.

"너는 집을 떠나서 학교에 가는 것이 아무렇지도 않니?"

"네." 그는 말했는데, 그건 사실이었다.

그전이었다면 정말이 아니었겠지만, 그때는 정말이었다. 그리고 기차가 드디어 발차하기 전에 느낀 것과 비슷한 활기 있는 심정을 또다시 느낀 것은 지금 이 작별에 즈음하여 처음이었다. 그는 지금 무언가 소년처럼 몹시 부끄러움을 타는 심정이 되어, 자기가 학교에 다니고 있는 소년으로서 어떤 소녀에게 키스해야 할 것인지, 해선 안 될 것인지를 망설이며 바깥쪽 주차장에서 작별하고 있을 때처럼 수줍은 듯이 작별 인사를 하고 있었던 것이다. 그때 그는 자기 자신이 부끄러워하고 있는 것은 작별의 탓이 아님을 알았다. 부끄러워하는 건 이 다음 번 만날 때를 위해서였다. 작별은 다음에 만날 때의 일을 생각하고 느끼는 부끄러움의 일부분에 지나지 않는 것이다.

너는 점점 또 그 무렵처럼 돼 간단 말이다. 그러나 그렇게 되기에는 자신이 너무 젊다고 생각지 않는 자는 한 사람도 없을 것이다. 그런 것은 이것저것 말을 않는 것이다. 자, 정신 차려라. 아직 젊어지기에는 이르단 말이야, 하고 그는 자신에게 말했다.

"잘 있어, 예쁜이." 그는 말했다. "잘 있어, 귀여운 토끼."

"조심해요, 로베르토." 그녀는 말했다.

그는 안셀모와 아구스틴이 서 있는 곳으로 가서 말했다. "갑시다."

안셀모는 무거운 짐을 추슬렀다. 동굴을 나설 때부터 짐을 잔뜩 짊어진 아구스틴은 나무에 기대서 있었는데, 자동 소총이 그 짐 위로 쑥 내밀어져 있었다.

"좋아." 그는 말했다. "자, 가자." 세 사람은 비탈을 내려가기 시작했다.

"조심하시우, 돈 로베르토." 세 사람이 한 줄이 되어 나무 사이를 지나며 앞을 지나치자 페르난도가 말을 걸었다. 페르난도는 그들이 지나가는 곳에서 좀 떨어진 곳에 앉아 있었는데, 몹시 점잔을 빼는 말투였다.

"자네도 조심하게, 페르난도." 로버트 조던은 말했다.

"행운을 빌겠네." 아구스틴이 말했다.

"고맙소, 돈 로베르토."

페르난도는 아구스틴에게는 대꾸도 않고 말했다.

"저 자식은 괴짜라서. 그렇죠, 영국 양반." 아우스틴이 속삭였다.

"정말이야." 로버트 조던은 말했다. "좀 덜어 줄까? 말처럼 짐을 짊어지고 있잖아."

"괜찮아요." 아구스틴은 말했다.

"하지만 드디어 시작하니 난 기분이 좋아."

"작은 소리로 말해." 안셀모가 말했다. "이제부터는 말을 않도록 해. 하더라도 작은 소리로 해."

안셀모를 선두로, 이어서 아구스틴이 내리막길을 조심조심 내려갔다. 로버트 조던은 새끼를 감은 발 아래로 솔가리를 느끼면서 미끄러지지 않도록 조심스럽게 발을 옮겨 디뎠으나, 한 발이 나무뿌리에 걸리고 손을 허우적거리게 되자 자동 소총의 차가운 금속과 접은 총의 삼각대에 손이 닿았다. 그러고 나서 비탈을 비스듬히 내려갔는데, 구두가 숲의 땅바닥에 미끄러졌으므로 또 뻗친 왼손이 나무등치의 꺼칠꺼칠한 껍질에 스쳤다. 그러다가 이번에는 몸을 버티는 순간 미끈미끈한 곳에 손이 스쳤고, 손을 떼자 손바닥에 나무등치의 팬 자국에서 스며 나온 송진이 묻어 있었다. 이윽고 그들은 나무가 무성한 험한 언덕의 비탈을 내려가 첫날 로버트 조던과 안셀모가 바라본 다리 위 지점에 다다랐다.

여기까지 오자 안셀모는 어둠 속에서 한 그루의 소나무 곁에 발을 멈추고 로버트 조던의 손목을 잡고는 거의 알아들을 수 없을 정도의 낮은 소리로 말했다.

"봐요, 저걸. 놈들의 화롯불이 보입니다."

그건 콩알만 한 불로서, 그 장소는 훨씬 아래쪽 다리와 도로가 합쳐지는 곳임을 로버트 조던도 곧 알았다.

"여기는 우리가 망을 보았던 곳이죠." 안셀모는 말했다. 그리고 로버트 조던의 손을 잡고 아래로 끌고 가, 나무줄기의 아래쪽에 새로 조그맣게 새긴 자국을 만지게 했다. "그때 당신이 망을 보는 동안 내가 이 표적을 새겨 두었지. 오른쪽이 당신이 기관총을 장치하자고 말하던 곳이라오."

"음, 거기다 장치하기로 합시다."

"알았소."

그들은 소나무 등걸 뒤쪽에 짐을 내려놓았다. 두 사람은 안셀모의 뒤를 따라서 한 무더기의 어린 소나무가 무성하고 평퍼짐한 장소로 갔다.

"여기입죠." 안셀모는 말했다. "바로 여기지."

"낮에 여기서 보면," 작은 나무 뒤에 웅크린 로버트 조던이 아구스틴에게 속삭였다. "도로의 일부와 다리목이 보인다. 그리고 다리 전체와 반대쪽 끝에 이어지고 있는 도로가 바위 모퉁이를 도는 데까지, 약간 보일 거다."

아구스틴은 잠자코 있었다.

"너는 우리가 폭파 준비를 하는 동안 여기에 엎드려 있고, 위에서건 밑에서건 닥치는 대로 총알을 갈겨."

"저 불은 어디지?" 아구스틴이 물었다.

"다리 이쪽에 있는 보초의 초소야." 로버트 조던은 속삭였다.

"보초는 누가 해치우지?"

"전에도 말한 것처럼 영감하고 내가 맡는다. 그저 만일 우리가 해치우지 못한다면, 네가 초소 안에 탄환을 퍼붓고 적의 모습이 보이거든 그놈들을 모두 쏘아 버려야 해."

"응. 그것은 전에도 당신에게서 들었어."

"폭파하고 나서 파블로의 패들이 저 모퉁이를 돌아왔을 때 만일 적이 쫓아오는 것 같거든, 우리 편 머리 위로 쏘아야만 돼. 우리 편이 나타나거든 적이 올 수 없도록, 어떤 일이 있더라도 우리 편 머리보다 훨씬 높은 곳을 겨냥하지 않으면 안 돼. 알겠지?"

"알았어. 당신이 어젯밤 말한 대로군."

"그밖에 모르는 건 없나?"

"없어. 짐이 두 개 있어. 위에 놔두어도 들키지는 않겠지만, 여기에 가져다 두는 편이 좋겠지."

"하지만 여기서 얼씬거렸다가는 안 돼. 꼭대기에 있을 때와 마찬가지로 잘 숨어 있어야만 해."

"아냐, 어두운 동안에 흙을 칠해 두면 돼. 글쎄, 두고 보라니까. 다 되고 난 다음은 모를 테니까."

"적은 바로 코앞에 있어. 알고 있을 테지? 날이 새면 이 숲은 밑에서 잘 보인단 말이야."

"걱정 말아요, 영국 양반. 당신은 어디로 가지?"

"난 경기관총을 갖고서 바로 아래로 가겠어. 영감은 이제부터 골짜기를 건너서 맞은편 초소를 곧 해치울 수 있도록 준비하러 간다. 이쪽 방향이야."

"그럼 더 물을 것도 없어." 아구스틴은 말했다. "조심해, 영국 양반. 담배 갖고 있어?"

"담배를 피워선 안 돼. 적은 바로 가까이 있으니까."

"아냐, 입에 물고 있을 뿐이야. 나중에 피우기 위해서 말이지."

로버트 조던이 담배 케이스를 건네자, 아구스틴은 안에서 세 개비를 뽑아 목동들이 쓰는 납작한 모자의 앞 차양 속에 넣었다. 이어 삼각대를 벌리고 총구를 소나무 사이에 내놓고서 더듬거리며 짐을 풀더니, 물건을 편리한 곳에 늘어놓기 시작했다.

"이것뿐이다." 그는 말했다. "이제 아무것도 없어."

안셀모와 로버트 조던은 그를 거기에 남기고 짐 있는 곳으로 되돌아갔다.

"짐은 어디에다 두는 게 제일 좋을까?" 로버트 조던은 속삭였다. "여기가 좋다고 생각돼. 그러나 여기서 저 경기관총으로 보초를 해치울 수 있을까?"

"여기가 정말 그날 우리가 왔던 곳인가?"

"그때의 나무라니까." 안셀모는 말했지만, 목소리가 작기 때문에 조던에게는 거의 알아들을 수 없을 정도였다. 그 첫날과 마찬가지로 안셀모가 입술을 움직이지 않고 말하는 것을 그로서도 알 수가 있었다. "내가 주머니칼로 표적을 해 두었어."

이런 일은 전에도 일어난 적이 있다는 느낌을 로버트 조던은 다시 받았다. 그러나 이번 것은, 그가 같은 질문을 되풀이하고 안셀모가 그것에 대해 대답한 것에서 비롯되었다. 아구스틴이 대답을 잘 알고 있으면서도 보초에 대해서 물은 것과 같은 심리이다.

"아주 가깝다. 너무 가까울 정도다." 그는 속삭였다. "그러나 해를 등에 지고 있어. 여기라면 문제없어."

"그럼 나는 이제 골짜기를 건너 저쪽 위치에 가겠소." 안셀모는 말한 다음, 얼마 후 또 말했다. "미안하지만, 영국 양반. 틀림없도록 다시 한 번 물어 두겠소. 내가 잊어버리거나 하면 안 될 테니까."

"뭐요?" 하고 그는 내뱉듯이 말했다.

"틀림없이 하려고 하니 다시 한 번 간단히 말해 주지 않겠소?"

"내가 쏘기 시작하면 영감이 쏜다. 영감이 상대방을 해치웠다면, 다리를 건너서 나한테로 온다. 나는 짐을 거기로 가져갈 테니까, 영감은 화약을 장치할 때 내가 시키는 대로 하는 거야. 자세한 것은 그때 말하겠어. 나에게 만일의 일이 일어난다면, 가르쳐 준 대로 영감이 직접 하는 거야. 나무쐐기를 써서 빠지지 않도록 끼우고 수류탄을 단단히 매고서 침착하게 하는 거야."

"잘 알았어." 안셀모는 말했다. "모두 외우고 있던 대로야. 그럼 난 가겠어. 날이 새거든 잘 숨어 있어요, 영국 양반."

"쏠 때는," 로버트 조던은 말했다. "서두르지 말고, 단단히 잘 겨냥해야 돼. 상대를 인간이라 생각하지 말고 과녁이라고 생각하는 거야. 알겠지? 몸뚱이 전부를 쏘려 하지 말고 한 군데만을 노리는 거야. 적이 바로 정면으로 이쪽을 향하고 있다면 배 한복판을 쏜다. 저편을 보고 있다면 등 한복판이야. 알겠어요, 영감? 내가 쏘기 시작했을 때 만일 적이 앉아 있다면 뛰든가 웅크리든가 하기 전에 반드시 일어날 테니, 그때 쏘는 거요. 만일 그래도 앉아 있는 채로라면 앉아 있는 대로 쏘아. 지체 말고 말이야. 그렇지만 잘 겨냥해야 돼. 50미터까지 접근하게 내버려 둬. 영감은 사냥꾼이었으니까. 문제없어."

"당신의 명령대로 하겠어." 안셀모는 말했다.

"그렇소, 난 그렇게 명령하는 거요." 로버트 조던은 말했다.

이것을 명령으로 하는 걸 잊지 않고 있으니 다행이군, 하고 그는 생각했다. 이걸로 영감은 마음이 편해진다. 이걸로 영감의 저주가 얼마쯤은 풀린다. 어쨌든 얼마쯤이라도 저주가 풀리게 된다면 다행이다. 나는 처음 만난 날, 이 영감이 사람을 죽이는 일에 관해서 이야기하던 것을 잊어먹고 있었다.

"지금 말대로 명령했어." 그는 말했다. "자, 가시오."

"안녕." 안셀모는 말했다. "곧 또 만날 때까지 말이야, 영국 양반."

"응, 다시 곧 만납시다." 로버트 조던은 말했다.

그는 정거장에서의 아버지 모습과 그때 있었던 작별의 쓸쓸함을 생각했다. 그러므로 안녕이라든가 잘 있으라든가 몸조심하라든가 하는 그런 말은 일체 하지 않았다.

"총 속의 기름을 닦아 냈겠지, 영감." 그는 속삭였다.

"그러면 잘 맞을 거야."

"동굴에서 닦았어." 안셀모는 말했다. "헝겊으로 말끔하게 말이야."

"그럼, 또 만납시다." 로버트 조던이 말하자, 영감은 소리도 없이 새끼를 감은 구둣발을 내디디며 나무 사이로 성큼성큼 사라졌다.

로버트 조던은 솔가리가 쌓인 숲의 땅에 배를 깔고, 새벽과 함께 불어오는 소나무 가지의 바람 소리에 귀를 기울였다. 그리고 경기관총의 탄창을 뽑고 노리쇠를 앞뒤로 움직였다. 그러고 나서 총신을 들어 올려 노리쇠를 열어 둔 채, 어둠 속에서 총구에 입술을 대고 총신을 획 불었다. 혓바닥이 총구 끝에 닿자, 금속은 기름 냄새를 풍겼다. 다음에 총을 솔가리나 먼지가 안으로 들어가지 않도록 위를 향해 왼팔에 올려놓고서, 탄창에서 엄지손가락으로 총알을 전부 꺼내어 앞에 펼친 손수건 위에 늘어놓았다. 다음에 총알을 하나씩 어둠 속에서 만져 보고, 손가락으로 뒤집어보고 또 하나씩 탄창에 끼웠다. 탄창은 또 전처럼 그의 손에 묵직하게 느껴졌다. 그러고 나서 그것을 경기관총 속에 끼우고, 그것이 제자리에 들어가는 소리를 느꼈다. 그는 소나무 뒤에서 총을 왼팔에 올려놓고서 엎드려, 아래쪽의 콩알만 한 그 불빛을 지켜보았다. 이따금 그 불빛이 보이지 않게 되는 때가 있었는데, 얼마 후 초소에 있는 사나이가 화로 앞을 왔다 갔다 하기 때문임을 알았다. 로버트 조던은 거기에 몸을 엎드리고 꼼짝도 않고 새벽을 기다렸다.

42

파블로가 산속에서 동굴로 돌아와 있는 동안, 그리고 일행이 말을 매 어둔 곳까지 내려왔을 무렵에 안드레는 골즈의 사령부를 향하여 급히 달리고 있었다. 그들이 나바세라다로 통하는 간선도로에 나서자 트럭이 연달아 산에서 돌아오고 있었으며, 거기에 검문소가 있었다. 그러나 고메스가 검문소에 있는 병사에게 미란다 중령의 통행증을 보여 주자, 병사는 회중전등 불빛으로 그것을 보고 함께 있던 다른 병사에게도 보이고는 돌려주며 경례했다.

"좋습니다." 그는 말했다. "가도 좋습니다. 그러나 불은 꺼 주십시오."

오토바이는 또다시 폭음을 내기 시작했고, 안드레는 앞자리에 단단히 매달렸다. 고메스는 마차 사이를 조심스럽게 운전했고, 두 사람은 도로를 질주해 갔다. 트럭은 모두 불을 끄고 긴 행렬을 짓고서 움직이고 있었다. 언덕을 올라가는 짐 실은 트럭도 있었다. 그것들은 안드레에게는 어두워서 보이지 않았지만, 한 덩어리의 구름처럼 모래 먼지를 피우며 얼굴에 불어닥쳐서 이를 악물지 않을 수 없었다.

그들은 폭음을 내며 한 대의 트럭 바로 뒤꽁무니를 따르고 있었는데, 이윽고 고메스는 속력을 내어 그것을 앞지르고, 또 한 대 또 한 대씩 앞질러 갔다. 그동안에도 맞은편에서 오는 트럭은 길 좌측을 윙윙거리면서 내려갔다. 그들 뒤로 한 대의 자동차가 오고 있었는데, 그 차는 몇 번이고 트럭의 소음과 먼지 속에 경적을 울려 댔다. 그리고 얼마 후 불을 켜고 마치 굳어진 노란 구름 같은 먼지를 비치면서, 기어가 삐걱거리는 비명 같은 소리와 교만하고 위협하는 듯한, 두들겨 대는 듯한 경적 소리를 내면서 그들 옆을 질풍처럼 빠져나갔다.

이윽고 정차해 있는 트럭 행렬을 마주쳤다. 부상병 운송차, 참모 자동차, 장갑차, 또 한 대의 장갑차, 또 그 뒤에도 장갑차, 어느 것이나 아직도 자욱한 먼지 속에서 묵직한 금속제 포를 내민 거북 같은 모습으로 정지돼 있는 그 자동차의 집단을 앞질러 앞으로 나서자 또 하나의 검문소가 있고, 거기서 충돌 사고가 있었음을 알았다. 정차하고 있던 한 대의 트럭을 뒤에서 오던 트럭이 그만 앞차의 뒤쪽을 단단히 들이받아 도로 가득히 소총 탄환 상자가 어지럽게 흩어져 있었다. 부득이 고메스와 안드레가 오토 바이에서 내려 통행증을 검문소에 보이려고 오도 가도 못하는 차량 사이를 피해 갈 때, 안드레는 먼지 속에서 도로 가득히 흩어진 숱한 놋쇠 탄피를 밟고 넘어갔다. 뒤의 트럭은 라디에이터가 박살 나 있었다. 뒤에서 온 트럭이 바로 그 꽁무니에 코끝을 들이대고 있었다. 백 대 이상이나 되는 자동차가 그 뒤에 꽉 밀려 있고, 장화를 신은 한 사람의 장교가 충돌한 트럭을 길에서 치울 테니까, 뒤로 빼라고 운전병에게 외치면서 길을 되짚어 뛰어왔다.

장교가 자꾸만 밀어닥치는 행렬의 제일 꽁무니까지 가서 자동차가 느는 것을 막지 않는 한, 운전사들로서도 트럭이 너무 많아 뒤로 물러날 수 없는 모양이었다. 안드레가 보고 있으려니까, 장교는 회중전등을 손에 들고서 뛰고 넘어지고 고함치고 욕설을 퍼붓고 있었는데, 그러나 어둠 속에서 트럭은 여전히 꼬리를 물고 밀려왔다.

검문소의 병사는 통행증을 돌려주려 하지 않았다. 검문 병사는 두 명으로서, 총을 등에 짊어지고 손에 회중전등을 든 채 역시 고함치고 있었다. 한 사람이 통행증을 손에 쥔 채 길을 가로질러 언덕길 아래쪽으로 가는 한 대의 트럭에 다가가더니, 다음 검문소에 가서 거기 있는 자에게 이 혼란이 수습될 때까지 트럭을 전부 정지시키도록 전해 달라고 부탁했다. 트럭 운전사는 그 말을 듣고 달려갔다. 그러고 나서 검문 병사는 역시 통행증을 가진 채 무언가 소리 지르며 짐을 흐트러뜨린 트럭 운전병에게 걸어갔다.

"그런 건 내동댕이치고, 부탁이니 이 혼란이 수습되도록 꺼져 버려!" 그는 운전병를 향해서 소리 질렀다.

"변속장치가 망가졌어." 트럭 꽁무니 쪽에 쭈그리고 있던 운전병이 말했다.

"변속장치 같은 건 아무래도 좋아. 빨리 꺼지라니까."

"차동장치가 부서져서 움직이질 않아." 하고 운전병이 대꾸하고 다시 쭈그려 앉았다.

"그럼 네가 끌고 가. 그렇게 하지 않으면 한쪽 것을 치울 수가 없어." 병사가 회중전등을 망가진 트럭 뒤쪽에 들이대자, 운전병이 시무룩하게 상대를 보았다.

"차를 치워. 자, 차를 치우라니까." 병사는 여전히 통행증을 손에 쥔 채 고함을 질렀다.

"그 서류를 주게." 고메스가 병사에게 말했다. "내 통행증을 빨리 돌려주게. 우리는 서둘러야 해."

"통행증 같은 것 가져가려면 가져가!" 병사는 내주더니 길을 가로질러 한 대의 하행 트럭을 세웠다.

"십자로에 돌아가 이 망가진 트럭을 끌고 갈 연락을 해." 그는 운전병에게 말했다.

"내가 받은 명령은."

"명령이고 나발이고 내가 시키는 대로 해."

운전사는 기어를 넣고 길을 곧장 달려 먼지 속으로 사라져 갔다.

고메스가 가까스로 정리된 길 우측으로 오토바이를 몰았고 충돌한 트럭 옆을 빠져나가려고 했을 때, 단단히 매달려 있던 안드레는 검문소의 병사가 또 한 대의 트럭을 불러 세우자, 운전병이 운전대에서 몸을 내밀고 병사의 말을 듣고 있는 것을 보았다.

그들은 가파른 언덕길을 산 쪽을 향해서 질풍처럼 달렸다. 그들과 같은 방향으로 향하는 차는 전부 검문소에서 옴짝달싹 못하고 있었으므로, 오토바이가 전속력으로 달리는 것에 따라 내려오는 트럭이 그들의 좌측을 스쳐 지나갈 뿐이었다. 마침내 검문소에서 충돌 사고가 일어나기 전에 통과하여 위로 올라간 차를 앞지르기 시작했다.

여전히 불을 끈 채 그들은 또 장갑차 네 대와 군인을 태운 트럭의 긴 행렬을 빠져나갔다. 군인은 어둠 속에서 말도 않고 조용히 있었으므로, 처음에 안드레는 옆을 지날 때 먼지를 통해서 트럭 차체 위에 어슴푸레 떠오르는 그들의 존재를 느꼈을 뿐이었다. 이윽고 또 한 대의 참모 자동차가 그들의 뒤에서 경적을 울리고 헤드라이트를 켰다 껐다 하면서 달려 왔지만, 라이터를 비칠 적마다 안드레에게는 철모를 쓰고 소총을 똑바로 세우고 기관총구를 밤하늘로 돌린 군인들이, 불이 꺼지면 또 그들을 삼켜 버리는 밤의 어둠을 배경 삼아 뚜렷하게 부각되는 것이 보였다. 한번은 수송 트럭 바로 옆을 지나갈 때 불이 켜졌으므로 돌연 밝게 비쳐서 굳어진 채 슬픈 표정으로 앉아 있는 군인들의 모습을 볼 수 있었다. 철모를 쓰고 다만 어떤 것을 공격한다는 것밖에는 알지 못한 채 어둠 속을 트럭에 실려 가는 그들의 얼굴은, 어둠 속에선 저마다 자기만의 문제로 일그러져 있어 포격이나 공격이 시작될 때까지는 서로에게 보이는 것이 부끄러워서 낮에는 보이지 않으려는 것을, 그 헤드라이트가 밝게 비춰 주었던 것이었다. 더구나 누구 한 사람 자기의 얼굴에 대해서 생각하려 하지도 않고 있었다.

고메스가 능숙하게 뒤에서 오는 참모 자동차의 앞장을 서며 차례차례 트럭을 앞질러 가는 동안, 안드레는 군인들의 얼굴에 관해서 그런 것을 생각했던 건 아니었다. 그는 단지 이런 것을 생각하고 있었을 뿐이다.

'얼마나 훌륭한 군대인가. 얼마나 어마어마한 장비인가. 얼마나 장한 기계화란 말인가. 오, 이 사람들을 보라. 이것이 공화국의 군대인 것이다. 저것을 보라. 꼬리를 잇는 트럭, 모두 같은 군복을 입고 있다. 머리에는 모두 철모를 쓰고 있다. 비행기가 오는 것을 기다리고 있듯이 트럭에서 하늘을 노리고 있는 저 기관총을 보라. 이토록 멋들어지게 편성된 이 군대를 보라!

먼지투성이 차체의 옆구리에 라이터 빛을 받으면서 군인을 가득 싣고 달려가는 잿빛의 높은 트럭, 그건 먼지와 뒤에서 따라오는 참모 자동차의 점멸하는 헤드라이트 속에서 쉴 새 없이 언덕길을 올라갔고, 뒤쪽이 비쳐지자 육군의 빨간 별 표지가 보였다. 높고 네모진 차체와 꼴사나운 라디에이터를 단 트럭, 그런 트럭 옆을 빠져나가고 언덕길을 올라가자 공기는 차츰 싸늘해지고 길은 커브나 전향선轉向線이 많아져서 트럭은 괴로운 듯이 헐떡이기 시작했고, 라이터가 켜졌을 때 보니까 수증기를 뿜고 있는 것도 있었다. 오토바이도 지금은 역시 허덕거리며 달렸고, 안드레는 앞자리에 단단히 매달리면서 오토바이에 타는 것은 이제 지긋지긋하다고 생각했다. 그는 이제까지 오토바이를 탄 일이 없었다. 지금 그들은 공격에 참가하는 군대의 이동 한복판에 있고 산을 하나 넘고 있는 중이었다. 올라가면서 초소 공격에 늦지 않도록 돌아간다는 것은 도저히 불가능하다는 것을 그로서도 알 수가 있었다. 이 이동과 혼란 속에서 내일 밤까지 돌아간다면 운이 좋은 편이다. 그는 지금까지 공격이라든가 공격 준비라든

가를 본 일이 없기 때문에, 오토바이가 감에 따라 공화국이 건설한 이 군
대의 어마어마한 규모와 강력한 힘에 놀랄 뿐이었다.

그들은 산허리를 가로지르는 긴 언덕길을 오르고 있었다. 정상이 가까
워짐에 따라 경사가 졌기 때문에 고메스는 내려서 함께 오토바이를 밀고
마지막 언덕길을 오르자고 말했다. 정상을 넘어선 바로 왼쪽에 자동차가
돌 만큼의 여유가 있는 원형의 길이 있고, 밤하늘을 향해서 길게 거뭇하
게 떠올라 있는 커다란 석조 건물 정면에 불빛이 깜박이는 게 보였다.

"저기로 가서 사령부가 어딘지 묻기로 하자." 고메스는 안드레에게 말했
다. 두 사람은 커다란 석조 건물의 닫힌 문 앞에 서 있는 두 명의 보초에
게 다가가서 오토바이를 벽에 기대어 세우는데, 가죽옷을 입은 한 사람의
오토바이 운전사가 문을 열었다. 그는 건물에서 새어 나오는 불빛을 등에
지고 속달 가방을 어깨에 멘 채 나무 집에 넣은 모제르 총을 엉덩이에 흔
들면서 나왔다. 불빛이 비치지 않게 되자, 그는 어둠 속에서 문 근처에 있
는 자기의 오토바이를 찾아내고 엔진이 움직이기 시작할 때까지 밀고 가
더니, 이윽고 폭음을 울리며 달려가 버렸다.

문간에 다가서자 고메스는 보초 하나에게 말을 걸었다. "제56여단의 고
메스 대위야. 제35사단의 골즈 장군 사령부를 가르쳐 주지 않겠는가?"

"여기가 아니오." 보초는 말했다.

"여기는 뭐야?"

"사령부요."

"무슨 사령부냐?"

"사령부라니까요."

"사령부는 알고 있지만 무슨 사령부냐 말이다."

"그렇게 꼬치꼬치 캐묻는 당신은 대관절 누구요?" 보초는 어둠 속에서
고메스에게 말했다. 이 산길의 정상까지 오자 하늘은 활짝 개어 있고 별
도 나 있으며, 먼지 속에서 나온 안드레로선 어둠 속에서도 주위를 환히
내다볼 수 있었다. 아래쪽 길이 오른편으로 구부러지고 있는 곳에는 지형
선을 등지고 지나가는 트럭이나 승용차의 윤곽이 똑똑히 보였다.

"제56여단 제1대대의 로젤리오 고메스 대위다. 골즈 장군의 사령부가
있는 곳을 묻고 있는 거야."

보초는 문을 조금 열고 "위병 하사를 불러 줘." 하고 안에 대고 외쳤다.

때마침 커다란 참모 자동차가 길모퉁이에서 나타났고, 안드레와 고메스가 서서 위병 하사를 기다리고 있는 큰 석조 건물 쪽으로 돌아왔다. 그리고 그들 쪽을 향해서 오더니 현관 앞에서 정지했다.

프랑스 육군 보병이 쓰는 듯한 특대형의 카키색 베레모를 쓰고, 외투를 입고, 지도 가방을 손에 들고, 권총을 외투 위에 혁대로 매단 커다란 몸집의 육중한 노인이 국제 혼성 여단의 제복을 입은 두 사람의 부하와 함께 자동차의 뒷좌석에서 내렸다.

안드레에게는 전연 캄캄이었고 이발사였던 고메스 역시 불과 몇 마디밖에 못 알아들었는데, 그 노인은 프랑스어로 자동차를 현관에서 건물 그늘로 가져가라고 운전사에게 명령했다.

두 사람의 장교를 거느리고 노인이 현관을 들어설 때, 고메스는 불빛 속에서 그 얼굴을 똑똑히 보고 누구인가를 알았다. 그는 이 노인을 정치집회에서 본 일이 있었고, 프랑스어로 번역되어 《노동 세계》에 게재된 그의 논문도 곧잘 읽은 적이 있었다. 그는 그 노인의 짙은 눈썹과 짧은 잿빛 눈, 턱, 또 그 아래에 있는 주걱턱을 보았다. 그는 이 노인을, 흑해에서 발생한 프랑스 해군의 폭동을 지휘한 프랑스의 위대한 현대의 혁명적 인물 중 하나로서 알고 있었던 것이다. 고메스는 외인부대에 있어서 이 노인이 차지하는 높은 정치적 지위를 알고 있었고, 이 노인이라면 골즈의 사령부가 있는 곳을 가르쳐 주리라고 생각했다. 그러나 시간의 흐름과 실의失意와 가정적, 정치적인 괴로움과 좌절된 야심에 의해서 이 노인이 어떤 인간이 되었는지, 그리고 그에게 말을 묻는 일이 여간 위험하지 않다는 것을 몰랐다. 그런 것을 도무지 몰랐다. 그러므로 그는 이 노인의 앞길로 나서며 경례를 하고 말했던 것이었다.

"마르티 동지, 저희들은 골즈 장군 앞으로의 급보를 갖고 있습니다. 장군의 사령부를 가르쳐 주시지 않겠습니까? 매우 급합니다."

키가 큰 육중한 몸집의 이 노인은 얼굴을 내밀며 고메스를 힐끗 보고 약간 촉촉한 눈으로 자세히 상대편을 관찰했다. 이 전선의 전구 불빛 속에서 보아도, 이제 방금 밤공기 속을 무개차無蓋車로 달려왔던 참이었는지라 그의 잿빛 얼굴에는 쇠약이 엿보였다. 그 얼굴은 마치 몹시 늙어 빠진 사자의 발톱 밑에 있는, 마구 뜯어 먹힌 시체를 연상시켰다.

"무엇을 갖고 있다고, 동지?" 심한 카탈로니아 사투리의 스페인어로 고메스에게 물었다. 그리고 곁눈질로 안드레를 힐끗 보았으나, 그 시선은 그를 스쳤을 뿐 곧 다시 고메스한테 돌아갔다.

"사령부로 가져가는 골즈 장군 앞의 급보입니다, 마르티 동지."

"어디에서 온 급보지?"

"적의 전선 배후에서입니다." 고메스는 말했다.

마르티는 손을 뻗쳐 그 급보와 다른 서류를 받았다. 그리고 힐끗 그것을 보고 나더니 포켓에 넣었다.

"이 두 사람을 체포해라." 그는 위병 하사에게 말했다. "신체검사를 하고 나중에 부르거든 데리고 와."

급한 서신을 포켓에 넣은 채, 노인은 큰 석조 건물 안으로 들어가고 말았다.

바깥 위병 대기실에서 고메스와 안드레는 위병으로부터 신체검사를 받았다.

"저 영감은 대체 어떻게 된 노릇이야?" 고메스는 위병 하사에게 말했다.

"돌았어." 그 위병은 말했다.

"그럴 리가 없어, 그는 아주 훌륭한 정치적 인물이야." 고메스는 말했다. "국제 혼성 여단의 최고 위원장이지."

"그건 그럴 테지만 미치광이는 미치광이야." 위병 하사가 말했다. "적의 전선 배후에서 자네들은 무엇을 하고 있었나?"

"이 동지는 거기서 유격대로 있었어." 고메스는 상대가 검사를 하고 있는 동안 말했다. "그리고 골즈 장군에게 급보를 갖고 왔던 거야. 그 서류를 소중히 해 주게. 이 지갑하고 끈 끝에 달려 있는 총알을 잘 간수해 줘. 그것이 내가 처음으로 과다라마에서 입은 상처로부터 나온 총알이니까."

"걱정할 것 없어." 하사는 말했다. "모두 이 서랍 속에 넣어 둔다. 골즈가 있는 곳을 왜 나에게 묻지 않았지?"

"물으려고 했어. 보초에게 물었더니 자네를 불러 주었지."

"바로 그때 그 미치광이가 와서 그 영감에게 물었다는 셈이군. 그 영감에게 물어서는 안 돼. 미치광이니까 말이야. 골즈는 이 길을 따라서 3킬로쯤 가다가 오른쪽으로 꼬부라진 숲의 바위 속에 있어."

"자네의 힘으로 우리를 골즈한테 보내 줄 수는 없나?"

"안 돼. 내 목이 달아나니까 말이야. 나는 자네들을 그 미치광이한테 데려가야만 해. 그리고 긴급 보고서는 그 영감이 갖고 있잖아."

"누군가에게 이 일을 말해 주지 않겠나?"

"좋아." 하사는 말했다. "믿을 만한 녀석을 만나면 즉각 말해 주지. 그 영감이 미치광이라는 건 모두들 알고 있으니까 말이야."

"난 지금까지 그 영감을 몹시 위대한 인물로 알고 있었는데." 고메스는 말했다. "프랑스의 영광이라고 말이야."

"영광이든 뭐든 문제가 아니지." 하사는 안드레의 어깨에 손을 얹었다. "하지만 빈대처럼 머리가 돌았지. 총살광銃殺狂으로 말이야."

"정말 죽이나?"

"정말이야." 하사는 말했다. "그 영감은 사람을 죽이는 데 있어서는 페스트보다도 더 지독해. 하지만 우리와는 달라서 파시스트 놈은 죽이지 않아. 거의 죽이지 않는다고 말하는 편이 옳겠지. 농담을 하고 있는 게 아냐. 이상한 놈만 죽여! 트로츠키 파, 기회주의자, 이상한 놈은 어떤 형의 인간이라도 말이야."

안드레로선 이 이야기는 도무지 알 수 없었다.

"에스코리알에 있을 때, 우리는 그 영감 때문에 몇 명이나 총살시켰는지 몰라." 하사는 말했다. "총살반은 언제나 우리의 소대에서 내보냈어. 외인 부대의 병사들은 자기들 부대의 사람을 총살시키는 걸 싫어하니까 말이야. 특히 프랑스인이 그래. 그러니까 말썽이 생기지 않게 총살하는 건 언제나 우리의 차지야. 프랑스인도 총살했어. 벨기에인도 해치웠어. 그 밖에 온갖 나라의 놈을 없애 버렸어. 여러 가지 타입의 인간을 말이야. 총살광이야. 그것도 언제나 정치적 문제로. 정말 그 영감은 미치광이야. 소독에 있어선 살바르산 이상이라니까."

"그런데 급보 건은 누구에게 이야기해 줄 거지?"

"반드시 그리 해 줄게. 난 이 두 개의 여단이라면 하나도 빼놓지 않고 알고 있어. 모두 여기를 거쳐 가니까. 러시아인이라도 전부 알고 있지. 하긴 스페인어를 지껄이는 놈은 약간밖에 없지만, 그 미치광이는 스페인 사람

496

만은 총살시키지 못하게 하지."

"그건 그렇고, 급보를 부탁하네."

"알았어. 걱정 말라니까, 동지. 저 미치광이의 취급법은 우리가 알고 있으니까. 단지 그 영감은 한 패인 자에게 있어서만 위험한 거야. 지금은 그라는 인간이 어떤 인간인지 우리는 잘 알잖아."

"체포한 두 사람을 데리고 와." 마르티의 목소리가 들렸다. "한잔하겠어?" 하고 하사가 물었다.

"마시고 싶어."

하사는 선반에서 회향주圓香酒 병을 꺼냈다. 고메스도 안드레도 마셨다. 하사도 마셨다. 그는 팔로 입을 닦았다.

"가세." 그는 말했다.

그들은 입, 배, 가슴을 방금 마신 타는 듯한 회향주로 따뜻하게 녹이면서 위병 대기실을 나와 홀을 지나 마르티에게로 갔다. 마르티는 긴 책상 맞은편에 앉아 지도를 앞에 펼치고 빨강과 파랑 색연필을 가지고 사령관이 뽐내고 있는 방으로 들어갔다. 안드레에게 있어서는 또 하나 방해가 생겼다고 여겨진 데 지나지 않았다. 오늘 밤은 여러 가지 일이 생기는구나. 언제라도 여러 가지 일이 생기는 법이지. 네 서류만 완전하고 굳센 마음만 갖고 있다면, 위험한 일이 있을 게 뭐야. 결국은 석방되고 또 앞으로 갈 수가 있는 것이다. 그렇지만 영국 양반은 서두르라고 했잖아. 다리 폭파에 늦지 않도록 돌아갈 수 없다는 것은 나도 알고 있다. 하나 우리는 긴급을 요하는 편지를 갖고 있고, 이 테이블 앞에 앉아 있는 노인이 그 급한 편지를 포켓에 넣고 있다.

"거기 서 있어." 마르티는 얼굴도 들지 않고 말했다.

"들어 주십시오, 마르티 동지." 고메스는 회향주를 마신 기운에 노여움이 부채질되어 말했다. "저희는 오늘 밤, 한 번은 무정부주의자의 무지 때문에 방해를 받았습니다. 다음에는 관료적 반정부 분자의 태만에 의해, 그리고 지금은 당신 같은 공산주의자로서의 지나친 의심에 방해를 받고 있습니다."

"잠자코 있어." 마르티는 얼굴을 들지 않고 말했다. "회의가 아니란 말이다."

"마르티 동지, 이건 참으로 긴급을 요하는 용건입니다." 고메스는 말했다. "아주 중요한 용건입니다."

그들을 데리고 온 하사와 병사는 마치 지금까지 수없이 보아 오고, 게다가 그때마다 그 뛰어난 장면을 맛볼 수가 있는 연극이라도 구경하고 있는 것처럼 비상한 흥미를 갖고 보고 있었다.

"긴급을 요하지 않는 것이란 없어." 마르티는 말했다. "뭐든지 모두 중요한 거야." 그렇게 말하고 나서 그는 연필을 쥔 채 이번에는 얼굴을 들었다. "너는 골즈가 여기 있음을 어떻게 알았지? 공격을 앞두고 개개의 사령관 거처를 묻는 일이 얼마나 중대한 일인지 알고 있느냐? 그런 사령관이 여기 있다는 것을 어떻게 너희가 알았느냐?"

"이봐, 설명 좀 해." 고메스가 안드레에게 말했다.

"장군." 안드레는 시작했다―마르티는 이 사나이가 계급을 잘못 부른 것을 시정하지 않았다―"저는 그 편지를 전선 저편 쪽에서 받았습니다……."

"전선 저편 쪽이라고?" 마르티는 말했다. "그렇군, 네가 파시스트 군의 전선 너머에서 왔다는 것을 들었지."

"장군, 그 편지는 다리를 폭파하는 폭파 담당자로서 저희한테 온 로베르토라고 하는 영국인에게서 건네받은 것이죠. 알아들으시겠어요?"

"이야기를 계속해." 마르티는 안드레에게 말했다. 그는 이 '이야기'라는 말을 거짓말이라든가 속임수라든가 꾸민 수작이라는 의미로 사용하고 있었다.

"그래서 말입니다, 장군. 그 영국인이 저에게 그걸 급히 골즈 장군한테 가져가라고 말했습죠. 영국인은 오늘 그 산속에서 전투를 한바탕 벌인다고 합니다. 저는 장군님만 허락한다면 금방이라도 그 편지를 골즈 장군한테 가져가고 싶다고 생각할 뿐입니다."

마르티는 다시 고개를 흔들었다. 눈은 안드레 쪽을 향하고 있었지만, 그러나 보고 있지는 않았다.

골즈란 놈, 하고 그는 생각했다. 경쟁 상대가 특히 저주스런 교통사고로 죽었다든가, 미워하고는 있지만 그 정직함을 잔뜩 믿고 있는 누군가가 명예훼손죄를 지었다고 들었을 때 누구나가 느끼는 듯한 공포와 환희가 뒤

섞인 심정이 들었다. 골즈란 놈이 그놈들의 하나일 줄이야. 골즈란 놈이, 이렇게도 명백하게 파시스트하고 연락을 하고 있을 줄이야. 20년 가까이나 속속들이 알고 있는 골즈가 말이야. 저 겨울, 루카츠하고 시베리아에서 금화 수송 열차를 습격했던 골즈가 말이야. 콜차크(러시아 혁명 당시 백군의 지휘관)를 적으로 생각했으며, 폴란드에서 싸웠던 골즈가 말이야. 코카서스에서도 마찬가지야. 중국에서도. 그리고 이 나라에선 첫해인 10월부터 싸우고 있는 골즈가 말이야. 그러나 놈은 투카체프스키(소련의 장군. 스탈린에 의해 숙청당함)하고도 친밀했잖은가, 보로실로프(소련의 장군)하고도 친했었다. 그러나 뭐니 뭐니 해도 투카체프스키하고 친했어. 그리고 그밖에는 누가 있더라. 말할 것 없이 카르코프다. 그리고 루차츠가 있다. 그러나 헝가리인이란 모두가 음모가야. 놈은 갈을 미워하고 있었다. 골즈도 갈을 미워했다.

그걸 잊지 마라. 이걸 잘 기억해 둬라. 골즈는 언제나 갈을 미워하고 있었던 거야. 그러나 놈은 푸츠에게는 호감을 갖고 있다. 그걸 잊지 마라. 그리고 뒤발은 놈의 참모장이야. 그걸 미루어서 생각해 봐라. 놈이 코픽에 대해서 바보라고 말했던 것을 들은 일이 있을 테지. 그건 결정적인 거야. 그건 변할 수 없는 사실이야. 더구나 지금, 이 적의 전선으로부터 온 급보가 있다. 죽은 가지를 잘라 내야만 나무는 튼튼히 자라는 법이다. 썩은 것은 제거되어야만 하는 까닭에 표면화되어야 한다. 하지만 하고 많은 사람 가운데 골즈라니. 골즈가 배신자일 줄이야. 누구든 믿을 수 없다는 걸 이제 알았다. 누구라도 절대로, 마누라도 형제도 가장 오래된 동지라 할지라도, 절대로.

"이놈들을 저리로 끌고 가." 그는 위병에게 말했다. "잘 감시해."

하사는 병사의 얼굴을 보았다. 마르티의 태도로서는 참으로 잔잔한 것이었다.

"마르티 동지," 고메스가 말했다. "미치광이 같은 짓은 하지 말아 주십시오. 충실한 장교이고 동지인 저의 말을 들어주십시오. 이건 꼭 전해야만 할 급보입니다. 이 동지는 골즈 장군에게 전하기 위해서 적의 전선을 돌파하여 가지고 온 거예요."

"저리로 끌고 가." 마르티는 이번엔 부드럽게 위병에게 말했다.

만일 이 두 사람을 처치해야만 한다면, 그도 인간으로서 가엾다고는 생각했다. 그러나 그를 우울하게 만든 것은 골즈의 비극이었다. 골즈가 이런 짓을 할 줄이야, 하고 그는 생각했다. 이 파시스트들의 통신을 곧 바를로프한테 가져갈까 하고도 생각했다. 아냐, 골즈 자신한테 가져가서 그것을 받을 때의 그를 보는 편이 좋지 않을까. 그렇다, 그 편이 나을 것 같다. 골즈가 만일 배신자라면, 바를로프라고 한들 어찌 신용할 수가 있겠는가. 아냐, 이것은 신중히 생각하고 덤벼들어야만 하겠는걸.

안드레는 고메스 쪽을 돌아다봤다. "그 편지를 이 사람은 돌려주지 않겠다는 겁니까?" 그는 납득이 가지 않는다는 태도로 물었다.

"자네가 본 대로야." 고메스는 말했다.

"제기랄, 멋대로 하라지." 안드레는 말했다.

"이 미친 개새끼 같으니……."

"맞았어." 고메스는 말했다. "이놈은 미쳤어. 당신은 미친 사람이야! 들어 봐! 미치광이야!" 그는 또다시 빨강과 파랑 색연필을 가지고 지도를 들여다보고 있는 마르티를 향해 외쳤다.

"내가 하는 말을 들어 보지 않겠어, 이 미치광이 백정 놈아!"

"저리 끌고 가." 마르티는 위병에게 말했다. "이놈들의 대갈통은 무거운 죄 때문에 나사가 빠져 있어."

그의 말속에는 하사에게 무언가 전달되는 구절이 있었다. 전에도 그런 말을 들은 일이 있었다.

"이 미치광이 백정 놈이!" 고메스는 외쳤다.

"이 갈보 년의 새끼야!" 안드레는 말했다. "이 미치광이 놈아!"

이 늙은이의 몰이해에 그는 화가 났다. 만일 놈이 미치광이라면, 미치광이로서 파면시켜 버려라. 급보를 놈의 포켓에서 압수해라. 이런 미치광이는 지옥에라도 떨어져라. 격렬한 스페인 사람의 분노가 평소의 온화하고 호인다운 성격 속에서 차츰 그의 내부로 치밀어 올랐다. 이제 조금만 더 있으면, 그 분노 때문에 그는 눈이 멀지도 모른다.

위병이 고메스와 안드레를 데리고 가자, 마르티는 지도를 보면서 슬픈 듯이 머리를 저었다. 위병들은 그의 욕설을 기뻐하며 듣고는 있었지만, 전반적으로 이번 연극에는 실망하고 있었다. 그들은 이제까지 훨씬 더 재미있는 연극을 보아 왔기 때문이었다. 마르티는 남이 자기를 욕하는 것을 개의치 않았다. 이제까지도 많은 사람들이 최후에는 그를 욕했다. 그는 인간으로서, 언제나 그들을 진심으로 가엾게 생각하고 있었던 것이다. 그는 언제나 이것을 자기에게 다짐하여 들려주었다. 더구나 그건 그에게 남아 있는 마지막 진실의 관념이었고 결코 일시적인 방편이 아니었다.

그는 거기에 걸터앉아서 눈과 수염을, 자기로선 정말 알고 있지 않는 지도의, 거미줄처럼 가늘게 같은 중심을 갖고 그려져 있는 갈색의 등고선에 집중하고 있었다. 등고선에 의해 고지라든가 골짜기라는 것을 그로서는 알 수 있었지만, 어째서 그게 이 고지가 되는 것인지, 왜 이 골짜기가 그것에 해당하는 것인지, 사실은 모르고 있었다. 그러나 그는 참모 본부에서 정치 위원회의 제도상 여단의 정치적 수뇌로서 작전에 참여하고 있었고, 가지런 한 강에 평행하는 도로의 선에 의해 구분된 초록빛 숲 사이의 번호가 매겨 진 가느다란 선으로 둘러싸인 지점 여기저기를 손가락질 하고선 "이봐, 여 기가 약점이로군." 하는 따위로 언제나 말하곤 했던 것이다.

정치가이고 야심가인 갈이나 코피 따위는 곧 동의를 나타냈다. 그런 다 음 지도 따위는 보지도 않고 다만 출발지를 떠나기 전에 구릉의 번호를 들었을 뿐인 사람들은 지정된 장소에 참호를 파기 위해 전진해 갔고, 그 산허리를 올라가거나 혹은 비탈에 죽어 넘어지고, 감람나무 숲에 장치 된 기관총에 길이 막혀서 전연 올라가지 못하거나 하는 것이었다. 또 다 른 전선에선 그것을 그들이 너무 얕보고 전보다 더 한층 형세를 악화시키 는 일도 있었다. 그러나 마르티가 골즈의 사령부에서 지도에 손가락이라 도 짚으면, 머리에 상처 자국이 있는 얼굴이 흰 이 장군의 머리 근육은 바 짝 긴장되었다. '마르티, 네놈의 그 썩은 잿빛 손가락을, 내 지형도地形圖에 조금이라도 대기만 해 봐라. 쏘아 죽이고 말 테다. 네놈 같은 건, 알지도 못하는 일에 주둥이를 놀린 죄에 의해서 네놈이 죽인 인간들의 영혼을 위 로하기 위해 지옥에라도 떨어져라. 모두들 트랙터 공장이나 마을이나 조 합에 네놈의 이름을 붙이고, 네놈을 우리로선 손도 얼씬 못하는 우상으로 떠받들었던 그날 따위는, 저주를 받아 마땅해. 네놈 따위는 어딘가 딴 곳 으로 가서 시기하고, 훈계하고, 방해하고, 고발하고, 학살을 일삼고 있으 면 좋은 거야. 내 사령부의 일에는 참견하지 마라.' 하고 골즈는 마음속으로 생각하고 있는 것이었다.

그러나 골즈는 생각한 일을 입에는 올리지 않고, 단지 상대의 구부린 몸이며 내민 손가락이며 짓무른 잿빛 눈이며 반백半白의 수염이며 냄새 나는 숨결에서 떨어져 말할 뿐이었다. "그런가, 마르티 동지. 자네가 말하는 점은 잘 알았어. 그러나 그걸로는 충분치가 않고 나로서는 찬성할 수 없지. 자네가 원한다면 나 같은 것에 의논하지 않아도 좋아. 그렇다니까, 자네가 말하는 대로 이것을 당의 의제로 할 수도 있는 거야. 그러나 나로서는 찬성할 수 없지."

이리하여 지금 마르티는, 머리 위의 갓도 없는 전등의 불빛 아래서 헐렁헐렁한 베레모를 깊숙하게 눌러쓰고 불빛을 피하며 무언가 열심히 들여다보고 있었다. 책상보도 덮지 않은 테이블 위의 지도를 등사판으로 민 공격 명령의 사본과 대조를 하면서, 육군 대학에서 어려운 문제에 머리를 쥐어짜고 있는 청년 장교인 것처럼 천천히 주의 깊게 또한 열심히 지도를 보며 그 명령을 연구하고 있었다. 그는 머릿속에서 전쟁을 벌이고 있었다. 마음속에서 지휘하고 있었다. 그는 간섭할 권리를 갖고 있었다. 그리고 그것을 그는 지휘하는 일이라고 알고 있었던 것이다. 이러하여 그는 골즈에게 보내는 로버트 조던의 급한 서신을 포켓에 넣고, 고메스와 안드레를 위병 대기소에 기다리게 하고, 로버트 조던을 다리 위쪽 숲 속에 엎드리게 한 채, 꼼짝 않고 앉아 있었다.

안드레와 고메스가 마르티의 방해를 받지 않고서 앞으로 나아갔다고 하더라도, 안드레의 사명이 다른 결과를 낳게 했을지 어떨지는 의심스럽다. 전선에는 이 공격을 취소시킬 수 있을 만큼의 권위를 갖고 있는 자는 한 사람도 없었기 때문이다. 지금 느닷없이 공격을 그만두기에는, 기계가 너무나도 앞질러 움직이기 시작하고 있었던 것이다.

군의 작전에는 크고 작고 간에 모두 커다란 가속도가 가해지는 것이다. 그리고 일단 이 가속도가 압도적이 되고 움직이기 시작하면, 그걸 저지하기란 그걸 착수하는 것과 마찬가지로 몹시 곤란한 것이다.

그러나 이날 밤 마르티가 베레모를 깊숙이 눌러 쓰고 여전히 지도를 테이블 위에 놓고서 앉아 있으려니까, 문이 열리고 러시아인 신문기자 카르코프가 가죽 외투에 모자를 쓴 평복인 두 명의 러시아인과 함께 들어왔다. 위병 하사는 그들이 들어오자 마지못한 듯 문을 닫았다. 카르코프는 그 문제를 털어놓고 말할 수 있는 최초의 믿을 만한 인물이었기 때문이다.

"마르티 동지." 하고 카르코프는 정중한, 그러나 사람을 깔보는 듯한 교만한 목소리로 말하고, 충치를 보이면서 히죽 웃었다.

마르티는 일어났다. 그는 카르코프를 싫어했지만 《프라우다》에서 파견되었고, 스탈린과 직접 통하고 있기 때문에 카르코프는 이즈음 스페인에 있어서 가장 중요한 세 사람 중 한 사람이었다.

"카르코프 동지." 그는 말했다.

"공격 준비를 하고 있나?" 카르코프는 지도 쪽으로 턱짓을 하며 교만하게 말했다.

"연구하고 있는 참이야." 마르티는 말했다.

"자네가 공격하나? 아니면 골즈가 하나?" 카르코프는 거침없이 물었다.

"아시다시피 나는 고작 정치위원이야." 마르티는 말했다

"그렇지 않아." 카르코프는 말했다. "꽤 겸손하군. 말하자면 자네가 사령관이야. 지도도 갖고 있겠다, 망원경도 갖고 있겠다. 그리고 자네는 옛날에 해군 제독이었잖아, 마르티 동지?"

"나는 포병부장砲兵副長이었어." 마르티는 말했다. 하지만 그건 거짓말이다. 사실을 말한다면, 폭동이 일어났을 때 하사관으로서 창고계장을 하고 있었던 것이다. 그러나 그는 언제든지, 지금이라도 자기가 포병부장이었다고 믿고 있는 것이었다.

"허허, 그래, 나는 아직 창고지기 우두머리였던 줄로만 알고 있었지." 카르코프는 말했다. "난 언제나 사실을 착각해. 이건 신문기자의 특징이지만."

다른 러시아인은 대화에 끼어들지 않았다. 그들은 마르티의 어깨너머로 지도를 들여다보고 이따금 러시아어로 무언가 지껄였다. 마르티와 카르코프는 첫인사를 나눈 후 프랑스어로 이야기하고 있었다.

"《프라우다》에는 사실을 틀리지 않게 쓰는 편이 좋을 거야." 마르티는 말했다. 그는 대등하게 대하기 위해서 무뚝뚝하게 말했다. 카르코프는 언제나 거침없이 말을 한다. 프랑스어는 부드럽게 들리기 때문에 마르티 쪽

은 상대에게 신경을 쓰며 조심했다. 카르코프는 이야기할 때, 이 마르티가 프랑스 공산당의 중앙위원회로부터 중대한 임무를 띠고 있다는 일 따위는 그만 깜박 잊고 있었던 것이다. 그가 손가락 하나 얼씬도 할 수 없는 인물이라고는 상상조차 못했다. 카르코프는 언제라도 자못 가벼운 마음으로 그리고 마음 내키는 대로 그를 주무르는 식이었다. 카르코프는 말했다. "나는 《프라우다》에 보내기 전에 언제나 정정을 하지. 《프라우다》에선 난 결코 거짓말을 쓰지 않으니까 말이야. 그런데 마르티 동지, 세고비아 쪽에서 작전하고 있는 아군의 유격대로부터 골즈에게 무슨 편지가 왔다는 얘기 못 들었나? 거기엔 조던이라는 미국인 동지가 있고 무언가 전해오기로 돼 있는데 말이야. 파시스트 군의 전선 후방에서 전투가 있었다는 보고가 들어와 있지. 골즈에게, 그 친구로부터의 편지가 와 있을 텐데."

"미국인?" 마르티는 되물었다. 안드레는 영국인이라고 말했다.

그럼 그게 그것이었구나. 그렇다면 그놈이 잘못 알았구나. 그러나 어쨌든 간에, 왜 그 바보 새끼들은 이 사나이에게 그따위 말을 지껄였을까?

"그렇다네." 카르코프는 그를 깔보듯이 힐끗 쳐다봤다. "정치적 의식은 별로 높지는 않지만 스페인 사람하고는 깊이 사귀고 있고, 유격대로선 굉장한 공을 세운 미국인 청년이야. 그 급보를 내놓게, 마르티. 이미 시간이 많이 늦었어."

"어떤 급보 말인가?" 마르티는 되물었다. 이런 말을 한다는 것이 몹시 어리석은 일인 줄은 그로서도 잘 알고 있었다. 그러나 그로서는 자기가 실수를 저질렀다는 것을 그리 간단하게는 시인할 수 없었고, 어쨌든 굴욕의 순간을 늦추기 위해 그렇게 말했던 것이다.

"자네의 포켓에 들어 있는 조던으로부터 골즈에게 보낸 그 급보 말이야." 카르코프는 충치를 보이면서 말했다.

마르티는 포켓에 손을 쑤셔 넣어 급보를 테이블 위에 내놓았다. 그리고 똑바로 카르코프의 눈을 보았다. 좋아, 내가 잘못 생각하고 있었다. 그것에 관해서는 어쩔 도리가 없다. 그러나 나는 굴욕을 받고 있는 게 아니란 말이다.

"그리고 통행증도 내놓아." 카르코프는 조용히 말했다. 마르티는 통행증을 급보와 나란히 내놓았다.

"하사." 카르코프는 스페인어로 불렀다.

하사가 문을 열고 들어왔다. 그리고 재빨리 마르티 쪽을 보자, 상대는 몰린 늙은 산돼지처럼 하사를 노려보고 있었다. 마르티의 얼굴에는 두려움도 굴욕감도 나타나 있지 않았다. 다만 분노로 불타고 있을 뿐이었다. 단지 일시적으로 몰리고 있을 뿐이다. 그는 이 개들이 자기를 언제까지나 잡아놓고 있을 수 없음을 알고 있었다.

"이걸 위병 대기실에 있는 두 사람에게 내주고 골즈 장군의 사령부로 가는 길을 가르쳐 주게." 카르코프는 말했다. "이미 꽤나 늦어졌어." 하사가 나가자 마르티는 그 뒷모습을 바라보다가 카르코프 쪽으로 시선을 돌렸다.

"마르티 동지." 카르코프는 말했다. "자네가 얼마나 손가락 하나 건드릴 수 없는 존재인지, 나로서도 알 만하군."

마르티는 정면으로 그를 쳐다볼 뿐, 한마디도 하지 않았다.

"저 하사를 어떻게 하겠다는 생각은 갖지 말아 주게." 카르코프는 말을 이었다. "범인은 그 하사가 아니야. 위병 대기실에서 두 사나이를 만났는데, 그 패들이 얘기해 주었지." 이건 거짓말이었다. "난 항상 모든 사람이 말해 주기를 희망하고 있는 거야." 수작을 걸어온 건 하사였는데, 이건 사실이었다. 카르코프는 이런 선량한 신념을 갖고 있었지만, 이건 그가 접근하기 쉽다는 일, 또 인도적으로 사람을 위해서 간섭할 수 있는 그의 입장에서 비롯된 것이었다.

"자네도 알겠지만, 내가 소련에 있을 땐 아제르바이잔의 어느 마을에서 무슨 부정 사건이 있으면 사람들은 《프라우다》 앞으로 투서를 해 오곤 했어. 자네도 그건 알고 있을 테지? '카르코프가 우릴 도와주리라'는 거지."

마르티는 분노와 증오에 찬 표정으로 그를 쏘아보았다. 이제 이 사나이의 가슴속에는 카르코프란 놈, 건방진 짓을 하고 있구나. 좋아, 카르코프 네놈이 아무리 세력이 있다 하더라도 어디 두고 보자, 하는 생각 외에는 아무것도 없었다.

"이번 일은 또 다르지만," 하고 카르코프는 말을 이었다. "하지만 근본은 똑같아. 손가락 하나 댈 수 없는 자네라는 인물은 도대체 어떠한 존재일까, 이젠 분명해지겠지. 그 트랙터 공장의 이름을 고칠 수 있는지 없는지 알고 싶군."

마르티는 그에게서 눈을 떼어 다시 지도를 보기 시작했다.

"조던이 뭐라고 써 보냈던가?" 카르코프가 그에게 물었다.

"읽지 않았어." 마르티는 말했다. "이야기는 그만두고, 날 좀 조용히 있게 해 줘, 카르코프 동지."

"좋아." 카르코프는 말했다. "그럼 혼자서 군사 공부라도 하게." 그는 방을 나가 위병 초소로 갔다. 안드레와 고메스가 이미 떠난 후였으므로, 잠시 그곳에 서서 먼동이 트는 희미한 밝음 속에 보이는 도로와 그 앞 산꼭대기를 바라보았다.

'우리는 무슨 일이 있더라도 거기까지 올라가지 않으면 안 된다. 그것도 지금 당장.' 하고 그는 생각했다.

안드레와 고메스는 또다시 오토바이를 타고 달렸다. 벌써 날이 밝아오기 시작했다. 또다시 오토바이가 길 위에 끼어 있는 희미한 잿빛 안개에 잠겨 모퉁이의 비탈진 길을 올라가고 있는 동안, 앞자리 등 뒤에 매달려 있는 안드레는 자기 몸 아래의 오토바이의 속력을 느끼고 있었는데, 얼마 후에 오토바이는 옆으로 미끄러져 정거를 했고, 그들은 긴 내리막 길 위에서 오토바이를 세우고 섰다. 오른쪽 숲 속에 소나무를 덮어 위장한 탱크가 몇 대씩이나 있었다. 주변에는 군인들이 우글거렸다. 안드레는 기다란 들것 작대기를 어깨에 메고 가는 병사들의 모습을 보았다. 참모용 자동차 세 대가 길 오른쪽으로 벗어나 소나무 밑에 세워져 있었으며, 차체 옆 밑에다 소나무 가지를 걸쳐 놓았고, 위에도 소나무 가지가 덮여 있었다.

고메스는 그 자동차 쪽으로 오토바이를 밀고 갔다. 그리고 그것을 소나무에다 기대 세워 놓고 등을 나무 기둥에 대고 자동차 옆에 앉아 있는 운전병에게 용건을 이야기했다.

"내가 데려다 주지." 운전병은 말했다. "당신 오토바이를 보이지 않는 곳에다 갖다 놓고, 이걸로 덮어 둬." 하며 그는 꺾어다 둔 나뭇가지를 가리켰다.

햇빛이 높은 소나무 가지 사이로 새어 들어오기 시작할 무렵, 고메스와 안드레는 비센테라고 하는 그 운전병의 안내로 길을 가로질러 소나무 숲을 빠져나와 참호 입구로 향해 경사진 길을 올라갔다. 참호 지붕으로부터 전화선이 경사진 숲 속으로 무수히 쳐져 있었다. 운전사가 안으로 들어간 후 두 사람은 밖에 서 있었는데, 안드레는 산허리에 뚫은 구멍으로 밖이 보이지 않는 데다 주위에 진흙이 흩어져 있지도 않은데 입구에서 들여다보면 속이 상당히 깊은 데에 놀랐다. 그들은 사람들이 무거운 재목으로 받친 천장 밑으로 허리를 굽힐 필요도 없이 마음대로 왔다 갔다 할 수 있는 이 참호의 구조에 눈을 둥그렇게 떴다.

운전병인 비센테가 나왔다.

"장군은 공격 준비 때문에 군대가 흩어져 있는 저 산 위에 올라가 계시네." 그가 말했다. "그래서 참모장에게 주고 왔지. 받았다는 서명을 해 주더군. 이것 봐."

그는 고메스에게 받았다는 표시를 한 봉투를 내주었다. 고메스는 그것을 안드레에게 넘겨 주었다. 그는 그것을 잘 보고 나서 셔츠 속에다 넣었다.

"이 서명을 해 준 사람의 이름은 뭐지?" 그는 물었다. "뒤발이라고 하는 사람이야." 비센테는 말했다.

"그럼 됐어." 안드레는 말했다. "그 사람은 편지를 줘도 괜찮다는 세 사람 중의 하나야."

"기다렸다가 회답을 받아 가지고 갈까?" 고메스가 안드레에게 물었다.

"그게 좋을지 모르겠군. 하기야 다리 일이 끝난 후, 그 영국 사람도 또 다른 사람들도 어디에 가서 만날지 모를 판이지만."

"장군이 돌아올 때까지 나 있는 데서 기다리는 게 좋겠어." 비센테가 말했다. "커피를 대접하지. 당신들은 틀림없이 시장할 테니까."

"근데 이 탱크는 뭐지?" 고메스가 물었다.

그들은 소나무 가지로 덮인 진흙 색 탱크 옆을 지나가고 있었다. 탱크 한 대 한 대가 솔가리 위로 도로에서 들어갔다 나갔다 한두 줄의 깊고 푸른 바퀴 자국을 남기고 있었다. 그 45밀리 포가 나뭇가지 밑에서 수평으로 쭉 뻗쳐 나와 있고, 가죽 외투에 차양이 달린 철모를 쓴 운전사와 포수가 나무에 기대앉아 있기도 하고 땅바닥에 누워 있기도 했다.

"이건 예비용 탱크지." 비센테가 말했다. "이 군대도 예비대야. 공격을 시작하는 부대는 위쪽에 있어."

"인원이 많은가?" 안드레가 말했다.

"많이 있지." 비센테가 말했다. "1개 사단이야."

참호 속에서는 뒤발이 로버트 조던이 보낸 봉인을 뜯은 급보를 왼손에 들고, 손목시계를 들여다보고는 네 번이나 그 급보를 읽었다. 읽을 때마다 겨드랑이 밑에서 땀이 옆구리로 흘러내리는 것을 느끼면서 전화통에다 대고 고함을 질러 댔다.

"그럼 세고비아 쪽 진지를 대 줘. 뭐, 벌써 떠났다고? 그럼 아빌라 쪽 진지에다 대 줘."

그는 연달아 전화를 걸었다. 그래도 아무 소용이 없었다. 그는 양쪽 부대에다 이야기를 했다. 골즈는 공격 준비의 배치를 검열하기 위해 산 위에 올라가 있었고, 관측소로 가는 도중이었다. 그는 관측소를 불러냈으나 골즈는 아직 도착하지 않았다.

"제1비행대를 대 줘."

뒤발은 갑자기 모든 책임을 질 각오로 말했다. 공격을 막는 데 대한 책임은 내가 진다. 막는 편이 낫다. 대기하고 있는 적에게 기습을 시킬 수는 없다. 나로선 도저히 할 수 없다. 살인 행위와 마찬가지다. 도저히 할 수 없다. 시켜선 안 된다. 어떤 일이 일어나도 상관없다. 총살하고 싶거든 마음대로 나를 총살해도 좋다. 곧 비행장을 불러내어 폭격을 중지시키는 거다. 그러나 만일 이것이 견제공격牽制攻擊이라고 한다면? 만일 저 모든 군수품과 병력을 철퇴하기로 되어 있다면? 그것이 그 때문이라고 한다면, 공격을 시킬 때도 그것이 견제공격이라고 설명해 주는 자는 없는 법이다.

"제1비행대 호출은 취소야." 그는 통신병에게 명령했다.

"제69여단 관측소를 대 줘."

그가 아직 그쪽을 부르고 있을 때 비행기의 최초 폭음이 올려오기 시작했다.

감시소에 전화가 통한 것은 바로 그때였다.

"뭐야?" 골즈는 조용히 전화를 받았다.

그는 발을 바위에 걸치고, 담배는 아랫입술 아래로 늘어뜨리며 모래 자루에 기대고 앉아 전화를 받으면서 고개를 돌려 위를 쳐다보았다. 해가 들기 시작한 아득한 산등성이 저쪽, 은빛 날개를 반짝이면서 하늘에 폭음을 올리며 날아오는 쐐기 같은 세 대의 편대를 바라보고 있었던 것이다. 그는 햇빛을 받고 반짝반짝 아름답게 빛나면서 날아오는 그 비행기들을 응시했다. 가까워짐에 따라 햇빛이 프로펠러에 반사되는 곳에는 두 개의 동그란 광선이 보였다.

"뭐야?" 그는 전화를 건 사람이 뒤발인 것을 알자 프랑스말로 말했다. "실패했어. 그래, 언제나 마찬가지야. 음, 음, 그래. 큰 손해야. 이젠 와도 소용없어. 쳇, 이게 다 무슨 꼴이야."

비행기가 날아오는 것을 보고 있는 그의 눈은 아주 득의만만하게 보였다. 날개의 붉은 표지가 보이기 시작했다.

그는 비행기가 위풍당당하고 요란한 폭음을 내며 날아오는 것을 지켜보고 있었다.

이렇게 되어야만 한다. 이건 우리의 비행기다. 배에 실려 흑해에서 마르마라 해협을, 다르다넬스 해협을, 지중해를 통과하여 이 나라에 도착하고, 알리칸테에서 조심스럽게 배에서 내려져 다시 교묘하게 기체가 조립되어 시험을 해 보고 완전하다는 것이 확인된 비행기다. 그것이 지금 당당한 정확성을 가지고 비행하여 또렷한 V자형으로 편대를 짓고, 아침 햇빛 속에 높이 떠 은색으로 반짝이면서 그쪽 산을 폭격하고 아군이 진격할 수 있도록 요란스럽게 산등성이를 흩날려 버리기 위해 출동해 온 것이다.

비행기가 머리 위를 통과해 버리기만 하면, 폭탄이 하늘의 돌고래처럼 떨어질 것을 골즈는 알고 있었다. 그리고 산등성이는 온통 튀어 오르는 흙과 모래 속에서 포효하며 커다란 폭발의 구름 속으로 모습을 숨기고 말리라. 다음엔 탱크가 이 두 비탈을 요란한 소리를 내며 올라가고, 그 뒤를 따라 2개 여단이 진격한다. 그리고 만일 이것이 불의의 기습이 된다면 계속 산을 넘어 숲을 빠져 진군을 계속하고 혹은 휴식을 하고, 소탕하고 처치하는 등 할 일은 얼마든지 있다. 탱크의 힘을 빌려 빈틈없이 해야 할 일이 얼마든지 있는 것이다. 탱크는 왔다 갔다 하면서 사격을 하고 다른 탱크대는 아군을 인도하며, 그리고 다시 산을 넘어 숲을 빠져 오로지 진격을 계속하는 것이다. 배반도 없이 전원이 자기가 맡은 임무를 완수한다면 그렇게 될 것임에 틀림없다.

능선은 두 개 있었는데, 선두엔 탱크가 있고 숲 속에는 언제라도 떠날 수 있는 우수한 2개 여단이 있다. 그리고 이제 비행기까지 온 것이다. 그가 할 일들은 모두 예정대로 완료된 것이다.

그러나 이제 거의 자기 머리 위까지 날아온 비행기를 바라보고 있을 때 그는 명치끝이 뜨끔한 것을 느꼈다. 그 까닭은 전화로 들은 조던의 급보로 해서 이 두 개의 능선 저쪽에는 적이 한 사람도 없다는 것을 알았기 때문이다. 적은 조금 아래쪽 좁은 참호 속으로 퇴각하여 파편을 피하고 숲속에 숨어 있다가, 폭격 부대가 지나간 뒤에 조던이 도로를 올라갔다고 보고해 온 기관총이나 자동화기, 대전차포를 가지고 다시 돌아온다. 그리고 그때 다시금 격전이 벌어질 것이다. 그러나 이제 귀를 찢는 듯한 폭음을 울리는 비행기는 그야말로 다시없이 좋은 태세를 갖추고 있는 것이다. 골즈는 얼굴을 들어 그것을 지켜보면서 전화에다 대고 말했다. "안 돼. 생각할 필요 없어. 사태를 있는 그대로 받아들일 뿐이야."

골즈는 사태가 그렇게 되리라는 것과, 그리고 그렇게 되지 않고 앞으로 어떻게 되리라는 것을 알고 있는 냉정하면서도 자랑스러운 눈으로 비행기를 쳐다보았다. 그리고 비록 사실은 그렇게 되지 않았다 하더라도, 사태가 그렇게 될 것이었다는 것을 자랑스럽게 믿으면서 "좋아, 어쨌든 할 수 있는 데까지는 해 보지." 하고 수화기를 놓았다.

그러나 뒤발은 그의 말을 듣고 있지 않았다. 수화기를 들고 테이블에 앉아 있는 그에게 들린 소리는 비행기의 요란한 폭음뿐이었다. 그는 귀를 기울였다. 그리고 이제야말로 폭격기는 적을 분쇄하고, 아군은 돌격로를 확보하고, 골즈는 바라던 예비군을 손 안에 넣을 수 있다. 그렇다. 지금이다. 지금이야말로 바로 그때다, 라고 생각했다. 진격이다, 진격.

폭음이 너무도 요란해서 그는 다른 소리가 전혀 들리지 않았다.

43

로버트 조던은 도로와 다리가 내려다보이는 비탈진 소나무 그늘에 누워서, 주위가 밝아 오는 것을 바라보고 있었다. 그는 언제나 이맘때의 시각을 좋아했는데, 마치 자기도 해가 솟기 전의 희미한 여명의 일부분인 것처럼, 몸속까지 회색으로 되어 버린 것처럼 느끼면서 그 경치를 바라보고 있었다. 물체의 형체가 거무스름하게 보이기 시작하고, 하늘이 은은하게 밝아 와 밤새 반짝이던 불빛이 점점 노랗게 되더니, 이윽고 해가 떠오르자 희미해져 갔다. 눈 밑의 나무줄기가 딱딱한 갈색의 모습을 뚜렷이 드러냈다. 도로 위에는 한 덩어리의 이내가 서려 빛나고 있었다. 이슬이 축축이 그를 적시고 숲의 땅바닥은 부드러웠으며, 팔꿈치 밑에 마른 솔가리의 탄력이 느껴졌다. 눈 아래 시냇물 바닥에서 피어오르는 이내를 통해, 곧바로 단단하게 벼랑에 걸린 다리와 양쪽 구석에 목재로 지은 초소가 보였다. 하지만 다리의 구조는 시냇물 위에 걸려 있는 안개 속에서 보기에 거미줄같이 가늘고 아름다웠다.

보초가 초소 안에 서서 등에 담요 외투를 치렁치렁 걸치고, 철모를 머리에 쓰고 웅크리고 앉아 그 구멍이 뚫린 가솔린 난로 위에다 손을 찍고 있는 것이 보였다. 로버트 조던은 저 아래 바위 사이를 흐르는 여울물 소리를 듣고, 초소에서 피어오르는 희미한 짧은 연기를 보았다.

그는 시계를 보며 안드레가 무사히 골즈에게로 갔을까, 하고 생각했다. 만일 다리를 폭파하게 된다면 나는 천천히 숨을 돌리고, 또 한 번 여유 있게 침착해지고 싶다. 너는 골즈가 공격을 개시했다고 생각하나? 안드레는? 그리고 만일 공격을 개시했다고 하면 적을 잘 철퇴시킬 수 있을까? 적에겐 시간적 여유가 있을까? 어떨까? 걱정하지 마라. 철퇴하든 하지 않든, 어느 쪽일 테지. 둘 중 하나밖에 없을 것이며, 조금만 있으면 알게 될 일이다. 만일 공격이 성공했다고 하자. 골즈는 성공할 거라고 말했다. 성공할 가능성이 있다고 말했다. 그렇게 되면 아군의 탱크 부대가 저 도로를 내려오겠지. 사람들은 오른쪽에서 라그랑하와 이 산 왼쪽 전체를 통해 오리라. 왜 너는 어떻게 하면 이긴다는 걸 생각하지 않았나? 너는 너무 오랫동안 방어만 해 왔기 때문에 이기리라고는 생각하지 못하는 것이다. 그렇고말고. 하지만 그것은 군수품들이 이 도로로 올라가기 전의 일이다. 그것은 저 비행기들이 나타나기 전의 일이다. 그렇게 단순하게 생각하지 마라. 그러나 이것만은 잊지 마라. 우리가 여기서 저지하고 있는 한, 파시스트는 꼼짝달싹도 할 수 없다는 것을. 놈들은 우리를 소탕해 버리지 않는 한 다른 방면을 공격할 수는 없을 것이다. 만일 프랑스가 조금이라도 원조해 준다면, 만일 프랑스가 국경을 열어 놓아 주기만 한다면, 그리고 미국에서 비행기를 수입할 수만 있다면, 놈들은 결코 우리를 해치우지는 못할 것이다. 만일 우리들이 조금이라도 무기를 입수할 수만 있다면 절대로 지지는 않는다. 무기만 충분하다면 이 나라 국민은 영원히 싸울 것이다.

아니, 너는 이곳의 승리를 기대해서는 안 된다. 아마 몇 해 동안은. 이것은 견제공격에 불과한 것이다. 지금은 그것에 대해 환상을 품어서는 안 된다. 만일 오늘 하나의 공격로가 터진다면 이것은 아군의 첫 번째 대공격이다. 정도의 관념을 잊지 마라. 하지만 만일 우리가 이 산을 점령한다면? 흥분하지 마라, 하고 그는 혼자 중얼거렸다. 도로를 올라간 것을 잊지 마라. 그쪽 일은 이미 네가 최선을 다한 것이다. 그러나 우리는 단파 휴대용 무전기를 가질 필요가 있다. 곧 갖게 되리라. 하지만 지금은 갖고 있지 않다. 지금은 그저 망이나 보고, 할 일이나 하면 된다.

오늘이라는 하루는 앞으로 계속될 그 수많은 날 중의 하루에 지나지 않는다. 하지만 이제부터 앞으로 일어날 일은 오늘 네가 하는 일에 따라 결정되는 것이다. 금년이라고 하는 해는 1년 내내 그랬었다. 그런 일들이 여러 번 있었다. 그리고 이 전쟁 자체가 그 모양이었다. 너는 새벽부터 굉장히 거만만 떨고 있구나, 하고 그는 자신에게 타일렀다. 저쪽에서 오는 놈을 주의해서 잘 봐.

그는 담요 케이프를 두르고 철모를 쓴 두 사나이가 총을 어깨에 메고 도로 모퉁이를 돌아 다리 쪽으로 걸어오는 것을 보았다. 하나는 다리 저쪽 끝에서 멈추어 초소 속으로 사라졌다. 다른 한 명은 천천히 무거운 걸음걸이로 다리를 건너왔다. 다리 중간에서 걸음을 멈추고 골짜기에다 침을 뱉고는, 다시 어슬렁어슬렁 다리 이쪽 끝까지 왔다. 이쪽에 있던 보초가 뭐라고 그 사나이에게 말하고 나서, 다리 저쪽으로 건너가기 시작했다. 교대병과 교대를 한 보초는 전의 사나이보다 빠른 걸음으로 걸어갔다. '커피가 기다리고 있기 때문일 테지.' 로버트 조던은 생각했다. 그자도 또 골짜기 밑에다 침을 뱉었다.

저건 무슨 미신일까, 하고 로버트 조던은 생각했다. 나도 역시 저기서 골짜기에다 침을 뱉어야 할지 모른다. 드디어 결행할 때까지 화근 없이 침을 뱉게 되면 다행인데. 아니, 안 돼. 그게 그렇게 큰 효험이 없다는 것을 입증하지 않으면 안 된다.

새로 교대한 보초는 초소 속에 들어가 앉았다. 총검을 꽂은 그의 총은 벽에 세워져 있다. 로버트 조던은 셔츠의 포켓에서 쌍안경을 꺼내 다리 이쪽 끝의 회색 칠을 한 금속이 환히 보일 때까지 접안렌즈를 돌렸다. 그리곤 쌍안경을 초소 쪽으로 옮겨 갔다.

보초는 벽에 등을 기대고 앉아 있었다. 철모를 벗어 못에다 걸어 놓았으므로 얼굴이 똑똑히 보였다. 로버트 조던은 그가 이틀 전 오후에 근무를 하던 녀석과 같은 놈이라는 것을 알았다. 그놈은 요 전날처럼 털실로 뜬 차양이 없는 모자를 쓰고 있었다. 그리고 수염을 깎지 않았다. 뺨은 움푹 꺼져 광대뼈가 툭 튀어나왔다. 짙은 눈썹이 가운데에 하나로 뭉쳐 있었다. 졸려 죽겠다는 표정이었는데 로버트 조던이 보고 있는 사이에 하품을 했다. 그리고 담배쌈지와 종이 뭉치를 꺼내 손수 담배를 말기 시작했다. 라이터로 불을 붙이려고 애를 쓰다가 끝내 그것을 포켓 속에다 넣었다. 이어 난롯가로 가서 몸을 굽혀 안으로 손을 넣어 숯불 하나를 집어들고는 후우후우 불어서 담배에 불을 붙인 다음 숯을 난로 속에다 도로 내던졌다.

로버트 조던은 차이스 8배 쌍안경을 통하여 벽에 기대어 담배를 빨고 있는 보초의 얼굴을 똑똑히 보았다. 그러고는 쌍안경을 접어 포켓 속에 넣었다.

그는 거기 누워 도로의 망을 보면서, 이젠 아무것도 생각하지 않기로 결심했다. 아래쪽 소나무에서 다람쥐 한 마리가 울었다. 로버트 조던이 지켜보고 있노라니까, 다람쥐는 나무줄기를 따라 아래로 내려오다가 도중에 멈추고는 목을 이쪽으로 돌려 그를 보았다. 그는 다람쥐의 조그맣게 빛나는 눈과 꼬리가 흥분하여 파르르 움직이는 것을 보았다. 다람쥐는 땅 위로 꼬리를 몹시 움직이면서 그 조그만 발로 깡충깡충 뛰어내리더니 다른 나무로 건너갔다. 나무에 올라간 다음 다시 한 번 로버트 조던 쪽을 돌아다보고는 나무 뒤로 돌아 사라지고 말았다. 얼마 후 로버트 조던은 높은 소나무 가지 위에서 다람쥐 우는 소리를 들었고, 그놈이 가지에 납작하게 착 달라붙어 누워 꼬리를 움직이고 있는 것을 보았다.

로버트 조던은 소나무 사이로 다시 한 번 초소 쪽을 내려다보았다. 그는 그 다람쥐 놈을 포켓 속에다 넣어 두면 좋겠다고 생각했다. 무엇이든 손으로 만질 수 있는 것을 가지고 싶었다. 그는 팔꿈치를 솔잎에 문질러 보았으나, 전과 달라 쓸쓸함을 떨쳐 버릴 수가 없었다. 이런 일을 하고 있을 때 그 얼마나 외로움을 느끼는가는 아무도 모를 것이다. 하지만 나는 알 수 있다. 나는 '토끼'가 이 전투에서 무사히 빠져나가 주었으면 한다. 지금 그 생각일랑 그만둬라. 그렇다, 그만두는 게 좋다. 다만 그렇게 바랄 뿐이라면 괜찮겠지. 사실 바라고 있으니까. 나는 다리를 훌륭하게 폭파시키고, 그녀를 무사히 빠져나가게 해 주고 싶다. 두고 봐라, 그렇게 하고 말겠다. 이제 내가 바라는 것은 단 하나 그것뿐이다.

그는 또 그 자리에 누워서 도로와 초소에서 눈을 떼어 저 먼 산 쪽을 바라보았다. 아무 생각도 마라, 하고 그는 스스로에게 타이르고 가만히 누운 채 아침이 다가오는 것을 바라보고 있었다. 아름다운 초여름 아침이었다. 5월 말은 아침이 오는 것이 빠르다. 한번은 가죽 외투를 입고, 가죽 헬멧을 쓰고, 왼쪽 다리 옆에다 자동 소총을 집어넣고 오토바이를 탄 사나이가 다리를 건너서 도로를 올라갔다. 한번은 앰뷸런스 한 대가 다리를 건너, 그의 눈 아래를 지나 도로를 올라갔다. 하지만 그것이 전부였다. 그는 소나무 향기를 맡고 계곡의 물소리를 들었다. 다리는 벌써 아침 햇빛을 받고 뚜렷이 아름답게 드러나 보였다. 그는 여전히 소나무 그늘에 누워 경기관총을 왼팔에 얹고, 그 뒤로는 한 번도 초소 쪽을 바라보지 않았다. 오랫동안 아무 일도 없을 것 같은 생각이 들었다. 이렇게 아름다운 5월 아침엔 아무 일도 일어날 리가 없을 것만 같았다. 그런데 갑자기 요란한 폭격 소리가 들려왔다.

최초의 폭음을 듣자, 그 울림이 우레와 같이 산에서 되울려 오기 전에, 로버트 조던은 심호흡을 하고는 팔 위에 얹어 놓았던 경기관총을 집어 들었다. 그 무게로 팔이 쩌릿쩌릿 저렸고, 마음이 내키지 않아서 그런지 손가락의 움직임이 무거웠다.

폭격 소리를 듣고 초소의 사나이가 일어섰다. 로버트 조던은 사나이가 총을 손에 잡고 귀를 기울이면서 초소 밖으로 뛰어나오는 것을 보았다. 사나이는 아침 햇빛을 받으며 도로 위에 서 있었다. 그 털로 뜬 모자가 머리 한쪽에 얹혀 있고, 비행기가 폭격하고 있는 쪽 하늘을 올려다보고 있는 수염이 덥수룩한 얼굴에 햇빛이 비치고 있었다.

이미 도로엔 이내의 흔적조차 없었고, 하늘을 쳐다보며 도로에 서 있는 사나이의 모습이 로버트 조던에게 뚜렷이 보였다. 햇빛은 나무 사이를 통하여 그를 환히 내리비치고 있었다.

로버트 조던은 마치 한 줄의 철사로 가슴을 졸라맨 듯 호흡이 가빠지는 것을 느끼고, 팔꿈치에 힘을 주어 총선 앞쪽에 파도형으로 된 부분을 보며 뒤쪽의 가늠쇠와 가늠자를 그 사이의 앞가슴 한복판에 겨누고는 조용히 방아쇠를 당겼다.

급격히 흐르는 듯한 경련적인 기관총의 반동을 그는 어깨에 느꼈다.

도로 위의 사나이는 느닷없는 기습에 당황하여 미처 피할 사이도 없이 총에 맞고는 앞으로 고꾸라지며 무릎을 꿇고 길 위에다 얼굴을 처박았다. 총이 그 옆에 떨어졌고, 손목이 앞으로 구부러지고 손가락 하나가 방아쇠에 잠긴 채 거기 떨어져 있었다. 총은 총검을 앞으로 하고 길 위에 내동댕이쳐져 있다. 로버트 조던은 고개를 푹 숙이고 도로에 쓰러져 있는 사나이로부터 눈을 돌려 다리를, 그리고 저쪽 다릿목의 초소를 바라보았다. 또 다른 한 명의 보초 모습이 보이지 않아 경사면 오른쪽 아구스틴이 숨어 있는 부근을 바라보았다. 그때 그는 안셀모가 쏜 총소리를 들었다. 총소리는 골짜기에서 돌팔매처럼 메아리쳐 왔다. 연이어 그는 또 한 번 총소리를 들었다.

두 번째 총소리와 더불어 다리 아래쪽 모퉁이 저쪽에서 수류탄 터지는 소리가 요란하게 들려왔다. 연이어 왼쪽 훨씬 위쪽 도로에서도 수류탄 소리가 들렸다. 다시 계속해서 그는 도로 위쪽의 총소리를 들었고, 아래쪽으로부터는 파블로가 지휘하는 기마대의 자동 소총이 따다닥 울리는 소리가 수류탄 소리에 섞여 들려왔다. 안셀모가 다리 저쪽을 향하여 험준한 샛길을 기어 내려가는 것이 보였다. 그는 경기관총을 어깨에 돌려 걸치고 소나무 밑동께에서 무거운 짐 두 개를 집어 양손에 하나씩 들었다. 짐의 무게로 어깻죽지가 빠져나가는 것만 같았다. 몸을 앞으로 숙이고는 험한 비탈길을 구르듯이 한달음에 도로 쪽으로 쏜살같이 내려갔다.

뛰면서 그는 아구스틴이 외치는 소리를 들었다. "기가 막힌 사냥이군.

영국 양반, 참 재미있는 사냥이야!" 그도 마음속으로 '그렇고말고, 제기랄! 멋진 사냥이지, 멋진 사냥이고말고.' 하고 외쳤다. 바로 그때 안셀모가 다리 저쪽 끝에서 사격하는 소리가 들렸다. 총소리는 다리의 강철판을 따라 울려 나갔다. 그는 짐을 든 채 보초가 쓰러져 있는 초소 옆을 지나 다리에 이르렀다.

노인은 카빈총을 한쪽 손에 들고 그에게로 달려왔다. "Sin novedad(별 다른 일은 없어)!" 하고 그는 소리쳤다. "Tuve que rematarlo(나는 놈을 죽이지 않으면 안 되었어)." 로버트 조던은 다리 한복판에 꿇어앉아 짐을 풀면서 안셀모의 희고 짧은 턱수염이 난 양쪽 뺨으로 눈물이 흘러내리는 것을 보았다.

"Ya mate uno tambien(나도 한 놈 죽였어)." 그는 안셀모에게 말하고는, 다리목 도로 위에 몸을 꼽추처럼 구부리고 쓰러져 있는 보초 쪽을 턱으로 가리켜 보였다.

"했군. 음, 당신도." 안셀모는 말했다. "우린 죽여야만 했기 때문에 죽인 셈이지."

로버트 조던은 다리의 철골 속으로 기어 내려갔다. 손 밑의 철판은 싸늘하게 이슬에 젖어 있었다. 그는 다리 철판에 몸을 딱 붙이고 등 뒤에 햇빛을 느끼면서, 저 아래에서 굽이쳐 흐르는 여울물 소리를 듣고, 도로 위쪽의 초소에서 들려오는 총소리, 너무나 요란한 총소리를 들으면서 조심조심 기어 내려갔다. 땀이 줄줄 흘러내리고 있었으나 다리 밑은 싸늘했다. 한쪽 팔에 철사 한 뭉치를 걸쳐 메고, 손목에는 가죽끈으로 매단 플라이어를 늘어뜨리고 있었다.

"한 번에 하나씩 내게 짐을 내려 주시오." 그는 위에 있는 안셀모에게 소리쳤다.

노인은 장방형 폭약 덩어리를 몸을 숙이고 다리 가장자리에서 몸을 쑥 내밀며 내려 주었다. 로버트 조던은 그것을 손을 뻗쳐 받아서 자기가 생각한 장소에 밀어 넣어 꼭 비끄러매고는 "쐐기야, 영감, 쐐기를 주시오!" 하고 외쳤다. 그리고 막 깎아 낸 싱싱한 나무 향기를 맡으면서 폭약을 다리 철판 사이에 꼭 밀어 넣고는 쐐기를 박았다.

이제 그는 폭약의 위치를 정하고, 단단히 고정해 쐐기를 박고 철사로 단단히 묶은 후 폭파 외엔 아무것도 생각하지 않았으며, 외과 의사가 수술을 하는 것처럼 재빨리 교묘하게 일을 하면서 도로 저 아래쪽에서 따다닥거리는 총소리를 들었다. 뒤이어 수류탄 터지는 소리가 들려왔다. 뒤이어 또 수류탄 터지는 소리가 계곡의 물소리 사이사이를 뚫고 들려왔다. 그리고 그쪽 방향은 이제 잠잠해졌다. '제기랄! 이게 무슨 총소리람?' 하고 그는 투덜거렸다.

왼쪽 초소에선 아직도 총소리가 계속되고 있었다. 총소리가 유난히 많이 나는데, 하고 생각하면서 그는 수류탄 두 개를 묶어 놓은 폭약 덩어리 위에다 나란히 비끄러맸다. 철사로 그 덩어리의 꾸불꾸불 파진 곳을 둘둘 감고, 플라이어로 철사를 비비 꼬아서는 꽁꽁 비끄러맸다. 그리고 전체를 손으로 만져 보고, 더 한층 탄탄하게 하기 위하여 수류탄 위에다 쐐기를 박아서, 폭약 전체가 강철판 속에 끼여 있도록 만들었다.

"자, 다음엔 저쪽이오, 영감."

그는 위에 있는 안셀모에게 소리를 지르고는 교각 사이를 뚫고 기어 나갔다. 이건 마치 강철 숲을 뚫고 나가는 타잔과 같군, 하고 그는 생각했다. 소용돌이치는 계곡을 내려다보면서 어둠 속을 뚫고 저쪽으로 나오니, 폭약 덩어리를 그에게 내려 주고 있는 안셀모의 얼굴이 보였다. 얼마나 멋진 얼굴인가, 하고 그는 생각했다. 지금은 울어선 안 돼. 만사가 잘돼 간다. 한쪽은 끝났다. 이쪽만 해치우면 전부 끝난다. 이렇게만 하면 다리건 뭐건 떨어지리라. 자, 해라. 흥분하지 마라. 하면 되는 것이다. 마지막이니까 빨리 솜씨 있게 해 버리는 거다. 실패해선 안 돼. 천천히 시간을 들여야 해. 자기 힘 이상으로 빨리 하려고 서둘러선 안 돼. 이젠 놓칠 것은 없으니까. 누구든 이제 와서 한쪽 폭파를 중지시킬 순 없다. 어김없이 계획해 놓은 대로 척척 진행되고 있다. 여긴 서늘한데, 마치 술 창고처럼 서늘하다. 하지만 여긴 버섯은 없다. 보통 돌다리 밑에서 일을 하고 있으면 버섯이 많은 법인데 이건 꿈의 다리다. 이것이야말로 꿈의 다리다. 다리 위에 노인이 있지만 나쁜 자리를 맡았군. 무리하게 얼른 하려고 말이야. 위쪽 사격이 빨리 끝나면 좋겠는데.

"영감, 쐐기를 주시오."

역시 그쪽 사격 일이 마음에 걸린다. 거기서는 필라르가 난처한 지경에 빠져 있는 것 같다. 초소에서 몇 놈이 나온 것임에 틀림없다. 뒤쪽에서일까, 그렇지 않으면 제재소 안에서일까? 아직 쏘고 있다. 그건 제재소 안에 누군가가 있다는 증거다. 그놈의 톱밥, 그것이 문제다. 그 커다란 톱밥의 산山 말이다. 톱밥—오래되어서 굳어 버린 톱밥은 그 뒤에 숨어서 싸우기에는 든든한 방패다. 적은 아직도 틀림없이 몇 놈이 더 있다. 저 아래 파블로 쪽은 유난히 조용하군. 두 번째 총소리, 그건 대체 무엇이었을까? 자동차나 오토바이를 탄 녀석임에 틀림없으리라. 제발 적의 장갑차나 탱크가 올라오지 않도록 해 주시옵소서. 자, 일을 해라. 될 수 있는 대로 빨리 붙여라. 쐐기를 박고 빨리 붙들어 매. 떨고 있구나, 너는 마치 쓸개 빠진 여자처럼. 대관절 어찌 된 셈이냐? 너무 빨리 해치우려고 서두르고 있는 게 아닌가? 저 도로 위에 있는 여자도 떨고 있진 않을 거다, 그 필라르는. 아니, 그 여자도 역시 떨고 있을까? 마치 궁지에 몰린 것처럼 마구 총을 쏘아 대고 있지 않나. 그렇게 되면 아무리 그 여자라 할지라도 떨리리라. 누구든지 떨 것이다.

그가 햇빛 속으로 몸을 내밀어 안셀모가 주는 물건을 받으려고 하는데, 머리가 위로 나와 물소리가 들리지 않았으므로, 위쪽 총소리가 한결 요란하게 들리고, 또 수류탄이 터지는 소리가 들렸다. 다시 또 수류탄 소리.

'제재소로 돌격한 모양이군.'

폭약을 덩어리로 가지고 온 것은 다행이었다고 그는 생각했다. 작대기 모양의 폭약을 택하지 않은 것이 참으로 다행이다. 뭐야, 어리석게. 좀 더 모양이 날씬하다는 것뿐이잖은가. 하기야 더러운 마대 속에 젤리와 같이 흐물흐물한 것을 가득 쑤셔 넣은 편이 빠르기야 할 테지. 부대는 두 개다. 아니다. 부대는 하나면 충분하다. 그 폭약과 뇌관만 있었더라면. 그 망할 자식이 내 뇌관을 냇물 속에다 던져 버렸다. 그 귀중한 통을 놈은 이 냇물 속으로 던져 버린 것이다.

노인의 일솜씨는 아주 훌륭했다. 노인은 꼭 알맞은 장소에 있었다. 영감은 보초를 쏘는 것이 아주 싫었던 모양이로군. 그런 건 생각지 않았다. 지금도 생각하고 있지 않다. 너는 꼭 그렇게 해야만 했던 것이다. 하지만 그때 안셀모는 기가 죽고 만 것이리라. 기가 죽는다는 건 나도 알고 있다. 자동화기로 하는 편이 사람을 죽이는 데는 수월하다. 그것은 죽이는 면에서 말이다. 그 점이 다르다. 처음에 손을 대기만 하면 나머지 일은 기계가 해준다. 네가 하는 것이 아니다. 적어도 다시 또 그 일을 하기 전에는 너와 너의 머리. 너는 정말이지 생각을 무척이나 잘하는 머리를 가지고 있구나. 조던, 힘을 내라. 조던, 힘을 내라! 축구 시합에서 공을 가지고 달릴 때 모두들 그렇게 응원해 주었다. 조던, 너는 저 아래를 흐르고 있는 냇물보다 별로 나을 게 없다는 것을 알고 있나? 수원지水源地에서는, 하고 너는 말할 테지. 수원지에서는 무엇이나 다 똑같다. 여기는 다리 밑이란 말이다. 고향을 멀리 떠난 집이다. 자, 해라. 조던군, 단단히 해라. 이건 심각한 문제다, 조던. 자넨 모르겠나? 음, 심각한 문제고말고. 언제든 지금처럼 심각한 적은 없었다. 저쪽을 보라. 뭣 때문에? 이 다리가 어떻게 되든 나는 이젠 염려 없다. 메인이 가듯 국민도 역시 간다. 유태인이라고 하는 것은 다리를 두고 하는 말이다. 조던이 가듯이 증오스러운 다리도 역시 간다. 사실로 말한다면 서로 다른 방향으로 말이다.

"안셀모, 그놈을 좀 더 주시오." 그가 소리를 질렀다. 노인은 다시 고개를 끄덕였다.

"이젠 거의 끝났소." 조던이 말하자 노인은 고개를 끄덕였다.

수류탄을 다 비끄러맸을 무렵 도로 위쪽에서의 총소리는 들리지 않았다. 갑자기 그는 여울물 소리 속에서 일하고 있었다. 아래를 내려다보니 둥근 바위 사이로 끓는 듯 흰 거품을 일으키면서, 그가 떨어뜨린 쐐기를 흔들흔들 싣고 조약돌이 뚜렷하게 보이는 웅덩이 쪽으로 흘러내리는 계류가 보였다. 송어 한 마리가 벌레를 잡으려고 물 위로 뛰어올라, 그 조그만 나뭇조각이 빙빙 돌고 있는 바로 옆 수면에 파문을 일으켰다. 철사를 플라이어로 틀어 두 개의 수류탄을 꼭 비끄러매면서, 그는 다리 철판 사이로 푸른 산비탈 위에 빛나고 있는 햇빛을 보았다. 사흘 전에는 갈색이었는데, 하고 그는 생각했다.

다리 아래의 서늘한 어둠 속에서 밝은 햇빛 속으로 몸을 내밀고, 아래를 굽어보고 있는 안셀모의 얼굴에다 그는 소리를 질렀다.

"저, 그 커다란 철사 뭉치를 내려 주시오." 노인은 시키는 대로 내려 주었다.

이 철사가 벗겨지면 큰일이다. 이 철사로 잡아당겨야 한다. 잡아당기는

데 모자라지 않았으면 좋겠다. 하지만 이제 네가 사용한 철사만큼의 길이만 있으면 만사 오케이다. 로버트 조던은 수류탄 위에 지레를 늦추기 위한 테를 누르고 있는 쐐기를 만지면서 이렇게 생각했다. 옆으로 묶인 수류탄이 쐐기를 잡아당겼을 때 지레가 움직일 수 있을 만한 공간이 있나 없나를 조사해 보고(수류탄을 묶어 놓은 철사는 지레 위를 통과하고 있다) 난 다음 하나의 테에다 적당한 길이의 철사를 매고, 그것을 바깥쪽 수류탄의 테 쪽으로 돌고 있는 철사 다발에 비끄러맨 다음 다발에서 다시 얼마쯤 철사를 늦추어 가지고, 다시 철판 사이로 해서 그 철사 다발을 위에 있는 안셀모에게 올려 주었다.

"조심해서 잡고 있어요." 그는 말했다.

그는 다리 위로 기어 올라가 노인에게서 철사 다발을 건네받자, 재빨리 철사를 풀어 나가면서 보초가 쓰러져 있는 길 쪽으로 걸어갔다. 몸을 굽히고 다리 옆을 보면서 철사를 풀어 나갔다.

"부대를 가져다주시오."

그는 뒷걸음질 치면서 안셀모에게 소리쳤다. 지나가면서 그는 허리를 굽혀 자기 경기관총을 집어 올려 다시 어깨 위에 걸머멨다.

바로 그때, 철사를 풀면서 눈을 들고 보니까 저 멀리 도로 위에서 위쪽 초소로 갔던 이들이 돌아오는 것이 보였다.

네 명이다. 하지만 그때 그는 철사를 조심해서 다리 바깥쪽 철근에 닿지 않도록 해야만 했다. 엘라디오는 그들과 함께 없었다.

로버트 조던은 철사가 다른 물건에 걸리지 않도록 다릿목까지 끌고 가 마지막 지주支柱에 두르고는, 도로 쪽으로 달려가 한 표석標石 옆에서 발을 멈추었다. 거기서 철사를 끊어 안셀모에게 건네주었다.

"영감, 이걸 쥐고 있으시오." 그는 말했다. "그리고 나와 함께 다리 있는 데까지 다시 걸어갑시다. 걸으면서 그놈을 팽팽하게 당기며 가는 거요. 아니, 내가 하리다."

다리 있는 데서 그는 철사를 똑바로 수류탄 고리까지 아무것에도 닿지 않게 뻗어 있도록 매듭 눈 사이로 끼웠다가 빼내고, 그리고 다리와 병행하여 전혀 아무것도 닿지 않고 뻗어 있는 그 철사를 안셀모에게 건네주었다.

"이걸 저 높은 돌 있는 데까지 쭉 가져가요." 그는 말했다. "편하게 쥐어요. 그러나 꼭 쥐고 있어요. 힘을 주면 안 되니까. 세게 당기다간 다리가 날아가 버릴 테니까. 알겠소?"

"알겠소."

"가만히 쥐어요. 그러나 늘어지지 않도록 하지 않으면 다른 물건에 닿으니까 가볍게 꼭 쥐는 거요. 당길 때가 될 때까지 당겨선 안 돼요. 알겠소?"

"알겠소."

"정말 당겨야 할 땐 힘껏 당기는 거요. 살며시가 아니라 힘껏 말이오." 로버트 조던은 이야기를 하면서 도로 쪽으로 눈을 들어 필라르 부대의 생존자들을 보고 있었다. 그들은 벌써 거기까지 와 있었는데, 프리미티보와 라파엘이 페르난도를 부축하고 있었다. 두 사람의 부축을 받으면서 사타구니를 움켜쥐고 있는 모습을 보니 거기를 맞은 모양이었다. 오른쪽 다리를 질질 끌고 있고, 두 사람의 부축으로 걸어오면서 구두 옆 모서리로 도로를 긁었다. 필라르는 세 자루의 총을 들고 둑을 기어올라 숲 속으로 들어가는 참이었다. 로버트 조던에게는 그녀의 얼굴이 보이지 않았지만, 그녀는 머리를 쳐들고는 전력을 다하여 기어올라 가고 있었다.

"어떻게 됐어?" 하고 프리미티보가 소리쳤다.

"잘됐어. 곧 끝날 거야." 로버트 조던은 큰 소리로 대답했다.

그들 쪽의 경과는 물어볼 필요도 없었다. 그가 한눈을 팔고 있는 동안 세 사람은 도로 끝까지 와 있었고, 페르난도는 두 사람의 부축을 받아 둑을 기어 오르려고 하면서 고개를 가로젓고 있었다.

"내게 총을 줘."

로버트 조던은 그가 숨 가쁜 소리로 말하는 것을 들었다. "안 돼, 이 사람아. 말 있는 데까지 데려다 줄 테야."

"날더러 말을 어떻게 타란 말이야?" 하고 페르난도는 말했다. "난 여기면 충분해."

로버트 조던은 안셀모와 이야기를 주고받고 있었으므로, 다른 사람들이 무슨 말을 하고 있는지 알아들을 수가 없었다.

"만약 탱크가 오거든 폭파하시오." 그는 말했다. "하지만 그놈이 다리 위까지 오기 전엔 절대로 안 돼요. 장갑차가 오거든 해치워요. 다리 위까지 오거든 말이오. 다른 건 모두 파블로가 막을 테지."

"아니, 당신이 다리 아래에 있는데 폭파할 순 없어."

"내 걱정은 마시오. 필요하면 해치우는 거요. 난 철사 하나만 더 매고 곧 돌아오리다. 돌아오면 나도 함께하겠소."

그는 다리 복판을 향해서 달려갔다.

안셀모는 로버트 조던이 철사 다발을 팔에 걸치고, 한쪽 손목에 플라이어를 늘어뜨리고, 경기관총을 어깨에 메고 다리 쪽으로 달려가는 것을 보았다.

그는 다리 난간 아래로 기어 내려가 곧 보이지 않게 되었다. 안셀모는 철사를 오른쪽 손에다 쥐고 표석 그늘에서 도로와 다리를 내려다보았다. 그와 다리 중간에 아까 그 보초가 이제는 도로에 더 가깝게 움직이지 않고 내리쬐는 햇빛을 그대로 등에 받으면서, 평평한 길바닥에 찰싹 달라붙은 듯이 쓰러져 있었다. 길 위에 내동댕이쳐진 대검이 꽂힌 총이 칼끝을 똑바로 안셀모 쪽으로 겨누고 있다. 노인의 시선은 그것을 넘어, 난간이 그늘을 드리우고 있는 다리 위를 지나 다시 골짜기를 따라 왼쪽으로 돌아 바위 저 너머로 사라지고 만 도로 쪽으로 옮겨졌다. 그리고 햇빛을 받고 있는 쪽의 초소를 바라본 다음, 이어 손에 쥐고 있는 철사를 의식하면서 페르난도가 프리미티보와 집시에게 이야기를 건네고 있는 쪽으로 고개를 돌렸다.

"날 여기다 남겨 두고 어서 가 줘." 페르난도는 말했다.

"너무 지독하게 당했고 내출혈도 아주 심해. 안 되겠어. 움직이면 그것을 잘 알 수가 있어."

"자, 저 비탈까지 데리고 가도록 하자." 프리미티보가 말했다. "두 팔을 우리 어깨에다 돌리면 자네의 다리를 들고 갈 테니까."

"안 돼." 페르난도가 말했다.

"이 돌 뒤에다 내려놓아 줘. 여기 있으면 나도 위에 있는 것만큼 도움이 될 테니까."

"하지만 우리들이 도망갈 때는……." 프리미티보가 말했다.

"남겨 두고 가면 되잖아." 페르난도는 말했다. "이런 부상을 입고 여길 떠나다니, 그게 될 말인가. 이러고 있으면 말 한 마리 더 생기는 쪽이지.

난 여기 있는 게 좋아, 틀림없이 적이 곧 올 테니까."

"이 산 위까지 자넬 데리고 가는 건 문제가 아냐." 집시가 말했다.

집시가 도망갈 생각에 온 정신이 팔린 것도 무리는 아니었다. 프리미티보도 마찬가지다. 하지만 그들은 애써 그를 여기까지 데리고 온 것이다.

"싫어." 페르난도는 말했다. "난 여기 남는 편이 좋아. 엘라디오는 대체 어떻게 됐어?"

집시는 머리에 손가락을 갖다 대고 상처 자국을 가리켰다.

"여기를 맞았어." 그는 말했다. "자네 뒤였어. 돌격했을 때였지."

"날 놔두고 가." 페르난도는 되풀이했다. 그의 고통이 얼마나 심한가는 안셀모도 알 수 있었다. 그는 두 손을 사타구니에 대고 다리를 똑바로 앞으로 쭉 뻗고는 뒤통수를 둑에 기대고 있었다. 얼굴은 회색으로 변했고, 땀이 내배어 있었다.

"부탁이야, 제발 부탁이니 날 여기다 남겨 두고 가 줘." 그는 말했다. 고통 때문에 눈이 감기고, 입술 양끝이 경련을 일으켰다.

"여기 있으면 난 아주 마음이 편하니까."

"그럼, 여기다 총과 탄알을 두고 가겠어." 프리미티보가 말했다. "그건 내 건가?" 하고 페르난도는 눈을 감은 채 물었다.

"아냐, 자네 것은 필라르가 가지고 있어. 이건 내 거야." 프리미티보는 말했다.

"난 내 걸 갖고 싶은데, 손에 익어서 말이야." 페르난도는 말했다.

"그럼 내가 가져다주지." 집시는 그에게 거짓말을 했다. "그때까지 이걸 가지고 있어."

"이 자리가 아주 좋아." 페르난도는 말을 이었다. "길을 올라오는 놈을 막기 위해서도, 다리를 지키는 데도 좋아."

그는 눈을 뜨고 고개를 돌려 다리 저쪽을 바라보았지만 또다시 고통이 몰려와 눈을 감고 말했다.

집시는 그의 머리를 가볍게 두드려 주고는 엄지손가락으로 프리미티보에게 가자는 신호를 했다.

"그럼 나중에 또 와 보겠네."

프리미티보는 말하며 빠른 걸음으로 산비탈을 오르고 있는 집시의 뒤를 따랐다.

페르난도는 둑에 등을 기대고 앉아 있었다. 그의 앞에는 도로 끝을 표시하는 하얗게 칠한 돌이 하나 있었다. 얼굴은 그늘 속에 가려져 있지만, 응급조치로 붕대를 감은 상처와 그것을 누르고 있는 손에는 햇빛이 내리쬐고 있었다. 두 다리며 발목은 양지 쪽에 있었다. 총이 그의 옆에 놓여 있으며, 소총탄의 탄창이 세 자루의 총 옆에서 햇빛을 받아 반짝이고 있었다. 파리 한 마리가 손 위에 앉았지만 그 가벼운 간지러움은 고통 때문에 느껴지지 않았다.

"페르난도!"

안셀모가 철사를 손에 쥐고 쭈그리고 앉은 채 소리를 질렀다. 그는 철사 끝을 둥글게 하여 주먹 속에다 감아쥐고 있었다.

"페르난도!" 하고 영감은 다시 한 번 불렀다. 페르난도는 눈을 뜨고 그를 보았다.

"어때, 형세는?" 하고 페르난도가 물었다.

"잘되어 가고 있어." 안셀모가 말했다. "곧 다리를 날려 버릴 판이야."

"그럼 안심했어. 뭐든지 내가 필요한 게 있거든 일러 줘." 페르난도는 또다시 눈을 감았다. 고통이 또다시 몰려온 것이다.

안셀모는 그에게서 눈을 돌려 다리 쪽을 바라보았다.

그는 철사 다발이 다리 위로 던져지고, 이어 영국 양반이 다리 옆으로부터 기어 오르려고 햇볕에 탄 얼굴을 내밀기를 이제나저제나 하고 지켜보았다.

그와 동시에 그는 저 멀리 길모퉁이에서 무엇이 나오지 않나 하고 그쪽도 살폈다. 이제는 조금도 무서움을 느끼지 않았다. 종일 조금도 무서움을 느끼지 않았다. 모든 것이 아주 신속하게 예정대로 진행되었다고 생각되었다. 나는 보초를 쏘는 것은 싫었다. 그것 때문에 아주 기분이 좋지 않았지만, 그것도 이젠 지나간 일이다. 어째서 저 영국 양반은 사람을 쏘는 것이 짐승을 쏘는 것과 같다는 말을 할 수 있을까? 사냥을 하고 있을 때는, 나는 언제나 자랑스러웠지. 조금도 나쁜 짓이라곤 생각하지 않았다. 그러나 사람을 쏘아 죽인다는 것은 어른이 다 되어 자기 형제를 후려갈기는 것과 마찬가지라는 생각이 든다. 그리고 사람을 쏜다는 것은 대개 사람을 죽인다는 것이다. 아니, 그런 생각을 하면 안 된다. 그런 것을 생각하니까 너는 마음이 어지러워져서, 여자처럼 울면서 다리 위를 달려가거나 하는 것이다.

'그건 이젠 끝난 일이야!' 하고 그는 자신에게 말했다. 그리고 너는 다른 일과 마찬가지로 그 일에 대해서도 속죄하도록 애쓰면 되는 것이다. 하지만 너는 이제 어젯밤 산으로 돌아오면서 바라던 것을 손에 넣지 않았나. 너는 이제 싸우고 있다. 아무 문제도 없을 것이다. 오늘 아침 여기서 죽는다면 그것으로 만사가 끝장나는 것이다.

그러고 나서 그는 둑에 등을 기대어 몸을 내던진 채 두 손으로 사타구니를 누르고, 입술은 파래지고, 눈을 꼭 감고 무거운 숨을 느리게 쉬고 있는 페르난도를 바라보며 생각했다.

내가 죽을 땐 빨리 숨을 거둘 수 있었으면 좋겠다. 아니, 나는 내가 오늘 쓸모 있었다는 것만 안다면 그 밖의 일은 아무것도 바라지 않는다고 말하지 않았던가. 난 아무것도 바라지 않는다. 내가 바라고 있는 것만 달라. 나머지 일은 될 대로 되라지.

그는 저 먼 고갯길에서 들려오는 전투 소리에 귀를 기울이며 스스로에게 말했다. 정말 오늘은 굉장한 날이다. 오늘이라는 날이 어떠한 날인지 단단히 새겨 두지 않으면 안 된다.

하지만 마음속에는 아무런 자랑도 흥분도 느낄 수 없었다. 모든 것이 사라지고, 그저 평온한 기분밖에는 없었다. 그리고 이제 표석 그늘에서 둘둘만 철사를 쥐고, 또 하나는 손목에 감고 쭈그리고 앉아 길가의 자갈을 무릎 아래에 깔고 있자니 노인은 쓸쓸한 것도 외톨이라는 것도 느끼지 않았다. 그는 손에 쥐고 있는 철사와, 다리와, 영국 양반이 장치한 폭약과 일심동체가 되어 있었다. 그는 아직도 다리 밑에서 일을 하고 있는 영국 양반과 일심동체였으며, 모든 전투와 공화국과도 일심동체였다.

하지만 거기에는 흥분은 없었다. 이제는 모든 것이 조용해지고 있었다. 햇빛은 쭈그리고 있는 그의 턱과 어깨를 내리쬐었고, 눈을 쳐드니 구름 한 점 없는 높은 하늘과 냇물 저쪽에 솟아 있는 산비탈이 보인다. 행복하진 않지만 외롭지도 무섭지도 않았다.

산비탈에서 필라르가 한 그루의 나무를 방패로 삼고 내리받이 고갯길을 지켜보고 있었다. 그녀는 탄알을 잰 총 세 자루를 자기 옆에 놓고 있었는데, 프리미티보가 옆으로 왔으므로 그 한 자루를 내주었다.

"그쯤에 있어." 그녀는 말했다. "저 나무 그늘이 좋겠군. 집시 넌 거기야." 하며 아래쪽의 또 하나의 나무를 가리켰다. "죽었어?"

"아니, 아직." 프리미티보는 말했다.

"운이 나빴어." 필라르가 말했다. "두 사람만 더 있었더라면 이런 변을 당하지 않고 해치웠을 텐데. 페르난도는 톱밥 무더기 옆으로 기어갔으면 괜찮았을 거야. 지금 있는 그 자리에서는 염려 없겠어?"

프리미티보는 고개를 가로저었다.

"영국 양반이 다리를 폭파하면 그 파편이 여기까지 날아올까?" 하고 집시가 나무 그늘에서 물었다.

"모르겠어." 필라르가 대꾸했다. "하지만 기관총을 가지고 있는 아구스틴 쪽이 너보다 더 가까워. 영국 양반이 너무 가깝다고 생각했다면 그 사람을 거기에 두지 않았을 거야."

"하지만 난 기차를 폭파할 때를 기억하고 있는데, 그때 기관차 램프가 내 머리 위를 타 넘어 날아갔고, 강철 조각이 그 불에 제비처럼 튀어 퍼지던데."

"당신은 시인 같은 소릴 하는군." 필라르가 말했다. "제비 같다고? 흥, 그건 꼭 세탁 통 같았지. 집시, 오늘 당신이 일한 폼은 아주 대단했어. 그러니까 이제부턴 겁쟁이가 되지 않도록 조심해야 해."

"난 그저 파편이 여기까지 날아오나 물어보고, 나무 그늘에 잘 숨어 있으려고 했을 뿐인데."

"꼭 숨어 있어." 필라르는 그에게 말했다. "몇 놈이나 해치웠을까?"

"우리들만으로는 다섯 놈이지. 이쪽에 두 놈하고, 저쪽 다릿목에 또 한 놈 보이지 않아? 다리 저쪽을 보라고. 초소가 보여? 보이지?" 그는 손으로 가리켰다. "그리고 아래 파블로 쪽은 여덟 놈이야. 난 영국 양반의 부탁으로 그쪽 초소의 망을 보고 있었으니까 다 알고 있어."

필라르는 고개를 끄덕였다. 그러고 나서 그녀는 매우 화난 듯이 말했다.

"영국 양반은 대관절 어떻게 된 거야? 제기랄! 다리 밑에서 뭘 하고 있는 거야? 뭘 우물쭈물해! 대관절 다리를 만들고 있는 거야, 폭파하려는 거야?"

그녀는 머리를 쳐들어 표석 그늘에 쭈그리고 앉아 있는 안셀모를 내려 다보았다.

"여보, 영감!" 커다란 소리로 불렀다. "영국 녀석은 뭘 하고 있는 거야?"

"참아, 아줌마." 안셀모는 철사를 가볍게, 그러나 꽉 쥐고는 외쳤다.

"이제 곧 끝날 판이야."

"그런데 뭣 때문에 이렇게 우물쭈물하고 있는 거야?"

"굉장히 과학적인 일이라서." 안셀모는 대답했다.

"이건 과학적인 일이야."

"흥, 과학 따위는 똥이나 처먹어라." 필라르는 집시를 향해 소리쳤다.

"제기랄 놈, 어서 빨리 다리를 날려 버리고 끝내면 좋을 텐데. 마리아!" 하고 그녀는 천성적으로 굵은 목소리로 산꼭대기를 향해 외쳤다. "너의 영국 녀석은 말이야!"

그녀는 다리 밑에서 조던이 하고 있을 일을 생각하면서 홍수처럼 상소리를 퍼부었다.

"진정해, 필라르." 안셀모가 도로 쪽에서 소리쳤다.

"영국 양반은 굉장한 일을 하고 있는 거야. 이제 곧 끝나."

"제멋대로 하라지." 필라르는 외쳤다. "문제는 빨리 끝내는 거야."

바로 그때 모든 사람의 귀에, 도로 저 아래쪽의 파블로가 점령하고 있는 초소에서 사격이 시작되었는지 총소리가 들려왔다. 필라르는 욕설을 그치고는 귀를 기울였다.

"그렇지." 그녀는 말했다. "그거야. 드디어 왔어."

로버트 조던은 철사 다발을 다리 위로 던져 올리고, 이어 다리 위로 기어오르는 순간 총소리를 들었다. 무릎을 다리 난간에 걸치고 두 손을 다리 위에 올려놓았을 때, 그는 저 아래 모퉁이가 구부러진 곳에서 기관총 소리를 들었다. 그것은 파블로의 기관총 소리와는 다른 것이었다. 그는 다리 위에 서서 몸을 굽혀 철사를 다시 철판에 닿지 않도록 솜씨 있게 풀면서 뒷걸음질로 다리 가장자리를 따라 걷기 시작했다.

그는 총소리를 들으면서 걷고 있었는데, 그 소리가 마치 자기의 횡격막에 울리고 있는 듯한 느낌을 명치께에 받았다. 총소리는 걸어가는 동안에 점점 가까워졌으므로 그는 모퉁이 쪽을 흘끗 돌아다보았다. 하지만 그곳에는 자동차도 탱크도 사람의 그림자도 보이지 않았다. 다릿목 절반까지 왔을 때도 아무것도 보이지 않았다. 철사가 얽히지 않도록 조심하면서 4분의 3까지 왔지만 역시 아무것도 보이지 않았다. 철사가 철골鐵骨에 얽히지 않도록 손을 뻗치면서 초소 뒤를 오를 때도 아무것도 보이지 않았다. 드디어 그가 도로로 나왔는데도, 아직 저 아래 도로에는 아무것도 보이지 않았다. 그는 도로의 낮은 쪽, 물이 없는 도랑 쪽으로 철사를 뻗친 채 높이 날아오는 공을 잡으려고 뒷걸음질을 치는 외야수와 같은 모양으로 재빨리 후퇴해 갔다. 드디어 안셀모가 있는 표석 반대편 근처에까지 이르렀지만, 다리 아래쪽에는 아직 아무것도 보이지 않았다.

그때 그는 도로를 내려오는 트럭 소리를 들었고, 어깨 너머로 긴 비탈길을 내려오는 차의 모습을 보았다. 그는 철사를 한 바퀴 손목에 감고, 안셀모를 향해 소리쳤다. "폭파시켜!" 그리고 발뒤꿈치에 힘을 주어 손목에 감은 철사를 힘껏 잡아당겼다. 뒤에서는 트럭 소리가 가까워지고 앞에서는 보초가 죽어 쓰러진 도로와 긴 다리, 아직 아무 모습도 나타나지 않은 아래 모퉁이까지의 도로가 보였다. 바로 그때, 온 천지가 찢어지는 듯한 굉음과 더불어 다리 한복판이 커다란 파도처럼 솟구쳐 올라왔다. 두 손으로 잔뜩 머리를 싸안고 자갈이 깔린 도랑에 얼굴을 처박았다. 마치 폭풍이 몰아쳐 오는 것 같았다. 솟구쳐 올라온 다리가 다시 내려앉고 매캐한 연기 속에서 코에 익은 누런 화약 냄새가 흘러왔으며, 이어서 강철 파편의 비가 쏟아져 내리기 시작했다. 그는 자갈 위에 얼굴을 파묻은 채로 있었다.

강철 파편의 비가 그친 후에도 그는 아직 살아 있었다. 머리를 쳐들어 다리 쪽을 바라보았다. 다리 한복판이 온데간데없었고, 끝이 톱날처럼 생긴 강철 파편의 새로 파열된 부분이 다리 위와 도로에 흩어져 있었다. 트럭은 도로의 약 100미터 위쪽에 정지해 있었다. 운전병과 같이 타고 있던 두 병사가 도랑 쪽으로 뛰어가고 있었다.

페르난도는 아직도 둑에 등을 기대고 누워 숨을 쉬고 있었다. 두 팔은 좌우로 축 늘어져 있고 손에는 힘이 없었다.

안셀모는 흰 표석 그늘에 엎어져 있었다. 왼팔은 구부려 머리 아래에 깔고, 오른팔은 꼿꼿하게 밖으로 내던지고 있었다. 테로 만든 철사가 아직도 오른손 손목에 감겨 있었다. 로버트 조던은 일어나 도로를 건너 그의 옆에 꿇어앉아서 노인이 죽은 것을 확인했다. 무슨 파편에 얻어맞고 이 꼴이 되었는가를 확인하기 위해서 노인의 몸을 쳐들어 보지는 않았다. 죽었으니까 죽은 것이다. 그것뿐이다.

시체가 된 이 노인은 왜 이처럼 조그맣게 보이는 것일까, 하고 로버트 조던은 생각했다. 몸집이 작고 백발인 노인은, 정말 이렇게 작은 체구의 소유자이면서도 무슨 수로 그렇게 큰 짐을 질 수 있었는지 이상할 정도였다. 그러고서 그는 목동들이 입는 회색 바지에 싸인 안셀모의 장딴지와 넓적다리의 모양, 줄무늬 밑창 구두의 해진 밑창을 보고 난 다음 노인의 총과 이제 거의 텅 비다시피 된 두 개의 배낭을 집어 들고, 다시 페르난도 옆으로 가서 그의 총을 집어 들었다. 그리고 길 위에 흩어져 있는 강철 파편을 발로 걷어 갔다. 그런 다음 총 두 자루의 총구 쪽을 쥐고 어깨에다 걸치고는 숲 속을 향하여 산비탈을 올라가기 시작했다. 그는 뒤돌아보지도 않았으며, 다리 저쪽 길을 바라보지도 않았다. 길 저쪽 모퉁이에선 아직도 총소리가 들리고 있었지만 그는 이제 아무런 관심도 두지 않았다.

TNT 폭약의 초연 때문에 그는 자꾸만 기침을 했다. 전신이 아주 나른했다.

그는 나무 그늘에 누워 있는 필라르 옆에 총 한 자루를 놓았다. 그녀는 그것을 보고는 자기 총이 또 세 자루로 불었구나, 하고 생각했다.

"여기는 너무 높지 않소?" 그는 말했다.

"여기선 보이지 않지만 도로엔 트럭이 있소. 놈들은 아까 그 폭음이 비행기에서 난 줄 알고 있어요. 좀 더 아래쪽에 가 있는 게 좋겠소. 난 아구스틴과 함께 파블로를 도와줄 테니까."

"영감은?" 필라르가 얼굴을 빤히 쳐다보면서 물었다. "죽었소."

그는 애처로운 듯이 기침을 하고는 땅에 침을 뱉었다.

"다리는 날아갔어, 영국 양반." 필라르는 그를 보며 말했다. "그걸 잊어선 안되오."

"다른 것도 안 잊어버려요." 그는 말했다. "당신 목소리가 너무 크더군요." 그는 필라르에게 말했다. "아주머니가 고함치던 소리가 잘 들렸소. 마

529

리아에게 내가 무사하다고 소리쳐 주지 않겠소?"

"제재소에서 두 사람이 죽었어." 필라르는 상대방에게 알려 주려고 했다.

"알고 있소." 로버트 조던은 말했다. "무슨 미련한 짓이라도 했소?"

"무슨 말이야, 영국 양반?" 필라르는 말했다. "페르난도도 엘라디오도 둘 다 훌륭한 남자였어."

"당신은 말 있는 데로 가는 것이 좋겠어." 로버트 조던이 말했다.

"내가 당신보다 여길 더 잘 지킬 수 있을 테니까."

"아니, 당신은 파블로를 지원하러 간다면서."

"파블로 따위가 알게 뭐야. 그까짓 놈 제멋대로 자기 몸을 지키라지."

"그건 안 돼, 영국 양반. 파블로는 돌아왔어. 저 아래에서 아주 잘 싸웠단 말이야. 당신은 그걸 못 들었소? 지금도 싸우고 있잖아. 아마 꽤 센 놈이 온 것임에 틀림없어. 들리우?"

"지원은 하지. 하지만 당신들은 싫어. 당신도 파블로도."

"영국 양반." 필라르는 말했다. "마음을 진정하우. 난 이번 일에서 누구보다도 당신을 도왔수. 파블로는 당신을 방해하긴 했지만, 그래도 돌아오지 않았소?"

"만일 뇌관만 있었더라면 영감은 죽지 않았을 거야. 여기서 폭파시킬 수 있었을 테니까."

"만일, 만일, 만일……" 필라르는 지껄였다.

다리를 폭파한 뒤, 몸을 구부리고 있던 곳에서 얼굴을 들어 안셀모가 죽어 있는 것을 보았을 때의 실망과 동시에 솟구쳐 오르는 분노와 공허감과 증오심이 아직도 그의 전신을 달리고 있었다. 그의 내면에도 역시 병사가 병사다운 점을 지속시키기 위해 증오로 바꾸어 버리는 그 슬픔에서 오는 절망이 있었던 것이다. 일단 일이 끝나자 그는 외로운 고립감에 휩싸였고, 침울한 기분에 젖어 눈앞의 모든 사람이 미워졌다.

"만일 눈만 오지 않았더라면." 필라르가 말했다. 그러자 (이를 테면 그 여자가 그를 껴안기라도 한 것처럼) 육체적인 해방감처럼 급하지 않게 천천히, 그리고 이성적으로 그는 여자의 말을 받아들여 증오감을 몰아내기 시작했다. 그렇다, 눈이다. 눈이 만든 것이다. 눈이다. 다른 사람들은 눈이 만든 것이라고 생각하고 있다. 일단 다른 사람들이 생각하는 것처럼 너도 그렇게 생각하고 있다면, 그리고 일단 네가 너의 자아自我를 잘라 버린다면—
전장에서는 언제나 자아를 내쫓아 버리지 않으면 안 된다. 전장에서는 자
아가 있어서는 안 된다. 자아는 마땅히 없어야 할 물건이다. 그때 자아를
잃은 그의 귀에 필라르의 목소리가 들려왔다.

"귀머거리 영감이……."

"뭐라고?"

"귀머거리 영감이."

"그렇소." 로버트 조던은 말하면서 그녀에게 웃어 보였다. 일그러지고
굳어진 얼굴 근육을 지나치게 긴장시킨 듯한 웃음이었다

"잊어버려요. 내가 나빴소. 미안하오. 이제부터는 앞일을 모두 함께 잘
해 나갑시다. 그리고 당신 말대로 다리는 날아가 버렸소."

"그래. 무엇이든 모든 것을 있는 대로 보아야만 해."

"그럼 난 이제 아구스틴이 있는 데로 가겠소. 도로가 잘 보이도록 집시
를 좀 더 아래쪽에 배치해 주시오. 그 총은 프리미티보에게 내주고, 당신
은 이 기관총을 갖는 게 좋겠소. 쏘는 방법을 가르쳐 줄 테니까."

"기관총은 당신이 가지고 있어." 필라르가 말했다. "우리가 언제까지나
여기 있으란 법은 없으니까. 파블로가 곧 올 테고, 그럼 우리들도 떠나야
하지 않겠어?"

"라파엘!" 로버트 조던이 불렀다. "나 있는 데로 내려와. 여기야, 됐어. 저
것 봐, 도랑 속에서 나오는 녀석이 있잖아. 저것 봐, 트럭 위야. 트럭 쪽으
로 오고 있지? 그중 한 놈을 쏴봐. 자, 앉아서 편안히 해 봐."

집시는 주의 깊게 겨누어서 쏘았다.

노리쇠를 뒤로 젖히고 탄피를 빼자 로버트 조던이 말했다.

"좀 높았어. 바위 위에 맞았군. 바위에서 흙먼지가 난 것이 보였지? 좀
더 아래, 60센티미터쯤 아래를 겨눠. 자, 조심해서 쏴. 놈들이 뛰고 있군.
자, 어서어서 쏴."

"한 놈 맞혔다." 집시가 말했다.

그 사나이는 도랑과 트럭 중간 지점 도로에 쓰러졌다. 다른 두 사람은
그 사나이를 끌고 가기 위해 서려고도 하지 않았다. 그들은 도랑으로 뛰
어가 숨어 버렸다.

"나머지 놈은 쏘지 마." 로버트 조던이 말했다. "그보다도 트럭 앞바퀴 타이어 위쪽을 쏴 봐. 만일 잘못 쏘면 엔진에 맞을 테니까. 자." 그는 쌍안경으로 보고 있었다. "좀 더 얕게. 됐어! 자네, 아주 사격을 잘하는군. 멋있다, 멋있어! 이번에는 라디에이터 위쪽을 봐. 라디에이터라면 아무 데라도 좋아. 자넨 명수로군. 이봐, 저 지점을 한 놈이라도 그냥 지나가게 해선 안돼. 알겠나?"

"트럭 유리를 맞힐 테니까 봐." 집시는 기쁜 듯이 말했다.

"아냐, 이젠 트럭은 못 쓰게 됐어." 로버트 조던은 말했다. "그것보다도 도로에 누가 나타날 때까지 탄약을 아껴 둬. 저 도랑 정면에 나타날 때 쏘기 시작하는 거야. 될 수 있는 대로 운전사를 겨눠. 그때는 모두 함께 쏴도 좋아." 그는 그때 프리미티보와 함께 산비탈을 내려온 필라르에게 말했다. "여긴 참 다시없이 좋은 장소야. 저것 봐요. 저 험한 벼랑이 측면을 잘 지켜 주고 있단 말이야."

"당신은 부지런히 아구스틴이 있는 데로 가면 돼." 필라르는 말했다.

"연설은 집어치우시오. 난 벌써 지형을 다 봐 두었으니까."

"프리미티보는 좀더 올라가 저 부근에 있는 게 좋아." 로버트 조던은 말했다. "저기야. 알겠나, 프리미티보? 저 둑이 솟은 이쪽이야."

"내게 맡겨 주우." 필라르는 말했다. "자, 가 보우, 영국 양반. 당신은 당신 일이나 하면 돼. 여긴 염려 없으니까."

바로 그때 비행기 폭음이 들려왔다.

마리아는 오랫동안 말과 함께 있었으나 말은 조금도 그녀에게 위안이 되지 못했다. 동시에 그녀 또한 말에게 조금도 위안이 되지 못했다. 그녀가 있는 숲 속에서는 도로도 보이지 않고 다리도 보이지 않았으므로 총소리가 나기 시작하자, 그녀는 캠프 아래쪽 숲 속의 울타리 속에 있던, 가끔 맛있는 먹이를 가져다준 일이 있는 얼굴이 하얗고 털이 밤색인 종마種馬의 목을 끌어안고 있었다. 하지만 그녀의 흥분은 이 커다란 종마까지 신경질적으로 만들었고, 총소리나 폭음이 날 때마다 말은 목을 내젓기도 하고 콧구멍을 벌름벌름 움직이기도 했다. 마리아는 가만히 있을 수가 없어 그 근처를 서성거리다가는 말을 가볍게 두들겨 주기도 하고 쓰다듬어 주기도 했지만, 말들은 한층 더 신경질적으로 날뛰곤 했다.

그녀는 총소리를 들으며, 무서운 일이 일어나고 있는 것이 아니라 새로 온 동료들과 같이 있는 아래쪽 파블로와 다른 사람들과 함께 있는 위쪽 필라르가 서로 총질을 하고 있는 것이니까 자기는 걱정을 하거나 벌벌 떨지 말고 로베르토를 믿지 않으면 안 된다고 생각하려고 애썼다.

하지만 그녀는 그럴 수가 없었고, 다리 위쪽과 아래쪽에서 들려오는 총소리에도, 메마르고 구르는 듯한 소리와 불규칙적인 폭탄 소리에 섞여 저 먼 폭풍우와 같이 울려 오는 산꼭대기에서의 전투 소리에도 거의 숨 막힐 것 같은 공포에 사로잡히고 말았다.

한참 후 그녀는 먼 산허리에서 필라르가 큰 소리로 자기에게 뭐라고 욕설을 퍼붓는 것을 들었다. 그녀는 그 뜻은 조금도 알아들을 수 없었지만, 마음속으로 오오, 하느님, 제발, 제발 그런 지독한 말을 그이가 위험에 빠져 있을 때 말하지 않게 해 주시옵소서. 사람을 노하게 하거나, 쓸데없는 위험한 짓도 하지 말게 해 주시옵소서. 싸움을 거는 것 같은 짓을 시키지 말아 주시옵소서, 하고 중얼거렸다.

그다음 그녀는 학창 시절에 하던 것처럼 빠르고도 기계적으로 로베르토를 위하여 기도하기 시작했다. 될 수 있는 한 빠른 목소리로 기도를 올리면서 왼쪽 손가락을 꼽아 세고, 두 가지 기도를 열 번 되풀이하여 올렸다. 이윽고 다리가 폭파되었다. 그 온천지가 무너지는 듯한 폭음에 한 마리의 말이 뛰어오르며 목을 세차게 내휘두르는 바람에 매어 놓은 밧줄이 끊어져 말 한 마리가 숲 속으로 달아나고 말았다. 마리아는 겨우 그 말을 붙잡아 끌고 왔지만 땀이 앞가슴을 적셨고, 안장을 배 아래로 떨어뜨리고 온몸을 벌벌 떨고 있는 말을 나무 사이로 끌고 왔을 때, 그녀는 아래쪽의 총소리를 들으며, 이 이상 더 견딜 수 없다고 생각했다. 이 이상 상황이 어떻게 되어 가고 있는지 알지 못하고 살아갈 수는 없다. 숨도 쉴 수 없고, 입도 바싹 말랐다. 나는 무섭다. 나는 아무 쓸모도 없다. 말들을 놀라게만 하고, 이 말을 우연히 붙잡기는 했으나 그것은 이 말이 나무와 부딪혀 안장을 떨어뜨리고 동자 속에 발이 끼였기 때문이었으며, 겨우 안장을 다시 놓긴 했으나 오오, 하느님, 저는 이제 어떻게 해야 좋을지 모르겠나이다. 이 이상 참을 수 없습니다. 오오, 제발, 저는 지금 몸도 마음도 모두가 저 다리에만 가 있습니다. 그이를 무사히 지켜 주시옵소서. 공화국도 중요하고, 전쟁에서 이기는 것도 중요하지만, 그래도 오오, 인정이 두터운 성모 마리아님, 그이를 다리에서 무사히 저에게 데려다 주시옵소서. 무슨 일이든지 당신이 하라는 대로 하겠나이다. 하지만 저는 여기 있는 것이 아니옵니다. 아예 저 같은 것은 없사옵니다. 저는 그이와 함께 있을 뿐입니다. 제발, 저를 위해 그이를 보살펴 주시옵소서. 그것은 저를 보살펴 주시는 것과 마찬가지이옵니다. 그러면 저는 당신을 위해 무슨 일이라도 하겠나이다. 그 사람도 그에 대해 화를 내지는 않을 것이옵니다. 오오, 제발, 용서해 주시옵소서…… 뭐가 뭔지 모르겠나이다. 정말 마음이 혼란스러워졌나이다. 만일 그이를 보살펴 주신다면, 올바른 일이라면 저는 무엇이든지 하겠나이다. 저는 그이가 시키는 대로 할 것이고, 당신이 시키는 대로 하겠나이다. 하지만 이대로 아무것도 모르고 있다는 것에, 저는 더 이상 참을 수 없나이다.

얼마 후 다시 말을 붙들어 매고, 안장을 얹고, 담요를 고치고, 배띠를 꽉 졸라매고 있을 때 아래쪽 숲 속에서 굵직하고 힘찬 소리가 들려왔다.

"마리아! 마리아! 네 영국 양반은 무사하다. 들리나? Sin N ovedad(무사하다)!"

마리아는 두 손으로 안장에 매달려, 그 짧은 머리를 안장에 대고 울기 시작했다. 그녀는 그 힘찬 소리가 다시 한 번 외치는 것을 듣고는 안장에서 고개를 돌려 목멘 소리로 외쳤다.

"네! 고마워요!" 그러고는 또 한 번 목멘 소리로 외쳤다. "고마워요! 정말 고마워요!"

굉음을 듣고 그들은 다 같이 하늘을 바라보았다. 비행기는 세고비아 쪽으로부터 아주 높은 하늘을, 다른 모든 소리를 제압하는 우렁찬 굉음을 울리며 은빛으로 반짝이며 날아오고 있었다.

"저기야!" 필라르가 말했다. "저것으로 모두 다 갖추어진 셈이야." 로버트 조던은 하늘을 바라보면서 그녀의 어깨에 손을 얹었다.

"아냐, 필라르." 그는 말했다. "저건 우릴 도우러 온 게 아니오. 우릴 도울 틈 같은 건 없어. 진정하시오."

"밉살스러운 놈들이군."

"나도 밉살스러워. 아구스틴이 있는 데로 가지 않으면 안 돼."

그가 소나무 숲 사이의 산허리를 돌아가는 동안에도 비행기의 굉음은 들렸고, 저 아래 도로의 폭파된 다리 모퉁이로부터는 중기관총의 망치질 하는 듯한 소리가 끊어졌다 이어졌다 하면서 들려왔다.

로버트 조던은 작은 소나무 숲 속에서 자동 소총을 앞에 놓고 엎드려 있는 아구스틴에게로 내려갔다. 비행기는 아직도 연달아 뒤에서 날아왔다.

"저 아래선 대체 뭣들을 하고 있는 거야!" 아구스틴이 물었다. "파블로는 뭘 하고 있는 거야? 다리가 폭파된 걸 모르고 있나?"

"아마 도망쳐 올 수도 없는 모양이지."

"그럼 우리들끼리만 도망치지 뭐. 그까짓 놈 생각할 것 없어."

"올 수 있으면 곧 올 테지." 로버트 조던은 말했다. "이제부터 가 보지 않으면 안 돼."

"통 소리가 안 나는데." 아구스틴이 말했다. "한 5분 동안 아무 소리도 안 들려. 저건 파블로야."

콩 볶듯이 따다닥거리는 기관총 소리가 들려왔다. 곧이어 또다시 들리더니, 잠시 후 또 들려왔다.

"놈이 틀림없어." 로버트 조던은 말했다.

그는 구름 한 점 없는 높은 하늘에 연달아 날아오는 비행기를 바라보고, 그리고 역시 그 비행기를 쳐다보는 아구스틴의 얼굴을 바라보았다. 그러고 나서 눈을 아래로 옮겨 파괴된 철교와 그 앞, 아직 아무것도 보이지 않는 모퉁이까지의 도로를 내려다보았다. 그는 기침을 하고, 침을 뱉고, 또다시 시작된 모퉁이 아래서 들려오는 기관총 소리에 귀를 기울였다. 소리로 미루어 보아 아까와 똑같은 장소에서 쏘고 있는 듯했다.

"저건 뭐지?" 아구스틴이 물었다. "저 정체불명의 소리는?"

"저건 내가 다리를 폭파하기 전부터 울려 왔어."

그는 이번에는 다리를 내려다보았다. 한복판이 내려앉아 강철 에이프런처럼 축 늘어졌고, 찢어진 사이로 냇물이 흐르는 것이 보였다. 맨 처음 머리 위를 날아간 비행기가 고갯길을 폭격하는 소리가 들리고 그 뒤에서 몇 대가 더 날아왔다. 그 엔진의 굉음은 하늘을 뒤덮었다. 하늘을 쳐다보니 조그만 추격기 한 대가 빙빙 돌면서 그들 위를 날고 있었다.

"저놈들, 요 전날 아침에는 전선을 넘어오지 않았던 것 같은데." 프리미티보가 말했다. "반드시 서쪽으로 갔다가 돌아오는 것이 분명해. 이 정도의 비행기를 봤더라면 적들도 공격하려고 하지 않았을 거야."

"지금 온 비행기의 대부분은 새 거야." 로버트 조던은 말했다. 처음엔 보통으로 시작되었던 것이 얼마 후에는 크고 엄청나게 거대한 반동을 일으킨 것 같은 기분을 그는 맛보고 있었다. 마치 조그만 돌을 던지면 그 돌이 잔물결을 일으키고, 그 잔물결이 무섭고 거대한 파도가 되어 요란한 소리를 내면서 되돌아오는 것과 같았다. 또는 처음에 한 번 소리를 치면 그 울림이 귀를 찢어 놓을 것 같은 천둥이 되어 되돌아와 치명적인 것이 되는 것과 같았다. 또는 처음에 한 사나이를 때려눕히면 수없이 많은 다른 사람들이 갑옷을 입고 무기를 들고 달려드는 것과 같다고 할 수 있었다. 그는 골즈와 함께 산마루에 있지 않아서 참으로 다행이라고 생각했다.

아구스틴의 옆에 누워 지나가는 비행기 떼를 보고, 배후의 총소리에 귀를 기울이며 반드시 무언가 나타나리라는 것을 생각하고 있었다. 무엇이 나타날지 알 수 없는 아래쪽 도로를 지켜보면서, 그는 다리가 폭파되었는데도 죽지 않은 데 대한 놀라움으로 아직도 나른한 느낌이었다. 너무도 완전하게 죽음을 각오하고 있었으므로 현재의 일이 모두 현실 같지가 않았다. 그런 생각은 그만둬, 하고 그는 혼자 중얼거렸다. 그런 생각은 쫓아내 버려라. 오늘은 아직도 할 일이 태산 같다. 하지만 그 생각은 그에게서 떠나려 하지 않았고, 그는 의식적으로 눈앞의 모든 것이 꿈같이 되어 가는 것을 느꼈다.

'그 연기를 너무 많이 마신 탓이야.' 그는 생각했다. 하지만 그렇지 않다는 것을 자신도 알고 있었다. 이 절대적인 현실 속에서 이 모든 것이 얼마나 비현실적인가를 그는 확고한 사실처럼 느낄 수 있었다. 그는 눈 아래의 철교를 보았다. 길 위에 쓰러져 있는 보초를 보았다. 그리고 쓰러져 있는 안셀모를 보고, 둑에 등을 기대고 있는 페르난도를 보고, 평탄한 갈색 도로 위에 오가지도 못하게 되어 있는 트럭을 보았다. 그런데도 역시 그것은 비현실적이었다.

'너는 얼른 자기 임무에서 물러나는 게 좋다.' 하고 그는 자신을 타일렀다. 너는 마치 투계장鬪鷄場 속에 갇혀 있는 수탉 같다. 아무도 상처 입는 걸 본 것도 아니고 상처가 눈에 띈 것도 아닌데, 이미 싸늘해져 가는 수탉,

그것과 마찬가지 신세였다.

'바보!' 하고 그는 자신에게 외쳤다. '너는 좀 피로한 것뿐이야. 책임을 완수했으므로 기진맥진해진 거다. 그것뿐이다. 신경 쓰지 마.' 바로 그때, 아구스틴이 그의 팔을 잡고 손가락질을 했다. 골짜기 저쪽을 보니 파블로의 모습이 보였다.

파블로가 도로 모퉁이를 돌아 이쪽으로 달려오는 중이었다. 그들의 시야에서 도로를 가로막고 있는 험한 바위 모퉁이에서 파블로가 발을 멈추고, 바위에 몸을 의지하고는 지금 막 지나온 도로 쪽을 향하여 총을 쏘는 것이 보였다. 로버트 조던은 키가 작고 통통한 파블로가 모자를 잃고 바위에 기대서서 그 짧은 기병용 자동 소총으로 사격하고 있는 것을 보았으며, 탄피가 조그마한 폭포처럼 튀어 햇빛에 반짝이고 있는 것을 볼 수 있었다. 이번에는 파블로가 쭈그리고 앉아 또다시 자동 소총을 쏘는 것이 보였다. 그러고는 뒤도 돌아보지 않고, 머리를 숙이고 안으로 굽은 짧은 다리로 다리 쪽으로 곧장 달려왔다.

로버트 조던은 아구스틴을 밀어젖히고 어깨에 대형 소총의 총가를 얹고는 도로 모퉁이를 겨누었다. 그의 경기관총은 그의 왼손 옆에 놓아둔 채였다. 거리로 보아 그 기관총으로는 정확히 겨냥할 수가 없었기 때문이었다.

파블로가 이쪽으로 달려오는 동안 로버트 조던은 잔뜩 모퉁이를 겨누고 있었는데, 아무것도 나타나지 않았다. 파블로는 다리에 이르자 한 번 다리 쪽을 흘긋 뒤돌아보는가 싶더니 곧 왼쪽으로 돌아 골짜기로 내려가 보이지 않게 되었다. 로버트 조던은 아직도 모퉁이를 겨누고 있었으나 아무것도 나타나지 않았다. 아구스틴은 양쪽 무릎을 세우고는 몸을 일으켰다. 그에게는 파블로가 산양처럼 골짜기로 기어 내려가는 것이 보였다. 두 사람이 파블로의 모습을 본 이후, 아래쪽에서는 한 번도 총소리가 들리지 않았다.

"위쪽에 무엇이 보여? 위쪽 바위 위에 말이야." 로버트 조던이 물었다.

"아니, 아무것도 안 보이는데."

로버트 조던은 도로 모퉁이를 지켜보고 있었다. 그 모퉁이 바로 아래의 바위는 너무 험해서 아무도 기어 올라갈 수 없지만 아래쪽은 좀 평평해서 돌아 올라갈 수 있다는 사실을 그는 알고 있었다.

이제까지 비현실적으로 생각되었던 것이 갑자기 매우 현실적인 것이 되어 있었다. 마치 카메라의 반사 렌즈가 초점에 갑자기 꼭 들어맞는 것 같았다. 바로 그때였다. 키가 작고 경사진 콧잔등이와 기관총이 쑥 나온, 그리고 녹색과 회색과 갈색의 세 가지 색으로 칠한 통통한 포탑砲塔이 모퉁이를 돌아 밝은 햇빛 속으로 나타나자 그는 그것을 향해 발포했다. 철판에 탄알이 맞는 소리가 들렸다. 그 조그맣고 속도가 빠른 경輕탱크는 바위 그늘로 재빨리 후퇴해 버렸다. 모퉁이를 지켜보고 있던 로버트 조던의 시야에 탱크의 콧잔등만이 다시 나타났다. 곧 이어 포탑 끝이 나타나는 것을 보았다. 포탑이 빙그르르 돌더니 길 쪽으로 포구를 향했다.

"꼭 생쥐가 구멍에서 나오는 것 같군." 아구스틴이 말했다. "저, 저걸 좀 봐, 영국 양반."

"자신이 없는 거야." 로버트 조던이 말했다.

"파블로는 저 큰 딱정벌레와 싸우고 있었군그래." 아구스틴이 말했다. "한 번 더 쏴 봐, 영국 양반."

"아냐, 쏴 봤자 피해를 입힐 수는 없겠어. 우리가 있는 장소를 놈들에게 알리지 않는 편이 좋아."

탱크는 도로 위를 쏘기 시작했다. 탄알은 도로 위에 맞았다 튀고, 철교에 요란한 소리를 내며 맞았다. 아래서 듣던 것과 똑같은 기관총이었다.

"제기랄!" 아구스틴이 말했다. "영국 양반, 저게 그 유명한 탱크인가?"

"저건 소형이야."

"제기랄! 휘발유를 가득 넣은 우유병만 있다면 저놈의 꼭대기에 기어 올라가 저놈을 불살라 버리고 말 텐데. 에잇, 저놈들은 대관절 어떻게 할 작정일까, 영국 양반!"

"조금만 더 있으면 사태가 달라질 테지."

"사람들은 저런 걸 무서워하고들 있어." 아구스틴이 말했다. "저걸 좀 봐, 영국 양반! 저놈은 보초를 또 한 번 죽이고 있군!"

"달리 표적이 없으니까." 로버트 조던이 말했다. "놈을 욕해 봤자 별수 없어."

하지만 그는 생각했다. 상관없다. 놀려 주자. 하지만 가령 저놈이 너라고 가정해 보라. 자기 영지領地로 돌아와 보니 적이 기관총을 한길에 설치해 놓고 방해하고 있다. 게다가 철교마저 폭파해 버렸다. 한술 더 떠 앞길에는 지뢰가 묻혀 있다든가, 무슨 함정이 있다든가 한다면 너 같으면 그런 생각을 해 보지 않겠나? 물론 생각해 볼 테지. 그놈이 하는 짓은 옳은 것이다. 그놈은 다른 무엇이 올라오기를 기다리고 있는 것이다. 적과 교전하고 있는 것이다. 그 적이란 바로 우리밖에 없는데, 그놈은 그걸 알 리가 없다. 저 꼴을 좀 보란 말이다.

경탱크는 얼마쯤 더 모퉁이에서 코끝을 내밀고 있었다.

마침 그때 아구스틴은 골짜기 낭떠러지의 한쪽 끝에서 기어오르는 파블로를 발견했다. 손과 무릎으로 몸을 끌어올리고 있는 그 텁석부리 얼굴에는 땀이 비 오듯 흘러내리고 있었다.

"저기 개새끼가 오는군." 그가 말했다. "누가?"

"파블로."

로버트 조던은 파블로를 보았다. 그리고 그는 보호색을 칠한 탱크 포탑에다 설치해 놓은 기관총의 균열로 생각되는 부근을 사격하기 시작했다. 경탱크는 후퇴하며 허겁지겁 자취를 감추었다. 로버트 조던은 자동 소총을 집어 들고 세 개의 다리를 총신 밑에다 집어넣고는 아직 뜨거운 총신을 어깨에 번쩍 둘러메었다. 총신은 달아 어깨가 탈 지경이었으므로, 그는 손으로 총대를 평평하게 돌려 총구를 뒤로 밀어 버렸다.

"원탄창 자루와 내 경기관총을 갖다 줘." 그는 외쳤다. "빨리 뛰어." 로버트 조던은 소나무 사이를 빠져 산비탈로 뛰어올라 갔다. 아구스틴이 바로 그 뒤를 따랐고, 또 그 뒤를 파블로가 따랐다.

"필라르!" 하고 로버트 조던은 산 쪽을 향해 소리쳤다.

"이쪽으로 빨리 와!"

세 사람은 전속력으로 급경사면을 올라갔다. 경사가 너무 급해서 이젠 휠 수가 없었다. 기병용 경기관총 이외엔 아무 짐도 들지 않은 파블로가 곧 그들 뒤를 따라왔다.

"당신 부하는 다 어떻게 됐어?"

아구스틴이 바싹 마른 입으로 파블로에게 물었다. "모두 죽었어."

그는 거의 숨도 쉬지 못할 지경이었다. 아구스틴은 그를 뒤돌아보았다.

"영국 양반, 이젠 말이 남아돌 지경이야." 파블로는 헐떡거리며 말했다.

"그렇군." 로버트 조던은 말했다. '이 살인자의 사생아 놈.' 하고 그는 생각했다. "당신이 상대한 건 뭐야?"

"이것저것 다지." 파블로는 그렇게 말하며 어깨로 숨을 쉬고 있었다.

"필라르 편은 어떻게 됐지?"

"그 편에선 페르난도와 그리고."

"엘라디오야." 아구스틴이 말했다.

"자네 편에선?" 파블로가 물었다. "안셀모가 죽었어."

"말은 충분해졌군." 파블로는 말했다. "짐까지 실을 놈이 생기게 됐어."

아구스틴은 입술을 깨물며 로버트 조던 쪽을 바라보고는 고개를 흔들었다. 아래에서는, 나무 그늘 때문에 보이지는 않지만, 탱크가 또다시 도로와 다리를 사격하는 소리가 들렸다.

로버트 조던은 갑자기 고개를 돌렸다.

"저건 어떻게 된 거야?" 그는 파블로에게 물었다. 그는 파블로의 얼굴을 보고 싶지 않았고 냄새조차도 맡고 싶지 않았으나 다만 이야기만은 듣고 싶었다.

"저놈이 나타났기 때문에 떠날 수가 없었지."라고 파블로는 말했다.

"우린 초소 아래쪽 모퉁이에서 오가지도 못하게 되었지. 마침 그놈이 뭘 찾으러 되돌아간 틈을 타서 도망쳐 나온 거야."

"당신은 저 모퉁이에서 무엇을 쏘았어?" 아구스틴이 노골적으로 물었다.

파블로는 그를 바라보며 빙그레 웃으려 했으나 생각이 달라졌는지 아무 대답도 하지 않았다.

"모두 당신이 쏴 죽였지?"

아구스틴이 물었다. 로버트 조던은, 자신은 잠자코 있는 것이 좋겠다고 생각했다. 이제 와서 네가 알 바 아니다. 그들은 모두 네가 기대한 모든 것을, 아니, 그 이상의 일을 해 준 것이 아닌가. 이것은 종족 간의 문제다. 도덕적인 판단을 내려서는 안 된다. 살인자에게서 무엇을 기대할 것인가? 너는 살인자와 손잡고 일해 오지 않았던가. 너는 잠자코 있어. 이 사나이에 관해선 지금까지 충분히 알지 않았던가. 이제 새삼스럽게 알게 된 것도 아니다. 하지만 이 얼마나 더러운 사생아 놈인가, 하고 그는 생각했다.

이 얼마나 더러운, 썩어 빠진 사생아 놈인가!

가파른 오르막길이어서, 그의 가슴은 뛰고 난 뒤처럼 터질 듯이 괴로웠다. 저 앞 나무 사이로 말들이 보였다.

"어서 말해 봐." 아구스틴이 말했다. "왜 너는 모두 싹 죽였다고 말하지 않는 거야?"

"닥쳐." 파블로가 말했다. "난 오늘도 힘껏 싸운 거야. 더구나 훌륭히 말이야. 영국 양반에게 물어봐."

"그리고 오늘은 당신이 모든 걸 맡아서 지휘해 줘." 로버트 조던이 말했다. "계획을 세운 건 당신이니까."

"좋은 계획이 있지." 파블로가 말했다. "운만 좋으면 우린 모두 무사히 도망칠 수 있어."

그는 이제 숨을 좀 편히 쉬고 있었다.

"너는 우리들 중의 누굴 죽이려는 건 아닐 테지?" 하고 아구스틴이 말했다. "그렇다면 지금 내가 너를 죽일 테야."

"닥치라니까." 파블로가 말했다. "난 너나 우리 편 전체의 이익을 생각하지 않으면 안 돼. 이건 전쟁이야. 누구든 하고 싶은 대로 할 순 없는 거야."

"이 비겁한 놈아." 아구스틴이 말했다. "네놈은 먹이를 혼자서 독차지할 셈이구나."

"아래쪽에서 뭘 만났는지 그거나 얘기해 봐." 로버트 조던이 파블로에게 말했다.

"무엇이나 다지."

파블로는 되풀이했다. 그는 아직도 가슴이 터질 것같이 괴롭게 숨을 헐떡거렸는데, 말만은 제대로 할 수 있게 되었다. 얼굴과 머리에서 땀이 비오듯 흘러내려 어깨와 가슴이 온통 땀을 쥐어짠 것 같았다. 그는 로버트 조던이 진심으로 자기를 우의적으로 대하는가 아닌가를 알아내려는 듯이 얼굴을 주의 깊게 들여다보고 있더니, 얼마 후에 빙그레 웃었다.

"무엇이나 다지." 그는 다시 한 번 말했다. "우린 먼저 초소를 점령했어. 그때 오토바이가 왔지. 그다음 또 한 대의 오토바이가 왔어. 다음엔 앰뷸런스가 왔고, 그다음엔 트럭이 오고, 그리고 그다음엔 아까 그 탱크가 오더군. 자네가 다리를 폭파하기 직전이었지."

"그리고……."

"탱크는 우리를 해치울 순 없었지만, 놈이 길가에 버티고 있어서 우린 퇴각할 수 없었어. 그러는 동안에 놈이 되돌아갔기 때문에 겨우 도망쳐 온 거야."

"그래서 부하는?" 하고 아구스틴이 아직도 시비조로 말참견을 했다. "닥쳐." 파블로는 정면에서 아구스틴을 노려보며 말했다. 그의 얼굴은 비록 다른 어떤 일이 있었다 하더라도 그때까지는 잘 싸워 온 사나이다운 얼굴이었다.

"그놈들은 우리 부대 놈들이 아니잖아."

벌써 세 사람에게는 나무에 매어 놓은 말들의 모습이 보였다. 햇빛이 소나무 가지 사이로 말들을 내리비치고 있었고, 말들은 목을 쳐들어 파리를 쫓으려고 다리를 흔들어 댔다. 로버트 조던은 마리아를 보자, 재빨리 자동 소총을 자기 몸 옆에다 기대 세우고, 가늠자를 늑골에다 착 붙인 채 마리아를 꼭 껴안았다. 마리아는 말했다.

"여보, 로베르토. 아아, 여보."

"오오, 토끼. 나의 소중한 토끼. 자, 어서 떠나자."

"여보, 당신은 정말 여기 계시는 거예요?"

"있고말고. 정말이야, 나야. 오오, 마리아!"

그는 전투가 벌어지고 있는 동안 한 여자의 존재를 한순간도 생각해 본 적이 없었다. 자기의 어느 부분이라도 그것을 알고, 그것에 반응할 수 있으리라곤 꿈에도 생각지 못했다. 가령 한 여자가 있다 하더라도 그녀가 셔츠를 통하여 자기에게로 육박해 오는, 그처럼 조그맣고 그처럼 동그란 젖가슴을 가지고 있으리라곤 꿈에도 생각지 못했다. 그리고 그 젖가슴이 전투가 한창 벌어지고 있는 동안 두 사람의 일을 알고 있으리라곤 생각지도 못했다. 하지만 그것은 사실이었고, 그래서 좋다고 그는 생각했다. 그래서 좋다. 나는 이런 일이 있으리라곤 꿈에도 생각지 못했다. 그는 그녀를 또 한 번 꼭 껴안았으나 그녀의 얼굴은 쳐다보지 않았다. 그러고 나서 그때까지 한 번도 쳐 본 일이 없는 곳을 톡 치며 말했다.

"자, 어서 저 안장 위에 타, 예쁜이."

얼마 후 그들은 말고삐를 풀고 출발 준비를 했다. 로버트 조던은 자동 소총을 아구스틴에게 돌려주고, 자기 경기관총을 어깨에 걸머졌다. 그리고 수류탄을 포켓에서 꺼내 가죽 주머니 속에 집어넣은 다음 텅 빈 배낭을 다른 또 하나의 배낭 속에다 쑤셔 넣고서 안장 뒤에 달아맸다. 그때 필라르가 올라왔다. 비탈길이 힘들어 그녀는 숨을 가쁘게 내쉬었고, 말을 할 수가 없어 그저 몸짓만 하고 있었다.

파블로는 손에 들고 있던 세 개의 편자를 안장주머니에 집어넣은 다음 일어서서 필라르에게 말을 건넸다.

"그래, 어땠어?"

그녀는 그저 고개만 끄덕였다. 얼마 후에는 모두가 말 위에 올라앉아 있었다.

로버트 조던은 엊그제 아침 눈 속에서 처음으로 보았던 그 커다란 잿빛 말에 올라탔다. 두 다리로 꼭 끼고, 두 손 밑에 두고 보니 확실히 좋은 말이라는 느낌이 들었다. 그는 줄무늬 밑창 구두를 신고 있었으므로 등자가 좀 짧았다. 경기관총은 어깨에 걸머지고, 포켓 속에는 탄창이 잔뜩 들어 있었으므로, 그는 안장에 앉은 채 다 쓴 탄창에다 탄알을 끼우면서 한쪽 팔 밑에다 고삐를 꼭 누르고, 필라르가 사슴 가죽 안장에 붙들어 맨 갈아입을 옷 위의 그 이상한 자리에 올라앉는 것을 바라보고 있었다.

"어이, 그런 이상한 건 버리고 가." 프리미티보가 말했다. "그러다간 떨어지겠어. 그리고 말도 그렇게는 신고 못 걸을걸."

"닥쳐." 필라르는 말했다. "이게 없으면 살아갈 수 없어."

"그렇게 타고 갈 수 있겠어, 필라르?" 파블로가 커다란 밤색 말안장 위에서 물었다.

"누구에게도 안 져." 필라르가 대답했다. "자, 당신은 어떻게 갈 작정이지?"

"똑바로 여길 내려가 도로를 건너고, 저쪽 산비탈을 올라가 숲이 좁아진 곳으로 들어가는 거야."

"도로를 건넌다고?"

아구스틴은 그의 옆에서 파블로가 어젯밤에 끌고 온 말 중 하나에 올라앉아, 딱딱하고 반응이 없는 배를 굽이 부드러운 헝겊신으로 걸어차면서 말머리를 돌리며 말했다.

"그렇지, 그 밖엔 길이 없어." 파블로는 말하면서 아구스틴에게 말고삐를 하나 내주었다. 프리미티보와 집시도 하나씩 가졌다.

"영국 양반, 당신만 상관없다면 맨 나중에 오도록 하지." 파블로는 말했다. "우리들은 저 기관총의 사정거리 밖으로 나가는 거야. 하지만 모두가 각기 흩어져 말을 달려 저 위의 숲이 좁아진 곳에서 한데 모이도록 하자구."

"좋아." 로버트 조던이 말했다.

그들은 도로를 향하여 숲 속을 내려갔다. 로버트 조던은 마리아의 바로 뒤를 따랐다. 나무에 걸려 나란히 서서 갈 수가 없었다. 그는 넓적다리 근육으로 잿빛 말을 한 번 애무해 주고, 빠른 걸음으로 다른 사람들의 뒤를 따라 솔밭 속을 미끄러지듯 내려가면서 말을 안정시키며, 평지로 나가면 박차를 가해야겠다는 것을 넓적다리로 말에게 알리면서 내려갔다.

"저어, 당신은 길을 건널 때는 두 번째로 가는 게 좋아. 첫 번째가 그리 나쁜 건 아니지만 말이야. 그래도 두 번째가 좋아. 적이 알아채는 건 훨씬 나중이니까." 그는 마리아에게 말을 건넸다.

"하지만 당신은."

"난 틈을 보아 단숨에 건너 버릴 테니까 아무 걱정 없어. 위험한 건 줄을 지어 갈 때의 순번이야."

그는 양쪽 어깨 사이에 틀어박혀 있는 파블로의 동그란 수염투성이의 얼굴을 바라보고 있었다. 파블로는 필라르를 바라보고 있었다. 머리엔 아무것도 쓰지 않고, 어깨가 넓고, 발꿈치를 짐 보따리 속에다 처박고 있어서 그녀의 무릎은 넓적다리보다 높아져 있었다. 그녀는 한 번 뒤를 돌아보며 그의 얼굴을 보고서 고개를 내저었다.

"당신 앞에 필라르를 건너가게 해." 로버트 조던은 마리아에게 말했다.

얼마 후 드문드문해진 나무 사이로 내다보니까, 검은 포장도로와 그 너머의 푸른 산비탈이 보였다. 도랑 위로군, 하고 그는 생각했다. 도로가 똑바로 다리를 향해 내리받이로 되어 있는 가장 높은 고지의 바로 아래다. 다리 위 약 700미터 지점이다. 하지만 그것으로 적이 다릿목까지 와 있다면 그 경탱크인 피아트의 사정거리 밖은 아니다.

"마리아." 그는 불렀다. "우리들이 도로에 이르기 전에 필라르를 건너보내고, 산비탈 속으로 그냥 계속 올라가는 거야."

그녀는 고개를 돌려 그를 쳐다보았지만 아무 말도 하지 않았다. 그는 그녀가 자기 말을 이해했는지 어떤지 살펴보려고 한 것 외엔 그녀의 얼굴을 보지 않았다.

"알았지?" 하고 그가 물었다. 그녀는 고개를 끄덕거렸다.

"앞서 가." 그는 말했다.

그녀는 고개를 저었다.

"앞서 가라니까!"

"싫어요." 하며 그녀는 몸을 빙 돌려 고개를 내저었다. "난 순서대로 가겠어요."

바로 그때, 파블로가 커다란 밤색 말에 박차를 가했다고 생각한 순간, 솔가리가 깔린 마지막 산비탈을 단숨에 내달려 말편자에 불꽃을 일으키면서 단 한 번의 도약으로 도로를 뛰어넘었다. 다른 사람들도 그 뒤를 따랐다.

로버트 조던은 그들이 길을 건너 푸른 산비탈을 달려 올라가는 것을 보았고, 다리 부근에서 기관총이 망치질하는 듯한 소리를 들었다. 곧이어 콰르르 터지는 소리와 포성을 들었다. 포성은 날카로운 음향이 되어 포탄이 터지는 소리 속으로 크게 퍼져 나갔고, 산허리에서 조그만 흙먼지가 깃털처럼 잿빛 연기 뭉치와 함께 솟아오르는 것이 보였다. 쉬잇, 쾅! 또다시 들려왔다. 로켓처럼 슈융 하는 소리와 더불어 잿빛 연기가 다시 높은 산비탈에서 피어올랐다.

그의 앞에 선 집시가 길가의 마지막 숲 속에서 말을 멈추고 서 있었다.

집시는 길 앞 산비탈을 올려다보고 나서 고개를 돌려 로버트 조던을 쳐다보았다.

"어서 가, 라파엘. 뛰어, 자, 어서!" 하고 로버트 조던은 말했다.

집시는 자꾸만 머리를 뒤로 돌리려고 하는 짐 실은 말의 고삐를 잡고 있었다.

"그 말은 그냥 두고 달려!" 하고 로버트 조던이 소리 질렀다.

그는 집시의 손이 뒤로 뻗는 것을 보았다. 발꿈치로 타고 있는 말의 옆구리를 힘껏 걷어차면서 손을 점점 높이, 영원히 말고삐를 놓치지 않으려는 듯이 높이 쳐들며 고삐를 팽팽히 잡아당겼다. 다음 순간, 그는 고삐를 탁 놓고 어느새 길을 건너가고 있었다. 로버트 조던은 집시가 길을 뛰어 넘는 바람에 놀라서 뒷걸음질 친 짐 실은 말과 부딪히고, 산비탈을 뛰어 올라가는 집시가 탄 말의 요란한 말편자 소리를 들었다.

쉬잇, 쾅! 탄도彈道가 수평으로 나는 포탄 소리와 더불어 저 앞 땅 위에 검은 잿빛 연기가 치솟아 오르는데도 그 사이를 집시가 질주하는 산돼지처럼 교묘하게 몸을 피하는 것이 보였다. 그리고 이제는 길고 푸른 산비탈을 천천히 달려 올라가, 탄환이 그의 앞뒤로 마구 떨어지는데도 얼마 후엔 움푹 꺼진 곳에서 다른 사람들과 합류하는 것을 보았다.

이따위 짐말을 끌고 갈 순 없겠군, 하고 로버트 조던은 생각했다. 하기야 이 짐승을 내 오른편으로 끌고 가면 좋긴 하겠지만, 이놈을 나와 저 47밀리 포 사이에 두고 가고 싶다. 어쨌든 이놈을 저쪽까지 끌고 가 보자.

그는 짐말 옆으로 가까이 가서 고삐를 잡고, 그대로 고삐를 쥔 채 나무 사이로 50미터쯤 위로 올라갔다. 숲길을 내려다보았다. 다리 위에 나와 선 사나이들의 모습이 보였다. 교통사고가 있은 직후와도 같았다. 로버트 조던은 주위를 살펴보고는 마침내 찾고 있던 것을 발견하자, 손을 뻗쳐 소나무에서 마른 가지 하나를 꺾었다. 그리고 고삐를 놓고 짐말을 길 쪽을 향해 경사진 산비탈로 데리고 가서 나뭇가지로 엉덩이를 힘껏 후려 갈겼다. "가라, 이놈아!" 하고. 그는 짐말이 도로를 건너 산비탈을 올라가기 시작하자 뒤에서 마른 나뭇가지를 던졌다. 가지는 말에 맞았고, 말은 걸어 가다가 빠른 속도로 달리기 시작했다.

로버트 조던은 30미터쯤 위로 올라갔다. 거기서부터 위는 비탈이 너무 험했다. 포탄은 로켓처럼 쉿쉿거리며 여기저기에 굉장한 흙먼지를 날리며 터졌다. "자, 가라. 파시스트의 개망나니 말아!" 하고 로버트 조던은 자기가 탄 말에게 욕설을 퍼부으며 산비탈을 미끄러지듯 똑바로 뛰어 내려가게 했다. 곧 아래에서 바라볼 수 있는 곳으로 나왔으나, 길을 건널 때 말편자에 밟히는 포장도로가 너무나도 딱딱하여 한 걸음 내디딜 때마다 충격이 어깨에서 목으로, 목에서 이까지 퍼져 가는 것만 같았다. 다음 순간 평평한 경사면으로 뛰어들었다. 말편자는 땅을 갈라 놓을 듯 공중으로 튀어 올랐으며, 말은 몸을 앞으로 쭉 뻗쳐 내던지듯 달렸는데 그때 흘긋 내려다본 그의 눈에 경사면 저 아래 다리가 아직 한 번도 본 일이 없는 각도로 눈에 비쳤다. 다리는 조금도 원근화법적遠近畵法的인 형태가 아닌 옆모습을 보이며 걸려 있고, 한복판이 파괴되어 떨어져 있었다. 그 뒤 길 위에는 그 경탱크가 있었고, 또 그 경탱크 뒤에는 포를 장비한 중탱크가 한 대 있었다. 그 포구가 거울과 같은 노란빛을 번쩍거리는가 싶더니 곧 그 뒤를 이어 쉬잇! 하는 소리가 그의 눈앞으로 내뻗고 있는 잿빛 말 목덜미 바로 위쯤으로 생각되는 부근의 공기를 찢고서 날쌔게 날아갔다. 돌아보니 산허리의 흙이 마치 분수처럼 솟구쳐 올랐다. 그의 앞을 달리고 있던 짐말은 훨씬 오른쪽으로 돌아 이제는 속도를 늦추고 산비탈을 내려가고 있는 중이었다. 로버트 조던이 달리면서 약간 고개를 돌려 다리 쪽을 내려다보니, 점점 높아져서 이제는 똑똑히 내려다보이는 그 도로 모퉁이 너머에 트럭이 줄을 지어 늘어서 있는 것이 보였다. 그 순간 번쩍하고 노란 섬광이 비치는 것이 보였고, 동시에 하늘을 날던 포탄이 좀 낮은 곳에 떨어져 흙먼지가 피어오른 부근에서 파편이 흩어지는 소리가 들렸다.

모두가 앞서 숲 한쪽 끝에 도착하여 이쪽을 주시하고 있는 것이 보였다 "자, 어서 달려라!" 그는 소리쳤다.

그러자 커다란 말의 앞가슴이 험한 산비탈 때문에 파도치고 있는 것 같이 느껴졌다. 말은 잿빛 목을 뻗칠 대로 앞으로 뻗치고, 잿빛 귀도 앞으로 내밀고 있었으므로, 그가 손을 뻗쳐 땀에 흠뻑 젖은 목덜미를 손바닥으로 톡톡 쳐 주고 다리 쪽을 돌아다보니 길에 서 있는 육중하게 생긴 흙빛 탱크에서 섬광이 번쩍했다. 그러나 이번에는 쉬잇! 하는 소리는 들리지 않고, 보일러가 터질 때처럼 찝찔한 냄새를 풍기는 쾅! 하는 소리뿐이었다. 다음 순간 그는 잿빛 말 아래에 깔려 있었다. 말은 발버둥 치고 있었고, 그는 말의 무게에서 몸을 빼려고 몸부림치고 있었다.

그는 희망대로 몸을 움직일 수 있었다. 오른쪽으로 움직일 수 있었던 것이다. 그러나 오른쪽으로 몸을 움직여도 왼쪽 다리는 완전히 납작하게 짓눌려 말 아래에 깔려 있었다. 마치 돌쩌귀처럼 옆에 새로운 관절이 하나 생긴 것만 같았다. 곧 그는 어느 정도로 움직일 수 있는가를 알았다. 바로 그때 잿빛 말이 무릎을 꿇고 일어섰으므로 로버트 조던의 왼쪽 다리는 등자에서 벗겨지고 안장을 넘어 자유롭게 되었다. 그는 땅 위에 납작하게 누워 있는 왼쪽 다리의 넓적다리뼈를 손으로 만져 보았다. 피부 밑으로 뼈가 날카롭게 뻗쳐 나온 것을 느낄 수 있었다.

잿빛 말은 그의 바로 위로 일어섰는데, 늑골이 아래위로 움직이는 것이 보였다. 그가 앉아 있는 부근은 푸른 풀밭으로 목초지의 꽃들이 여기저기 만발해 있었다. 그는 산비탈을 내려다보고, 도로와 철교와 골짜기와 그 너머 길과 탱크를 바라보며 또다시 섬광이 번쩍하기를 기다렸다. 그러나 기다릴 것도 없이 이내 또 섬광이 번쩍했고, 이번에는 쉬잇 소리가 아니라 지독한 폭약 냄새와 피어오르는 연기와 무수한 파편이 흩어져 떨어지는 폭발 속에서 그 커다란 잿빛 말이 마치 곡마단의 말처럼 그의 옆에 조용히 쭈그리고 앉아 있는 것이 보였다. 그리고 그때 쭈그리고 있는 말을 바라보고 있는 동안, 말이 오줌 싸는 소리를 들었다.

얼마 후, 프리미티보와 아구스틴이 그의 겨드랑이를 껴안고 나머지 경사변을 끌고 올라갔다. 왼쪽 다리의 새로운 관절은 땅이 기울어진 대로 어느 쪽으로든 자유로이 움직였다. 한 번은 포탄이 그들 바로 위로 쉬잇! 하고 지나가자, 두 사람은 그를 내던지고 땅 위에 납작 엎드렸다. 그러나 흙먼지가 그들을 덮어씌우고 강철 파편이 떨어지자, 그들은 또다시 그를 끌어 일으켰다. 얼마 후 그들은 말들이 있는 숲 속의 긴 도랑 속으로 그를 끌고 갔다. 마리아와 필라르와 파블로가 일어나 위에서 내려다보고 있었다.

마리아가 그의 옆에 무릎을 꿇고 앉았다. "로베르토, 어떻게 된 거예요?"

그는 땀을 비 오듯 흘리면서 말했다. "왼쪽 다리를 맞았어, 예쁜이."

"붕대를 단단히 감아 주겠어." 필라르가 말했다. "그래 가지고선 말 못 타." 그녀는 짐을 실은 말을 가리켰다. "저 짐을 좀 내려."

로버트 조던은 파블로가 고개를 내젓는 것을 보고는 고개를 끄덕여 보이며 "내 걱정은 말고 어서들 가 줘." 하고는 다시 말했다. "이봐, 파블로. 이리 좀 와 봐."

땀으로 얼룩진 파블로의 털투성이 얼굴이 옆으로 가까이 다가오자, 로버트 조던은 파블로의 체취를 코가 막히도록 맡았다.

"얘기 좀 하게 해 줘." 그는 필라르와 마리아에게 말했다. "파블로에게 얘기할 게 좀 있어."

"몹시 아픈가?" 파블로가 물었다. 그는 로버트 조던 가까이에 몸을 굽히고 있었다.

"아냐, 신경이 엉망진창이 된 것 같아. 알겠지? 내 걱정은 말고 어서들 가 줘. 난 틀렸어. 알았지? 잠깐 마리아하고 얘길 하고 싶어. 내가 마리아를 데리고 가 달라고 하면 데리고 가 줘. 본인은 뒤에 남으려고 하겠지만. 아주 잠깐만 마리아와 얘기하고 싶어."

"알겠지만, 시간이 별로 없어." 파블로가 말했다.

"알고말고. 내 생각 같아서는 모두들 공화국으로 가는 게 좋겠어."

"아냐, 난 그레도스로 가."

"잘 생각해 보는 것이 좋을걸."

"자, 그럼 마리아하고 얘기해." 파블로가 말했다. "시간이 얼마 없으니까. 이렇게 되어 정말 안됐군, 영국 양반."

"이렇게 된 이상……." 로버트 조던은 말했다.

"이젠 그 얘긴 그만두지. 하지만 생각을 다시 한 번 고쳐 봐. 당신은 머리가 좋으니까, 그걸 좀 써 봐."

"안 쓸 리가 있어?" 파블로가 말했다. "자, 그럼, 영국 양반. 얘길 빨리 해. 시간이 없으니까."

파블로는 가까운 나무 아래로 가서 산비탈을 내려다보고, 비탈 너머로 골짜기 저쪽의 도로 위쪽을 내려다보았다. 정말 아깝다는 표정으로 산비탈에 쓰러져 있는 잿빛 말을 바라보았다. 필라르와 마리아가 나무에 기대앉아 있는 로버트 조던 곁으로 갔다.

"바짓가랑이를 좀 찢어 주지 않겠소?" 하고 그는 필라르에게 말을 건넸다. 마리아는 그의 옆에 쭈그리고 앉은 채 아무 말이 없다. 햇빛이 그녀의 얼굴을 내리비치고 있었고, 그녀의 얼굴은 금방이라도 울음을 터뜨리려는 어린아이처럼 잔뜩 일그러져 있었다. 하지만 울고 있지는 않았다.

필라르가 칼을 꺼내 그의 왼쪽 바짓가랑이를 포켓 밑에서부터 찢어 내렸다. 로버트 조던은 두 손으로 헝겊을 들치고는 넓적다리를 보았다. 허리 관절로부터 약 20센티미터쯤 아래에 끝이 뾰족한 조그만 천막처럼 자색으로 삐져 나와 부풀어 오른 데가 있었고, 그 끝을 손가락으로 만져 보니 피부 바로 밑에 부러진 넓적다리뼈가 툭 튀어나와 있는 것을 알 수 있었다.

다리는 기묘한 각도로 뻗쳐 있었다.

그는 필라르의 얼굴을 쳐다보았다. 그녀의 얼굴은 마리아와 똑같은 표정을 짓고 있었다.

"저라 좀 가 줘." 그는 필라르에게 말했다.

그녀는 고개를 숙이고는 아무 말도 없이 뒤돌아보지도 않고 저쪽으로 걸어갔으나, 로버트 조던은 그녀의 어깨가 들먹이는 것을 보았다.

"토끼……." 그는 마리아를 부르며 그녀의 두 손을 꼭 잡았다. "잘 들어, 이젠 마드리드에 가지 못하게 되었으니."

그녀는 울기 시작했다.

"안 돼, 토끼, 울어선 안 돼." 그는 말했다. "잘 들어. 우리는 이제 마드리드에 갈 수 없어. 하지만 나는 어디든지 당신이 가는 곳으로 가겠어. 알겠어?"

그녀는 아무 말도 하지 못하고 그저 그를 껴안고는 머리를 그의 뺨에다 밀어붙였다.

"이제부터 내가 하는 얘길 잘 들어, 토끼." 그는 말했다.

매우 서둘러야 한다는 것도 알고 있었고 땀도 몹시 흘러내렸지만, 이것만은 그녀가 잘 알아듣도록 말해야겠다고 생각했다.

"토끼, 당신은 가야 해. 하지만 나는 당신 곁을 떠나는 건 아냐. 두 사람 중 하나가 있는 한 우리는 함께 거기 있는 거야. 알겠어?"

"싫어요. 당신 곁에 남겠어요."

"안 돼, 토끼. 이제부터 내가 할 일은 나 혼자서만 해야 하는 거야. 당신이 있으면 오히려 방해만 될 뿐이야. 당신이 떠나 주면 그때에는 나도 가는 거야. 왜 그렇게 되는지 모르겠어? 두 사람 중 한쪽이 있는 곳에는 언제나 두 사람이 함께 있는 거야."

"당신 곁에 남겠어요."

"안 된다니까, 토끼. 잘 들어. 이것만큼은 남과 같이 할 수 없는 거야. 어떻게 해서라도 나 혼자서 하지 않으면 안 돼. 하지만 당신이 가 준다면 나도 당신과 함께 가는 것이 되는 거야. 나도 간다는 건 바로 그런 거야. 응, 이젠 가겠지? 당신은 착하고 친절하니까. 우리 두 사람을 위해 당신은 가야 해."

"하지만 여기 남을 수 있다면 난 그 편이 더 행복할 것 같아요." 그녀는 말했다. "난, 그 편이 좋아요."

"그렇지. 그러니까 나를 기쁘게 하기 위해 가 달라는 거야. 나를 위해 그렇게 해 줘. 당신은 그렇게 할 수 있을 테니까."

"하지만 로베르토, 당신은 몰라 줘요. 난 어떻게 되는 거예요? 난 가는 것이 괴로워요."

"알고 있어." 그는 말했다. "그야 당신에겐 괴로울 테지. 하지만 이제 나는 곧 당신이기도 하니까."

그녀는 아무 말도 없었다.

그는 그녀의 얼굴을 쳐다보았다. 지독하게 땀을 흘리고 있었다. 지금까지의 생애에 한 번도 없었을 만큼 열심히 무슨 일을 하려고 노력하면서 그는 말하고 있었다.

"자, 우리 두 사람을 위해서 당신은 가야 해." 그는 말했다. "고집을 부려선 안 돼. 지금은 당신의 의무를 다하지 않으면 안 돼."

그녀는 머리를 흔들었다.

"이제 당신은 곧 나야." 그는 말했다. "당신도 그걸 느껴야 하잖아, 토끼. 자아, 토끼. 알겠어?" 그는 계속 말했다. "이처럼 정말로 나도 가는 거야. 난 그걸 당신에게 맹세해."

그녀는 잠자코 있었다.

"자, 이젠 알겠지?" 그는 말을 이었다. "나도 이젠 확실히 알았어. 이젠 가기로 결정됐어. 옳지, 당신도 갈 생각이 났군. 가겠어요, 하고 당신은 벌써 말한 거야."

그녀는 아무 말도 하지 않았다.

"이젠 됐어, 고마워. 이제 당신은 무사히 어디든지 가는 거야. 자, 손을 여기다 놓아 봐. 자, 머리를 숙이고 이 위에다 놓아 봐. 아냐, 머리를 숙이는 거야. 됐어, 그럼 내 손을 여기다 놓겠어. 당신은 참 착한 사람이야. 이젠 쓸데없는 생각을 해선 안 돼. 이것으로 당신은 당신이 해야 할 일을 하고 있는 거야. 지금 당신은 착하게도 내 말을 잘 듣고 있어. 내게가 아니라 우리 두 사람에게 말이야. 당신 속에 있는 내게 말이야. 자, 이젠 당신은 우리 두 사람을 위해 가는 거야. 정말이야. 지금 우리 두 사람은 당신 속으로 들어가는 거야. 그 일을 난 당신에게 약속했어. 당신은 아주 착한 사람이야. 그리고 아주 친절한 아가씨야. 그러니까 꼭 가 주겠지?"

그는 나무 아래에서 무심한 듯 이쪽을 바라보고 있는 파블로에게 머리를 흔들어 보였다. 파블로는 이쪽으로 걸어오기 시작했다. 그리고 필라르에게 엄지손가락으로 신호를 했다.

"언젠가 이다음에 둘이서 마드리드에 가, 토끼." 그는 말했다.

"정말로 가는 거야. 자, 일어서. 가는 거야, 우리 둘이 함께 가는 거야. 자, 일어서. 자, 토끼."

"싫어요." 그녀는 그의 머리를 힘껏 껴안았다.

그는 아직도 침착하게 얘기하고 있었는데 그 말에는 대단한 힘이 서려 있었다.

"일어서." 그는 말했다. "이제 당신은 나이기도 해. 당신은 내 미래의 전부야. 일어서."

그녀는 머리를 숙인 채 울면서 천천히 일어섰다. 그러고는 다시 그의 곁에 주저앉듯 웅크렸다. 그리고 얼마 후 또다시 "일어서, 예쁜이." 그가 말하자, 천천히 맥없이 또다시 일어섰다. 필라르가 그녀의 팔을 부축해 주었고, 그녀는 거기에 서 있었다.

"자, 가자." 필라르가 말했다. "뭐 필요한 건 없소, 영국 양반?" 필라르는 그의 얼굴을 보며 고개를 흔들었다.

"없어." 짧게 대답한 다음 그는 다시 마리아에게 말을 계속했다. "우린 작별 인사 할 필요 없어. 헤어지는 건 아니니까. 그레도스에 가면 안심이야. 자 지금 가요. 아니, 안 돼." 그는 필라르가 그녀를 데리고 가는 것을 보면서 또다시 부드러운 목소리로 타이르듯 말을 이었다. "뒤돌아보면 안돼. 자 발을 떼고 걸어 봐. 옳지, 발을 떼고 걷는 거야. 좀 거들어 말을 태워줘, 필라르." 그는 필라르에게 말했다. "단단히 안장에 앉혀 줘. 자, 타."

그는 땀투성이가 된 얼굴을 돌려 비탈을 내려다보더니 옆에는 필라르가, 그 바로 뒤에는 파블로가 바싹 붙어 있는 안장 위의 마리아 쪽으로 시선을 돌렸다.

"자, 가 줘." 그는 말했다. "가는 거야." 그녀가 돌아다보려고 했다.

"돌아보면 안 돼." 로버트 조던이 빠르게 말했다. "어서 가."

파블로가 가죽 채찍으로 말 엉덩이를 힘차게 후려갈겼다. 마리아는 말 안장에서 미끄러져 떨어지려는 것처럼 보였으나, 필라르와 파블로가 달라붙어 말을 달리고 필라르가 그녀를 붙잡고 있었으므로 세 마리의 말은 나란히 도랑 길을 올라갔다.

"로베르토!" 마리아가 돌아다보며 소리쳤다. "나도 남게 해 줘요!"

"난 당신과 함께 있는 거야." 로버트 조던이 외쳤다. "난 지금 당신과 함께 가는 거야. 거기 우리 둘이 있는 거야. 어서 가!"

얼마 후 그들은 도랑 길 모퉁이를 돌아 보이지 않게 돼 버렸고, 그는 땀으로 물을 뒤집어쓴 것같이 되어 눈에 아무것도 보이지 않았다.

아구스틴이 그의 옆에 서 있었다.

"영국 양반, 쏴 죽여 줄까?" 그가 가까이 몸을 굽히며 물었다. "그렇게 해 주었으면 해? 문제없어."

"그럴 필요는 없어." 로버트 조던은 말했다. "참견 말고 어서 가. 난 여기서 이러고 있으면 돼."

"아아, 이 무슨 변이야. 제기랄!" 아구스틴은 이렇게 말하며 울고 있었기 때문에 로버트 조던의 모습조차 제대로 보이지 않았다.

"잘 있어, 영국 양반."

"안녕, 형제." 로버트 조던은 말했다. 그는 지금 산비탈을 내려다보고 있었다. "그 까까중 머리를 잘 돌봐 주겠지?"

"그야 두말할 것 없지." 아구스틴은 말했다. "뭐든지 원하는 건 없나?"

"이 기관총 탄알은 이젠 얼마 남지도 않았어. 그러니까 내가 가지고 있겠어." 로버트 조던이 말했다. "자네에게도 탄알을 주고 싶지만 줄 수가 없어. 프리미티보와 파블로의 총이라면 쏠 수 있겠지만."

"내가 총신을 닦아 두었어." 아구스틴은 말했다. "당신이 떨어졌을 때 진흙 속에 박혀 있었거든."

"그 짐말은 어떻게 됐지?"

"집시가 붙잡았어."

아구스틴은 말 위에 올라탔으나 차마 떠나지 못했다. 그는 로버트 조던이 기대고 누워 있는 나무 쪽으로 말 위에서 몸을 내밀고 있었다.

"어서 가 줘, 아구스틴." 로버트 조던이 그에게 말했다. "전쟁 중에는 이런 일이 얼마든지 있어."

"전쟁은 정말 더러운 거야." 아구스틴은 말했다. "전쟁이란 참으로 쓸데 없는 거야!"

"그렇지, 형제. 정말 옳아. 하지만 어서 가 줘."

"그럼 잘 있어, 영국 양반." 아구스틴은 오른쪽 주먹을 힘껏 움켜쥐면서 말했다.

"잘 가." 로버트 조던은 말했다.

아구스틴은 말머리를 돌려, 마치 그렇게 함으로써 또 한 번 전쟁을 저주 하는 듯이 오른쪽 주먹을 내지르고는 도랑 길을 타고 올라갔다. 다른 사람들은 벌써 보이지 않았다. 그는 도랑 길이 숲 속으로 구부러져 들어가는 모퉁이에서 뒤돌아다보며 주먹을 휘둘렀다. 로버트 조던은 손을 흔들었고, 그리고 아구스틴 또한 보이지 않게 되었다.

로버트 조던은 푸른 비탈을 도로에서 다리 있는 쪽으로 내려다보았다.

나는 이렇게 있어도 별로 아무렇지도 않군, 하고 그는 생각했다. 드디어 마지막이라고 할 만큼 절박하지도 않고, 또 배로 기어 다닐 정도도 아니다. 그리고 이렇게 하고 있는 편이 적의 모습이 더 잘 보인다.

그는 공허하고 꺼낼 것은 모두 꺼내 버리고 만 듯한 일의 모든 것, 가 버린 사람들의 일, 그 모든 것을 다 빼앗겨 버린 것 같은 기분이 되었다. 입에서는 쓰디쓴 쓸개즙 맛이 났다. 이제야말로 드디어 문제가 없어져 버렸다. 오늘까지의 일이 모두 어떻게 되었든, 또 그것이 현재 어떻게 되려 하든 그에게는 이미 아무것도 아닌 것이 되어 버렸다.

동료들은 모두 떠나 버렸고, 그는 홀로 등을 나무에 기대고 누워 있었다.

그는 푸른 비탈을 내려다보고, 아구스틴이 쏘아 죽인 잿빛 말을 바라보고, 또 저쪽의 숲으로 덮인 일대를 바라보았다. 그리고 철교로부터 철교 건너편으로 시선을 옮겨 철교 위와 도로 위에서 멀어지고 있는 활발한 움직임을 주시했다. 이제는 아래쪽 한길에 트럭들이 모두 내려와 있는 것이 보였다. 잿빛 트럭이 나무 사이로 보였다. 그는 눈을 돌려 도로 위쪽, 길이 산에서 내려온 쪽을 바라보았다. 그들도 얼마 후엔 오리라, 하고 그는 생각했다.

필라르는 아무도 흉내 낼 수 없을 정도로 마리아의 뒤를 잘 보살펴 주리라. 그건 분명한 일이다. 파블로는 틀림없이 확실한 계획을 세우고 있을 것이다. 그렇지 않고서는 그 사나이는 그것을 실천에 옮기려 들지 않을 것이다. 파블로에 대해서는 걱정할 것이란 아무것도 없다. 마리아의 일을 생각해 보았자 아무런 소용이 없다. 네가 그녀에게 한 말을 믿으려고 하는 것이 좋으리라. 그것이 가장 좋은 일이다. 그리고 그것이 진실이 아니라고 누가 말할 수 있단 말인가? 너는 아니다. 네가 실제로 있었던 일을 없었다고 말한 인간이 아닌 것과 마찬가지로, 너는 그런 말을 하지 않는다. 지금 네가 믿고 있는 데서 떠나면 안 돼. 시니컬하게 되어서도 안 돼. 시간이 이렇게 없어진 데다가 너는 지금 막 그녀를 보낸 참이 아닌가. 누구나 다 자기가 할 수 있는 최선의 일을 한다. 너는 네 자신을 위해서는 아무것도 할 수 없지만, 아마 남을 위해서는 무슨 일인가 할 수 있을 것이다. 어쨌든 우리들은 이 나흘 동안에 모든 행복을 실컷 맛본 것이다. 아니, 나흘이 아니다. 내가 처음으로 그곳에 도착한 것은 그날 오후였고, 오늘은 아직 한낮도 되지 않았다. 정확하게 해, 하고 그는 중얼거렸다. 어디까지나 정확하게.

슬슬 아래로 내려가 보는 게 좋겠군, 하고 그는 생각했다. 부랑자처럼 이 나무에 기대 있지 말고 어디든 도움이 될 만한 곳에 가 앉아 있는 게 좋다. 너는 정말 운이 좋았다. 보다 훨씬 나쁘게 되어 돌아갈 수도 얼마든지 있는 법이다. 누구나 다 언젠가는 이렇게 하지 않으면 안 되는 것이다. 일단 이렇게 한다는 것을 안 이상 너는 겁내고 있는 게 아니다. 어때? 겁내지는 않아, 하고 그는 말했다. 정말 겁내지는 않는다. 그건 그렇고, 신경이 온통 부서지고 만 것은 운이 좋았다. 이 상처 아래에 무엇이 있는가조차 그는 느껴지지 않았다. 그는 다리 아래 부분을 만져 보았지만 마치 자기 몸의 일부분이 아닌 것 같았다.

그는 또다시 산비탈을 내려다보며 생각했다. 나는 이 세상을 떠나고 싶지 않다. 그것뿐이다. 나는 이 세상을 떠나기가 정말 싫다. 그리고 인생 속에서 무엇인가 좋은 일을 했다고 생각하고 싶다. 나는 그것을 내가 지금까지 가지고 있던 재능으로 시험해 본 것이다. 가지고 '있던'이 아니라 가지고 '있다'인 것이다.

난 이것으로 내가 믿고 있는 것을 위하여 1년 동안 싸워 온 셈이다. 만일 여기서 우리들이 승리를 거두게 되면 우리들은 모든 곳에서 승리를 거두게 될 것이다. 이 세상은 아름다운 곳이며, 그 때문에 싸울 만한 가치가 있고, 그래서 나는 이 세계를 떠나는 것을 진심으로 싫어한다고 생각한다. 그리고 너는 행운아다, 하고 그는 스스로에게 말했다. 이렇게 좋은 생애를 보낼 수 있었으니까. 할아버지의 일생만큼 길지는 못했지만, 할아버지에게 지지 않을 만큼 훌륭한 일생을 보낼 수 있었다. 이 마지막 며칠 때문에 너는 누구에게도 지지 않을 훌륭한 생애를 보낼 수 있었던 것이다. 이러한 행운을 손에 넣고 있으면서 어떻게 불평을 할 수가 있겠는가. 하지만 어떻게 해서든지 나는 내가 배운 것을 사람들에게 전하고 싶다. 제기랄, 나는 죽을 순간이 닥쳐온 뒤에야 번개같이 그것을 배운 것이다. 카르코프와 이야기를 해 보고 싶다. 카르코프는 마드리드에 있다. 저 산악 지대를 넘으면 바로 거기다. 그리고 그 평야를 건너면, 바위와 솔밭과 히스와 가시금작화 숲을 지나 저쪽의 희고 아름답게 솟아오른 누런 고원 지대를 건너가면 된다. 그 고원 지대 또한 필라르가 이야기한 도살장에서 할머니들이 짐승의 피를 마신다는 이야기와 꼭 같은 현실인 것이다. 진실이 하나뿐이라는 법은 없다. 모두 진실인 것이다. 아군의 것이든 적의 것이든 비행기는 아름답다. 지긋지긋하긴 하지만 아름답기도 하다고 그는 생각했다.

이젠 그런 일에 마음을 쓰지 마. 시간이 있는 동안 다른 일을 생각해라. 그렇다, 그 일이 있다. 너는 기억하고 있는가? 필라르와 그 손금에 대한 것을? 너는 손금을 믿는가? 믿지 않는다. 이 지경이 되어도 역시 믿지 않는가? 그렇다. 나는 믿지 않는다. 오늘의 연극이 시작되기 전 새벽녘에 그 여자는 그 일에 관한 멋있는 말을 했다. 내가 손금을 믿지나 않을까, 하고 그 여자는 근심하고 있었던 것이다. 하지만 나는 믿지 않는다. 그러나 그녀는 믿고 있다. 그들은 무엇인가 알고 있는 모양이다. 혹은 무슨 냄새를 맡는 모양이다. 사냥개처럼 초감각적인 지각이란 무엇일까? 음란이란 무엇일까? 그 여자는 작별 인사를 하지 않았다. 그는 생각했다. 그것은 만일 작별 인사를 하면 마리아가 절대로 떠나려고 하지 않을 것을 알고 있었기 때문이다. 그 필라르라고 하는 여자. 조던, 좀 더 다른 일을 생각해라. 하지만 그는 그럴 마음이 통 우러나지 않았다.

그때 그는 자기 허리의 포켓 속에 조그만 물통이 있다는 것이 생각났다. 그는 생각했다. 이 독한 놈을 한 모금 마시고 나서 그다음에 다리를 치료해 보자. 그러나 손으로 찾아봐도 물통은 없었다. 그것마저 없어지고 말았는가, 하는 생각이 들자 그는 한층 강한 외로움을 느꼈다. 그런 것까지도 나는 계산하고 있지 않았구나, 하고 그는 생각했다.

너는 파블로 놈이 그것을 훔쳤다고 생각하는가? 어리석은 말은 하지 마라. 다리 일을 할 때 잃어버린 것이 분명하다. '자아 힘을 내, 조던.' 하고 그는 말했다. '드디어 이제부터다.'

그래서 그는 왼쪽 다리를 두 팔로 싸안고 그때까지 등을 기대고 있던 나무 밑으로 뒹굴면서 힘차게 발목 쪽으로 잡아당겼다. 그리고 평평하게 모로 누워 부러진 뼈의 끝이 솟구쳐 올라 허벅지의 피부를 뚫고 나오지 않도록 조심하면서 힘차게 다리를 잡아당기고, 천천히 둔부를 중심으로 빙그르르 돌아 뒷머리를 비탈 아래쪽으로 향하게 했다. 이어서 비탈 위쪽으로 향하게 하여 부러진 다리를 두 손으로 들고, 왼쪽 발등 위에 오른쪽 발바닥을 대고 힘차게 누르면서 땀투성이가 되어 뒹굴었다. 이윽고 그는 팔꿈치로 받치며 몸을 일으켜 두 손으로 왼쪽 다리를 바르게 뒤쪽으로 뻗친 후, 땀을 흘리면서 오른발로 강하게 밀어 댔다. 그것으로 수술은 끝났다. 손가락으로 왼쪽 허벅다리를 건드려 보니 아주 잘돼 있었다. 부러진 뼈의 끝은 피부를 뚫지도 않았고, 보기 좋게 근육 속으로 밀려 들어가 있었다.

그 망할 놈의 말이 덮쳤을 때 신경이 완전히 박살 난 것임에 틀림없다, 하고 그는 생각했다. 전연 아픔을 못 느꼈다. 지금은 그저 어쩌다가 자세가 바뀔 때만 쑤실 뿐이다. 자세가 바뀌면 뼈에 무엇인가 다른 것이 끼이는 모양이다. 얼마나 운이 좋은가. 너는 그것을 알 수 있는가? 술 같은 것은 전연 필요 없지 않은가.

그는 경기관총으로 손을 뻗쳐 탄창 속에서 클립을 꺼내 포켓 속의 클립을 만져 보고 기구를 열어 총신을 검사한 후, 탄창의 홈 속으로 찰칵 소리가 날 만큼 클립을 밀어 넣고 나서 비탈을 내려다보았다. 필경 앞으로 30분은 걸릴 것이라고 그는 생각했다. 편하게 하고 있는 것이 좋으리라.

그리고 그는 산허리를 둘러보고 소나무 숲을 바라보며 아무 생각도 하지 않으려고 애썼다.

냇물을 내려다보며 다리 아래의 선선한 그늘에 있을 때의 기분을 생각했다. 적이 와 주는 편이 좋다고 그는 생각했다. 나는 놈들을 보기 전에 어떤 종류의 혼란 상태에도 빠지고 싶지 않다.

이런 문제를 좀 더 편안히 받아들일 수 있는 것은 어떤 인간이라고 너는 생각하는가? 종교를 가진 인간인가? 죽음은 그 무리들에겐 대단한 위안이다. 그러나 우리들은 무서운 것이라고는 아무것도 없다는 것을 알고 있다. 죽음이란 나쁜 것을 잃어버리는 것 외에 아무것도 아니다. 죽음이란 오랫동안 시간을 끌거나 고통이 지나쳐 인간을 욕되게 하는 것 같은 경우에만 나쁜 것에 지나지 않는다. 그야말로 네가 운이 좋다는 것은 바로 그 점이다. 알겠는가? 너는 그런 생각을 조금도 하지 않고 끝내 버릴 수 있다.

모두 도망칠 수 있었다는 것은 멋진 일이다. 모두들 도망친 이상 이제 나에게 미련은 없다. 나는 말한 그대로 되었다. 그야말로 정말 내가 말한 대로 되었다. 만약 모두가 지금 잿빛 말이 쓰러져 있는 저 비탈에 어지럽게 쓰러져 있다면, 지금 나는 그 얼마나 다른 기분으로 있을 것인가. 만약 우리들이 몰살당하기를 기다리면서 막다른 길에 몰려 있다고 한다면? 그렇다. 모두 도망쳤다. 도망쳐 간 것이다. 나머지는 단지 아군의 공격이 성공했는가 어떤가 하는 것뿐이다. 너는 무엇을 바라는가? 모든 것 전부다. 나는 모든 것을 바라고, 손에 들어오는 모든 것을 받아들이리라. 이번 공격이 실패하더라도 다음 공격은 성공하리라. 나는 비행기가 언제 돌아왔는가를 알지 못했다. 오오, 그녀를 도망가게 할 수 있었던 것은 얼마나 다행스러운 일인가.

나는 이번 일을 할아버지에게 이야기해 주고 싶다. 할아버지도 이만큼 훌륭한 부하들을 거느리고 이만큼 멋진 일을 하지는 못했을 것임에 틀림없다. 그런데 어떻게 그것을 알 수 있는가? 이 정도의 일을 쉰 번쯤 했을지도 모른다. 아니다, 하고 그는 생각했다. 정확하게 생각해라. 누구든 이런 일을 쉰 번씩 할 수 있겠는가. 다섯 번도 할 수 없다. 그 누구도 이와 같은 일을 한 번도 하지 않았을지 모른다. 그렇다. 그럴 것임에 틀림없다.

적들이 지금 와 주었으면 좋을 텐데, 하고 그는 중얼거렸다. 지금 당장 와 주었으면 좋겠다. 다리가 쑤셔 오기 시작했기 때문이다. 틀림없이 부어 오르기 시작했을 것이다.

놈들이 우리들을 공격했을 때 우리들은 정말로 멋지게 했다고 그는 생각했다. 그런데 내가 다리 아래에 있을 때 저놈들이 오지 않은 것은 단순히 운이 좋았던 데 지나지 않았다. 일이 잘못되어 돌아갈 때는 무엇인가 일어나게 되는 법이다. 너는 골즈가 그 명령을 받았을 때부터 이미 이렇게 될 운명이었던 것이다. 그것은 너도 알고 있던 일이고, 필경 필라르가 느낀 것도 그것이리라. 그러나 앞으로 이러한 일은 훨씬 조직적이 되리라. 휴대용 단파 송신기를 갖게 되지 않으면 안 된다. 그렇다. 갖지 않으면 안 될 것이 많이 있다. 우선 나 같은 자는 예비 다리를 하나 더 가지고 다니지 않으면 안 된다.

그는 여기에서 진땀을 흘리면서 쓸쓸하게 웃었다. 말에서 떨어졌을 때 신경이 박살 난 다리가 이제 와서 지독하게 쑤셔 대기 시작했기 때문이다. 아아, 적들이 어서 와 주었으면, 하고 그는 생각했다. 나는 아버지가 한 것 같은 짓은 하고 싶지 않다. 나도 태연히 해치울 수 있는 일이지만, 그러나 그렇게 하지 않는 편이 훨씬 낫다. 나는 그것엔 반대다. 그 일은 생각하지 마라. 전혀 생각하지 마라. 적의 개놈들이 와 주는 편이 낫다. 나는 진심으로 와 주기를 바란다.

다리가 몹시 쑤셔 왔다. 통증은 움직인 뒤 붓는 것과 동시에 갑자기 시작된 것이다. 그는 중얼거렸다. 지금 단숨에 끝내 버리는 것이 좋을지 모른다. 나는 고통에는 아주 질색인 모양이다. 그런데 만약 지금 내가 그 짓을 하면 너는 오해하지 않겠는가? 너는 누구에게 이야기를 걸고 있는 건가? 아무에게도 아니다, 라고 그는 말했다. 그건 할아버지에게이겠지. 아니 틀렸다. 아무에게도 아니다. 뭐야, 쓸데없이. 난 적들이 와 주었으면 할 뿐이다.

그러나 기다려라. 내가 그 짓을 하지 않으면 안 되는 까닭은, 내가 정신을 잃거나 또는 그 비슷한 상태에 빠지면 난처해지기 때문이다. 만약 적의 포로가 된다면 놈들이 꼬치꼬치 캐물을 것이고, 고문할 것이고, 하여간 그런 곤란한 짓을 하리라. 그런 짓을 놈들에게 하지 못하도록 하는 것이 얼마나 좋은 일인지 모른다. 그러므로 지금 대담하게 해치우는 편이 모든 점에서 좋은 것이 아닐까. 그것이 왜 나쁘단 말인가? 그리 되면 모든 것이 끝나 버리지 않는가. 왜냐하면, 들어라. 그렇다, 잘 들어라. 아아, 적들을 빨리 오게 해 다오.

그런 짓을 하면 안 된다, 조던, 하고 그는 말했다. 이래서는 안 된다.

그런데 이래서도 될 놈이 있을까? 나는 모른다. 나는 이제 정말 아무렇게 돼도 상관없다. 그런데 너는 안 된다. 맞다. 너 같은 놈은 완전히 틀렸다. 아아, 완전히 틀렸다. 아주 틀렸다. 아예 지금 해 버리는 것이 좋지 않을까? 어때, 조던?

아니, 안 된다. 왜냐하면 아직 너에게 할 수 있는 일이 남아 있기 때문이다. 그것을 네가 알고 있는 한, 너는 그것을 하지 않으면 안 된다. 그것을 네가 알고 있는 한, 너는 그것을 기다리고 있지 않으면 안 된다. 오너라. 적들이 오도록 해 다오. 놈들이 오도록 해 다오!

도망친 여러 사람의 일을 생각하자고 그는 생각했다. 숲 속으로 사라져 버린 무리들의 일을 생각해라. 오늘 밤, 모두 무사히 도망쳐 버린 일을 생각해라. 온밤 내내 밤길을 더듬어 간다는 것을 생각해라. 그들의 일을 생각해라. 제기랄! 그들의 일을 생각해라. 내가 그들의 일을 생각할 수 있는 것은 거기까지다.

몬태나의 일을 생각해라. 안 된다. 마드리드의 일을 생각해라. 안 된다, 생각할 수 없다. 찬물을 한 잔 마신다고 생각해라. 좋아. 그런 마음이 우러나는구나. 마치 찬물을 한 잔 꿀꺽 마신 기분이다. 너는 거짓말쟁이다. 있는 것이라고는 아무것도 없지 않은가. 그렇다면 해 버려라. 해라, 지금 해라. 지금 해 버리면 모든 게 끝나는 것이다. 자아, 이것저것 생각 말고 지금 해치워라. 아니, 기다리지 않으면 안 된다. 무엇을? 알고 있지 않은가? 그렇다면 기다리고 있어라.

나는 이제 이 이상 더 기다릴 수 없다. 이 이상 기다리다가는 정신을 잃고 말리라. 지금까지 나는 세 번 그렇게 될 뻔했는데, 그것을 견뎌 냈기 때문에 알 수 있다. 나는 훌륭히 견뎌 왔다. 그러나 이제부터 앞으로의 일은 모른다. 내가 생각할 수 있는 일은 안쪽에서 부러진 허벅다리 뼈 주변에서 내출혈이 일어난 것 같다는 것뿐이다. 굽혔을 때 그렇게 된 것이다. 부어오르게 된 것도 그 때문이고, 네가 견디지 못하게 된 것도 그 때문이고, 정신을 잃을 뻔했던 것도 그 때문이다. 지금 해 버리는 편이 좋을지 모른다. 정말 그러는 편이 좋다고 너에게 말하고 있단 말이다.

그러나 만일 네가 기다려 잠시 동안만이라도 적을 막고 있어 준다면, 혹 장교라도 사살할 수가 있다면, 그렇게 되면 이야기는 완전히 달라진다. 훌륭히 하나의 일을 수행할 수 있다면…….

좋아, 하고 그는 말했다. 그리고 그는 가만히 옆으로 누워서, 산비탈에서 가끔 눈이 미끄러져 내리는 느낌과 비슷한 기분으로 정신이 아득해지는 것 같은 기분을 견뎌 내고 있었다. 그는 말했다. 조용히 있어, 놈들이 올 때까지 정신을 차리고 있어야 해.

로버트 조던은 아주 운이 좋았다. 마침 그때 기병이 숲 속에서 나타나 도로를 가로지르는 것이 보였기 때문이다. 그는 비탈을 올라오는 그들의 모습을 지켜보고 있었다. 쓰러져 있는 잿빛 말 곁에서 말을 멈춘 기병이 뒤쫓아 온 장교에게 무엇이라고 외치는 것이 보였다. 두 사람이 잿빛 말을 말 위에서 내려다보고 있는 것을 그는 지켜보았다. 물론 그들은 그 말을 알아볼 수 있었다. 어제 아침부터 기병과 함께 실종된 말인 것이다.

로버트 조던은 지금 그 가까이, 바로 그 비탈에 있는 그들을 보고 있었다. 그리고 도로와 철교와 그 아래에 길게 늘어서 있는 자동차의 줄을 보았다. 그는 이미 완전히 기력을 회복하여 모든 것을 한눈에 둘러보고 있었다. 그러고 나서 그는 하늘을 쳐다보았다. 희고 커다란 구름이 떠 있었다. 그는 자기가 엎드려 있는 땅바닥의 솔가리를 손바닥으로 만져 보고 누워 있는 뒤쪽 소나무 줄기의 나무껍질을 만져 보았다.

그리고 두 팔꿈치를 될 수 있는 한 편하게 솔가리 속에 대고 경기관총의 총구를 소나무 줄기에 걸쳤다. 장교는 말 발자국을 더듬어 이쪽을 향해 말을 달려오고 있었으니까 로버트 조던이 엎드려 있는 곳에서 20미터 아래쪽을 지나리라. 그런 정도의 거리라면 문제없다. 장교는 베르렌도 중위였다. 아래쪽 초소가 공격당했다는 최초의 보고에 의해 명령을 받고서 라그랑하로부터 올라온 것이었다. 그들은 무리한 행군을 했다. 더군다나 다리가 폭파되었기 때문에 우회하여, 훨씬 상류 쪽에서 골짜기를 건너 숲 속을 통해서 멀리 돌아온 것이었다. 말은 땀투성이가 되어 지쳐 있었지만 빨리 달리지 않으면 안 되었다.

베르렌도 중위는 여윈 얼굴에 진지하고 엄숙한 표정을 짓고 발자국을 지켜보면서 올라왔다. 그의 경기관총은 안장 위에 가로놓여 왼팔을 구부린 곳에 안겨 있었다. 로버트 조던은 나무 그늘에 엎드려 주의 깊고 세심하게 정신을 바싹 차리고 두 팔을 단단히 끼었다. 그는 장교가 소나무 숲의 나무들과 초원 지대의 푸른 비탈과의 경계가 되는 부근, 햇빛이 내리쬐고 있는 곳까지 오기를 기다렸다. 그는 솔가리가 깔린 지면에 바싹 붙이고 있는 자신의 심장이 몹시 고동치는 것을 느낄 수 있었다.

어니스트 헤밍웨이의 삶과 문학 세계

생애와 작품

어니스트 M. 헤밍웨이(Ernest Miller Hemingway)는 1899년 7월 21일 일리노이 주 오크파크에서 산부인과 의사인 아버지 클라렌스 에드먼즈 헤밍웨이와 어머니 그레이스 홀 헤밍웨이 사이에서 6남매 중 장남으로 태어났다.

그는 14세 때 시카고의 권투 도장에 다니며 권투를 배우기 시작했다.

그러던 어느 날 기초 훈련도 제대로 쌓지 못했을 때, 미들급 선수에게 끌려가 호되게 두들겨 맞았다. 그래도 그는 이튿날이 되자 다시 도장에 나왔다. 2년 후 연습 시합에서 왼쪽 눈을 다쳐 일생 시력 장애에 시달렸다. 그러나 그는 끝내 연습을 멈추지 않았다.

1913년 가을, 오크파크 고등학교에 진학했다. 그는 운동부원이 되어 축구, 육상, 수영, 사격, 권투 등 모든 스포츠에 손을 댔는데, 특히 축구에 열중했다. 그러는 한편 문학에도 관심을 갖기 시작해 셰익스피어, 디킨스, 스티븐슨, 키플링의 작품을 탐독했다.

그 무렵 시카고 지방에서 가장 널리 읽힌 작가는 링 라트너였다. 이 작가는 《시카고 트리뷴》지의 칼럼을 담당하는 저널리스트이기도 했는데, 헤밍웨이는 이 작가의 영향을 많이 받았다. 미국 중부 지방의 사투리를 자유자재로 구사할 뿐만 아니라 간결한 문장, 스토리를 빠르게 전개시키는 방법은 헤밍웨이에게 충격을 주었다. 그는 정신없이 라트너의 모든 것을 흡수했다.

1917년 4월 미국은 제1차 세계대전에 참전했다. 이해 고등학교를 졸업한 어니스트는 곧 징집에 응해 전장에 나가기를 바랐으나 아버지의 완강한 반대에 부딪혀 할 수 없이 단념하지 않을 수 없었다. 그러나 대학으로 진학할 마음은 조금도 없었다. 오직 집을 떠나고만 싶었다.

그해 가을, 캔자스시티에 사는 숙부의 소개로 《캔자스시티 스타》라는 신문사에 입사했다. 당시 《캔자스시티 스타》지는 중서부 최대의 신문으로, 특히 신입 기자를 엄격하게 훈련시키기로 정평이 나 있었다.

11월 어느 날 테드 브럼백이라는 청년이 기자실에 들어왔다. 이 청년은 캔자스시티 명문 출신으로 그해 7월에서 11월까지 프랑스 전선에서 기자로 활약하다가 바로 며칠 전에 귀국한 것이었다. 브럼백으로부터 전선 이야기를 전해 들은 헤밍웨이는 또다시 종군열에 불탔다. 브럼백은 다시 한번 종군할 생각이라고 말했다.

며칠 후인 5월 말경 두 사람은 시카고호號로 대서양을 건넜다. 포탄이 쏟아지는 가운데 파리를 거쳐 이탈리아에 도착한 것이 6월 중순경, 밀라노 교외 전선에서 처음으로 전쟁과 부딪쳤다. 죽은 사람을 수용하고, 사지가 찢긴 시체를 주워 모을 때 느꼈던 그의 체험은 단편 《죽은 자의 박물지博物誌》에 잘 나타나 있다.

그는 생활을 위해 특파원 일도 게을리하지 않았다. 22년 가을 종군기자로 그리스, 터키 전쟁에 종군하기 위해 급히 소아시아로 갔다. 콘스탄티노플에서 동크라키아 지방을 지프로 달리며 후퇴하는 그리스군의 모습을 빠짐없이 관찰했다. 그리고 폭우가 쏟아지는 진창 속을 달리는 병사와 가재도구를 마차에 싣고 떠나는 피난민들의 모습에서 강렬한 인상을 받았다. 이 인상은 《우리들 시대에》에 몇 개의 풍경으로 나타났고, 또 《무기여 잘 있거라》의 압권이라고 할 수 있는 카포레토의 퇴각 묘사에서도 훌륭하게 재현되어 있다.

1925년 10월 미국판 《우리들 시대에》가 보니 앤드 리버라이트사에서 출판되었다.

이어 《봄의 분류》를 쓰기 시작해 10월에 끝냈다. 투르게네프의 소설에서 제목을 따온 이 중편은 이듬해인 1926년 5월, 피츠제럴드의 주선으로 뉴욕의 스크립너사를 통해 출판되었다.

1926년 10월 22일 그의 첫 장편 《해는 또다시 뜬다》가 스크립너사에 의해 출판되었다. 발매되자마자 굉장한 반향을 일으켜, 《우리들 시대에》가 1,235부 인쇄하여 겨우 500부밖에 팔리지 않은 데 반해 이 작품은 그해 2만 6,000부가 팔렸으며, 곧이어 영국판이 나왔다. 그는 이 한 작품으로 확고한 명성과 작가로서의 위치를 굳혔다.

1927년 1월, 1년 이상이나 별거하고 있던 아내 헤드리와 정식으로 이혼하고, 그해 여름 《보그》지의 특파원으로 파리에 와 있던 폴린 파이퍼와 재혼했다. 그리고 1928년 초부터 장편 《무기여 잘 있거라》 구상에 착수했는데, 그해 3월부터 쓰기 시작해 거의 6개월이 걸려 완성했다. 그동안 두 번째 아내인 폴린과 함께 플로리다 주의 키웨스트, 아칸소 주의 피고트, 캔자스 주의 캔자스시티로 옮겨 다니며 와이오밍 주의 빅혼 근처에서 《무기여 잘 있거라》를 탈고했다. 이 두 번째 장편은 이듬해인 1929년 스트립너사의 잡지 《스크립너스》에 연재된 후 9월 말 단행본으로 출판되었는데, 활자화되기까지에는 그 유명한 추고가 몇 번이나 되풀이되었다. 맨 마지막 장은 무려 열일곱 번이나 고쳐 썼다고 한다. 초판은 3만 부가 간행되었는데, 4개월 동안 8만 부 가까이 팔려 나갔다. 이듬해 뉴욕 무대에 올려졌으며, 1932년 할리우드에서 영화화되었다.

1932년에는 《오후의 죽음》을, 1933년 가을에는 단편집 《이긴 자에게는 아무것도 주지 말라》를 출판했다.

1936년 10월에는 세 번째의 장편 《가진 것과 안 가진 것》이 출판되었다. 이 작품은 헤밍웨이에게는 일종의 전환기에 해당하는 작품으로 여러 가지 문제를 담고 있다. 그런 만큼 세평도 가지각색이었다. 플로리다 남쪽 바다를 배경으로 밀수입자와 쿠바 독립결사단원 사이에 일어나는 피 비린내 나는 사건을 다룬 작품으로, 장면과 사건의 움직임이 밀접한 필연성을 가지고 있어 인물들의 행동과 내면의 움직임에 냉혹한 죽음과 허무의 그림자가 떠돌고 있다. 1930년대에 미국을 엄습한, 정치·경제뿐만 아니라 문학까지 그 소용돌이에 휘몰아 넣은 대공황의 그림자가 이 작품의 배후에 상징적으로 짙게 깔려 있다.

마드리드에 와 있던 《콜리어》지의 특파원이자 여류작가인 마다 겔혼과 만나 열렬한 사랑에 빠진 것도 이때의 일이었다.

1939년 3월 전쟁은 파시스트 측의 승리로 끝났다. 그 무렵 헤밍웨이는 《누구를 위하여 종은 울리나》를 쓰기 시작했다. 처음엔 키웨스트에서, 여름엔 서부에서, 다시 겨울엔 쿠바의 아바나에서 집필을 계속해 1940년 9월 10일에는 이미 마지막 교정지가 아이다호 주 선 밸리에서 출판사로 넘어갔다. 근 18개월간이나 이 장편에만 매달려 있었던 것이다. 10월 21일 초판 7만 5,000부가 출판되었고, 연말까지 약 20만 부, 이듬해 4월까지 50만 부가 팔렸다. 《누구를 위하여 종은 울리나》를 완성하고 나서 헤밍웨이는 둘째 부인과 이혼하고 마드리드에서 사랑에 빠졌던 마다 겔혼과 결혼했다. 그리고 이듬해 봄 아바나 근교에 광대한 저택을 사들여 그곳으로 옮겼다.

1939년 9월 제2차 세계대전이 일어나고 2년 후 미국이 참전했다. 헤밍웨이는 1944년 봄 《콜리어》지의 특파원으로 유럽에 건너가 유명한 노르망디 상륙 작전에 참가하기도 했다. 약 1년간의 종군 생활을 끝내고 이듬해 3월 다시 아바나의 저택으로 돌아왔다. 그리고 그해 12월 마다 겔혼과도 이혼하고, 이듬해 4월 메리 웰시와 결혼했다.

1951년 6월에는 어머니가 세상을 떴다. 그 무렵 그는 《노인과 바다》 집필에 몰두하고 있었다. 이 중편소설은 1952년 《라이프》지 9월호에 전재全載되었으며, 단행본은 9월 8일에 나왔다. 비평가들은 앞다투어 최고의 찬사를 아끼지 않았다.

1953년 여름, 아내와 함께 스페인을 거쳐 아프리카로 수렵 여행을 떠났는데, 1954년 1월 우간다의 마치슨 폭포 근처에서 비행기 사고로 두개골이 파열되고 내장 기관까지 다치는 큰 부상을 입었다. 부부는 즉시 나이로비 병원으로 옮겨 갔다. 그러나 '헤밍웨이 아프리카에서 비행기 사고로 사망'이라는 뉴스가 전 세계에 전해지기도 했다.

이 사고로 그의 건강은 급속도로 나빠지기 시작하여, 그해에 노벨상을 받았으나 건강이 나빠 수상식에도 참석하지 못했다. 그로부터 4년 후 여름, 헤밍웨이는 다시 투우 기사를 쓰기 위해 스페인으로 건너갔다.

그러나 스페인 여행이 무리였던지 헤밍웨이는 몸에 이상이 생겨 자주 현기증이 일어나고 머리가 아프기 시작했다. 이때부터 작은 일에도 곧잘 신경을 곤두세우는 노이로제 증세를 나타냈다.

1960년 봄 쿠바에서 아이다호 주 케참으로 집을 옮겼다. 그리고 그해 11월 미네소타 주 로체스터의 메이요 병원에 입원했다. 고혈압과 당뇨병 증세가 있었으나, 주로 노이로제 치료에 중점을 두어 15회에 걸친 전기 치료를 받았다. 그해 크리스마스에 퇴원하여 케참 자택으로 돌아와 몇 달 전부터 쓰기 시작한 《이동移動 축제일》의 매듭을 서둘렀다. 그러나 이미 일을 할 수 있는 상태는 아니었다. 1920년대의 파리 회상기는 그가 죽은 후 1964년에 유작으로 출판되었다.

건강이 그 후에도 조금도 차도가 없자, 그는 때때로 엽총을 들고 창가에 서서 자살하려고 했다. 그리고 쉴 새 없이 "이제 써지지 않는다, 이제 써지지 않는다."고 중얼거렸다고 한다. 4월 하순 로체스터 병원에 다시 입원하기 위해 집을 나올 때도 가족들이 잠시 한눈을 판 틈을 타 엽총으로 자살을 시도했다. 병원으로 가는 도중 비행기 안에서 문을 열고 뛰어내리려 했고, 비행기가 착륙하자 돌고 있는 프로펠러를 향해 달려가려고도 했다. 6월 26일 퇴원이 허락되었을 때 메리 부인은 비행기 대신 자동차를 택하였다. 천천히 자동차를 몰아 닷새 만에 케참으로 돌아온 그들 부부는, 그 날 밤 자동차를 운전하고 온 친구와 함께 시내 레스토랑에서 저녁 식사를 했다. 헤밍웨이는 식전에 포도주 석 잔을 마시고는 근래에 없이 무척 유쾌해했다고 한다.

그러나 불행은 그 이튿날 아침에 일어났다. 7월 2일 오전 7시 30분경, 2층 침실에서 자고 있던 메리 부인이 총성에 놀라 아래층으로 뛰어내려가 보니 헤밍웨이는 총 걸이 앞에 피투성이가 되어 쓰러져 있었다.

장례식은 7월 6일 케참에서 행해졌는데, 유해는 시 북쪽 작은 언덕 위 묘지에 매장되었다. 장례식 때 미망인과 아들들은 목사에게 특별히 부탁하여 《전도서》의 1절,《해는 또다시 뜬다》 권두에 실린 1절을 낭독하게 했다.

《누구를 위하여 종은 울리나》에 대하여

등장인물은 공화파의 파르티잔 무리, 무대는 마드리드의 서북방 약 100킬로미터 지점에 있는 과다라마 산중이다. 당시 마드리드는 이미 파시스트 반란군에게 에워싸여 있었고, 이 산중은 적의 전선 배후였다. 당시란 1937년 5월의 마지막 주, 더 정확하게 말하면 토요일 오후에서 화요일 점심때까지의 약 68시간의 짧은 기간이다. 이런 구상과 주인공인 미국 청년 로버트 조던의 설정이 끝나자 작자의 붓은 단숨에 내달린 듯하다.

《누구를 위하여 종은 울리나》에는 주인공의 죽음으로 끝나는 팽팽한 긴장감과 페시미즘의 그림자가 없는데, 그것은 굳이 주인공의 젊음과 미국적 낙천성 때문만은 아니라고 본다. 그러나 주인공은 동료 파블로의 배신으로 죽음에 이르게 되고, 파르티잔의 머리 위를 가끔 지나가는 독일 비행기 편대는 그들에게 이미 어둡고 불길한 그림자를 던져 주고 있다. 또 파블로는 밀고를 감행하기 전에 전쟁을 혐오하는 말을 노골적으로 나타냄으로써, '행복한 시기' 한가운데에 비극적인 조짐이 고개를 쳐드는 상황이 잘 묘사되어 있다. 최후의 승리에 대한 소망이 사람들의 가슴에 살아 있으면서도 문득 불길한 예감이 고개를 쳐드는 미묘한 순간순간을 통해 스페인 내란 전체의 모습을 그 안에 담아 보려 한 것이다.

작품에서도 직접적인 무대와 제재는 게릴라의 움직임에 한정시키면서 내란 전체를 암시하는 수법을 쓰고 있다. 이 점은 자칫하면 조작적인 우의성이 되어 버리기 쉬운데, 작가는 그 점을 충분히 경계하면서 전체적인 폭을 넓혀 가는 연구를 게을리하지 않았다. 조던의 교량 폭파를 한낱 고립된 저항운동이 아니라 정부군 공격 계획의 일환으로 다룬 것도 그것을 잘 나타내 준다. 내란 초기에는 뛰어난 지휘자였던 파블로가 보여 주는 전쟁 혐오적 태도 또한 전체적 패전주의의 한 조짐으로 보아야 하겠고, 공화파의 사기는 이미 안에서부터 좀먹기 시작했다는 것이 암시되어 있다. 독일 비행기의 폭음과 불길한 그림자는 스페인 전체에 뻗친 외국의 정치적·군사적 압력의 상징 바로 그것이다. 또 파블로의 아내 필라르가 생생하게 증언하는 민중들의 처참한 파시스트 처형에 관한 에피소드도 단순히 이야깃거리를 끼워 넣기 위한 것은 아니라고 본다. 파시스트 측의 폭력이 아닌, 오히려 공화파 측의 거친 폭력 행위를 보듯이 그려 넣은 이 부분은 발표 당시 일부 비평가들에게 비판을 받았지만 헤밍웨이는 여기서도 '내란'의 전체상, 적어도 그의 눈과 마음이 포착한 전체적 진실에 충실하려고 한 듯하다.

이미 앞에서 밝혔듯이 《누구를 위하여 종은 울리나》는 전체적인 움직임이 사흘이 될까 말까 하는 시간이다. 이 소설을 장식하는 한 가닥의 붉은 실오리, 조던과 마리아의 연애도 이 사흘 동안에 갑자기 움트고 자라나 느닷없이 종말에 이른다. 눈앞에 다가온 이 종말 의식이 그들의 사랑을 세차게 부채질해 준 것이다.

현대인의 눈으로 보면 지나치게 미화된 부분이 없지 않다고 보이는 두 사람의 연애에 대해서도 이제까지 이렇다 할 비평을 한 비평가가 없었다는 것도, 급박한 종말이라는 극도로 집중적인 설정의 작용임에 틀림없다.

이 소설은 단순한 로버트 조던의 행동과 죽음이 아니며, 또 조던과 마리아와의 로맨스에 한정된 것도 아니다. 오히려 부차적 인물들, 저 대지와 같은 믿음직스럽고 모성적이며 야릇한 매력을 지닌 필라르와 한때는 강인한 지도자지만 소심한 현실주의자가 되어 끝내 배신하게 되는 남편 파블로. 그리고 안셀모 노인과 집시 라파엘, 아구스틴 등의 모습이나 행동이 충실히 묘사되어 있다.

1899년   7월 21일, 미국 시카고 일리노이 주 오크파크에서 장남
                으로 출생함. 사냥과 낚시 같은 야외 활동을 즐기는 아버
                지와 음악적 소양이 깊고 신앙심이 두터운 어머니의 품에
                서 성장함.

1909년 (10세)   아버지를 따라 사냥과 낚시를 함. 매년 여름, 미시간에 있
                는 별장에서 가족과 함께 평화로운 시간을 보냈는데 이러
                한 가족 분위기는 그의 가치관과 문학성에 큰 영향을 미침.

1913년 (14세)   오크파크 하이스쿨에서 학교 주간지인 《그네》의 편집을
                맡으며 기사나 단편을 씀. 교내 잡지 〈타뷰러〉에도 단편
                〈색채의 문제〉〈매니투의 심판〉〈세피징겐〉 등을 발표하
                며 문학성을 발휘함. 한편 수영과 축구 등의 종목에서 운
                동선수로도 활약함.

1917년 (18세)   오크파크 하이스쿨 졸업함. 4월, 제1차 세계대전에 참전
                하기 위해 지원했으나 시력이 나빠서 불합격함.《캔자스
                시티 스타》지 기자가 되어 기자로서 엄격한 훈련을 했고,
                문장 쓰는 요령을 배움. 이 시기에 헤밍웨이 특유의 강건
                한 문체가 확립되기 시작함.

1918년 (19세)   4월,《캔자스시티 스타》지를 퇴사함. 5월, 이탈리아군 소
                속 적십자 요원으로 유럽 전선에 종군함. 7월, 북이탈리
                아 전선에서 중상을 입고 밀라노의 육군병원에서 3개월
                간 요양함. 이 병원에서 미국인 간호사인 아그네스와 사
                랑에 빠짐. 11월 종전이 되자 이탈리아 정부의 무공훈장
                을 받음.

1919년 (20세) 캐나다 토론토의 주간지《스타 위클리》의 기자가 됨.

1920년 (21세) 친구의 소개로 캐나다로 이주해《토론토 스타 위클리》지
와《토론토 데일리 스타》지의 임시 기자를 맡아 잡문 기
사를 담당함. 가을에는 시카고로 돌아와《아메리카 생활
협동조합》의 월보를 편집하고, 소설가 셔우드 앤더슨과
친분을 맺고 시카고 그룹의 작가들을 사귀기 시작함.

1921년 (22세) 《스타 위클리》및《토론토 데일리 스타》의 서명署名집필자
가 됨. 9월, 헤드리 리처드슨과 결혼함. 캐나다 토론토에
서 신혼살림을 차렸으나 12월에 해외 특파원으로 파리에
정착함.

1922년 (23세) 앤더슨의 소개로 미국의 여류 작가 거트루드 스타인과 알
게 됨. 에즈라 파운드, 소설가 제임스 조이스, 스콧 피츠제
럴드 등과도 사귀게 됨. 이해 단편과 시를 처음으로 발표
함. 그리스·터키 전쟁 취재를 위해 유럽 각지를 여행하
다가 가방을 도난당해 미발표 원고를 모두 분실함.

1923년 (24세) 7월, 파리에서《세 편의 단편과 열 편의 시(Three Stories
and The Poems)》를 처녀작으로 출판함. 이 무렵 스타인
이 창작에 전념하도록 권유함. 장남 존 해들리가 태어나
고, 파리에서 계속 소설을 쓰기 위해《토론토 데일리 스
타》를 그만둠.

1924년 (25세) 1월, 본격적인 문학 수업을 시작함. 여름에 스페인을 여
행함. 이때의 경험을 바탕으로《해는 또다시 뜬다(The
Sun Also Rises)》의 배경을 설정함. 새로 창간한《트랜스
애틀랜틱 리뷰》지의 편집부에 들어가 제임스 조이스, 도
스 패서스 등과 교제함. 청소년기의 체험을 바탕으로 한
단편집《우리들 시대에(In Our Time)》를 파리에서 출판
함. 스페인을 두 번째로 여행함.

1925년 (26세) 파리에서 작가 스콧 피츠제럴드를 만나 친분을 쌓았으
며, 집필 활동을 계속함. 아내와 어린 시절의 친구들과 함
께 세 번째 스페인 여행을 떠남. 미국에서《우리들의 시대

에》가 증보판으로 출판됨.

1926년 (27세) 스콧 피츠제럴드에게 미국 유수의 출판사 스크립너스의
편집자인 맥스웰 퍼킨스를 소개받음. 그곳에서 장편 소설
《봄의 계류(The Torrents of Spring)》를 출판함. 첫 장편
《해는 또다시 뜬다》를 4월에 탈고, 10월에 출판함. 소설
《봄의 분류(Torrents of Spring)》를 뉴욕의 스크립너스 사
에서 출판함. 이 무렵부터 세계적인 명성을 얻기 시작함.
'잃어버린 세대'의 대표 작가가 됨.

1927년 (28세) 1월 헤드리와 이혼함. 10월《남자만의 세계(Men Without
Women)》출판함. 이해《보그》지 기자인 폴린 파이퍼와
재혼함.

1928년 (29세) 파리를 떠나 미국으로 돌아와 플로리다 주의 키웨스트로
이주함. 8월 말, 와이오밍 주 빅혼에서《무기여 잘 있거
라》를 탈고하고 수정을 가할 무렵, 지병과 땅 투기 실패로
괴로워하던 아버지가 권총으로 자살해 충격을 받음.

1929년 (30세) 《무기여 잘 있어라》를《스크립너스》지에 연재함. 이 작품
을 9월에 출판했는데, 4개월 만에 8만 부가 팔려 세계적
인 작가로 부상함.

1930년 (31세) 11월, 몬태나 주에서 자동차 사고로 부상을 입음.

1931년 (32세) 이해 여름에 스페인 여행을 함. 투우를 소재로 한 논픽션
《오후의 죽음(Death in the Afternoon)》을 쓰기 시작함.

1932년 (33세) 9월,《오후의 죽음》을 출판함.

1933년 (34세) 아내와 함께 동아프리카로 사냥 여행을 떠남. 그해 10월,
단편집《이긴 자에게는 아무것도 주지 말라(Winner Take
Nothing)》를 출판함.

1934년 (35세) 4월, 아내와 함께 간 아프리카에서 아메바 이질에 걸려 나
이로비로 되돌아와 요양함. 완쾌한 후에 다시 수렵 여행을
갔다가 뉴욕으로 돌아옴. 그해 4월,《가진 것과 안 가진 것
(To Have and Have Not)》제1부를《코스모폴리탄》지에
발표함. 제2부를《에스콰이어》지 2월호에 발표함.

1935년 (36세) 10월, 낚시를 하던 중 사고로 다리에 총상을 입음.《스크립너스》지에 아프리카 여행기를 연재하고《아프리카의 푸른 언덕(The Green Hills of Africa)》이라는 제목으로 출판을 함.

1936년 (37세) 스페인 내란이 일어나자 특파원으로 종군함. 스페인 정부군의 자금 조달을 위해 활동함.《킬리만자로의 눈(The Snow of Kilirajnanr)》잡지에 〈프랜시스 매코머의 짧고 행복한 생애〉를 발표함.

1937년 (38세) 북미신문연합인 NANA 통신의 특파원 자격으로 스페인에 파견되어 내전을 취재함. 스페인 내란에 대한 저술 및 강연을 통해 모금 활동을 해 개인적으로 4만 달러를 정부에 지원함. 스페인에서 영화 〈스페인의 대지〉 제작에 참여했고, 정부군에 소속해 프랑스 작가 앙드레 말로를 만남. 8월, 다시 스페인 마드리드로 넘어가 희곡 〈제오열〉을 집필했고, 그 무렵《콜리어스》지의 특파원으로 마드리드에 머물던 여류 작가 마사 겔혼과 사랑에 빠짐. 10월,《가진 것과 안 가진 것》을 출판함.

1938년 (39세) 네 번이나 스페인 방문함. 그해 6월, 스페인 내란을 무대로 한 그의 유일한 희곡《스페인의 대지》를 출판함.

1939년 (40세) 3월에 마드리드가 함락됨. 프랑코 측의 승리로 스페인 내란이 종식됨. 제2차 세계대전이 발발함.《누구를 위하여 종은 울리나(For Whom The Bell Tolls)》집필을 시작함.

1940년 (41세) 7월,《누구를 위하여 종은 울리나》를 탈고하고 10월에 출판함. 이 책은 수십만 부가 팔려 베스트셀러가 됨. 폴린과 이혼하고 마다 겔혼과 세 번째 결혼을 함.

1941년 (42세) 중일 전쟁이 터지자 다시 특파원 자격으로 아내와 함께 중국을 여행함. 아바나 교회에 주거를 정함.

1942년 (43세) 제2차 세계대전 중 미 해군에 자원해 자신의 배인 필라호를 개조해 독일군 잠수함을 수색했지만 한 척도 발견하지 못함. 전쟁 이야기를 담은 작품집《싸우는 사람들(Men at

War)》을 편찬하고, 서문을 붙여 출판함.

1944년 (45세)   보도 기자로 유럽에 갔으며, 7월에 잡지의 특파원으로 파리로 감.

1945년 (46세)   제2차 세계대전이 종전함. 귀국함.

1946년 (47세)   다시 이혼함.《타임》지 특파원 메리 웰시와 네 번째 결혼하고, 미국 아이다호 주 케첨에 머무름.

1947년 (48세)   전시 보도원으로서의 공적을 인정받아 미국 정부로부터 '브론즈 스타' 훈장을 받음.

1949년 (50세)   아내 메리와 함께 북이탈리아를 취재하기 위해 이탈리아에 체류하며 집필에 전념함.

1950년 (51세)   십 년 만에《강을 건너 숲 속으로(Across the River and Into the Trees)》를 출판했으나 혹평을 받음.

1951년 (52세)   《노인과 바다(The Old Man and the Sea)》를 집필함.

1952년 (53세)   《라이프》지 9월호에《노인과 바다(The Old Man and the Sea)》 전문을 싣고, 단행본으로 출판함. 출판과 동시에 대단한 호평을 받음.

1953년 (54세)   어마어마한 찬사를 얻은《노인과 바다》로 퓰리처상을 수상함. 여름에는 스페인을 여행했고, 가을에는《룩》지의 특파원으로 아내와 함께 아프리카를 여행함.

1954년 (55세)   1월, 영국령 우간다에서 비행기 사고로 추락하나 무사히 탈출함. 노벨 문학상을 수상하는 영예를 얻었으나 건강 때문에 시상식에는 참석하지 못함.

1959년 (60세)   메리와 함께 미국으로 돌아옴. 건강이 매우 안 좋아서 집필은 하지 않음.

1961년 (62세)   우울증, 알코올중독, 고혈압, 편집증에 시달림. 7월 2일 아침, 자택에서 의문의 엽총 자살로 생을 마감함. 아이다호 주 선밸리에 묻힘.

1964년   유작《이동 축제일(A Movable Feast)》출판됨.

1966년   7월, 선밸리에 세운 헤밍웨이 기념상의 제막식이 열림.

1970년   유작《해류 속의 섬들(Islands in the Stream)》이 출판됨.

1972년	유작《닉 애덤스 이야기(Nik Adams Stories)》가 출판됨.
1985년	유작《위험한 여름(The Dangerous Summer)》이 출판됨.
1986년	유작《에덴동산(The Garden of Eden)》이 출판됨.
1987년	《어니스트 헤밍웨이 단편 전집(The Complete short Stories of Ernest Hemingway)》이 출판됨.
1999년	헤밍웨이의 아들 패트릭이 편집한 허구적 자서전《여명의 진실(True at First Light)》이 출판됨.

홍신세계문학 017

누구를 위하여 좋은 울리나

초판 발행_1992년 4월 30일
개정판 중쇄 발행_2022년 2월 10일

지은이_ 어니스트 헤밍웨이
옮긴이_ 김남제
펴낸이_ 지윤환
펴낸곳_ 홍신문화사

출판 등록_1972년 12월 5일(제6-0620호)
주소_서울시 동대문구 안암로50-1(용두동) 730-4(4층)
대표 전화_(02) 953-0476
팩스_(02) 953-0605

ISBN 978-89-7055-817-2
ISBN 987-89-7055-800-4 (세트)